HALİDE EDİB ADIVAR
SİNEKLİ
BAKKAL

İngilizce 1. basım: *The Clown and His Daughter*, 1935, Londra
Türkçe 1. basım: 1936
Can Yayınları'nda 1. basım: 2007
26. basım: Ekim 2017, İstanbul
Bu kitabın 26. baskısı 5 000 adet yapılmıştır.

Yayına hazırlayanlar: Mehmet Kalpaklı - S. Yeşim Kalpaklı

Kapak tasarımı: Utku Lomlu / Lom Creative (www.lom.com.tr)

Kapak baskı: Azra Matbaası
Litros Yolu 2. Matbaacılar Sitesi D Blok 3. Kat No: 3-2
Topkapı-Zeytinburnu, İstanbul
Sertifika No: 27857

İç baskı ve cilt: İnkılap Kitabevi Baskı Tesisleri Çobançeşme Mah.
Altay Sk. No: 8 Yenibosna-Bahçelievler, İstanbul
Sertifika No: 10614

ISBN 978-975-07-2166-3

CAN SANAT YAYINLARI
YAPIM VE DAĞITIM TİCARET VE SANAYİ A.Ş.
Hayriye Caddesi No: 2, 34430 Galatasaray, İstanbul
Telefon: (0212) 252 56 75 / 252 59 88 / 252 59 89 Faks: (0212) 252 72 33
canyayinlari.com
yayinevi@canyayinlari.com
Sertifika No: 31730

HALİDE EDİB ADIVAR

SİNEKLİ BAKKAL

ROMAN

Halide Edib Adıvar'ın Can Yayınları'ndaki diğer kitapları:

HALİDE EDİB ADIVAR, 1882'de İstanbul'da doğdu. Üsküdar Amerikan Kız Koleji'nde okudu. 1908'de yazmaya başladığı kadın hakları hakkındaki yazılarından dolayı kimi kesimlerin düşmanlığını kazandı. 31 Mart Ayaklanması sırasında Mısır'a kaçmak zorunda kaldı. 1909'dan sonra öğretmenlik, müfettişlik yaptı. Balkan Savaşı yıllarında hastanelerde çalıştı. 1919'da Sultanahmet Meydanı'nda, İzmir'in işgalini protesto mitinginde tarihî bir konuşma yaptı. 1920'de Anadolu'ya geçerek Kurtuluş Savaşı'na katıldı. Onbaşı ve üstçavuş rütbeleri aldı. Savaşı izleyen yıllarda Cumhuriyet Halk Fırkası'yla fikir ayrılıklarına düştü. Bunun sonucunda 1917'de evlendiği ikinci eşi Adnan Adıvar'la birlikte Türkiye'den ayrıldı. İlerleyen yıllarda konferanslar vermek üzere ABD'ye gitti, Mahatma Gandhi tarafından Hindistan'a çağrıldı. 1939'da İstanbul'a dönen Halide Edib, 1940'ta İstanbul Üniversitesi'nde İngiliz Filolojisi Kürsüsü başkanı oldu, 1950'de Demokrat Parti listesinden bağımsız milletvekili seçildi. 1954'te istifa ederek evine çekildi. 1964'te öldü.

Sunuş

Türk edebiyatının en çok okunan romanlarından biri olan *Sinekli Bakkal*, ilk kez, İngilizce olarak *The Clown and His Daughter* (Soytarı ve Kızı) adıyla, Londra'da 1935. yılında basıldı. Aynı yıl Türkçede önce *Haber* gazetesinde tefrika edilen roman daha sonra, 1936'da kitap olarak yayımlandı. Yapıt, 1942. yılında CHP Roman Ödülü'nü kazanmakla ününü pekiştirdi ve günümüze dek, hakkında yurt içinde ve dışında pek çok yazı kaleme alındı. Halide Edib Adıvar'ın bu çok sevilen romanı Sırpçaya, Portekizceye, Finceye ve Fransızcaya çevrildi ve filme de alındı.

Can Yayınları'nda Halide Edib Adıvar'ın kitapları içerisinde *Sinekli Bakkal*'ı yayına hazırlarken 1936 yılında kitap olarak yapılan ilk baskıyı temel aldık. Gerekli görülen yerlerde İngilizce basımını ve kitabın daha sonraki yıllarda yapılan baskılarını kullandık. Ancak, İngiltere'de yayımlanan *Soytarı ve Kızı* ile Türkçe basımında görülen bazı farkları, yapıtın Türkçe baskısının özgünlüğünü korumak amacıyla edisyonumuza dahil etmedik. Günümüze kadar yapılagelen sadeleştirilmiş yayınlar birçok sorun içermekte, her şeyden önemlisi, yazarın özgün yapıtından farklı bir kimlik taşımaktaydı. Biz, metni sadeleştirmek yerine, anlaşılması günümüz okuru için zor olan sözcüklerin anlamlarını aynı sayfanın hemen altında vermeye çalıştık. *Sinekli Bakkal*'ı, ilk basımından yıllar sonra, yazarının özgün dilini ve üslubunu koruyan bir biçimde okuyucumuza sunuyoruz.

Mehmet Kalpaklı - S. Yeşim Kalpaklı

BİRİNCİ KISIM

1

"Kâinatta ne varsa hepsi vehim ve hayal,
yani aynalara vuran akisler veyahut gölgeler."[1]

Bu dar arka sokak bulunduğu semtin adını almıştır:
Sinekli Bakkal.

Evler hep ahşap ve iki katlı. Köhne çatılar; karşıdan
karşıya birbirinin üstüne abanır gibi uzanmış eski zaman
saçakları. Ortada baştan başa uzanan bir aralık kalmış
olmasa, sokak üstü kemerli karanlık bir geçit olacak. Do-
ğuda batıda, bu aralık, renkten renge giren bir ışık yolu
olur. Fakat sokağın yanları her zaman serin ve loştur.

Köşenin başında durup bakarsanız: Her pencerede
kırmızı toprak saksılar ve kararmış gaz sandıkları. Saksı-
larda al, beyaz, mor sardunya, küpe çiçeği, karanfil. Gaz
sandıklarında öbek öbek yeşil fesleğen. Ta köşede bir
mor salkım çardağı, altında civarın en işlek çeşmesi. Bü-
tün bunların arkasında tiyatro dekorunu andıran beyaz,
uzun, ince minare.

Sürülü kafeslerin arkasında kocakarı başları dizili. Ara-
da dikişlerini bırakır, pencereden bağıra bağıra dedikodu

---

1. Molla Cami'nin bir sözünün Türkçeye çevirisidir: "Evrende ne varsa hepsi
kuruntu ve hayal, yani aynalara vuran yansımalar ve gölgeler."

13

yaparlar. Sokakta, ayağı takunyalı, başı yazma örtülü, eli bakraçlı kadınlar çeşmeye gider gelirler. Saçları iki örgülü kız çocukları kapı eşiklerinde sakız çiğner; çakşırı[1] yırtık, yalınayak, başı kabak oğlanlar kırık taşlar arasındaki su birikintileri etrafında çömelmiş kâğıttan gemi yüzdürürler.

Burası dünyanın herhangi yerindeki bir fukara mahallesinden çok farklı değildir. Bir geçitten ziyade toplantı yeri: Mahalleli orada muhabbet eder, konuşur, kavga eder, eğlenir. Hayatın orada geçmeyecek bir safhası[2] yok gibidir. İhtiyarlar, vaktiyle çeşme başında doğuran kadın bile olduğunu gülerek rivayet ederler.[3]

Eğer bir yabancı durur, su dolduran kadınlarla ahbaplık ederse bir kınalı parmak ona mutlak iki yer gösterir. Biri Mustafa Efendi'nin "İstanbul Bakkaliyesi", öteki, arka pencereleri çeşmenin üstüne açılan İmam'ın evi. Birincisi sokağın ortasındaki evlerden birinin altına kara bir kovuk gibi gömülen dükkân, öteki sokağın biricik üç katlı binası. Gerçi kapısı öteki sokağa açılır, fakat küçük Sinekli Bakkal onu benimsemek ister. Çünkü zengin fakir bütün civar halkı, ölüm, doğum, nikâh gibi hayatî meselelerde o eve gelmek mecburiyetindedir.

Mustafa Efendi herhangi meddahın tarif ettiği hasis, tiryaki bir mahalle bakkalı. İmam? Şöyle bir bakılsa herhangi bir mahalle imamına benzer, fakat hakikatte o kendinden başka kimseye benzemez.

Kirpi kılları gibi ayakta duran iki kalın kaş, içeriye çökmüş, kömür gibi siyah, kor gibi yakıcı, burgu gibi keskin iki ufak göz. Burun uzun ve tilkivârî.[4] Kara sakal hayli kırlaşmış. Boyu kısa, vücudu cılızdır. Fakat beyaz

1. Bir çeşit erkek şalvarı.
2. Evresi.
3. Anlatırlar.
4. Tilkininki gibi.

sarığın kallâviliği,[1] geniş yenli lâtanın[2] içinde ağır ağır sallana sallana yürüyüşü ona husûsî bir heybet verir.

İriyarı erkeklerin bile gıpta edeceği gür, kalın bir sesi vardır. Vaaz eder gibi şedit[3] bir talâkatla[4] konuşur, gündelik lâkırdıları bile Kuran okur gibi tecvitle[5] söyler, her elif onun ağzından "dallîn"deki[6] elif miktarı çekilir.

Defin ilmühaberi,[7] nikâh izinnamesi almak için çekişe çekişe onunla pazarlık edenler ona pinti imam, hasis imam der geçerler. Fakat küçük mescitte vaaza devam edenler, huzurunda biraz korku, biraz da rahatsızlık hissederler.

Eğer Sinekli Bakkal İmamı İkinci Abdülhamid'in tedhiş[8] devrinde gelmeyip de on dördüncü asırda gelseydi, gözlerinin ateşi, akidesinin[9] korkunçluğu, bilhassa üslubunun kudretiyle sürüleri başına toplayıp herhangi bir fikir peşinde sürükleyecek softa tiplerden biri olabilirdi.

Cemaate telkin etmek istediği naslar[10] bıçak gibi keskindir. İnsan için hayatta iki yol vardır: Biri cennete, biri cehenneme çıkar. Vaazlarında İmam ikinci yolu daha parlak, daha canlı olarak anlatır. Cehennemin bilmediği köşesi, ukubetin[11] tarif edemeyeceği şekli yoktur. Ona

1. İriliği.
2. Osmanlılarda din işleriyle uğraşan hocalar sınıfının giydiği bir tür üstlük.
3. Şiddetli.
4. Düzgün söz söyleme kolaylığıyla.
5. Kelimelerin söylenişinde, seslerin çıkaklarına, uzunluk ve kısalıklarına göre okunması.
6. "Dâllin." Arapça; sapıtmışlar, yoldan çıkmışlar. Kuran'da Fatiha Suresi'nin son kelimesidir ve "a" (elif) harfi uzatılarak okunur.
7. Ölüyü gömmek için gerekli resmi belge.
8. Dehşet.
9. Dinî inancının.
10. Dinsel dogmalar.
11. Cezanın.

göre cehennem yolcuları zevke, cümbüşe düşkün gafillerdir.[1] Bunu öyle anlatır ki cemaatin genç tarafından derhal bu gafillere iltihak etmek[2] hevesi uyanır. Cennet yolcuları bambaşka insanlardır. Gülmezler, oynamazlar, rahat etmezler ve kimseye rahat vermezler. Onlar için zevk ve neşe veren her şey günahtır. Oyun ve eğlence zihniyeti ile işlenen her fiil kebairdendir.[3] Bunlar suratları açık, kalpleri elem içinde, her an ahret[4] düşüncesiyle meşguldürler. İyilik, kötülük düşüncesiyle, yoksullara yardım, yalan söylememek, kalp kırmamak gibi ahlaki kaidelerle İmam, vaazlarında hemen hiç meşgul olmaz. Onun dünyaya öğretmek istediği bir şey vardır. Hazza ve sevince, umum hayat tecellisine karşı dinmeyen bir kin, affetmeyen bir düşmanlık. İşte bunun için yolunun üstünde tebessümler dudaklarda donar, kahkahalar kısılır, çocuklar çil yavrusu gibi dağılır.

Sinekli Bakkal sokağında daimî bir ahret havası yaratmak isteyen İmam, insanların günah temayüllerinin[5] karşısında kendini aciz[6] buldu. Mahalle halkı neşeli, gürültülü, bidüziye[7] Allah yolundan şeytan yoluna kayan insanlardı. Fakat o meyus[8] olacak hilkatte[9] değildi.

İmam, karısını genç kaybetti ve bir daha dünya evine girmedi. Emine adlı bir kızından başka kimsesi yoktu. Bu, beyaz gergin tenli, penbe yanaklı, fare kapanı gibi

1. Bilgisizlerdir.
2. Katılmak.
3. Büyük günahlardandır.
4. Öbür dünya.
5. Eğilimlerinin.
6. Güçsüz.
7. Durmadan, ardı arkası kesilmeden.
8. Umutsuz.
9. Yaradılışta.

sımsıkı kapanan ince dudaklı, küçük kara gözlü bir kız-
cağızdı. Temizdi, hamarattı, titizdi, mahalle çocuklarıyla
oynamaya tenezzül etmezdi.[1] Suratsızdı, gülmezdi,
İmam'ın akidesinin biricik timsali gibiydi. Fakat insanla-
rı ummadıkları yerden vuran aksi talih, İmam'a Emine'
nin eliyle en acı bir darbe indirdi. Kız on yedi yaşında
iken mahallede haylazlığı ile meşhur zenne[2] rolüne çı-
kan "Kız Tevfik" lakaplı bir delikanlıya kaçtı. Esasen mü-
nasebetleri[3] mektep sıralarında başlamıştı. İki çocuk aynı
rahle önünde diz çökmüşler, aynı kalfa peşinde mektebe
gitmişler ve başlanma alaylarında "Şol cennetin ırmakla-
rı" ilahisini bir ağızdan söylemişlerdi. Dışı ve içi hiç bir-
birine benzemeyen bu iki çocuğu, tabiat, hesaba, mantı-
ğa sığmayan hikmetiyle[4] birleştirivermişti.

Tevfik ta o zamanlarda uzun bacaklı, gürbüz, kesta-
ne rengi gözleri bir kız çocuğu gibi tatlı, kırmızı dudak-
ları durmadan söyler, yaramaz, maskara bir oğlandı.

Yürüyüp söylemeye başladığı andan itibaren herke-
sin taklidini yapmış, bütün mahalleyi güldürmüştü.

Dul annesiyle dayısı bakkal Mustafa Efendi'nin
evinde yatar kalkardı. İhtiyarın bütün ısrarına rağmen ne
bir yere çırak oldu ne de bir sanata girdi. Başıboş, İstan-
bul sokaklarında sürter dururdu. Bütün havailikle bera-
ber gene İstanbul'un hudaî nabit[5] yetiştirdiği halk sa-
natkârlarının hususiyyetlerini de gösteriyordu.

Sanatkârlık şöhreti pek erken, dayısının bahçesinde
ramazan geceleri Karagöz oynatırken başladı. Bu işten
oğlana cep harçlığı çıkacağını hesap eden Mustafa Efen-

1. Alçakgönüllülük göstermezdi.
2. Orta oyununda kadın rolüne çıkan erkek oyuncu.
3. İlişkileri.
4. Gizli sebebiyle.
5. Eğitim görmemiş, kendi kendini yetirtirmiş kimse.

di itiraz etmedi. Memulünden[1] çok kolay kopardığı izni alır almaz, Tevfik, tavan arasından eski mukavva kutuları sırtladı, indirdi; dükkândan beş on renkli kalem aşırdı; bir hafta mütemadiyen[2] kesti, biçti, boyadı; bir alay kâğıttan sanatkâr ortaya attı. Hattâ Karagöz takımına bir iki yeni sima bile ilave etti.

Başlıcaları, Mustafa Efendi'ye benzeyen bakkal, İmam'a benzeyen, yerden bitme, koca sarıklı bir ihtiyar imam. Bir de Emine'nin eşi küçük bir mahalle güzeli... Tevfik perde kurup, şem'a[3] yakıp "zıll ü hayal"[4] göstermekle başladığı gecenin haftasında çocuk seyircilerin arasında bir sürü yaşlı başlı adam peyda oldu. Haftanın bir gecesinde yalnız kadınlara oynayacak kadar mahallede rağbet kazandı.

Bakkal ile İmam'ın karikatürleri perdede belirince büyükler arasında hafif bir fısıltı başlıyor, mahalle güzeli çıkar çıkmaz, çocuklar ayaklarını yere vuruyor, "Emine' dir Emine..." diye bir ezgi tutturuyorlardı.

On dokuz yaşında, Tevfik, kadın rolüne çıkan orta oyuncularının en meşhurlarından olmuştu. Oyun Çırpıcı Çayırı'na gelince, mahalleli ne yapıp yapıp onu seyre giderlerdi.

Erkekler kendisine pek yüz vermezlerdi. Ne de olsa semtlerinde yetişmiş bir gencin, yüzüne lâdenden[5] ben koyup kaşına rastık,[6] gözüne sürme çekip kırıtması cinsî haysiyetlerine[7] dokunuyordu. Fakat en ciddisi bile onun

1. Umduğundan.
2. Sürekli.
3. Mum.
4. Gölge ve hayal.
5. Laden bitkisinden elde edilen sürme, rastık.
6. Kadınların kaşlarını veya saçlarını boyamak için sürdükleri siyah boya.
7. Onurlarına.

18

maskaralığına gülmekten kırılırdı. Hattâ civarın kibar tarafında konağı olan Zaptiye Nazırı Selim Paşa da Tevfik'i görmeye gitmiş, şanına yaraşmayacak bir hafiflikle kahkaha salıvermişti.

Aynı sene Tevfik, birbiri ardınca dayısını ve anasını kaybetti. Birinden dükkân, ev ve arkasındaki bostanımsı bahçe kaldı; ötekinden yüreğine bir türlü dolmayan bir boşluk, bir hüzün yerleşti. Bu iki hisse başka başka sebeplerle, esasen kafes arkasından, kapı aralığından devam ededuran Emine-Tevfik münasebetini körükledi.

İstanbul Bakkaliyesi işlek bir dükkân, işini bilen bir bakkal, orada pekâlâ para kazanabilir. Emine'yi, bu pek düşündürdü. Esasen Tevfik'de gözü vardı. Bütün mütehakkim[1] tabiatler gibi o da, balmumu gibi kalıptan kalıba giren Tevfik'de, ideal bir koca sezdi. Tevfik'in ağzından, oyunculuğu bırakıp bakkallık edeceğine dair söz alır almaz, İmam'ın evinden kaçtı. İmam'ın burnunu kırmak için bu münasebeti körükleyen mahalleli, gençlere yardım etti. Nikâhları başka bir mahallede kıyıldı. İmam'ın kızı, Tevfik'in evine geldiği gün İmam, mahalle huzurunda Emine'yi reddetti.

1. Hükmeden.

2

Köşe başlarında yolu beklenilen İmam'ın kızı başka, bakkal Tevfik'in karısı Emine başka. Tevfik bunu çabuk anladı. O beyaz yüzde kalbe çarpıntı veren ince, penbe dudaklar, şimdi vırıltıyı, dırıltıyı yüksek sanatlar derecesine çıkaran aksi bir ağız... Tevfik'in damarlarında kanı eriten siyah gözlerin sıcaklığı yerine, şimdi o gözlerde, daha çok buz gibi soğuk ve hain ışıltılar görülüyor! Bakkallık gibi, oyunculuk yanında bir angaryadan[1] başka bir şey olmayan sanata bu kadın için mi girmişti? Her şeye rağmen hâlâ bu kadına bu kadar şiddetle tutkun olmasa, çoktan başını alıp orta oyunculuğuna dönecek.

Ne yapsın, titiz, ters ama gene Tevfik'e hâkim; kalbi kuru, kafası dar, dili zehir, fakat Tevfik henüz ona doymamış. Tevfik evlilik hayatının bilançosunu yaparken, bu noktaya gelince duruyor. Bakkallık pek de o kadar fenâ değil. Bilhassa Tevfik onu, kendi dilediği gibi yaptığı için çok komik tarafları var.

Emine'nin inkisarı[2] Tevfik'inkinden çok daha acı oldu. Pek çabuk babasının evini hasretle anmaya başla-

---

1. Zorla yapılan, bıktırıcı işten.
2. Düş kırıklığı.

dı. Gerçi Tevfik çok değişmemişti, Emine'ye iptilası[1] eksilmemişti. Uzaktan hoş gelen nekrelik,[2] Emine'nin peşini bir dakika bırakmayan taşkınlık... Bunlardan biraz usanmıştı. Bilhassa babasıyla mukayese edince[3] Tevfik'i çok aşağı görüyordu. İmam temizdi, muntazamdı, erken kalkardı, evde hemen hiç konuşmazdı. İbadet ve para kazanmak... Bütün zamanı, zekâsı bu iki işe vakfedilmişti.[4]

Halbuki Tevfik?

Evvelâ pisti, sonra yattığı, kalktığı, çalıştığı zaman belli değildi. Sabahları yataktan kaldırmak için bacağından sürüklemek lâzımdı. Hele yatak çarşaflarını sigara külüne bulayıp yatakta sigara içişi, Emine'yi zıvanadan çıkarıyordu.

Yataktan kalktıktan sonra Emine'ye mütemadiyen bir sırnaşması vardı ki, buna kadın hiç tahammül edemiyordu.[5]

Bari işine becerikli olsa... Dükkân karmakarışık, mallar bayat, kibar müşteriler birer birer çekiliyor, ayaktakımı her gün artıyor. Mütemadiyen veresiye veriyor ve müşteriler ay başında borç ödeyeceklerine, Tevfik'e dert yanıyorlardı. Bu da yetmiyormuş gibi münasebetlerini kesmeye yemin ettiği oyun arkadaşları boyuna geliyor, ödünç para istiyorlardı. Esasen beş dakika dükkânda yalnız kalsa Tevfik sokağa fırlıyor, kaydırak, çelik çomak oynayan çocukların arasına karışıyordu.

Onlara çok zaman kedi, köpek, horoz, tavuk taklidi yapar, dükkânın önüne bir alay adam toplanır, bir cüm-

1. Düşkünlüğü.
2. Esprililik.
3. Karşılaştırınca.
4. Adanmıştı.
5. Dayanamıyordu.

büş giderdi. Hulasa[1] bakkal dükkânını, hattâ sokağı Tevfik, panayır yerine çevirmişti.

Emine'yi bunların hepsinden fazla gazaplandıran şey, belki kocasının kafasında "para" diye bir kıymet olmaması. Böyle giderse dileneceklerini kocasına söylerse, o, derhal "geçmişlere rahmet" diye cuma akşamı geçen kör dilenci oluveriyor, şayet kadın babasını ona misal diye gösterirse, o, derhal çenesini içeriye çekiyor, sesini aksileştiriyor, İmam'ın en talakatlı[2] üslubuyla, muhayyel[3] bir kadınla defin ilmühaberi pazarlığına girişiyordu.

Emine nihayet son sözünü söyledi. Tevfik ıslah olmazsa,[4] kendisi tezgâh başına geçecek, bakkallık edecek, onu da çırak gibi kullanacaktı. Ve bir gün arkasında yeldirme, başında baş örtü geldi, tezgâh başına geçti.

Çok geçmeden Emine'nin idaresinde, dükkân Mustafa Efendi'nin günlerinden fazla işlemeye başladı. Artık dükkânın içi, dışı tertemiz, mallar yerli yerinde, mal, müşteriye göre çıkıyor, her müşteriye başka dil dökülüyor. Paralı müşteriler çabuk arttı, veresiye belasının önü alındı. Kimse, sırf çene yarıştırmak için dükkâna gelemez oldu.

Emine'ye biraz sükûnet gelmeye başladı. Esasen işi o kadar çoktu ki Tevfik'e sataşacak zaman bulamıyordu. Onu şimdi sadece besleme, çırak gibi, sırf kendinin evde ve dükkânda yapamadığı işlerde kullanıyordu.

Tevfik'i en çok tazib eden[5] Emine'nin muamelesi[6] değil, dükkânın yeni havası olmuştu. Emine'nin paralı

1. Kısacası.
2. Düzgün.
3. Hayalî.
4. Düzelmezse.
5. Üzen.
6. Davranışı.

müşterileri, onun fenâ halde sinirine dokunuyordu. Emine dükkâna üstü başı temiz biri girer girmez öyle bir değişiyordu ki... Çatkın yüzü derhal gülüyor, kısık dudaklar açılıyor, Tevfik'e mütemadiyen emirler veriyor.

Tevfik'in fukara müşterileri şimdi, duvarlara sürüne sürüne kabahatli gibi dükkâna giriyorlar ve Emine borçlu olanları haşlamak için hiçbir fırsatı kaçırmıyor.

Kendi dükkânında, kendisini garip hissetmeye başlayan Tevfik, sık sık kayboluyordu. Artık Emine'nin tekdirine[1] maskaralıkla mukabele etmiyor,[2] bir köşeye siniyor, düşünüyordu. Arada da Emine'yi için için süzüyordu.

Bu sükûn, bu teslimiyet Emine'yi pek tatmin etmedi, içine şüphe girmeye başladı. Tamamen kendisinin malı addettiği bu aciz[3] adamın kapalı bir tarafı olduğunu sezmişti. Sokakta iken ne yaptığını, evde iken ne düşündüğünü öğrenmek için her hileye başvurdu: vırıltı, tatlı dil, kavga... Fakat muvaffak[4] olamadı. Bereket versin bütün gün didinmekten o kadar yoruluyordu ki yatsı namazını kılar kılmaz yukarı çekilip yatıyordu.

Bir gece, geç zaman Emine aşağıdan gelen seslerle birdenbire uyandı, yatakta doğruldu. Tevfik'in yeri henüz yanında boştu. Terliklerini eline aldı, yavaş yavaş merdivenleri indi. Sahanlıktan dükkâna açılan kapı aralık, içeride lâmba yanıyordu. Gözünü aralığa uydurdu, dükkânı teftiş etti.[5]

Petrol lâmbasının sarı ışığında, havayı bürümüş bir sigara dumanı tabakası gördü. Şeker, sabun sandıklarının üstüne oturmuş acayip kılıklı adamlar sigara içiyorlardı.

1. Azarına.
2. Karşılık vermiyor.
3. Güçsüz, beceriksiz.
4. Başarılı.
5. Kontrol etti.

Bunlardan ekserisi kendisinin dükkândan kovduğu, Tevfik'in serseri arkadaşlarıydı. Yalnız sarı cüppeli, abanî sarıklı, peykede[1] bağdaş kurmuş bir cüce vardı ki, onu tanımadı. Herhalde pek keyifli idiler, el çırpıyor, gülüyorlardı. Tuhaf bir vak'a[2] seyreder gibi dükkânın ortasına gözlerini dikmişlerdi.

Emine, "tuhaf vak'a"nın ne olduğunu çabuk anladı. Tevfik, Emine'nin taklidini yapıyordu. Dokuma sini örtüsü arkasında güya yeldirme, şeker çuvalı önünde önlük, yemek peşkiri[3] başında baş örtü... Fakat taklidin en tuhaf tarafı, kıyafet kısmı değildi. Tevfik'in geniş yüzü daralmış, iri tatlı gözleri büzüle büzüle iğne gibi keskin, burgu gibi delici iki küçük göz oluvermişti. İnce ve çığırtkan bir sesle kuru fasulye için pazarlık ediyor. Fakat bu ses, dükkâna giren muhayyel[4] müşteriye göre sık sık değişiyordu. Fakat Tevfik'den gözlerini alamıyordu.

Dükkân sahnesi bitince, Tevfik, Emine'nin yatak odasındaki halini taklide başladı. Tezgâhın üstündeki teneke kutuyu ayna gibi karşısına almış, diliyle üst dudağını şişirmiş, üst dudağının tüylerini muhayyel bir cımbızla yoluyordu. Bu doğrudan doğruya bir kadının mahremiyetine[5] tecavüzdü.[6] Hangi Müslüman helâlini[7] böyle teşhir edebilirdi?

Sahanlıkta bir insan kasırgası hâsıl oldu.[8] Mutfağın eve açılan aralık kapısı yıldırım gibi cüceye çarptı. Kısık

1. Alçak tahta sedirde.
2. Olay.
3 Havlusu.
4. Hayalî.
5. Gizliliğine.
6. Saldırıydı.
7. Nikâhlı eşini.
8. Meydana geldi.

bir kadın sesi, "Çanak yalayıcılar, köpek soyları..." diye haykırıyordu.

En önde Tevfik, en arkada cüce, birbirlerinin ayaklarına basarak Emine'nin gazabından[1] sokağa fırladılar, karanlıkta birdenbire kayboldular.

1. Öfkesinden.

3

İstanbul Bakkaliyesi'nin kapısında Ebe Zehra Hanım, hemen öğleye kadar Tevfik'i bekledi. Emine geceki rezaletten sonra İmam'ın evine iltica etmiş[1] ve şayet İmam kendisini içeri almaz ise orada canına kıymaya yemin etmişti.

Kızının inadını pekâlâ bilen ihtiyar, sabaha karşı Zehra Hanım'ı bulmuş, Tevfik'e yollamıştı. Derhal boşamasını teklif ediyorlardı. Fakat boşansa da, Emine bir daha dükkâna dönmeyecekti.

Emine'yi ince yerinden vurduğuna kani olan[2] ve nasıl kendini affettireceğini düşünen Tevfik, mümkün olduğu kadar dükkâna geç gelmişti. Kapı önünde çatık suratıyla ihtiyarı görünce şaşırdı. Kadın onu dükkâna çekip de vaziyeti anlatınca, şaşkınlığı büsbütün arttı. Her türlü sıkıntısına rağmen, Eminesiz hayat onca tahayyülü[3] güç bir şeydi. Onda ne kadar serseriliğe, başıboş gezmeye alışkanlık varsa, o kadar da birine bağlanmak, birinin malı, kulu olmak ihtiyacı vardı. Annesini kaybettiğinden beri bu kadar yalnızlıktan korkmamıştı. Zehra Hanım, Tevfik'in

1. Sığınmış.
2. İnanan.
3. Düşünülmesi.

26

ebesiydi ve onu çok severdi. Arkasını sıvadı, teselli verdi, Emine ile aralarını bulmaya çalışacağını söyledi, delikanlının gönlüne biraz ümit serptikten sonra çekildi, gitti.

Bu vak'adan sonra geçen ay Emine-Tevfik münasebetinde Sinekli Bakkal'a göre en romantik aydır. Kadınlara göre Leyla-Mecnun hikâyesi[1] gibi bir şey, erkekler gene memnun değil.

Tevfik evvelâ bozuk imlasıyla Emine'ye her gün feryatnameler[2] gönderdi, sonra kapısının önünde dolaşmaya başladı, daha sonra kafesin altında yüksek sesle karısına ilanı aşk etti.

Bundan bir netice alamayınca, akşamları içmeye, çeşme başında kadınlara dert yanmaya kadar döküldü. Dükkân hep kapalı... O, sokaklarda yıkıla yıkıla dolaşıyor. Herhalde Tevfik'in vaziyeti[3] âdetâ "Adab-ı umumiyeyi ihlal"[4] ediyordu. Mahalleli Komiser'e şikâyet ettiler.

Komiser, bir gün onu mahalle karakoluna çağırdı. Kendi dindar, muhafazakâr ve İmam'ın vaazlarına muntazaman[5] devam eden bir insandı. Ona Tevfik, âdetâ kanı helal bir kâfir, başı ezilecek bir yılandan başka bir şey değildi. Birinci defaya mahsus olmak üzere karakolda, Tevfik'e temiz bir sopa çekti. Bir daha İmam'ın kapısında görür, kadınlara dert yandığını işitirse, vücudunda kırmadık kemik bırakmayacaktı.

Tevfik, dükkânını bütün bütün kapadı, Sinekli Bakkal'dan kayboldu. Fakat çok geçmeden Tevfik'in şöhreti tekrar mahalleyi çınlattı. Gene orta oyununda kadın ro-

---

1. Arap, Fars ve Türk edebiyatlarının ortak mesnevi konusu olan bir aşk hikâyesi.
2. İnleme mektupları.
3. Hali.
4. Genel ahlakı bozma.
5. Düzenli olarak.

lüne dönmüştü. Bu defa *Bakkal Çırağı* isminde bir de oyun uydurmuştu. Bu, bir bakkal kadınla çırak olan kocası arasında bir maceraydı. Bütün İstanbul gülmekten kırılıyor, ecnebiler[1] bile bu oyunu görmek için Göksu'ya[2] gidiyorlardı. Değil büyük konaklara, hattâ Saray'a da çağırılan bir oyuncu olmuştu.

Bu haberi Emine, babasının evine döndükten sonra aldı. İşin en felâketli tarafı, Emine'nin dükkânı terk ettikten sonra anladığı, gebeliğinin hayli ilerlemiş olmasındaydı. Bütün Sinekli Bakkal açıktan açığa, "Bakkal Çırağı" oyunundaki kadının Emine olduğunu söylüyorlardı. Emine sokaktan geçerken külhanbeyleri[3] birbirini dürtüp gülüyorlardı. Kısmen Emine'nin zorundan, kısmen de Tevfik'e gazabından İmam, talâk[4] için mahkemeye müracaat etti.

Kadı huzurunda, mahkeme heyeti huzurunda, vaazlarını sönük bırakan bir talâkatla[5] Emine'nin Tevfik'den çektiklerini anlattı. Hiç, Hâkim Efendi, kendi helâlini yâr u agyâr[6] nazarında[7] bütün mahremiyetiyle teşhir eden[8] Müslüman bir erkek görmüş müydü? Hâşâ... Görmemişti.

Muhakemeyi dinleyenlerden, Tevfik'e tatlı saatler borçlu olanlar bile, İmam'ın sözlerinin tesiriyle Tevfik'e kızdılar. Tevfik Emine'yi boşamaya mecbur oldu. Fakat vak'a bununla kapanmadı, dedikodu çoğaldı. Din, iman

---

1. Yabancılar.
2. Osmanlı döneminde İstanbul'un Anadolu yakasındaki mesire yeri.
3. Kabadayılar.
4. Boşanma.
5. Düzgün söz söyleme kolaylığıyla.
6. Dost ve düşman.
7. Gözü önünde.
8. Sergileyen.

gidiyor, şer'-i şerîfe[1] mugayir[2] şeyler oluyor, diye önüne gelen Padişah'a jurnal[3] veriyordu. Efkârı teskin için[4] Saray, Tevfik'i bir zaman İstanbul'dan ayırmaya karar verdi. Tevfik'i idareten Gelibolu'ya sürdüler.

Bir sene geçmeden şen ve vefasız İstanbul, vaktiyle o kadar sevdiği sanatkârı da, sanatkârın günahını da unutmuş gibiydi. Yalnız Sinekli Bakkal, Emine'nin kucağında Tevfik'in kızını görünce onu hatırladı. Tevfik'in kızının adını Rabia koymuşlardı.

1. İslam şeriatına.
2. Aykırı.
3. Haber, istihbarat.
4. Sakinleştirmek için.

4

Rabia, zamanındaki bütün akranları gibi, beş yaşında tabla dökmeye, kahve fincanı yıkamaya başladı. Yedi yaşında adamakıllı ev işi gören bir kızdı. Hele büyükbabasının hizmetine hep o bakardı. Bunlar Sinekli Bakkal'da her kız çocuğu için o zaman tabiî[1] olan şeylerdi. Rabia'yı öteki çocuklardan ayıran şey, İmam'ın tesirine[2] bu kadar erken maruz[3] olmasıydı.

Başka çocuklar, o yaşta nasıl bayram salıncağı, kukla oyunu ile aşina[4] iseler, Rabia da o kadar cennet ve cehennem denilen yerlerle aşina idi. İmam Hacı İlhami Efendi torununa bu iki yeri kendisine göre bütün husûsiyyetleriyle[5] tanıttı. Cehennem onda daha derin alaka uyandırdı. Büyükbabası söylerken dişleri kilitlenir, arkası ürperirdi. Fakat gözlerini açar dinlerdi. Evvelâ İmam, Dante'yi[6] solda sıfır bırakacak bir dehşetle bu ukubet[7] diyarını canlan-

1. Doğal.
2. Etkisine.
3. Girmiş.
4. Tanışmış.
5. Özellikleriyle.
6. 1265'te Floransa'da doğan ünlü İtalyan şairi Dante Alighieri.
7. Azap.

dırıyor, sonra babasının, ezelî[1] yurdu orası olduğunu, şüphe götürmez bir katiyetle[2] söylüyordu. Kız, cehennemden korktu, fakat İmam'ın tarif ettiği cenneti de pek cazip bulmadı. Muhayyilesinde,[3] ortasından sessiz bir dere geçen bir çayırlık canlanıyor, orada büyükbabasına benzer kocaman sarıklı, asık suratlı imamlarla, annesine benzer yaman yüzlü kadınları el ele vermiş, sabahtan akşama kadar, makamı[4] insana uyku veren, bir ilâhî[5] söylediklerini görüyordu. Dimağının[6] ilk tasavvurları[7] bu kadar çetin[8] olan bu küçük kız, hayatının ilk senelerini etrafı memnuat[9] duvarlarıyla çevrilmiş, böyle bir muhitte[10] geçirdi. Belki bundan dolayı çocukluk hulyâlarını kafasında saklamaya, yüzünün ifadesine kadar hâkim olmaya, yani iradesini kendi kendisine terbiye etmeye mecbur oldu. Bu devirde muhitine bir tek isyanı oldu. O da bebek dikmeyi "suret halk etmeye"[11] müsavi[12] bir günah addeden[13] büyükbabasının emirlerine rağmen, mısır püskülünden yapılmış uzun saçlı, mavi boncuk gözlü bir tek kırmızı boncuktan ağız konulmuş bir bez bebek dikti, sakladı. Emine'nin keskin gözleri bu günahını keşfedince büyükbabasıyla karşı karşıya geldi. Hacı İlhami Efendi'nin mek-

1. Öncesiz.
2. Kesinlikle.
3. Hayalinde.
4. Türk müziğinde bir dizinin işleniş biçimine verilen ad.
5. Tanrı'yı övmek, ona dua etmek için yazılıp makamla okunan nazım.
6. Zihninin.
7. Düşünceleri.
8. Zor.
9. Yasaklama.
10. Çevrede.
11. Biçim yaratmaya.
12. Eş.
13. Sayan.

tep hocalığı günlerinden kalma, değnekle yediği ilk ve son dayağı seneler geçtikçe unuttu. Fakat bebeğin çamaşır kazanının altında yanması, mavi boncukların beyaz bezden ayrılması; bunları sahiden bir çocuk yanmış gibi hissetti. Boğazında acı bir yumru, gözleri kupkuru, yüzükoyun mutfağın taşlarına kapandı, uludu.

Bu meşhur vak'adan[1] sonra anasının ve büyükbabasının şikâyet edebileceği bir yaramazlık yapmadı. Artık etrafındaki kuvvetleri, ölçmüş, kendi aczini[2] sezmişti. O kadar uslu oldu ki mahallede her ana onu kızına numune[3] diye gösteriyordu. Nefsini müdafaa için[4] etraflarının rengini alan kuşlar ve böcekler gibi o da yüzünü, tavrını ve sesini, muhitinin gülmeyen, eğlenmeyen sıkıntılı ifadesine uydurmuştu.

Hacı İlhami Efendi, Emine-Tevfik macerasından ağzı yandığı için torununu mahalle mektebine göndermedi. Rabia'nın ilk tahsilini[5] kendi eline aldı ve derhal bambaşka olduğunu anladı. Namaz surelerini bu kadar çabuk ezberleyen bir hafıza henüz görmemişti. Bir taraftan da Emine, çocuğun bir defa işittiği bir şarkıyı tatlı ve yaşına göre kalın bir sesle, iş görürken söylemesine dikkat etti. Baba kız aralarında düşündüler, taşındılar, kızı hafız yapmaya karar verdiler. İmam İstanbul'da hafız yetiştirmekle meşhur değil miydi?

Bir zaman Rabia her sabah büyükbabasının önünde küçük bir rahleye[6] diz çöküyor, zayıf elleri dizlerinde, büyük, bal rengi gözleri İmam'ın gözlerinde, iki tarafa

1. Olaydan.
2. Çaresizliğini.
3. Örnek.
4. Kendisini korumak için.
5. Öğrenimini.
6. Üzerinde kitap okunan, bazıları açılıp kapanabilen alçak, küçük masa.

sallana sallana Kuran'ı ezberliyordu.

Evvelâ bilmediği bir lisanda[1] bu kadar uzun ezberleme ona biraz güç geldi. Fakat bu da çabuk geçti. Arap dilinin ahengi,[2] tilavetin[3] icap ettirdiği[4] yarım seslerden geçen makamların tesiri,[5] âyet[6] sonlarında hummalı[7] bir nabız gibi sesin son heceye vuruşu, bunlar, hep onu gaşyeden[8] bir mûsikî heyecanı verdi. Yeşil benekli, altın gözlerini duman bürüyor, ince yüzü sararıyor, dudakları kuruyor, ta kalbe giden pürüzsüz sesi, şelaleden dökülür gibi ahenk döküyor ve küçük vücudu bu ahenge uyarak geniş zaviyelerle[9] yandan yana, önden arkaya bir saat rakkası[10] intizamıyla[11] sallanıyor, sallanıyordu.

Tevfik'in kızı on bir yaşında hıfzını[12] dinletti ve İstanbul'un en küçük, fakat latif[13] üsluplu ve en yanık sesli hafızı olarak tanındı. Büyük mevlidlere aşır[14] ve ilahî, selatin camilere[15] Ramazan'da mukabele[16] için büyük ücretlerle çağrılıyordu.

İlk Ramazan'da, İmam'ın iki senede kazanamadığı

1. Dilde.
2. Uyumu.
3. Okunuşun.
4. Gerektirdiği.
5. Etkisi.
6. Kuran surelerini oluşturan cümlelerden her biri.
7. Yoğun, sürekli.
8. Kendinden geçiren.
9. Açılarla.
10. Sarkacı.
11. Düzgünlüğüyle.
12. Kuran ezberini.
13. Güzel.
14. Bir dinî tören sırasında Kuran'dan okunan on ayetlik bölüm.
15. Padişah adına yaptırılan büyük camilere.
16. Camilerde yüksek sesle Kuran okumak.

parayı kazanıverdi. Hacı İlhami Efendi sevincinden ellerini ovuşturuyor, her yerde kızın Tevfik'den ziyade[1] kendine çekmiş olduğunu iftiharla[2] anlatıyordu. Bu günlerde Rabia da memnundu. Camilerde etrafına yığılan cemaatten, sesinin uyandırdığı heyecandan bilmeyerek muvaffak olan bir sanatkâr hazzı[3] duyuyordu.

İlk muvaffakiyeti[4] ve tanınması, Valde Camii'nde[5] olmuştu ve Selim Paşa'nın karısının dikkatini de orada mukabele okurken celb etti.[6]

1. Çok.
2. Övünçle.
3. Mutluluğu.
4. Başarısı.
5. Valide Camii'nde. Pertevniyal Valide Sultan Camii. Aksaray'da Abdülaziz'in annesi tarafından 1871'de yaptırılmıştır.
6. Çekti.

5

Hayır sahibi bir kadın, merhametli ve atıfetli,[1] sağ elinin verdiğini sol eli duymaz... Bu, Selim Paşa'nın karısı Sabiha Hanım'ın bir cepheden görünüşü. Fakat onun dedikoduya sebebiyet veren başka bir yüzü daha vardır. Saza, söze düşkün, başına bir sürü dalkavuk toplar, dalkavuklarından çarçabuk bıkar, bir dalda durmayan bir kadın! Dedikodu en ziyade bıkıp attığı dalkavuklardan çıkar. Fakat bunların hiçbiri Sabiha Hanım'ı müteessir etmez[2] Kahkahası daimî, neşesi mikrop gibi yakınlarına geçer.

Yaşı ve içtimaî mevkii[3] uysun uymasın her hoşuna giden insanla dosttur. Dostları vakitli vakitsiz konağa gelir ve Hanımefendi'nin odasına dalarlar. Bununla beraber mizacına[4] uymayanlara, hattâ vükela[5] karısı da olsalar, çok soğuk muamele eder.[6] Fakat, gene de nazik ve terbiyelidir. Zamanının pek sıkı olan içtimaî protokoluna riayet eder.[7]

1. Bağış seven.
2. Üzmez.
3. Durumu.
4. Huyuna.
5. Bakan.
6. Davranır.
7. Uyar.

Sabiha Hanım'ın ahbabı[1] olmayıp sırf bayram, kandil günleri etek öpmeye gelenler arasında Emine ve kızı Rabia da vardı. Emine'den kadın hoşlanmazdı. Bu da İmam'ın suratsız, soğuk kızının meşrebine[2] uymadığı için değil... Garip olarak, bu soğukluğun sebebi Tevfik'ti. Sabiha Hanım konağa gelin geldiği günlerden beri Tevfik'i bir mahalle çocuğu olarak tanımış, maskaralıklarını sevimli bulmuştu. Ekseriya[3] arabasını durdurur ve oğlanı çağırır, söyletir ve eline bir çil çeyrek[4] tutuştururdu. Tevfik orta oyununa çıkınca seyrine en sık gidenlerden biri Selim Paşa'nın karısı oldu. Delikanlının, İmam'ın kızıyla macerasını ve akıbetini[5] dikkatle takip etti. Tevfik sürüleceği zaman Paşa'sına, alıkoyması için rica etti. Fakat Selim Paşa, kadın sözüyle vazifesini ihmal edecek ricalden[6] değildi. Tevfik gitti, Sabiha Hanım'ın da tiyatro merakı bitti.

Hanımefendi'nin Valde Camii'nde Rabia'yı gördüğü zamanlar, hayatının buhranlı[7] bir devriydi. Yaşını almıştı. Kocası başta, herkes ona, artık vaktini ibadete hasretmek[8] zamanı geldiğini, daha doğrusu ahreti[9] düşünmek saati çaldığını ima ediyordu.[10] Halbuki o, buruşuk yüzünü daha buruşturuyor, ahret düşüncesini hiç sevmiyordu. Solucanı, akrebi bol, rutubetli, kara ve soğuk top-

1. Dostu.
2. Yaradılışına.
3. Çoğu zaman.
4. Dörtte bir altın.
5. Sonunu.
6. Yüksek makamlardaki devlet adamları.
7. Bunalımlı.
8. Adamak.
9. Öbür dünyayı.
10. Dolaylı yoldan hatırlatıyordu.

raklar... Şayet ruhu oradan cennete giderse? O da pek keyifli bir yer değil. Herhalde saz, söz, şaka, alay orada memnu...[1]

Şakadan anlamayan, gülmeyen ve güldürmeyen bir hilkatten[2] kadın, sadece korkuyordu. Belki bunun için Mevlevî tekkelerine devama başladı.

Şeyhleri hem şakacı, hem de ona, kulların zaafını[3] anlayan, affeden ve seven bir Halik[4] olduğunu söylüyorlardı. Bunların arasında bilhassa Vehbi Dede isminde Mevlevî bir mûsikî-şinâs[5] tanıdı ve meşrebine uygun buldu. Vehbi Dede, ilâhî kâinata[6] anlayan ve seven bir tebessümle[7] bakıyor, hayatı ilâhî bir şaka gibi görüyor. Sabiha Hanım onu derhal genç halayıklara[8] ve üvey kızı Mihri'ye mûsikî hocası olarak tuttu. Dede mütevazı,[9] az söyler ve çok perhizkâr[10] bir şekilde yaşar bir adam olduğu için, onunla pek sıkı konuşmazdı. Pratik kafasıyla biliyordu ki, Dede'nin yumuşaklığını konakta tatbik etmek[11] evin intizamını bozabilir. Dede'nin İlahı'nın[12] müsamahası[13] işine geliyor, fakat Dede'nin sıkı hayatını yaşayamayacağını da biliyordu.

Halk türkülerini, oyun havalarını sevdiği kadar, en

---

1. Yasak.
2. Yaradılıştan.
3. Düşkünlüğünü.
4. Yaradan.
5. Müzikten anlayan.
6. Dünyaya.
7. Gülümseme.
8. Cariyelere.
9. Kendi halinde.
10. Perhiz yapan.
11. Uygulamak.
12. İnandığı Allah'ın.
13. Hoşgörüsü.

ağır dinî mûsikîyi de seven bu ihtiyar kadın Rabia'nın sesi ve üslubuyla gayşoldu. Onun, Emine'nin kızı olduğunu tanıyınca biraz hayret etti. Bayramlarda Emine'nin arkasına büzülerek odaya giren pısırık çocuk bu muydu? Demek kızda da babası gibi bir sanatkâr istidadı vardı. Bu güzel seste ne kadar insanın içini karıştıran, yalnızlık ve hüzün hissi veren bir şey vardı. Birdenbire ihtiyar kadın küçük kızın halinde oyundan, neşeden mahrum[1] bir zavallı sezdi ve bu hal içine dokundu. Derhal kararını verdi. Akşam sofrada Selim Paşa'ya:

— Bugün Valde Camii'nde İmam'ın torununu dinledim. Otuz senedir böyle mukabele işitmemiştim. İmam'a haber yolla, akşamları kız gelsin, bana bir şeyler okusun. Sakın o solucan anası peşine takılmasın ha, dedi.

Sinekli Bakkal Sokağı'nın bozuk kaldırımlarında seke seke Şevket Ağa'nın fenerini takip eden Rabia, Selim Paşa Konağı'nın geniş caddesine çıkınca yeni bir dünya keşfetmiş gibi sevindi. İki tarafı büyük bahçeler içinde, bahçe ortalarında konaklar, her kapının üstünde büyük bir fener... Kapılardan birine uşağın ardı sıra girdi. Hanımelleri, yasemin ve akasya kokuları, fıskıyenin şırıltısı... Bunlar çocuğun yüreğine tatlı bir çarpıntı verdi.

Kâhya kadın taşlıkta[2] bekliyordu. Rabia, kadının peşinde, çifte merdivenlerin tırabzanlarını[3] tuta tuta çıktı. Küçük kafasında kendini çağırtan ihtiyar kadının hayalini canlandırmaya çalışıyor. Buraya onu niçin çağırmışlardı? Annesinin koltuğuna sıkıştırdığı ağır cilt, ona bu beklenilmeyen davetin sebebini hatırlatıyor. Kuran okuya-

1. Yoksun.
2. Taşla döşenmiş avlu, sofa.
3. Merdiven parmaklıklarını.

cak, belki de ilahi okuyacak. Nereden baksa, bu acayip konağa gelişinin dinî bir cephesi[1] var. Fakat etrafındaki hava hiç de ahret havası değil...

Birinci katta ayakları yumuşak halılara gömüldü. Tavanda ışık hevenkleri[2] gibi asılı duran avizelerin aksettiği uzun aynalarda sıra sıra Rabialar beliriyor, kayboluyor. Bir kapının arkasında tef çalınıyor, ziller şakırdıyor, oynayan ayak sesleri. Bunların Kuran'la, Muhammediye[3] ile ne münasebeti var?

Sabiha Hanım'ın odasının ortasında rüyadan uyanır gibi kendisine geldi. Mütereddit[4] ve utangaç gözlerle minderde uzanan ihtiyar kadına baktı. O da dizlerinde yumuşak bir battaniye, arkasında yastıklar, olduğu yerden kendini süzüyordu. Yakından hiç de kibirli ve korkunç değil. Çene çene üstünde, deriler sarkık, yüz buruşuk, buruşukların arasına allık,[5] düzgün yer yer toplanmış. Çocuk, bu nevi tuvaleti[6] biraz garip buldu. Fakat bu acayip yüzün ona emniyet[7] veren mütebessim,[8] dost gözleri vardı. Zümrüt yüzüklü beyaz bir el öpülmek için Rabia'ya uzandı:

— Kitabını konsolun üstüne koy da gel şuraya otur.

Yüzüklü el sedirin[9] üstünde yer gösterdi.

— Adın ne?

1. Yanı.

2. Bir ipe geçirilmiş veya bağlanmış yaş yemiş veya sebze bağı.

3. Hz. Muhammed'in hayatına dair Hacı Bayram-ı Veli'nin halifesi Gelibolulu Muhammed Efendi tarafından yazılmış olan meşhur manzum eser.

4 Kararsız, duraksayarak.

5. Kadınların, teni pürüzsüz göstermesi, renk vermesi için yüzlerine sürdükleri yarı sıvı veya boyalı krem.

6. Yüz makyajını.

7. Güven.

8. Gülümseyen.

9. Kol koyacak yeri olmayan, aralıksız, üstü minderli ve yastıklı olabilen divan.

39

— Rabia cariyeniz...[1]

— Amma yaptın ha... Sana Rabia Abla demezler mi?
İhtiyarın genç gözleri tatlı tatlı gülüyordu.

Cami kayyumları,[2] başka kızların saçını çeken ma-
halle külhanbeyleri, hattâ kapıdaki satıcılar bile ona yarı
müstehzî,[3] yarı müşfik "Abla" derlerdi. Sabiha Hanım
bunu nereden öğrenmişti? Gülmedi. Otururken entari-
sini kaldırmadığını hatırladı. Emine'nin sesi hafızasında
"Gene mi yabanlık[4] entarini buruşturuyorsun?" diyordu.
Kabahat işlemiş gibi kalktı, anasının mor feracesinden[5]
bozulup yapılan gron entariyi[6] dikkatle kaldırdı, tekrar
oturdu.

— Bu ne katı, ne koyu entari, Rabia Abla! Kaplum-
bağa kabuğu gibi...

Rabia da o fikirde, fakat gülmek olmaz. Entarileri
hep anasının, büyükbabasının eskilerinden bozulup ya-
pıldığını ciddi bir sesle anlattı. Sonra İmam'dan işittiği,
süs aleyhine nutuklardan birini tekrar etti. Gözleri halı-
nın çiçeklerinde:

— Peygamber Efendimiz yamalı esvap giyerdi, dedi.
Şen bir kahkaha...

— İmam Efendi evde de mi vaaz eder gibi konuşu-
yor?

Demek büyükbabasından böyle hafif bahseden in-
san da varmış... Gözlerini halının çiçeklerinden kaldırma-

1. Eskiden, söz söylenen kimseye aşırı bir saygı göstermiş olmak için kadınlar
tarafından "ben" zamiri yerine kullanılırdı.

2. Hademeleri.

3. Alaycı.

4. Gezmeye giderken giyilen.

5. Kadınların sokakta giydikleri, mantoya benzer, arkası bol, yakasız, çoğu kez
eteklere kadar uzanan üst giysisi.

6. İyi ve kalın bir cins ipek kumaştan yapılan elbise.

ya vakit kalmadan daha acayip bir suale[1] maruz kaldı.[2]

— Evde hiç babandan bahsederler mi, Rabia?

Acaba ağzını mı arıyordu? Yüreğinin babasına gizli muhabbetini[3] öğrenip haber mi verecekti? Yutkundu, renksiz bir sesle babasını soranlara İmam'ın ezberlettiği cevabı tekrar etti:

— Babam fenâ bir adamdı Hanımefendi, hiç camiye gitmezdi... Ölünce... Cehenneme gidecek.

— Fenâ değil, zebanileri[4] güldürür.

Alayla, neşeyle parlayan kadının müstehzî, gözleri bulutlanmış uzaklara dalmıştı. Rabia'ya bu ani yumuşaklığın, hüznün babasıyla alakası varmış gibi geldi. Şimdiye kadar sormaya cesaret edemediği fakat küçük kafasını kurt gibi yiyen bir suali sordu:

— Hanımefendi, babam ölürse sahiden cehenneme gider mi?

— Niçin gitsin yavrum, kimseye ziyanı dokunmazdı ki... Ama bilinmez, Allah'ın hikmetine akıl ermiyor, bu yaşa geldim bizden ne istediğine daha akıl erdiremedim.

Sustu. Sonra yarı acı yarı müstehzî bir sesle ilave etti:

— Şeytanın ne istediği apaşikâr, herkesin aklı ona su gibi eriyor.

Herhalde bu bahis ihtiyar kadının tabiî neşesini bozuyordu. Hemen başka mevzua[5] atladı. Romatizmalı dizlerini elleriyle ovarak biraz doğruldu. Tevfik'in küçüklüğünden bahsetmeye başladı. O, sokak maskaralıklarını, Göksu oyunlarını ne kadar tatlı anlatıyordu.

1. Soruya.
2. Karşılaştı.
3. Sevgisini.
4. Cehennem bekçilerini.
5. Konuya.

Kâhya kadın içeri girince Sabiha Hanım biraz evvel o kadar meşgul olduğu İmam'ın torununu hemen unutuvermişti; o erkân-ı harbiyesinden[1] rapor bekleyen kumandan gibi her akşam kâhya kadının getireceği malûmata[2] dayanarak konağı idare ederdi. Müzmin[3] bir romatizma onu hemen hemen odasına zincirlemiş gibiydi. Mütehakkim,[4] mütecessis,[5] emri altında olan her ferdin ne yaptığını, ne düşündüğünü öğrenemezse içi rahat etmezdi. Kâhya kadına Rabia'nın o akşam anlayamadığı birtakım sualler soruyor ve kadının cevapları da Rabia'ya bilmece gibi geliyordu.

— Bu akşam sakallı ne yapıyor?

— Gene tahta oyuyor, sofadan testere sesi duydum.

— Oyun yok mu?

— Dürnev Hanım'ın kapısından geçerken öyle bir şey duydum. Kanarya da orada. Bu tazelerin[6] hallerine akıl sır ermiyor ki...

Kâhya kadın gözlerini tavana kaldırdı. Dürnev ve Kanarya adlı tazelerin günahlarından Allah'a sığınıyordu. Fakat Sabiha Hanım başka bir mevzua sıçramıştı.

— Bıyıklı ne âlemlerde?

— Gene o iki küçükbeyle haremde piyano odasında. Kahve üstüne kahve ısmarlanıyor.

— Dinledin mi?

— Nasıl dinlemem? Kulağımı yarım saat kapıya yapıştırdım. Boynum tutuldu. Fakat bir şey anladımsa Arap olayım.

1. Genelkurmayından.
2. Bilgiye.
3. Kronik, uzun süreli.
4. Hükmeden.
5. Meraklı.
6. Gençlerin.

— Kadın mı konuşuyorlar?

— Yoook...

— Politika olacak... Saray lâkırdısı filan var mıydı?

— Aman ağzından o lâfı yeller alsın... Bizim Küçük-
bey hiç öyle lâf konuşur mu?

"Sakallı" Selim Paşa'dır. Zalim bir hükümdarın Zap-
tiye Nazırı[1] sıfatıyla vazifesi[2] hem müşkül[3] hem de na-
ziktir. Boş zamanında sigara iskemlesi, köşelik, sandal
ağacından arka kaşağı[4] yapar. Kaşağılar bilhassa[5] zariftir.
Bunun haricinde husûsî bir iptilası[6] yoktur. Resmî Selim
Paşa'dan nefret eden halk, onun husûsî hayatı hakkında
söyleyecek bir şey bulamazlar.

O, iyi bir aile babası, ve bilhassa karısına merbuttur.[7]
Otuz yılı aşan müşterek[8] hayatlarından karısının unuta-
mayacağı bir tek acı vak'a vardı. O da hayli makûl[9] bir
sebebe atfedilebilir.[10]

Paşa, her kendi büyüklüğüne inanan erkek gibi ken-
disine benzer bir erkek evlât istemişti. Halbuki "Bıyıklı"
diye zikri geçen[11] Sabiha Hanım'ın biricik oğlu, hiç de
babasına benzemezdi. Gerçi Hilmi, uslu ve zararsız bir
çocuktu. Fakat nahif,[12] çelimsiz, büyük gözlü, çocuklu-

1. Emniyet Müdürü.
2. Görevi.
3. Zor.
4. Sırtı kaşımak için kullanılan uzun saplı, ucu kaşık veya el şeklinde, tırtıklı
araç.
5. Özellikle.
6. Tutkusu.
7. Bağlıdır.
8. Ortak.
9. Akla uygun.
10. Bağlanabilir.
11. Sözü edilen.
12. İnce.

ğundan beri mûsikîye düşkün, peltek bir oğlandı. Bilhassa bu son iki husûsiyyet Selim Paşa'nın sinirine dokunmuştu. Sabiha Hanım on senelik evlilik hayatından sonra başka çocuk doğurmayınca Paşa da gizlice bir buğday tüccarının kızıyla evlendi ve konaktan uzak bir semtte genç karısını yerleştirdi. Fakat ikinci karısı da evvelâ Hilmi'den daha çelimsiz bir kız doğurdu, iki sene sonra ölü bir kız daha doğururken kendi de lohusa döşeğinde can verdi.

İşte bu vak'adan sonra Selim Paşa kayıtsız ve şımarık Sabiha Hanım'ın ne kadar karakter sahibi olduğunu anladı. Kendisi daha içini dökmeye cesaret etmeden kadın, ona evlenmesinden haberdar olduğunu, hattâ oturduğu evi ve küçük kızın adını bile bildiğini söyledi. Hiç sitem etmedi. Yalnız anasız kalan Mihri'yi yanına alıp kendi evlâdı gibi büyütmeyi teklif etti. Paşa, belki ortağı olmak, bir kadın için nasıl bir izzetinefis[1] yarası, ne acı bir kalp faciası olduğunu tahmin edemezdi. Fakat onu hayran eden şey, bir kadının iki sene bir sır gibi saklayabilmesi oldu. Ketumiyet,[2] onca, erkeklerde bile az görülen bir faziletti,[3] hele kadınlarda tahayyül etmemişti.[4]

Kendi kendisine, hattâ gönlüne göre, bir erkek çocuk edinmek için bile bir daha karısının üstüne evlenmemeye karar verdi, hem de karısına karşı vaziyeti değişti. Şimdi onun fikirlerini ehemmiyetle[5] dinler ve hattâ arada akıl bile danıştığı olurdu. Şayet erkek meclisinde kadınların boşboğazlığına dair lâkırdı olursa, o, gülerek başını sallardı.

1. Onur.
2. Sıkı ağızlılık.
3. Erdemdi.
4. Hayal etmemişti.
5. Önemle.

Geçmiş günlere karışan bu vak'a istisna edilirse,[1] Sabiha Hanım'ın ev hayatında ve kocasıyla münasebetinde itiraz edeceği bir tek şey yoktu. Onu arada üzen, düşündüren şey, oğlu Hilmi ile kocası Selim Paşa arasındaki fikir tezadı...[2] Paşa, tamamen eski zaman adamı... Samimî ve kendi ölçülerine göre nâmuskâr.[3] Saltanatı ilâhî bir hak diye tanır ve padişaha muhalif[4] olanı –kim olursa olsun– akrep gibi ezmeyi, zaptiye nazırının vazifesi telakki ederdi.[5] Onu, en çok çileden çıkaran şey; "Genç Türklük" lâkırdısıydı. En keyifli olduğu akşam, mutlak bir Genç Türk'e sopa attırdığı, işkence ettiği, vapura koyup sürdüğü günün akşamıydı. Kaç defa "Hilmi'nin Genç Türk olduğunu görsem, tabanlarını didik didik edecek bir falakaya çeker, sora Fizan'a[6] sürerim," demişti. Halbuki Hilmi de bir taraftan annesine acayip bir şeyler okuyor, Genç Türklükten bahsediyor; hattâ padişaha dil uzatıyordu. Fazla olarak, arkadaşları pek garip, pek züppe gençlerdi. Kiminin saçı uzun, kimi hep Frenkçe[7] konuşur... Bütün bunları Sabiha Hanım gençliğin geçici tezahürleri[8] diye görmekle beraber, gene içine kurt düşmüştü. Ya Hilmi ihtiyatsızlık[9] eder, başına bir bela gelirse? Paşa, himaye[10] değil, bilakis[11] kendi oğlu diye, Hilmi'yi

1. Ayrı tutulursa.
2. Karşıtlığı.
3. Namuslu.
4. Karşı.
5. Görürdü.
6. Libya'nın güneybatısında bir il.
7. Frenk ve özellikle Fransız dili.
8. Belirtileri.
9. Tedbirsizlik. Önlem almama.
10. Koruma.
11. Aksine.

daha fazla ezecekti. Maamafih[1] sıkıntılı düşüncelerle zihnini yormayı sevmeyen Sabiha Hanım, bu gizli endişesini de çabuk unutur, onun idaresi sayesinde konak, eski muntazam[2] ve şen hayatını sürer, dururdu.

Rabia'nın konağa geldiği sıralarda, Sabiha Hanım'ın yeni bir üzüntüsü daha vardı; gelini Dürnev ile için için devam eden ve galibiyetin ne tarafta kalacağı tahmin edilemeyen bir mücadele. Dürnev'i Sabiha Hanım küçük almış, terbiye etmiş, iyi bir tahsil vermiş, oğluna nikâh edivermişti. Genç Çerkes'in dâima kendisine mutî[3] ve ikinci safta[4] kalacağını ümit ederek, dışarıdan gelin almamayı tercih etmişti. Filhakika[5] kendisi konağın her köşesinde hazır ve nazır[6] olduğu günlerde, gelinin sesi çıkmamıştı. Fakat romatizması onu köşe minderine bağlayalı, iş değişmiş, genç kadın ona sormadan sağa sola emirler vermeye cesaret etmişti.

Sabiha Hanım geline haddini bildirmek için müessir[7] bir çare düşündü. Kanarya isminde sarışın, güzel bir Çerkes kızı satın aldı. Zâhiren[8] kıza oyun dersi veriliyor ve Abdülhamid'in kadınlarından birine hediye edileceği söyleniyordu. Hakikatte[9] bu, gelini tehditten başka bir şey değildi. Halbuki, evvelâ Dürnev, ihtiyar kadının beklemediği bir yoldan, mukabil taarruza[10] geçti. Kanarya'nın

---

1. Bununla beraber.
2. Düzenli.
3. Bağlı.
4. Sırada.
5. Gerçekten.
6. Bulunan ve gören.
7. Etkili.
8. Görünüşte.
9. Gerçekte.
10. Karşı saldırıya.

can dostu oldu, mûsikî ve oyun dersleriyle alâkadar oldu, ve mütemadiyen Saray'a gidecek kızın oyununu ve tavrını teftiş[1] için kendisine dâima müşfik ve müsaadekâr[2] davranan kayınbabasını odasına davete başladı.

Sabiha Hanım, Selim Paşa'ya bir genç halayığın[3] üstü başı, oyunu ile meşgul olmanın ona yaraşmayacağını söylediği vakit, Paşa en ciddi tavrıyla:

— Ben zaten Zat-ı Şâhâne'nin[4] emniyet ve salâmetini temin ile muvazzafım,[5] Saray'a girecek her ferdi[6] tetkike[7] mecburum, diyordu.

İşte konağın bu karmakarışık iç işlerini iki ihtiyar kadın konuşurken Rabia'nın orada olduğunu unutuvermişlerdi.

Kâhya Şükriye Hanım nihayet:

— Vakit epeyce geç, çocuğu göndersek... dedi. Sabiha Hanım, Rabia'nın arkasını okşadı:

— Cumartesi akşamı mevlid kandili, misafirlerim var, gece gel, Kuran okuyacaksın... Seni yemekten evvel aldırırım, dedi, sonra çocuğun arkasından seslendi:

— Annene söyle, yatsıdan sonra o da gelsin!

1. Denetleme.
2. Göz yumucu.
3. Cariyenin.
4. Padişahın.
5. Görevliyim.
6. Kişiyi.
7. Araştırmaya.

6

Uzun etekli, ipek entarisi, hotozu,[1] elmasları, hattâ şefkat nişanının[2] gran kordonuyla koltuğa kurulmuş, tebrike gelenler için değneğine dayanarak ağır ağır kalkıyor, bir kraliçe kadar vakur...[3] Koltuğun dibindeki yer minderine büzülen Rabia, bu muhteşem kadının iki gece evvel o kadar teklifsiz ve dost ihtiyar olduğuna inanmak için müşkülât[4] çekiyordu.

Evvelâ Sabiha Hanım'ın üvey kızı, on altı yaşlarında silik, sönük kız, sonra ev halkı, birer birer geldiler. Hepsi birer "nice senelere" ile savuldu. Herhalde tebrik merasimi[5] on dakikadan fazla sürmedi, ev halkı, hepsi kâhya kadının arkasından çıktılar, gittiler. Aralarında bir tanesini Sabiha Hanım alıkoydu.

Hemen Rabia'nın gözleri bu kıza dikildi... Boy uzun, omuzlar geniş, kalçalar bir erkek çocuk gibi dar, ten ipek

---

1. Kadınların süs için saçlarının üstüne taktıkları, çeşitli renk ve biçimde yapılmış küçük başlık.

2. Şevkat Nişanı: Osmanlılarda savaş ya da deprem gibi afetlerde bağışta bulunan kadınlara verilen nişan.

3. Onurlu.

4. Zorluklar.

5. Töreni.

gibi yumuşak ve beyaz, gözler iki büyük mavi mine çiçeği gibi... Arkasında dümdüz penbe bir entari, belinde gümüş bir kemer vardı. Halayıklar[1] arasında bir o, başını bağlamamıştı. Sarı saçlarını bir örgü örmüş, ucuna penbe bir kurdele bağlamış, arkasına salıvermişti. Rabia'nın âdetâ ağzı hayretten açık, bu latif mahlûku[2] seyrediyordu. Fakat onun en çok gözünü alan şey, biri ötekinden daha yüksek duran kalkık, çekik, kumral kaşlarıydı. Neden biri ötekinden yüksekti? Rabia, bunun, bazı Çerkeslere mahsus şey olduğunu henüz bilmiyordu. Bu kız Kanarya idi.

Sabiha Hanım sordu:

— Dürnev nerede?

— Şimdi gelecek, efendim!

Ve Dürnev Hanım geldi. Ufak tefek bir genç kadın...

İri kestane renginde gözlerine bir çocuk bakışı vermek için bidüziye[3] göz kapaklarını yukarı kaldırıyor. İtina ile yolunan siyah kaşlar iki ince hilal gibi... Allık, sürme yerli yerinde, küçük yüzünde açık bir ifade vardı. Gerdanlık, bilezikler, uzun küpeler, yüzükler, hep zümrüt. Esvap[4] da elmaslara uymak için yeşil kadife, farbala[5] farbala üstüne... Etek uzun ve yüksek ökçeli,[6] yeşil atlas iskarpinler[7] giyiyor... Bu iskarpinlerden biri, uzun eteğine ikide birde hafif bir tekme vuruyor ve etek bütün kırmaları, farbalalarıyla bir yılan gibi kıvrılıyor. Rabia ömründe bu kadar süslü, bu kadar karışık ve şaşaalı[8] gi-

1. Cariyeler.
2. Yaratığı.
3. Sürekli olarak.
4. Elbise.
5. Fırfır.
6. Topuklu.
7. Ayakkabılar.
8. Gösterişli.

yinmiş bir insan görmediğini kendi kendine itiraf etti.

Dürnev, tuvaletinin[1] ihtişamına rağmen kandil gecesi olduğundan haberdar değilmiş gibi, kaynanasını hiç tebrik etmedi. Hayli lakayt[2] ve resmî bir tavırla, "Maşallah, renginiz bugün ne iyi!" dedikten sonra, avizenin altında durdu, kendi düşüncesi neyse ona daldı. Düşüncesi ne olursa olsun, gene genç kadının bir oyuncu gibi kalçalarını oynatması, eteğinin dalgalanması, kim bilir hangi resimli kitaptan taklit ettiği yüzünün dalgın ifadesi, Sabiha Hanım'ın sinirine dokundu.

İçinden, "Saygısız, halayık eskisi, sonradan görme," diye homurdandı. Fakat gene hayli sükûnetle:

— Bana bir şey mi sormak istiyorsun, kızım, dedi.

Yoluk kaşlar kalktı, sesinde gizli bir istihza:

— Nasıl da bildiniz, Efendim? Kanarya'ya ait bir şey soracaktım. Kadın Efendimizin daveti gelecek hafta değil mi?

— Evet.

— Bu akşam Kanarya'nın oyununun provasını yapacağız. Paşa, benim odama gelecek, siz de gelmez misiniz? Ben piyano çalacağım.

— Bu akşam mı dedin?

— Evet, bu gece... Yatsıdan sonra.

— Amma da tuhaf... İşiten senin Müslüman kızı olduğuna inanmayacak... Kandili unuttun mu? Bütün komşular davetli, kız hafız Kuran okuyacak...

— Hangi kız hafız?

Gene bir çocuk gibi açılan kestane renkli gözler, yer minderindeki kızı yüksekten bir süzdü, sonra:

— Dairem konağın ta öteki ucunda, bizim prova

1. Uzun gece elbisesinin.
2. İlgisiz.

yapmamızda bir mahzur[1] görmüyorum, dedi.

— Kanarya bana lâzım, hem misafirleri ağırlayacak, hem de, sonra dizimi ovduracağım.

Sabiha Hanım hiddetli görünmemek için gayretini sarf etti.[2] O gün oruç tutmuş, nafile namazı[3] kılmış, gelini tazib[4] için yaptığı son hareketi tamire karar vermişti. Fakat her tahammülün[5] bir hududu vardı, Sabiha Hanım'ın tahammülü çoktan haddini aşmıştı.

Dürnev, gene lakayt avizeye bakarak devam etti:

— Diz ovacak halayık kalmadı mı? Nazikter bu işi daha iyi yapar. Hem bir çocuk Kuran okuyacak, bu kadar külfete[6] ne hacet?[7]

— Ölülerin ruhuna okunacak Kuran'ı ister çocuk, ister büyük okusun!

Genç kadın, ölülerin ruhlarıyla hiç alakası olmadığını gösteren bir omuz silkmesiyle mukabele etti.[8] Kaynanasının yüzü kalın düzgün tabakası altında mosmor olmuştu.

— Çerkes köylerinde hafız falan yoktur... Senin ecdadının[9] ruhu benimkilerden fazla rahmete muhtaç...

Sabiha Hanım lâkırdısını kesti, kahpeye, nereden çıktığını anlatmak için biraz fazla söylemişti. Fakat yeşil etekli, atılmaya müheyyâ[10] bir engerek[11] gibi tekrar kıv-

1. Sakınca.
2. Harcadı.
3. Fazladan kılınan namaz.
4. Azaba sokmak.
5. Sabrın.
6. Sıkıntıya.
7. Gerek.
8. Karşılık verdi.
9. Atalarının.
10. Hazır.
11. Bir cins yılan.

ranmasını büyük bir hazla[1] seyretti. Genç kadının gözlerindeki sun'i[2] masumiyet, çocukluk uçtu, yüzü karıştı, cevap vermek için ağzını açarken, kâhya kadın kapıdan,

— Paşa Efendi geliyor, dedi.

Muhasamat[3] derhal tatil edildi,[4] fakat odanın havası çok elektrikli kaldı.

İçeriye giren üniformalı adamın çok uzun bir boyu vardı. Rabia, iyi görebilmek için başını kaldırdı. Düşük siyah bıyıklarına, sakalına pek az kır düşmüş olan Selim Paşa, karısından çok genç görünüyordu. Kalın tüylü kaşlarının arasındaki derin çizgi, yaştan ziyade sahibinin şiddetini ifade ediyordu. Gözler gök ela, uzun burnunun yukarısı muntazam,[5] fakat aşağı doğru çarpılarak yüzüne bir kartal heybeti veriyordu. Bu yüz bazân çok haşin ve dürüst, bazân da mülayim[6] dost, hattâ rakik[7] bile görünürdü. Bu akşam, mülayim ve dost ifadesine bürünmüştü.

Karısı değneğine dayanarak kalktı, karı koca kandilleştiler. Fakat karısının yeri ve yerdeki küçük kızı işaretini görmedi. Gözlerini gelinden ayırmıyordu. Gelinde bu akşam oyuncağı elinden alınmış, dargın bir çocuk hali vardı. Paşa'nın hoşuna gitmişti:

— Nen var güzel kızım?

Sabiha Hanım cevap verdi:

— Güzel kızımız takvime bakmadan kararlar alıyor, bize danışmadan kandil geceleri eğlenti tertibine[8] kalkıyor.

1. Zevkle.
2. Yapay.
3. Çatışma.
4. Kesildi.
5. Düzgün.
6. Yumuşak.
7. İnce.
8. Düzenlemeye.

52

Dürnev'in gözleri Paşa'da, fakat ağzı kaynanasına:

— Odamdaki sesler buraya gelmeyecek olduktan sonra sanki ne zararı var? Sizin misafirlerinizi ben bilmez miyim? Bir sürü sağır kocakarı... Odanın içinde bile çocuğun sesini ya duyarlar ya duymazlar, diyordu. Konuşurken Paşa'ya yaklaşmıştı, küçük elleri üniformanın yaldızlarını okşuyor, şımarık bir sesle:

— Ama siz geliniz, kuzum Paşa Baba... diye yalvarıyordu.

— Peki... Peki... Yani Hanımefendi müsaade ederse...

— Tabiî siz münasip[1] gördükten sonra...

Gelinin muvaffakiyeti, Sabiha Hanım'a itidalini,[2] bilhassa vakarını[3] iade etti. Kanarya'ya döndü:

— Rabia'yı aşağıya götür, seninle yemek yesin.

İmam'ın torununu sofrasına almak için gelinine söylemeye karar vermişti. Fakat artık, bu mümkün değildi.

Paşa, herkes çıktıktan sonra karısının odasında biraz daha kaldı. Dürnev'in gözlerindeki zafer parıltısının karısına yapacağı tesiri tahmin etmiş, biraz da bu tesiri gidermek istiyordu.

— Demek senin küçük hafız misafirlere Kuran okuyacak... O soytarının kızının böyle çıkacağına kimin aklı keserdi?

— Tevfik şimdi nerede, Paşa?

— Siyasi mücrim[4] değil diye pek ne olduğuna ehemmiyet[5] vermedim. Hâlâ Gelibolu'da olacak.

— Acaba getirtemez misin?

1. Uygun.
2. Soğukkanlılığını.
3. Ağırbaşlılığını.
4. Suçlu.
5. Önem.

Paşa'nın sesi derhal kat'ileşti:[1]

— İrade[2] ile sürüldü, dedi, sonra daha mülayim ilave etti:

— Tevfik'i ben getirsem, İmam, senin küçük hafızı bir daha bize yollamaz.

Sabiha Hanım değneğine dayanarak kalktı:

— Misafirler gelmeden âb-dest alayım...

Selim Paşa oda kapısında durdu, karısının gözlerini gözleriyle aradı:

— Yatmadan gelir, yanında bir sigara içerim, Hanım, dedi.

Çepçevre sedirlerin üstüne sıra sıra ihtiyar kadınlar dizilmiş. Başlarında beyaz namaz bezleri, buruşuk yüzleri mütekallis,[3] gözleri vecd içinde...[4] Ellerinde rengârenk tespihler, parmakları hareket ediyor, soluk dudakları kımıldıyor, yandan yana hafif hafif vücutları dalgalanıyor.

Kız hafızın kalın, yanık sesi, konağı inletiyordu.

Okuyuşu, tam klasik bir Arap tarzı. Daimî[5] bir legato[6] ile her sesi –ne kadar uzun olursa olsun– ötekine bağlıyor. Gunneli,[7] tecvitli[8] fakat ne kadar sanatına hâkim bir ses ve şahsi bir üslup!

Bütün konak halkı, birer birer sofaya çıktılar, kapının arkasına yığıldılar. Aralarında Selim Paşa, hattâ alaf-

1. Kesinleşti.
2. Buyruk.
3. Gergin.
4. Aşırı heyecanlı, kendinden geçmiş.
5. Sürekli.
6. İtalyanca bir müzik terimi. Bir parçanın notalarının, ara vermeden birbirine bağlanarak söylemek.
7. Genizden gelen sesle.
8. Kelimelerin söylenişinde, seslerin çıkaklarına, uzunluk ve kısalıklarına göre okunması.

ranga[1] Hilmi bile vardı.

Misafirler dağılıp Rabia, anasıyla evine döndükten sonra Sabiha Hanım bitap[2] sedirine uzandı, Nazikter'e dizlerini ovdurmaya başladı. Çok geçmeden Selim Paşa, arkasında Şam hırkası, başında beyaz gecelik takkesi, karısının odasına geldi.

— Hakkın var hanım, çocuğun sesi de, okuyuşu da fevkalade...[3]

Dargınca bir ses cevap verdi:

— Dürnev'in odasından nasıl duydun?

— Gitmedim; şöyle bir dinlemek için oda kapısına geldim, fakat nihayete kadar kapıdan ayrılamadım.

Selim Paşa, hafızasında canlanan hayale tebessüm etti.[4] Bir halayık kapıyı açtığı vakit, aralıktan kız hafızı, rahlesinin önünde, iki uzun titrek mum alevi arasında görmüştü. Altın rengindeki gözleri açılmış, içlerinde yeşil mevceli[5] bir ışık yanıyordu. Karısının odasında mânâsız ve silik gördüğü uzun çocuk yüzünün keskin ve muntazam[6] çizgileri olduğunun farkına varmıştı. Solgun, penbe renkleriyle bu yüz ne kadar antika bir Acem minyatüründen fırlamış gibi görünüyordu!

— O ses, mutlak iyi bir mûsikî mualliminin[7] eline düşmeli.

— İmam ne der?

— Memnun olsun, kızın hafız olarak kıymeti artar.

Selim Paşa, sakalını karıştırarak o sesin, Dede'nin se-

1. Avrupa uygarlığını benimsemiş, Avrupa eğitimiyle yetişmiş kimse.
2. Bitkin.
3. Olağanüstü.
4. Gülümsedi.
5. Dalgalı.
6. Düzgün.
7. Öğretmeninin.

maîlerini ne güzel okuyacağını tahlil ederken[1] kendi kendine mırıldandı:

— Eski besteleri söylemek için yaratılmış bir ses.

— Aman Paşa, İmam hiç kıza şarkı söyletir mi? Onca şarkı söylemek günah...

— Benim dediğim şarkıları sultanlar, Dede gibi adamlar besteledi... Hepsi cennetmekân...[2] Bir mahalle imamının itiraz etmek ne haddine...

Selim Paşa, Rabia'nın sesini nasıl terbiye ettireceğini uzun uzun Sabiha Hanım'a anlatırken kapı açıldı. Hilmi girdi.

Baba oğul, nerede karşılaşsalar yüzlerinde hâsıl olan[3] ifade, hep birdi. Hilmi'nin hafifçe kaşları çatılır, Paşa içinin acılığını, inkisarını[4] örtmek için yüzüne yarı istihfafkâr,[5] yarı lakayt[6] bir maske takınır.

Zaptiye Nazırı oğlunu, zamanında çil çeyrek gibi hep bir çırpıda kesilmiş "Paşazade" örneklerinden biri diye görür. Kıyafeti onlara benzemez değil. Pantolon çizgilerine mübalağalı[7] bir ehemmiyet verir, yeleği, ceketi kusursuz kesilmiştir. Fakat ona rağmen seçtiği renklerin koyuluğu, boyunbağında hiç fanteziye kapılmaması zevkinde bir başkalık, bir durgunluk olduğunu gösterir. Yüzü de ilk görüşte, o mübarek örneğe benzer. Mini mini, zarif bıyıklar, kansız, ince, azıcık dejenere[8] bir sima.[9] Fa-

1. Yorumlarken.
2. Cennetlik.
3. Beliren.
4. Kırıklığını.
5. Alaycı, hafife alan.
6. İlgisiz.
7. Abartılı.
8. Yoz.
9. Yüz.

56

kat dikkat edilirse, yüzünde, onu züppelikten[1] kurtaran iki âzâ[2] vardır: Biri, gözleri ve bakışının mânâsı; öteki, ağzı ve dudaklarının ifadesi. Gözleri, düşünen, hem derin düşünen adamların dalgınlığı, husûsiyyetiyle başka gözlerden ayrılır. Ağzının çizgileri sarih[3] ve temizdir, dudaklarında temiz yaşamış ağızların topluluğu, rakik mizaçlı bir adamın tatlılığı vardır. Sefahatle,[4] cinsî hayatlarının suiistimaliyle[5] çirkin, gayri muayyen,[6] bol dudaklı paşazadelerden onu, bu sevimli ve kuvvetli ağız derhal ayırabilir. Fakat bunu Selim Paşa fark etmez. Kendi canlı, kanlı, hattâ biraz yırtıcı hilkatine hiç benzemeyen bu oğul, onun hayatî emellerini yanlış yoldan sürükleyecek bir neslin numunesi. Onda iyi bir şey görmek kâbil mi?[7]

Hilmi, babasına soğuk, fakat terbiyeli bir selâm verdi. Annesinin iki elini birer birer aldı, öptü. Başına koyduktan sonra yanaklarına yaklaştırıp biraz öyle tutması vardı ki, yalnız hürmetinin değil, sevgisinin derinliğini de ifade ediyordu.

— Senin kız hafız, hakiki bir keşif, anne!

Baba oğulun ilk birleştiği bir fikir, bir görüş, Sabiha Hanım sevincinden titredi.

— Baban da öyle düşünüyor, yavrum.

Heyecandan biraz pelteklği artan Hilmi, güya babasıyla hemfikir olmaktan çekiniyormuş gibi, oldukça mübalağalı:

1. Giyinişte, söz söyleyişte, dilde, düşünüşte toplumun gülünç ve aykırı saydığı yapmacıklara ve aşırılığa kaçmaktan.
2. Organ.
3. Belirgin.
4. Zevk ve eğlenceye düşkünlükle.
5. Kötüye kullanılmasıyla.
6. Belli olmayan.
7. Mümkün mü.

— Ne kontralto...[1] Ne zengin ses... Fakat nasıl yekne-sak...[2] Nasıl Mısır Arabı gibi inleyerek okuyor... O, daimî legatodan mutlak onu kurtarmalı!

Selim Paşa, ne kontraltonun ne de legatonun mâ-nâsını biliyordu. Fakat kızın tarzını beğenmişti. Husû-siyyetlerini tashih[3] değil, bilakis daha bariz[4] bir şekilde meydana çıkartmak istiyordu. Müstehzî bir sesle sordu:

— Legato dediğin şeyden, bir ses nasıl kurtarılır?

— Ben olsam, derhal Peregrini'yi hoca diye tutarım. İki senede o ses, bir mucize haline gelir... Kim bilir, belki de Avrupa sahnelerine çıkacak bir "primadonna"[5] olur. Fakat yapılamaz ki... Bu geri kafamız...

Yumuşak gözleri "primadonna"ları, sahnelerde şarkı söyleyen bir medeniyetin erişilmez hulyâsının[6] hasretiy-le sulandı.

Selim Paşa içinden "Aptal oğlan!" dedikten sonra zihni Peregrini ile meşgul olmaya başladı. O, alafranga ailelerde piyano hocalığı eden bir Frenkti.[7] Saray'da efendilere de ders verdiği için Selim Paşa onu göz hapsi-ne almaya mecbur olmuş, bir zaman sonra zararsız, belki de biraz divane[8] telakki ettiği için kendi haline bırakmış-tı. Herhalde bu sivri sakallı, şeytan yüzlü herif pek de öteki Avrupalı piyano hocalarına benzemiyordu. Türk-

1. İtalyanca bir terim. Kadın seslerinin en kalını.
2. Monoton.
3. Düzeltmek.
4. Belirli.
5. (İt.) Birinci kadın. Operada başrolde oynayan kadın oyuncu.
6. Hayalinin.
7. Avrupalı'ydı.
8. Deli.

çeyi Türk gibi söyler, Şark[1] felsefesini, harsını[2] İstanbul'da en iyi bilenler arasında sayılırdı. Memleketini ve dinini terk etmiş olduğu söylenirdi.

Herhalde bu, pek de asılsız değildi. Çünkü, İtalya'da bilmem hangi tarik-i dünya[3] manastırında rahip iken, oradan kaçmış, Türkiye'ye gelmişti. Papa'nın vekili mütemadiyen herif aleyhinde propaganda yapar, Selim Paşa'yı taciz ederdi.[4] Dostları, onun gizli din kullandığını bile rivayet ederlerdi. Fakat Selim Paşa, Zaptiye Nezareti'nin dosyasında, sarih[5] bir mânâ ifade edemeyen her rivayeti ihtiyat kaydıyla telakki ederdi.[6] Ne olsa Selim Paşa'nın mizacına uymayan bir adam... Herifin dinsiz olduğuna Paşa, kanaat getirmişti,[7] dinini terk eden her adam onca, şüpheli addedilirdi.[8]

— Avrupa sahnelerinde icrayı sanat eden kadınları hep Peregrini mi yetiştirir?

— Onu demek istemedim... Tabiî size bu noktayı anlatmak müşkül, Avrupa mûsikîsinin incelişini nasıl tarif edeyim, zevkine varamazsınız ki...

— Kim demiş? Ecnebi trupları[9] geldiği vakit, Tepebaşı'ndan ayrıldığım yoktur. Daha doğrusu Zaptiye Nazırı sıfatıyla[10] halkın bu yabancı metalara[11] ne kadar rağbet ettiklerini görmek için... Sonuna kadar dinlemek biraz

1. Doğu.
2. Kültürünü.
3. Dünya işlerinden elini çeken.
4. Tedirgin ederdi.
5. Açık.
6. Söylentiyi şüpheyle karşılardı.
7. İnanmıştı.
8. Sayılırdı.
9. Yabancı tiyatro veya gösteri toplulukları.
10. Göreviyle.
11. Mallara.

müşkül ama, züppe güruhu,[1] bir alay seyirci var ki, onları görmek cidden her sıkıntıya değer. Herifler kendilerinden geçiyorlar...

— Hakiki mûsikîden anlayan herkes tabiî...

— Hakiki mûsikî mi dedin? Eğer kapitülasyonlar[2] olmasa, muzikacıları[3] da, seyircileri de enselerinden yakalayıp Beyoğlu kaldırımlarına fırlatırım. Şimendifer[4] düdüğü gibi öten bir sürü yarı çıplak, hayasız,[5] kart Frenk karısı... Sar'aya tutulmuş gibi gözleri evlerinden uğruyor,[6] bir alay mart kedisi gibi çığrışıyorlar. Toptaşı saz çalmaya, şarkı söylemeye kalksa, bu işi biraz daha adamakıllı yapardı.

— Anlamadığınız bir mevzuu[7] niçin münakaşa ediyorsunuz?

— Bana bak Hilmi, ukalalığı bırak, beni dinle. Sen hani Avrupa mûsikîsi de, edebiyatı da hayatı temsil eder, diyordun. Fakat sana sorarım, hayatta orta oyununa çıkar gibi, o kadar kalabalık bir ağızla ilanı aşk eden erkek gördün mü? Bilmem sen hiç ölen adam görmüş müsün? Ben çok gördüm. Fakat hiçbirinin bu kadar uzun ve şamatalı bir nutuk irat ettiğine[8] şahit olmadım. Can çekişen bir adamın kolunu, bacağını sallayıp bağırması... Bu hayat ha? Bir de bu şaklabanlıkları bizim İmam'ın torunu, küçük hafıza öğretmek için o sivri sakal, ne idüğü belirsiz herifi tavsiye ediyorsun!

Hilmi, babasını işitmemiş gibi, kendi kendine:

1. Topluluğu.
2. Yabancılara verilen ayrıcalıklar.
3. Mızıkacıları.
4. Tren.
5. Utanmaz.
6. Fırlıyor.
7. Konuyu.
8. Söylediğine.

— Garb'ı Garb yapan mûsikîleri... Onlarda hayat var, fen var...

— Bizimkinin ne kusuru var?

— Halkın tembelliği, uyuşturucu kanaati, yüksek sınıfların boş ve düşük bir sefahate dalmaları hep bu bizim inleyen, ağlayan mûsikîmizin tesirinden. Kadınlarımızın kafasızlığı, zilleti...[1]

— Kadınları bu bahse[2] sokma. Bizimkiler, herhalde Frenk karılarından daha edepli,[3] daha hanım... Onların erkeğinde de, karısında da ben, yüzsüzlükten, açgözlülükten başka bir şey görmedim.

Paşa durdu, öksürdü, sonra köpürdü:

— Bir Müslüman milletinin an'anesini,[4] medeniyetini neden her vesile[5] ile tahkir ediyorsun?[6]

— Medeniyetimiz yok ki tahkir edeyim. Ziya Paşa'nın[7] dediği gibi, sizin tahkir ettiğiniz küfür diyarı[8] mamureler,[9] kâşanelerle[10] dolu; mülk-i İslam[11] baştan başa virane.[12]

— Kâşaneleri başlarına yıkılsın. O imansız, Padişah haini herif gibi sen de medeniyeti kâşane, mamure farz ediyorsan,[13] sana yuf!

1. Aşağılanmışlığı.
2. Konuya.
3. Terbiyeli.
4. Geleneğini.
5. Bahaneyle.
6. Aşağılıyorsun.
7. Şair ve devlet adamı Ziya Paşa.
8. Batılı ülkeler.
9. Bayındır yerler.
10. Köşklerle.
11. İslam ülkeleri.
12. Hilmi burada Ziya Paşa'nın: "Diyar-ı küfrü gezdim, beldeler, kâşaneler gördüm / Dolaştım mülk-i İslamı, bütün viraneler gördüm" beytini hatırlatıyor.
13. Kabul ediyorsan.

Paşa sustu; esnedi. Nereden bu peltek oğlanla münakaşaya[1] girişmişti? Hiç değer miydi? Kâfiristan'dan[2] esen her rüzgâra kafasını kaptıran bir fırıldak!

— Küçük hafızın tahsilini[3] ben dilediğim hocaya yaptırırım. Sen çocuk sahibi olduğun vakit, istediğin gibi yap. Korkarım, çocukların Asım Bey'in kukla kızlarına benzeyecek... Bonmarşe[4] bebeği gibi... Karnına basınca mama, papa, diye öten kuklalardan.

Bu son taarruzu[5] oldu. Hilmi'nin cevabını beklemeden, hattâ onun gözlerinde yanan kin ve gayza[6] ehemmiyet vermeden[7] çekildi, gitti.

Sabiha Hanım içini çekti. Oğlunun kolunu okşadı:

— Niçin babanın zıddına[8] basıyorsun, evlâdım? Seni hiç incitmemiş bir baba, bir gün bir fiske vurmadı, bir dediğin iki olmuyor...

— Keşke babam, her gün dayak atan soyundan olsa... Keşke evimiz konak değil, bir kulübe olsa... Debdebe[9] var, darat[10] var, fakat babamdan utanıyorum, anne, anlamıyor musun, utanıyorum. Kanlı katil bir padişahın zulüm aleti... Düşündükçe yere geçiyorum!

Sabiha Hanım içinden, "Galatasaray'dan birinci çıktı. Fakat ne yarar, hâlâ Maliye'de küçük bir kâtip.[11] Aylığı terzisine bile yetişmiyor. Babasını beğenmiyorsa, parası-

1. Tartışmaya.
2. Avrupa'dan.
3. Eğitimini.
4. Mağaza.
5. Saldırısı.
6. Kızgınlığa.
7. Önem vermeden.
8. Tersine.
9. İhtişam.
10. Debdebe, şan, gösteriş.
11. Yazman.

nı neden sarf ediyor?"[1] dedi. Fakat Hilmi'ye bir şey söylemedi. Dünyada en çok sevdiği bu, biricik evlâdı, incitmemek için yapmayacağı şey yoktu.

Hilmi içinden, "Annemin bütün derdi, başına dalkavuk toplamak, elmas satın almak, parayı sokağa atmak... Babam gibi zalimleri bu kadınların çılgın israfı[2] yaratıyor," dedi; fakat o da bu düşüncesini anasından sakladı. Ne de olsa anasıydı ve onun bütün dünyada biricik sevdiği insandı. Hattâ harekete geçmemesine, elinin, ayağının bağlı kalmasına sebep olan şey, anasına karşı beslediği bu zaaftı.[3] Omuzları bir ihtiyar gibi çökmüş, sesini yeis[4] bürümüş, kendi kendine söyleniyordu:

— Devleti çeviren çarklar sakat; cemaat[5] hayatı çürümüş, kadınlarımız...

Annesi sözünü kesti:

— Kadınlara neden bidüziye hücum ediyorsun?

— Niçin etmeyeyim? Sade zevke, çocuk doğurmaya mahsus birer alet... Hangisine insan diyebiliriz? Zincirleri altın bile olsa, kendileri birer esir...

— Amma yaptın ha! Senin şu meşhur Avrupanda çocuğu, erkekler doğurmaz ya... Onların da ya karıları ya kapatmaları[6] doğurur. Sen biraz daha, horoz yumurtlasın diyeceksin.

Bu buhranlı,[7] acı dakikalarda anasının bu soğuk alayları... Hilmi daha peltek, gözlerinin içi daha karanlık devam etti:

1. Harcıyor.
2. Savurganlığı.
3. Düşkünlüktü.
4. Acı.
5. Toplum.
6. Nikâhsız birliktelik.
7. Sıkıntılı.

— Milletin yarısı, öbür yarısının hayvaniyetini[1] doyurmakla meşgul. Çocuğu kim doğurursa doğursun. Keşke piliç gibi yumurtadan çıksak! Fakat asıl onları kim terbiye ediyor, bir kere ona bak. Zenginlerde sırf cinslerini teşhir eden,[2] işleten, boş kafalı, yaldızlı mahlûkat; fukara halk da hayvan sürüsü gibi kullanılan zavallılar... Aralarında bir tanesini, bir fikirle meşgul görebilmek nasip olmadı ki...

— Kadın lâkırdısı[3] olunca, hep böyle çileden çıkıyor, saçma söylüyorsun. Kadın sana ne yaptı? Dürnev...

— Dürnev, Dürnev... O da kafasız, o da cins makinesi. Odamız kadın panayırına döndü. Sabah, akşam kalçasını, göbeğini sallayan dişilerle dolu. Bana bak, anne! Sen şu Çerkes kızını bir ayak evvel Saray'a mı yollayacaksın, ne yapacaksın...

— Kanarya'dan neden böyle nefret ediyorsun?

— Nefret lâkırdı bile değil. Öyle sinirleniyorum ki... Bu kızı daha uzun zaman konakta tutarsan ben de Dürnev'le bir olacağım, kızı, babamın kollarına atacağım.

Sabiha Hanım, soğuk bir duş yemiş gibi titredi. Konakta Kanarya, Dürnev dedikodularının bir iç yüzü var mıydı? Hilmi'nin Kanarya'dan sinirlenmesi, bir kıskançlık mı? Sonra neden oğlan bu kadar kadınlara düşman? Birçok çapraşık, karışık "niçin, nedenler" arasında zihni,[4] tek bir noktaya saplandı. Kanarya'nın o hafta hemen Kadın Efendi'ye takdimi,[5] konaktan çıkarılması, âcil bir mecburiyet olmuştu.

1. Hayvanlık tarafını.
2. Sergileyen.
3. Lafı.
4. Aklı.
5. Tanıtılması.

7

Cuma selâmlığını[1] görmeye epey bir kalabalık gider. Çünkü tantanalı, şaşaalı bir alay, rengin[2] ve zengin üniformalı, seçme ve güzel yâverler, yelesini sallayan, yeri deşen cins atlar, muhteşem arabalar görürler. Bütün bunlar herhangi operayı sönük bırakacak bir dekor içinde çevik ve çabuk bir gidiş ve geliş, bir hareket cereyanı halinde gözlerinin önünden geçer.

Fakat seyirciler bu gösterişin perde arkasını, zavallı Selim Paşa'yı terleten, titreten tarafını göremezler. Onun bu nümayişte[3] rolü büyük ve karışıktır. Evvelâ İkinci Abdülhamid'in[4] sadık kullarının, efendilerinin gövdesine kafasına bir kurşun yahut bomba atmalarına mâni olmak;[5] sonra bu âlâ-yı vâlânın[6] vak'asız geçmesini temin etmek[7], sonra her selâmlık resminden[8] bir kâbus

1. Osmanlı padişahları cuma namazını kılmak için camiye giderken yapılan tören.
2. Renkli.
3. Gösteride.
4. 1876-1909 arası hüküm süren Osmanlı padişahı.
5. Engellemek.
6. Gösterişli törenin.
7. Sağlamak.
8. Selamlık geçidinden.

gibi korkan Padişah'a, alayın emniyet ve selâmet[1] içinde geçeceğini temin etmek; daha sonra tahsisatlarını[2] hak etmek isteyen hafiye alayının[3] ve yahut müstebit[4] bir hükümdarın vesvesesini[5] gıcıklayarak para kazanmak isteyen jurnalcilerin,[6] her hafta düzdükleri yalanları okumak...

Cuma günleri Padişah'ın arabası, Saray kapısından içeri girer girmez, Selim Paşa, geniş bir nefes alır. Ekseri[7] huzura kabul olunur ve dâimâ konağa, cebinde şişman, kırmızı bir atlas[8] kese ile döner. O günün akşamı Paşa'nın ziyaret kabul ettiği zamandır. Fakat ziyaretçileri, hiçbir zaman o günün, Paşa'nın hayatında nasıl bir geçit olduğunu tahmin edemezler. Bu son cuma, Paşa öteki misafirler gittikten sonra, İmam'ı alıkoydu ve Rabia'nın tahsili meselesini açtı.

— Torununa verdiğin dinî terbiyeyi şayan-ı takdir[9] buldum, diye söze başladı.

— Bendeleri[10] bilhassa hafız yetiştirmekte behresi[11] olan hocalardanım, Paşa Efendi.

— Allah bağışlasın, torunun hem zeki, hem istidatlı.[12] Hatırıma bir şey geldi. Konağa bir alay hoca geliyor,

1. Esenlik.
2. Paralarını.
3. Topluluğunun.
4. Zorba.
5. Kuruntusunu.
6. Habercilerin.
7. Çoğunlukla.
8. Parlak, sık dokunmuş bir cins ipekli kumaş.
9. Çok beğendim, beğenmeye değer buldum.
10. Kulları, alçakgönüllülükle "ben" yerine kullanır.
11. Bilgisi.
12. Yetenekli.

Arabî,[1] Farisî,[2] Fransızca, mûsikî vesaire...[3] Kimsenin pek de istifade ettiği yok. Rabia Hanım'ı bunlardan istifade ettirsek ne dersiniz?

İmam ellerini ovdu, öksürdü, fakat cevap vermedi.

Paşa devam etti:

— Şayet muvafakat edersen,[4] çocuk, Hanımefendi'ye geldiği akşam saatlerinden başka, bir de öğleden sonra konağa gelmeli.

— Bendeniz, elimden gelen terbiye ve tahsili verdim. Hâşâ, Paşa Efendimiz'in arzularına itiraz etmek istemem, fakat...

— Fakat?

— Çocuk, beş vakit namazını kılar. Malûm ya, şimdiki gençler hep dinsiz, Rabia, anasının gözünden ayrılırsa...

— Bizim konak halkı, beş vakit namazını kılar.

— Tabiî, tabiî... Onu demek istemedim. Başka bir mesele daha... Bendeniz çocuğu şer'-i şerîfe[5] muvafık[6] giydiririm. Malûm ya, akran akrandan azar. Zamanımız nisvanını[7] moda denilen bid'atlar...[8]

Paşa azıcık sert İmam'ın sözünü kesti:

— Çocuğun giyinişini değiştirecek değiliz.

— Paşa Efendimiz için lâşey[9] hükmünde, fakirleri

---

1. Arapça.
2. Farsça.
3. Ve diğerleri.
4. Uygun görürsen.
5. İslam şeriatına.
6. Uygun.
7. Kadınlarını.
8. Dinimize aykırılıklar.
9. Önemsiz.

için ehem[1] olan bir mesele daha arz etmek isterim. Çocuk Ramazan'da mukabele okur, bayağı günlerde mevlidlere çağrılır. Âcizleri[2] biraz da çocuğun kazancıyla ev geçindiriyorum. Şayet...

Paşa kalktı:

— Kâhyaya söyleyeceğim. Çocuğun tahsilinden senin zarar görmemen temin edilecek.[3]

İmam memnundu. Yalnız para için değil, bir de Rabia yüzünden hatırlı adamların yanında mevki[4] ediniyordu. Ve Emine'nin bütün itirazlarına rağmen İmam, Rabia'yı o hafta konağa muntazaman[5] göndermeye başladı. Bu yeni hayat şekli Rabia için esaretten[6] kurtulur gibi bir şey oldu. İmam'dan artık ders almıyor, cehennem lâkırdısı, bilhassa babası hakkında o çirkin lâfları işitmiyordu. Artık İmam çocuğu tamamen kendine mal etmiş, onunla iftihar eder olmuştu. Gerçi sabahları gene evde iş görüyor, annesinin vırıltısını dinlemeye mecbur oluyordu. Fakat öğle yemeğinden sonra evden çıkıyor, ancak eve yatmaya geliyordu. Emine'nin titizliklerine, şimdi İmam müdahale ediyor, "Kız, evimize refah getirdi, artık uzun etme, çocuğu sıkıştırma," diye darılıyordu.

İlk hafta derslerine başlamamış olsa bile Rabia, günün yarısını konakta geçirmeye başlarken bir nevi[7] hayat görgüsü ve hocalardan öğrenilmeyen bir hayat tahsiline atılmıştı. Bilhassa Sabiha Hanım'ın yanında olmak, yaşamanın kaynağına atılmış demekti, mütemadiyen yeni bir

1. Çok önemli.
2. Alçakgönüllülük göstermek için "ben" zamiri yerine kullanılır.
3. Sağlanacak.
4. Yer.
5. Düzenli olarak.
6. Esirlikten.
7. Çeşit.

şekil alan hayatı eliyle tutuyor, gözüyle görüyor gibiydi. Hanımefendi'nin konak halkına emirlerini ekseriyetle[1] o götürüyor, bu sayede konak halkını yakından tanıyordu. Çocuğun sevimli yüzü, dost gözleri çok defa dürüşt[2] olan bu haberleri yumuşatıyor ve konak halkının bazân mütecaviz[3] ve küstah cevaplarını Hanımefendi'ye söylemiyordu. Bu ketumiyet[4] ve sükûn[5] evvelleri[6] mütearriz[7] ve müstehzî[8] bir tavır almış olan Dürnev'i bile kazanmıştı. Bilhassa tevcihat[9] listesi çıktığı gün, Hanım onu birkaç defa Paşa'nın odasına yollar, falan bey ve yahut paşanın hangi hizmet mukabilinde[10] taltif edildiğini[11] tahkik ettirirdi.[12] Rabia, Paşa'yı odasında, mahut[13] Şam hırkası ve beyaz takkesiyle, şen bir gönül, rahat vicdan sahiplerinin asudeliği[14] ile arka kaşağı oyar bulurdu. Kuyudan gelir gibi inleyen ve derin sesiyle eski şarkılar mırıldanırken, birdenbire susar, çocukla şakalaşırdı. Tevcihatın sebeplerinin iç yüzünü anlatırken çok tuhaftı. Burnu müstehzî bir mânâ ile uzanır, uzanır, burnunun ucu kartal gagası gibi kıvrılır, kendi, için için gülerdi. Rabia bu sebepleri dinlerken, zihni alt üst olurdu. Her nevi

1. Genellikle.
2. Sert, kaba.
3. Saldırgan.
4. Sıkı ağızlılık.
5. Sessizlik.
6. Önceleri.
7. Saldıran.
8. Alaycı.
9. Padişah tarafından verilen rütbeleri bildiren ve gazetede yayımlanan liste.
10. Karşılığında.
11. Ödüllendirildiğini.
12. Soruştururdu.
13. Alışılmış.
14. Sakinliği.

taltif[1] bir hıyanet,[2] bir fesat[3] mükâfatına[4] benzerdi.

Bir gün Paşa bir gözünü kırparak:

— Mûsikî muallimine söyle, sana "Ey zevk-ı zerrin" şarkısını talim etsin, dedi.

— Ben daha meşke[5] başlamadım, Paşa Efendi... Zevk-ı zerrin, ne demek?

— Altın eğlence!

— Bu Kanarya Hanım'ın söylediği şarkı değil mi?

— Seni gidi çapkın seni...

Paşa, acaba neden çocuğun bu sualini[6] tuhaf bulmuştu? Paşa'nın kahkahası durdu, yüzü ciddileşti:

— Kanarya Hanım'ı gelecek hafta altın kafesine koyacaklar... Artık konağımızda bir daha şarkı söyleyemeyecek...

— Sahi mi?

Her zaman beraber yemek yediği ve çok sevdiği bu güzel kız için Paşa'nın lâkırdılarında bir şaamet[7] hissetmiş, yüzü bulutlanmıştı.

— Niye gözlerin doldu? Fenâ değil, Saray'a gidecek, saraylı olacak. Altın kafes o kadar fenâ bir şey değil, kızım.

Rabia'nın zihninde Saray derhal altın bir kafes oldu.

Kafesin parmaklıklarına dayanan sarışın güzellerin bir ağızdan "Ey zevk-ı zerrin" şarkısını söyledikleri yer!

Bir gün sonra Sabiha Hanım, onu Paşa'nın odasına yolladığı vakit ilk defa olarak Kanarya'yı Paşa'nın odasın-

1. Ödüllendirme.
2. İhanet.
3. Arabozuculuk.
4. Ödülüne.
5. Müzik dersine.
6. Sorusunu.
7. Uğursuzluk.

70

da buldu. Paşa, arkası dik bir sandalyede oturuyor, yüzü endişeli, gözleri dalgın görünüyordu. Kanarya, bir yer minderinde ud çalıyor, Rabia'nın bir zaman unutamadığı bir şarkıyı dolgun ve müteessir[1] bir sesle söylüyordu.

"Gönül senden kimlere etsem şikâyet."

"Gönül", bir ip kadar kızın ağzında uzuyor, udun telleri kızın beyaz parmaklarıyla bu hüzünlü ezgiyi tekrar ediyordu.

Paşa çocuğu görünce biraz sıkıldı:

— Hanımefendi bir şey mi istiyor?

Rabia anlatırken, Selim Paşa'nın yüzü bir şey anlamamış gibi göründü:

— Hanımefendi'ye söyle, bu akşam ona meseleyi kendim anlatırım.

Rabia odadan çıkarken ikisi birden arkasından seslendi, geri çağırdı. Kanarya minderinin köşesinde ona bir yer açmıştı. Genç Çerkes'in başı gizli bir zilletle,[2] ağır bir kahırla[3] eğilmiş, sesi kısılmış, gözlerinden yanaklarına damla damla yaşlar dökülüyordu. Bununla beraber, dudaklarıyla tebessüm etmeye muvaffak oldu.

— Gelecek hafta karşı karşıya yemek yiyemeyeceğiz Rabia, fakat ben bir Saray'a yerleşince seni davet edeceğim, diyordu.

Rabia biraz sonra kalktı, odadan çıkarken, bu defa Paşa da onunla sofaya kadar geldi ve yavaşça:

— Kanarya'nın ağladığını Hanım'a söyleme... Kanarya'yı burada gördüğünü hiç söyleme, daha iyi, dedi.

Bu maceradan üç gün sonra Rabia, konakta gözlerini kamaştıran şenlikli bir akşam geçirdi. Bütün avizeler yanmış, herkes uzun etekli, ipek entariler giymiş, sofa-

1. Üzgün.
2. Utançla.
3. Acıyla.

71

larda ipek fışıltısından geçilmiyordu. O akşam, Kanarya'nın müstakbel[1] hanımı Kadın Efendi'ye, Sabiha Hanım bir ziyafet veriyordu ve ziyafetten sonra kendisine takdim edilen canlı hediyeyi, Kanarya'yı alıp Saray'a götürecekti.

Salonda perde arkasında bir saz takımı çalıyor, herkes Kanarya'nın oyununu bekliyordu.

Kadın Efendi için odada yüksek bir platform yapmışlar, üzerine yaldızlı bir koltuk koymuşlardı.

Kadın başında bir taç, boynunda tek taşlı pırlanta bir gerdanlık, yapyalnız sandalyede oturuyordu. Karşısındaki sedirlerde nişanları ve elmaslarıyla, ellerinde kocaman tüy yelpazeleriyle vükela[2] karıları, biraz resmî, biraz sinirli dizilmişlerdi. Fakat Rabia'nın zihnini en çok saraylı kadınlar işgal ediyordu. Yaşlı kalfalar platformun aşağısında, gençler kapı aralıklarında, sofalarda kırıtım kırıtım dolaşıyorlardı. Hepsi uzun eteklerini sol kollarının üstüne atmışlar, hepsinin başında hemen kayacakmış gibi sol kulaklarına tehlikeli surette yıkılan bir hotoz... Hepsi Türkçe'den ziyade kuş diline benzeyen çetrefil[3] bir Çerkes dili konuşuyor. Hepsinin bir kaşı kalkık, hepsi seri halinde bir tek sanatkârın elinden çıkmış taş bebeklere benziyor.

Saz, bir oyun havası tutturunca Kanarya odaya atıldı. Gül renginde şalvar, dar bir mor kadife yelek ve şalvarının renginde terlikler giyiyordu. Şalvarının ve yeleğinin üstü altın, gümüş pulla işlenmişti. Tül gömleğinin uzun kolları, geniş yenleri[4] iki kanat gibi dalgalanıyor, arkasına dökülen yaldızlı saçları avizenin altında ipek bir şala

1. Gelecek.
2. Bakan.
3. Güç, karışık.
4. Kolları.

72

benziyordu. Hemen parmaklarında küçük sarı zilleri şaklatmaya başladı, sonra sıçradı, döndü, mûsikî bir rüzgâr ve onun bacakları, kolları, boynu birer sazmış gibi titredi, eğildi, doğruldu. Vücudu bütün bu hareket içinde garip bir diklik muhafaza ediyordu.

Dans, saz, söz hepsi nihayet buldu ve saraylılar gittiler. En önde Kadın Efendi, en arkada Kanarya yürüyordu. Rengârenk feraceler üstünde beyaz yaşmaklar,[1] yaşmakların arasından bakan sürme çerçeveli mavi, yeşil, ela gözler... ışıltıları Rabia'ya insandan başka bir mahlûkmuş[2] gibi geldi. Kanarya'nın mavi gözleri ona son selâmını gönderdi.

Herkes misafirleri teşyi[3] için taşlığa inmişti. Kapının aralığından bahçenin dış kapısı görünüyordu. Rabia siyah setreli[4] harem ağalarının, süslü, renkli üniformalı seyislerin araba kapılarını açtığını gördü. Saraylı kafilesini, siyah kupa arabaları[5] yuttu. Rabia'nın gözlerinde bu sarışın kadın alayının son geçişiydi.

Sabiha Hanım sordu:

— Kanarya'nın oyununu nasıl buldun?

Çocuğun gözleri tutuştu:

— Çok güzel!

Sabiha Hanım'ın kaşları çatıldı:

— Kim demiş? Tavus kuşu gibi aptal aptal döndü, dolaştı. Sen bir Çingene Penbe'nin oyununu görsen...

---

1. Kadınların ferace ile birlikte kullandıkları, gözleri açıkta bırakan, ince yüz örtüsü.

2. Yaratıkmış.

3. Uğurlamak.

4. Düz yakalı, önü ilikli bir çeşit ceket.

5. Kapalı ve yalnız arkada oturulacak yeri olan, dört tekerlekli araba.

8

Rabia'nın Vehbi Dede ile mûsikî dersleri, Arabî ve Farisî derslerinden hayli sonra başladı. Şükriye Hanım ona, "Hoca'nın elini öp", Vehbi Dede'ye, "Yeni şakirdiniz,[1] efendim" diyerek çekilip gidince kız odanın ortasında kakıldı kaldı. Rabia'nın yanakları ateş gibi yanıyor, kendi kendine, "Acaba elleri nerede?" diye soruyor, fakat ilerlemeye cesaret edemiyordu.

Dede'nin elini nerede bulup öpecekti? Herhalde onlar adamın boynundan yere kadar uzanan deve tüyü renginde harmaninin[2] içinde bir yerde olacaktı. Niçin öteki büyükler gibi o da elini kendiliğinden uzatmıyordu? Gözlerini yavaş yavaş yeni hocasına kaldırdı. Dede'nin harmaninin içindeki uzun boyu biraz öne, Mevlevî külâhının[3] altındaki baş sol tarafa eğik, tavrında bir şey bekleyen adam hali vardı.

Çocuğun gözleri nihayet[4] Dede'nin gözlerini bulunca, iki zayıf el harmaniden çıktı, göğsünün üstünde çap-

---

1. Öğrenciniz.
2. Pelerinin.
3. Erkeklerin giydiği genellikle keçeden, ucu sivri veya yüksek başlık.
4. Sonunda.

74

razvari[1] kavuştu ve Rabia'yı büyük bir insanmış gibi Mevlevî selâmı ile selâmladı.

Rabia, Dede'nin tavrındaki zarafete,[2] yüzündeki bambaşka ifadeye tecessüsle,[3] yeni bir şey görmüş gibi bakıyordu. Vehbi Dede'nin gözleri koyu ve bir çocuk gibi emniyetle etrafına bakıyor, yüzü bir müsellesi[4] hatırlatıyor, alnı geniş, çenesi sivri. Burnu ince ve muntazamdı, dudakları biraz müstehzî, kızıl kumral sakalı biraz köse, yanaklarda yok gibi, çeneye doğru gürleşiyor.

Dede, bir yer minderi gösterdi ve, "Otur, kızım," dedi. Sonra eğildi, çocuğun ellerini dizlerinin üstüne koydu, parmaklarını açtı. Bu hareketle Rabia'nın sımsıkı duran vücudu gevşedi, içine de biraz sükûn geldi, çarpıntısı, korkusu geçti. Kendisi harmanisini minderin üstüne attıktan sonra çocuğun karşısına bir minder çekti, oturdu. Yün şalvarı[5] aşınmış, mintanının[6] dirsekleri yamalı, kolsuz yeleğinin üstünün havı[7] gitmişti. Fakat bu zâhirî[8] fukaralığa rağmen, giyinişinde bambaşka bir husûsiyyet vardı. Hemen o dakika ders başladı.

"Düm, tek tek, düm tek..." hem söylüyor, hem çocuğun ellerini dizlerine vuruyordu. Bu en basit usule[9] çocuk alışınca, sedirin üstünden neyini aldı, kolay bir hava üflemeye[10] başladı.

1. Çapraz olarak.
2. İnceliğe.
3. Merakla.
4. Üçgeni.
5. Genellikle ağı çok bol olan, bele bir uçkurla bağlanan geniş üst donu.
6. Yakasız uzun kollu erkek gömleğinin.
7. Yünün yüzeyindeki ince tüyleri.
8. Görünürdeki.
9. Tempoya.
10. Ney çalmaya.

Rabia'nın ilk mûsikî dersi böyle geçti. Günden güne Vehbi Dede'nin öğrettiği, Kuran okumaktan çok daha başka olan bu mûsikînin derunî[1] darabanına[2] alışıyor ve benimsiyordu. Ve en karışık usulleri dizinde vurmayı öğrendikten sonra hocası eline bir tef[3] verdi. Parmaklarının gergin deri üstünde dolaşarak, vurarak çıkardığı seslerin, zillerin şıkırtısıyla imtizacı[4] pek hoşuna gidiyordu.

Emine "Çingene sazı" diye tahkir ettiği[5] tefi, kızının çaldığını duyunca hiddetinden[6] babasına saldırdı.

— Bu konak bakalım kıza daha ne yüzsüzlükler öğretecek... Para yüzünden torununu Çingene çalgıcısı yapacaksın.

İmam sakalını karıştırdı:

— Sana kim tef çaldırıyor, Rabia?

— Vehbi Dede.

İmam nefes aldı ve Emine'ye sert sert bakarak:

— Anlamadığın işe burnunu ne sokarsın, be kadın? Vehbi Efendi evliya[7] gibi bir adamdır, Mevlevîler, tefi, dünya zevkine âlet[8] için çalmazlar, diye başlayarak uzun izahata[9] girişti.

İmam'ın, tef meselesinde Rabia'nın tarafını tutması, çocuğu mûsikî derslerinde serbest bıraktı. Ve çocuk teften sonra ud, kanun, hemen alaturka sazların hepsini, Vehbi Dede'yi hayran bırakan bir sür'atle, kabiliyetle öğ-

1. İçten gelen.
2. Vurgularına.
3. Zilli bir kasnağa geçirilmiş kursak zarından oluşan çalgı.
4. Kaynaşması.
5. Küçümsediği.
6. Öfkesinden.
7. Ermiş.
8. Aracı, araç.
9. Açıklamalara.

rendi. Bir zaman sonra telli sazları, hocası kadar maha-
retle[1] çalmıyorsa bile, pek kendisine mahsus[2] bir ateşle,
heyecanla çalıyordu.

Şimdi, artık, güya Kuran okumak için kaldığı Sabiha
Hanım'ın odasında, akşamları hep şarkı söylüyordu.
Uzun günün çalışmasından bitap,[3] ihtiyar kadının odası-
na gelir, arkasını sedire dayar, ayaklarını uzatır, elinde
tefi, tatlı sesi, şarkıdan şarkıya atlardı. Ekseri akşamları
Selim Paşa da gelir, nargilesini getirtir, onu dinler ve din-
ledikçe yüzünün sertliği, huşûneti[4] gider, gözleri uzakla-
ra dalar kendi kendine gülümserdi.

Rabia'nın Vehbi Dede ile devam eden mûsikî ders-
lerinin tesirini konakta en çok alaka ile takip eden Hilmi
olmuştu. Zaman zaman o güzel sesin "ten ten terani"lere
fedâ edilişine, saçlarını yolacak kadar sızlanırdı. Fakat
kız, şarkı söylerken ister istemez o da anasının odasına
sürükleniyor ve o güzel sesin Peregrini gibi Garb[5]
mûsikîsinin üstâdı olan bir hoca elinde ne emsalsiz[6] şekil
alacağını tahayyüle çalışıyordu.

Peregrini her perşembe akşamı –o akşamları Paşa
geceyarısına kadar dairede geçirdiği için– konağa gelir,
Hilmi'nin odasında toplanılır, konuşulur ve konser veri-
lirdi. Hilmi, ancak Rabia derse başladıktan sekiz ay sonra
kızı Peregrini'ye dinletmeye karar verdi ve anasının mu-
vafakatini[7] aldıktan sonra, bir perşembe akşamı, Rabia'yı,
Şükriye Hanım, Hilmi'nin odasına çıkardı.

1. Ustalıkla.
2. Özgü.
3. Bitkin.
4. Kabalığı.
5. Batı.
6. Eşsiz.
7. İznini.

77

Rabia yukarıya çıkarken ayakları geri geri gidiyordu. Peregrini'den biraz korkuyordu. Selim Paşa ile oğlu arasında sesin terbiyesi için geçen münakaşayı derin bir dikkatle takip etmişti, pek sevdiği Vehbi Dede'nin elinden Peregrini'ye geçmeyi hiç istemiyordu. Odaya ayaklarının ucuna basarak girdi.

Piyanonun önünde dört kişi toplanmıştı. İskemlede Hilmi oturuyor, bir tarafında ayakta uzun boylu, keskin yüzlü esmer genç bir adam, öbür tarafında sarışın silik yüzlü daha genç bir adam, arkasında Hilmi'nin omuzlarına ellerini dayamış koca boylu bir adam. Bunlar piyanonun yanında olmalarına rağmen mûsikîden bambaşka bir şeyler konuşuyorlardı. Bilhassa esmer adam –nafıa[1] mühendislerinden Şevki Bey– elleriyle işaretler yaparak Mazzini,[2] Namık Kemal[3] isimlerini mütemadiyen tekrar ediyordu.

Çocuğun yumuşak halıda kaybolan ayak seslerini evvelâ Peregrini'nin hassas kulakları sezdi ve birdenbire döndü. Ufak tefek bir adamdı. Kuru yüzünü birdenbire bir örümcek ağı gibi geçmiş çizgiler kaplamış, gözleri çukur, kaşları kalın, sakalı sivri, siyah boyunbağı bir sanatkâr ihmaliyle[4] göğsünün yarısını kaplamış, belki otuz, belki kırk yaşında.

— Bu bizim çocuk artist olacak, dedi ve elini Rabia'ya uzattı.

Kız –belki her uzatılan eli öpmeye alışık olmasından, belki el sıkmak âdetini bilmemesinden, belki de Peregrini'nin pürüzsüz Türkçesinden onu Müslüman sanmasından– sanatkârın elini öptü, başına koydu.

1. Bayındırlık.
2. İtalyan devrimci ve vatansever Guiseppe Mazzini.
3, Vatan şairi Namık Kemal.
4. Savsaklığıyla.

Üç genç elleriyle ağızlarını örterek pufladılar. Fakat Peregrini memnun görünüyordu. Çocuk onun zihninde ders verdiği alafranga, zengin kız çocuklarıyla derhal bir mukayese[1] uyandırmıştı. Onların hepsi Avrupa çocuklarının saman kâğıdı kopyası gibi idiler; halbuki bu kız arkasındaki üç sıkı kumral örgüsüyle, açık yüzüyle nohudi[2] yemenisiyle İstanbul şehrinin medeniyetinin, harsının asırlar süren tekâmülünün[3] vücuda getirdiği[4] yerli bir örnek!

Yeşil mevceli bal rengi gözleri ciddi ve vakur,[5] biraz büyücek penbe dudaklı ağzında sükûn ve kudret[6] var. Piyano hocasının gözleri küçüldü, dudaklarında doğan gülümseme yüzünün bütün çizgilerini derinleştirdi. Rabia da gayri ihtiyari[7] gülümsedi. Ötekiler çocuğun üstâda söyleyeceği şarkıyı münakaşa ediyorlardı. Hilmi bir parmağıyla piyanoda "Gönül senden kimlere etsem şikâyet" şarkısını başladı.

— Bunu söyletelim, güzel söylüyor, dedi. Üstâd başını salladı.

— Matmazel camilerde okuyan hafızlardan değil mi? Bırakın kendi kitabından, kendi üslubuyla bir parça okusun.

Üstâdın bu fikrini gençler orijinal buldular ve derhal bir mizansen[8] yapmaya koyuldular. Sarışın genç –Şûrayı Devlet âzâsından[9] Osman Bey'in oğlu Galip– bir

1. Karşılaştırma.
2. Nohut rengi.
3. Gelişmesinin.
4. Meydana getirdiği.
5. Onurlu.
6. Güç.
7. Elinde olmadan.
8. Bir durumu olduğundan daha farklı göstermek için yapılan hazırlık.
9. Danıştay, Devlet danışma kurulu üyelerinden.

rahle[1] buldu getirdi. Şevki üstüne iki mum yaktı. Hilmi karısının odasından beyaz dantel bir baş örtüsü kaptı getirdi. Rabia'nın başına örttü. Hafız kızın beyaz çerçevesi içinde dar yüzü ile mumun titrek, beyaz alevleri arasında görününce havadaki dram[2] kokusuna kapılan Peregrini piyanonun üstündeki lâmbayı kıstı. Birdenbire gölgelere dalan ve loşlukta hatları birbirine karışan eşya arasında Rabia'nın yüzü bir Meryem Ana tasviri[3] gibi göründü. O vakit üstâd ellerini ovuşturarak:

— Beatris,[4] Dante'ye ilk defa böyle görünmüş olacak, diyordu.

Üç gencin gözleri çocuğun sesinin üstâda yapacağı tesiri kaçırmamak için Peregrini'nin yüzüne dikildi. Fakat Peregrini'nin gözleri kız hafıza daldı, kaldı.

Belki bir uzun dakika kızın vücudu donmuş gibi hareketsiz bekledi. Sonra içine gizli bir hayat suyu akıyormuş gibi evvelâ başı ve omuzları belli belirsiz, sonra bütün ince vücudu dalgalanmaya, dudaklarından yarım ve çeyrek seslerden yaratılan ağır ve garip bir ahenk akmaya başladı. Besmele[5] ile başlarken bu hareket ve ses hafif ve pes[6] fakat gittikçe kuvvetlendi, hummalı[7] bir damar gibi atışı kudretlendi ve en nihayet "Sadakallâhülâzîm"de[8] yavaşladı ve birdenbire kesildi.

Şimdi küçük hafız donmuş gibi, okurken vücudunu

1. Küçük masa.
2. Tiyatro oyunu.
3. Resmi.
4. Dante'nin *İlahî Komedya*'da söz ettiği sevgilisi.
5. Arapça "Acıyan ve esirgeyen Tanrının adıyla" anlamına gelen ve bir işe başlarken söylenilen Arapça "Bismillahirrahmanirrahim" sözünün kısaltılması.
6. Alçak, hafif.
7. Hareketli.
8. Arapça, "Allah'ın buyurduğu doğrudur." Kuran'dan okunan her parçanın sonunda söylenir.

kavrayan kudret akmış, tükenmiş gibi cansız duruyordu.

Üç çift göz, kendilerine pek alelâde[1] gelen bu manzaranın Peregrini'ye tesirine biraz şaştı. Onu bir filozof, her filozof gibi dinsiz herhalde dinsizliği bir softa[2] taassubu[3] kadar kuvvetli sanırlardı. O, şimdi başı önünde, yüzü huşû[4] içinde, günahlarına tövbe eden bir rahibe benzemişti.

Başını kaldırdığı vakit, tavrındaki acele ve mübalağadan eser yoktu. Müteheyyiç[5] bir sesle çocuğa:

— Okuduğunun mânâsını bana söyler misin, dedi.

Rabia omuzlarını silkti. Henüz bunu anlayacak kadar Arabî derslerinde ileri gitmemişti.

Hilmi gene koştu. Paşa'nın kütüphanesinden, yaprakları sararmış bir tefsir kitabı[6] getirdi.

Rabia'nın okumuş olduğu ayetlerin Türkçesini söylerken, piyanist onları, cebinden defterini çıkarmış kaydediyordu:

— "Rab, meleklere, 'Biz dünyaya hâkim olacak birini (Âdem) göndereceğiz,' dediği zaman onlar, 'Biz senin kudsiyetini[7] ilâ,[8] sana hamdüsena[9] ile meşgulken sen oraya fitne ika edecek,[10] kan dökecek bir kimse mi gönderiyorsun?' dediler."

Piyanist defterini cebine koydu.

1. Sıradan.
2. Bir görüşe, bir inanışa körü körüne inanan, bağlanan kimse.
3. Bağnazlığı.
4. Alçakgönüllülük içinde.
5. Coşkun.
6. Kuran'ın surelerini yorumlayan, açıklayan kitap.
7. Kutsallığını.
8. Yükseltme.
9. Tanrı'ya şükretme ve O'nu övme.
10. Yapacak.

— Beni Allahımdan, ruhbaniyetten[1] ve manastırdan[2] ayıran işte meleklerin bu mantığı, bu itirazı olmuştur, dedi.

Hilmi ve arkadaşları sustular. Onu, yeni ve bambaşka bir cephesinden görüyorlardı. Onun felsefî ve tarihî malûmatından,[3] Şark ilimlerindeki vukufundan[4] ziyade[5] Garb'da fikir cereyanlarını[6] dikkatle takip edişi, genç talebesinin zihninde kuvvetli tesirler yapmıştı. Fakat en ziyade onu dinsizliği için, yani kilisesini, tarikatını[7] terk ettiği için severler. Türk diyarında her değişikliğe, her ileri atılışa dindarları mâni[8] gördükleri için kendilerini dinden âzâde[9] farz ediyorlardı.[10] Bundan dolayı sabık[11] Rahip Peregrini ile aralarında bir fikir dostluğu, kanaat birliği[12] olduğuna inanmışlardı. Rabia'nın Kuran okumasıyla, sanatkârın gösterdiği hassasiyet[13] onları biraz şaşırttı.

Hilmi sordu:

— Bu sesi terbiye etmek istemez misiniz, *cher maître?*[14]

Rabia'nın gözleri isyanla tutuştu, fakat Peregrini kızı

1. Rahiplerin evlenmeyerek ve dünyadan el etek çekerek yaşamaları durumu.

2. Bazı kesin kurallara bağlı rahip veya rahibelerin dünya ile ilgilerini keserek yaşadıkları yapı, keşişhane.

3. Bilgisinden.

4. Derinliğinden.

5. Çok.

6. Akımlarını.

7. Tanrı'ya ulaşma arzusuyla tutulan yollardan her birini.

8. Engel.

9. Baskısından kurtulmuş.

10. Sayıyorlardı.

11. Eski.

12. İnanç birliği.

13. Duyarlılık.

14. (Fr.) Sevgili efendim.

teskin eden[1] bir samimiyetle dedi ki:

— Hayır, Sezar'ın[2] malını Sezar'a, Allah'a ait olanı Allah'a vermek gerek... Ben Sezar'ın, ben Şeytan'ın zümresindenim.[3] Çocuk Allah'ın, bırakın olduğu yerde kalsın.

Bir hafta sonra, gene bir perşembe akşamı Rabia Sabiha Hanım'ın emriyle Hilmi'nin odasına çıktı. Peregrini ile Vehbi Dede karşı karşıya konuşuyorlardı, bermutat,[4] Dede sakin ve telaşsız, piyanist ateşli ve heyecanlı. Peregrini bir hafta evvel zümresinden olduğunu iddia ettiği Şeytan'dan bahsediyordu. Şeytan ve Allah, bunlar Rabia'nın beş yaşından beri muhitinde her gün işittiği bahisler. Yadırgamadı, oturdu, dinledi.

Peregrini diyordu ki:

— İnsanı ilk defa ilim ağacının yemişini yemeye sevk eden Şeytan değil mi? O olmasa, insan sadece yiyen, içen, iki ayak üstünde dolaşan bir mahlûktan ibaret kalırdı. Tecessüs[5] her bilginin anahtarı, bu anahtarın ilk sahibi ve bize ilk bu anahtarı veren de Şeytan'dır.

Piyanist, ellerini sallayarak konuşuyor, sesini yükseltiyor, gözleri arayıcı birer ışık gibi Dede'nin yüzünde dolaşıyor. Halbuki Vehbi Dede onu, bir çocuk coşkunluğu seyreden olgun bir adamın sükûnetiyle, belki müsamahasıyla[6] dinliyordu.

Piyanist devam etti:

1. Yatıştıran.
2. Julius Caesar. Romalı general ve devlet adamı.
3. Toplumundanım.
4. Her zamanki gibi.
5. Öğrenme merakı.
6. Hoşgörüsüyle.

— Hiç olmazsa Şeytan'ın cesaretini tasdik et,[1] Dede Efendi. Fikir cesaretinin pîri[2] odur. Halik'in[3] gazabına[4] ilk isyan eden, cennetin nimetlerinden, refahından atılmayı ilk göze alan hep odur. Yeryüzünde ilk ateşi, gökten çalıp getiren Promete'den[5] tut da, bütün filozoflara, bütün büyük ihtilalcilere, hattâ benim gibi kilisesine isyan eden adî[6] bir adamın bile pîri odur. Bak, Şeytan için ne güzel, bir parça besteledim.

Ellerini havaya kaldırdı ve piyanoya indirmeden evvel,

— Cennette namdar[7] bir melek olmayı, fikir hürriyeti[8] namına[9] fedâ edenin şerefine, dedikten sonra bir çılgın gibi parmakları piyanonun üstünde dolaşmaya başladı.

Rabia'ya öyle geldi ki, çaldığı havada kâinatın bütün şeytanları, ifritleri[10] başıboş, hürriyetle sarhoş bağırışıyorlar, çığrışıyorlar.

Sarışın Galip, ellerini çırptı:

— Bu memlekette halkı düşünmeye alıştırmak için Şeytan'a tapmayı öğretsek, nasıl olur, üstâd?

Şevki homurdandı. O, dâima Galip'in sözünü ağzına tıkardı:

— Sakın üstâdı taklit edeceğim diye, bizim halka

---

1. Onayla.
2. Kurucusu.
3. Yaratanın.
4. Kızgınlığına.
5. Prometheus. Yunan mitolojisinde ateşi çalarak insanlara getiren ilah.
6. Sıradan.
7. Ünlü.
8. Düşünce özgürlüğü.
9. Adına.
10. Kötü, korkunç cinleri.

Şeytan'dan bahsetmeye kalkma; seni Zuhurî koluna[1] çıkmış zannederler.

— Monşer, sen de hep ne söylesem alay edersin. Bir de Vehbi Dede'ye soralım. O, öteki hacılara, hocalara benzemez. Ne dersin, Dede Efendi? Terakki[2] için Şeytan'ın namını ilâ edelim[3] mi?

Dede tatlı tatlı güldü:

— Bence Şeytan ve Allah diye kâinatta iki kuvvet yoktur. Hepsi, her şey bir tek hakikatin,[4] bir tek kudretin görünüşü. Cüz ve ferdlerden[5] en muazzam güneşlere kadar, insandan, göze görünmeyen böceklere kadar hep bir tek yaratıcı kudretin eseri. İyi kötü, güzel çirkin, Allah Şeytan; bunlar, icat edilen isimler. Hepsinin arkasında, kendi kendini halk etmiş[6] olan ve mütemadiyen halk etmekte olan bir kudret var... O, o... Kâinat denilen perdeye, gölgelerini aksettirmek için yaratmak fiilinde[7] devam eden Halik...[8] Adı Allah, Rab, ne olursa olsun. Nurunun[9] en parlak, en ezelî[10] olduğu bir yer, sırrının makesi[11] bir tek şey vardır: Aşk!

Mesnevî[12] okur gibi bunları söyledikten sonra ace-

1. Orta oyunu takımı.
2. İlerleme.
3. Yükseltelim.
4. Gerçeğin.
5. En küçük parçalardan.
6. Yaratmış.
7. Eyleminde.
8. Yaratan.
9. Işığının.
10. Öncesiz.
11. Karşılığı.
12. Her beyti ayrı uyaklı bir divan edebiyatı nazım biçimi.

maşiran[1] makamında[2] bir mısra[3] terennüm etti:[4]

— Aşk bes, bâkî heves![5]

Peregrini hâlâ aynı heyecanla bağırıyordu:

— Ya kinler, nefretler, boğuşmalar, didişmeler, vahşetler... Onları bir fenâlık[6] Allahının eseri olarak kabul etmek lâzım değil mi?

— Hayır... Hepsi aynı nurun gölgesi, hepsi aynı ilâhî[7] ressamın kullandığı başka başka boyalar...

— O halde sen, Dede, ayrı ve ferdî[8] bir ruha inanmıyorsun.

Dede omuzlarını silkti:

— Kaynağına dönen damla, güneşe dönen ışık parçası ayrı mıdır, değil midir? Ben, sadece hepimizi içine alan muazzam[9] bir vahdetin[10] parçası olduğuna iman ettim. Bundan ötesini, perdenin bu tarafında kimse idrak edemez.[11]

— O halde?

— O halde, bu kadarı yeter, ondan ötesi... Bütün varlık, yerler, hattâ gökleri dolduran güneş manzumeleriyle[12] bile birer gölge, geçici birer gölge oyunu!

Peregrini'nin gözleri yumuşadı, Şevki'nin çatık kaş-

---

1. Türk müziğinde kullanılan şet makamlardan biri.
2. Türk müziğinde bir dizinin işleniş biçimine verilen ad.
3. Dize.
4. Söyledi.
5. Aşk yeter gerisi hevestir.
6. Kötülük.
7. Tanrısal.
8. Kişisel.
9. Çok büyük.
10. Birliğin.
11. Anlayamaz.
12. Sistemiyle.

ları birbirine girdi ve Vehbi Dede, Farisî bir kıt'ayı[1] mü-
terennim[2] bir sesle Türkçe okudu:

— Meyhaneler sakini[3] ol; iç, mihrabları yak, Kâbe'yi
ateşe ver. Fakat ey insan, ben-i nev'ini[4] incitme!

Vehbi Dede nihayet sabık rahibe dönerek alçak bir
sesle iddiasını bitirdi:

— Varlığın "niçin ve neden"lerini ben de çok öğren-
mek isterdim, *sinyor*. Fakat onu hiçbir vakit bir "kül" ha-
linde bir tek şekilde göremedim. Bu muazzam temaşâ[5]
bir an durmuyor, dâima değişiyor, değişiyor... Gel Rabia,
kızım. Yolcu yolunda gerek. Gitmeden biz de şarkımızı
söyleyelim.

Rabia tefi, Dede neyi aldı. Kız hafız dünya kaygusu-
nu, dünya hırsını, hırka ve abaya[6] değişen, dedelerin en
ulusu[7] Galib Dede'nin bir şarkısını söyledi:

— Yine zevrak-ı derûnum kırılıp kenare düştü,[8] diye
başladı. Sonra Dede'nin bütün felsefesini hulasa eden[9]
son satırları, hepsinin içini karıştıran bir hüzünle bitirdi:

— Kimi terk-i nâm u şâne kimi itibare düştü.[10]

Vehbi Dede ile Rabia odadan çıkınca Peregrini sor-
du:

— Bu mucize çocuk, kimin kızı?

Hilmi anlattı:

1. Dörtlüğü.
2. Şarkı söyler gibi.
3. Oturanı.
4. Kendi cinsini.
5. Gösteri.
6. Aba kumaşından yapılmış yakasız, uzun üstlük.
7. Büyüğü.
8. "Yine iç gönül şişem kırılıp kenara düştü."
9. Özetleyen.
10. "Bazen isim ve şöhreti terk etme, bazen de itibarlı olma arzusu peşine düştü."

— Orta oyununda kadın rolü yapan bir serserinin. Bu memleket, kadınlarının karikatürlerini o kadar realist[1] bir şekilde yapan bir artist daha görmedi.

— Öldü mü?

— Hayır, fakat kız babasını tanımaz. Doğduğu vakit babası sürgündeydi. Annemden başka bu soytarıyı hatırlayan da kalmadı ya!

Peregrini Hamlet'de Yorick'i[2] hatırladı. Sağken öpülen, ölünce toprak dolan ağızlı Yorick.

— Niçin sürdüler, siyasetle alakası[3] var mıydı?

— Nerede? Öyle şeylerden anlayacak adam değil. Taassup[4] ve muhafazakârlara[5] kurban gitti. Rolleri biraz içtimai[6] an'anemizi zehirliyor gibi görüldü. Nihayet bir ihtiyatsızlık etti...[7] Çirkin bir ihtiyatsızlık. Bermutat babamın eliyle Gelibolu'ya sürüldü.

Hilmi'nin babasından bahsederken sesinde hâsıl olan[8] acılık belki bu defa daha derindi. Biraz sustu, sonra devam etti:

— Çocuk büyükbabasının yanında oturur. Beş vakit namazında, sabık damadına beddua eden, şeytan, cehennem, zebaniden başka lâf konuşmasını bilmeyen bir mahalle imamı. Sakın onu da görmeye kalkma, üstâd. O, Vehbi Efendi'den çok başka şekilde dindar. Sana, hattâ bizlere bile kâfir der ve davet etsek de gelmez.

— Herhalde Vehbi Dede'yi gelecek hafta gene da-

1. Gerçekçi.
2. W. Shakespeare'in Hamlet adlı eserindeki soytarı.
3. İlişkisi.
4. Bağnazlık.
5. Tutuculara.
6. Toplumsal.
7. Ölçüsüzlük.
8. Meydana gelen.

vet et, Hilmi Bey, çok cazip[1] adam. Çaldığı hava şimdiye kadar zaptettiğim[2] Şark melodilerinin en güzeli.

Şevki:

— Tehlikeli unsur, diye mırıldandı.

— Niçin Şevki Bey?

— Bence İmam, bizim memleketimiz için Dede'den daha az zararlıdır. Dervişin felsefesindeki uyuşturucu, uyutucu zehir İmam'ın cennet, cehennem masallarından daha çok tehlikeli. İmam sadece batıl itikatların[3] doğurduğu bir sürü masalı tekrar ediyor, Dede iyilik, kötülük arasındaki farkı kaldırıyor. İyiyi fenâyı tablolarında boya diye kullanan sanatkâr bir Allah mefhumu[4] çıkarıyor. Bunun mantıki neticesi ne oluyor, bilir misiniz? Bu itikat, insanları, zulme[5] ve zalimlere karşı müsamahakâr,[6] lakayt[7] yapar. Mesela bizim Kızıl Sultan'ın[8] hareketlerinin hepsini Allah isteyerek yaptırıyor, diye ahaliye bir itikat gelse... Bu istibdat rejimini[9] devirmek için arkamızda kaç adam buluruz? Bence en evvel bu memleketten tekkeleri[10] kaldırmalı.

— Sen müstakbel[11] bir devletin bânisi[12] gibi konuşuyorsun, Şevki Bey. Dede'nin devletle hiç münasebeti[13]

---

1. İlgi çekici.
2. Not ettiğim.
3. Batıl inançların.
4. Kavramı.
5. Acımasızlığa.
6. Hoşgörülü.
7. İlgisiz.
8. II. Abdülhamid'in.
9. Despotluk rejimini.
10. Tarikattan olanların dinsel törenler yaptıkları yer, dergâh.
11. İlerideki.
12. Kurucusu.
13. İlişkisi.

yok. Onun sahası ferdin ruhu... Kendisine mahsus[1] açlığı, susuzluğu, tecessüsleri,[2] muammaları[3] olan ruh! Eğer insanlar sade zâhirî[4] bir devletin birer küçük parçasından ibaret olsalar dünya bir nev'i[5] karınca, arı cemaatine döner. Dede'nin sizin temsil ettiğiniz müstakbel Türk rejimiyle hiç alakası yok.

Bu akşam Peregrini ilk defa genç dostlarını çok başka ve çok ciddî bir cepheden görüyordu. Onları biraz kitabî,[6] biraz "snob",[7] sırf vakit geçirmek için ihtilali[8] konuşan işsiz güçsüz zengin evlâtları diye telakki etmişti.[9] Bu akşam bilhassa Şevki'nin fikrindeki vuzuh[10] onu düşündürdü. Acaba Türk ülkesine birtakım gizli tarihî kudretler, bu konuşkan, mukallit[11] gençlerin vasıtasıyla yeni bir çığır açmak arifesinde[12] miydi? Hilmi, o gayri tabiî düşünen karışık kafalı aciz bir Hamlet örneğiydi. Öyle bir Hamlet ki binbir hortlak hayali onu muayyen bir ideal için şiddete, hattâ en ufak bir harekete bile sevk edemez.[13] Fakat Şevki ne kadar ondan başka görünüyordu. Ağır ağır, kendi kendine piyanist, mırıldanıyordu:

— Belki yeni devirler için tahripkâr[14] ve ateşli adam-

1. Özgü.
2. Arayışları.
3. Bilinmezlikleri.
4. Görünüşte.
5. Çeşit.
6. Kitaba bağlı kalan.
7. Züppe.
8. Devrimi.
9. Kabul etmişti.
10. Açıklık.
11. Taklitçi.
12. Öncesinde.
13. Yönlendiremez.
14. Yıkıcı.

lar lâzım... Binâ etmek[1] için eskinin enkazını süpürmeli... Fakat bir insan cemaatinde Dede gibi insanlar olmasa acaba ne olurdu?

— Niçin mutlak Dede gibi adamlar lâzım olsun, üstâd?

— Bu mihnet[2] ve zulüm dünyasında ferdin ruhu bazân sulha,[3] güzelliğe, teselliye muhtaçtır. Bunu da ancak sırlı kuvvetler verebilir.

— İyi kurulmuş bir devlet makinesinde hiçbir ferd teselliye muhtaç olamaz. Âciz,[4] hayalî,[5] bilhassa düşman ruhları Vehbi Dede gibi sırrîlerin[6] muzır[7] felsefesi yaratır. Bizim kuracağımız devlette ne zulüm[8] ne de mihnet olacak... Devletimizin sıhhatini,[9] muvazenesini[10] bozacak her kuvvetin kafasını ezeceğiz.

Galip ayağa kalktı.

— Abdülhamid de başka türlü düşünmüyor, Monşer, dedi.

Vehbi Dede ve Rabia konaktan beraber çıktılar. Gözleri Şevket Ağa'nın önde hafif sallanan fenerinde. Ayrılacakları köşeye kadar beraber yürüdüler. İkisi de susmuştu, ikisi de güzellik ve sükûn taşan yaz gecesini tadıyorlardı. Ayrılırlarken Dede çocuğa, gökleri gösterdi:

— Allah bu gece bütün kandillerini[11] yakmış.

1. Yeniyi kurmak.
2. Acı.
3. Barışa.
4. Güçsüz.
5. Hayalci.
6. Mistiklerin.
7. Zararlı.
8. Kıyım.
9. Esenliğini.
10. Dengesini.
11. Burada; yıldız.

Rabia, Dede gittikten sonra bile olduğu yerde durdu ve gözleri göğü seyretti. Yüreğinde büyük ve mesut hadiseler[1] bekleyenlerin heyecanı vardı. İstanbul'un hangi yıldızlı yaz gecesi insan gönlüne büyük vak'alar arifesi[2] hissini vermez? Koyu mavi kubbeye yayılan ve yapışan Allah'ın sayısız şem'aları,[3] hangi kimsesize, serseriye dost ışıklarıyla yolunu işaret etmez?

Sinekli Bakkal Sokağı'nın köşesindeki çeşme üstü mor salkım çardağı, mor, müteharrik[4] bir dalga gibi, kuytu gölgelerinde tatlı bir koku var, çeşmenin yalağına damlayan su sesinde, sessizliği derinleştiren bir ahenk var.

Oradan hemen İmam'ın evinin kapısı olan sokağa sapabilirlerdi. Fakat Şevket Ağa da, çocuk da Sinekli Bakkal Sokağı'nı baştan başa geçmeyi tercih ettiler.

Uzaklarda tek tük köpek havlıyordu. Fakat sokak tamamen uyuyordu. Şevket Ağa sokağın ortasında birdenbire durdu.

— Şu pencerede acaba neden bu akşam aydınlık var?

Rabia uşağın işaret ettiği pencereye başını kaldırdı.

Kalbi birdenbire çarpmaya başladı. Aydınlık pencere senelerden beri kapalı duran bakkal dükkânının üstünde... Babasının evinin penceresi! Şevket Ağa'nın elini yakaladı, çekti:

— Orada kim var acaba?

— Belki hırsız girmiştir.

— Haydi gidelim bakalım.

— Olamaz.

1. Olaylar.
2. Öncesi.
3. Mumları, yıldızları.
4. Hareketli.

92

Çocuğun telaşı Ağa'nın biraz içine dokundu. Paşa'ya on beş senedir hizmet eden bu adam, Sinekli Bakkal'ın iç işlerini ezber bilirdi. Uzaktan saati vuran bekçi sopasını işitince ikisi de kulak kabarttılar, beklediler. Bekçi Ramazan Ağa kaldırımları döve döve yaklaştı:

— Merhaba Şevket Ağa.

— Merhaba, Ramazan Ağa. Şu penceredeki ışığı gördün mü?

— Tevfik'in evi değil mi? Döneli bir hafta oluyor. Ramazan'a galiba dükkânı açacak.

Bekçi çekildi gitti. Fakat çocuğun gözleri pencereye takılmış, kalmıştı.

Kalbi, kökünden taşan bir delilikle gümbür gümbür atıyor, elleri göğsünün üstünde kalbini bastırıyordu.

— Haydi, artık gidelim, Rabia Hanım.

Şevket Ağa âdetâ onu elinden tuttu, sürükledi.

— Mutlak Hanımefendi, Paşa Efendi'ye söylemiş, getirtmiş olacak...

Rabia işitmedi. O, yarını, babasını göreceği yarını düşünüyordu. Her şey birdenbire değişmiş, dünya rüyaların en güzeli oluvermişti. Kapısının önünde onu her vakit bekleyen yavrulu, sarı köpek, eteklerini kokladı, dizlerine yumuşak burnunu sürttü. Rabia köpeğin boynuna sarıldı, kuru bir hıçkırıkla,

— Sarman, Sarman, babam Tevfik geldi, diyordu.

Kapının ipi içerden açılınca, içeriye daldı. Taşlıkta idare lâmbasının[1] başında biraz durdu, bekledi. Annesinin, ipi çektikten sonra tekrar uyuyakalması için dua ediyordu.

1. Küçük gaz lambasının.

9

Rabia zerzevat[1] sepetini sallaya sallaya sabahleyin Sinekli Bakkal Sokağı'na saptı. Bir solukta sokağın ortasına vardı, dükkânın karşısına dikildi. "İstanbul Bakkaliyesi" levhası yenilenmişti ve dükkânın kapısında biri durmuş, başını kaldırmış levhaya bakıyordu. Acayip bir mahlûktu. Bir çocuk gibi, fakat kılığı çocuk değil. Arkasında penbe bir cüppe,[2] başında abanî bir sarık...[3] Arkasında ayak sesi duyunca birdenbire döndü ve Rabia orta yaşlı bir cüce ile burun buruna geldi. Buruşuk yüzünde tabiî komiklerin mahzun[4] gözleri vardı.

— Tevfik, müşteri geldi.

İçeriye seslendi. Uzun boylu bir adam, basık kapıdan geçebilmek için başını eğdi ve o eski sokakta beklemediği sevimli, küçük müşteriyle yüz yüze geldi. Altın gözlerin yeşil mevceleri parıl parıl yanıyor, beyaz örtünün içindeki yüz, Tevfik'in izah edemeyeceği[5] bir heye-

1. Sebze.
2. Uzun, yenleri geniş, düğmesiz giysi.
3. Kavuk, fes gibi başlıkların üzerine sarılan tülbent, abanî veya şala verilen ad.
4. Hüzünlü.
5. Anlatamayacağı.

canla kıpkırmızı olmuştu.

Dükkândan çıkıveren bu adama Rabia derhal ısınmıştı. Sıcak kestane rengi gözlere gözlerini dikmiş, uzun kumral bıyıkların altında gülen ağızla o da beraber gülüyordu.

— Daha dükkân pek hazır değil ama, zarar yok. Buyurun bakalım, küçükhanım. Bir siftah edelim... İnşaallah ayağınız uğurlu gelir!

Rabia, fasulye ve soğan taşan sepeti kaldırdı, gösterdi:

— Bu sabah alışveriş bitti.

— Vah vah, yarın sabah bizden alırsınız.

— Her sabah, her sabah...

Çocuğun sesindeki heyecan Tevfik'i biraz şaşırttı. Hafızasında bir kasırga esti. Bu kız kime benziyordu? Emine'ye... Gerçi dudakları kısık, gözleri küçük değil ama, yüzünün darlığı, teninin pürüzsüzlüğü... Kendi kızı bu yaşta olmalı. Bekçi Ramazan Ağa'nın sesi, kulaklarında hâlâ çınlıyor:

— Kızın çok büyüdü, Tevfik! Hafız oldu.

— Babanın adı ne, kızım?

— Kız Tevfik.

Birçok şey birden oldu. Cüce kapıya dayanmış ağlıyordu. Tevfik, Tuna Nehri gibi taşmıştı, tayfun gibi kızının etrafında dönüyor, kapıp kollarıyla kaldırıyor, dükkânda aşağı yukarı divane[1] gibi dolaştırıyor, arada bir bırakıyor, biraz yüzüne baktıktan sonra tekrar kapıyor, nöbet gelmiş deli gibi sayıklıyor, ağlıyordu.

Biraz sükûn bulunca[2] Rabia ile cüceyi bir sabun sandığına oturttu, kendisi aralarında, bir kolu birinin belinde, bir kolu ötekinin omzunda ikisini birden sıkıyor, iki-

1. Çılgın.
2. Sakinleşince.

95

sini de sıra ile şapır şapır öpüyordu. Bu mesut badirede[1] en kendisine hâkim olan gene Rabia idi.

Tevfik'in çocuk ruhu, cücenin çarpık ve bî-çâre[2] vücudu, hacet isteyen,[3] sevgi bekleyen iki zavallı kimsesiz... Rabia ikisine birden sahip çıktı.

Tevfik oturur oturmaz sürgünde geçen hasret ve gurbet yıllarını anlatmaya başladı. Sırasız ve karmakarışık bir hikâye, fakat o kadar canlı ki Rabia kendini o yılları babasıyla beraber geçirmiş zannediyordu. İlk senelerin sefaletinde[4] birkaç para edinebilmek için pazaryerlerinde halkı eğlendirmiş, bazân yapyalnız, kafasını sokacak bir damdan mahrum,[5] ekmekçi dükkânları önünde gözleri ve ağzı sulanarak aç ve avare[6] dolaşmış...

Hikâyesinin bu kısmıyla kızın şen gözlerinin yaşardığını gören Tevfik, sergüzeştinin[7] başka bir safhasına[8] atladı.

— Zâti Bey Gelibolu'ya Mutasarrıf[9] olunca sürgünlerin yüzü güldü. Ben derhal yanına kapılandım, başımı bir yere soktum, sırtım esvap,[10] midem sıcak yemek buldu. Fakat hepsini alnımın teriyle kazandım ha! Evin içinde de, dışında da gece gündüz çalıştım.

— Ne iyi adam, Allah razı olsun, fakat Padişah'tan korkmadı mı?

1. Birdenbire ortaya çıkan durumda.
2. Zavallı.
3. İstekte bulunan.
4. Düşkünlüğünde.
5. Yoksun.
6. İşsiz güçsüz.
7. Serüveninin.
8. Bölümüne.
9. Sancak yöneticisi.
10. Giysi.

— Ne bileyim, şekerim. Öteki sürgünler mahsus[1] yapıyor, dediler. Güya[2] sürgünlere iyi muamele ederse, Jön'lerden olacak diye korkar, ona memuriyet[3] verirmiş. Güya İstanbul'da daha evvel yüksek bir memurmuş, mutasarrıflık bir nevi sürgünlükmüş... Miş, miş, miş... Anlarsın ya, iş içinde iş.

Tevfik, bu karışık lâkırdıları daha iyi anlatmak için bir de göz kırptı ama, Rabia gene bir şey anlamadı. Bununla beraber lâkırdı kesilmesin diye, anlamış gibi başını sallıyordu.

— Gündüz tulumbadan su çeker, çocukları mektebe götürür getirirdim, zerzavat bile ayıklardım. Fakat gece oldu mu, haydi yemiş bahçelerine... Sabaha kadar vur patlasın, çal oynasın...

— Ee, sonra?

Tevfik sustu, bu gecelerin açık ve galiz[4] eğlencelerini nasıl kızına anlatabilirdi. Kendi kendine:

— Çiçek bozuğu[5] bir Çingene çengi[6] karısı vardı, surat düşkünü ama, şeytan mı şeytan.

Rabia, Emine'yi hatırlatan kuru bir sesle:

— Çingene demek, fenâ kadın, demektir, diyordu. Tevfik'in yüzü bulutlandı:

— Öyle, deme Rabia, göğsünde insan yüreği taşıyan, orada bir o, Çingene vardı. O olmasa, ben ne olurdum? Bir köpek, efendileri eğlendirmek için burnuna halka takılıp oynatılan bir ayı... Beni bir o, insan yerine koydu.

1. Bilerek.
2. Sözümona.
3. Memurluk.
4. Kaba.
5. Çiçek hastalığından yüzünde izler kalan.
6. Çalgı eşliğinde oynamayı meslek edinmiş kadın.

— Öyle ise fenâ kadın değil. Fakat sen ne vakit geldin, Tevfik?

Kendini bildi bileli babasından herkes ona Tevfik diye bahsetmişti, ona da babasını adıyla çağırmak tabiî[1] geliyordu. Fakat öyle sevimli bir Tevfik deyişi vardı ki, her defasında babası, kızı sıkıyor, saçlarını öpüyordu:

— Seni nasıl İstanbul'a bıraktılar?

— Zâti Bey'in Dâhiliye Nazırı[2] olduğunu duymadın mı?

— Ha... Ha...

— Beni o getirdi. Biraz da para verdi.

— Bu vakte kadar ne yapıyordun?

— İş aradım. Bizim Zuhurî kolu[3] parçalanmış... Arkadaşların birçoğu aktör olmuş. Ha... Ha... Ha... Nasıl oyun bu? Söyleyeceklerini kitaplardan öğreniyorlar. Bir türlü aklım ermedi. Oyuncu diyeceğini kendi hemen bulup uydurmazsa, bilmezse, ezberden sûre[4] okur gibi oynamaz mı?

Tevfik eski arkadaşlarının dağılmalarına, bilhassa tiyatronun tahta barakaları içinde tercüme eserler oynamalarına kızıyordu. Başka âlemin, yabancı hayatların bizim halkta alaka uyandıracağına bir türlü akıl ermiyordu. Herhalde en eski arkadaşı, orta oyununun meşhur cücesi Rakım'ı bulduğuna çok seviniyordu. Artık ölünceye kadar ondan ayrılmayacaktı. Cüceyi derhal dizinin üstüne çıkardı, yeni baştan Rabia'ya:

— İşte senin altı parmak amcan, diye takdim etti.

Cücenin gözleri Rabia'ya çarpıklığı, sakatlığı, çirkinliği için af diliyor gibi, biraz muhabbet[5] dileniyor

---

1. Doğal.
2. İçişleri Bakanı.
3. Orta oyunu takımı.
4. Kuran'ın bölünmüş olduğu 114 bölümden her biri.
5. Sevgi.

gibi geldi. Ne kadar Sarman'ın sarı gözlerine benziyordu. Kollarını cücenin boynuna doladı, iki yanağından öptü. Fakat cüce bunu derhal alaya vurdu. Rabia'nın öptüğü yerleri ovuyor, gevrek gevrek gülüyordu. Söyleyecek şey kalmayınca Rabia fırladı, dükkânı teftişe[1] koyuldu. Burnunu her çuvala, her kutuya sokuyor, kokluyordu.

— Artık biz dükkânı açacağız. Belki Rakım Amca ile para biriktirir de ikilik bir orta oyunu kumpanyası[2] yaparız. Bu ramazan geceleri Karagöz oynatacağız. İnsan biraz gevezelik etmezse dili paslanıyor.

Rabia, Tevfik'in dükkânındaki hayatını beraber yaşayacakmış gibi dinliyor, rafların düzeni için öğüt veriyordu. Eğer Rakım sebze sepetini devirip de soğanlar yere yuvarlanmasalar, Rabia, bu tatlı rüyadan hiç uyanmayacaktı. Eyvah, öğle yaklaşmıştı... Çarşıdan vaktinde döndüğü günler bile Emine söylenirdi, bugün ne diyecekti? Sepeti kaptı, dükkândan fırladı, hem koşuyor, hem başı arkaya çevrilmiş sesleniyordu:

— Yemekten sonra gene gelirim.

Tevfik dükkânın kapısında durdu, elini salladı, Rabia köşeyi döndükten epeyce sonra, hâlâ elini sallıyordu.

Rabia geldi ve temizlik başladı. Entarisinin peşleri[3] kuşağına sokulu, bir çıplak ayak tahta fırçasının üstünde, öteki çıplak ayak yerde; bir el belde, öteki muvazene[4] yapmak için havada, dükkânın üstündeki odayı ovmaya başladı. Rakım da yalınayak, elinde paslı, delik bir kova, bahçedeki kuyudan su taşıyor, Rabia'nın gösterdiği yere döküyor, bahçe ile ev arasında mekik dokuyordu.

---

1. İncelemeye.
2. Tiyatro topluluğu.
3. Bazı giysilerin bol olması için yanlarına eklenen kumaş parçası.
4. Denge.

Dükkânda Karagöz takımını bitirmekle meşgul Tevfik, arada bir sesleniyor... Üçü de çocuk gibi mesut.[1]

Senelerin yığdığı pislik, kir ve tozla uğraşan Rabia'nın kalbi su gibi hafifti. Ömründe ilk defa etrafını çeviren memnuat[2] duvarı dibine kadar yıkılmıştı. Güya bir el, kalbinin bağlarını çözmüş, ona, "İstediğin kadar gül, oyna, sevin ve yaşa!" demişti.

O sabah öğle vakti eve dönünce, Emine'den çok şiddetli bir azar yemişti. Canına sokacak kadar sevimli, tatlı bulduğu babasıyla ilk mülâkattan[3] sonra, anası ona birdenbire çok sevimsiz gelmiş, içini kinle doldurmuştu. Emine ne sorduysa, geç kalmasının sebebini ne kadar anlamak istediyse o, o kadar inatçı bir sükûtla mukabele etmişti.[4] Eğer İmam vaktinde yetişmese, belki Emine onu dövecekti. Fakat bu inat, Emine'nin çenesini açmış, kızın ne kadar kusuru varsa babasından geldiğini söylerken, Tevfik'e ağzını açmış, gözünü yummuştu. İlk defa Rabia anasının gözlerine isyanla bakmış, "Ben de, babam da fenâyız... Ne yapacaksın... Bırak, babama gideyim!" diye haykırmıştı.

— Baban mı? Hele bir İstanbul'a ayak bassın, selâmlıkta Padişah'ın arabasının altına yatar, vükelanın kapılarını aşındırır, o herifin ne kepaze[5] olduğunu anlatırım. Tekrar cehennemin bucağına[6] sürdürmezsem bana Emine demesinler!

Rabia, bundan ürkmüş, dudakları mühürlenmişti.

Babasının döndüğünü Emine'ye sezdirmemek için

1. Mutlu.
2. Güvenlik.
3. Görüşmeden.
4. Karşılık vermişti.
5. Rezil.
6. Bir yerine.

doğru konağa gitmeye karar vermişti. Fakat gene dayana-mamış, konağın kapısından dönmüş, dükkâna gelmişti.

Şimdi tahtaları âdetâ parçalayacak gibi şiddetle ovarken düşünüyordu. Babasının geldiğini Emine'den saklamak kâbil değildi.[1] O halde? Çocuk, Sabiha Hanım'ı, bu tehlikeye karşı biricik selâmet[2] yeri, diye hatırladı. Ona anlatacak, iltica edecek.[3] Hemen o gece söyleyecek-ti. Öğleden sonra konağa gitmediğinin kim farkına vara-bilirdi, o, akşam yemeğine gider, yemekten sonra Sabiha Hanım'ın odasında içini dökerdi.

O akşam Sabiha Hanım'ın misafirleri olduğu için Rabia bir şey söylemedi. Ertesi akşam cesaret edemedi. Emine'nin pek az sokağa çıkması, belki komşuların eve pek seyrek gelmesi, Tevfik'in geldiğinden onu haberdar etmedi. Konak, Rabia'nın öğleden sonra gelmemesine dikkat etmedi. Bir hafta bu vaziyet devam etti.

Bu meşhur haftanın her gününde öğleden sonra Ra-bia gitti, dükkânın üstündeki evi temizledi, mutfağa çe-kidüzen verdi. Babası, cüce, o, birbirlerine pek alışmışlar, senelerden beri beraber yaşıyormuş gibi teklifsiz olmuş-lardı. Arada, bu vaziyetten Emine haberdar olursa ne olacağını düşünüyorlar, keyifleri kaçıyordu. Fakat Rakım Amca, Rabia'ya anasıyla babası arasında intihap[4] hakkı olduğunu anlatıyor, Rabia babasını tercih etmeye yemin ediyor, Tevfik'in yüzü gülüyordu.

Rabia'nın bu sergüzeşti[5] keşfedilmeden bir gün ev-vel üçler, en şen saatlerini yaşadılar. Artık ev hazırdı, dükkân badana olmuş, temizlenmiş, mallar yerli yerine

---

1. Olası değildi.
2. Güvenlik.
3. Sığınacak.
4. Seçim.
5. Macerası.

101

dizilmiş, raflar süslenmiş, tavana renkli kâğıtlardan kesilmiş, askılar asılmıştı.

Tevfik'in Karagöz takımı da hazırdı. Üçler, bahçede perde yerini, fener yerini tespit ettiler. Ramazan yaza geliyordu. Geceleri Allah'ın kandilleri sarkan koyu lacivert kubbe, dünyanın günahkârlarına gülecek, İstanbul'un ılık ve tatlı havasında bin bir minare mahyalarını[1] sallandıracaktı.

Tevfik:

— Rakım, lâzım gelen şamatayı yapmak için tefimiz yok, dedi.

Rabia atıldı:

— Ben konaktan getiririm. Ben, hem şarkı söyler, hem tef çalarım. Hem de ne güzel çalarım, bayılırsın.

Genç baba, gözlerini kıstı, kızının çalımına güldü.

Fakat birdenbire yeisle başını salladı:

— Sen bir hafızsın Rabia, bu maskara türküleri nasıl söylersin. "Yâr bana bir eğlence, yâr" diye bağıran hafız nerede görülmüş?

— Bir kere tef çaldığımı dinle de sonra söyle... Ben Vehbi Dede'nin talebesiyim.

— Orası işi bozuyor ya... Senin usulün sokak çocuklarına, mahalle Karagözcüsü'ne gelmez.

Rabia sırıttı, mutfağa daldı. Bir dakika sonra elinde teneke kahve tepsisinden bir tef, uzun parmakları üstünde dolaşıyor, çalıyordu. Babası tepsiyi elinden kaptı, avazı çıktığı kadar bağırarak:

— Ben sana demedim mi sevme dokuz yâr, diye hem söylüyor, hem de en şamatalı usulüyle tepsi çalıyordu. Sonra tepsiyi fırlattı; kızına:

— Ben sana bir maymun alsam da, sen de sokaklarda

---

1. Ramazan gecelerinde, camilerde iki minare arasına gerilen ipler üzerinde kandillerle (sonradan elektrik ampulleriyle) yazılan yazı veya resim.

oynatsan nasıl olur! Sende bu istidat[1] varken, pencereler-
den başına çil kuruş yağar, biz de ekmek parası ediniriz.

Babasının bu şakası, ona, pencereden maymun sey-
rettiği günleri hatırlattı. Sokaktaki çocuk alayına iltihak[2]
için ne kadar içi sızlamış, cama yapışan burnu yamyassı
oluncaya kadar gözleri macuncu Çingene'yi seyretmişti.

Eğildi, yerden tepsiyi aldı. Birdenbire maymun oy-
natan bir Çingene oluvermişti. Tepsiye sert, sert, tam
tam vuruyor, başı bir tarafta, göğsü ilerde, bir ayağı mu-
hayyel[3] bir maymunu tekmeleyerek, oynatarak bahçede
dolanıyordu. Rakım, çocuğun sanatkâr temsiline[4] daya-
namadı. O da hemen bir maymun oluverdi. Dört ayak
yürüyor, gözleri dört dönüyor, maymun gibi çığrıyor,
güya atılan fındıkları kaparak, dişleriyle kırarak kabukla-
rını Tevfik'in suratına fırlatıyor, Çingene'nin bir tarafın-
dan öbür tarafına, yan yan taklak atıyordu.

O hafta, böyle kahkahalı, oyunlu bir sahne ile ka-
pandı.

Rabia'nın o hafta derslerine gelmediğini ancak per-
şembe günü Kâhya Kadın, Vehbi Dede'den öğrendi. Ço-
cuğu her akşam sofrada ve yemekten sonra da Hanı-
mefendi'nin odasında görüyordu. O kadar çalışkan ve uslu
bir kız dersten kaçamaz... O halde mutlak Emine onu
evde alıkoyuyor. Hemen başını örttü, İmam'ın evine gitti.

İkindi vaktiydi. Şükriye Hanım kapıyı çalarken ça-
maşır çivitleyen[5] Emine'nin zaten kulağı tetikte... Zihni,
Rabia'nın son günlerde tavrının[6] başkalığıyla meşgul...

1. Yetenek.
2. Katılmak.
3. Varsaydığı.
4. Oyununa.
5. Çamaşırı, beyazlaşsın diye çivitle yıkayan.
6. Halinin.

Sabunlu elleriyle kapıyı açıp da Kâhya Kadın selâm sabahtan evvel yekten[1] ona, Rabia'yı niçin öğleden sonra dersten alıkoyduğunu sorunca şaşırdı.

— Rabia konakta değil mi?

— Yooo... Bir haftadır öğlelerden sonra gelmiyor.

Emine'nin gözleri küçüldü, iki batıcı iğne ucu, dudakları büzüldü, bir tek dar çizgi oldu ve Kâhya Kadın'a, aklına ve ağzına geleni söyledi.

Kız, geçen cuma, pazardan geç geldiğinden beri, esasen içine kurt düşmüştü. Kim bilir nasıl bir felâkete uğramıştı. Tüüü... Yazıklar olsun! Elin fukarasının ehl-i ırz[2] bakire evlâdını terbiye edeceğiz diye konağa alıp da nasıl böyle sokaklara salıveriyorlardı? Hanımefendi ha!

Şükriye Hanım, Rabia'nın henüz çocuk denilecek çağda olduğunu söyleyince bütün bütün köpürdü. Memeleri koynunda elma gibi, âdet görmesi yaklaşmış koskocaman kız! Biricik evlâdını böyle sokaklara salan Sabiha Hanım'ın düzgününden, allığından, rastığından, seviciliğinden[3] ve daha nelerinden tutturdu. Kâhya Kadın'a, çanak yalayıcı, boynuzlu karı, diye bağırdı.

Eğer bu patırtıdan, ikindi uykusu başına sıçrayan İmam aşağı koşmasa, iki kadın, avluda saç saça, baş başa dövüşeceklerdi.

Şükriye Hanım, Rabia'nın öğlelerden sonra nerelerde dolaştığını anlamadan konağa döndü. Fakat Hanımefendi'nin odasına ayak bastığı andan itibaren bir curcunadır başladı. Rabia, orada, Sabiha Hanım'a nihayet babasının avdetini[4] anlatıyordu. Derken Emine konağa geldi. Eğer bütün bu vak'alarda Sabiha Hanım soğuk-

1. Birdenbire.
2. Namuslu.
3. Kendi cinsinden olanlara cinsel ilişkiye girmekten zevk almasından.
4. Dönüşünü.

kanlılığını ve idaresini göstermese maazallah[1] bir felâket olacaktı.

Ağzı köpürerek Sabiha Hanım'a tam bir cephe hücumuna geçen Emine, Tevfik'in avdetini duyunca, pattadak düştü, bayıldı. Ayılır ayılmaz, biricik çocuğunu o soytarıya vermektense eliyle boğmak için Rabia'nın gırtlağına atıldı. Bütün konak, Emine'yi zaptetmeye uğraşırken, Sabiha Hanım İmam'a haber yolladı. Mabeyn kapısında[2] İmam'la müzakereden[3] sonra, aldıkları karar şu oldu:

Şeriat,[4] zaten bu yaşta çocuğa, anasına veyahut babasına gitmek için hakk-ı hıyai[5] vermişti. İşi mahkemeye düşürmektense Selim Paşa'yı hakem yapıp işi dostane[6] halletmek daha münasip[7] değil miydi?

İmam, derhal kabul etti. Esasen Tevfik'in Dâhiliye Nazırı Zâti Bey'den himaye görmesi[8] siyasî rakibi olan Selim Paşa'nın gözüne girmek, kendisine acındırmak, mümkün olursa bu rekabeti hafifçe körükleyip Paşa'dan bir külâh kapmak...[9] Bu, İmam'a, en muvafık[10] bir şekil gibi göründü. Hem davanın halline[11] kadar Rabia'yı Hanımefendi'nin konakta alıkoyması, işin en muvafık tarafıydı.

Cuma selâmlığından sonra karısı ile uzun bir müzakereden sonra Paşa, selâmlığa çıktı ve evvelâ İmam'ı ka-

1. Tanrı korusun.
2. Eski konaklarda harem ile selamlık arasındaki dairenin kapısında.
3. Görüştükten.
4. İslam hukuku.
5. Seçme hakkı.
6. Dostça.
7. Uygun.
8. Korunması.
9. Düzen, dalavere ile bir işin başına geçmekten çıkar sağlamak.
10. Uygun.
11. Sonuçlanmasına.

bul etti. O gün Hacı İlhami Efendi, gözleri yaşlı, boynu bükük bir ihtiyar manzarası veriyordu. Dedi ki:

— Paşamızın vereceği kararı, şeriat hükmü gibi kabule âmâdeyim.[1] Çocuğun babasını isteyeceğinden korkuyorum. Asıl yandığım şey, bu kadar emek ve zahmetten sonra kepaze herifin masum kızı, Zâti Bey gibi sarhoş ve bîedep[2] bir adamın evine götürmesi olacak.

Paşa'nın gür kaşları birbirine karıştı:

— Rabia'yı Zâti Bey'in konağına götürmemesini Tevfik'e söylerim. Götürürse, kız, bir daha bizim konağa ayak basamaz.

İmam, ellerini oğdu, sesini alçalttı:

— Şurasını da arz edeyim ki mahalleli, Tevfik'in nereden para bulup dükkân açtığına hayrette... Herkes, Zâti Bey'e hafiye[3] yazılmış diyor. Sinekli Bakkal'da bizim gibi fukaralara hafiyelik edecek değil ya...

Paşa güldü. İmam'ın manevrasını[4] derhal anlamıştı.

— Politikayı büyüklere bırak, İmam Efendi. Kendi işine bak.

İmam, kendince ince bulduğu siyasette bu defalık ısrar etmedi. Asıl maksadını, endişesini, Paşa'yı müteessir[5] eden bir çıplaklıkla açtı:

— Çocuk babasına giderse, hafızlıktan kazancı da elden gidecek. Biz o kadar para, emek sarf ettik.[6] Hem çocuğun getirdiği varidat[7] kesilirse yarı aç, yarı tok kalacağız. Malûm ya, dünyada Allah korkusu kalmadı. Be-

1. Hazırım.
2. Edepsiz.
3. Haberci.
4. Yönlendirmesini.
5. Üzen.
6. Harcadık.
7. Gelir.

nim gibi fukara bir imamla, mahalleli, her ilmühaber için bezirgân[1] gibi pazarlık ediyor.

Kâhya Efendi, bu aralık, Rabia'yı, sonra Tevfik'i odaya aldı.

Paşa, evvelâ çocuğa dedi ki:

— Kızım, işte baban, işte büyükbaban, hangisinin yanında oturmak istersin?

— Babamın yanında, Efendim.

— Büyükbaban sana emek verdi, bunca yıl seni himaye etti.[2] Babanın yanında bir kadın da yok. Sen şimdilik büyükbabanın yanında kal, babanı istediğin zaman gider, görürsün.

Rabia birdenbire Tevfik'in elini yakaladı:

— Babamın benden başka kimsesi yok, Efendim.

— Kızına bakmaya iktidarın[3] var mı, Tevfik? Rabia atıldı:

— Dükkân açıyoruz, Paşa Efendi, herkes bizden alışveriş edecek, siz de edersiniz, değil mi?

Kızın gözlerinden damla damla yaşlar akıyordu.

İmam, partiyi kaybediyordu. Yutkundu:

— Kızın kazancına göz dikti de, aklını çeldi, bunca senedir evlâdını bir kere aradı sordu mu?

Tevfik ilk defa ağzını açtı:

— Rabia'nın kazançları gene İmam'a verilsin, Efendim! Ben kızıma bakarım.

Bu teklif şayan-ı kabul[4] görüldü. Paşa, Rabia'yı hareme[5] yolladı, İmam'ı savdı,[6] fakat Tevfik'i alıkoydu.

1. Tüccar.
2. Korudu.
3. Gücün.
4. Uygun.
5. Konakta kadınların yaşadığı bölüme.
6. Gönderdi.

— Kızının tahsili ile ben hayli meşgul oldum,[1] Tevfik... Devamına müsaade edecek misin?

— Emredersiniz Paşam.

— O halde benim de bir şartım var. Kızını Zâti Bey'in konağına götürmeyeceksin.

— Allah esirgesin.

Demek, Zâti Bey'in ahlakının düşüklüğü, Tevfik gibi bir serseriye bile çirkin geliyordu. Paşa öksürdü:

— Doğru söyle Tevfik. Zâti Bey, sana, mahallede bir vazife[2] verdi mi?

— Nasıl vazife efendim?

Tevfik'in yüzündeki hayret samimiydi.

1. Uğraştım.
2. Görev.

10

Üçlerin dükkân hayatı, ertesi olmayan bir bayrama benziyordu. Onlara göre, kırık kaldırımlı, pis kokulu, karanlık Sinekli Bakkal, yalnız neşe ile gümbür gümbür atan canlı bir kâinatın[1] ruhu, merkezi oluvermişti. Onlar hayatla kedi yavrularının ipek yumaklarla oynadıkları gibi oynuyorlar, ipeklerin bir gün ellerine, ayaklarına dolaşabileceğini akıllarına hiç getirmiyorlardı.

"İstanbul Bakkaliyesi" gene o semtin en işlek alışveriş yeri olmuş, müşterilerin sayısı, Emine'nin zamanındakini çoktan aşmıştı.

Üçlerin reisi Rabia, dimağı[2] ve nazımı[3] da Cüce Rakım'dı. Ramazana bir hafta kala dükkânın teklifsiz ve daimî bir misafiri hâsıl oldu ki o da cümbüşe, neşeye çok ilave ediyordu. Bu, Gelibolu'dan dönen Çengi Penbe idi. Sabiha Hanım'ı eğlendirmek bahanesiyle konağa postu sermiş, her gün bir defa Sinekli Bakkal'a yollanıyor, köşede kadınlarla şakalaşıyor, çocuklarla dil dalaşı ettikten sonra dükkâna dalıyordu.

Rakım mal almaya, Rabia konağa gitmişti. Gün cu-

1. Dünyanın.
2. Aklı.
3. Düzenleyicisi.

martesi, vakit ikindiydi. Tevfik dükkânda yalnız otururken uzun boylu bir Mevlevî dedesi başını eğdi, dükkâna girdi.

— Rabia Hanım'ın babası Tevfik Efendi'nin dükkânı burası mı?

— Ben, Tevfik bendeniz...

— Ben, Rabia Hanım'ın mûsikî hocasıyım. Sizinle konuşmak istiyorum.

— Siz, siz Vehbi Dede'siniz galiba.

Mevlevî güldü:

— Söylemek istediğim şey şu: Ramazanlarda ben ders vermem. Konağa pek de gitmem. Rabia Hanım için bir istisna[1] yapmak istiyorum. Çünkü ben otuz senedir bu kadar istidatlı[2] bir talebeye tesadüf etmedim.[3] Burada müsait[4] yer varsa perşembe akşamları gelip ders vereceğim.

Bu, Rabia'nın mûsikî derslerinin konaktan Tevfik'in evine nakli[5] demek, bu, Dede'nin Rabia'ya ücretsiz ders vermesi demek... Tevfik'in iftihardan göğsü kabardı, gözleri yaşardı:

— Bizim için ne lütuf! Bahçemizde dinlenip bir kahve içmez misiniz?

— Başka bir gün gelirim, işinizden alıkoymayayım.

— Hayır Efendim, bu saatlerde alışveriş olmaz.

Tevfik dükkânın arka kapısını açtı, Dede'yi toplu ve temiz bir mutfaktan geçirerek bahçeye çıkardı. Cevizin altındaki hasıra oturttu, önüne tütün kesesi bıraktıktan sonra kahve pişirmeye gitti.

Bahçe, Tevfik'in biricik severek, özenerek çalıştığı

1. Ayrıcalık.
2. Yetenekli.
3. Rastlamadım.
4. Elverişli.
5. Aktarılması.

yerdi. Cevizin ötesinde sık sık incir, badem, elma, ayva ağaçları var. Duvarın öteki dibinde patlıcan, domates, soğan, salata tarlası... Dede yüzünü eve çevirdi. Mutfağın ve çardağın üstündeki asma yapraklarına bürünmüş pencere batı güneşiyle kana boyanmış gibi. Çardağın yanlarına, mutfağın kapısına sarılan hanımelleri ve yasemin akşamın ağır havasında bayıltıcı bir koku neşrediyorlar.[1] Etrafta soldaki akasyaların dallarında öten güvercinlerden başka ses yok. Tam bir İstanbul bahçesi. Dede kendini, kendi bahçesinde farz edebilirdi.[2]

Tevfik'in getirdiği kahveyi yavaş yavaş içerken, evin sahibini de tetkik ediyor,[3] onu pek kendisine yakın buluyordu. Mütemadiyen söyleyen bu çocuk yüzlü adam, Allah'ın serseri çocuklarından biriydi. Dede, onların türlü türlülerini görmüştü. Onlar sergüzeştle dolu fırtınalı hayatlarını yaşarken ekseri dünyanın zevkini de, cefasını da bir tekkenin eşiğinde bırakıp erenler[4] sürüsüne giren eski âşinâlarıydı.[5] Vehbi Dede, dükkândan ayrılırken, Tevfik'e, tarikatın müstakbel[6] "can"ı[7] gibi bakıyordu.

İki hafta sonra, bir öğle vakti Rakım dükkânda yalnızken Vehbi Dede'den çok başka bir yabancı daha geldi. Cüce, Sinekli Bakkal'da böyle bir adam tanımadığı için gözlerini açtı, yabancıyı süzdü. Siyah harmanili,[8] üç köşeli kocaman şapkalı, kısa boylu, çevik tavırlı bir ecnebi[9] idi.

1. Yayıyorlar.
2. Sayabilirdi.
3. İnceliyor.
4. Evliyalar.
5. Tanıdıklarıydı.
6. Gelecekteki.
7. Tarikat kardeşi.
8. Pelerinli.
9. Yabancı.

Sinekli Bakkal civarı Hıristiyanları şapka giymedikleri için Rakım, bunu bambaşka, Beyoğlulu bir müşteri, belki de bir seyyah[1] olarak teşhis etti:[2]

— Ne istiyorsunuz, Sinyor?

Sıkılganlık nedir bilmeyen Peregrini buraya epeyce sıkılarak girmişti. Gerçi Katolik dünyasının aforoz ettiği[3] bu sabık[4] rahip, on beş senedir ömrünü Müslümanlar arasında geçiriyordu. Fakat onun Türk ve Müslüman dostları hep alafranga[5] ve zengin bir âlemde yaşarlardı. Hattâ Saray'a bile muntazaman giren bu adama şimdiye kadar fakir ve orta halli Müslümanların evi kapalı bir kale gibi gelmişti. Fakat pek başka içtimaî bir sınıftan gelen bu sanatkâr, çekinerek girdiği bu yeni küçük dükkânla şiddetle alâkadar olmaya başladı. Oraya renkli malları, Ramazan'a mahsus bir itinâ[6] ile yerleştiren gözde, en eski medeniyetli bir şehir evlâdının zevki vardı. Gözleri bir lastik top gibi sıçrayarak dolaşan cüce ile tavana asılan yeşil kırmızı şeritli güllaç tekerlekleri arasında dolaşırken Rakım sordu, gene sordu:

— Ne istiyorsunuz, Sinyor?

Parmağıyla güllaçları gösterdi:

— Bundan almak istiyorum, bir tane kırmızı, bir tane de yeşil şeritlisinden ...

Oraya hiç de bir şey almak maksadıyla gelmemişti.

Fakat lâkırdıya zemin bulmak için bu fenâ bir vesile[7] değildi.

1. Gezgin.
2. Tanımladı.
3. Dinden çıkardığı.
4. Eski.
5. Avrupai.
6. Özen.
7. Bahane.

112

Rakım güllaçları sararken birdenbire kaşları çatıldı.

Herifin kıyafetiyle güllaç arasında bir münasebet yoktu. Sonra kıyafetiyle söylediği Türkçe arasında da bir münasebet yoktu. O halde?

Yoksa herif bir hafiye miydi? Bazân tebdil-i kıyafet[1] de gezdikleri söyleniyordu.

Sesindeki emniyetsizlik[2] pek aşikâr,[3] sert sert sordu:

— Sen bunu pişirmesini bilir misin?

— Hayır. Bizim aşçı Rum'dur. Belki o da bilmez, fakat bu beyaz yuvarlakları hep almak istiyorum. Sen, bana nasıl piştiğini tarif eder misin?

Peregrini'nin cebinden not defteri çıktı. Yazarken anlatmaya başladı:

— Ben Selim Paşa'nın oğlunun piyano hocasıyım.

— Ya...

Rakım nefes aldı.

— Vehbi Dede benim dostumdur. Rabia Hanım'ı da Hilmi Bey'in odasında dinledim. İki perşembedir gelmiyorlar. Rabia Hanım'ın babası gelmiş dediler. Artistmiş, siz de artiste benziyorsunuz, onun babası mısınız?

— Artist ne demektir bilmiyorum ama babası değilim. Ben onun amcasıyım.

Durdu.

Kıyafetinin acayipliğine rağmen bu kadar güzel Türkçe söyleyen bu herife ısınmıştı. Sesi biraz acı, biraz alaylı ilave etti:

— Arada biraz da Rabia'nın maymunu oluveriyorum. Kız yaman şey. Vehbi Dede, ramazanlarda ders vermezken sade onun için perşembe akşamları buraya geliyor.

Peregrini küçük iskemleyi çekti, oturdu.

1. Kıyafet değiştirerek.
2. Güvensizlik.
3. Açık.

— Rabia Hanım camilerde mukabele okuyormuş, acaba hangilerinde?

— Bugün Ayasofya'da, cumartesi günleri Fatih'te, perşembe günleri Valide Camii'nde, başka günler Sinekli Bakkal Mescidi'nde. Avuç avuç para kazanıyor. Fakat paralar hep İmam'a gider. Paşa öyle söyledi. Biz burada bakkallık ediyoruz, bu Ramazan Karagöz oynatıyoruz. Şükür geçiniyoruz.

Biraz durdu, sonra gözleri parlayarak:

— Tevfik gibi hayalciyi[1] dünyanın bir tarafında bulamazsın, Sinyor. Akşamları gelmek istersen, ben seni bedava sokarım.

— Hemen yarın akşam gelirim, dostum.

Bunu tehalükle[2] söylemişti. Şimdi oturduğu yerde gözleri sokağa dalmış, kapının önünü kara bulut gibi almış mütemadiyen vızıldayan kara sinekleri dinliyordu. Karşıki evler kara çatıları altında uyuyor gibi, bu saati mutlak oruçlu mahalleli yataklarında geçiriyor olacak, çünkü sokaktan bir kul[3] geçmiyor.

Peregrini'nin içini kapalı ve gizli bir kıta keşfetmişlerin sevinci bürümüştü. Sevimli, husûsî, teklifsiz ve insanî bir kıta! Bu dünyayı en evvel Rabia'nın Kuran okuyuşundan sezmişti. O dakika bu dükkânın ve sokağın haricindeki[4] her şey sun'idir,[5] yabancıdır. Ona öyle geldi ki bu dar sokak sakinleri için dünyada bir tek maddî kıymet yoktur, onlar yalnız kalbe ve ma'nevî servetlere, güzelliklere kıymet verirler!

Bu kararını verir vermez içinde Rabia'yı Ayasofya'

1. Karagöz ve Hacivat oynatıcısı.
2. İstekle, heyecanla.
3. İnsan.
4. Dışındaki.
5. Yapaydır.

nın tarihî dekorları içinde dinlemek arzusu uyandı. Dudaklarından yüzünün her çizgisine sirayet eden[1] garip bir tebessümle:

— Gelecek hafta Rabia Hanım Ayasofya'da okurken beni götürür müsünüz?

Rakım'ın gözleri zihninde küfrün[2] en husûsî alemi[3] olan üç köşeli şapkaya kaydı.

— Cemaat ibadet ederken ecnebi ziyaretçilere alışık değildir.

Rakım'ın gözlerinin istikametini[4] takip eden Peregrini başından şapkasını çıkardı yere attı.

— Ben şapkasız giderim. Evde bir fesim var. Hem bir daha bu mahalleye şapkalı gelmeyeceğim. Ben dinî hislere çok hürmet ederim... Ben, ben vaktiyle bir nevi derviştim.

— Yoksa vaktiyle Müslüman'dın da sonradan gâvur mu oldun? Tevekkeli bizim dilimizi böyle konuşmuyorsun.

Peregrini Rakım'ın sade, iptidaî[5] âdetâ bir panayır oyuncusu olduğunu unutmuştu. Onunla hiç anlayamayacağı âdetâ felsefî münakaşalara[6] girivermeyi tabiî bulmuştu.

— Hayır, Müslüman değilim. Hani manastırlara kapanan papazlar yok mu, onlardanım. Fakat şimdi daha ziyade Müslümanım. On beş yıldır aranızda yaşıyorum.

---

1. Yayılan.
2. Tanrı'nın varlığı ve birliği gibi dinin temellerinden sayılan inançları inkâr etme.
3. Göstergesi.
4. Yönünü.
5. İlkel.
6. Tartışmalara.

Dil, din, millet bunlar insanların ruh ikliminden[1] başka bir şey değil. Garbın ruh iklimi bana çok soğuk geldi, şark ikliminde sükûn ve şifa[2] arıyorum...

Peregrini sustu. Rakım kendi kendine "Herif neler karıştırıyor?" diyordu. Fakat söylemeye tekrar başlayınca o da gözlerini açtı, dinledi.

— Hiçbir dine mensup[3] değilim. Fakat eğer bir din edinmek istersem mutlak Müslüman olurdum. İslam'ın yarattığı cemaatteki ferdi kendime daha yakın buluyorum. Manastırdan kaçalı, Papa'nın aforozuna uğrayalı on beş yıl oluyor...

— Kaçtın ha? Vay ana...

— Şimdi ben bir şeye inanmam. Fakat, din bir illet[4] gibi insanın kanına bir defa girerse bir daha çıkmıyor. Dindar adamları çok severim, din lâkırdısı etmeye bayılırım. Camiler, kiliseler, bütün dua edilen yerlerin etrafında dolaşırım. Sen de dindar mısın, dostum?

— Elhamdülillah Müslüman'ım. Fakat din lâkırdısını hiç sevmem. Kiliselerden ürkerim, camide içim sıkılır. Vaaz dinlersem uyurum. Sofu adamlardan umacı[5] gibi korkarım. Hiç namaz kılmadım. Rabia'nın babası da öyle...

— Ramazan'da da kılmaz mısın?

— Hayır, yalnız kızın hatırı için yalancıktan ikimiz de oruç tutuyoruz.

— Mesela nasıl?

Rakım güldü; bu manastır kaçkını eski gâvura içini dökmekten lezzet alıyordu.

— Gece Rabia ile beraber sahur yiyoruz, niyet ediyo-

1. Diyarından.
2. İyilik.
3. Bağlı.
4. Hastalık.
5. Korkunç, hayalî yaratık.

ruz. Ertesi gün o camiye gidinceye kadar bir şey yemiyoruz. Yiyecek aramıyoruz ama bu kâfir tütün yok mu? Neyse o camiye gider gitmez tabakalar[1] açılıyor, sigaralar tellendiriliyor. Dükkânda öteden beriden çimleniyoruz.[2] Akşam Rabia ile beraber gene oruç bozuyor, iftar ediyoruz.

— Tuhaf, tuhaf...

— Bazân kız şüphelenir. Oruçlu erkekler bizde tiryaki, aksi olur, biz hep neşeliyiz. Neyse ben arife günü Rabia'nın hatırı için sahiden oruç tutacağım.

— Niçin kendi ruhunun selâmeti için değil, dedi.

Cüce sırıttı. Acı, mütekallis[3] bir sırıtış.

— Çocuklar oruç tutar mı? Maymunlar hele hiç tutmaz. Allah beni maymunla çocuk arasında bir mahlûk diye yarattı. Benden ne namaz ne niyaz[4] ne oruç...

Bu ziyaretten sonra Vehbi Dede'nin geldiği perşembe akşamları Peregrini de geliyordu. Pek tabiî olarak üstâdı, Hilmi ve iki daimî arkadaşı da takip ediyorlardı. Dükkânın üstündeki fakir odada on sekizinci asır cereyanlarını[5] andıran münakaşalar olmaya başladı.

Rabia'nın ruhunda yeni hayatının ne tesir yaptığını anlamak için yüzünü çok yakından ve çok derin tetkik etmek lâzımdı. Fakat bu zahmete değer bir tetkik olurdu. Çünkü eski ve yeni hayatı üst üste konulan fakat tamamen birbirini bozamayan iki medeniyet tabakası[6] gibi görünüyordu.

1. Tütün, sigara kutusu.
2. Atıştırıyoruz.
3. Gerilmiş.
4. Dua.
5. Akımlarını.
6. Katmanı.

Yaşamak arzuları, içinde bir barut mahzeni gibi sıkışıp kalan çocuğun yüzündeki ifade tamamen silinmemişti. O, üçlerin reisi, evin kadını sıfatıyla vazifesini yaparken, bunlardan zevk almasına rağmen, bunları biraz da oyun gibi telakki etmesine rağmen gene tavrı sakin ve ciddiydi.

Eski Rabia'nın yüzü: Ağzının iki tarafında iki derin çizgi, kaşlarının arasında derin bir hat, ince yüzünü kaplayan gamlı bir durgunluk. Bu çizgiler tamamen silinmeden, simanın[1] mânâsı değişmeden yeni hayat, izlerini bu eski şahsiyetin üzerine resmetmeye başladı. Ve yeni yüzü şu idi: Göz kuyruklarında sık gülmekten hâsıl olan[2] kırışıklar, gözlerin içinde mütemadiyen yanan mes'ut ışıklar, gülerken burnunun üstünde beliren sevimli buruşukluk. Kendini yeni hayatın âzâdeliğine[3] terk ettiği zaman eski yüzünün alâmetleri[4] zayıflar, gözlerinin ağır ifadesi, dudak kenarlarındaki, kaşların ortasındaki çizgiler düzelir. Fakat geçmiş günlere hatırası döner dönmez her eski alâmet olanca vuzuhu ile[5] tekrar meydana çıkar. Güya yeni hayatının şen maskesi şeffaf bir ipek peçe gibi eski hayatın gamlı simasının üstüne örtülüvermişti. İşte bu zıt şeylerin o genç yüzde imtizacı[6] bunun bütün muammalığını,[7] bütün büyü gibi tesir eden başkalığını teşkil ediyordu.[8]

Rabia'yı en çok tahlil eden,[9] yüzünün günden güne

1. Yüzünün.
2. Ortaya çıkan.
3. Başıboşluğuna.
4. İzleri.
5. Açıklığıyla.
6. Karışımı.
7. Bilinmezliğini.
8. Oluşturuyordu.
9. İnceleyen.

aldığı mânâyı gözden kaçırmayan evvelâ Peregrini oldu. Zıt tesirlerin bu küçük yüzde çarpışmasını insan, boğa güreşini seyreden bir İspanyol ihtirasıyla takip ediyordu. Kızın tabiatında riyazete temayül[1] vardı, ma'nevî bir perhizkârlık[2] vardı, süratle düşünüp salim kararlar almak kâbiliyeti vardı. Bunlar hep ilk senelerin çetin mücadelesi, sıkı terbiyesi ve İmam'la Emine'den gelen irsî[3] tesirlerin muhassalasının[4] eseriydi. O kadar nefret ettiği anasından ona hayli kuvvetli şeyler geçmişti. Kalbinin bir tarafında kendine ıstırap[5] verenleri hiç affedemeyen bir kuruluk vardı, kindardı.

Rabia'nın güneşli, neşeli tarafları, sanat istidadı Tevfik'den geliyordu. On bir yıldan fazla gece gündüz din, ahret diye her şeyin fevkinde[6] iki mefhum[7] öğretmeye çalışmışlardı. Fakat o, fikirlerinden ziyade insanlara, yaşayan şeylere bağlı, sevdiği vakit ölüme kadar sever, en küçük şefkat tecellisiyle[8] kalbi atar bir kadın olacaktı.

Bu karışık canlı muammanın her unsurunu laboratuvarda çalışan bir âlim[9] tecessüsü ile arayan Peregrini onunla fırsat düştükçe konuşur, sualler sorar, küçük gözleri kızın yüzünü delip dimağına[10] batmak istiyormuş gibi Rabia'nın gözlerine bakardı. Fakat onu en çok hayran eden kızın mûsikîye olan istidadıydı. Kulakları her

1. İlgi duyma.
2. Perhize uygunluk.
3. Genetik.
4. Bileşkesinin.
5. Acı.
6. Üstünde.
7. Kavram.
8. Belirtisiyle.
9. Bilim adamı.
10. Zihnine.

sadâyı[1] tam muhafaza ediyor, emsalsiz[2] sesi her sadâyı tam veriyor ve zevki herhangi üstâdı tatmin edecek kadar dürüst ve salim. Bunun için Peregrini her yeni kompozisyonunu[3] evvelâ ona çalar, onun fikrini ciddiyetle sorar, dinlerdi.

Vehbi Dede de Rabia ile meşguldü. Fakat alakasını Peregrini gibi göstermiyordu. O, Peregrini gibi kızı tahlile[4] uğraşmıyor, Rabia'nın meyillerini[5] fıtratının icabı[6] diye olduğu gibi kabul ediyordu. Dede, tecrübe neticesiyle her insanın binbir zıt şeyden yoğrulmuş bir halita[7] olduğunu biliyordu. Coşkun ve sıcak kalbi bu kızın çok şükür ki taşkınlıklarını tadil edecek,[8] ihtiraslarına[9] baskı olacak dürüst bir muhakemesi,[10] perhizkâr temayülleri de vardı. Dede, onu kendine bir nevi ruhanî evlât, fikirlerini, felsefesini sadeleştirip halka yayacak müstakbel mürit telâkki etmeye başlamıştı. Onun için Rabia'yı düşünürken kendi kendine "Kalbinin şevki ve sevgisi sönmemeli fakat riyazete,[11] sade hayatta kabiliyeti de muhafaza edilmeli," derdi.

1. Sesi.
2. Benzersiz.
3. Bestesini.
4. Çözümlemeye.
5. Eğilimlerini.
6. Yaradılıştan var olan.
7. Birden çok öğeden oluşmuş karmaşık bir bütün.
8. Değiştirecek.
9. Tutkularına.
10. Akıl yürütmesi.
11. Nefsin isteklerini kırmaya.

11

Rakım Amca, Rabia'yı mutfakta yakalar, sorar:

— Dünyada en çok kimi seversin?

— Tevfik'i.

— Niçin?

Ne bilsin? Benliğe kök salan gönül bağlarını kim tarif edebilir? Tevfik çocuğun kuru bir çöl zannettiği hayatta gördüğü ilk vaha,[1] tatmin edilmemiş emellerini şahsında toplayan biricik insan. Mahrum olduğu ana şefkatini, beraber oynamak istediği muhayyel arkadaşın tuhaflıklarını onda bulmuş. Belki onun için babasının hizmetlerini o kadar itina ile görüyor, isteklerini seziyor, İmam'ın vaktiyle nasıl âb-dest suyunu dökerse Tevfik'in rakı tepsisini öyle hazırlıyor, her gün aynı saatte önüne getiriyor. Fakat o "memnu[2] ve günah" içkiyi Tevfik'in önüne getirdikten sonra "aman geçmesin" diye koşup akşam namazını kılmayı da tabiî[3] buluyor.

— Rabia babandan sonra kimi seversin?

— Vehbi Dede'yi.

— Niçin?

---

1. Çöllerde suyun bulunduğu tarım ve yerleşim bölgesi.
2. Yasak.
3. Olağan.

Ne bilsin? Bilse Vehbi Dede'nin mukaddes[1] bir ihtiyaç olduğunu söyleyecek, insani zaafları anlayan, affeden fakat kendisinin bunların üstünde bir aziz olduğunu, bunun için Rabia'ya her zaman teselli ve kuvvet verdiğini anlatacak.

— Daha sonra kimi?

Bu defa biraz tereddütten sonra Rabia:

— Sinyor Peregrini'yi, diyor.

Rakım Amca'nın sesi titizleniyor:

— Niçin?

Rabia bunu da bilemez. Bilse Peregrini ile münasebetinin[2] bir saklambaç oyununa benzediğini, ona korku ve heyecan verdiğini söyleyecek.

— Beni, o gâvur kadar da mı sevmiyorsun?

Cücenin gözleri sahibinden dayak yemiş bir bî-çâre hayvan gibi yeisle doluyor. O vakit Rabia'nın ince kolları boynuna dolanıyor:

— Seni hepsinden çok severim, benim küçük Amcacığım, benim maymun Amcacığım, diyor.

Ramazan'ın son haftasında bir gün Rabia Peregrini' nin başında küçük bir fes, onu mukabelesini dinleyen cemaat arasında gördü. Süleymaniye'deydi. Ne Peregrini ne de kendisine tapınır gibi bakan Rakım, onun zihnini meşgul etti. Her sanatkâr gibi sanatın halkın arasında uyandırdığı heyecanla sarhoştu.

Başındaki kubbenin kandillerine renkli camlardan süzülen renkli ışık vurmuş, karşısında bir tek kalpmiş gibi atan insan kümesi, bu ziyada[3] rüyaya benziyordu. Fakat Peregrini'nin arkasında, Vehbi Dede'nin kendini dinlediğinin farkına varır varmaz dili dolaştı, dudakları titredi.

1. Kutsal.
2. İlişkisinin.
3. Işık altında.

Dinî mûsikîsinin hâkimi olan bu büyük üstâd onu alt üst etti. Bir an durdu, baş örtüsünün ucuyla alnının terini sildi, gene başladı. Arapça okuduğu ayetlerin ilk defa Türkçesini düşünüyor, ilk defa anlayan ve anlatan bir sesle okuyordu.

— O çömlekçilerin kullandığı çamur gibi bir çamurdan insanı yarattı ve o gökleri dumansız bir ateşten halk etti...[1] İki Şarkın[2] Rabbi... İki Garbın[3] Allahı... Denizlerin üstünde dağlar gibi yükselen gemiler onun... (Kâinat) üstündeki her şey fânî[4] fakat Rabbim'in azametli[5] ve heybetli yüzü ilelebet bâki!

Sesi yarım sadâlardan garip bir ahenk mozaiği işliyor, ayetlere sırrî[6] bir güzellik veriyor ve İslam sırrîliğinin esasını teşkil eden[7] bu parçayı bugün okumasına Vehbi Dede tesadüften fazla bir şeymiş gibi bakıyordu.

Peregrini ve Vehbi Dede mukabele bitmeden çıktılar; avluda biraz güvercinleri seyrettiler. Piyanist helecanlıydı[8] fakat işi alaya vurmaya çalıştı:

— Bu kızı, üstünde iki mum yanan herhangi cami kubbesinin altına koysan, benim gibi kâfirleri bile şaşırtan bir mûsikî yaratıyor. İçine Allah mı giriyor, şeytan mı giriyor, bilmem. Ne sanat, ne sanat!

Vehbi Dede gülmedi. Bir mesele halleder gibi yavaş yavaş:

1. Var etti.
2. Doğu'nun.
3. Batı'nın.
4. Gelip geçici.
5. Heybetli.
6. Gizemli.
7. Esasını kuran.
8. Heyecanlıydı.

— Ruhundaki zıd kuvvetler yalnız o zaman imtizaç[1] ediyor, çocuk sanat dakikalarında ezelîyetle[2] hemahenk[3] oluyor, dedi.

Rabia akşamları dükkânda çocuk alayına ve gittikçe çoğalan yaşlı başlı mahalleliye bilet kestikten sonra kapıyı kapar, babasının yanına giderdi. Tevfik'in kâğıt parçalarına can veren ellerinin çevikliği, ustalığı sesinin bazân bir erkek, bazân bir kadın, bazân bir çocuk, hattâ her cinsten ve içtimaî örnekten kadın, erkek, çocuk olması onu teshir ediyordu.[4] Fakat en çok şaştığı şey, hiç mûsikî bilmeyen Tevfik'in sesindeki âdetâ vahşi ahenge, bütün seyircilerin hayranlığı idi.

Rabia, perde arkasında tef çalar, cüce ile beraber, cinler, periler ve ismi olmayan "göstermelik"ler, perdeye çıkınca, onların homurtusunu, iniltisini, vızıltısını, hulasa[5] her lâzım gelen gürültüleri yapardı. Perdenin önündeki iskemlelerin birinde dâimâ başına küçük gelen fesiyle Peregrini oturur, arkada, hasırın üstündeki çocuk alayı arasında Vehbi Dede'nin uzun külâhı görünürdü. İkisi de sallana sallana gülerlerdi. Fakat bahçeyi en çok çınlatan Rabia'nın şakrak kahkahasıydı.

Son gece Tevfik, küçük seyircilerine bedava şeker dağıttı. Onlar da dükkânın önüne yığıldılar, oyuncak davullarını vura vura Ramazan'a ve Tevfik'e "İşte geldi işte gidiyor" beytini bir ağızdan söyleyerek veda ettiler. Nihayet ellerinde fenerlerini aşağı yukarı sallayarak kırık kaldırımları, çökük saçakları yer yer aydınlatarak geçtiler, gittiler. Vehbi Dede, arkalarından:

1. Uyum sağlıyor.
2. Sıkıntıyla.
3. Ahenkli.
4. Büyülüyordu.
5. Özet olarak.

— Her şey an, an nûr[1] içinde, sonra daimî karanlık...
İşte geldi, işte gidiyor... İnsan ömrü, kâinatın hayatı nur
içinde bir an görünüp sönen hayal... Bir gölge oyunu,
dedi.

Misafirler yukarı çıkınca Çingene Penbe ile Şevket
Ağa ellerinde yemiş tepsisiyle geldiler. Mutfakta onlara
yemiş kahvaltı hazırlanırken yukarıda her akşamdan faz-
la muhabbet havası esiyordu. Kimi sigara içiyor, kimi
hâlâ gülüyor, Tevfik koca bir mendil ile alnını siliyordu.

Dede dedi ki:

— Peregrini dostum, Tevfik kâğıt parçalarını yaşatır-
ken, fikrin maddeye ne kadar hâkim olduğunu düşün-
dün mü? Fikir gidince insan da kâğıt gibi cansız, mânâsız
oluyor. Bu akşam İsa'nın şu sözlerini hatırladım: "Allah
ölülerin değil, dirilerin Allah'ı"!...

Peregrini ömründe ilk defa felsefî bir bahse girmek
istemedi. O, Tevfik'in cinleri, perileri oynatırken çıkardı-
ğı; sesi taklide çalışıyordu. Galip diyordu ki:

— Beni dinleyin, çocuklar. Bu bin senelik Karagöz'ü
zamana uyan kıyafetlerle yenileştirsek... Mesela Kızıl
Sultan'ı[2] ve avanesini[3] perdeye çıkarsak, cinayetlerini,
rezaletlerini teşhir etsek,[4] memlekette ihtilal olur mu
dersiniz?

Cücenin gözleri evlerinden fırladı:

— Galip Bey, Padişah'a dil uzatma, yoksa hepimi-
zin derisini diri diri yüzerler, içine saman doldurur, ku-
ruturlar.

Tevfik çenesini kaşıdı:

— Nafile üzülüyorsun, Rakım. Bu zamanda değil

1. Işık.
2. II. Abdülhamid'i.
3. Çevresindekileri.
4. Gözler önüne sersek.

125

büyüklerin taklidini yapmak, insan kendi karısının taklidini yapsa, sürüyorlar. Ben İstanbul'da yaşamak, İstanbul'da ölmek istiyorum.

Zaten bağırmaktan kısılan sesi, hemen hemen işitilmiyordu, gözleri dolmuştu. Birdenbire girdiği hapishaneyi, çektiği sefaletleri hatırlamıştı. Kapının aralığından, elinde tabak, sofadan geçen Rabia'yı gördü:

— Benim gibi cahil, kimsesiz adama büyüklerin teveccühü[1] lâzım, her işin başında büyüklere dua...

Fakat, sanat kudreti ona kafasının gizli bir köşesinde Zâti Bey'in Gelibolu'daki sefahat gecelerinden çıkarabileceği sahneyi düşündürüyordu.

İki ay sonra Kabasakal Kıraathanesi sahibi dükkâna geldi. Kıraathaneyi yeni boyatmış, baştan başa kırmızı kadife koydurmuştu. Haftada bir gece olsun Tevfik gelir, meddahlık[2] eder miydi? Eski oyuncunun gözlerinde şimşekler çaktı, yutkundu. Kıraathane sahibi hemen kabul edecek zannetti. Fakat gözlerindeki ateş birdenbire söndü, başını salladı kat'î[3] bir sesle:

— Olamaz, dedi.

Bir hafta sonra aynı adam gene geldi. Kıraathanede cuma akşamları Karagöz oynatmasını teklif etti. Bu defa kara talihinin pençesi onu gırtlağından yakalamış gibiydi.

— Olur, dedi.

1. Arka çıkması, yakınlık göstermesi.
2. Taklitler yaparak, hoş hikâye anlatarak halkı eğlendirme işi.
3. Kesin.

12

Rabia babasına gidince bütün mahalle gözünü açtı. İmam'ın ve Emine'nin nasıl vaziyet alacağını[1] tetkike[2] koyuldu. Fakat Hacı İlhami Efendi'yle kızını en çok çekemeyenler bile, onların vakur bir vaziyet aldıklarını, hislerini her ne olursa olsun, ele güne renk vermediklerini itirafa mecbur oldular.

İmam bir intizar[3] vaziyeti güdüyordu. Rabia'nın hafızlıktan kazandığı para, Paşa'nın kâhyası vasıtasıyla eline geldikçe Tevfik ve Rabia ile kendini bir nevi mütareke[4] aktetmiş[5] farz edecekti. Biliyordu ki torununun kazancını ona hiçbir kanun vermeyecekti. Paşa'nın ve tarafeynin[6] rızasıyla[7] yaptıkları bu mukaveleyi bozmak işine gelmiyordu. Emine'ye tenbihleri[8] pek katîydi.[9] Sinekli

1. Tavır koyacağını.
2. İncelemeye.
3. Bekleme.
4. Anlaşma.
5. İmzalamış.
6. Tarafların.
7. İsteğiyle.
8. Uyarıları.
9. Kesindi.

Bakkal Sokağı'ndan hiç geçmeyecek, Rabia'dan komşulara hiç bahsetmeyecek, Selim Paşa'nın karısına –şayet sokakta veyahut bir yerde tesadüf ederse[1]– terbiyesizlik etmeyecekti.

Emine bu şartları ister istemez kabul etti ve ilk aylar Rabia'ya beslediği gayzı[2] ona, yalnız beş vaktinde beddua etmekle tatmin etti.

Fakat Rabia ile muhitine beslediği alaka ve tecessüs gün gittikçe içini yakıyordu. Herhalde Rabia'ya olan hıncı Tevfik'e karşı güttüğü kinden daha şiddetliydi. Eğer kendi de bilmeyerek bir gün Tevfik'in ona avdetini[3] bekliyor idiyse, o ümidi şimdi tamamen sönmüştü.

Ne kadar Tevfik'den nefret etse gene onu kendi malı addetmiş,[4] işaret ettiği herhangi bir dakikada ayaklarına kapanacağına kanaat getirmişti.[5] Belki bu kanaati vaktiyle pek boş değildi. Fakat şimdi Rabia'nın babasını tamamen eline aldığına, hiçbir zaman Emine'ye bırakmayacağına emindi.

Bütün bu hüzün arasında İstanbul Bakkaliyesi'nin refahı, oradan taşan saadet, onun sızlayan yarasına tuz ekiyordu. Sefil ve serseri bir Tevfik, nadim[6] ve bedbaht[7] bir Rabia... Bunları affetmese de, lakayt[8] kalabilirdi. Fakat onların mahalleye destan olan saadetleri, Emine'nin gayzını, damarlarını bir ateşe çevirmişti. Ve kimseye

1. Rastlarsa.
2. Kini.
3. Dönüşünü.
4. Saymış.
5. İnanmıştı.
6. Pişman.
7. Mutsuz.
8. İlgisiz.

bundan bahsedememesi, içini dökememesi bütün bütün onu zehirliyordu.

Rabia elinden gittikten dört beş ay sonra İmam'a verdiği söze rağmen, yavaş yavaş komşulara içini açmak istedi. Fakat artık mahallenin bu meselede alakası mâziye karışmıştı... Komşular esniyor ve ekseri[1] bir işi bahane edip savuşuyorlardı.

İmam bile Tevfik, Rabia masalından bıkmış, gına getirmişti. Emine bu bahsi[2] açar açmaz odasına çekiliyordu.

Kadın, çok zaman, namazdan sonra ellerini kaldırıyor –güya onu dinlemek için gökten inmiş bir Allah karşısında imiş gibi–, bağıra bağıra Rabia'nın nankörlüğünden, yüzsüzlüğünden, Tevfik'in edepsizliğinden, kendisinin mazlumiyetinden[3] şikâyet ediyordu. Fakat İmam bu bir tek tesellisine de nihayet verdi:

— Böyle giderse mahalleli seni tımarhaneye[4] kapamak için arzuhal[5] verecek, duanı içinden et, be kadın, dedi.

Böyle yarı mecnun[6] olduğu günlerin birinde, Sinekli Bakkal tazelerinden biri ona, gece oturmaya geldi. Gözlerini Emine'nin gözlerine dikerek:

— Emine Teyze, Tevfik Amca'nın Çingene Penbe ile ahbaplığı bu günlerde pek yolunda, dedi.

O, ateşi karıştırarak:

— Şu surat düşkünü, çengi eskisi, çopur karıyla mı, dedi.

Taze kadın, Emine'nin yüzünü süzdü. Üzerinden

1. Çoğu.
2. Konuyu.
3. Zulme uğramışlığından.
4. Akıl hastanesine.
5. Dilekçe.
6. Deli.

129

geçen uzun ve acı seneler onu kurutmuş, sarartmış, mütemadiyen kırptığı kirpikleri kısa, küçük gözlerinde fer[1] kalmamıştı. Fakat bu çirkin ve harap yüzün en korkunç yeri ağzıydı. Düz, sıkı dudaklar birbirine yapışmış, bir tek ince çizgi oluvermişti. Kapanmış, fakat hâlâ mor, eski bir bıçak yarası gibi bir ağız... Emine'nin taze komşusu o kadar yakışıklı Tevfik'in bu iğrenç yüzde, vaktiyle ne bulup da âşık olduğuna şaştı ve mânidar[2] bir sesle:

— Bu oyuncular acayip oluyor, Teyze. Kimi beğeneceklerini kestirmek zordur. Bu günlerde o çopur karıyı nikâh ederse, ben hiç de şaşmam, dedi.

Emine yalnız kalınca mangalı karıştırdı, uzun düşündü. Kömürler kül olduktan sonra bile maşayı elinden bırakmamıştı. Ertesi sabah çarşıya gitmek için çıktı, fakat ayakları onu Sinekli Bakkal Sokağı'na götürdü ve başını dükkândan içeri sokup etrafı teftiş etti.[3]

Tevfik henüz kalkmamıştı, Rakım mutfakta kahve pişiriyordu. Rabia, Emine'nin pek iyi hatırladığı, teneke kutunun içindeki bozuk paraları peykeye[4] dökmüş sayıyordu.

— Bu ne kurum,[5] Rabia Hanım?

Bu ses, Rabia'nın yüzünü ölü gibi sararttı, gözleri bir ölü görmüş gibi Emine'ye çevrildi.

— Yılan gibi ne dimdik bakıyorsun? Tanımadın galiba... Baban, Penbe'yi nikâh edince gene ananın evine koşarsın... Ama o vakit ben sana dünyanın kaç bucak olduğunu gösteririm.

— Sana ne? Babama sen mi varacaksın?

1. Işık.
2. Manalı.
3. Yokladı.
4. Duvara bitişik alçak tahta sedir.
5. Kendini büyük görme.

— Bari güleyim... Köpek gibi kapımda uluduğu vakit bile dönüp yüzüne bakmadım...

— Merak etme, bundan sonra babam sana gözünün kuyruğuyla bile bakmaz...

— Görürüz, Rabia Hanım...

Emine baş örtüsünü yüzüne çekti, geldiği gibi birdenbire gitti. Sokakta ayak sesleri duymuştu, mahalleli onu orada görürse ve İmam'a söylerse... Bu hiç işine gelmiyordu. Fakat olanca sür'atiyle[1] köşeyi dönerken içinde zafer sevinci vardı. Rabia onun dükkâna geldiğini Tevfik'e mutlak söyleyecek, Tevfik'in eski zaafı[2] uyanacak, gene kapısının önünde dolaşacak... Emine gene kah kah gülecek... Bu ne tatlı bir intikam olacaktı.

Emine, bu güzel hulyâyı kurarken mutfakta ana kız kavgasını dinleyen cüce Rakım'ın zekâsını hesap etmemişti. O, Emine gider gitmez dükkâna koşmuş, Rabia ile uzun uzun konuşmuştu. Tevfik'in zaafını o, herkesten fazla biliyordu. Emine'nin dükkâna geldiğini Tevfik'e söylemek tehlikeli olabilirdi. Ve Rabia, anasının bu garip ziyaretini babasına söylemedi.

Kış geçti, bahar geldi. Fakat Tevfik'e benzer kimse, Emine'nin kapısında dolaşmıyordu. O, daha aksi, daha titiz, belki de biraz hastaydı. İkide birde nefesi kesiliyor, keskin bir sancı saplanmış gibi can evini tutuyordu. Kafası şimdi tamamen bir ölü kafasına benzemişti. İki ihtiyar komşu bir gün İmam'ı köşe başında yakaladılar. Emine'nin rengini beğenmediklerini, ne olur ne olmaz kadını biricik evlâdıyla barıştırmak sevap olacağını anlattılar. İmam, "Estaizubillâh!"[3] diye mırıldanarak kadın-

1. Hızıyla.
2. Düşkünlüğü.
3. Arapça "Allah'a sığınırım."

lara arkasını çevirdi, gitti. Kadınlar bu defa Tevfik'i dükkânın kapısında yakaladılar, aynı şeyi ona açtılar. Tevfik'in rengi uçtu, dudaklar titredi. Rabia'nın bütün itirazlarına rağmen onu iki ihtiyar kadınla Emine'nin elini öpmeye yolladı.

Emine, elinde tespih, mor, mavi dudakları, her vakitten ziyade eski bir tek yara gibi, köşeye büzülmüş, oturuyordu.

Havanın ılık olmasına rağmen, önünde mangal vardı. Rabia'yı görünce, mezardan kalkan bir ölü gibi minderden fırladı. Mor, mavi, eski yara ağız açılıyordu. Eski günlere rahmet okutacak bir gızletle[1] Rabia'nın başına lanet yağmuru yağdırdı. Komşuların yanında bu hareket ve zilletin tesiriyle Rabia, anasının ne kadar bî-çâre,[2] ne kadar hasta göründüğüne dikkat etmedi. Kadının erimiş yüzü, içine batmış gözleri onda, merhamet değil, çocukluk yıllarında çektiği meşakkati[3] uyandırmıştı.

Dükkânda, aşağı yukarı dolaşarak, sabırsızlıkla kendini bekleyen babasının yüzüne, ilk defa hiddetle haykırdı:

— Bizi istemiyor... Ben sana demedim mi, diyerek hıçkıra hıçkıra ağlamaya başladı.

Bu, ana kızın birbirlerini son görüşleri oldu.

1. Kabalıkla.
2. Çaresiz.
3. Zorlukları.

132

13

Selim Paşa'nın bahçıvanbaşısı altmışını geçkindi. Fakat arkası hâlâ dümdüz, vücudu ince, bacakları eskisi gibi elastikiyetini[1] muhafaza ediyor,[2] kolları kargalara taş atarken bir çocuk çevikliği gösteriyor, ayakları bir kaplan hafifliğiyle yere basıyor. Sokakta bir sadrazam,[3] kurumu[4] ile yürür, bahçede yirmi yaşının kuvvetiyle sıçrar. Yüzünün derileri yanık ve buruşuk, fakat beyaz kirpiklerinin arkasındaki mavi gözlerin ateşi hâlâ sönmemiş, hattâ dişleri bile bembeyaz ve keskin. Beyaz sakalı ve bıyığı her zaman itina ile kesilir, azıcık kısa olan üst dudağının, kalkık burnunun ifadesi onu hiddetli bir buldog köpeğine benzetir. Karnından ta koltuk altlarına kadar sarılan kırmızı kuşağın altındaki gövde hâlâ sırım gibi...

Bu adamın, Manastır'a[5] yakın köyünde zengin addedilecek kadar, birikmiş parası vardı. Gerçi eliyle yarattığı güzel bahçeyi hâlâ kıskanç bir ihtirasla seviyordu, fakat

1. Esnekliğini.
2. Koruyor.
3. Osmanlı'da başbakan.
4. Havası.
5. Makedonya'da bir şehir.

aynı zamanda da onu emniyetle terk edeceği bir halef[1] yetiştirmek lüzûmunu hissediyordu.

Kendi çocukları hep kız olduğu için yeğeni Bilâl'i bu işe münasip gördü ve İstanbul'a ayak bastığı gün Selim Paşa konağının en genç hizmetkârı olarak kapılandı.[2]

Ufak tefek tenevvülerden[3] sarfı nazar,[4] bu on beş yaşındaki genç Rumelili Bayram Ağa'nın sadık bir kopyasıydı. Kısa, mavi dizliğin örttüğü bacaklar biraz daha ince ve çevik, ayaklar daha kaplan gibi, kırmızı kuşağın sardığı vücut daha körpe, kırmızı fesin uzun mavi püskülü, omuzlarına daha bariz[5] bir çalımla düşüyor. Amcasının aynı açık mavi gözleri ve beyaz kirpikleri, yalnız burun bambaşka. Ucu uzun, delikleri açık ve kıvrık, ağız daha sıkı ve daha anut...[6] Buldog vahşeti yerine bir şahinin mütehakkim[7] profili... İşte o kadar.

Yaşı küçük diye uşaklar, hemen iş buyurmaya kalktılar. Fakat o, ilk günü isyan etti. Mağrurdu, ateşliydi. Tokattan, tekmeden yıldırım gibi kaçar, başını kurtarır ve daha çok sıkışırsa maymun gibi bir ağaca tırmanır, avcılara meydan okuyan bir kaplan yavrusu gibi orada, "Ben size gösteririm!" diye hırlardı. Ve yaşlı başlı ağalar bile onun beyaz kirpikler arkasında ışıldayan gözlerinden ürker, kendi haline bırakırlardı.

Bilâl yaştaki bir oğlan tembel tembel dolaşırken kendisinin mutfak bahçesinde su çekmesini muvafık[8]

1. Ardından gelerek onun yerini alacak kimse.
2. Yerleşti.
3. Değişikliklerden.
4. Dikkate alınmazsa.
5. Belirgin.
6. İnatçı.
7. Hükmeden.
8. Uygun.

bulmayan aşçı yamağı[1] bir sabah elinde balık tavası, onu bahçede kovaladı. Oğlan taflanların[2] üstünden sıçrayarak kaçarken birdenbire gül fidanlarının arasına düştü. Şam hırkalı, beyaz takkeli, uzun boylu bir adamla karşı karşıya geldi. Sabah namazından sonra hava almak, nadide güllerini koklamak için fidanlığa henüz gelmiş olan Selim Paşa, suratına top gibi atılan Bilâl'in arkasında elinde tavasıyla aşçı yamağını görünce köpürdü:

— O ne? O ne?

Yamak hemen Bilâl'in haylazlığından, tembelliğinden şikâyet etti:

— Bu oğlan da nereden çıktı?

— Bayram Ağa bendenizin yeğeni bahçıvan çırağı.

— Sen kim oluyorsun?

— Aşçıbaşının yamağı bendeniz. Aşçıbaşı su istedi, oğlana, bir iki kova su çek dedim...

— Def ol herif... Git kendi suyunu kendin çek!

Yamak def oldu. Selim Paşa, arkası duvara dayalı, sinirden tırnaklarını kemiren çocuğu yukardan aşağı süzdü. Sarışın başın gururu, çilli, kırmızı yüzdeki soğuk, mavi gözlerin kudreti hoşuna gitti:

— Bahçıvan olacağına memur olmak ister misin?

Nasıl olmak istemezdi? İçinden:

— Şimdi onların hepsine göstereceğim... diyordu.

— Amcana söyle, tatil geçince aklıma getirsin, seni Sultani'ye[3] yazdırayım.

Bu vak'a Bilâl'i uşakların iz'acından[4] tamamen kurtardı. Fakat bahçedeki işi bitince içi sıkılıyor, sokak sokak

1. Yardımcısı.
2. Karayemiş ağaçlarının.
3. Galatasaray Lisesi.
4. Rahatsız etmesinden.

dolaşıyor. Kendisine bir arkadaş arıyordu.

Evvelâ Sinekli Bakkal'da oynayan çocuk kümesi etrafında dolaşmaya başladı. Gözlerinde, her girdiği kalabalığa baş olmak arzusunu ve kabiliyetini gördükleri için büyük çocuklar aralarına almak istemediler. Kılığı ile, telaffuzuyla alay ederek sokaktan uzaklaştırmak istediler. Fakat o, inadından, kibirinden her gün başlarına geliyor, dişlerini, yumruklarını sıkıyor, "Ben size gösteririm!" diyordu. Artık o, Sinekli Bakkal'ın köşesini döner dönmez bütün çocuklar, "'Ben size gösteririm!' geliyor!" diye bağırıyorlardı.

Bilâl, İstanbul Bakkaliyesi'ni bu sergüzeştleri esnasında keşfetti. Bir sabah levhanın yazılarını hecelemeye çalışırken gözü dükkânın önüne yayılan mallara ilişti. Küfe küfe çavuş üzümleri, içleri kan kırmızı, kabukları zümrüt gibi karpuzlar, dilimlerinden bal akan kavunlar, pencereye istif edilmiş[1] kuruyemişler... İçeriye dalıp keçi boynuzu almak istedi. Fakat birdenbire kapıya çıkan, elindeki kocaman sineklik ile yemişlerden sinek kovan bakkal kızdan ürktü, geri çekildi. Kız, başına beyaz bir tülbent örtmüş, fakat arkasından üç kumral örgünün yarısı açıkta, uçları belinde sallanıyordu.

Bakkal kızın yeşil mevceli altın gözleri Bilâl'e bakmadı bile... Mektebe giden bir kız çocuğu kafilesine kâğıt, kalem, sakız vesaire satıyordu.

Kıyafeti, mektep çocuğu alayından başka değildi, yalnız bacakları uzun, başı havada ve hepsinden daha toplu, daha etrafına hâkim... Hem konuşuyor, hem zayıf elleri Bilâl'in gözlerini kamaştıran bir sür'atle paket yapıyor, arada ince kaşlarını kaldırıyor, yabancı kılıklı, yabancı yüzlü oğlana gözleri ilişiyordu. Herhalde çocuklar

1. Dizilmiş.

gittikten sonra hâlâ yerinde kakılmış gibi duran ve gözlerinin içine bakan bu vilayet çocuğundan bakkal kızı hoşlanmamıştı. Haşin bir sesle sordu:

— Ulan adın ne?

— Bilâl.

— Suratıma öküz gibi ne bed bed[1] bakıyorsun? Çek arabanı...

Bilâl sokaktan her vakitten daha ağır, daha kurumlu, uzun kollarını sallaya sallaya çıktı.

Kılığının, lâkırdısının İstanbul'dan başka olmasını ilk defa bütün acılığı ile duyuyordu. İstanbul'dan birdenbire nefret duyuyor, Manastır'ı mukaddes[2] bir kıt'a[3] gibi hatırlıyor ve bu kibirli şehire Manastır'ın ne mal olduğunu göstermeye kendi kendine yemin ediyordu. Bununla beraber ona bu kadar acı veren sokakta gene her gün dolaşıyordu.

Bakkal kızla, gözden göze birbirlerine ilânıharp[4] etmiş gibi bakışıyorlardı. İkisi de birbirinin konakla münasebetini bilmiyorlardı.

Bir akşamüstü, Sabiha Hanım'a gül getirmek için bahçeye çıkan Rabia, Bilâl'i fidanlıkta buldu.

— Sen burada ne arıyorsun?

Rabia'yı orada görünce şaşkınlıktan parmağına batırdığı gül dikenini emmeye çalışan Bilâl de aynı suali[5] tekrar etti:

— Sen ne arıyorsun?

— Bayram Ağa nerede? Hanımefendi gül istiyor.

Bakkal kızın konak halkındanmış gibi konuşuşu,

---

1. Kötü kötü.
2. Kutsal.
3. Toprak.
4. Savaş ilanı.
5. Soruyu.

Bayram Ağa'nın yeğenini düşündürdü. Sakın, uşakların hayranlıkla bahsettikleri hafız kız bu olmasın!

Gülleri kesti, demet yaptı. Sonra bir tek sarı gül kopardı. Utancından yüzü pancar gibi, kıza bakmaya cesaret edemeyerek, gülü uzattı.

Rabia'nın ilk hissi, gülü ayağı altında ezmek, Bilâl'in suratına fırlatmaktı. Fakat sarı gülleri o kadar severdi ki bilaihtiyar[1] Bilâl'in uzattığı gülü burnuna götürdü, kokladı... Mülayimleşen[2] bir sesle:

— Bizim sokağa bir daha gelirsen, dükkâna uğra... Ben de sana şeker veririm, dedi.

1. Elinde olmadan.
2. Yumuşayan.

14

Tevfik, Kabasakal Kıraathanesi'nde perdesini kurdu, şem'asını[1] yaktı. Fakat perdeye aksettirdiği[2] gölgeler seyircileri hem düşündürüyor, hem güldürüyordu.

Oyun eski oyundu ve her vakit Padişah'ın ömrüne dua ile başlar, dua ile biterdi. Kâğıt kuklaların kıyafetlerinde de zâhirî[3] bir tahavvül[4] yoktu. Fakat ruhları değişmişti. Mesela "Mirasyedi" o an'anevi aptal züppe, küçükbey değildi. Dalkavukları parasını alıp onu maskara etmiyorlardı. Tevfik'in Mirasyedisi becerikli ve kurnazdı. Parası hiç tükenmiyordu.

Abdülhamid'in mürteşî,[5] azılı büyük memurlarından pek farklı değildi, hattâ vaktiyle Gelibolu Mutasarrıfı[6] olan zamanın Dâhiliye Nazırı Zâti Bey'e benzemiyor değildi. Arnavut rolüne çıkan kâğıt kukla zamanın tüfekçibaşısını[7] çok hatırlatıyordu. Kıyafet, üslup, ifade

1. Perdesinin mumunu.
2. Yansıttığı.
3. Görünüşte.
4. Değişiklik.
5. Rüşvet yiyen.
6. Yöneticisi.
7. Padişah'ı ve sarayı korumakla görevli askerlerin başı.

hep eski fakat "sembol"ler yeni idi. Yalnız bunu o kadar sanatkâr bir karışıklıkla, mantığa sığmaz vak'alar arasında gösteriyordu ki onu yakalayıp şunun bunun karikatürünü yapmakla itham etmek[1] çok müşküldü.

Halk sınıfına mensup örnekleri Tevfik doğrudan doğruya açık ve realist bir ifadeyle yaşatıyordu. Zâhiren mutî,[2] dalkavuk, büyüklerin yüzüne gülüyorlar, arkalarından alay ediyorlar, terzil ediyorlar;[3] kalplerinde adalet hissinden doğma bir isyandan ziyade[4] kıskançlıktan vücuda gelen bir gayz ve gizlet...[5] Daha ziyade menfî[6] sahalarda söyleyen, yaşayan Abdülhamid devrinin halkı. Karagöz'ün kendisi Tevfik'in elinde aslından daha sevimli ve mânâlı olmuştu. O da bütün öteki çaresiz halk gibi dalkavuk, onlar gibi geveze. Kulağında patlayan şamarı, tepesine inen yumruğu sırıtarak hazmediyor, fakat tavrı ile başka türlü harekete imkân olmadığını anlamak isteyen pratik bir halk filozofu olduğunu gösteriyordu.

Tevfik, Kabasakal Kıraathanesi'nin günden güne artan müdavimlerinin[7] ısrarıyla haftada iki akşam da meddahlık etmeyi kabul etmişti. Söylediği, daha doğrusu temsil ettiği hikâye kahramanlarının tuhaflığı ağızdan ağıza yayılmıştı. Gene Tevfik kibar davetlerinde en parlak numara oluvermişti. Kıraathaneye devam eden birkaç muharrir[8] ona hikâyelerini "piyes"[9] haline sokmayı

1. Suçlamak.
2. Söz dinleyen.
3. Küçük düşürüyorlar.
4. Çok.
5. Kabalık.
6. Olumsuz.
7. Devamlı müşterilerinin.
8. Yazar.
9. Oyun.

teklif ettiler. Reddetti. Kendi yarattığı karakterleri her defasında kendi bildiği gibi başka başka konuşturmakta ısrar etti.

Eğer Tevfik, meramını[1] anlatabilseydi sanatın yazıda değil, her an değişen hayatta olduğunu söyleyecekti. Ve eğer para denilen şeyin kıymetini bilseydi bu fırsatta âdetâ zengin olabilirdi. Fakat kazancı bir elinden giriyor, bir elinden çıkıyordu.

Artık dükkânla meşgul olacak hiç vakti yok. İşi Rakım'a ve zamanı oldukça Rabia'ya bırakmıştı. O, üç akşam Kabasakal'da, sabahları öğleye kadar yatakta, öğleden sonra da hikâyelerini meşk etmekle[2] vakit geçiriyordu. Rakım'la Rabia Tevfik'in yeniden parlayan ikbalinin[3] güneşinde ısınıyorlar ve onun muvaffakiyetiyle ondan çok sermest[4] oluyorlardı.

Ve Rabia büyüyordu. Sırf kol, bacak uzamasından ibaret bir büyüyüş değil, benliğinden hâsıl olan başkalıkla, yeni kudretle olgunlaşan bir büyüyüş. O, Sinekli Bakkal'ı babasından çok meşgul ediyordu. Yaşıtlarından bir baş uzun, kafası dimdik karşısındakilerin gözlerine bakmaktan sıkılmayan cesur bakışlı, servi vakarıyla[5] dolaşan bir kız. Bir kadın gibi gençlik çağına gelince fukara sınıfın işçi kadınlarının kıyafetini seçti. Uzun, bol bir siyah yeldirme[6] belden aşağı düşen beyaz patiska baş örtüsü ve üstünde her zaman arkaya atılan ve hiçbir zaman inmeyen bir peçe. Esasen[7] hangi işçi, küçük satıcı kadın esnaf yüzünü örtüyordu?

1. Amacını.
2. Provasını yapmakla.
3. Yükseliş.
4. Sarhoş.
5. Ağırbaşlılığıyla.
6. Çarşaf yerine kullanılan baş örtüsü ile birlikte giyilen hafif üstlük.
7. Doğrusunu isterseniz.

Derisi güneşten tunç gibi yanmış, dolu ve mesut[1] hayatının tesiriyle sevimli ağzındaki eski çizgiler hemen hemen tamamen silinmiş, Sinekli Bakkal delikanlılarının rüyalarına giren bir simâ olmuştu. Evlenmek çağına gelmiş kızlara söz atmak, bıyık bükmek, hattâ tenhada çimdiklemek meşru[2] olmakla beraber bir tek delikanlının ona bu şeyleri yapmaya cesareti yoktu. Hafızlığından gelen yarı mukaddes vaziyeti, serbest tavrı, bilhassa keskin, hazır cevap mütecaviz dili genç, yaşlı her erkeğe kendini saydırıyordu.

Mahallede, o yaşta herhangi kıza koca bulmayı vazife[3] bilen kocakarılar ona eş erkek düşünemiyorlardı. Erkekler bir ayak evvel evlenmesine taraftardılar. Kız Sinekli Bakkal'ın erkek dünyasına meydan okuyan bir bayrak gibiydi. Fakat onlar da aralarında hiçbir delikanlıyı ona eş olabilecek kadar yürekli bulmuyorlardı.

Rabia'nın mahallelinin zihnini bir muamma gibi yorduğu bu günlerde Tulumbacıbaşı Sabit Beyağabey avanesini[4] başına topladı, mahalle kahvesinin bir köşesinde Tevfik'in kızının evlenmesi meselesini müzakere etti.[5] Rabia ona yüzü maskeli "Arap özengi" gibi erkek pehlivanların mertliklerine bir leke gibi görünüyordu.

Takıma yeni intisap eden[6] alaycı bir genç:

— Sen mahalle yiğitlerinin başındasın Ağabey... Bekârsın da... Bu kızı yola getirmek sana düşer. Başka hangi kabadayı onun burnunu kırabilir?

Sabit Beyağabey avuçlarına tükürdü, ellerini ovdu.

---

1. Mutlu.
2. Olağan bir şey.
3. Görev.
4. Çevresindekiler.
5. Konuştu.
6. Katılan.

— Yarın bir dükkânda kendimi göstereyim, ötesi kolay...

Müstehzî genç güldü:

— Ötesi onlar ermiş muradına...

Sabit Beyağabey, mahalle tulumbacıbaşları arasında en hatırı sayılanlardandı. Bayezid Kulesi işareti çeker çekmez, köşklü, elinde kırmızı feneriyle köşe başında döne döne nârasını atar atmaz, Sinekli Bakkal takımı kolsuz, kırmızı fanilalarını başlarından geçirir, ayaklarına çarıklarını takar, tulumba omuzlarında, Sabit Beyağabey'in siyah atının arkasından tabanlarını kaldırırlardı. Onun nâraları öteki takımların nârasını kedi miyavlaması gibi ehemmiyetsiz bırakır, onların çevik bacakları mutlak en evvel yangın yerine erişirdi.

Dünyanın her tarafında böyle külhanî erkek teşkilâtlarında olduğu gibi, onların da yakışıksız halleri vardı. Fakat gene o biçim erkek teşkilâtlarında olduğu gibi kendilerine mahsus babayiğitlik, nâmus ölçüleri de vardı. "Tozkoparan.... canyakan" nârasının sahipleri, takımlarının ahlak nizamına[1] çok sıkı merbuttular.[2]

Sinekli Bakkal'ın tenha olduğu öğle üstü saatlerinden birinde birkaç delikanlı köşenin başında dolaşmaya başladı. Sabit Beyağabey onların yanından ayrıldı, İstanbul Bakkaliyesi'ne daldı.

Rabia yalnızdı. Kendisine bu ziyaret için bilhassa çekidüzen veren zengin kıyafetli Sabit Beyağabey'e bakmadı bile. Halbuki o, alnındaki kabadayılık maceralarından kalma eski yara yerini göstermek için küçük kara fesini daha çok arkaya itmiş, etrafındaki ipek mendilin ucu omzuna daha cakalı sarkmış, ağzını içinde tespit

1. Düzenine.
2. Bağlıydılar.

143

edilmiş bir nâra varmış gibi, çarpıtmış, kolları yanında testi kulpları gibi zaviye-i kaime[1] yapıyor, en çalımlı tavrıyla yürüyordu.

Rabia'nın lakaydisine[2] canı sıkıldı. Dükkânın hemen ortasını bulmuştu. Biraz öksürdü. Fakat kız, gözleri önünde açık duran bir defterde onu işitmemiş gibiydi. Başını çevirdi, iki metre öteye koltuğunun altından bir tükürük fırlattı, uzun bıyıklarını yeniyle[3] sildi.

— Rabia Abla, bana bak, beni dinle.

— Kör değilim ya, görüyorum; sağır değilim ya, işitiyorum.

— Benim kim olduğumu biliyor musun? Ben adamı ne yaparım...

— Bakayım, bakayım kim oluyormuşsun? Tulumbacıbaşı! Adama ne yaparmışsın? Ablan dün dükkâna geldi, kolunu kırmışsın, sargıyla geziyor. Daha ne yaparsın bakayım? Çeşme başında kızları ürkütürsün, köpek yavrusunu da çiğnersin... Daha başka ne yaparsın bakayım?

Altın gözlerin yeşil alevleri Sabit Beyağabey'in yüzüne dolaştı. Daha dün örgülerini sallaya sallaya sokakta dolaşan kız çocuk bu muydu? Buna mağlup olursa avanesinin nasıl yüzüne bakardı? Ağzını biraz daha çarpıttı, korkunç olmaya çalışan bir sesle:

— Ben adamı bir lokma yapar yutarım, bana adıyla sanıyla... diye başladı. Fakat bitiremedi, Rabia fırlamış üstüne geliyordu:

— Ya öyle mi? Ama ben senin ağzının lokması değilim. Seni köpek yavrularının umacısı,[4] seni korkak külhanbeyi! Bak etrafta kimse yok. Bakayım bana ne yapa-

1. Dik açı.
2. İlgisizliğine.
3. Giysinin koluyla.
4. Baş belası.

144

caksın? Al sana... tu... tu... tuuu...!

Sabit Beyağabey sahiden korktu, Rabia bağırmakta devam ederse mahalle onu yalnız vaktini gözletip bacak kadar kıza sataşmaya geldi sanacak, halbuki onun maksadı sadece biraz caka satmaktı. Kekeleyerek kızı teskine[1] çalıştı:

— Rabia Abla, ben sana sataşmaya gelmedim... Böyle bir şey aklımdan geçtiyse köpek olayım. Eteğinin ucuna dokunanı ben çiğ çiğ yerim. Vallahi... Billahi...

O kadar Rabia'yı ikna etmek istiyordu ki, o kadar yiğitliğini ispat etmek istiyordu ki tulumbasına yemin için "Tozkoparan, canyakanın başına..." diye başlayınca Rabia bütün bütün çileden çıktı. Kafasına fırlatmak için dükkânda bir şey ararken bir taraftan da bağırıyordu:

— Sus köpek, hayvan, def ol, benim senin himayene ihtiyacım mı var? Ben senin gibi köpeklerin haddini bildirmez miyim?

Kız kudurmuş gibiydi. Ağabey bu defa ricatı,[2] hattâ acilen ricatı kabadayılığa tamamen muvafık buldu. Nefes nefese köşe başına koştu, "haydi öteki sokağa" kumandasıyla hepsini ta Selim Paşa'nın konağının kapısına kadar sürükledi. Orada durdu, en ağır tavrıyla:

— Bu mahallede Rabia Abla'nın pabucunu silmeye lâyık erkek yok, diye başladı, kim ona yan bakarsa kemiklerini kırar, anasını ağlatırım, diye bitirdi. Gençler hep koltuklarının altından iki metre uzağa birer tükürük fırlattılar, bıyıklarını ağabeyvari[3] yenlerine sildiler, "Yaşasın be... yangına giderken dükkânın önünde hep nâra atarız," dediler.

Sabit Beyağabey telaşla:

1. Sakinleştirmeye.
2. Geri kaçmayı.
3. Ağabey gibi.

145

— Hayır, hayır, dükkânın önünden geçerken fare gibi sessiz... anlaşıldı mı, dedi.

Anlaşıldı. Sabit Beyağabey Takımı, Sinekli Bakkal Sokağı'ndan geçerken artık sağa sola bakmaz, kimseye omuz vurmaz oldu.

15

Yeni Dâhiliye Nazırı Zâti Bey'in yıldızı parladıkça Zaptiye Nazırı Selim Paşa'nın ikbali sönmeye[1] yüz tuttu. O hâlâ Padişah'ın sadık bendesi,[2] hâlâ padişah düşmanlarının kafasını eski şiddetiyle eziyor da, Padişah'tan ne iltifat görüyor ne de şişman, kırmızı atlas keseler eline sıkıştırılıyor. Konağın debdebesi maaşla idame edilemezdi.[3] O ecdaddan[4] kalma han, hamam, dükkân ne kalmışsa birer birer satıyor, evin masraflarını kısıyordu.

Zaptiye Nazırı sıfatıyla onun için başka yerden para edinmek hâlâ kolaydı. Fakat onun da kendine mahsus bir nâmus ölçüsü vardı. İhsan-ı şâhâne[5] meşrûydu,[6] çünkü devlet demek Padişah demekti, o liyakatli bendesini[7] dilediği gibi mükâfatlandırırdı.[8] Rüşvet bir hıyanetti,[9]

1. Daha önce iyi olan durumu bozulmaya.
2. Kölesi.
3. Sürdürülemezdi.
4. Ailesinden.
5. Padişah'ın bağışı.
6. Geçerliydi.
7. Başarılı kölesini.
8. Ödüllendirirdi.
9. Hainlikti.

milletin cebinden çalınırdı. Ona bu aralık rüşvet teklif edenler ömürlerinin sonuna kadar nadim oldular.[1]

Bu sıkıntılı günlerinde Paşa milletler gibi hükümdarların da hafızaları kısa olduğunu anladı. Vazife diye Padişah'a bir çoban köpeği gibi hizmette devam etti. Fakat çok dertliydi, kendini unutmak için her akşam Sabiha Hanım'ın odasına gidiyor, en çok Rabia'nın huzuruyla[2] eğleniyor, onun Sinekli Bakkal dedikodusunu dinliyordu. Bu akşam kalın kaşlarını kaldırdı. Azıcık müstehzî dedi ki:

— Sen artık dükkândan çekilsen nasıl olur Abla?

— Olamaz. Tevfik'in hiç alışverişle alakası yok, Rakım mal almaya, müşteriye mal götürmeye mecbur olduğu zaman dükkâna kim bakacak?

— Tevfik hepinizi geçindirecek kadar kazanıyor.

— Doğru, fakat bir elinden giriyor, bir elinden çıkıyor... Hem benim çekildiğimi neden istiyorsunuz, Paşa Efendi?

Selim Paşa için için güldü. Ne söylesin? Büyüdüğünü, güzelleştiğini, mahalle delikanlıları için bir tehlike olduğunu nasıl söylesin? Gerçi bu kıza, bu da söylenebilirdi. Onun kalın sesinde, dik kafasında yetişmiş bir erkeğin muvazenesi, kudreti vardı. Paşa'nın konakta görmeye alıştığı, mütemadiyen cinsiyetini teşhir eden, cinsiyetini istismar etmeye[3] uğraşan kadınlardan o, ne kadar başkaydı. Onun gözü de, gönlü de okşayan bir sevimliliği vardı. Düzgünsüz, allıksız, rastıksız, sürmesiz! Sıkı örülmüş saçların kendine göre bir zarafeti var. Erkek çocuk gibi dar kalçaları, omuzların, göğsün göze batmayan belirsiz yuvarlaklığı, bunlar hep ona vahşi bir gül fidanı ca-

1. Pişman oldular.
2. Varlığıyla.
3. Sömürmeye.

zibesini veriyordu. Paşa sakalını karıştırdı. Biraz müte-
reddit:[1]

— Dükkâna bazân ipsiz, sapsızlar da gelir... Bu ci-
varda sen yaşta, sen yüzde bir kadının bakkallık etmesi
doğru değil, dedi.

— Annem de genç yaşında bakkallık etmiş, Zarafet
Bacı Aksaray'da dolma satıyor...

— O, ihtiyar ve Arap.

— Bayezid avlusunda tespih satan kadın hem genç,
hem benden beyaz.

Sabiha Hanım atıldı:

— Aman Paşa... Rabia'nın başa çıkamayacağı ipsizin
sapsızın ben alnını karışlarım.

Rabia gülerek iki gün evvel geçen Sabit Beyağabey
macerasını anlattı. Bu, Hanımefendi'yi pek eğlendirdi,
fakat Paşa, gene kaşlarını çattı.

İçinde merhamet, takdir, isyan hep biribirine karış-
mıştı. Onu, dini ve cinsiyeti, kadınları himaye etmeye
mecbur ediyordu. El kadar bir kızın bir erkek mesuliye-
ti[2] alması içine dokunuyordu:

— Senin başında adamakıllı bir erkek lâzım, İmam'a
varıncaya kadar seni himaye etmek onların borcu. Dük-
kâna it, çakal dalınca baban nerede?

Biraz durduktan sonra gülümsedi ve devam etti:

— Neyse, artık Sinekli Bakkal'da Sabit Beyağabey
Takımı artık uslu oturur. Fakat ne olsa ev bark olmanın
zamanı geliyor.

Rabia'nın burnunun üstü kırışarak güldü:

— Sanki ben bunu düşünmüyor muyum? Fakat be-
nim gibi sıska, çalı süpürgesi kılıklı kızı kim alır?

1. Kararsız.
2. Sorumluluğu.

149

— Tevfik evlenirse sen görürsün!

— İşte o olamaz. Penbe Teyze'nin niyeti bozuk, fakat babama göz atarsa, gözünü oyacağımı dobra dobra söyledim. Artık Tevfik'e yanık yanık bakmıyor.

Sabiha Hanım esnedi:

— Aman Paşa, sen de herkesi evlendirmek istiyorsun, Rabia kocaya varırsa beni, akşamları kim eğlendirecek?

Bu mükâleme[1] Rabia'yı derin düşündürdü. Demek onun büyümesinden etrafı haberdardı. Ve bu büyüyüşüne karşı muhitinin hassasiyetini[2] gösteren vak'alar artmaya başladı.

Rabia'nın artık konser halinde devam eden mûsikî dersleri Hilmi'nin odasında, Tevfik'in boş olduğu perşembe akşamına tesadüf ediyordu. Hilmi ve arkadaşları alaturka mûsikîye alışmış gibiydiler, Peregrini, dağılmadan onlara piyano çalardı. O, çalarken Rabia mutlak piyanoya dayanır, dinlerdi. Piyaniste, onu, orada görmek, odanın herhangi eşyasını görmek kadar tabiî[3] geliyordu.

Bu akşam gözleri âdetâ görmeden Rabia'ya bakarken birdenbire, dört sene evvel piyanoya ancak yetişen başın, şimdi piyanonun üstünden odayı seyrettiğinin farkına vardı ve beklemediği bir hakikat keşfetmiş gibi helecanlandı,[4] parmakları kaldı.

Piyanistin gözlerindeki tahavvülü[5] gören Rabia'nın yanakları da nadide[6] bir eski şarap rengini aldı, uzun kirpikleri parlak gözlerinin üstüne indi. Büyüdüğünü, ka-

---

1. Sohbet.
2. Duyarlılığını.
3. Doğal.
4. Heyecanlandı.
5. Değişimi.
6. Az bulunur.

dın olduğunu Peregrini'nin birdenbire keşfettiğini anlamış, Âdem'in Cennet bahçesinde kendini ilk çıplak gördüğü zaman duyduğu acayip hicabı duymuştu. Aralarında yıllar süren sade ve gayri şahsi rabıta[1] ilk defa yüreklerine çarpıntı olan bir bağ oluvermişti.

Piyanist ellerini dizlerinin üstüne koydu. İçinde kirli ayaklarla mabede[2] giren adamın günah hissi hâsıl oluvermişti.[3] Gözleriyle Vehbi Dede'yi aradı. Arkasında ayakta buldu.

— Bizim çocuk artistin ne kadar büyümüş olduğuna dikkat ettim de biraz şaşırdım, dedi.

Rabia'nın büyümesi, hepsinin zihnini dolduran bir mesele olduğunu bu vak'a ortaya çıkardı.

Hilmi mahzun[4] ve her zamandan daha peltek:

— Rabia Abla'nın aramızda olmayacağı günü düşünmek bile istemiyorum. Ne fenâ âdetlerimiz var.

Cüce Rakım, Rabia'nın eteğine yapışmış:

— Herhalde benden kaçamaz, ben amcasıyım, diyordu.

Rakım'ın sevincinden, zaferinin arkasındaki mânâ –cücelik, ucubelik[5]– Rabia'nın içine dokunmuştu, Rakım'ın omzunu dalgın dalgın okşadı.

Bu akşam, Rabia, büyümenin hayatı karıştıran, güçleştiren cephesini düşünüyordu. Bu kadar alıştığı ve sevdiği muhitten[6] ayrılmak biraz güçtü. Fakat neden sıkılıyordu. Kardeş gibi sevdiği Hilmi'yi Sabiha Hanım'ın oda-

1. Sade ve kişisel olmayan ilişki.
2. Tapınağa.
3. Belirivermişti.
4. Üzgün.
5. Eciş bücüşlük.
6. Çevreden.

sında görecekti. Vehbi Dede'den kaçmak mevzu bahis[1] değildi, ondan kaçan hemen hiç kadın yoktu. Şevki ile Galib'in mevcudiyetleri[2] ile yoklukları onca müsavi...[3] O halde?

Sesi dünyaya meydan okur gibi yükseldi:

— Kaç göç, zenginler için! Ben fukara bir esnaf parçasıyım, dükkânda, camide dünyanın erkeğini görüyorum, niçin Hilmi Bey'in dostlarından kaçacakmışım, diyordu.

Tevfik, derin bir nefes aldı. Kızın erkekten kaçması ona, bir karar almak vazifesini yükletiyordu. Halbuki onu bir şeye karar vermek kadar üzen bir şey yoktu. Esasen şimdiye kadar kendi ihtiyarıyla hiçbir karar almamıştı. Kız varsın istediği zaman erkekten kaçsın...

Bu akşamdan sonra bir zaman Rabia'nın zihni Peregrini ile çok meşgul oldu. Senelerden beri ona alışmış, bağlanmıştı. O, ötekilerden bambaşka, daha pek canlı bir insandı. Çirkin yüzünün yıldırım sür'atiyle değişmesi, siyah gözlerinin insanın yüzünü delip kafasının içine bakması, simasındaki[4] karışık çizgilerin sükûndan[5] en ateşli heyecana geçmesi... Bunlar hep ona mahsus şeylerdi. Fakat Rabia en çok onun ellerini hissederdi. Kendi başına ayrı hayatları olan iki mahlûk gibi... Sert, buruşuk, küt parmaklı iki el... Onların korkunç bir sırları varmış gibi Rabia, onlardan hem ürker, hem de onların hareketi yüreğine ekseri çarpıntı verirdi. Zihni, hep bunlarla meşgul olduğu o günlerde Sabiha Hanım'ı şaşırtan bir sual sordu:

1. Söz konusu.
2. Varlıkları.
3. Eşit.
4. Yüzündeki.
5. Durgunluk.

— Hanımefendi, bir Müslüman kızı, bir Hıristiyan'la evlense ne olur?

— Ne tuhaf sual, kızım. Bir şey olmaz. Çünkü kimse nikâhlarını kıymaz, çünkü şeriat bırakmaz.

— Fakat, şeriatı dinlemeseler, evlenseler...

— Mahalleli ikisini de taşa tutar.

— Fakat Hıristiyan karısı alan Müslüman erkek yok mu?

— Erkekler başka... O kadarını bilemedin mi?

16

Hıdırellez günü.[1] Göğün altında bugün hiçbir şehir bu kadar cümbüşlü bir kalabalıkla kaynaşmaz, hiçbir sokak bu kadar başka sesleri birbirine karıştıran böyle bir uğultu çıkarmaz. Ahalisi[2] bu kadar kuzu kızartıp helva pişirmez.

Tevfik, tembel tembel yatakta döndü. Kâğıthane'de, yeşil çayırlarda şimdi öbek öbek toplanan halk arasında darbuka, zilli maşa, tef, zurna sesleri arasında kara göbeğini çalkalayan Çingene Penbe'yi düşündü. Öğle yemeğinden sonra tekrar yatağa uzanıp ikindiye kadar dinlenmeye karar verdi. O vakit ancak, sokaktaki oyuncakçıların ortalığı velveleye veren kaynana zırıltıları susar, kalabalığın uğultusu hafiflerdi. O zaman kalkacak, kuzu kızartacak, pilav pişirecekti. Vehbi Dede ile Peregrini akşam yemeğine davetliydi.

Güneş alçaldı, misafirler geldi. Rabia'nın kolları sıvalı, etekleri belinde mutfakta, Tevfik'e yardım ediyordu. Misafirler bahçede, asmanın altında yerleşmişlerdi. Birer gelin gibi donanan badem, erik ağaçları çiçeklerini

1. Hızır ve İlyas peygamberlerin her yıl buluştuklarına inanılan 6 Mayıs günü.
2. Sakinleri.

kapısı açık duran mutfağa uçuruyorlar, Dede ile Peregrini'nin lâkırdıları, gülüşleri işitiliyordu.

Rabia bu akşam ilk defa o kadar alışkın olduğu bu adamlar arasında kendini yabancı ve yalnız buluyordu. Rabia'ya, onlar, kendisinin henüz girdiği bir yolun karşı köşesini dönüp giden insanlar, biraz sonra göremeyeceği, işitemeyeceği geçiciler gibi geldi. Onlarla yılların hâsıl ettiği[1] arkadaşlık birdenbire kırılmış gibiydi. Bu akşam gençlik ve tabiat kalbinin kapısını çalıyordu. Bahçeden uçan bir badem çiçeği yaprağı yanağına yapıştı.

Vehbi Dede:

— Ne dedin, Peregrini? Bizim mûsikî şen değil mi? Kim demiş, diyordu.

Sonra, Rabia, iki elin usulle vurduğunu, Dede'nin "Esti nesim-i nev-bahar" şarkısını söylediğini işitti.

— Bu nasıl bahar şarkısı dostum? Cenaze marşı gibi bir şey... Beni dinle, bu Venedik'te gondollarda söylenir bir şarkı...

Piyanistin sesi kıvrak, şen bir hava söylüyor. Yalnız, o şarkı devam ederken Rabia, biraz yalnızlığını unutuyordu.

Elinde kahve tepsisi, misafirlere kahve çıkaran kızın, çakılların üstünde nalın tıkırtısı Peregrini'yi susturdu. Asmanın gölgesindeki genç hayal Dede'ye, Vâsıf'ın,[2] "On beş yaşında kendime bir oynaş arayım" mısraını tekrar ettirdi.

"On beş yaşında bir oynaş, on beş yaşında bir oynaş..."

Bu, Galatasaraylı üniformalı mavi gözlü, beyaz kirpikli, çilli yüzlü...

Fincanlar tepsinin üstünde sallandı, oynadı, Rakım seslendi:

1. Oluşturduğu.
2. XIX. yüzyıl Divan şairlerinden, Enderunlu Vâsıf.

— Rabia, kahveyi dökeceksin.

Ve Rabia kahveyi döktü. Peregrini dizlerinin üstünde, cebinden çıkardığı kırmızı ipek mendille Rabia'nın kahve dökülen basma entarisini siliyor, Rakım tepsiyi kapmış, Dede'ye götürüyor, Dede hiç yerinden kımıldanmamış... Ve Rabia'nın hicabından[1] taze yanakları gene eski nadide[2] bir şarap gibi lâl rengini alıvermişti.

Tevfik mutfaktan çıktı. Çardağa asılı portakal renginde kâğıt fenerleri, cebinden çıkardığı bir kibritle, birer birer yaktı.

— Kuzu hazır, efendiler.

Tepelerindeki mor, mavi gökte tepsi kadar beyaz bir ay, onlar altında kuzu kızartmasını, pilavı, bir ayin ciddiyetiyle ağır ağır çiğniyorlar.

Rakım'ın ağzı o kadar şapırdıyordu ki... Rabia'nın sinirleri yemek sonuna kadar zor tahammül etti, o herkesten evvel bitirdi, tabakları mutfağa taşımaya başladı.

Rakım bidüziye mutfağa geliyor, Rabia'nın bulaşığına yardım etmek istiyor. Kızın dimağının gözü onu portakal renkli ışıkta kuzu eti kemirirken görüyor. Gökte tepsi kadar yuvarlak bir ay asılı olduğu ilkbahar gecelerinde cüceliğin, ucubeliğin ne işi var? Rabia evvelâ somurttu, sonra tersledi, en son kahve tepsisini eline verdi, Rakım'ı bahçeye itti. O, kovulmuş bir köpek gibi omuzları düşük, başı önde, gözü hüzün içinde yavaş yavaş hasırdakilere iltihak etti.[3]

Üç kişi birden geniş hasıra uzanmış, başları dirseklerinde, bir elleriyle sigara içiyorlar, Rakım bir dizi dikili, ortalarında oturuyor, burnunun deliklerinden mütema-

1. Utancından.
2. Az bulunur.
3. Katıldı.

diyen[1] duman çıkarıyordu. Kocaman sarıklı, kocaman başı zaman zaman mutfağa dönüyor, sonra ağzından, burnundan dumanlar daha kalın, daha çabuk fırlıyor. Peregrini'ye, cüce bu akşam mustarip[2] bir dehanın hulyâsı[3] gibi göründü. O şımarık kız, bu bî-çâreyi[4] neden bu akşam terslemişti?

Duvarın arkasında, komşu bahçelerinde, başka insanlar da yiyip içiyorlar, bir erkek öksürüyor, bir çocuk ağlıyor, bir kadın geç kalan kocasını azarlıyor. Havada yeni sulanmış keskin bir toprak kokusu var. Her bahçe batıda[5] sulanır, böyle kokar, fakat bahar akşamları başka kokular da vardır: Zeytinyağlı kızartmalar, sarmısaklı cacıklar, yasemin, hanımelleri kokuları!

Sokaktan derin derin, uzak uzak uğultular geliyor. Orası bambaşka bir iklim, sokakta ve bahçede aynı insan başka başka yaşar, düşünür...

— Tak, tak, tak...

Kapı çalınıyor, Rabia ipi çekiyor ve ağzı dükkâna doğru sesleniyor:

— Kim o?

— Ben...

Kulaklarının arkasında birer kırmızı gül, yazma örtüsü arkasında sallanarak, bir Çingene şarkısı söyleyerek Penbe, Hıdrellez'den dönüyor. Mutfaktan geçerken Rabia'ya yardım teklif etmedi.

— Bahçede misafir var, Penbe Teyze.

Penbe işitmemiş gibi acele acele bahçeye çıktı, tekrar kahkaha sesleri, bir ağızdan söylenen şen türküler...

---

1. Durmaksızın.
2. Acı çeken.
3. Hayali.
4. Zavallıyı.
5. Güneş batımında.

Bir daha:

— Tak, tak, tak...

Bir daha Rabia ipi çekiyor, dükkâna sesleniyor:

— Kim o?

Ses yok...

Rabia dükkâna gitti, aralık kapıdan dışarı baktı. Sokak üç renkli sulu boya bir levha gibi, saçakların arasından görünen koyu patlıcan gök, beyaz ay, siyah evler.

Kapının önünde sarı köpek kuyruğunu sallayarak burnunu dükkâna uzatıyordu.

— Kapıyı sen mi çaldın, Sarman?

Kapının arkasından bir öksürük duydu, sıkılgan, sinirli bir öksürük. Eğildi, duvara yapışan narin bir gölge gördü, henüz kalınlaşan pürüzlü bir erkek sesi:

— Benim... dedi.

— Ben? Ben de kim oluyor?

— Ben Bilâl! Hilmi Bey selâm ediyor, Tevfik Efendi ile misafirlerini konağa çağırıyor.

— Peki, şimdi söylerim. Sen... Sen Bilâl ha!

— Sen de Rabia Hanım, ha... Ne kadar büyümüşsün?

Gölge Rabia'nın gözlerini arıyordu. Kız, onun eski beceriksizliği, korkaklığı gitmiş olduğuna dikkat etti.

Kendi eşiğe kadar çıktı:

— Bakayım, bakayım... Bu ne güzel esvap[1]!

Hâlâ yaş, hâlâ sabun kokan kızaran elleri Bilâl'in yakasındaki sarı şeritleri saydı.

— Rabia, kim geldi?

Tevfik içeriden sesleniyordu.

Rabia, mutfağa döndü:

— Hilmi Bey hepinizi konaktan istiyor, dedi.

1. Kıyafet.

Fakat kendi gitmeyecekti. Başı ağrıyordu, işini bitirip erken yatacaktı. Israr etmediler. Yaşlılar dünyası, Penbe de aralarında, çekildi, gitti. Genç Rabia ile aralarındaki uçurum bu gece kıza hiç dolmayacak kadar derin ve karanlık göründü. Fakat işini bitirince tuhaf bir hisle tekrar dükkânın kapısına gitti, açtı, sokağa baktı. Narin gölge hâlâ yerinde, beyaz baş örtülü kızın yüzüne eğildi, aç gözlü gözlerle kızın gözlerini aradı.

— Burada ne yapıyorsun, Bilâl?

— Sen içeride yapyalnız ne yapıyorsun?

— Mutfağı topladım. Bahçe mis gibi kokuyor. Hava bir ısındı ki...

Açık bir davet değildi, fakat gene Bilâl kızın arkasından dükkâna girdi. Ağır ağır dükkânı, mutfağı geçtiler, hasırın üstüne, karşı karşıya oturdular. Artık gözlerini birbirlerinden saklıyorlar, fakat ikisi de konuşmak istiyor, yalnız söyleyecek lâkırdı bulamıyor... Arada başlarını kaldırıp aya bakıyorlar, ikisi de göğüslerinde demirci örsü gibi işleyen yüreklerinin çarpıntısını birbirinden saklamak istiyordu. Bilâl'in dar setresinin[1] körük gibi kımıldadığını Rabia gördü, Bilâl birdenbire kalktı, kızın önünde, gene ağır ağır mutfağı ve dükkânı geçti. Kapıda durdular. Rabia, evvelâ kollarının, sonra yakasının sarı şeritlerini saydı, parmakları Bilâl'in çenesine dokundu. Buz gibi soğuktu ve biraz titriyordu. Bilâl'in dudakları parmaklarına değdi ve orada biraz kaldı...

Rabia kısık bir sesle:

— Gelecek hafta mektepten çıktığın gün seni konakta görürüm, dedi.

Yalnız kalınca gazları söndürdü, ayaklarını sürüyerek merdivenleri çıktı. Şiltesini yükten çıkardı. İlk defa

1. Düz yakalı, önü ilikli bir tür ceket.

yassı namazını kılmadan yatağa girmişti. Uykusu yoktu, biraz sonra kalkardı. Gözleri tavanda düşünürken kısa parmaklı, buruşuk, katı iki el omuzlarından yakaladı. Dudaklarına sıcak bir şey dolmuştu. Bu bir rüya idi, fakat gergin vücudu gevşedi, rüyasız bir uykuya daldı.

17

Bir hafta sonra Sabiha Hanım dedi ki:

— Rabia, sana kısmet çıktı, Paşa yarın Tevfik'le konuşacak.

O, Çingene Penbe'nin bakla falını taklit ederek mırıldandı:

— Paşa mı desem... Bey mi desem...

— Şaka demiyorum. Galip Bey seni istiyor. O ne surat, maymun? Daha iyisini nerede bulacaksın? Babası zengin, ne kaynana ne görümce var; bir evin bir kadını olacaksın.

Rabia askın bir suratla:

— Ben koca istemiyorum, dedi.

O akşam Rabia'nın gözlerinin etrafındaki siyah halkalara dikkat eden Tevfik, bahçede yemek yerlerken sordu:

— Hasta mısın, Rabia?

— Galip Bey beni istiyormuş, Paşa yarın seninle konuşacak.

Surat asmak bu defa Tevfik'e düştü. İçini karıştıran, gözlerini yakan gözyaşlarının birbirine benzemez saikleri[1] vardı. Gözünü, gönlünü ısıtan biricik Rabia'nın, onun

1. Sevk edenleri.

harap evini bırakıp gitmesi... Hem de koskocaman bir konağa gidip Tevfik'in sınıfından ayrılması. Bütün bunların üstünde bir de gene karar almak mecburiyeti. Gözünün ucuyla kızın yüzünü tetkik ederek sordu:

— Sen ne dersin?

O, kat'î[1] bir sesle cevap verdi:

— Hanımefendi'ye ben olmaz, dedim.

Tevfik'in yüzünde güneş açtı. Vay şeytan vay! O yaşta nasıl çabucak karar veriyordu. Gözleri Rakım'ın, ikisini de süzen büyük gözlerine değdi:

— Sen ne dersin, Amca Bey?

— Ben Galip Bey'in öyle birdenbire atılacak bir kısmet olmadığını derim.

— Cüce Amca, demek benim bu evden gittiğimi istiyorsun?

— Çocukluk etme, Rabia. Sen çeyizsiz, çimensiz bir kızsın. Hanın, hamamın yok. Bir tek Cüce Amcan var... Galib'e varırsan beni çeyiz halayığı[2] diye beraber alırsın. Galip gibi istediğin kalıba sokacağın kocayı bir daha bulamazsın. Başkası, belki beni eve bile sokmaz.

— Vay domuz cüce, vay. Hep kendi çıkarına bakıyorsun ha!

Tevfik, Rakım'ın arkasına bir yumruk indirdi. Fakat üçler, ayrılık tehlikesi geçirmiş üçüz kardeşler gibi birbirlerine sokuldular. Ve bu vak'a Rabia'nın konaktaki vaziyetinde ilk değişikliği yaptı. Galip ve Şevki orada iken Rabia artık Hilmi'nin odasına çıkmıyordu.

Cuma günü Bilâl, mektep üniformasıyla gül fidanlarını çapalamaya çıktı. Rabia ile konakta ilk tesadüfü ora-

1. Kesin.
2. Kadın köle, cariye.

da olmadı mıydı? Kız mutlak oraya gelecekti. Üniformasını da çıkaramazdı. Kızın ince parmakları kollarının, yakasının şeritlerini saymıştı ve... Parmaklarının ucu dudaklarına dokunmuştu. O temasın arkasından geçirdiği ürpermeyi on yedi yaşının bütün şiddetiyle tekrar yaşarken amcası göründü. Kısa dudağı yukarıya çekildi, hırlar gibi güldü. Cici bici ceketle gül fidanı çapalandığını kim görmüştü?

Oğlan, ceketi attı, kollarını sıvadı. Amcasının gözleri önünde çapaya sarıldı.

Bayram Ağa çekilmiş, fakat o hâlâ çapalıyordu.

Uzun, beyaz boynunun üstünde çilli yüzü kıpkırmızı, alnından terler akıyor, arada birde fidanların arasından gözleri birini arıyordu.

— Hanımefendi, gül istiyor.

Sesi, ciddi fakat dudakları gülüyor, burnunun üstünde o cazip kırışık var. Gülleri beraber kestiler, parmakları bidüziye birbirine karıştı. O günün saadeti ondan ibaret kaldı.

Bilâl, konuşmak için gene ne kadar kafasını yorduysa, nafile oldu. Bir tek kelime bulup söyleyemedi. Fakat Rabia, ondan konuşmak beklemiyordu. Bilâl, ona, gelip geçen bir bahar günü gibi! Ondan, sıhhati, biraz vahşi güzelliği, biraz da ilk kendi yaşında temas ettiği insan olduğu için, hoşlanıyor.

Rabia, gülleri koklayarak gittikten sonra Bilâl muvaffak olamayanların yeisini duydu. Onun Rabia'ya, incizabı[1] öyle iptidaî[2] maddî bir gençlik hissi değildi. O, hiç de Rabia'nın farz ettiği[3] gibi ham, kafasız değildi. Tahlil etmeyi bilmese bile gene karışık derin hisleri vardı.

1. Kapılması.
2. İlkel.
3. Düşündüğü.

163

Rabia, ona göre, hem nefret edip hem bayıldığı, olgun ve erişmiş bir şehrin bir nevi sembolü idi. Onun konuşuşunda, bakışındaki başkalığın, asırların yarattığı yüksek bir medeniyetin eseri olduğunu, kemiklerinde hissediyordu.

O sene Bilâl, mektebinde hayatı azıcık tadar gibi olmuş, kadın denilen sırra biraz temas etmişti. Onun spordaki kâbiliyeti, Rumelili, hattâ Bulgar talebe gruplarının başında ona hâkim bir vaziyet vermişti. Kendinden yaşlı talebe ile dolaşırken, birkaç Beyoğlu metaı[1] Rum, Yahudi kadın tanımıştı. Birinin evine bile bir defa gitmişti. Ve bu temas onda kadın hakkında pek kat'i kanaatler[2] hâsıl etmişti.[3] Ona göre iki cins kadın vardı: Beyoğlu'nun orospuları ve aile kızları... Birincileri para ile alınır, ikincileri nikâhla. Rabia ikinci kısımdandı. Onun için Rabia ile mutlak evlenmeyi kurmuştu. Rabia'yı bir gün alacak ve ona kendinin ne şayan-ı hayret[4] bir erkek olduğunu gösterecek...

Cumaları bahçede buluştukça, kıza, kendisinin adî bir mektep talebesi olmadığını anlatmaya çalışıyordu. Koruda bülbüller öterken, dallarda bahar çiçekleri beyaz alevler gibi güneşle yanarken o, hep ciddi bahisler açmaya uğraşıyordu. Ciddi bahisler de, Bilâl'e göre, istikbalde sahip olacağı at, araba, konak, uşak, halayık... Oğlanın içi güldür güldür işleyen, bin beygirlik bir dinamo gibi, kafası patlamaya müheyya[5] bir barut mahzeni gibi... İçindeki kudret hissi, hâkimiyet arzusu taşıp etrafındakileri boğacak gibi coşkun... O, bir an istikbalinin harikuladeliğinden şüphe etmiyor. Bir bu kanaati Rabia'nın kafasına sokabilse...

Rabia'ya gelince, onun Bilâl'e karşı beslediği his, ge-

1. Sermayesi, fahişesi.
2. Kanılar.
3. Oluşturmuştu.
4. Şaşılacak.
5. Hazır.

çici bir sevk-ı tabîî tecellisi,[1] bir ağaçtan bir ağaca koşan bir kuşun rabıtası...[2]

İnce parmakları –ikisi için de bir itiyat[3] haline gelen– ısrarla oğlanın yakasında dolaşırken çenesine dokunur, dudaklarının üstünde yeni beliren altın tüylere temas eder. Fakat Bilâl'in dizlerini kesen bu temasa karşı isyan eden bir tarafı da vardır. Rabia'yı hafif bulur, hareketini, içinden bir aile kızına, ileride nikâh edeceği bir aile kızına yakıştıramaz. Bilmez ki bu serbestlik, bu tabiîlik Rabia'da masumiyetinden, muhayyilesinin[4] ona vaktinden evvel hayat tehlikesini öğretmemesinden... Herhalde buradan vaziyetleri böyle elektrikli bir şekle girince oğlan, hemen ona istikbalden bahsetmeye başlar. Fakat bu lâkırdı Rabia'nın içini sıkar... Çünkü o, muayyen[5] sanatları olan, olgun ve düşünceli adamlar arasında büyümüştür. O, Bilâl ile sade oynamak ister. Bazân Bilâl'in lâkırdısını kesmek için Vehbi Dede'den, Peregrini'den bahsetmek ister. Fakat Bilâl'in yüzü müstehzî:

— Bu çalgıcılardan neye bahsedelim... Hilmi Bey ve arkadaşlarına gelince, onlar birer züppe, derdi.

— O halde kimden bahsedelim, sade senden mi?

— Selim Paşa'dan... Gördün mü adamı? İstediğine sopa çeker, dilediğini sürer, dünyanın anasını ağlatır, gene kimse gık diyemez. Bir konağına, debdebesine[6] bak... Ben, onun gibi olacağım. Karımın onun karısı gibi elmasları, arabası, atı...

Rabia, bu sözü hemen keser, çünkü Selim Paşa'ya

1. İçgüdü belirtisi.
2. İlgisi.
3. Alışkanlık.
4. Hayal gücünün.
5. Belirli.
6. İhtişamına.

atfedilen[1] şeyleri beğenmez.

— Paşa hiç de senin gibi öyle herkesin anasını ağlatan, âleme sopa çeken bir adam değil. Öyle nazik, öyle terbiyeli ki...

— O, haremde öyle görünür. Onun bir kusuru tahsili olmaması... Benim bildiğim şeyleri o bilse, biraz Fransızca okusa...

Bilâl burada susardı. Kendisini dâimâ istikbalde Zaptiye Nazırı görürdü. Sopa atacak, sürecek, fakat devlet emniyetini daha usulü dairesinde,[2] daha kitaba uyan bir şekilde yapacaktı. Fakat Rabia'nın yüzü ilk tesadüflerinin husûsiyyeti, tahkir eden[3] mânâsıyla:

— Galiba sen, Sabit Beyağabey gibi olmak istiyorsun, derdi.

İşte zulüm ve cebir,[4] ne kadar usulü dairesinde olursa olsun, ne kadar bir kudret alâmeti[5] gibi görünürse görünsün, Rabia'ya bir nevi külhanbeylik gibi geliyordu. Ye Rabia'nın onun o kadar parlak olan arzularını bir tulumbacıbaşının çalımı, kurumu gibi göstermesi içine iğne gibi batıyordu. Ve o zaman yumruklarını sıkıyor, kendinden geçiyor, dişlerini gıcırdatarak:

— Sana, ben, bir gün kim olduğumu göstereceğim, Rabia, diyordu.

Yaz tatilinin son cuması da bahçede hep bu zeminde[6] konuşmuşlardı. Artık yeşillikler solmuş, yapraklar sararmış, bülbüller susmuş, rüzgâr soğuk soğuk esmeye başlamıştı.

Bilâl, içine dolan, taşan bu büyük şeyleri Rabia'ya

1. Mal edilen.
2. Yapılması gerektiği ölçüde.
3. Küçük gören.
4. Zorlama.
5. Belirtisi.
6. Temel konularda.

anlatamamaktan, belki hiçbir zaman anlatamamak ihtimaliyle meyus,[1] ilk defa olarak bir düşmana hücum eder gibi kızı kuvvetli kollarıyla sarmış ve ilk ve son defa dudaklarından öpmüştü.

Bilâl'in, üstü ipek tüylü, sıcak dudakları Rabia'nın ağzına dokunur dokunmaz, uçan bir kuş gagası gibi dudaklarından kalbine kadar gitti, içini tatlı tatlı sızlattı. Gözlerinin yeşil alevleri parıl parıl yanıyor, çıplak dalların arasında hızlı hızlı yürüyor ve kendi kendine:

— Bu oğlan acaba neden Karagöz'deki Tuzsuz Bekir gibi konuşmaktan hazzediyor,[2] dünyanın anasını ağlatmak istiyor, diye hayıflanıyordu.[3]

Yaz tatilinde iki çocuğun bahçede sık sık buluşmaları, uşakların gözünden kaçmadı. Gerçi bu buluşmalar saklı değildi, ikisi de sevdalı gibi gizli köşe aramamışlardı. Fakat ne de olsa, gene selâmlıkta biraz dedikodu olmuştu. Uşakların hepsi kız hafızın ciddiyetine kaildiler.[4] Onlara geldi ki, Paşa'nın ve Hanımefendi'nin nazarında[5] mevkii olan[6] ve şöhreti dillere destan olan hafız kızı elde etmek için sadece bahçıvanın yeğeni, kızın peşinden koşuyor. Kızın gönlü olursa oğlana ne mutlu!

Bunu Bayram Ağa'nın kulağına koydular. Sandılar ki ihtiyar bahçıvan paçaları sıvayacak, yeğenine Rabia'yı almak için Paşa'nın ayaklarına kapanıverecek. Halbuki iş öyle olmadı. Bayram Ağa yumruklarını yere vurdu, akabinde[7] ağzı köpürdü. Bilâl, bir orta oyuncusunun kızına,

1. Üzgün.
2. Zevk alıyor.
3. Üzülüyordu.
4. İnanmışlardı.
5. Gözünde.
6. Yeri olan.
7. Hemen.

bakkallık eden bir kıza mı kalmıştı? Kim bu lâfı ederse gözünü patlatacaktı. Bahçıvanbaşı "besa"lar[1] memleketinden, halbuki onlar hep Anadolu uşağı, hilmi,[2] sükûtu[3] seven adamlar. Hele İstanbul'a geleli bütün bütün yumuşamışlardı. Kahve ocağında kimse bu bahsi tekrar etmedi.

Fakat Bayram Ağa uşakların söylediklerini kurdukça kurdu. O Bilâl'in parlak istikbaline,[4] oğlanın kendi kadar iman etmişti. Paşa'nın onu beğenip mektebe vermesi ikbalinin ilk alâmeti idi. Vaktiyle paşa damatları, sadrazamlar, herhangi paşanın istidadını beğenip terbiye ettiği adamlardan çıkmaz mıydı? Paşa belki kızını vermek istiyor, belki de yetiştirip ileride kendi yerini oğlana bırakacaktı! Öyle ya, Hilmi Bey kansız, cansız... Bilâl ateş gibi. Belki Paşa, Bilâl'den Padişah'a bile bahsetmişti. Bütün bu tatlı kuruntuları şimdi bir Rabia yıkacak mıydı?

Selim Paşa o sabah güllerinin sümüklü böceklerini topluyor, birer birer yere atıyor, üstüne basıyor, ezerken yüzünü gözünü buruşturuyordu. Güllerini bu kadar sevmese bunu yapmazdı. Hayvanlara çok acırdı, ömründe piliç kesmiş adam değildi. Cana kıymak, eziyet etmek –bunlar dairesinin haricinde, vazifesinin haricinde olursa– istikrah ettiği[5] şeylerdi.

Bayram Ağa nazarı dikkati celb etmek için öksürdü:

— Merhaba Bayram Ağa!

— Merhaba Paşa Efendimiz!

— Ne var ne yok? Galiba bir şey söylemek istiyorsun?

— Evet, Paşa Efendimiz. Bir nâmus işi...

1. Yiğitler.
2. Yumuşaklığı.
3. Sessizliği.
4. Geleceğine.
5. Tiksindiği.

Paşa'nın elinden sümüklü böcek[1] düştü, üstüne basmayı unuttu, gözleri ateş püskürüyordu. Bir an evvelki halim[1] yüzün üstünü öyle bir gazap bürümüştü ki Bayram Ağa kadar yüreği olmayan kim olsa tabanları kaldırır kaçardı.

— Ne demek istiyorsun, herif?

Bahçıvan anlattı. Bilâl ile Rabia bahçede sık sık konuşmuşlar, uşaklar görmüş, bu ateşle pamuk oyunu tehlikesi Bayram Ağa'yı endişeye düşürmüş...

Paşa nefes aldı. Yüzü de sesi de vazife haricindeki mülayimliğini, nezaketini[2] takındı.

— Bana bak Bayram Ağa. Bu o kadar fenâ bir şey değil. İkisi de birbirinin küfvü.[3] Hanımefendi, Rabia Hanım'a bir ev alır, ben de oğlanı mektepten çıkınca bir memuriyete korum...

Bahçıvan başını salladı. Rabia Hanım onca hiç de Bilâl'in küfvü değil. Pekâlâ bir kızcağız ama olsa olsa bir imamla, bir bakkalla, belki de bir çalgıcı ustasıyla evlenebilir. Paşa'nın gene kaşları çatıldı.

— Bilâl kim oluyor?

Kim mi oluyor? Bahçıvan anlattı. O, Paşa'nın istidadını görüp eliyle mektebe verdiği çocuk. O vaktiyle padişahlara damat olan, vezir olan hamurdan yoğrulmuş! Bilâl en aşağı bir paşaya damat olabilir. Paşa'yı darıltmamak için binbir dereden su getirerek bunları, ihtiyar bahçıvan anlatırken, Paşa'nın gene yüzünün şiddeti geçti. Anlamıştı ve kızmamıştı. O eski Türk cemaatinin, içtimaî demokratıydı, asalet onca ferdin kabiliyetindeydi. Yalnız şimdiye kadar kızı ile zihni hiç meşgul olmamıştı; hem Bilâl'den büyük hem de sönük, sevimsiz bir

1. Yumuşak.
2. İnceliğini.
3. Dengi.

kızdı. Alsa alsa onu Paşa'nın mevkiinden[1] istifade etmek isteyen fakir bir genç alabilirdi. Yakışıklı, ateşli Bilâl'e kızını layık görmedi. Bilhassa ya o kadar sevdiği Rabia'nın gönlü oğlana aktıysa... Kaşlar gene çatıldı:

— Eğer Bilâl, Rabia Hanım'la eğlendiyse kemiklerini kırarım. Olur ki sadece bahçede konuşmuşlar, uşaklar işi izam etmişlerdir.[2] Rabia Hanım herkesle konuşmuyor mu? Fakat...

Bayram Ağa telaş etti. İki tarafta da henüz kötülük olmadığına kaildi. Yoksa, yoksa... Bayram Ağa'nın da nâmusu ölçen bir ölçüsü vardı. Hem de yaman bir Rumeli ölçüsü. Eğer bir kötülük olduğuna inansa Bilâl'in etlerini kendi eliyle lokma lokma keser, kendi anası bile oğlanı tanıyamaz.

Paşa, "Bir düşüneyim," dedikten sonra güllerini de bahçıvanı da bıraktı, hareme gitti. Odasında, akşama kadar zihni bu işle meşgul oldu.

O cesur, o akıllı, o sevimli Rabia! Eğer kalbinde Bilâl'e zerre kadar alaka varsa mutlak Paşa onları birbirine verecek. Yoksa... O zaman Bilâl'i kendisine damat diye düşünebilir. İlk intihap[3] hakkı Rabia'nın.

Akşam karısının odasına gitti. Rabia da, Çingene Penbe de oradaydılar. Kız bir şeyler anlatıyor, Sabiha Hanım da Penbe de gülüyorlardı. Rabia, Paşa'yı görünce sedirin yanına her zaman oturduğu minderi çekti, tablasını, kibritini getirdi.

Paşa, bir zaman kızın arkasında sallanan kumral örgülerine, çevik tavırlarına, güzel gözlerine şefkatle, rikkatle[4] baktı.

---

1. Makamından.
2. Abartmışlardır.
3. Seçim.
4. Sevecenlikle.

170

— Bilâl'e mektep üniforması ne kadar yaraşıyor, dikkat ettin mi, Rabia?

— Evet. Hünkâr görse kızını verecek.

Sesi dargındı, acıydı, müstehzîydi. O akşam konağa gelirken ihtiyar bahçıvanla karşı karşıya gelmişti. Bayram Ağa onun âdetâ yolunu kesmiş, uzun uzun Bilâl'den bahsetmişti. Ve bu konuşuşta kız Bilâl'e pek benzeyen şeyler bulmuştu. Hep oğlanın ne büyük adam olacağından bahsetmişti. Ve münasebetli münasebetsiz Bilâl'in paşa damadı olacağını söylüyordu. İhtiyarın sesi âdetâ tehditle doluydu, "Gözünü aç, oğlan senin dengin değil," demek istiyordu. Rabia bu mülakatı[1] Bilâl'in eski dedikleriyle birleştirerek Bilâl'in aleyhine –fakat haksız– bir hüküm çıkardı. Demek oğlanın attan, arabadan, uşaktan, halayıktan bahsetmesi Selim Paşa'ya damat olmayı kurmasından ileri geliyordu.

Paşa kızın yüzündeki fırtınanın farkına vardı. Güldü.

— Demek oğlan Hünkâr damadı olacak kadar yakışıklı ha!

Rabia da bütün dişlerini göstererek güldü. Hilmi'nin, minderin üstünde kalan fesini kaptı, başına giydi. Bilâl'in telaffuzu ile, çalımıyla söylediklerini söylüyordu. Hep, herkese göstereceğinden, herkesin anasını ağlatacağından başlıyor, hep sonunu Selim Paşa'ya hayranlığını ifade eden nutuklarıyla bitiriyordu.

Sabiha Hanım katılıyordu, fakat Paşa artık gülmüyordu. Yeni gençler nasılsa onu beğenmediklerini biliyordu, hattâ kendi oğlu bile. Demek Galatasaray'da kendisini numune edinmek isteyen bir tek genç var!

— Kuvvet sahibi, mevki sahibi adamları sen beğenmiyor musun, Rabia? Oğlanın büyük emelleri var diye niye eğleniyorsun?

1. Konuşmayı.

Rabia omuzlarını silkti. Penbe bir şarkı mırıldanmaya başladı.

— Hızlı söyle, Penbe Hanım, oynak bir havaya benziyor:

Pencere açıldı, Bilâl oğlan,
Piştov patladı.
Acaba kanlı Bilâl, gene kimi hakladı?
Ben sana varmam, Bilâl oğlan.
Ben sana varmam.
Yedi yıl karşımda da dursan.
Gene sana yalvarmam.

— Penbe Hanım'ın türküsü senin hissine uyuyor mu, Rabia?
Rabia Paşa'ya baktı, bir gözünü kırptı:
— Tam tamamına, Paşa Efendi.
Bu türkü, konaktan salgın bir hastalık gibi geçti. Penbe bu hava ile Sabiha Hanım'ı eğlendirmek için göbek çalkaladı.
Tevfik, Penbe'den bu şarkıyı öğrenir öğrenmez, Karagöz'de söylemeye başladı.
Sokak çocukları, Sinekli Bakkal'da sabah, akşam bu türküyü çağırdılar.
Bu, Bilâl'i fenâ halde sinirlendiriyordu. Kendi derdi kendine yetişiyordu. Rabia, anlayamadığı bir sebepten dolayı onun yüzüne bakmaz olmuştu. Bir de amcası onu bir tarafa çekmiş, Paşa'nın kızına söz kesilmiş gibi, Paşa'ya damat olmak tahakkuk etmiş[1] gibi bahsetmişti.
Sonunda da Rabia ile konuştuğunu görürse kemiklerini kıracağını söylemişti.

1. Gerçekleşmiş.

Onun, Paşa'nın yaşlı, çirkin kızında hiç gözü yoktu.

Hâlâ gönlü Rabia'nın peşine takılı... Kızın konuş-mamasına, kaçmasına rağmen, haftasonları Sinekli Bak-kal'da bir heyula gibi dolaşıyor. Hattâ bir iki defa da dükkâna bir şey almak bahane ederek girdi. Fakat Rabia gene yüzüne bakmadı. Resmî bir sesle:

— Rakım Amca, bak Bilâl Efendi ne istiyor, dedi ve mutfağa geçti.

Bundan sonra Rabia'dan intikam için Paşa'ya damat olmaya gönlü razı oldu.

Son bir gece daha, ay ışıklı bir gece, dükkânın kapı-sına gitti. Hıdrellez akşamının hatırası o kadar yüreğini sızlattı ki arkasını kapıya dayadı, durdu. Dükkânın üs-tündeki odadan Rabia'nın kalın sesini işitti:

— Ben sana varmam, Bilâl oğlan.

Ben sana varmam.

Yedi yıl karşımda da dursan,

Gene sana yalvarmam.

18

Bilâl'in türküsü Sinekli Bakkal'dan bir humma[1] salgını gibi gelip geçtikten sonra, kendisinin hayali de Rabia'nın hafızasında söndü.

Tevfik hastaydı. Tifoya tutulmuştu. Baş humması diyorlardı. Konağın doktoru her gün geliyor, bol sulfata,[2] İngiliz tuzu veriyor ve akşamları terletiyorlardı. Rabia babasının yanından ayrılmadı, o Ramazan hiç mukabeleye gitmedi. İmam'ın eline de beş para girmedi.

Tevfik'in her şeyi gibi, hastalığı da mahallenin başlıca hadisesi[3] oldu. Son senelerde belli başlı bir hastalıktan kimse ölmemişti. Kızıl, kızamık gibi çocuk salgınları, bir de yaşını başını almış adamlar. Yalnız bu aslan gibi genç Tevfik, İstanbul'un biricik Karagözcüsü ve meddahı, mahallede bu kadar meşhur bir hastalıktan yatıyordu. Kadınlar her vakitten ziyade bakkal dükkânını yabancılara biraz gururla gösteriyorlardı. Bu, hem mahallelinin komşuluk tesanüdünü[4] gösterecek, hem de şöhretini arttıracak bir vak'a idi.

1. Sıtma.
2. (Halk dilinde) Kinin sülfatına ve genel olarak kinin tuzlarına verilen ad.
3. Olayı.
4. Dayanışmasını.

Doktor sükûn tavsiye etmişti. Sokak hemen sustu.

Çocuklar topaçlarını, toplarını aldılar, öteki mahalleye geçtiler.

Her ev, sıra ile bir yemek pişirip Rabia'ya götürüyor, hiç olmazsa bir çorbacık pişiremeyecek kadar, bu büyük dramın haricinde kalacak kadar –şükür– kimse fakir değildi. Öyle bir dram ki hepsinin şefkat, iyilik rolü oynamasını icap ettiriyor[1] ve herkes rolünü büyük bir sadelik ve realizm ile yapıyordu.

Rabia Tevfik'in, Rakım Rabia'nın esiri. Çingene Penbe her gün Rakım'a yardım için orada... Merdivenleri silerken Tevfik'in bağıra bağıra sayıkladığını duyardı. Hep Emine... Hep ilk gençlik günleri... Bir iki defa da Zâti Bey'i Gelibolu bahçelerinde eğlendirdiği geceleri tekrar etti. O zamanlar Rabia, kendini yirmi yaş büyümüş hissetti.

Nihayet hastalık devrini yaptı, geçti. Tevfik iskelet gibi, nekahat devrinde bile Rabia'yı gözünün önünden ayırmak istemedi. Şükriye Hanım elinde bir sepet yemiş her gün Hanımefendi namına[2] hatır sormaya geliyor.

— Bu akşam mutlak gelmelisin, Tevfik Efendi'nin yanına Penbe'yi bırakırsın.

Rabia mutfakta Şükriye Hanım'a kahve pişiriyor, kadın da karşısında küçücük iskemlede, önünde sepet, oturuyordu.

— Bu akşam ne var ki...

— Hem kandil, hem kına gecesi. Mihri Hanım'la Bilâl Bey nişanlanıyor. Perşembe günü nikâh olacak.

— Bahçıvan çırağı nihayet damatlığı elde etti.

— Niçin öyle söylüyorsun, Rabiacığım? Oğlan bir

1. Gerektiriyor.
2. Adına.

175

güzelleşti ki... Mihri Hanım gene o Mihri Hanım. Bilâl Bey'e selâmlıkta oda hazırladık. Damat Bey aşağı, Damat Bey yukarı... Oğlandaki kurumu görme.

Şükriye Hanım dedikodu halinde geçen Rabia-Bilâl macerasını bilmiyor değildi. Fakat bunları hiç de kıza nispet vermek için söylemiyordu. Rabia kendi gibi fukara, çalışan sınıfın kızıydı. Onlara fenâ haber verilirken zaman kollamak, mukaddime[1] yapmak lâzım değildi. Sırf Rabia ile dedikodu yapmak için bunları söylüyordu.

Rabia gözlerini ateşten kaldırmadı. Kapanık yüzünde ne düşündüğünü anlamak kâbil değildi. O, kafasında Mihri'nin kaçık çenesini, fersiz[2] gözlerini, soluk ve porsuk dudaklarını düşünüyordu... Bilhassa dudaklarını... Onları Bilâl –kendi dudaklarını bir defa öptüğü– gibi öpecekti. Kuş gagası gibi dokunup kaçan temas... İçi sızladı.

— Babamı daha bırakamam, Şükriye Hanım, Hanımefendi'nin eteklerinden öperim, kuzum darılmasın.

Sepetten bir tabağa yemiş koydu, Şükriye Hanım'm elinden, bir eliyle fincanı aldı. Acele acele yukarıya gidiyordu.

Akşama doğru Dede ile Peregrini hastayı yoklamaya geldiler. Dede yukarı çıktı, piyanist Şükriye Hanım'ın oturduğu iskemleye oturdu, gene kahve pişiren kızı eğlendirmeye çalıştı. Çocuğun gözleri dalgındı, yüzü solgundu. Kahve pişince:

— Sizin kahvenizi de yukarı çıkarayım mı, dedi.

— Hayır, ben biraz daha burada otururum.

Rabia onun fincanını önüne bıraktı, tepsiyi aldı. Vehbi Dede'nin kahvesini götürdü.

Peregrini mangalın yanında uzanan tekir kediyi ok-

1. Giriş.
2. Işıksız.

şarken, dükkândan sesler işitti. Akabinde Rakım, perişan gözlerle mutfağa daldı:

— Dün akşam Rabia'nın anası ölmüş, Sinyor, kıza nasıl söylemeli?

— Ne kadar olsa papazlık ettikti.

— Rakım Amca, Vehbi Dede nargile istiyor. Dükkân kapısını aralık bırak da gel, götür, sen yokken müşteri gelirse ben bakarım.

Nargileyi hazırladı, Rakım'ın eline verdi. Yanakları kırmızı, gözleri parlıyordu.

Piyanist, kızın biraz evvelki durgun yüzünün değişmesi için mutlak yeni bir şey olduğunu zannediyordu.

— Tevfik çok neşeli, Vehbi Dede ile eskisi gibi şaka etti. Siz ne vakit çıkacaksınız?

Peregrini cevap vermedi. Gözleri merhametle yaşarmış, kızın ta gözlerinin içine baktı. Belki merhametten başka bir şey de vardı, belki kendi de varlığından haberdar olmadığı bir hissini kıza gösteriyordu. Her nedense kız sıkılmıştı, kirpiklerini indirdi, dizlerinin üstünde duran ellerine bakıyordu. Bir an evvel Bilâl'in hatırası nasıl içini sızlattıysa Peregrini'nin bu garip bakışı da aynı tatlı sızıyı yapıyordu. Bu ne demekti?

Piyanist yerinden kalkınca kalbi şiddetle çarpmaya başladı. Ani bir korku ile yüzünü elleriyle kapadı.

Piyanist geldi, iki sert el Rabia'nın omzuna dokundu, sonra da kızın ellerini yüzünden çekti:

— Annen ölmüş, kızım.

Rabia, ağlamadı. Gözleri kupkuruydu, fakat piyaniste bakışında öyle bir acı vardı ki... Niçin ağlamıyor? Niçin bir şey söylemiyor?

O, koskoca adam kendi yaşlarını güç zapt ediyor. Niçin, niçin elinde büyüyen bu çocuğun omuzlarını okşamaya cesaret edemiyor? Nihayet Rabia ağzını açtı:

— Acaba Tevfik de ölür mü?

— Niçin ölsün? Fakat sen, herhalde bu kara haberi iyileşinceye kadar sakla. Senin için zor ama... İçini dökmek istersen benimle konuşursan, ben ana ne demek bilirim, benim de memleketimde bir anam var...

— Sahi mi?

— Ya ihtiyar çalgıcılar anasız mı doğarlar?

— Siz ihtiyar değilsiniz ki...

Neden Rabia'nın onu ihtiyar bulmamasından bu kadar sevinmişti? Bunuyor muydu? Rabia derin bir tecessüsle soruyordu:

— Hiç annenizi görmeye gitmez misiniz?

Şimdi de bu tehlikeli çocuk eli, Peregrini'nin gömdüğü hayallerin kefenlerini yırtıyordu. On beş senedir kimseye bahsetmediği mâzisini bu çocuğa anlatmak, ona ne tatlı gelecek. Akşam, tamamen mutfağa inmişti. Her şey gölge içinde, mangalın içindeki ateşler yumuşak karanlıkta kıpkırmızı, yerde Tekir yavaş yavaş hırlıyor.

Rakım'ın başı aralık kapıdan göründü:

— Sizi Vehbi Dede çağırıyor, dedi.

19

Tevfik'in yatağını düzeltirken elini, yüzünü silerken Rabia'nın neşesi yerinde görünüyordu. Fakat gene babası gözlerinin etrafındaki mor halkalara dikkat etti.

— Bu Ramazan hiç mukabele okumadın. Acaba İmam ne yaptı? İhtiyarın çok fakir olduğunu söylüyorlar. Tuhaf, Emine'yi gece rüyamda gördüm.

— Her gece başka rüya görüyorsun, rüyalarından bıktım.

Babasının karışık saçlarını okşadı:

— Rakım Amca, bu sabah seni tıraş edecek, sakal, bıyık birbirine karışmış, umacıya dönmüşsün. Yo... Yooo... Öpmek falan yok, sakalın sinirime dokunuyor.

— Emine bir şeyler anlatmak istiyordu.

— Emine, Emine... Artık sus bakalım. Amca, sen sabunlamaya başla. Uslu durmazsan ellerini tutacağım.

— Anneni kıskanıyor musun, şekerim? İnadıma ben onun lâkırdısını edeceğim. Kurban bayramında mutlak gidip elini öpeceksin, anladın mı?

Sonra, dalgın dalgın:

— Acaba ne anlatmak istiyordu? Bir türlü hatırlayamıyorum, diyordu.

— Sabun kâsesini ben tutayım mı Amca?

Tevfik sokaktan gelen tekbir seslerini dinliyordu:

— Cenaze geçiyor, Rabia, pencereden bak, kadın mı, erkek mi?

Rabia'nın yüzü cama yapıştı, kaldı. Onca yıl onun başını yiyen, rahat huzur vermeyen kadın, şu şalların altındaki ince tabutun içinde miydi? Üstünde penbe ipek krep[1] belki Tevfik'e hoş görünmek için bağladığı krepti. İmam'ın başında en kocaman sarığı, arkasında en bol siyah lâtası...[2] Kendisi ne kupkuru ne çöp gibi. Etrafında birkaç tane kendine benzeyen ihtiyar sarıklı imam daha... Kalabalık bir cenaze değil... Tabut, kısık seslerle Kuran okuyan birkaç zavallı ihtiyarın çökük omuzlarında.

Rabia, yüzüstü kapandı, hıçkıra hıçkıra ağlıyordu ve:

— Sakın sen ölme Tevfik, sakın sen ölme Tevfik, diye boğuk boğuk inliyordu.

Hasta gülümsedi. Yüzündeki endişe geçmişti.

— Ben de neden o kadar korktum. Demek erkek cenazesi; merak etme Rabiam, ben, sen sağken hiç, hiç ölemem.

O gün öğleden sonra uzun uzun uyudu. Rabia mutfakta uzun uzun ihmal ettiği hesapları düzeltiyordu. Rakım, onun süzülen zavallı yüzünün yorgun ifadesine bakarken aşağı yukarı dükkânda dolaşıyordu.

Dükkâna uzun, kırmızı fesli, sırtlan gözlü bir yabancı girdi. Bakkal kız başını kaldırdı, baktı. Sonra görmemiş gibi gene kurşun kalemini tükürükledi, yazmaya başladı.

Müşterinin canı sıkılmış gibi etrafını hiddetli hiddetli süzdü. Rakım'ın gözleri korkuyla açılmış, olduğu yerde mıhlanmış, kalmıştı. Fakat kendini çabuk topladı. Müşterinin etrafında dönmeye başladı. Pırtlak gözlü

---

1. Bir cins kumaş.
2. Osmanlılarda ulemanın giydiği bir tür üstlük.

adam ayağının altında sürünen cüceye bir solucanmış gibi baktı:

— Tevfik'in dükkânı burası mı?

— Evet Efendim, evet Efendim.

Bu patlak gözlü, kurumlu herife Rakım'ın korkuyla bakması Rabia'nın sinirine dokunmuştu. En aksi sesiyle sordu:

— Ne istiyorsun?

Yabancı, kıza cevap vermeye tenezzül etmedi,[1] cüceye emretti:

— Söyle, buraya gelsin.

— Gideyim, haber vereyim, Beyim. Uyuyor.

— Vay babasının canına... Herif bakkal mı, paşa mı?

— Hastaydı, Beyim. İsterseniz sizi yanına götüreyim.

— Ne, ne? Ben ayağına mı gidecekmişim?

Gözleri kısıldı, boynu eğildi, hücuma hazırlanan kudurmuş bir boğaya benziyordu:

— Sen, kimle konuştuğunu biliyor musun, herif? Ben, Zâti Bey tarafından geliyorum.

— Babam Zâti Bey'i bilir.

— Öyle mi, Hanım Abla?

Bıyıklarını büktü, galiz[2] gözlerle kızı süzdü.

— Seni külhanbeyi köpek, seni... Kendini nerede zannettin?

Yabancı biraz geriledi, cüceye döndü:

— Bu Hanım Abla, Zâti Bey'in kim olduğunu sahiden biliyor mu?

— Ne bilsin, birader... Babasının hastalığı çocuğu şaşırttı, kusuruna bakma.

1. Gerek duymadı.
2. İğrenç.

— Birader ha! Seni köstebek kerata seni... Hadi önüme düş.

Rakım önde, yabancı arkada, yukarıya çıktılar. Havada âdetâ bir felâket ağırlığı vardı.

Kapıdan kısık bir ses:

— Rabia Abla, yalnız mısın, diye sordu.

— A... Sen misin Sabit Beyağabey?

Rabia, bayağı sevinmiş, yüreklenmişti:

— Bir şey mi istiyorsun?

— O nemrut suratlı, domuz oğlu domuz, dükkânı sordu. Arabasını köşede bıraktı. Belki lâzım olurum, diye geldim. Sokaktan kuş uçmuyor, kervan geçmiyor... Köpek herifin lanetli fesi, dünyayı ürküttü.

— Kim olduğunu biliyor musun, Ağabey?

— Fesinden kim olduğunu anladım. Burada ne sordu?

Rabia da nihayet anlamıştı. Uzun kırmızı feslerin hafiyelere[1] alâmet olduğunu işitmişti. Fakat Sinekli Bakkal'da onlara benzer adam görmediği için unutmuştu.

— Zâti Bey babamı çağırtmış.

— Silsilesinin mezarına... Dinine, imanına...

— Dine sövülmez, Ağabey, derken birdenbire elini ağzına götürdü, işaret etti.

Merdivenden ayak sesleri geliyordu. Ağabey şimdi tezgâha dayanmış:

— Bir okka sabun, bir okka soğan... Hatırına gelen şeyi ısmarlıyordu.

Tevfik, pırtlak gözlü yabancı ile Rakım'ın arasında sallana sallana yürüyerek dükkâna geldi:

— Akşama gelirim, Rabia, merak etme, bir yanlışlık olacak, diye kızı tatmine çalıştı.

1. Habercilere.

Hafiye kolundan çekti, Rakım arkalarında sokağa çıktılar.

Tekerlek sesleri kesilinceye kadar Rabia ile Sabit Beyağabey, kapının önünde durdular. Sonra başlarını çıkardılar, sokağa baktılar. Hakikaten kuş uçmuyor, kervan geçmiyordu. "Kırmızı fes" Sinekli Bakkal'da musibet[1] yeli gibi esmiş, fakir fukarayı damlarının altına sığındırmıştı.

1. Ansızın gelen felâket ve sıkıntı veren şey.

20

Dâhiliye Nazırı önündeki jurnali onuncu defa oku-
du.

"Âcizleri, Sinekli Bakkal imamı... ubudiyet[1] ve sada-
katinden naşî[2]..." diye başlayan bu klasik jurnali zihninde
tahlil ve tasnif ettikten sonra elindeki kırmızı kurşun ka-
lemiyle, işine yarayacak noktaları çizdi, bir taraftan da
boş bir kâğıda bazı şeyler yazdı.

İhtiyar rakibi Selim Paşa aleyhinde kullanabileceği
en kuvvetli noktalar hangileriydi? Paşa halkı dilgîr[3] edi-
yor, ümmet-i Muhammed'e[4] zulüm ediyormuş... Puf, bu,
ne Hünkâr'ın ne de Zâti Bey'in umrunda. Paşa'nın oğlu
Jöntürkmüş, geceleri arkadaşlarıyla toplanıp fesat, fitne
tertip ederlermiş... İşte yakalanacak bir nokta... Kırmızı
kalem hemen altından geçti. "Allah'tan korkmadan, Pey-
gamber'den utanmadan, meleksimat[5] Efendimizin ihsan
ettiği[6] mevki ve kudretin arkasında bu makûle erbab-ı

1. Kulluk.
2. Dolayı.
3. İncitiyor.
4. Muhammed'e inananlara.
5. Melek huylu
6. Bağışladığı.

fesadı[1] saklıyor..." Bunların altına ikişer çizgi.

Jurnalin Selim Paşa'nın konağına ait kısmı Zâti Bey'i hayli eğlendirdi. Karısı sevici imiş, büyücü imiş, kocasını Padişah'a şirin göstermek için büyü yaparmış... Hadi bu satırların altına da birer çizgi. Zat-ı şâhâne[2] bu nevi gizli kuvvetlerden huylanır. Yoksa Ebulhüda ve avanesi gibi dilenci alayını üfürük, efsun,[3] muska yaptırmak için niçin başına toplasın?

— Bu ne, bu ne?

Şimdi jurnal Kanarya adlı sarışın bir halayıktan bahsediyor. Bu kız oyuncu diye Saray'a verilmiş. Maksat, onun vasıtasıyla Padişah'a yakından nüfuz etmek. Kız taife-i nisaya[4] mahsus bilcümle[5] desayis[6] ve hile ile mücehhez...[7] Kırmızı kalem havada kaldı. Bu, Zâti Bey'in çok zayıf olduğu bir nokta.

Dâhiliye Nazırı okudukça Selim Paşa'nın bu çapraşık jurnalde mevkiini biraz ikinci derecede, hattâ kaza ile jurnale sokulmuş buluyor. İmam'ın anlaşılan başlıca kaygusu, Tevfik'i yere vurmak. Onu "menfadan avdetinden[8] beri mübarek topraklarımızı huzuruyla telvis,[9] ahlak-ı umumiyeyi[10] ifsat eden[11] nabekâr merkum"[12] diye tavsif ediyor.

1. Fesat kimseleri.
2. Padişah.
3. Sihir.
4. Kadın kısmına.
5. Bütün.
6. Hileler, oyunlar.
7. Donanımlı.
8. Sürgünden dönüşünden.
9. Kirletme.
10. Genel ahlakı.
11. Bozan.
12. Bayağı, adi, aşağılık kimse.

Hakikatte İmam'ı sabık[1] damadını jurnal etmeye sevk eden[2] sebeplere meşru[3] denilemezse bile, insanî denilebilirdi. Rabia'dan para kesilince çok sefalet[4] çekmişti. Bunun üstüne Emine'nin hastalığı ve yoksuzluk içinde can verişi... Ve ömrünün son nefesine kadar Tevfik'e beddua edişi, İmam'ın esasen perişan olan kafasını bütün bütün alt üst etmiş, Tevfik'e gayzını[5] körüklemişti. Bununla beraber, gene son çareye başvurmadan Paşa'ya müracaat etti, halini anlattı.

O günlerde kendi derdiyle meşgul olan Paşa, birdenbire:

— Ömrünün sonuna kadar bir karış çocuğun sırtından geçinecek değilsin ya, başının çaresine bak, diye hayli dürüşt[6] bir tavırla İmam'ı başından def etti. Ve ancak o zaman Hacı İlhami Efendi, Selim Paşa'yı da, intikam almak için fırsat beklediği Tevfik'in listesine ithal etti.[7] O günlerde halk arasında Selim Paşa'nın yıldızının söndüğü ve Zâti Bey'in yıldızının parladığı da pek kuvvetle şayi idi.[8] Kim bilir, belki böyle bir jurnalle Zâti Bey'e de çatabilirdi.

Zâti Bey Selim Paşa'ya ait fıkraları not ettikten sonra Tevfik'e taallûk eden[9] kısımları bir daha dikkatle okumaya başladı.

Tevfik, Selim Paşa'nın adamı imiş, Hilmi ve avanesi

1. Eski.
2. Yönelten.
3. Doğru.
4. Yokluk.
5. Kinini.
6. Kaba, sert.
7. Koydu.
8. Konuşuluyordu.
9. İlgili.

dükkânın üstündeki odada toplanırlarmış... Bunlar okumaya değmez. Tevfik, Kabasakal Kıraathanesi'nde meddahlık ederken yepyeni bir "Mirasyedi" hikâyesi söylüyormuş. Bu yeni "Mirasyedi"nin Zâti Bey olduğu herkes tarafından söyleniyormuş. "Gelibolu bahçelerinde sefâ" diye öyle sefahat ve gılzet[1] sahneleri yaratıyormuş ki...

Bunu Zâti Bey hiç beğenmedi. Tevfik'i mutlak mahvetmeye karar verdi. Fakat nasıl? Eski padişahlar devrinde olduğu gibi dilediği ferdi asmak, boğdurmak kudretini haiz[2] bir vezir olmak ömrünün on senesini fedâya hazırdı. Fakat bu artık mümkün değildi.

İki kahve ısmarladı, on kadar sigara içti. Hiç olmazsa herifi istediği yere sürer ya! Peki ama vilayetlerde Dâhiliye Nezareti'ne göz dikmiş nice valiler var... Tevfik bunların birine çatarsa... Hayır, hayır... En doğrusu Tevfik'in gözünü korkutmak, sanatını icradan menetmek...[3] Hattâ mümkün olursa Tevfik'i, Selim Paşa'nın konağını, oğlunu daha yakından tetkik için[4] kullanmak. Bu daha siyasî bir hareket, Zâti Bey gibi akıllı bir adama bu daha çok yaraşan bir tedbir. Ve işte o gün Nazır Bey sivil memuru Tevfik'i getirtmek için yolladıktan sonra zihninde böyle bir karar almıştı.

Tevfik, tırabzanlara tutuna tutuna kendini üç kat merdivenlerden zorla yukarıya sürükledi. Dizleri titriyor, gözleri kararıyor, korkudan âdetâ kendinden geçecek hale geliyordu. Fakat bununla beraber gözleri Zâti Bey'in yeni evindeki başkalığı teferruatıyla[5] zapt ediyor-

1. Kabalık.
2. Sahip.
3. Alıkoymak.
4. İncelemek.
5. Ayrıntılarıyla.

du.[1] Bu, Gelibolu'daki tangır tangır boş, eğreti eşyalı evden çok başka bir evdi. Her yer sarı yaldızlı endam[2] aynaları, konsollar[3] ve masalarla dolu. Döşemeler münasebetli, münasebetsiz birbirinin tepesine çıkar gibi tıklım tıklım doldurulmuş. Herif âdetâ Beyoğlu'nun dükkânlarını evine nakletmiş.[4] Hele duvarlarda üniformalı, üniformasız, boyalı, boyasız bir Zâti Bey serisi. O zamanın alafrangalığa özenen yeni zengin evi... Nerede Selim Paşa'nın sadeliğe, genişliğe, ışığa istinat eden[5] dürüşt zevkli evi! Hattâ Zâti Bey'in "Eski Türk odası" diye özenip bezenip döşediği oda bile, antikacı Hayım'ın dükkânının bir köşesine benziyor.

Evin hizmetçileri de, eşyası ve tanzimi[6] gibi özenti... Bir lüzûma istinat etmeden,[7] üst üste yığılan bir kalabalık. Tevfik'in önü, ardı sıra, aşağı yukarı seğirdip[8] duruyorlar. Bir kısmı merdivenlerde durup birbiriyle çene yarıştırıyor, bir kısmı mânâsız mânâsız gülüyor, bir kısmı mânâsız mânâsız Tevfik'e ikram etmeye çalışıyor, bir kısmı küstah ve şımarık!

Bir mûsikî-şinâsın kulakları, acemi bir orkestranın yaptığı falsolardan nasıl muazzep olursa,[9] Tevfik'in dürüşt, yerli zevki de bu özenti insan ve eşya ahengindeki falsolardan öyle ıstırap duydu.

1. Aklına yazıyordu.
2. Boy.
3. Duvar kenarına yerleştirilen, üstüne ayna ve başka süs eşyası konulan, çekmeceli, yüksek mobilyalar.
4. Taşımış.
5. Dayanan.
6. Düzeni.
7. Dayanmadan.
8. Çabuk adımlarla veya sıçrayarak yakın bir yere doğru yürüyüp.
9. Azap duyarsa.

Zâti Bey'in huzuruna[1] girince, eski efendisinin kıyafetinde ve tavrında aynı değişikliği buldu. Eski Zâti Bey' in yakası buruşuk ve kirliydi, ceketinin düğmeleri nadiren iliklenirdi, fesi dâima biraz arkaya atılı, tavrı lâubali ve oldukça galiz bir adamdı. Fakat kendi başına bir şahsiyetti. Şimdi, yeni kıyafetinin, yeni mutaazzım tavrının arkasında gene eski Zâti Bey parçaları sırıtıyordu, fakat yeni Zâti Bey artık muayyen[2] bir şahsiyet değildi.

Siyaset setresi[3] sıkı sıkı iliklenmiş, potinleri[4] parlak, gömleğinin kolası daha parlak, kol düğmeleri elmas...

Tevfik'e, bu yeni Zâti eşyası ve evi gibi rol kesmeye çıkan, fakat beceremeyen bir aktör gibi geldi.

Karşısında Tevfik'e yer gösterdi. Devlet umuruyla[5] meşgul bir büyük adamın Tevfik gibi bir pespaye[6] ile konuşmasındaki tenezzülün[7] ne kadar ulvî,[8] ne kadar âlicenap[9] bir hareket olduğunu olanca kuvvetiyle ihsas etti:[10]

— Senin bakkal dükkânı işliyormuş, diyorlar... Selim Paşa'ya dalkavukluk da epeyce para getirir... Moruk zengindir ha!

— Ben, daha ziyade Mahdum Bey'le konuşuyorum, Beyim.

— Kızın da Hanımefendi'ye dalkavuk yazılmış... İcabında göbek de çalkarmış... İkiniz beraber epeyce pa-

1. Makamına.
2. Düzenli.
3. Ceketi.
4. Ayakkabıları.
5. İşleriyle.
6. Aşağılık.
7. Alçakgönüllülüğün.
8. Yüksek.
9. Cömert.
10. Dokundurdu.

ra kazanıyorsunuz, değil mi?

Tevfik'in sarı yüzünün elmacık kemikleri yeniden tifolanmış gibi parça parça kızardı. Yutkundu, dizlerinin üstünde duran elleri kımıldadı:

— Ben onlardan para almam, Beyim.

— Niçin?

— Ben sürgünde iken kızıma çok iyilik etmişler... Terbiyesine, tahsiline bakmışlar.

— Kızının meselesini şimdi geçelim. Sen, şükret ki ben Dâhiliye Nazırıyım... Yoksa?

— Ben ne kabahat işlemişim, Beyim?

— Seni Padişah'a benim vasıtamla jurnal ettiler, bereket versin jurnali daha vermedim...

Sesi tehditle doluydu, masanın üstündeki kâğıtlara vurdu:

— Hilmi Bey'le arkadaşları odanda toplanıyorlarmış, geceyarılarına kadar Padişah'ın aleyhinde dolap kuruyor, mefsedet[1] tertip ediliyormuş...[2] Anlarsın ya, bizim her yerde gözümüz, kulağımız var.

— Hep yalan Efendim, onlar hiç öyle adam değiller. Hem ben gider gitmez söylerim, bir daha bizim eve gelmezler.

— Olmaz, söyleme...

Zâti Bey'in gözleri mânâlı mânâlı Tevfik'e baktı:

— Eskisinden daha çok gelsinler, söylesinler, önlerine dökül, ağızlarını ara, bana gel, ne söylediklerini haber ver. İhya olursun be Tevfik.

— Hafiyelik edeyim, diyorsunuz Beyim, bu iş elimden gelmez.

— Vay, bizim eski soytarının burnu ne kadar havada.

1. Fesatlık, bozgunculuk.
2. Hazırlanıyormuş.

— Estağfurullah Beyim. Ben, ben böyle şeyler yapamam.

Kurbağa, sümüklüböcek, domuz yemek teklif edilince nasıl bazı adamların midesi dönerse –hattâ en büyük lokantalarda ve altın tabaklarda– hafiyelik teklif edilince de midesi bulanan adamlar vardır. Tevfik bunlardandı. O kadar istikrah duydu, o kadar zaafının, aczinin, hastalığının tesiriyle bu istikrah arttı ki birdenbire bir çocuk gibi ağlamaya başladı.

— Pekâlâ, pekâlâ... Bu meseleyi şimdilik kapayalım. Asıl sadede gelelim. Sen Karagöz oynatıyor, meddahlık ediyormuşsun!

Tevfik'in yaşları kurudu. Beklediği ve asıl korktuğu darbe nihayet beynine inmişti. Kabahatli adamların şaşkınlığını ne olursa olsun Zâti Bey'den saklamak istedi. İçinden "Nereden bu işe girdim, nereden bu herifin taklidini yaptım? Kapalı yaptım sanıyordum ama demek hafiyeleri çakmış," diyor fakat gözleri alık alık, mânâsız mânâsız Zâti Bey'e bakıyor ve dudakları "Emrederseniz hepsini terk ederim beyim," diyordu.

— Terk etme de gör. Büyüklerle eğlenmek Nef'i Efendi'ye kaça mal olduğunu bir hatırına getir.[1]

— Nef'i Efendi'yi tanımam, beyim.

— Tabîî tanımazsın. Biraz eskidir. O da bir nazırı hicvetmek[2] istedi, Babıâli'de boğdular, cesedini denize attılar. Dünya yüzünde mezarı bile yok. Hem de senin gibi kırtipil[3] bir meddah değil, büyük bir şairdi. Neyse, telaş etme. Bu asırda artık böyle şeyler geçti. Fakat bil ki seni istersem cehenneme sürerim. Fakat çoluk çocuk sahibi bir adamsın. Acırım. Malûm ya, biz yürek sahibi adamlarız...

1. Osmanlı hiciv şairi Nef'i. Hicivlerinden dolayı öldürülmüştür.
2. Alay yoluyla yermek.
3. Değersiz.

Tevfik ellerine bakıyordu. Dişlerini sıkmış bir şey söyleyemiyordu. Zâti Bey geldi, eski günleri hatırlatan lâubaliliğiyle omuzlarına vurdu.

— Aklımdayken sorayım, kızını niçin getirip bizim Hanım'a etek öptürmedin, nankör herif?

Sesi biraz kısık Tevfik gözlerini kaldırmadan cevap verdi:

— Terbiyesi Hanımefendi'nin huzuruna çıkmaya müsait[1] değil, Beyim.

— Hani Paşa'nın konağında terbiye görmüştü?

Kızı... Kızı... Ah kızı olduğunu bu müstekreh[2] herife bir unutturabilse... Şimdi gene safdil[3] bir adam tavrıyla Zâti Bey'e bakıyor.

— Doğru, Beyim. Fakat ne olsa bizim kız mahalle imamının torunu... Aksırmış burnundan düşmüş, malûm ya, hafızdır, Beyim.

— Bana iyi şarkı söyler dediler...

Zâti Bey biraz müteredditti. Acaba jurnalde şarkıdan bahis var mıydı?

— Nerede Beyim! Sade aşır okur, ilahi okur... Mukabeleye de gider. Mevlid filan olursa...

Zâti Bey eliyle Tevfik'in lâkırdısını kesti. Rabia hakkında birdenbire hâsıl oluveren tecessüsü aynı süratle zail oluvermişti.[4]

— Hanıma söyleyeyim. Benim böyle şeyler fenâ halde içimi sıkar. Bilirsin ya, dinle hiç alışverişim yoktur.

Saatine baktı, fırladı.

— Ben Saray'a gidiyorum. Sana, senin iyiliğin için bir daha söyleyeyim: Karagöz oynatmak, meddahlık et-

1. Uygun.
2. İğrenç.
3. Saf.
4. Ortadan kalkmıştı.

mek filan yok... Bir daha şikâyet gelirse sen bilirsin.

Tevfik de kalkmıştı. Siyah setrenin eteğini öptü, temenna etti.[1] Bu defalık ucuz kurtulmuştu.

Zâti Bey ellerini çırptı, pırtlak gözlü hafiye odaya girdi.

— Tevfik Efendi'yi araba ile evine götür. Al şu beş lirayı da benden kızına ver. Çocuk belki korkmuştur. Hadi Allah selâmet versin Tevfik. Bir sıkıntın olursa bana gel.

Omuzları ileride, elleri yanında odadan çıkarken civanmert,[2] cömert bir adam olduğuna kendi de inanmıştı.

1. Selam.
2. Yücegönüllü.

21

Yüzü, ancak on dördüncü asır ressamlarından birinin tahayyül edebileceği bir İsa'ya benzerdi. İnsanlara kardeşlik ve iyilik yapmak için gökten yere inmiş bir hali vardı. Ruhu on yedinci asırda yaşardı. Kendisi İkinci Abdülhamid'in sarayına mensuptu. İkinci Mabeyinciydi.[1]

Saray muhitinde[2] onu, vazifesini bir makine intizamıyla yapan bir adam diye tanırlardı. Orada hiçbir dostu, hattâ ahbabı bile yoktu. Husûsî hayatında bile çok az söyleyen ve resmî olan bu adam Mabeyin'de daha resmî, daha sessizdi. Fakat şahsiyetini, kalın perdeler arkasından hissedilen bir ışık gibi, etrafına sezdirmişti.

Evinde antika hançerler, kitap ciltleri ve eski İngiliz saatleri koleksiyonu yapardı. Bundan başka da yalısının bahçesinde nadide[3] güller yetiştirir, bazân da sandal ağacından arka kaşağıları oyardı. Bu iki merakı, bütün Saray'a girip çıkan yabancılar arasında onu en çok Selim Paşa'ya yaklaştırmıştı.

Fakat bütün bu işler hep hayatının dışında kalan

1. Osmanlı devletinde padişahların dışarıyla olan ilişkilerine bakan, buyruklarını ilgililere bildiren, bazı kişilerin dileklerini kendisine ileten görevli.

2. Çevresinde.

3. Az bulunur.

şeylerdi. On yedinci asrın ilim dünyasına boş zamanını vakfeden[1] bu ruhun heyecansız havasının derin bir yerinde hiç umulmayan azıcık müphem,[2] azıcık mistik[3] bir köşe vardı. Ve o köşede Mevlana'nın *Mesnevi*'sine[4] bir gün bir nazire yazabilmek[5] için yaşayan bir emel vardı.

Bundan dolayı Vehbi Dede'ye çok merbuttu...[6] Bundan dolayı Fransızca kütüphanesinin bir tarafında eski Türk, Acem, Arap sırrîlerinin[7] eserlerinin zengin koleksiyonu vardı. Fakat İstanbul'un, o en zengin kütüphanesinde zamanına ait bir tek kitap yoktu.

Bu çeşit bir adamın İkinci Mabeyinci olması, hem de Padişah'ın teveccüh ve emniyetini haiz olması,[8] göründüğü kadar izahı müşkül bir mesele değildi. O, içtimaî nizamı,[9] tıpkı tabiatın nizamı gibi değişmez ve mutlak telakki ederdi.[10] Padişah, ona göre, içtimaî ve siyasi nizamın bir mümessiliydi.[11] Padişah terbiyeli bir adamdı. Sesini yükseltmez, kimseye dürüşt muamele etmez, hattâ en müzlim[12] cinayetleri bile mütebessim[13] ve terbiyeli bir havada hazırlardı. Terbiye eksikliğini günahların

1. Adayan.
2. Belirsiz.
3. Gizemci.
4. Mevlana'nın eseri. Tasavvuf konularını işleyen, 26 bin beyitten oluşan Farsça manzum eser.
5. Başka bir manzume örnek alınarak aynı ölçü ve uyakla yazılan manzume yazabilmek.
6. Bağlıydı.
7. Mistiklerinin.
8. Sahip olması.
9. Sosyal düzeni.
10. Kabul ederdi.
11. Temsilcisiydi.
12. Karanlık.
13. Gülümseyerek.

en affedilmezi addeden İkinci Mabeyinci, efendisinin bu çirkin, feci tarafını görmemezliğe gelirdi. İktidar sahiplerinin rekabet entrikaları, haddi aşan hırsızlıkları, memleketi soyup soğana çeviren, apaşikâr alınan ve satılan imtiyaz[1] rezaletleri, rüşvetler, pazarlıklar... Bunların hepsine o mevsimlerin muayyen fırtınaları gibi bakardı. Nasıl o, şimşek çakıp gök gürlediği zaman perdeleri indirir, ince parmaklarını kulaklarına tıkarsa, bu ma'nevî kasırgalar ve musibetler etrafında eserken, dimağında inen kalın bir perde, dimağının kulaklarını tıkayan iki ma'nevî parmağı vardı.

İkinci Mabeyinci, esasen Saray'ın çirkin safhasıyla[2] doğrudan doğruya alâkadar değildi. Padişah zarif adamların sohbetinden hazzettiği için onunla ekseri münakaşa eder ve onu umumiyetle nişan, ihsan, mahzuziyet[3] ve selâm-ı şâhâne tebliğine[4] memur ederdi. Bu mükâfatların ne gibi kepazelik, fazahat mukâbili[5] olduğunu İkinci Mabeyinci düşünmeye mecbur değildi. Hem o, hiçbir zaman, dünyayı düzeltmek, değiştirmek istememişti, böyle bir lüzûma da inanmamıştı. Değişiklik onca intizamsızlık, anarşi demekti. Bunun için ve şöhret, itibar, nam ve şan hırsını tatmamış olan bu adamın, o dönek havalı Saray'da mevkii herkesten sağlamdı. Padişah ancak böyle ihtirassız bir adamın yanında kendini emniyette, suikasttan masun[6] hissediyordu.

O gün tebliğe memur olduğu şey onun pek içini ra-

---

1. Ayrıcalık.
2. Görünen taraflarıyla.
3. Hoşlanma, hazzetme.
4. Padişah'ın selamını iletme.
5. Terbiyesizlik karşılığı.
6. Korunmuş.

hatsız ediyordu. Bu defa iltifat değil tekdir[1] tebliğ ede-
cekti, hem de hoşlandığı Selim Paşa'ya, hem de hiç hoş-
lanmadığı Zâti Bey huzurunda. Masasının başında ayak-
ta, dar setresinin içinde ipince, dimdik, renklerini tayin
etmek müşkül olan gözleri uzaklarda, ince parmakları
bir kalemtıraşla oynuyordu. Koltukta kolunu bacağını
sallayarak konuşan, bir sokak satıcısı kadar şamata yapan
adamı hiç dinlemiyor gibiydi.

Selim Paşa, omuzları biraz çökük, kaşları çatık içeri
girdi. Koltuktaki adama soğuk bir selâm verdi. Mabeyin-
ci ona masasının yanındaki koltuğu gösterdikten sonra
kendisi oturmadan lâkırdıya başladı:

— Son zamanlarda memlekete mutattan ziyade teş-
viş ve tehdiş-i ezhan-ı mucip[2] gazete ve risale girdiğini
Padişah'a arz ediyorlar.

Selim Paşa Zâti Bey'i manidar ve müstehzî gözlerle
süzdü. Ve Mabeyinci'nin sesindeki gizli istifhamdan[3] is-
tifade ederek hemen dedi ki:

— Ecnebi postaları vasıtasıyla giriyorlar. Ecnebi mü-
esseseleriyle, genç ve icabatı zamana muttali olan[4] Dâ-
hiliye Nazırı biraderimiz meşguldürler (sakalını tuttu).
Yaşım, eski kafam, beni Padişah'ın düşmanlarına –ecnebi
bile olsalar– fazla sert muameleye mecbur ediyor. Bil-
hassa emniyeti şâhâne[5] mevzubahis[6] olursa süferayı[7] bile
falakaya çekmekten çekinmem. Halbuki biraderimizin

1. Azarlama.
2. Alışılagelenden çok kafa karıştıran.
3. Sorudan.
4. Zamanın icaplarını bilen.
5. Padişah'ın güvenliği.
6. Söz konusu.
7. Elçileri.

ecnebilere, bilhassa Genç Türklere[1] zaafı –estağfurullah–
nezaketi âlemce müsellem.[2]

Zâti Bey:

— Genç Türk denilen zat, mahdumı âlileri[3] olursa
ne buyurulur? Son zamanda bütün muzır risaleler[4] mah-
dum Bey namına[5] geliyor, dedi.

— Lütfen ispat buyurun.

— Maalesef edemem. Mahdum Bey namına gelen
evrak, ecnebi postalarından geçiyor. Ecnebilerin üstlerini
aratmak bize mümkün değil. Kapitülasyon denen çok
acı bir hakikat ve mania[6] var.

Selim Paşa, İkinci Mabeyinci'nin gözlerini aradı. O
olanca nezaketiyle dedi ki:

— Padişah sadakatinizden şüphe etmiyor. Belki na-
mına gelen muzır evraktan Mahdum Bey haberdar de-
ğildir. Nazır Bey'in ifadelerine nazaran bunu haber veren
Fransız postası memurlarından bir ecnebi zat. İsmin
mektum[7] tutulması elzem.[8] Siz bir defa Mahdum Bey'i
isticvap ediniz.[9]

— Af buyurunuz Beyefendi. Oğlum eğer Zatı Şâhâ-
ne'nin düşmanlarına iltihak ettiyse bunu en çok benden
saklamaya gayret edecektir. Benim bildiğimi anlarsa yal-
nız inkârla kalmaz, şerikini,[10] belki şeriklerini de haber-

1. Jöntürkler. II. Abdülhamid döneminde özellikle yurtdışında siyasal muhale-
fet hareketine katılan kişilere verilen ad.

2. Herkesçe bilinmiyor.

3. Oğlunuz.

4. Küçük kitaplar.

5. Adına.

6. Engel.

7. Gizli.

8. Gerekli.

9. Sorguya çekiniz.

10. Arkadaşını.

dar eder. Tahkikatin bu iptidaî safhasında mücrimin,[1] kendinden şüphe edildiğini bilmemesi, en basit polis kaidesidir.

Selim Paşa sustu.

Onun Padişah'a sadakati –Zâti Bey'deki gibi– sade maddî menfaatlere istinat etmiyor.[2] Onda bir "devlet" mefhumu[3] vardı ki ona âdetâ "mistik" bir heyecanla bağlıydı. Yalnız Padişah'la bu devlet mefhumunu birbirinden ayırmaya kadir değildi.[4]

— Devlete hıyanet eden[5] kim olursa olsun alimallah[6] tabanlarına öyle bir sopa çekerim ki etleri hallaç pamuğu gibi darmadağın olur. Değil kendi oğlum, hain olan Zat-ı Şâhâne'nin gözbebeği bir şehzade bile olsa Fizan'a[7] yaya yollamaktan çekinmem.

Gözlerinden ateş çıkararak söylediği bu sözlerden sonra daha hürmetkâr bir vaziyet aldı. Mabeyinci'ye döndü.

— Şu maruzatımı[8] lütfen Padişah'a bildiriniz: Aflarına mağruren[9] Nazır Bey'in bu meselede vazifelerini yapmadıklarına kailim.[10] Şüphe hâsıl olur olmaz oğlumu ve bütün dostlarını göz hapsine almaları, şayet Fransız postahanesine girerlerse çıkar çıkmaz üstlerini aratması lâzımdı.

1. Suçlunun.
2. Dayanmıyor.
3. Kavramı.
4. Gücü yetmiyordu.
5. İhanet eden.
6. Allah bilir.
7. Libya'nın güneybatısında bir il.
8. Arz ettiklerimi.
9. Sığınarak.
10. İnanıyorum.

Zâti Bey kendini müdafaa için yerinden fırladı. Fakat İkinci Mabeyinci oda kapısına doğru yürüyordu. Kapıyı arkasından kapadı gitti. Huzura girerken Selim Paşa'nın "sopa ile etleri hallaç pamuğu gibi atılan tabanlardan" bahsinin ne kadar münasebetsiz, ne kadar terbiyeye muhalif olduğunu düşünüyordu.

Yirmi dakika sonra geldi. Odanın ortasında, ayakta bir irade[1] daha tebliğ etti:

— Şevketmeap[2] ikinize de selâmı şâhânelerini[3] gönderiyor. Evrak-ı muzirre[4] ithalatı meselesinin tetkikine şimdilik Selim Paşa kullarını memur buyurdular. Zâti Beyefendi'nin bu nazik meseleyi hall[5] için tecrübelerini kâfi[6] bulmuyorlar. Maalesef talebe arasında, bilhassa askerî talebe arasında muzır bir heyecan var. Siz, Paşa Hazretleri, meseleyi tetkik ediniz, lâzım gelen tedabiri[7] alınız ve Padişah'ı günü gününe haberdar ediniz. Zannedersem ikiniz de meşgul olacaksınız, daha ziyade alıkoymayayım.

Kapıya yürüdü, açtı. Zâti Bey önden çıktı. Bir kırmızı atlas kese gene Paşa'nın avucunu buldu. İkinci Mabeyinci kulağına eğildi, "Teveccüh-i Şâhâneleri'nin bir nişanesi,"[8] diye fısıldadı.

Bu, Paşa'nın parmaklarını yakan ilk ihsan[9] kesesi oldu. Hattâ parmaklarından kalbine doğru giden bir ateş

1. Buyruk.
2. Padişah.
3. Selamlarını.
4. Zararlı evrak.
5. Çözmek.
6. Yeterli.
7. Tedbirleri.
8. Padişah'ın beğenisinin bir göstergesi.
9. Bağış.

parçası tutmuş oldu. Devlete ve devletlûya[1] sadakati onu oğlunu takibe mecbur eden acı bir vaziyete düşürmüştü. Bunu kabul ediyordu. Fakat bunun için para almak! "Hükümdar yakınlığı, yakıcı bir ateştir" diyen şair ne kadar haklıydı.

1. Padişah'a.

22

"Zat-ı Hazreti Şehriyari'nin uhde-i aciziye tevdi bu-
yurdukları evrakı muzırre ithaliyle maznun şahıs veya
eşhasın takibine mübaşeret edilmiştir.[1] Dâhiliye Nazırı
Beyefendi'nin ihbarları üzerine mahdum bendelerinin
münasebette bulunduğu bilcümle eşhas[2] göz hapsi altın-
dadır. Bunlar arasında Fransız Postahanesi'ne sık devam
eden piyano muallimi Peregrini'nin postahaneden çıkar-
ken üstündeki evrak, elindeki paket yankesiciler tarafın-
dan çalınmıştır. Vak'aya şimdilik adi bir zabıta vak'ası
süsü vermek için merkumun[3] saati de aşırılmıştır. Şikâyeti
üzerine bulunacağı vaat edilmiş, biraz sonra iadesi takar-
rür etmiştir.[4] Mektuplar bir Fransız mûsikî-şinâsından;
paketteki kitap İtalyanca'dır. Dante isminde bir herifin
cehennem hakkında bir risalesi olduğu anlaşılıyor. Evrak
ve kitap takdim ediliyor. Takibat esnasında ecnebi mü-
messil ve müesseseleriyle bir gûne[5] mesele çıkarılmaya-

---

1. Padişah Hazretleri'nin sorumluluğuna verdikleri ülkeye zararlı evrak sokul-
masıyla suçlanan kişi veya kişilerin takibine başlanmıştır.
2. Şahısların tümü.
3. Adı geçen kişinin.
4. Gerçekleşmiştir.
5. Çeşit, türlü.

cağı, kapitülasyonlar ahkâmının[1] nazarı itibara[2] alınacağı arz ve..."

Bu, Selim Paşa'nın ilk raporu. İkincisi şöyle başlıyordu:

"Hilmi bendeleri göğsünden mustarip[3] olan ailesini berayı tebdili hava[4] Beyrut'a götürmek için müsaade talep etti. Bu müsaade kendisine verilmiştir. Arkasına iki sivil memur konulmuş, firara teşebbüs ettiği takdirde derhal tevkifi emredilmiştir. Beyrut'ta kimlerle münasebette bulunduğu tetkik edilecek, muhaberatı,[5] sıkı bir teftişe tabi tutulacaktır.[6] Mütecasirlerin[7] beş on güne kadar ele geçirileceği arz ve..."

Paşa'nın Padişah nezdinde[8] eski itibarını kazandığı o kadar aşikârdı ki bunu Sabiha Hanım da anladı. Fakat buna rağmen hâlâ yüzü endişeliydi, dalgındı. Bilhassa[9] karısına karşı muamelesi çok garipti. Sabiha Hanım'la yüz yüze gelince başını çeviriyor, gözlerine bakmaktan çekiniyordu.

Bu vaziyet[10] Beyrut'tan ilk şifreli telgrafı alıncaya kadar sürdü. Sonra biraz açıldı. Hilmi ilk günleri kimse ile temas etmemişti. Gerçi oğlunun hıyaneti tebeyyün ederse[11] herhangi bir Genç Türk'e yapacağı cezayı –hattâ ziyadesiyle– ona yapacaktı. Bununla beraber oğlan bu iş-

1. Hükümlerinin.
2. Dikkate.
3. Hasta.
4. Hava değişikliği.
5. Haberleşmeleri.
6. Denetime bağlı olacaktır.
7. Yeltenenlerin.
8. Yanında.
9. Özellikle.
10. Durum.
11. Belli olursa.

ten alnı açık çıkarsa Eyüp Sultan'a kurban kesecekti.

Bu iyi ihtimal gün geçtikçe kuvvetleniyor ve Paşa ümitleniyor, ferahlanıyordu. Hattâ, o akşam çoktan terk ettiği eski bir âdeti ihya etti.[1] Karısının odasında kahve, nargile içmeye geldi. Rabia ile şakalaşacak, ona bir iki beste söyletecekti.

Kız henüz gelmemişti. Hanımefendi adam yollamaya karar verirken geldi, fakat endişeliydi.

— Tevfik'i bekliyorum, Hanımefendi. Hâlâ gelmedi. Merak ediyorum.

— Nereye gitti?

Rabia güldü:

— Çocuk gibi. Kadıköyü'nde eski bir oyuncu arkadaşına. Aklı fikri hep oyun.

— Nasıl oyun?

— Tavan arasında eski bir sandığı karıştırdı, bir kadın kıyafeti çıkardı, giydi, kırıta kırıta gitti. Ahbabı yeni evliymiş, karısını kıskandıracakmış... Hastalığından sonra dökülüyor diye bıyıklarını tıraş etmişti. Görseniz siz bile kadın sanırsınız.

Paşa:

— Babana söyle, kadın kıyafetiyle yakalarsam falakaya çekerim, dedi.

— Bu günlerde kıyamazsınız. Hilmi Bey'in veda ziyafetinde köpüklü bir şey içirmişler, pek keyfine gitmiş, hep onu söylüyor. Zâti Bey çağırıp tekdir ettikten[2] sonra çenesini bıçak açmıyordu.

Kâhya Kadın kapıyı açtı:

— Muavin Rana Bey selâmlıkta Paşa'yı görmek istiyor, dedi.

1. Canlandırdı.
2. Azarladıktan.

Rana Bey'in bu saatte konağa gelmesi yeni bir vak'a çıktığına delalet ediyordu.[1] Herhalde mühim olacak. Selim Paşa gecelik kıyafetiyle selâmlığa gitti.

Muavin kuş gagası gibi uzun burunlu, kaçık çeneli bir adamdı. İçeriye gömülmüş gözleri kirpiksizdi ve bu çıplaklık ona bir yılan bakışı veriyordu. Çenenin o kadar kaçık ve küçük olması umumiyetle inandığı gibi Rana Bey'de iradesizliğe delalet etmezdi. Bilakis o hem görünüş itibarıyla, hem de mizaç itibarıyla yırtıcı bir av kuşuna benziyordu.

Paşa, mütebessim sordu:

— Hayrola, Rana Bey, sakın bu saatte kadın kıyafetinde bir erkek tevkif ettiğini haber vermeye gelmiş olmayasın!

— Nereden biliyorsunuz?

Paşa nefes aldı. Tevfik'i kadın kıyafetiyle yakalamışlar, polis zihniyetiyle ona esrarlı bir mânâ vermişler. Daha neşeli sordu:

— Kız Tevfik değil mi?

— Ta kendisi, fakat siz nereden haber aldınız?

— Küçük sokakta bakkaldır. Çocukluğundan beri tanırım. Zuhuri'de zenne rolüne çıkardı. Kadın kıyafetine girmek illetidir. Şimdi kızına takılıyordum. Kız elimde büyüdü, ben tahsil ettirdim... Herifin bir merakı daha vardır. Dâhiliye Nazırı'nın taklidini yapar...

Bu son merak Paşa'nın tasvip ettiği[2] meraklardan olacak ki güldü. Muavini gülmedi.

— Mesele çok daha ciddi, Paşam. Herifi kadın kıyafetiyle Fransız Postahanesi'nden çıkarken yakaladık. Üstünde koca bir paket muzır evrak.[3]

---

1. Gösteriyordu.
2. Onayladığı.
3. Zararlı yazılmış kitaplar, mektuplar veya yazılar.

Selim Paşa midesine yumruk yemiş gibi içinde bir baygınlık duydu. Beyrut'tan aldığı şifrelerin uyandırdığı ümit artık solmuştu. O, zihninde bütün vak'ayı hakikatten pek uzak olmayan şekliyle tespit ediyordu.[1] Hilmi bu bî-çâreyi[2] davet etmiş, "köpüklü şey" dedikleri şampanyayı içirmiş. Sonra ne söylemişse söylemiş, muzır evrak kaçırmaya ikna etmişti. Ah sefil oğlan... Bir soytarının arkasına saklanmaya tenezzül eden,[3] korkak, zelil[4] erkek! Selim Paşa, izzet-i nefsine[5] bu kadar büyük bir darbe yiyeceğini hiç hatırına getirmemişti. Hilmi hain olabilir... Sürülür... idam bile edilir. Bunların hepsi onun baba kalbini parçalayabilir. Fakat oğlunu korkak bilmek, zelil bilmek... Buna benzer ıstırabı taşıyan bir baba bu kubbenin altında mevcut değildi.

İçindeki bu acı şeylerin tesirini Rana Bey Paşa'nın yüzünde sezmedi. Bilakis o, iş saatlerindeki yavuz,[6] uyanık Zaptiye Nazırı oluvermişti.

— Otur, Rana Bey. Vak'ayı baştan anlat.

— Malûm ya, Fransız Postahanesi'nin kapısında adamlarımız var. Biri de mahut[7] kestaneci. Oraya dâimâ süslü hanımlar girip çıkıyor. Fakat siz emir verdiğiniz için memurlar dokunamıyorlardı. Bu defa yeldirmeli, eski biçim giyinmiş, uzun boylu bir kadın girmiş. Bu kıyafette kadının ecnebi postasına girmesi memurun zihnini gıcıklamış. Fakat belki küçük hanımlardan birinin dadısı diye bir şey yapmamışlar. Kadın çıkınca kestaneci-

1. Belirliyordu.
2. Çaresizi.
3. Alçalan.
4. Aşağılık.
5. Onuruna.
6. Güçlü.
7. Bildiğiniz.

nin önünde durmuş, kestane almış. Ellerinin kılları na-
zar-ı dikkatini celb etmiş.[1] Sonra para çıkarmak için ete-
ğini kaldırınca ayaklarında erkek kundurası görmüşler.
Derhal peşine düşmüşler. Tenha bir sokakta sarkıntılık
bahanesiyle baş örtüsünü çekmişler, örtü ile beraber tak-
ma saç da ellerinde kalmış. Bugün akşama doğru zapti-
yeye[2] getirdiler. Evraka bir göz attım, mühim.

— Adresi var mı?

— Anlaşılan herif postahanenin içinde adresi imha
etmiş. İtiraf ettiremedik. Hem de bizim "Gözpatlatan"
Muzaffer'i işe memur ettik. Kadın kıyafetli bir herifte
bu metanet[3] çok garip. Hulasa netice alamadık.[4]

Paşa ayağa kalktı:

— Beni bir iki dakika bekle, giyineyim, dedi.

1. Çekmiş.
2. Polis merkezine.
3. Dayanıklılık.
4. Kısacası bir sonuca varamadık.

23

Zaptiyenin[1] bütün lâmbaları yanıyor, bütün memurlarında nadide bir av yakalamış avcıların neşesi ve gururu var... Avlarını iki iriyarı herif Selim Paşa'nın huzuruna getirdi.

Tevfik'in kıyafeti perişan, fakat hâlâ kadın esvabının bakiyesini[2] muhafaza ediyor. Yüzünde düzgün, allık, sürme birbirine girmiş gözlerinden çenesine uzanan iki müvazi[3] siyah, kırmızı, beyaz yol var –gözyaşı izleri–, yanakları, burnu, gözlerinin etrafı mor, siyah çürüklerle dolu, içleri her zaman bir kadın kadar yumuşak, kestane rengi gözleri, ömründe ilk defa gülmeyi unutmuş gibi şaşkın ve donuk. Arkasındaki siyah yeldirmenin aşağı kısmı parça parça, her tarafında çamur, omuzlarında biraz da kan lekeleri görüyor. Onu tanıyor mu? Anlıyor mu? Bunları kestirmek kâbil değil.[4]

Tevfik'in dışını, içini perişan eden, aklını alan bu vaziyetinde Selim Paşa "Gözpatlatan"ın imzasını tanıdı. Kendisi, bir eli Tevfik'in omzunda, efendisinden emir

1. Polis merkezinin.
2. Kalanını.
3. Paralel.
4. Mümkün değil.

bekleyen bir av köpeği inkîyadıyla,[1] tehalüküyle[2] Selim Paşa'nın gözlerine bakıyor.

Tehlikeli, siyasi maznunları[3] istintaka[4] memur edilen bu şişman adam, hiç de korkunç görünmüyordu.

Daha ziyade güreş meydanından çekildikten sonra, kendini yemeye içmeye veren bir pehlivan eskisine benziyordu.

Sıkı ilikli yüksek yakasından pırtlayan kat kat çeneli, sarkık yanaklar, düşünmeyen adamların etli alnı... İçine gömülü küçük dost gözlerinde bir fili hatırlatan dostluk. Halbuki pençeleri bir maznunun kulak tozuna indi mi, değil sağır, herifi kör bile edebilirdi. Ve bu eller Tevfik'in kulak tozunu birkaç defa okşamıştı.

— Bir sandalye verin, bir sigara verin.

Tevfik'i bir sandalyeye oturttular, eline bir sigara verdiler. Muavin Rana Bey kendi eliyle kibrit çaktı, fakat parmaklar sigarayı kavrayamadı, eller dizlerinin üstünde kaldı.

Muzaffer hizmete hazırdı:

— Herif yalandan yapıyor, bir şey değil.

Paşa sert bir sesle onu susturdu:

— Siz çekilin, herifi kendi haline bırakın. Rana Bey'le biz istintak edeceğiz.

Yalnız kalınca Paşa eğildi, Tevfik'in yüzüne yakından baktı. Ve Paşa'nın hafızası ona ilk defa vazife başında bir oyun oynadı. Ona çocukken bindiği ve anasından, babasından daha pek çok sevdiği eski bir tayı hatırlattı. Bir gün hayvan ayağını kırmış ve lalası[5] tayın kafasına bir

1. Uysallığıyla.
2. İstekliliğiyle.
3. Sanıkları.
4. Sorgulamaya.
5. Çocuğun bakım, eğitim ve öğretimiyle görevli kimse.

kurşun sıkmaktan başka çare olmadığını söylemişti. Şimdi Tevfik'in gözleri yaralı tayın ondan istimdat eden[1] bakışı ile bakıyordu. Eli gayri ihtiyari[2] siyah yeldirmenin kan sıçramış omzunu okşadı.

— Bana her şeyi söyle. Seni bu kıyafetle Fransız postasına kim yolladı? Kendi oğlum olsa cezasını veririm... Biz burada Padişah'ın adalete memur ettiği adamlarız...

Şimdi bir an evvel ölü donukluğu ile duran yüzden bir hayat cereyanı geçiyordu. Belki Paşa'nın dediklerini anlıyordu. Fakat hakikat halde[3] şuurunun[4] en derin bir tabakasında bir hayal uyanıyordu. Orada, elinde köpüklü, tatlı bir içki, konuşan ve gülen bir Tevfik vardı. Dost bir ses, bir kardeş sesi kulağına eğilmiş:

— Benim seni postaya yolladığımı kimseye söyleme; adresi postahanenin içinde yırt, at, diyordu.

Şimdi o ses gene, bir defa dediklerini tekrar ediyor.

Tevfik'i titreten, söyledikleri değil, sesin kendi mânâsı. Tevfik'in insanlığına müracaat eden,[5] onun vefasına, kardeşliğine, cesaretine, nâmusuna, canına emniyet eden ses! Daha birçok Tevfikler, daha!

Büyüklerin sofrasında içki içen, etrafını eğlendiren, güldüren Tevfikler... Fakat onlar hep birer soytarı... Kıçına tekme atılan, icabında yüzüne tükürülen bir maskara! Burnunda halka, boynunda zincir, pazaryerinde kalabalığı eğlendiren bir ayıdan, bir maymundan çok farkı olmayan Tevfik! Şark'ın ezelî sanatkârı... Halbuki bu ses bu sofradaki Tevfik bir insan... Herkes gibi...

Gözlerini kapadı, dudakları kımıldadı.

---

1. Yardım bekleyen.
2. Elinde olmadan.
3. Gerçekte.
4. Bilincinin.
5. Başvuran.

Rana Bey ve Paşa ikisi birden eğildiler, kulaklarını bu kımıldayan ağza yaklaştırdılar.

— Söylemem, söylemem, vallahi, billahi...

Paşa'nın kaplan pençesine benzeyen ince parmaklı elleri gene onun omuzlarını okşadı.

— Fakat bana söyle, Tevfik. Hele seni postaya yollayan oğlum ise hiç saklama. Hilmi mi? Söyle... Yemin ederim ki sana bir daha dayak attırmam... Hem cezan –söylersen– daha hafif olur. Seni yakın bir yere sürerim, aylık bağlatırım. Rabia'yı da senin yanına yollarım... Söyle, Hilmi mi?

Rabia'nın adı ağzından çıkar çıkmaz ellerinin altındaki omuzlar titremişti.

Paşa yine eğildi, Tevfik'in yüzüne baktı. Gözlerinden çenesine uzanan siyah, beyaz, kırmızı çizgilerin üstünden yaşlar akıyordu, morarmış dudakları oynuyordu. Fakat ağzından hiç bir ses çıkmıyordu.

— Rana Bey, bugün bu kadar yeter. Elini, yüzünü söyle yıkasınlar, arkasına insana benzer bir şey giydirsinler. Bana sormadan Muzaffer bir daha istintak etmesin.

— Evinden esvap getirtelim mi?

— Hayır, hayır, sokaktan alın. Ben parasını veririm. Kızı şimdilik haber almasın!

Tevfik'i Paşa'nın odasından aldılar, götürdüler. Ve Paşa hemen masanın başına oturdu, maznunun üstünde bulunan evrakı okuyordu.

Ekserisi[1] İsviçre'de ve yahut Paris'te çıkan Türk gazetelerinden ve risalelerinden ibaretti. Bunlar, Selim Paşa'ya, baştan başa divanelik,[2] bir kocakarı sayıklaması gibi saçma geldi. Fakat onu düşündüren gazeteler ve ri-

---

1. Çoğunluğu.
2. Çılgınlık.

saleler değildi. O, el yazısıyla, meçhul bir adama yazılmış bir mektuptu. Güya Padişah'ı hal'etmek[1] için umumî bir kıyam[2] hazırlanıyordu. Güya buna taraftar çok adam vardı. Hattâ hayli malûm isimler de zikrediliyordu.[3] Belki bu bir hokkabazlıktan ibaretti. Kaç defa böyle şeyler yapılmıştı. Fakat ona rağmen Paşa büyük ölçüde tevkifat[4] yapılacağını biliyordu. Gözpatlatan'ın memur edileceği[5] bir hayli istintaklar olacak... Belki, belki de bunların arasında Hilmi de bulunacaktı.

Paşa evrakı[6] bir tarafa itti. Masanın üstünde bir kalem seçti, ucunu dikkatle muayene etti ve Saray'a raporunu yazdı.

— Bunu bir memurla yolla... Sonra söyle, bana leğen, ibrik ve seccade getirsinler. Namazdan sonra şu koltuğa uzanır, kestiririm.

Sabah oluyor, İstanbul uyanıyordu. Paşa, namazı bitirir bitirmez koltuğa uzandı, başını koltuğun arkasına dayadı, içi geçti.

Sokakta gürültü arttı. Uzaktan bir laterna[7] sesi geliyordu ve Paşa bir rüya görüyordu. Bayramdı. Hilmi altı yaşındaydı. Arkasında bir paşa üniforması vardı... Paçaları biraz düşük, omuzlarındaki apoletler fazla büyük... Belinde bir teneke kılıç, tavus yavrusu gibi kollarını sallaya sallaya dolaşıyor. Beyaz elleri yüzükle dolu bir genç kadın el çırpıyor. Ela gözleri parıl parıl yanıyor.

Laterna sesleri yaklaşıyor. Oğlan duruyor, sokağı

1. Tahttan indirmek.
2. Ayaklanma.
3. Sayılıyordu.
4. Tutuklama.
5. Görevlendirileceği.
6. Basılı kâğıtları.
7. Kolu çevrilerek çalınan, sandık biçiminde bir tür org.

dinliyor, sonra belinden teneke kılıcını koparıp atmaya
çalışıyor, avazı çıktığı kadar bağırıyor:

— Ben laterna isterim... Laterna isterim...

Selim Paşa sıkıntıdan ter içinde. Bu şımarık oğlanı
niçin susturmuyorlar? Niçin kendi bu arsız ağza iki şa-
mar atamıyor?

Laterna sesleri kesildi. Güneş, Zaptiye Nazırı'nın
başını yakıyordu. Gözlerini açtı, alnındaki ter taneleri
yanaklarına damladı. İçinde fenâ bir sıkıntı vardı. Yarı
uykuda, yarı uyanık rüyadaki çocuğa:

— Bu sefer senin cezanı vereceğim... diyordu.

24

Rabia, dört gün babasından haber almadı. Rakım, Tevfik'in Kadıköyü'nde oturan eski arkadaşlarını birer birer ziyaret etti. Tevfik onlara kadın kıyafetiyle dört gün evvel gelmiş miydi? Hepsi başını salladı, cücenin yüzüne garip garip baktı. Onu biraz kaçırmış addettiklerini[1] Rakım anladı. Fakat en acı gelen şey dükkânın kapısında onu bekleyen bal rengi gözlerin iki alev gibi yanan ümit ışığını her akşam söndürmek oldu.

Sinekli Bakkal gene Tevfik'in macerası ile yeni bir hayat yaşıyordu. Gene bir dram hayatı. Her gün komşular dükkâna uğrayıp haber soruyorlar, her evde, sokakta ve çeşme başında Tevfik'in kaybolması konuşuluyor. Mahalle çocukları, "Tevfik Amca'yı dağa kaldırmak" oyunu oynuyorlardı.

Rabia eğer o kadar şaşkın olmasaydı Sabiha Hanım'ın tavrını pek şüpheli bulacaktı. Her zaman Tevfik'e taallûk eden[2] şeylerle alâkadar görünen bu dost kadın şimdi âdetâ lakayt[3] bir tavır almıştı. Kız ona derdini yanarken, Paşa'nın Tevfik'i buldurması için bir köpek gibi yalvarır-

1. Saydıklarını.
2. İlgili olan.
3. Kayıtsız.

ken o, gözlerini tavana dikiyor, cevap vermiyordu. Ve dört gün Paşa'nın odasına koşan Rabia, kapıyı sıkı sıkı kapalı buldu.

Halbuki Sabiha Hanım Tevfik'in tutulduğunun ertesi günü Rabia'nın başına gelen felâketi öğrenmişti. Paşa'nın kendisine bu haberi Rabia'ya vermemesini tembihi pek o kadar gayri tabiî değildi.[1] Fakat "şeriklerini[2] öğrenelim de sonra söyleyelim" deyince şüphelendi. "Şerik" derken Paşa'nın gözleri neden birdenbire karısının gözlerinden kaçmıştı?

Ve kadın derhal anlamıştı. Padişah, devlet, vazife diye bir sürü kuru lâfa bağlanan bu adam kendi oğlundan şüphe ediyordu. Ah, Paşa'nın bu şüphesini Sabiha Hanım eğer paylaşmamış olsa neler, neler yapacaktı! Fakat şimdi içinde öyle bir korku var ki... Beş vakit namazında Tevfik'in şeriklerini ele vermeden ölmesi için... Dili tutulması için ne derin bir ihtirasla Allah'a yalvarıyordu. Rabia haber alırsa, babasını görürse belki bu şerikleri ele vermek için babasını ikna ederdi. Rabia haber almamalı... Ta ki Tevfik...

Konağın felâketli havası dört gün sonra sokağa da sirayet etti,[3] hattâ bütün İstanbul'u sardı. Büyük ölçüde tevkifat başlamıştı. Kulaktan kulağa bu haber fısıldanıyor, kulaktan kulağa Selim Paşa'nın İstanbul'un en meşum,[4] en zalim siması[5] olduğu söyleniyor. Öyle ya, iki gözüm Padişahım hiç böyle şeyler ister mi? Hep etrafındaki adamlar onun evhamını[6] körüklüyor. Kim bilir ne

1. Olağanüstü değildi.
2. Ortaklarını.
3. Yayıldı.
4. Korkunç.
5. Zalim kişisi.
6. Kuruntularını.

215

dalavereleri var? Gözlerini toprak doyursun, ne rütbeye ne nişana ne paraya doyuyorlar!

Sinekli Bakkal halkı bu tedhiş[1] havasında fırtınanın yaklaştığını sezen hayvanlar gibi sinmişti. Köşe başında bazân yığılıp bu meseleyi fısıldaşırken, herkesin gözü etrafı kolluyor, bir ayak sesi duyar duymaz, herkes birden susuyor... Hele Selim Paşa'nın arabasının sesi köşede işitilince çeşmede su alan kadınlar duvarlara sürüne sürüne sıvışıyorlar.

Rabia'dan başka herkese Tevfik'in mevkûflar[2] arasında olduğuna kanaat geldikten[3] birkaç gün sonra Sabiha Hanım ona babasının başına gelen felâketi haber verdi:

— Paşa, masum olduğuna kani...[4] Yaptığı işin ne olduğunu anlamadan sürüklenmiş olacak. Merak etme Rabia. Paşa elinden geleni yapacak. Daha henüz gösterirler mi bilmem ama, sen yarın sabah zaptiyeye biraz tütün ve çamaşır götür.

Ve ertesi sabah erkenden Rabia, koltuğunda bohça, Zaptiye Nezareti'nin kapısında belirdi. Rakım, yeldirmesinin eteğine sımsıkı sarılmıştı. O, mahalle kahvesinde, maznunlara yapılan işkenceleri, hattâ mübalağa ile, Gözpatlatan'ı bile işitmişti. Bunlardan Rabia'ya hiç bahsetmemişti. Fakat onun dizleri, içi boş iki lastik boru gibi göçüyor, çeneleri çarpıyordu. Buna rağmen sarığı perişan, gözleri evlerinden fırlamış, pabuçları bozuk kaldırımlarda sürçe sürçe Rabia'nın peşinden gidiyordu.

Zaptiyenin koridorlarında eli bohçalı, gözleri korku içinde, çeneleri kısılmış bir hayli kadın daha vardı. Kimse

1. Sindirme.
2. Tutuklular.
3. İnandıktan.
4. İnanıyor.

216

bu servi gibi uzun boylu, çocuk yüzlü genç kızla, eteğine yapışan zavallı cüce ile alâkadar olmadı.

Hademeler ellerinde kâğıtlarla, yahut kahve tepsileriyle odalara girip çıkıyor, fakat biri durup Rabia'ya ne istediğini sormuyordu.

Güler yüzlü, şişman bir adam, Rabia'ya yaklaştı:

— Kimi istiyorsun, hemşire?

— Hay Allah senden razı olsun, kardeşim. Kız Tevfik'i görmek istiyorum.

Şişman adam başını kaşıdı, file benzeyen küçük gözleri yanaklarının et katlarına bütün bütün gömüldü.

— Kimseyi görmesine müsaade etmiyorlar. İstersen bohçayı bırak, ben veririm.

— Ama ben onun kızıyım.

— Paşa'dan yazılı emir getirmezsen kızı da olsan, anası da olsan yanına koymazlar.

— Paşa Efendi buradaysa bana izin verir.

Kızın sesi ümit doluydu.

Şişman adam gene başını kaşıdı, gene gözlerini büzdü.

— Varayım bir Muavin Bey'i göreyim...

Önünde durdukları odaya dalıvermişti. Kıza uzun gelen bir dakikadan sonra çıktı, kapıyı açtı, kızı içeriye aldı, cüceye kapının arkasında bekleyecek yer gösterdi.

İşi başından aşan Rana Bey, Rabia'yı, sırf konakla münasebetini bildiği için yanına kabul etmişti. Fakat onu başından çabuk savmak kararı pek kat'iydi.

— Bugün babanı göremezsin, kızım. İzin çıkınca ben sana haber yollarım.

Bol yeldirmenin içindeki dal vücut biraz daha uzar gibi oldu, ince çene yukarı kalktı:

— Ben mutlak bugün göreceğim.

— Göremezsin... Ha, işte Paşa geliyor, bak ona söyle... İzin verirse gösteririm.

Rabia, Zaptiye Nazırı Selim Paşa'nın kendinin konakta tanıdığı nazik, hattâ müşfik ihtiyardan çok başka bir adam olduğunun hiç farkında olmadı. Bal rengindeki gözlerinin yeşil mevceleri ümitle tutuşmuştu. Mutlak bir emniyetle ona derdini açtı:

— Bana babamı göstermiyorlar, Paşa Efendi.

Siyah yeldirmenin içinde dalgalanan zavallı zayıf vücut, içleri yardım dilenen, Selim Paşa'ya emniyetle, muhabbetle bakan güzel gözler! Bunlar Paşa'nın Zaptiye Nazırı maskesini değiştirmedi, fakat biraz boğazını kuruttu. Öksürdü:

— Bugün olmaz, Rabia. Bohçayı bırak, git. Birkaç gün sonra... Ağlama... Ağlama... Ağlamasana!..

Paşa'nın sesi hiç sert değildi. Fakat o kadar kat'iydi ki kızın gözlerindeki ateşi derhal söndürdü. Gözlerinden su gibi inen yaşlardan etrafı göremez olmuştu. Birdenbire ayakları yerden kesilmiş, gözlerini duman bürümüştü. Boğazını yırtan hıçkırıklarla Paşa'nın ayaklarına yığıldı, zayıf kolları, boğulan bir adamın cankurtaran simidine sarılışı gibi, Paşa'nın dizlerine sarıldı:

— Gidemem, Paşa Efendi... Hiç olmazsa kapı aralığından yüzünü göreyim... Yalnız sağ mı... İşte o kadar. Yoksa siz... Siz babamı öldürdünüz mü?

Fesüphanallah![1] Bu müşkül, bu gülünç vaziyetten Selim Paşa kendini nasıl kurtaracaktı? Kapının aralığından Rakım'ın yüzüne gözleri ilişti. Eliyle işaret etti. Cüce bir lastik top gibi odanın ortasına sıçramış, kızın omuzlarından yakalamış, hem sürüklemeye çalışıyor, hem bidüziye:

— Paşa'yı kızdırma, Rabia, yine geliriz... Haydi yavrum, diye kızı götürmeye çalışıyordu.

1. Şaşkınlık belirten Arapça bir söz.

218

Zavallı bir çocuğa teselli vermek isteyen zavallı bir ses! Çarpık çurpuk bir cücenin sesi! Rabia onu hiç unutmadı. Çünkü o büyük odada dizilip duran uzun boylu erkeklerin geniş göğüslerinin içleri, Rabia'ya, bomboş geldi. Onların arasında Rakım bir köstebeğe benziyordu, fakat yalnız onun göğsünün içinde atan bir insan kalbi vardı!

Rabia kalktı, eli cücenin elinde, omuzları düşük, odadan çıktı. Arkalarından Paşa cüceye sesleniyordu:

— Göreyim seni, bu sokakta sakın bir mesele çıkarmayın e mi!

Koridorda cüce onu değil, o cüceyi sürükleyip götürüyordu. Zaptiye Nezareti ona bir korkulu rüya hissini veriyor, bir ayak evvel bu rüyadan kurtulmak istiyordu.

Âdetâ içini yakan acının sebebini bile unutmuş gibiydi. Kapının önünde arkasından biri seslendi:

— Bohçayı bırak, hemşire. Tevfik tütün diye kıvranıyor, bir saat evvel tabakamı önüne boşalttım.

Kız, yıldırım gibi döndü, bohçayı uzattı. İnsanları birer zulüm aleti olan bu zebani yurdunda bir tek insana benzeyen adam bu şişman adamdı. Rabia'nın bal rengi gözleri ona minnetle baktı:

— Babama iyi bak, e mi kardeşim!

Tabiî; bakacaktı. Gözpatlatan Muzaffer –maznunlara, yalan, doğru, yukarıdan gelen emirle, muayyen cürümler[1] itiraf ettirmek vazifesinin haricinde– herkesi hoşnut etmeye çalışır bir adamdı.

Nezaretin köşesini dönünceye kadar Rabia etrafına bakmadı. Yalnız öteki sokağa sapar sapmaz kızın dizleri kesildi, bir evin kapısındaki mermer basamağa çöktü, omuzları sarsıla sarsıla ağlamaya başladı. Geçenler onu

1. Suçlar.

219

–yanında cüce dolaştıran– bir dilenci zannettiler. Biri para uzattı.

Ondan sonra durmadan, kesilmeden Rakım'la eve döndüler. Bir daha ağlamadı. Minderin üstüne büzüldü, sustu. Sebebini anlayamadığı, fakat tahammül edemediği bir ağrı duyan hayvanlar gibi orada inledi...

25

— Ne var, Bilâl? Evde biri hasta mı? Yoksa annem
mi hasta?

Hilmi rıhtımda arabanın kapısını açan Bilâl'in yüzü-
nü gözleriyle delik deşik ediyor, oradaki kapanık ve ka-
ranlık ifadenin mânâsını anlamaya çalışıyordu.

Henüz Beyrut'tan gelmiş, vapurdan çıkmıştı. Müs-
takbel kayınbiraderinin tavrındaki değişiklikten o kadar
ürkmüştü ki, Bilâl'in arkasında duran iki sivil memurun
kim olduğunu bile sormamıştı.

— Bir şey yok, sahi bir şey yok. Siz arabada bekle-
yin, ben eşyaları Şevket Ağa ile yollayayım, gelirim.

Hilmi, gözleri arabacının arkasında, dalgın dalgın
düşünürken, arabanın kapısı açıldı, içeriye Şevki atladı,
kolunu Hilmi'nin koluna geçirdi, oturdu, gözleri araba-
dan on adım uzakta bekleyen iki adamda, nefes alma-
dan, fakat alçak sesle Tevfik'in başına gelenleri anlatma-
ya başladı. Mukaddime[1] yapmadan, hiç teferruata[2] giriş-
meden hep o, Saray'ı ve Selim Paşa'yı ürküten mektup-
tan bahsediyordu.

1. Giriş.
2. Ayrıntıya.

— Tevfik'i istintaka[1] memur olan Gözpatlatan Muzaffer, henüz bizi ele vermedi. Aman sen ağzını sıkı tut, yüzünden bir şey belli etme...

Hilmi cevap vermeye vakit bulmadan Bilâl geldi, karşılarına oturdu.

Araba Aksaray'a yaklaşıncaya kadar üçü de bir tek lâkırdı etmedi.

Vaziyetin çirkinliğini bir türlü hazmedemeyen Hilmi, kendi kendine söylüyor gibi, "Nâmus, nâmus..." diye başladı. Fakat Şevki'nin eli bir kaplan çevikliği ile ağzını kapamış ve dişlerinin arasından âdetâ Hilmi'ye söver gibi, "Büyük maksatlar mevzu-ı bahs[2] olurken ferdin nâmusu kuru bir gururdur," diyordu.

Bu cümle Hilmi'den ziyade Bilâl'e tesir etmişti.

Şevki'nin taassupla vahşileşen esmer yüzünde Bilâl'in beyaz kirpikli mavi gözleri yıldırım gibi dolaştı. Onun Makedonya meydanında yetişen kafası, kavgada kazanmak için her hileyi meşru görmeye alışmıştı. Halbuki Sultani'de Tanzimat edebiyatı diye garip şeyler öğretiyorlardı... Şimdi Şevki, o mektebin birinci çıkan talebelerinden İstanbullu bir adam, dayısı Bayram Ağa'nın söyleyeceğini kitabî bir üslupla söyleyivermişti. Dudakları kımıldadı, Şevki'nin cümlesini içinden ezberledi.

Araba konağın kapısında durunca Hilmi arkadaşını alıkoymadı. Anasını bir ayak evvel görebilmek için merdivenleri âdetâ ikişer ikişer çıktı. Fakat anasının odasına girince onun tavrını da Şevki'ninki kadar garip buldu.

Sabiha Hanım ne Dürnev'i ne de Hilmi'nin nasıl seyahat ettiğini sordu. Gözleri korkudan büyümüş, sesi çarpıntıdan kesik kesik çıkıyordu. Hemen biri gelip Hilmi'yi

1. Sorguya çekmeye.
2. Söz konusu.

kapıp götürecekmiş gibi gözleri kapıdan ayrılmıyordu.

— Tevfik'in başına gelenleri duydun mu? Allah razı olsun, oğlan, kimseyi ele vermedi. O adamlar kimse haber vermeli, dikkat etsinler, kendilerini sakın ele vermesinler... Hattâ, hattâ savuşsunlar!

— Sen onların kim olduklarını biliyor musun, anne?

— Hayır, hayır, bilmek de istemem. Gece gündüz selâmetlerine dua ediyorum. Tevfik onları haber verse de kendi cezadan kurtulacak değil ya... Birçok kadın daha ağlayacaktı... Bir sürü ocak daha sönecekti!

Boğazında ani bir hırıltı ile kolları Hilmi'nin boynuna dolandı, boğacak gibi sıkıyor, Hilmi'nin göğsüne yapışan pörsük göğsü içinde hapsetmek istediği hıçkırıklar boğazını yırtıyordu. Gözyaşları Hilmi'nin yakasından boynuna aktı ve Hilmi'yi, Tevfik'in mefhum şeriklerini tutup hemen teslim etmekten men etmek istiyormuş gibi:

— Yapma evlâdım, köpeğin olayım, yapma, ihtiyar anana kıyma, diye yalvarıyordu.

Hilmi anasının kollarını boynundan çözdü, biraz geri çekildi, ihtiyar kadının yüzüne baktı. Ağlamaktan gözleri şişmiş, zavallı yüzü on sene birden ihtiyarlamıştı.

Düzgün, allık maskesi artık tamir kabul etmeyecek kadar çökmüş, eski bir binanın badanasını hatırlatıyordu. Fakat hâlâ canlı ve genç kalan ela gözlerindeki ıstırap ve korku Hilmi'nin yüreğini didik didik ediyordu. Ve anasını bu dakikadaki kadar derin bir rikkatle[1] sevdiğini hatırlamıyordu.

Ondan, nâmusunu şahsî selâmetine[2] fedâ etmesini

---

1. Acımayla.
2. Kişisel kurtuluşuna.

talep eden bu anaya o kadar düşkün, o kadar düşkündü ki...

— Sizi Paşa istiyor, Hilmi Bey.

Şükriye Hanım'ın birdenbire odaya girişi ona kendini toplattı. Elini yüzünü yıkamak ve değişmek için odasına gidecek, sonra babasını gidip görecekti. Fakat anasının odasından o kadar bitap[1] çıkmıştı ki kendi kendine:

— Bir sürü insanı daha felâkete sürüklemekte ne mânâ var? Hem de esası olmayan bir çocukluk için. Bir kâğıt parçasıyla bu rejim nasıl yıkılır? Tevfik'i postaya ben yolladım, demekle adamı cezadan kurtaramam ya... Şevki'nin dediği gibi, mertlik burada boş bir gururdan ibaret kalmaz mı, diyordu. Bununla beraber onun dış tesirlere çabuk kapılan yumuşak mizacının bir tarafında, kendisinin bile haberdar olmadığı bir kuvvet saklıydı. Ve o kuvvetin sesi:

— Kendini ele vermekten çekinmen acaba anana merhametinden mi, bir maksada bağlı olmandan mı, yoksa sırf korkaklıktan mı, diye bağırıyordu.

Odasına çıktığı vakit kafasında birbirini kovalayan fikirler, ölçülerini, hüviyetlerini kaybetmiş birbirine çarpan bir sürü divanelere benzemişti.

Yüzünü yıkadı. Üstünü süpürdü. Oturdu, biraz başını toplamaya çalıştı. İçinde her zamandan ziyade şiddete, cebre,[2] zulme, ıstırap veren her şeye karşı bir isyan, bir gayz[3] duyuyordu. Şimdi bile yurduna bu çirkin şeyler –bir zulüm abidesi yıkmak için bile kullansa– gene muzır, gene nefret edilecek şeylerdi. Dünya ona çirkin bir boğuşma meydanı gibi geldi. Padişah'a, hükümete isyan edenler, ihtilal yapmak isteyenler, hepsi, hepsi aynı çir-

1. Bitkin.
2. Zora.
3. Öfke.

kin hamurdan yoğrulmuş insanlar ve teşekküllerdi.[1] Yalnız ferd masum yalnız ferd zavallı ve bazân da iyi idi.

Nasıl olmuştu da Hilmi vaktiyle Garb'da her şeyin insanî bir adaletle geçtiğine inanmıştı? Buzlu şerbet içilen, pencerelerinden yasemin kokusu gelen ılık odalarda münakaşa ettikleri Fransız ihtilali kim bilir ferdlerin hayatını nasıl hercümerc[2] eden bir zulüm ve ceberrut[3] havası içinde geçmişti!

Kalktı. Aynada boyunbağını dikkatle düzeltti, babasının odasına yollandı. Kendi kendisine yolda diyordu ki:

— Ferd için bir tek selâmet yolu var, o da Vehbi Dede gibi dünyayı Allah'ın gelip geçen bir rüyası telakki etmek.[4]

Selim Paşa oğluna gelininin sıhhatini sordu, nasıl seyahat ettiğini sordu, yer gösterdi, oturttu. Kendisi oturmadı. Sakindi, nazikti, fakat tavrı her zamandan ziyade resmîydi. Bir hayli zaman sonra o da Tevfik'in başına gelenleri anlatmaya başladı. Herhalde Tevfik'in muhtemel şerikleri onda merhamet değil gazap uyandırıyordu. O kadar ki yavaş yavaş sükûnu bozulmaya başladı.

— Bir soytarıyı kendisine siper eden korkak herifi elime geçirebilsem...

Hilmi'nin gözleri Paşa'nın ince parmaklarının muhayyel bir mücrim[5] gırtlağı sıkıyor gibi büküldüklerini gördü. Dudaklarında acı bir tebessüm, sordu:

— Ya birden fazla şeriki varsa?

— Keratâların hepsi meydana çıksın, cürümlerinin cezasını görsünler.

1. Kuruluşlardı.
2. Alt üst.
3. Aşırı bir baskı.
4. Kabul etmek.
5. Suçlu.

— Niçin kerata olsunlar? Padişah'ın zulmüne isyan, neden bir cürüm olsun?

— Anlayamadım.

— Mesela sizin mücrim addettiğiniz adamlar da sizi mücrim addedebilirler.

— Ne dedin? Ne dedin?

— Bir dakika için öyle farz edelim.

— Edemem. Bir an için bile edemem. Dünyada bir tek doğru, bir tek eğri vardır. Benim inandığım şeyler doğru, onların inandıkları batıldır.[1] Anladın mı? Yoksa sen de mi o soytarının arkasına gizlenen sefillerdensin?

— ....

— Cevap ver.

— Vermeyeceğim. İstediğiniz şeye inanın, elinizden geleni yapın... Anlaşıldı mı?

Kafa tutan bir Hilmi... Âdetâ peltekliğini unutan, sert ve sarih[2] bir erkek!

— Eğer inansam sen şimdi Tevfik'in yanında olurdun, Hilmi Bey. Fakat sen o kadın kıyafetine giren herifin cesaretini gösteremezdin. Onun çektiklerini çeksen... Muzaffer'in pençesini kulağının tozunda bir duysan ananı babanı ele verirdin, el ayak öper yalvarırdın... Seni tavşan yürekli, murdar[3] tabansız seni!

Babalık oğulluk bağları koptu, ayrıldı, hürmet ve terbiye efsaneleri duman gibi savruldu. Birbirlerinin boğazına atılmak isteyen, birbirini yakmak isteyen iki düşman erkek oluvermişlerdi. İhtiyarın elleri yanında duruyordu. Çünkü karşısındakini, el kaldırmaya bile, dövülmeye bile layık görmüyordu. Gencin yumrukları havada...

1. Yanlıştır.
2. Açık.
3. Kötü.

— Hilmi, sen odana çekil, ben babanla yalnız konuşacağım.

İki dakikadır kapıda değneğine dayanmış duran kadını ikisi de görmemişlerdi. İkisi de ayıldı ve kendilerini biraz topladılar.

Kadının sesinde, yarım saat evvel Hilmi'ye yalvarırken gösterdiği aczden[1] eser kalmamıştı.

Hilmi –hâlâ gırtlağını parmaklarıyla çekip koparacak kadar– babasından nefret ediyordu. Fakat anasına eğildi, çıktı gitti.

1. Güçsüzlükten.

26

İkinci Mabeyinci lâkırdıyı açtı:

— Demek Tevfik hâlâ kimin kendisini postahaneye gönderdiğini söylemiyor. Belki de kendi hesabına gitti.

Selim Paşa başını salladı.

— Tanısanız böyle demezdiniz. Aklı bir şeye ermeyen bir Karagözcü, cahil bir mahalle bakkalı. Hayır, hayır... Arkasında başkaları var.

— Zâti Bey onun, hayal oynatırken büyükleri taklit ettiğini, efkârı teşviş eden[1] ince imâlar yaptığını söylerdi. Bu, onun çok kurnaz olduğunu göstermez mi? Belki sadece hilekâr, zeki bir anarşist.

— Zâti Bey mezmum[2] âdetlere dair kim bir ima yapsa üstüne alınır... Yapanı sürmeye kalkar. Altı yüz senedir hayal oyununda bu taklitler, bu imalar olagelmiştir.

Bir zaman ikisi de sustu, sigara dumanlarını seyrederek kendi kendilerine düşündüler. Sonra Selim Paşa son günlerde âdet edindiği tefelsüfe[3] başladı:

— Herifin kalbi kadın gibi... Kafası da öyle. Devlet, hükümet, siyaset, padişah... Bunlardan bir şey anlamıyor.

1. Düşünceleri karıştıran.
2. Yerilen.
3. Felsefi yorumlara.

Karşıma aldım konuştum. Karınca kadar ehemmiyeti[1] olmadığını kafasına sokmaya çalıştım. Ferd, bir buğday tanesi; hükümet ve devlet, bir değirmen... Onlar her taneyi ezer, istediği şekle sokar. Garb'ı taklide başlayalı, çürük fikirlerini kendimize mal etmeye yelteneli bu hikmeti unutuyoruz. Sözüme mim yapıştırın,[2] Beyefendi. Farzı muhal olarak[3] Genç Türkler bir gün hükümete gelseler onlar da bizim kadar, belki bizden fazla ferdi ezecekler!

Paşa terini sildi. Gözleri uzaklara daldı. Kendisiyle beraber göçmeye mahkûm fakat köhne[4] bir devlet makinesinin hayalini seyrediyor gibiydi. Fakat bir dakika sonra aynı mevzua[5] başka bir cepheden girdi:

— Kadınlar... Kadınlar isabet ki devlet işine girmiyorlar. Çünkü hiçbiri bu hikmeti anlayamaz. Akıl eksikliğinden değil ha! O kadar perde arkasından icra-yı hükümet[6] eden kadın geldi geçti. Hepsinde bizim Tevfik gibi hissine mağlup olan bir şey var. Mesela Tevfik adî bir soytarı olsa çoktan itiraf ederdi. Kuvvetli bir erkek olsa bir kadın gibi ağlamazdı. İkisi de değil. Gözpatlatan'ın yumruklarına dayanıyor, ağlıyor, kendinden geçiyor, gene sevdiği bir adamın sırrını ele vermiyor. Kadınlar da böyle. Mesela bizim hanımı alın... Sadrazam oldu farz edin... Emin olun bugünkü sadrazamdan daha dirayetle[7] idare eder. Fakat bir de vazifesiyle analık hissi karşı karşıya gelsin, değil idare ettiği devleti, kâinatın bütün devletlerini eliyle yıkar.

1. Değeri.
2. Üstünde durun.
3. Sayalım ki.
4. Eskimiş.
5. Konuya.
6. Hükümet yöneten.
7. Zekice.

Mabeyinci'nin dudaklarında, biraz Vehbi Dede'yi hatırlatan derûnî[1] bir gülümseme belirdi.

— Aşk ahlakı! Kim bilir, belki istikbalde insan müesseselerinin nazımı[2] o olur... İnşaallah olsun.

Sustu. İhtiyarın içini yiyen kurdu çıkarmak istiyordu. Dost ve ilk defa teklifsiz bir tavırla:

— Niçin mutlak, oğlunun mücrim olduğuna inanmak istiyorsun, birader, dedi.

Paşa'nın son günlerde bir kartal iskeletine benzeyen kuru yüzü üzüntüden, uykusuzluktan âdetâ yeşil bir renk almıştı. Fakat Mabeyinci'nin son sözleri elmacık kemiklerine iki kırmızı humma mıntakası uyandırdı.

— Beyrut'tayken ben de masumiyetine inanır gibi olmuştum. Ah gene inanabilsem! Bilseniz şimdi nasıl iki can düşmanı olduk. Fırsat buldukça Tevfik'in istintakta çektiklerini anlatıyorum. Zerre kadar erkek vicdanı olsa itiraf eder, diyorum. Dişleri kilitleniyor, gözleri dönüyor fakat itiraf edecek yerde beni tahkir ediyor. Hattâ bir defa el bile kaldırmasına ramak kaldı... Bana... Babasına! Bilseniz artık evim bir cehennem. Kırk senelik ayalim,[3] o sakat hatun yüzüme bakmaz oldu. Kahrından ölecek. Tevfik'in kızı, kendi evlâdım gibi büyüttüğüm çocuk konağa ayak basmıyor. Ben ne yaptım? Dünyanın umacısı oldum. Dine, devlete hürmet için evlâdını bile fedâya hazır bir emektar bu muameleye layık mıdır?

Dudaklarını kıstı, sustu. Devam etse bütün metaneti eriyecekti. Yüzü eski çetin, yavuz Zaptiye Nazırı maskesini takındı. Ayağa kalktı. Mabeyinci de kalktı.

— Mevkûflar[4] için ne düşündüğümüzü Padişah'a

1. İçten.
2. Düzenleyicisi.
3. Eşim.
4. Tutuklular.

arz etmek zamanı geldi, Selim Paşa. Tevfik'i itiraf ettirmek için daha fazla uğraşmak beyhude...[1]

Paşa bir zarf uzattı. Kısaca:

— Maruzatım,[2] dedi.

Mabeyinci Padişah'ın mevkûflar hakkındaki iradesini çarşamba günü Selim Paşa'ya tebliğ etti.[3]

Büyük rütbeli, küçük rütbeli memurlar, bu sefer sayısı çok olan talebe karmakarışık sürülüyor, yarısı Trablus'a, yarısı Yemen'e gönderiliyordu. Gerçi tahkikatta,[4] mektupta isimleri zikredilenlerin, kıyama[5] hazırlandıkları tebeyyün etmemişti.[6] Fakat bunlar İstanbul'dan def edilmezlerse Padişah'ın fikri sükûn bulmayacaktı.[7] Devletin temel taşı, din ve devletin biricik mümessili olan bu zatı âlinin sükûnuna varsın birkaç, hattâ birkaç yüz ferd fedâ olsun! Selim Paşa da böyle düşünüyordu.

Tevfik Şam'a sürülüyordu. Şehirde serbest bırakılacaktı. Paşa memnun oldu. Fakat onu öteki sürüden ayıran atıfetin[8] nereden geldiğini merak etti. İkinci Mabeyinci:

— Padişah oğlunuza karşı aldığınız bitarat[9] vaziyetten mahzuz oldu.[10] Hem vicdanınızı müsterih kılmak[11] hem de Hilmi Bey'in muzır edebiyata karşı nabeca[12] he-

1. Boşuna.
2. Mevki, makam veya yaş bakımından büyük birine sunulan, bildirilen dilek veya bilgi, sunut.
3. Bildirdi.
4. Soruşturmada.
5. Darbeye.
6. Belli olmamıştı.
7. Durulmayacaktı.
8. İyiliğin.
9. Tarafsız.
10. Hoşlandı.
11. Rahat ettirmek.
12. Yersiz.

vesini kırmak için bir çare düşündü.

Paşa kendi kendisine:

— Acaba bu mukaddime neden icab etti.[1] Hilmi'ye ne yapacaklar, diyor, fakat susuyordu. Mabeyinci devam etti:

— Padişah Hilmi Bey'i Şam Vali Muavini tayin buyurdular. Tabiî fahrî bir muavinlik. Hilmi Bey bir zaman için şehirde ikamete mecbur. Padişah sizi memnun etmek için yakında gençliklerine atfettikleri bir kusuru affedecek, başka bir memuriyete tayin buyuracaklar.

Selim Paşa'nın vicdanı hakikaten biraz müsterih oldu.[2] Öteki sürgünlerin kusuru Hilmi'ninki kadar bile meydana çıkmamıştı. Fakat buna rağmen boğazı kurumuş, elleri buz gibi olmuştu. Mabeyinci gene devam etti:

— Bunların hepsi yarın erkenden irkab edilmeli,[3] idarenin Şevket-i Derya'sını tahsis ettireceğiz. Lütfen siz icabına bakın. Hünkâr cuma selâmlığına çıktığı zaman, vapur Boğaz'ın dışında olmalı.

Selim Paşa hâlâ susuyordu.

— Tabiî hazırlık yapmak, ailelere haber vermek istersiniz. Kimse ailesini beraber götüremeyecek, vapur hareket etmeden evvel aileler vapura gidebilir. Hünkâr her şeyin sükûn içinde cereyanını[4] temin etmenizi irade buyurdular.[5]

Paşa resmî bir temenna etti:[6]

1. Gerekti.
2. Rahatladı.
3. Bindirme, bindirilme.
4. Olmasını.
5. İstediler.
6. Elini başına götürerek selam verdi.

— Zatı Şâhâne'nin[1] emirleri harfiyen icra edilecektir,[2] dedikten sonra kapıya yürüdü.

Bugün arkası âdetâ iki büklüm olmuş gibiydi, fakat kafa hâlâ o müteazzım[3] kafaydı.

Mabeyinci kapıya kadar geldi:

— Terfiini[4] münasip[5] gördüğünüz memurları inha ediniz,[6] dedikten sonra, elini Paşa'nın çökük omzuna koydu. Gözlerinde ve sesinde gene Vehbi Dede'yi andıran içinden gelen bir yumuşaklık vardı:

— Pek içine koyma, Paşa. Hepimiz geçici birer gölgelerden başka bir şey değiliz, dedi.

Paşa Saray'dan çıkarken mağrur[7] dudakları acı acı bükülmüş:

— Mabeyinci gelsin de Sabiha'ya oğlunun bir gölge olduğunu anlatsın bakayım, diyordu.

Yıldız'ın uzun bir yılan gibi kıvrılan beyaz tozlu yollarından arabasının siyah atları uçar gibi inerken o, karısını, bilhassa[8] karısının çok çocukça bir hareketini gözüyle görüyor gibiydi. Her akşam kadın beyaz elini oğlunun yakasının içine sokar, arkası nemli olup olmadığını tetkik eder,[9] çamaşır değişmesinde ısrar eder ve mutlak bir fincan sıcak ıhlamur içirirdi.

Daireye gelir gelmez bin beygirli bir dinamo gibi faaliyete geçti. Evvelâ Şevket-i Derya'nın denize çıkabil-

1. Padişah'ın.
2. Yerine getirilecektir.
3. Büyüklük taslayan.
4. Yükselmesini.
5. Uygun.
6. Tayin ediniz.
7. Gururlu.
8. Özellikle.
9. Kontrol eder.

233

mesini temin etmek lâzımdı. Kaç zamandır Haliç'te teknesi midye bağlamıştı. Vapurun kaptanı Galata meyhanelerinin birinde, tayfaları Kasımpaşa'nın muhtelif köşelerinde arandı, bulundu. Her şey hazır olunca Paşa eve döndü.

Aklı Hilmi'de, daha doğrusu oğlunun sürgün gibi Şam'a gideceğini anlatmaya mecbur olduğu Sabiha Hanım'daydı.

Evvelâ Hilmi'yi odasına çağırdı:

— Zatı Şâhâne seni Şam Vali Muavinliği'ne tayin buyurdu, dedi.

— Beni af buyursunlar. Vali muavinliğin de arzum[1] yok, liyakatim[2] de yok.

— Orası malûm. Fakat liyakate lüzûm yok, hattâ iş bile yok. Maliye'deki kâtipliğinden[3] farklı değil. Bir devamdan ibaret.

— Yani paşa oğullarına mahsus bir sürgünlük...

Hilmi'nin dudakları ne kadar müstehzî, ne kadar acıydı!

— Paşa oğlu olduğuna şükret. Ötekiler Yemen'e ve Fizan'a gidiyor!

— Tevfik nereye gidiyor?

— O da Şam'a...

Hilmi, göğsünün üstünden bir çeki taşı kalkmış gibi hafifledi. Orada kendi yüzünden mağdur[4] olan bu zavallı adama çektirdiklerini unutturacak, belki Rabia'yı da aldıracaklar... Âdetâ acele ile:

— Ne zaman hareket ediyoruz, diye sordu.

1. İsteğim.
2. İşi becerebilme yeteneğim de.
3. Yazmanlığından.
4. Haksızlığa uğramış.

— Seni ben yarın sabah çatana[1] ile vapura yollarım. Emir verdim, kamaranı bu akşam temizleyecekler.

— Hangi vapurla gidiyoruz?

— Şevket-i Derya ile.

Hilmi sarardı.

— Kadıköyü'ne geçerken bile beni deniz tutar, o kırık tekne ile Bahrisefid'i[2] nasıl geçersin? Annem o kırık tekne ile sonbaharda denize çıkacağımı duyarsa yüreğine iner.

— İstisna yapacak değiliz ya... Hem Şevket-i Derya'yı neden beğenmiyorsun? Yirmi senedir Yemen'e asker ve sürgün taşıyor!

Hilmi cevap vermedi, odadan çıkmaya hazırlanıyordu.

— Seni gitmeden önce görmek isterim, Hilmi.

— Ne lüzûmu var, Efendim? Emirlerinizi şimdi verdiniz. Ben birkaç dosta veda için sokağa çıkacağım.

— Evden doğruca vapura gideceksin, daha evvel çıkamazsın.

— Ya... Pekâlâ... Öyle ise beni akşam annemin odasında bulursunuz.

Bu peltek, bu kansız oğlana bu vakar[3] birdenbire nereden gelmişti:

— Sen annene haber vermeden gitsen, ben sonra anlatsam, olmaz mı?

— Duasını almadan gidemem!

— O halde paraya ihtiyacın olacak...

Paşa döndü, oğluna şişman, kırmızı bir atlas kese uzattı. Hilmi'nin gözleri kendisine uzanan bu şişman keseyi görünce büyüdü, dudaklarından fırlamak isteyen

1. Küçük vapur, istimbot.
2. Akdeniz'i.
3. Ağırbaşlılık.

235

lâkırdıları kapatmak için titreyen elleri ağzına gitti. Bu kızıl kese... Bu, babasının bütün bir millete yaptığı zulmün ücreti!

Belki yarım saniye, belki daha ziyade iki taraf da donmuş gibi birbirine baktı. Hilmi'nin gözleri hâlâ büyümüş, beyazlarını da kırmızı bir renk kaplamıştı. Fakat konuşmaya başlayınca sesi sakindi. O kadar sakindi ki Selim Paşa ilk defa Hilmi'nin peltek olduğunun farkına varamadı.

— Keseyi cebinize koyunuz. Sizden artık para kabul etmek benim için mümkün değil. Babalık, oğulluk, bu rabıta bugün artık tamamen kopmuştur.

Hilmi, Selim Paşa'yı babalıktan reddetmişti, hüküm veren bir hâkim vakarıyla, kat'iyetle... Ve Selim Paşa ilk defa oğluna karşı içinden hürmet ve takdir hissetmişti. Yüzü bembeyaz, dudakları titreyerek arkasını çevirip giden genç adam çıkarken kapıyı bir ölü odası kapıyormuş gibi yavaşça çekti.

Kızıl kese parmaklarını yakan ihtiyar, odanın ortasında donup kalmıştı. Bu hakaretin kalbinde gazap ve isyan değil, sızı ve acı uyandırmasına hayret eder gibiydi. Fakat zihni tamamen başka şeye gitti. Akdeniz'in sonbaharlarda sık olan fırtınalarını düşünüyordu. Pencereye gitti, camı sürdü. Ilık ve yıldızlı bir gece... Gök mor mavi, hava tatlı, gül kokulu... Bir kadın mendilini kurutacak kadar bile rüzgâr yok.

27

Karanlık dağıldı. Şehrin üstü inci beyazlığında bir dumana bürünmüş. Minareler, kuleler, uçlu, uçsuz bütün şekiller rüyada görülen şeyler gibi uzak, silik. Suların kurşunî yüzü uykuda. İstanbul, gümüş sisli bir sabah rüyası görüyor.

Galata Rıhtımı... Üstünde siyah esvaplı adamlar, rıhtımın kenarında bir sürü sandal ve salapurya.[1] Kürekçiler kürekleriyle oynuyor, sabırsızlanıyor, siyah esvaplı adamlar uzaktan gelen araba seslerini dinliyorlar.

Birbiri ardınca bir sıra kapalı araba geldi, durdu. Siyah esvaplı adamlar araba kapılarını açtılar, içlerinden kara çarşaflı, eli bohçalı, çocuklu, çocuksuz kadınlar, birkaç ihtiyar erkek ve Mevlevî dedesi çıkardılar. Arabalardan çıkanlar birbirine sokuldular, elleri dolu olanlar omuz omuza, boş olanlar el ele, birbirine yapışıp kuvvet almak isteyen, canlı bir ıstırap kümesi gibi sandallara, salapuryalara indiler.

Rıhtımda ayak sesleri kesildi. Kayıklar kurşunî suların üstünde yayıldı, açıldı... Selimiye önünde demirleyen Şevket-i Derya'ya doğru yol aldılar.

1. Ticaret gemisi.

Sandal, salapurya filosunun ortasında, en büyük salapuryada Rabia, çocuğuna meme veren bir genç kadınla yan yana oturuyordu. Ayaz vardı. Vehbi Dede'nin harmanisi ikisini de birden sarmıştı. Rabia çocuğun, harmaninin altında "gluk, gluk" diye sütü yutuşunu duyuyordu. Karşısında sivri, beyaz sakallı, Tatar yüzlü zayıf bir ihtiyar korkulu bir rüyadan uyanmış gibi gözlerini açtı:

— Torunum, torunumu sürüyorlar, kâfirler, ocaklarına incir dikilesiler, diye bağırmaya başladı.

Harmaninin altında meme emen çocuk memeyi bıraktı. "Viyak... Viyak... Viyak."

Arkadaki sandalyede bir erkek çocuk bir kurt yavrusu gibi uluyordu:

— Baba... Baba... Babamı isterim.

Gene herkes sustu. Beyaz sakallı ihtiyarın çenesi oynuyor, içine çöken dudakları kımıldıyor, kürekçiler kürek çekiyor... Sonu gelmeyen bir gidiş...

Nihayet Şevket-i Derya'ya sandallar ve salapuryalar birer birer yanaştı. Siyah esvaplılar, siyah çarşaflıları dingildeyen[1] iskeleden vapura ite ite çıkardılar. Erkek çocuklar birer maymun gibi tırmandı, kız çocuklar sümüklerini ve içlerini çeke çeke, ağlaya ağlaya tırmandılar.

Merdivenin başında yırtık paçalı, püskülsüz fesli, yalınayak bir tayfa duruyordu. On senedir Şevket-i Derya'da Yemen'e, Trablus'a sürgün, asker götüren bir tayfa...

Ağzını açtı ve sövdü. Uzun kafiyeli, mutantan[2] bir küfür silsilesi: Çoluk çocuk, kadın ihtiyar, sürü sürü çaresizleri, kimsesizleri seher vakti Şevket-i Derya'ya sürükleyenlere; kara çarşaflı matem kümesinin evlâdını, ayalini, babasını, kardeşini dünyanın dört bucağına sa-

1. Sallanarak ses çıkaran.
2. Düzenli.

man çöpü gibi dağıtanlara; ev bark yıkmayı, ocak söndürmeyi iş edinip onunla para kazananlara!

Küfür sağanağı geçmiş yıllara döndü, zulüm bezirgânlarının[1] ecdadına, ecdadının ecdadına, ta Âdem Baba'ya ulaştı. Küfür sağanağı gelecek yıllara doğru esti. Zulüm bezirgânlarının sülalesinden sülalesine, insanlara eziyet edecek olan ta en son zalime dayandı.

Şüphesiz ki bu küfür kaidesi Padişah'a ve onun etrafındaki büyüklere râciydi.[2] Fakat siyah esvaplılar, "bir mesele çıkartmamak" için emir almışlardı. İşitmemezliğe geldiler.

Güvertede kargaşalık ve gürültü ayyuka çıkıyordu.

Rabia biraz şaşkın, salapuryada arkadaş olduğu çocuklu tazenin kocasıyla buluşmasını seyrediyordu. Fakir bir genç memurdu galiba... Üstü başı düşük, zayıf bir adam... Kayıkta çocuğu uyandıran Tatar yüzlü, beyaz sakallı adamın sakalı havada buruşuk elleri sayıklıyor gibi gene bağırıyor...

— Ocaklarına incir dikilesiler.

Genç bir Tıbbiye talebesi, ihtiyarın ellerini aşağıya çekiyor, sağır kulağına:

— Efendi Baba, bayrama bizi affederler, bayrama olmazsa cülûsa,[3] diye bağırıyordu.

Meşhur küfrün sahibi tayfa, şimdi elinde kırık bir toprak testi, halka su dağıtıyor, çocukların çenesini okşuyor, ihtiyar kadınlarla şakalaşıyor. Fakat bu kıyametin ortasında acaba Tevfik neredeydi?

Nihayet Rabia'nın gözü onu da buldu. Kocasına güvertede yer yapmaya uğraşan, şişman bir kadının çocuğunu kucağında oyalamaya çalışıyordu. Rabia'yı görünce

1. Tüccarlarının.
2. Yönelikti.
3. Tahta oturma yıldönümüne.

çocukla koştu. Baba kız çocuğu aralarında ezerek, çığrı-
şarak birbirlerini kucakladılar. Kadın koştu, çocuğunu
kaptı.

Tevfik'in sakalı çıkmış, yanakları çökmüş, gözlerinin
etrafı mosmor olmuş. Baba kız konuşmaya vakit bulma-
dan kaptan köprüsünden kaptanın sesi bir borazan gibi
öttü:

— Çabuk olun... On dakika sonra kayıklara!

Rabia, Tevfik'in göğsüne mendilden toparlak bir çı-
kın yerleştirdi. Bu, dükkânın son bir aylık kazancıydı.

Sonra, o da babasına, şişman kadının kocasının ya-
nında, güvertenin ortasında bir yer yapmaya başladı.
Rakım'ın terleyerek sürüklediği sepetleri yerleştirdi.

— Dolma var, zeytin, peynir, söğüş var... Şam'a gi-
dince bize yaz.

— Vay ben Şam'a mı gidiyorum?

Kimse henüz nereye sürüldüğünü bilmiyordu. Her-
kesin zihninde klasik menfa[1] yerleri, Yemen ve Fizan he-
yulaları[2] dolaşıyordu.

O gece Vehbi Dede, Rabia'ya gelmiş, babasının
Şam'a gideceğini haber vermiş, kızın zihnini de, elini de
Tevfik'in çamaşırı ve yemeği ile bütün gece meşgul et-
mişti. Ve tanyeri ağarır ağarmaz onu Rakım'la arabaya
sokmuş, rıhtıma getirmişti.

Vapura bir çatana yanaştı. Kaptan sesi bir daha hü-
cum borusu gibi öttü:

— Haydi kayıklara...

Siyah esvaplılar güverteye geldiler. Siyah çarşaf kü-
mesini bir daha ittiler, kaktılar.

Memedeki çocuk gene viyakladı. Küçük oğlan kurt

1. Sürgün.
2. Korkunç hayalleri.

240

yavrusu gibi uludu, ihtiyar bedduasını sayıkladı, kız çocuklar sümüklerini çeke çeke ağlaştılar. Güvertedeki insan dalgası kabardı, çalkalandı. Gene o ıstırap kümesi el ele, omuz omuza, sırt sırta salapuryalara, sandallara indiler.

Güvertede erkekler canlı bir ehram[1] gibi birbirinin üstüne yığıldı, açılan salapuryalardan rengârenk mendil salladılar...

Sular uyanmıştı. Küreklerin altında, sandalların böğründe çırpıntılar, şıpıltılar vardı. Denizle güneş oynaşıyor, bir tarafa lâl[2] ışıkta mor adalar, öbür tarafta yarım ay şeklinde İstanbul Limanı...

Kayıklar İstanbul'a yollandı. Ses seda kesilmişti. Siyah çarşaflılar, gözleri yarım kapalı, elleri gökte uzun uzun bir şeyler okudular, sonra başlarını çevirip Şevket-i Derya'nın olduğu yere doğru üflediler.

Rakım, Dede'ye sordu:

— O da Şam'a sürülüyor, Tevfik'e arkadaş...

Rabia:

— Ben de Dürnev Hanım'a hizmetçi olurum, dedi.

Vehbi Dede gözlerini denize çevirdi. Beyaz köpüklü, altın ışıklı, mavi sularda, birbirinin sırtından atlayarak, yuvarlanarak, oynayarak bir alay yunus balığı geçti.

Rakım:

— Tevfik benden Karagöz takımlarını istedi. Vapurda sanki "hayal" mi oynatacaktı, dedi.

Vehbi Dede dalgın dalgın cevap verdi:

— Hayal de insan gibi diyar diyar gezer, hey oğul!

(Birinci kısmın sonu)

---

1. Mısır firavunlarının piramit biçimindeki mezarlarına verilen ad.
2. Kırmızı renkli.

241

İKİNCİ KISIM

1

Bir sürü kocakarı, sabahtan akşama kadar kızın yakasını bırakmıyorlar. Güya avutacaklar, babasını unutturacaklar! Nerede? Tevfik'in ağucuk dediği günlerden başlıyorlar. Biri kesince öteki aldırıyor, ta adamın sürgüne gittiği güne kadar... Can olsun da dayansın; Rabia bir canlı cenazeye döndü.

Tevfik'in, vaktiyle Rakım tezgâha yetişsin diye, eliyle yaptığı yüksek iskemleye oturmuş, başını bir taraftan bir tarafa sallayarak anlatıyordu. Kapıdan giren ışık kafasına vurmuştu. Dükkânın loşlukları içinde o kafa fotoğrafla büyütülmüş gibi görünüyordu. Bütün buruşuklukları, hattâ göz kuyruklarında en ince çizgiler bile seçiliyordu. Peregrini'nin gözleri bu geniş ve mustarip[1] yüzdeki göz bebeklerinin hummalı ışıltılarına daldı.

Son cümle cücenin kuru boğazına takıldı, kaldı. Elleri ceplerini ve tezgâhın üstünü aradı. Parmakları titriyor, gözlerinin ışıltısı artıyordu. Peregrini cebinden sigara tabakasını çıkardı, uzattı.

— İki gündür sigarayı bıraktım, güya...

Parmakları tabakadan bir sigara kaptı, titreyerek du-

---

1. Üzgün.

daklarına götürdü ve misafirin çaktığı kibritle yaktıktan ve iki nefes çektikten sonra gene devam etti:

— Bundan böyle artık idare lâzım. Mirasyedilik sökmez. Tevfik'i Şam'da biz besleyeceğiz.

— Rabia Hanım para sıkıntısı çekecek mi?

— Dükkân işliyor. Belki çekmez. Bizim Tevfik'in veresiye illeti, alacaklılardan para istemeye yüzü tutmaması, işimizi bozuyordu. Şimdi artık bakkalbaşı ben oldum...

— Rabia Hanım, Selim Paşalara gidiyor mu?

— Gitmiyor. Aleyhlerinde de söyletmiyor. Dün Paşa kâhyasını yolladı. Aylık bağlamak istedi. Bizim kız kabul etmedi...

Sustu. Fakat yeni bir düşünce ile yüzünün birbirine sıkışan buruşuklukları açıldı. Her biri ayrı ayrı gülüyor gibiydi:

— Sabit Beyağabey de geldi. Hep dükkâna uğrar, ödünç para teklif eder. Herifin kömür deposu epeyce işlektir. Yazları da karpuz sergisinde kazanır. Neyse, iyi komşu.

Peregrini'nin kalın kaşları birbirine hücuma hazırlanan iki hamam böceği gibi çatıldı. Fakat sesi sakindi, azıcık müstehzî:

— Rabia Hanım'da gözü olacak.

— Hah, hah, hah. Amma da yaptın. Onun Rabia'dan ödü patlar. Kız istese, o, almaya korkar. Olsa olsa bizim Penbe Teyze'ye yanmış olacak. Tevfik gideli Penbe bizimle oturuyor. Fenâ da olmadı. Hem işe yarıyor. Hem de Rabia'ya bir can yoldaşı. Tuhaftır da ha!

Rakım'ın misafiri hâlâ başka şey düşünüyordu.

— Rabia Hanım iyi bir kocaya varırsa...

— Galip Bey gibi paralı ve adamakıllı bir kısmeti tepti. Hoş kimsenin de talip çıktığı yok ya. Yaş on sekizi buldu. Onun derdi günü Tevfik'e sürgünde sıkıntı çektirmemek.

Peregrini'nin keskin gözleri, dükkânın loş köşelerini tetkik etti:[1]

— Bu dükkân hepinizi besler mi?

— Besler.... Hele Rabia sık iş bulursa haydi haydi besler. Fakat bu günlerde kızın boğazı ağrıyor. İki Mevlid oldu, ilahi okumaya çağırdılar, gidemedi. Ne ilahi ne de şarkı söyleyecek hali var. Dut yaprağı yemiş bülbül gibi...

İki mum alevi arasında, beyaz örtüsünün çerçevesi içinde uzun, ince bir kız çocuğu yüzü. Bal rengi gözlerinin içinde yeşil ışıltılar. Büyücek penbe dudaklardan, gizli bir sıtma nöbeti gibi atan bir ses... Dünyaya insanları hâkim kıldığı için Allah'a sitem eden meleklerin ağzından söylüyor... Gene o ses, gene o ses... Kozadan kelebeğe doğru büyüyen bir mahlûkun aldığı değişik şekiller gibi, o ses de günden güne, seneden seneye değişmiş, derinleşmiş, insan yüreğini alt üst eden bir güzellik, bir mânâ almıştı. Peregrini'nin hafızası, geçen yıllarda bu sesin aldığı şekilleri işitti. Rabia, onun için sadece bir sesti, belki. Arada sırada hilkatin,[2] insanların kulağı, gönlü hoş olsun diye hediye ettiği bir ses. O nasıl kısılır? O melodi şelalesi nasıl kurur?

— Doktor çağırmalı, boğazını derhal göstermeli...

Peregrini'nin bu nevi coşkunluklarına pek alışık olan Rakım, artık dinlemiyordu. Rakım için Rabia, bir sesten çok başka bir şeydi. Kız onu dünyaya zincirleyen biricik insanî kıymetti. Hattâ Tevfik'den ziyade kızı o, bir köpeğin sahibini sevdiği gibi seviyordu. Onun hafızasında resmi geçit yapan Rabialar hiç de birer aksi sadâ[3] değildiler. Onlar o kadar canlı birer realite idiler ki...

Elinde sepet dükkâna ilk geldiği günden beri kaç yıl

1. İnceledi.
2. Yaradılışın.
3. Yankı.

geçmişti. O ne harikulade gündü ve ne harikulade günler geçti. Ta, ta Tevfik'i zaptiyede görmeye gittikleri o feci güne kadar Rabia'ya taalluk eden[1] hadiseler dimağında birbirini kovalıyordu. Paşa'nın dizlerinden kızı koparmak için çekerken onun zayıf omuzları nasıl hıçkırıklarla sarsılıyordu. Şimdi hâlâ parmaklarının ucunda, o sarsıntıyı hissediyordu. Bütün dünyanın gökleri bir araya gelse Rabia'yı onun çarpık çarpuk, cüce vücudundaki gönül kadar sevemez. Kendi kendine konuşur gibi diyordu ki:

— Ah bir kere ağlasa! Yaşları hep içine akıyor. Yüzünün birbirine o kadar yakın duran buruşukları açıldı. Fakat bu defa gülmek için değil. Bir şeye şaşmış gibi, açık ve ayrık yuvarlak gözlerinden yaşlar dökülmeye başladı. Kocaman kafası Peregrini'ye ağlayan bir cüce, eski bir resim gibi geldi. Sesi çıkmıyor, kımıldamıyor... Yaşlar dökülüyor, fakat yüzü, içindeki ıstırapla gaşyolmuş gibi...

Peregrini müteessir oldu.[2] Mutlak bir şey yapmak, Rakım'ı da, Rabia'yı da teselli etmek istiyordu.

— Vehbi Dede'yi bir göreyim de söyleyeyim. Sık gelsin, Rabia Hanım'a sözü geçer. Kederini unutturabilir.

— Vehbi Dede? Rakım'ın yüzü, gözyaşlarının arkasından sırıtıyor gibiydi.

— Vehbi Dede evliya gibi ama, insana huzuru,[3] Mevlid dinlemiş gibi hüzün veriyor. Rabia'ya bu günlerde böyle ağır şeyler lâzım değil. Kız avunmalı, unutmalı, gülmeli... Gözleri Peregrini'yi aradı:

— Akşamları arada sen bize gelemez misin? Rabia seni görünce hep neşelenirdi.

Peregrini'ye bu sözler, önünde beklediği bir yüce hisarın kapılarını açıyor hissini verdi. İçinde zafer vardı.

1. İlgilendiren.
2. Üzüldü.
3. Yanında bulunmak.

Demek o, Vehbi Dede'den ziyade bu harikulade çocuğun zihnini oyalayabilecekti. Bir daha gelirken Rakım'a mutlaka koca bir kutu kalıp sigarası getirecekti. Dünya kuruldu kurulalı bu kadar hikmet[1] söyleyen bir cüceye sanat kitaplarında bile tesadüf edilemezdi.

— Yarın akşam gelirim, bu civarda dersim var.

Fakat ertesi akşam dersinden sonra Sinekli Bakkal'a uğramadı. Yemeğini yedikten sonra gece Vehbi Dede'ye oturmaya gitti.

Şahinağa Sokağı'nda, Galata Mevlevîhanesi[2] civarında, küçük bir sokakta, büyük bir bahçe içinde ahşap bir ev. Sokağın iki tarafı bahçe içinde küçük küçük evlerin bahçe duvarlarıyla kaplı. Kaldırımlar bozuk, fakat tepede bir ay var. Onun için Peregrini zahmet çekmeden yolunu buluyor, kafası kendi düşünceleriyle meşgul olabiliyordu. Düşüncesinin bir tarafı, ona, kendini zavallı bir kıza yardım etmek isteyen yaşlı bir dost gibi gösteriyor. Öbür tarafı, on sekiz yaşında bir kızın derdiyle bu kadar dertlenmeyi şüpheli görüyor.

Vehbi Efendi'yi kırmızı bir bakır mangalın önünde buldu. Beyaz pöstekisinin[3] üstüne bağdaş kurmuş, oturuyordu. Yanındaki rahlenin üstünde yeşil kaplı, sarı yapraklı *Mesnevî*'si açılmış. İki büyük mum yanıyor. Fakat o okumuyordu. Harmanisi omuzlarına atılmış, ağzında bir sigara, gözleri ateşe dalmıştı. Peregrini onu süzülmüş buldu. Gözleri her zamanki dost tebessümüyle piyanisti karşıladı, karşısında yer gösterdi.

Bir zaman konuşmadılar. Altı seneyi geçen dostlukları, onları bir araya gelince mutlak lâkırdı söylemek

1. Yerinde söz.
2. Galata'da bugünkü Beyoğlu, Tünel'de 1491'de kurulan İstanbul'un en eski Mevlevî tekkesi. Günümüzde Divan Edebiyatı Müzesi'dir.
3. Koyun veya keçi postunun.

mecburiyetini hissettirmeyecek kadar birbirine alıştırmıştı. Peregrini bir zaman Dede'nin uzun takkesiyle, harmanisinin beyaz duvardaki gölgesini seyretti. Dede, arada gözlerini misafirine kaldırdı, bir şey söyleyecekmiş gibi dudakları kımıldadı, fakat bir şey söylemedi. Peregrini'nin gelişine memnun olmuştu. Metafizik[1] münakaşalar[2] açacak, dervişin fikrini meşgul edecek ve belki onunla münakaşa ederken dervişin fikri o aralık saptığı çıkmazdan kurtulacak bir yol bulacaktı. Çünkü Vehbi Dede, Tevfik'i teşyi ettiği[3] günden beri bir buhran geçiriyordu. On beş senelik bir riyazet[4] ve fikir mücadelesinden sonra kurabildiği hayat felsefesi zaman zaman böyle sarsılırdı.

Kâinat Halik[5] ressamın mütemadiyen çizip bozduğu, kendisiyle beraber her an baştan yarattığı hayaller ve gölgeler geçidi! Buna inandıktan sonra herhangi hayat fırtınasını sükûnetle seyretmesi lâzım gelirdi. Halbuki bazân bu gölgelerin öyle ezelî[6] ıstırapları var ki... Bu insan yığınının öyle hakiki faciaları vardır ki... Vapurdaki manzara onun derûnî muvazenesini[7] sarsmıştı. Yeni baştan düşünmek, eski sükûnunu, sual sormayan imanını bulmak lâzımdı.

Piyanist, doğrudan doğruya gündelik ve insanî bir mesele konuşmaya gelmişti.

— Dün Rakım'ı gördüm, diye başladı ve cücenin Rabia için söylediklerini biraz daha mübalağa ile anlattı.

1. Doğaötesi.
2. Tartışmalar.
3. Uğurladığı.
4. Nefsin isteklerini kırma.
5. Yaratıcı.
6. Sonsuz.
7. İçsel dengesini.

Gözleri mangalın ateşinde, kulakları Dede'nin cevabını bekledi. Fakat Dede bir şey söylemedi.

— Bunları anlatıyorum, çünkü hatırımda kaldığına göre insanlar, bilhassa kadınlar, kederli oldukları zaman ruhanîlerin[1] tesellisine muhtaçtırlar. Mesela annem... Kiliselerin kuytu köşelerinden ayrılmazdı... Galiba her hafta da günah çıkartırdı.

Ses, müstehzî olmak istedi, olamadı. Kafasında yanan ateşteki hayal içini sızlattı. Kederli kadınlar kafilesi... Başında anası, sonunda Rabia... Ortadakiler silik ve müphem[2] birer tayf...[3] Yalnız anası ve Rabia yaşıyor. Sabırsız, âdetâ hırçın:

— Niçin cevap vermiyorsun, dostum, dedi.

— Düşünüyordum. Sen bir Hıristiyan ve Avrupalı kafasıyla düşünüyorsun. Bizde ruhanîler diye bir sınıf pek yoktur. Allah'la ferd[4] arasında vasıta[5] lâzım değildir... Her ferd ancak kendi arzusuyla Allah'a dahil olur,[6] teselli ve sükûn bulabilir.

— Bu işin nazariye[7] tarafı... Fakat siz de bizim kadar ruhanîler nüfuzu[8] yok mu, sanki... Tekkelere bir bak. Bana geliyor ki dinlerin, bilhassa Katolik dininin en çok çocuk ve saçma görünen tarafı insanların en çok bağlandıkları taraf. Mesela günah çıkartmak. Kendi hesabıma günah varsa onu papazın da, Papa'nın da çıkaramayacağından eminim. Fakat içimi rahatsız eden bir şeyi birisine

1. Din adamlarının.
2. Belirsiz.
3. Hayal.
4. Kul.
5. Aracı.
6. Ulaşır.
7. Teori.
8. Etkisi.

mutlak kendimden kuvvetli birisine söylemek isterim. Mesela sana... Belki biraz annemin ruhunun rehberi olan bizim aile papazına biraz benzemenden... Her ne ise, şu dakikada sana söylemek istediğim bir şey var...

Vehbi Dede'nin açık kaşlarının ortasında bir çizgi belirdi, dudakları kısıldı. Peregrini onun elini uzatıp itiraf edeceği şeyi söyletmemek için ağzını kapayacağını zannetti.

Kısmen içini dökmek ihtiyacından, kısmen de Vehbi Dede'ye yapacağı tesiri anlamak merakından acele acele lâkırdısında devam etti:

— Mesela, Rabia Hanım için arada içime gelen garip his... Âdetâ âşık oldum gibi gülünç bir fikre kapılıyorum. Sonra bunun fikir halinde bile bir günah olacağını zannediyorum. Bunu sana kaç defa söylemek istedim...

Sustu. Dede'nin yüzüne baktı. Kaşlarının arasındaki çizgi geçmiş, dudakları eski sükûnunu bulmuştu. Gözlerinde çok hafif bir istihza da vardı.

— Günah diye düşündüğün hata... Sevmek hiçbir zaman günah değildir. Sebebi vücudumuz[1] bu... Biliyorum, bir şeyler söylemek istiyorsun. Evet, sevmenin de marazi[2] tarafı olabilir. Fakat o da gelir, geçer... Ona galebe[3] kendi elinde. İnsan cambaz olmak için vücuduna akla gelmeyecek marifetler yaptırıyor. Ruhuna da riyazetle,[4] irade ile tahakküm edebilir.[5] Emin ol bir gün bu perhiz, bu riyazetten dolayı insan mükâfatını[6] da görür. Gönlünün eski alevlerine, karlı dağdan volkan seyreden serin bir gönülle bakar.

---

1. Varlığımızın sebebi.
2. Hastalıklı.
3. Üstün gelmek.
4. Perhizle.
5. Hükmedebilir.
6. Ödülünü.

— Sen hiç sevdin mi?

— Sevmesem insan olmam. Her zaman severim, hem de ne kadar çok...

— Bu iptidaî[1] bir şey... Kimse kimsenin olamaz. Eşya bile bizim değil. Yani senin dediğin mülkiyet[2] insan için de, eşya için de olmamalı. Sevdiğimiz her şey esasen[3] bizimdir. Kalbimizin içindedir. Ona o kadar sahibiz ki, dünyanın orduları kalbimizden onu koparıp atamaz...

Peregrini içinden "İnsanların geçtiği ihtiras merhalelerini böyle bir zihniyete nasıl anlatmalı..." dedi ve sustu.

— Sen evlenmelisin, Peregrini. Bekârlık herkes için iyi bir şey değil. Hem sen aile içinde yaşamak için yaratılmış insanlardansın.

— Hayatıma bir daha kadın sokmak istemem.

— Niçin?

Peregrini'nin kafasında yine eski tayflar harekete geldi. Evvelâ on altı yaşında iken, kadının ve cinsiyetinin kudretine kendini kapıp salıverdiği günlerdeki kadınlar... Bunlar annesinin genç hizmetçileri. Sonra yeni yetişen erkek çocuklara düşkün, işsiz, güçsüz zengin isterik kadınlar... Bunlar hep Madrid günlerinde; hayat sofrasına bir köylü iştahıyla oturduğu, patlayıncaya kadar kendini zevke bıraktığı günler... Yirmi dört yaşında aşk ve cinsiyet ziyafetlerinden ne derin bir istikrahla kalkmıştı. Bu günleri düşünürken Vehbi Efendi'nin gözlerinin yüzünü nasıl tecessüsle tetkik ettiğini görmedi, yalnız onun mülayim sesinde şahsî bir alâka ile sorduğu suali duydu.

— Altı senedir tanışıyoruz. Kimsin, nesin bilmiyorum. Bir anladığım şey hayatını kazanmak için çalışmaya mecbur olan sınıftan olmadığın.

1. İlkel.
2. İyelik.
3. Aslında.

— Çok ferasetlisin,[1] yani beni işsiz güçsüz, şımarık bir asilzade sınıfından addediyorsun!

— Sınıfınızın alâmetleri her memlekette bir... İstediğiniz şeyi, bahasına bakmadan elde etmek isteyen bir sınıf. En çok merak ettiğim şey de bu mizacınla niçin ve neden manastıra kapandığındır.

Müstehzî bir sesle başladı. Dede'nin yüzündeki ciddi alaka ile eridi ve bir çocuk sadeliği ile geçmiş hayatını anlattı.

Bir İspanyol grandisinin[2] oğluydu. Madrid'de doğmuş ve büyümüştü. Babasını bilmiyordu. Anası onu büyütmüştü. Baştan nihayete kadar zıd ihtirasların[3] elinde şekilden şekile giren bir adamdı.

— Herkesin güya iki şahsiyeti olurmuş, benimki üçtür.

— Herkesin iki, üç değil yüzlerce şahsiyeti vardır, Peregrini.

— Ben üçünü bilirim. Birincisi dimağım.[4] (Eliyle kafasına vurdu.) Orada oturur. Hayat sofrasına benimle hiç oturmaz. Fakat dâima baş ucumda duran, beni seyreden, tenkid eden[5] bir müşahittir.[6] O, beni Darülfünun[7] salonlarında, kütüphanelerde, her nevi bilgi kaynağı etrafında sürükledi. O, maddî zaaflarımla eğlendi, her şeyden şüphe etti, bir şeye inanmadı. Kilise lisanıyla,[8] içimdeki ezelî şeytan! İkincisi ruhum. Yeri vücudumun nere-

1. Anlayışlısın.
2. (İsp.) *Grande*. Nüfuzlu veya soylu kimse.
3. Tutkuların.
4. Beynim.
5. Eleştiren.
6. Gözlemcidir.
7. Üniversite.
8. Diliyle.

sinde bilmiyorum. O dimağının soğuk tahakkümüne[1] boyun eğmez. Beni sanatkâr yapan, mûsikîye bağlayan, güzelliği sevdiren, dinsiz olduğum vakit bile beni gene bir şeye taptıran kudret odur.

— Üçüncüsü kalbim. (Eliyle sol tarafına vurdu.) Onun yerini pekâlâ biliyorum. O, ne dimağı ne de ruhu tanır. Sevgi ölçülerinin ne çirkinlik ne de güzellikle alakası vardır. İyilik fenâlık ölçülerinin adaletle, mantıkla hiçbir münasebeti[2] yoktur. Sebepsiz sever, sebepsiz nefret eder, sebepsiz iyilik, sebepsiz fenâlık eder. Tamamen kendi başına buyruk bir kudret. Onun bir tek hâkimi[3] oldu: Annem (Vehbi Efendi'nin yüzüne baktı gülümsedi). Görülecek bir kadındı. İpince, upuzun. Kafası eski bir madalyon gibi. Her hareketi kendine mahsus... Dâimâ başında siyah bir İspanyol danteli örtülü hatırlarım. Hep loş yerlerde dolaşır, dua eder. Dünyası onun kilisesinin içindeydi. Onu, onu unutmak için kalbimi kökünden söküp atmak lâzım gelse, hiç tereddüt etmem.

— Niçin?

— Çünkü beni sevgisiyle, diniyle mahvetti. Dinin haricinde hiçbir ihtirasa boyun eğmez, eğenleri anlayamazdı. Mesela mûsikî tahsili için Milano'ya gitmek istedim. Birçok itirazdan sonra kabul etti. Kendi de Madrid'deki konağımızı bıraktı, benimle beraber geldi. Milano'da yerleşti. Orada Madrid'den daha koyu bir kilise muhiti yaptı. Papa İtalyan'dır, diye İtalyan tabiyetine[4] geçti. Sen, dostum hiçbir zaman dindar bir Katolik kadınının zihniyetini anlayamazsın. Sizin kadınlar daha çok muvazeneli, daha çok dünya ile alâkadardırlar. Katolik

1. Baskısına.
2. İlişkisi.
3. Sözünü geçireni.
4. Uyruğuna.

Kilisesi benim anamın bütün varlığını emdi, içine aldı. Işıklı siyah gözlerine, çenesindeki iradeye, başının latif çizgilerindeki mânâya bakınca insan onda çok kuvvetli bir şahsiyet sezerdi. Fakat onun için, şahsiyet ve irade birer şeytan tuzağıydı. Kıymet verdiği şeyler hiç normal şeyler değildi. Dünyada mevki, kudret, ün ve şöhret bunlar birer hiç. Biricik oğlu için istediği itibar ve kudret hep bu dünyanın haricinde... Gözümü açtığım günden itibaren böyle bir iradenin, muhabbetin kurduğu ağ içinde yaşadım. Belki doğduğum gün beni manastıra kapamayı düşünmüştü. Fakat ben dünyayı bırakıp rahip olduğum zaman sırf annemin tesiriyle oldum da diyemem. Yirmi dört yaşında dünyada tadılacak haz kalmadığına emindim. Vücudunu her şeyden mahrum etmek, perhizkâr[1] bir hayat yaşamak, yalnız ruhu için yaşamak... İşte bunun için dünya kapısını kapadım, manastıra çekildim.

Kaşları gene birbirine hücuma hazırlanan iki kıllı böcek gibi çatılmıştı. Manastır günlerini tekrar yaşıyordu. Katı ve soğuk taşlar üstünde saatlerce dizüstü ettiği dualar, çan sesleri, günlük kokuları, org sesleri, kara taşları titreten derin ve uzun sesler! Sonra murakabeler,[2] ateşli mizacının en küçük hamlesini kırmak için bitip tükenmeyen riyazat![3]

— Dimağının tahakkümünden,[4] vücudunun suiistimalinden[5] sonra ruhunun sefahati[6] ha!

— Doğru. Fakat ruhanî sefahatten[7] de usandım. Ma-

---

1. Perhize uyan.
2. Tanrı'ya bağlanarak çile doldurma.
3. Nefsin isteklerini kırma.
4. Baskısından.
5. Kötüye kullanımından.
6. Eğlencesi.
7. Uçarılıktan.

nastırın kapısını kapadım, dünyaya döndüm. Annem tabiî[1] bir kadın olsaydı, ben de normal bir hayata dönerdim. İçimde yetişen bu üç zıd kudretin arasında bir imtizaç, bir ahenk hâsıl olurdu. Olamadı. Beni affetmedi... Şimdi o bir manastırda kapalı... Ne ise, bu memlekete geleli on beş sene oluyor. Emin ol, ilk defa ömrümde kendimi hür hissediyorum. Ne bir vazifem ne de bir bağım var. İstediğimi düşünüyor, dilediğim gibi yaşıyorum. Hayatımı da kazanıyorum, yani çalışıyorum. Bambaşka bir insan oldum. Yeni bir isim aldım. Şimdi memleketin tabiyetine de geçtim. İstersem kalbimle, istersem dimağımla, istersem ruhumla yaşarım... Beni bunlardan bir tekine bağlayacak bir kuvvet de yok. Yaşasın bizim yeni hürriyet.

Sesi biraz acıydı. Yeni hürriyeti de belki onu etrafından ayıran yeni bir tel örgüsünden başka bir şey değildi.

— Ecdadının İspanyol olduğunu söylüyorsun. Belki Müslümanları İspanya'dan kovdukları zaman Hıristiyan olmuş eski bir Müslüman ailesindensin. Belki de bir gün aslına dönecek, Müslüman olacaksın!

— Haklı olabilirsin. Bende Hıristiyan Kilisesi'ne karşı ırsî[2] bir kin olabilir. Fakat bundan sonra hiçbirinin çerçevesine girecek değilim.

Ay batmış, sokaklar karanlıktı. Elleriyle duvarlara tutunarak yürürken içinde hemen düşmek üzere olduğu bir uçurumdan kurtulmuş olanların sevinci vardı. Kaç zamandır zihnini hummalı bir rüya karışıklığı ile işgal eden meseleyi bu akşam sarahatle[3] görmüştü. Kalbinde hâkim olmaya namzet[4] yeni bir kadın vardı. Anası nasıl

1. Doğal, normal.
2. Kalıtımsal.
3. Açıkça.
4. Aday.

hâkim olduysa, belki ondan daha ziyade. Anası onu ma-
nastırın dar duvarları arasına kapamıştı. Bu el kadar kız,
daha dün, başı piyanoya yetişmeyen çocuk, onu bugün
Sinekli Bakkal'da ikamete memur[1] bir sürgün, hürriyeti
hudutsuz hayatından kopararak binbir şartlarla bağlı za-
vallı bir burjuva yapmak istiyordu.

Ayağı sürçtü sendeledi, eliyle duvara tutunmak iste-
di, tutundu, fakat avucu sıyrılmıştı. Başka bir günde, baş-
ka bir sokakta yerde yatarken gözlerinin, saçakların ara-
sındaki altın, mavi ışık yolunun ışıltısı ile nasıl kamaştığı-
nı hatırladı. Yaz günüydü.

Kırmızı, yeşil kanatlı siyah sinekler... Yüzlercesi ışık
yolunda dalgalanıyordu. Vızıltılarını hâlâ kulakları işiti-
yordu. Eliyle kalbine vurdu:

— Senin gösterdiğin yola gitmeyeceğim, mantıksız,
tabiatsız, kör kudret, dedi.

1. Yerleşme zorunluluğunda.

258

2

On beş gün sonra, Peregrini'nin ellerinde üç kutu. Biri Rakım'ın sigarası, ötekiler Penbe ve Rabia'ya şeker. On beş gün Sinekli Bakkal'ın semtine uğramamıştı. Şimdi güya bir dostluk vazifesi diye gidiyordu, yahut dimağına kendini mazur göstermek[1] için öyle söylüyordu. Neden bu kafasındaki her şeyden şüphe eden kudrete bu kadar mahkûmdu? Neden bir dostunun kızını ıstırap günlerinde aramasın? Artık etten, kemikten bir makine değil ya, o da insan.

Dükkânın peykeleri[2] inmiş, kapısı aralıktı. İtti.

Dükkân karanlık. Mutfağa giden küçük sofada ışık var. Mutfaktan Rakım'ın sesi geliyordu. Kapıyı vurdu.

— Nerede idin ayol? Hani akşamları gelirim dedindi, on beş gündür semtimize uğramadın. Bu ne vefasızlık!

Penbe, elinde sigarasıyla mutfak kapısını açmıştı, Rakım kahvesini mangalın yanında bırakmış, fırlamıştı. Tavanda asılı kocaman fenerin içindeki petrol lâmbasının sarı ışığı içinde orada bir aile manzarası gördü. Ocağın üstündeki rafta bakırlar parıl parıl yanıyor. Mangalın et-

1. Bağışlatmak.
2. Duvara bitişik alçak, tahta sedir.

rafında üç hasır iskemle. İkisi boş, çünkü Penbe ile Rakım hâlâ ayakta. Üçüncüsünden Rabia yavaş yavaş kalktı. Arkasında parmak dikişli uzun bir hırka, çenesini beyaz bir tülbentle bağlamış. Beyaz çerçeve içinde yüzü daha süzük ve uzun, gözlerinin altı mosmor, içlerindeki ışık sönmüş gibi. Herhalde o, Peregrini'nin, babası sürüldükten sonra kendisini aramamasından müteessir[1] görünmüyor.

— Hasta mısınız?

— Bademciklerim sık sık şişiyor.

Oturdu, şeker kutusunu dizine koydu. O, kutunun kurdelesini dalgın dalgın çözerken Penbe, fondanları ağzına atıyor, ağzını şapırdatıyordu. Rabia, kutunun kapağındaki maymun resmine bakarken ağzının bir tarafını aşağı doğru çeken çarpık bir tebessüm etti. Bal rengi gözlerinin iştirak etmediği[2] bir tebessüm.

Rakım, dükkândan ona da bir hasır iskemle getirdi.

Penbe:

— Rabia'nın boğazına, zeytin dövdüm, ısıttım, koydum. Yatarken ıhlamur içireceğim, bir de terleteceğim, diyordu.

Peregrini iskemlesini Rabia'ya yaklaştırdı:

— Bana ateşiniz var gibi geliyor, Rabia Hanım.

Kız cevap vermedi. Cansız yüzünde bir şey bekleyen ve bir şey dinleyen bir mânâ hâsıl oluyordu.

— Buuuvv... Buuuvv... Buuuvv!

Hırçın bir poyraz fırtınası, bahçede dalları birbirine çarpıp hışıldatıyor, kapının önündeki çakılları karıştırıyor ve bu anî rüzgârın arasındaki kapı tırmalanıyor. Rabia kalktı, kapıya gitti. Kedisini içeri alırken, Peregrini'nin

1. Üzülmüş.
2. Katılmadığı.

260

gözleri, aralanan kapının ötesinde karanlığı korkunç si-
yah bir dalga gibi gördü.

— Allah denizdekilere imdat etsin![1]

Penbe'nin çiçek bozuğu yüzü dua eder gibi, küçük
siyah gözlerin arkasında yaşlar var. Hay aksi karı, Rabia'ya
Tevfik'in deniz geçtiğini hatırlatmakta mânâ var mı?
Kız, kollarının arasında kedi tutmuş gibi duruyor.

— Tevfik Beyrut'a varalı çok oldu.

Bu cüceden. Rabia iskemlesine döndü. Peregrini
eski bir Beyrut seyahatini anlatmaya başladı. Nasıl çarşaf
gibi bir deniz üstünde gitmiş, nasıl Beyrut'tan Şam'a se-
yahat etmiş. Havası portakal, limon çiçeği kokan, önün-
deki mavi denize ayaklarını batırıp oturan, yumuşak ye-
şil yamaçlı Lübnan...

Rabia hafifçe içini çekti. Dudağının bir tarafını aşağı
çeken çarpık tebessüm hâlâ yerinde, fakat yüzünün ger-
gin ifadesi değişiyor.

— Bu hafta Dede'yi gördünüz mü?

— Bu sabah uğradı. Bir iki güne kadar Tevfik'den
mektup gelir, diyor. Ahbaplarından bir derviş geliyor-
muş, elden mektup alırsak, doğru havadis alırız.

Mutlak Rabia'nın zihnini Tevfik'den ayırmalı!

— Mûsikî derslerinize devam edecek misiniz?

— Zaten muntazaman ders almıyorum. Fakat şimdi
biraz daha çalışmalı, diyor. Mûsikî dersi vermemi teklif
etti. Dükkânda artık çalışmamı pek muvafık görmüyor.

Peregrini içinden:

— Hani kızı kendi haline bırakmalı, diyordu. De-
mek o da çocuğun zihnini meşgul etmek için bir şeyler
düşünüyor. Fenâ değil, yeni simalar görecek, dedi. Fakat
bir taraftan da kızın boğuk ve yırtık çıkan sesini düşüne-

1. Yardım etsin.

261

rek müteessir oluyordu. Her kelime ağzından çıkarken yüzünü buruşturuyor, boğazına bir şey saplanmış gibi elleri boynuna gidiyor ve yutkunuyor.

— Ramazan'da mukabele okumayacak mısınız?

— Sesim çatlak zurna gibi kalmazsa.

— Bir iki güne kadar bir şeyiniz kalmaz.

Gene içinden:

— Sesi böyle kalacaksa, ölsün daha iyi, diyordu. Fakat Rabia'nın ölümü fikri burnunun direğini sızlattı. Gözlerine hücum eden yaşları zor zapt ediyordu.

Dostluğun bu kadarı da fazla... O, sırf kızı biraz avutmak için gelmemiş miydi? Bununla beraber, söyleyecek bir tek lâkırdı da bulamıyordu.

Kâfi[1] derecede de uzun oturmuştu. Fakat mutfağın bu ılık havasında uyuşmuş gibiydi. İçinde, uzun müddet yolunu kaybedip de sonra bulan bir çocuğun sükûnu vardı.

Dizlerindeki kedinin sırtını okşayan uzun parmakları tutmak orada öylece sessiz sessiz oturmak ne iyi olacaktı. Çocukluğundan beri, anasının dizinin dibinde oturduğu günlerden beri içinde bu kadar emniyet ve selâmet[2] hissetmemişti. Artık kendini tahlil etmiyordu.[3] Mutfağın havası, Rabia'nın yakınlığı, içindeki aman vermeden çarpışan zıd kuvvetleri barıştırmış gibiydi.

Nihayet kalktı. Kızın elini aldı, nabzını yokladı. Bir baba şefkati ile elini okşadı. İçinden taşan rikkat Rabia'ya da biraz sirayet etmişti. Süzük, solgun yanakları penbeleşiyor, gözleri uyanıyordu.

— Rabia Hanım'ın ateşi var. Hemen yatırın ve yarın sabah da mutlak doktor çağırın Penbe Hanım.

1. Yeteri kadar.
2. Esenlik.
3. Çözülemiyordu.

Penbe, piyanistin arkasından dilini çıkardı:

— Deli gâvur. Boğaz olunca insan doktor çağırır mıymış?

Rakım azarladı:

— Ama iyi gâvur. İnşaallah hak dininde[1] can versin.

— İnşaallah.

Rabia'nın sesine, bir aydır hissetmedikleri eski sıcaklığı geri gelmiş gibiydi.

1. İslam dininde.

3

Artık Rabia'nın hayatı yeni bir intizama[1] giriyordu. Günler hep birbirine benziyor. O, saatlerini mutfağın üstündeki odada mûsikîsine hasrediyordu.[2] Boğazında bir şey kalmamıştı. Penbe, yemek pişirirken onun ekseri hicazkârdan tutturduğu şarkıları işitiyordu. Hep neşeli ve canlı şarkılardı, Çingene başını sallıyordu. Gençlik bu! Tevfik gideli daha henüz iki ay olmamış, Rabia neşeli neşeli şarkılar söylüyor.

Rabia'ya gelince, o, hayatında açılan yeni yolda eski azmiyle,[3] eski muvaffakiyetiyle yürümeye karar vermişti. Vehbi Efendi haftada iki defa geliyordu. İlk fırsatta kendisinin bırakmaya karar verdiği talebeden birkaçını ona terk edecekti. Peregrini de, ders verdiği ailelere onu alaturka mûsikîsi hocası olarak tavsiye ediyordu. Fakat bu havadisi[4] Rabia, Vehbi Dede'den almıştı. Çünkü Peregrini, o akşamdan sonra gelmemişti. Her esen rüzgârla dönen fırıldak! Bir gün insana en yakın bir dert ortağı, ertesi gün bir yabancı...

1. Düzene.
2. Ayırıyordu.
3. Kararlılığıyla.
4. Haberi.

Bu günlerde Rabia'ya, helecena[1] benzer bir şey veren Vehbi Efendi'nin ona baştan başa Mevlid okuyabileceğini söylemesi. Şimdiye kadar hep ilahi okumakla kalmıştı. Genç yaşında Mevlid okuyucu olmak gururunu tahrik eden[2] bir şey. Fakat buna da sanatkârlığının yaratıcılığı, tahassüsü[3] de karışıyor. Şimdiye kadar onun şöhreti ve muvaffakiyeti mukabele okumada olmuştu. Hep Arapça... Hep yarım ve çeyrek seslerle, hep ağır derin, tevcitli[4] bir mûsikî. Mevlid, Türkçe. Sabahları rahlesinin üstüne penbe kaplı Mevlid'ini açıyor, bilhassa doğum kısmını dikkatle okuyor. Bunu alelade Mevlid okuyanlar gibi okumayacak. Hazin değil, tevcitli değil. Sevinçle, zaferle gümbür gümbür atan bir üslupla, kimsenin okuyamadığı gibi okuyacak. Sabah saatlerinde bütün varlığı ile Mevlid için yeni bir makam düşünürken hep Peregrini'nin vaktiyle çaldığı şeyleri de hatırlamaya çalışıyor.

Öğleden sonra nota yazıyor, müstakbel[5] talebesine vereceği ilk basit peşrevleri[6] ve türküleri ayırıyor. Akşamları da Rakım'a yardım olsun diye dükkânın hesaplarını tanzim ediyor.[7]

Ama Tevfik'den hiç bahsetmiyorlardı. Unutmuş değildi. Şuurunun[8] alt tabakasında hâlâ Tevfik hâkim, hâlâ onun yokluğu içini bıçak gibi kesiyor. Fakat o, çocukluğundan beri kadere, kazaya nafile[9] bel bağlamış değildi.

1. Heyecana.
2. Kışkırtan.
3. Duygulanması.
4. Kelimelerin söylenişinde, seslerin çıkaklarına, uzunluk ve kısalıklarına göre okunması.
5. Gelecekteki.
6. Girişleri.
7. Düzenliyor.
8. Bilincinin.
9. Boşu boşuna.

Sabır ve tevekkül[1] denilen şeyi hayatının ilk yıllarından beri, nafile öğrenmiş değildi.

Penbe, Rabia ile beraber mutfağın üstündeki odada yatardı. Yükten yatağını çıkarır, kızın yatağının yanına serer, köşedeki mum iskemlesinin üstüne zeytinyağı kandilini yakar, yatağa girerdi. Fakat Rabia yatmadan uyumazdı. Kızın yatsıyı kılışını seyreder ve her akşam bu uzun zahmetli işi düşünmeden yapışına şaşardı. Kendisi ömründe namaz kılmış değildi. Bu dinsizliğinden değil, belki tembelliğinden ileri geliyordu. Hem o kadar büyük ve yükseklerdeki Allah zavallı bir Çingene'nin namazını ne yapsın! Eğer insanın Allah'tan bir dileği olursa, evliyalar ne güne duruyor? Türbelere kandiller yakmıyor mu? Pencerelerine bez parçaları bağlamıyor mu? Namaz kılmak, dua etmek Allah'tan bir şey istemek değil mi? Evliyalar dirilerin dileklerini Allah'a anlatmakla mükelleftirler.[2] Buna mukabil[3] diriler onlara kurban kesiyor, karanlık türbelerin ışığını temin ediyor. Penbe'nin bir isteği olunca bir taraftan da bakıcılar, büyücüler vasıtasıyla perilere, cinlere başvururdu.

Onlara ne kadar horoz götürmüş, ne kadar kırmızı krepte bağlı lohusa şekerleri taşımıştı. Penbe'ye göre, cinler, periler, dirilerle daha sıkı münasebette, her dakika her evin içinde, her işle alâkadardırlar. Onların gönlünü etmek biraz daha kolaydı. Çünkü göze görünmeseler de yaşıyor, dolaşıyorlar halbuki evliyalar türbelerinden hiç çıkmıyor. Garip olarak Çingene Penbe, perilere karşı biraz daha hürmetkâr, onlardan daha çok çekinirdi. Her lâkırdıda yakasına tükürür. "İyi saatte olsunlar," derdi. Fakat adak adayıp da bir şey istediği bir evliya işini çabuk

1. Boyun eğiş.
2. Yükümlüdürler.
3. Karşılık.

görmezse homurdanır dururdu. Tezveren Dede'ye son gittiği zaman fikrini çok açık söylemişti.

— Güya adın Tezveren, hani ya? Cinler, periler daha çabuk iş görüyorlar. Tevfik beni alsın diye sana ne kadar mum adadım. Herifi bir de sürgüne yollattın. Bari herifi çabuk getir. Ben Çingeneyim diye yapmıyorsan Rabia'yı düşün. Beş vakit namazında bir hafız.

Penbe'ye göre, Rabia'nın tuttuğu yol bambaşka. O ne türbeye gidiyor ne de bakıcıya. Doğrudan doğruya kendisi dua ediyor. İşte gene seccadesini yayıyor. O, Rabia'nın herekâtını[1] hep duvardaki uzun, ince gölgesinde seyreder. İşte namazda. Uzun, siyah gölge eğiliyor, diz çöküyor, başını yere koyuyor, kalkıyor. Beyaz badana üstünde bitmeyen, tükenmeyen siyah gölge oyunu! Nihayet dua ediyor. Rabia, dizlerinin üstünde, elleri açık, yüzü yandan, bıçak gibi keskin çizgileri ile nasıl bir dilek ateşi ile yanıyor? Nasıl "İşte vazifemi yaptım, sen de istediğimi ver," der gibi uzun uzun dua ediyor. Avuçları hep açık, gökten inecek inayeti[2] kapmak için.

Penbe, bu ince gölgede kızın değişen arzularını, yahut arzusuzluğunu okumaya alışmıştı. Bazân bu gölgede müphem[3] ve yorgun bir mânâ vardı. Namaz bitince elleri dizlerinin üzerine iniyor, gölge yüz bir hayal gibi gülümsüyor. Penbe, her zaman, Rabia'nın içinden kopar gibi çıkan "amin"ine iştirak ediyor,[4] akabinde de kızı lâkırdıya tutmak istiyor.

Rabia hemen namazdan sonra Penbe'nin yataktan açmak istediği lâfa hiç cevap vermezdi. Ya sükût eder yahut homurdanır, her vakit uzun uzun esnerdi. Çinge-

1. Hareketlerini.
2. İyiliği, bağışı.
3. Belirsiz.
4. Katılıyor.

ne'nin açmak istediği bahis de hiç değişmiyordu: Konak ve Sabiha Hanım.

— Paşa ile Hanım Efendi, Hilmi Bey sürgüne gitti gideli konuşmuyorlardı.

— Sinekli Bakkal'da bunu bilmeyen mi kaldı!

— Evvelsi gün barıştılar. Hanımefendi düğün hazırlığı görmeye başladı.

— Bu kadar çabuk ha!

— İş içinde iş var, Rabia. Halayıklar Bilâl Bey'in etrafında pervane... Ondan başka haremde erkek denilecek kimse kalmadı ki. Bayılmalar, ayılmalar... Oğlan tasvir gibi. Ağlamış yüzlü Hilmi Bey'den bin kat ziyade küçükbeylik yaraşıyor.

— Sonradan görme köpek! Mihri Hanım ne âlemde?

Bu akşam Rabia'nın ilk defa Penbe'nin lâkırdısına cevap verişi, konakla alâkadar oluşu. Çingene, ballandıra ballandıra anlatıyor:

— Hep ağlar durur. Ne kadar çabuk düğün olursa o kadar iyi. Malûm ya, evde kalmış kızlar... Mihri Hanım gelin olursa evde kalmış kız bir sen varsın.

Cevap yok.

— Rabia, uyudun mu?

— Gene ne var, Teyze?

— Düğüne gidecek misin?

— Konağa bir daha ayak basmam demedim mi?

— Hanımefendi seni düğüne gelsin diye Eyüp Sultan'a kurban adadı.

Rabia müstehzî:

— Sana ne adadı, Teyze?

— Bir çift mercan küpe.

— Âlâ âlâ... Allah aşkına bırak uyku uyuyalım...

Çingene arkasını dönünce uyudu. Rabia, biraz uyanık kaldı. Penbe'nin hakkı vardı. Selim Paşa'nın kızı gelin olunca o civarda en yaşlı kız Rabia olacaktı. Nisan gelirse on sekizini bitiriyor. Halbuki Sinekli Bakkal'da on beş yaşından yukarı evlenmemiş kız yok. Fakat Rabia kime varabilirdi? Orada biricik muvafık[1] bekâr erkek Sabit Beyağabey. Rabia içinden güldü. Hakikat onun varabileceği bir tek erkek yok. Böyle diyor ama şuurunun en alt tabakasında bir sima var, her zaman vardı. Yüzü çizgi içinde bir küçük adam, gözleri kor gibi. Ve elleri... Şimdi onların insanı alt üst eden havalar çalarken piyanonun üstünde uçuşunu görüyor gibi. Herkes bir tek nağme, bir tek hava çalar. Hattâ Vehbi Dede bile. Fakat o eller kaç ayrı havayı birden çalıyor, nasıl adamı şaşırtan bir ahenkle hepsini birbirine meczediyor![2] Çok geçmiş yılların birinde on üç yaşında bir kızın Sabiha Hanım'a sorduğu suali işitiyor gibi:

— Bir Müslüman kızı bir Hıristiyan'la evlenirse ne olur, Efendim?

Bu kız Rabia mıydı?

1. Uygun.
2. Kaynaştırıyor.

4

Sinekli Bakkal'ın köşesini rüzgâr gibi döndü, İstanbul Bakkaliyesi'nin içine daldı. Akşam yaklaşıyor, İstanbul'un lodos günlerinden biri. Sokağın üstündeki ışık yolu erguvani. Ta köşelere sokulan bu kızıl aydınlık loşlukla karışıyor, dükkânın köşelerinde toplanan karanlığa nüfuz ediyor.[1] Eşyalar turuncu bir karaltı içinde.

Akşam pazarı. Son müşteriler. Bir ihtiyar kadın iki çocuk.

Peregrini Rabia'ya bulduğu kârlı bir işi kendisi haber vermek istemiş, gelmişti. Rabia'nın arkasında gene bol yeni siyah yeldirmesi, başında yazma baş örtüsü sağa sola seğirtiyor, müşterilere hizmet ediyor. Kızın işi bitinceye kadar köşede bekledi. Son müşteri çıkınca elini uzattı.

— Ellerim kirli...

Ellerini yeldirmesine sildi.

Peregrini yüzünün bütün çizgileriyle sırıtıyor. Rabia'ya pek hoş gelen bir dost sırıtışı. Fakat ikisi de birbirinin yüzünü pek seçemiyorlar. Havadaki kızıllık sönüyor, sular birdenbire kararıyor.

---

1. İşliyor.

— Gene bakkallığa mı başladınız? Amca, Teyze nerede?

— Yoklar. Ha sitem edeceğim. Bu ne vefasızlık! Kaç zamandır yine bizi arayıp sormadınız?

Konuşurken bir taraftan da dükkânı topluyor. Her eşyanın yerini ezberden biliyor gibi. Peregrini'ye geliyor ki –kızın sesindeki siteme rağmen– onda yeni bir sevinç var. Âdetâ gözlerinin ışıltısını görüyor. Bu piyaniste, karanlıktan birdenbire aydınlığa çıkanların ferahlığını veriyor. Herhalde Rabia'nın başına yeni bir hava esiyor. Değişmiş. Yalnız son gördüğü meyus[1] akşamdan beri değil. Eski zamanlara nispeten bile değişmiş. O, insanların içindeki değişikliği vücutlarının temposuyla ölçmeye alışmış. Bugünkü Rabia çok çabuk hareket eden bir Rabia. Eski zamanlarda bile çevikliğine, becerikliliğine rağmen biraz yavaştı. Ona Peregrini andante[2] derdi. Şimdi presto[3] demek lâzım. Vaktiyle kendisinin Rabia'ya göre fazla çabuk olduğunu hissederdi. Halbuki bugün varlığını kıza uydurmak için daha seri bir tempo ile harekete mecbur.

Kız başını kapıdan çıkardı. Sokağı süzdü.

— Amca mal almaya gittiydi. Galiba Balık Pazarı'na uğradı. Tevfik gitti gideli ağzına rakı girmediydi. İnşaallah küfe ile getirmezler. Ah cüce Amca ah...

Gülüşü de aynı seri tempo ile.

— Rakım çok içer mi?

— Tevfik varken içerdi. Şimdi nerede? Sigara bile içmiyor. Siz hele şu kepenklerin ucunu tutunuz da dükkânı kapayalım. Göz gözü görmüyor. Mutfağa bir kendimizi atalım bir kahve içelim.

1. Acılı.
2. İtalyanca müzik terimi. Yavaş, çok yavaş bir tempo ile.
3. İtalyanca müzik terimi. Çabuk, çok çabuk bir tempo ile.

Rabia'ya bu derûnî[1] neşeyi, hayatı ne vermişti? Onun huzurunun[2] bir dahli[3] var mı? Kalbi presto presto atıyor.

Mutfakta Rabia hasır iskemlenin üstüne çıktı. Peregrini bir kibrit çaktı. Aralarında lâmbayı yaktılar. Mutfağı aydınlatan sarımtırak ışıkta artık birbirlerini iyice görüyorlar. Rabia çok zayıflamıştı. Bir gölge gibi. Hareket ederken yıpranmış siyah yeldirme altında vücudunun iskeleti olduğu gibi seçiliyor. Dirseklerinin sivriliği, dizkapakları, hepsi. Fakat kemikleri olduğu gibi görünen bu vücudun kendisine mahsus bir sihri var. Âdetâ ruhanî bir zarafet. Belki de bu, derileri gergin uzun genç yüzdeki büyük gözlerden geliyor.

— Ben size iyi bir iş buldum, Rabia Hanım.

— Ya!

Altın gözlerindeki yeşil mevceler içinden yakılmış gibi.

— Ben Nejad Efendi'nin piyano ustasıyım. Saray'da üçlük bir alaturka orkestra yapmasını teklif etti. Kendisi alaturka mûsikî sevmez ama Hanım sever. Onun için kabul etti. Şimdi ben buraya günleri kararlaştırmak için geldim. Vehbi Dede de Hanım'ın mûsikî hocasıdır. Bu parlak fikir ondan evvel bana geldi.

Yüzündeki buruşuklara, şakaklarındaki kır saçlara rağmen hâlâ Rabia'nın arada kulağını çektiği çocuklar gibi. Kız burnunun üstünde o tatlı kırışıkları uyandıran eski gülüşü ile güldü. Ellerini çırptı. Fakat bir an sonra gözleri bulutlandı.

— Ama ben sarayları hiç sevmem. Adından bile ürkerim.

1. İçten.
2. Orada bulunuşunun.
3. Etkisi.

272

Peregrini içinden, "Belki babasının sürülmesini, felâketini saraylardan bildiği için," dedi sonra ilave etti:

— Giderseniz görürsünüz. Hiç ürkülecek bir yer değil.

— Bu ne uğurlu hafta!

Şimdi Rabia'nın zihni sarayda ders vermek mevzuundan[1] ayrılmış, daha parlak bir vak'aya atlamıştı.

— İkinci Mabeyinci'nin konağında her sene Mevlid okuyan Hafız Peyami Efendi ölmüş. Vehbi Dede beni tavsiye etmiş. İlk Mevlid'imi okuyacağım. Zavallı adama acıdım ama...

Artık Peregrini sözün aşağısını dinlemedi. Kalbi presto presto atmıyordu. Kızın bu neşesi onun sayesinde değildi. Neden o kadar gülünç bir çalımla buraya gelmişti? Durgun bir sesle:

— Âlâ. Nejad Efendi Mabeyinci'nin yalı komşusudur. İkisi de Bebek'te. Yeğenine ben piyano dersi veririm, dedi.

Rabia hesap ediyor.

— Perşembe akşamı Mevlid okuyacağım, gece orada kalacağım. Cuma sabahı gider Nejad Efendi'nin hanımını görürüm.

Şimdi raftan kahve tepsisini indiriyordu. Fakat hep başını misafirden tarafa tutuyor. Dudaklarında bir tarafını aşağı çeken o çarpık tebessüm. Fakat üç hafta evvelki gibi sırf bir adale oyunu değil.

— Bu Mevlid'den biraz korkuyorum. Şimdiye kadar marifetimizi hep mukabele okumada gösterdik.

— Korkmayın, bu şehirde sizin sesinize ve üslûbunuza çıkışacak ne ses ne de sanatkâr var.

Piyanistin takdiri yüreğinden geliyordu. Kızın sol-

1. Konusundan.

273

gun yanakları altın başakların arasında açan iki gelincik gibi kızardı.

— Ne kadar güzel bir kız olduğunuzun farkında mısınız?

Hay şeytan hay! Bu cür'et ona nereden gelmişti. Rabia'nın yanaklarındaki gelincikler şimdi koyu lâl renginde eski bir şarap gibi bütün yüzünü kapladı. Sivri çenesine kadar. Kirpikleri yanaklarına indi, fakat içinden gözleri ışıl ışıl. Bu hiç de utandığından değil. Bilakis göze hoş gelen bir yüzü olmasına birdenbire çok sevinmiş olmasından. Peregrini dayanamadı. Kendisine kahve fincanı uzatan parmakları eğildi, öptü. Ona, uzun parmaklı genç el titredi gibi geldi. Köpek gibi pişman oldu. Ya kız onu terbiyesiz bir çapkın zannederse! Mutlak bu tesiri izale etmek[1] lâzım.

— Bu günlerde siz bana hep annemi hatırlatıyorsunuz. Buraya evime geliyor gibi geliyorum.

Bu söylediği şeyler biraz doğru idi. Rabia mevzuu değiştirdi.

— Bu hafta olan şeylerin en iyisini henüz söylemedim. Şam'dan dün uzun bir mektup aldım.

— Ya, aman okuyalım.

— Penbe Teyze ile konağa yolladım. Hilmi Bey hakkında çok havadis var. Mektubu Vehbi Efendi'nin bir ahbabı getirdi. Tevfik, Hilmi Bey'le oturuyormuş. Pazarda bir dükkân kiralayacak, Karagöz oynatacak. Bunlar hep yeni masraf. Bir deri takım istiyor, dükkân kirasına ihtiyacı var. Bu Saray'daki ders tam yerinde...

Şimdi Rabia'nın gözleri ona yaşlı bir iyi dosta karşı hissedilen minnetle bakıyor. Peregrini ayağa kalktı. Dükkândan Rakım'ın sesini duydular:

1. Gidermek.

— Rabia, neredesin?

Rabia da kalktı. Cevap vermeye vakit bulamadan cüce zenbiliyle[1] mutfağa girdi. Keyifliydi, sarı ışıkta bir sirk cücesini hatırlatıyordu. Buruşuk yanakları kızarmış, açık gözleri parıl parıl yanıyor, abanî sarık arkaya atılmış.

— Oh oh, buradasınız ha. Ben de uskumru aldım. Kendim kızartacağım. Ne olur kalın, beraber lokma edelim.

Peregrini'yi orada bulduğuna sevinmişti. Dâimâ etrafına neşe saçan bir adam. Kızın yanakları al al, gözleri birer yıldız gibi. Kim bilir deli gâvur neler anlattı!

Peregrini kalmadı. Rakım cüppesini attı, kollarını sıvadı. Penbe'yi yemeğe beklemeyeceklerdi. Hanımefendi'nin alıkoyacağından emindiler. Çingene o gün koynunda mektup, azametli azametli konağa gitmişti.

Ümitlenmişti. Rabia'nın mektubu yollaması biraz yumuşadığına delalet ediyordu.[2] Belki de düğüne gider. Yaşasın Lohusa Hoca'ya götürdüğü horoz. İşin ucunda yalnız mercan küpe değil kırmızı canfes entari de var. Hele Rabia'nın son günlerde hali. Artık hiç somurtmuyor. Talih yeniden İstanbul Bakkaliyesi'ndekilere gülüyor.

Rakım balıkları kızarttı. Siniyi hazırladı. Karşı karşıya yemek yediler. O, bidüziye anlatıyor, fakat kız pek dinlemiyordu. Gözleri içindeki bir hayale dalmış gibi. Sofrayı da Rakım topladı. Kız bulaşıklara yardım etmeyi teklif etmedi. Tembel tembel iskemlesinde oturdu, cüceyi seyretti. Kahve içerlerken sordu.

— Mevlid okuyanlara kaç para verirler acaba?

— Meşhur hafız olursa beş lira kadar alır.

— Bana o kadar vermezler değil mi?

1. Filesiyle.
2. Gösteriyordu.

— Belki de daha fazla. Sendeki ses kimde var?

— Doğru.

Kanaatle söylüyordu. Peregrini gibi ünlü bir sanatkâr da aynı şeyi söylememiş miydi.

— Beş yüz kuruşa deri bir Karagöz takımı alınır, değil mi?

— Elbet.

— Ben artık yukarıya çıkacağım, şu Mevlid'e bir daha bakayım.

Rakım mangalı çıkardı. Kızın önünde iki büklüm merdivenleri tırmanırken arkasına insan esvabı giymiş bir maymunu hatırlatıyordu. Odada lâmbayı gene o yaktı. Rahleyi mangala yaklaştırdı, üstündeki mumları yaktı. Rabia'nın namaz bezini başına örtüp oturmasını bekledi. Kız, Mevlid'in sarı yapraklarını çevirirken:

— Ben de şuracıkta otursam seni dinlesem, diye yalvardı. Hiç sesimi çıkartmam, seni şaşırtmam.

— Ama ben burada sigara dumanı istemem, Amca.

— Olsun.

Gene bir maymun gibi, beyaz patiska örtülü uzun yan mindere tırmandı, köşesindeki kırmızı basma şilteye bir dizini dikti oturdu. Ayrık gözleri Rabia'da, bekledi.

Vaktiyle Peregrini'ye dediği gibi, dinî ayinlerden sıkılır, âdetâ ürkerdi. Fakat Mevlid müstesna.[1] O halk dilinin şaheseri olan bu doğum şarkısı onu bir binlik rakıdan daha çok, daha içinden gelen bir sarhoşlukla mest ederdi.[2] Rabia'nın sesiyle dinlemek için sigarasını fedâ etmek o kadar kolaydı ki. Hem de, gene Peregrini gibi, Rakım da, başında beyaz bir örtü, iki mum alevi arasında görünen Rabia'nın, eşi olmayan ilahî bir temaşa[3] olduğuna

1. Başka.
2. Kendinden geçirirdi.
3. Görüntü.

276

kaniydi.[1] Kimsenin onun kadar güzelliğe karşı yüreği yufka olamazdı. Fakat kimse heyecanını, zaafını onun kadar şaka, alay arkasına gizleyemezdi.

Halbuki Rabia, onun mevcudiyetini[2] derhal unutmuştu. Zihni Mevlid'i yeni bir makamda, kendi bulduğu bir üslubla okumayı düşünüyordu. Bir zafer, bir şevk nağmesi bulmak lâzımdı. Doğumdan büyük zafer kâinatta var mıydı? Vefat kısmını eski ananevi şeklinde okuyacak. Hüzünlü, ağır tecvitli[3] bir okuyuş. Onunla meşgul olmak lâzım değil.

Gözleri Acem basması sarı yapraklarda, bir saat kadar mırıldandı, makamdan makama dolaştı. Kapı kapı dolaşan, arayan bir ses. Rakım onu, yolunu bulmak için yerlere vura vura giden körlerin değneğine benzetti.

Kız aradığı makamı bulduğuna emin olunca durdu. Baş örtüsünün ucuyla nemlenen alnını sildi.

— Bana niye öyle tuhaf tuhaf bakıyorsun, Amca?

— Çünkü senin yüzün kadar güzel yüz görmedim, Rabia.

— Onu bana Peregrini de söyledi.

— Vay domuz vay! O güzellikten ne anlar? Onların karıları süpürge sırığı gibi!

— Ya öyle mi?

Gözlerini büzmüş eğleniyor. Gidi kahbe!

— Beni dinle Rabia, sen mutlak kocaya varmalısın. Yüzünü, sesini bırakacak çocuklar yetiştirmelisin.

— Öyle ama beni hiç isteyen var mı? Benim de pek koca istediğim yok ama çocuk isterdim... Hem de nasıl!

1. İnanıyordu.
2. Varlığını.
3. Kelimelerin söylenişinde, seslerin çıkaklarına, uzunluk ve kısalıklarına göre okunması.

Sesi heyecandan kısıldı. Amine Hatun'un[1] ağrı çekerken söylediklerini o, hiç bir peygamber doğumuna ait diye düşünmemişti. Bütün doğuran, hayatı çoğaltan kudretlerin realitesi... Bu onun yüreğinin bam teline dokunmuştu, bütün varlığını bu realite titretmişti. Eğildi. İlk satırları evvelâ gözleriyle okudu, sonra başını kaldırdı. Her kelimeyi kendi halk etmiş gibi sesi hasretle, vecdle,[2] zaferle dalgalanarak söyledi. Rakım'ın arka kemiği üstünü alevden bir dil yalamış gibi ürperdi. Fakat homurdandı.

— Sanki ben kadınların doğururken ne söylediklerini bilmez miyim? Böyle şevkli şevkli konuşurlar mı dersin? Eskici Fehmi Efendi'nin karısı doğururken çığlığını çeşme başından işittim.

Rabia cevap vermedi. Kitabı kapadı. Baş örtüsünü omuzlarına attı. Son günlerde saçını başını topluyordu. Ortadan ayrılmış sımsıkı taranmış kumral başında iki ipek örgü kalın bir hâle gibi dolanmıştı. Artık aradığı ahengi, zaferi, şevki istediği gibi ifade edebilecek. Yanakları solmuş, derileri şakaklarına doğru çekilmiş, dudakları kurumuş, bütün ateşi gözlerindeki yeşil şulelerde.

Merhaba, ey asi ümmet melcei
Merhaba, ey çaresizler eşfaı!

— Sus, Rabia, içimi yakıyorsun.

Ayrık gözlerinden buruşuk yanaklarına yaşlar yuvarlanıyor, kocaman enfiye mendili ile bir gözlerini, bir burnunu şamatalı şamatalı siliyor.

— Peki peki, artık okumam. Başka şey konuşalım.

1. Peygamber'in annesi.
2. Kendinden geçerek.

278

Ama ne konuşalım?

— Kocaya varmak, çocuk doğurmak, konuşalım. Niçin Galip Bey'i istemedin, Rabia?

— Bırak şu sıkıntılı herifi. Onun karısı olsam esneme illetine tutulurum.

— Kocaların hepsi öyledir.

— Peregrini insanın kocası olsa hiç canı sıkılmaz.

— Bırak şu gâvuru...

Kızı azarlıyordu. Fakat hiddeti sun'i olduğu besbelli. Rabia'nın yüreğinde Peregrini'ye karşı tehlikeli bir zaaf olsa hiç bu kadar tabiî ve açık konuşur mu? Buna inansa bile bu akşam pek aldırmayacak kadar içi coşkun bir sevinçle taşıyordu. Rabia dünyada kimse ile onunla olduğu kadar teklifsiz değildi. Kızın âdetâ dimağının, ruhunun eşi.

Penbe, konaktan dönünce Rabia'yı yatakta buldu.

— Hanımefendi çok çok gözlerinden öptü. Mektubu okuyunca bir ağladı, bir ağladı.

— Paşa da okudu mu?

— O yoktu. Bilâl vardı. Ne vakit gitsem Bilâl, Hanımefendi'nin burnunun dibinde. Aralarından su sızmıyor. Düğün nisanda olacak. Hazırlık başlamış. Eğer sen konağa gitmezsen Bilâl Oğlan, Hanımefendi'nin gönlünde senin yerini tutacak, Rabia.

— Varsın tutsun!

— Kıskanmıyor musun?

— Ha ha, bir de güleyim bari.

Fakat kıskanmıştı. O akşam açgözlü gönlü hiç doymayacak kadar açtı. Bin kollu bir mahlûka benziyordu. Her kolunu başka bir sevgiliye sarmak, bütün sevgililere tek başına sahip olmak. İşte bu akşam içinde böyle hava esiyordu.

5

İkinci Mabeyinci Robert Kolej kapısının sırasındaki yalılardan birinde oturur. Ecdadından kalma iki yüz yıllık bir bina. Fakat birçok ilavelere ve tamirlere rağmen hâlâ yerli mimarînin sadeliği, husûsî vakarı, verdiği genişlik hissi bozulmamış. Arkasında, yumuşak yamacın ta tepesine uzanan büyük bir çam ve çınar korusu vardır. Ve korunun bitiminde sırtını yamaca vermiş, ağaçların arasına sokulmuş küçük, beyaz bir şelale vardır.

Birinci kanunun[1] ilk perşembe sabahı Rabia bu yalıya gitti. İçeri girer girmez biraz Selim Paşa'nın konağını hatırladı. Sofaları büyük, merdivenleri çifte, pencereleri şâhâne, ışık içinde bir yalı. Eşyası daha mutena,[2] daha ince bir zevkin eseri. Halıların, avizelerin adedi o kadar çok değil, fakat her eşya gibi onlar da birer şaheser. Sofalardan geçerken ikide birde duvarlarda Lale Devri'ni[3] tasvir eden bir iki tarama resme gözleri daldı kaldı.

Bu yalıda Rabia'ya yepyeni gelen şey açık ocaklardı. İçlerinde yığın yığın odun yanıyor, şöminelerin hepsi

1. Aralık ayının.
2. Özenli.
3. Osmanlı Padişahı III. Ahmed'in son on iki yıllık saltanatını, Nevşehirli Damat İbrahim Paşa'nın da sadrazamlık yıllarını kapsayan kısa yenilik dönemi.

renkli mermerden oyulmuş. Taze[1] bir halayık onu karşıladı ve önünde yürüyerek yol gösterdi. Misafir salonuna yaklaşırken içerden oldukça iyi bilen birinin piyano çaldığını duydu. Halayık:

— Arif Bey çalıyor, dedi. Beyefendi'nin yeğeni. Komşu hanımların hiçbiri bizim küçükbeyden kaçmaz. Siz de belki aldırmazsınız.

— Tabiî.

Arkasında yeni lâhûraki[2] siyah yeldirmesi, başında belden aşağı düşen beyaz örtüsü vardı. Her zamanki gibi uzun siyah peçesi arkasına atılmıştı. Pamuklu eldivenleri çantasını sıkı sıkı tutuyor. Bu kıyafetle o, orduların içine girebilir. Taze halayığın açtığı kapıdan her vakitki sükûnu ile salona girdi.

Bu muhteşem yalının hanımı, Mabeyinci'nin süt ninesi İkbal Hanım'dı. İkinci Mabeyinci Satvet Bey hiç evlenmemişti. Bu koca evde süt ninesi ve kendi büyüttüğü, yetiştirdiği yetim yeğeni Arif'le beraber yaşıyordu.

Yeşil gron entarili, kuru ve ufacık bir ihtiyar kadın, genç hafız içeri girer girmez, elindeki dikişi yere bıraktı, oturduğu koltuktan kalktı, kapıya doğru yürüdü. Bu İkbal Hanım'dı. Yüzü bumburuşuk, ağzında bir tek diş yok. Bununla beraber ihtiyar kadının kendine mahsus bir sevimi vardı. Yerden bir temenna etti,[3] siyah gözleri Rabia'ya huşûyla baktı. İçinde uyanan hürmet nedense onda esaret günlerinden kalma bir âdeti ihya etti. Divan durur[4] gibi ellerini göğsünün üstünde kavuşturdu. İhtiyar Çerkes, din kelimesinin mânâsını bilmez, Peygamber'in ismini doğru telaffuz edemez, hattâ namaz sure-

---

1. Genç.
2. Pakistan'da yapılan bir türlü şal.
3. Elini başına götürerek selam verdi.
4. Saygı gösterilen bir kimse karşısında el kavuşturup ayakta durur.

lerini bile ezberleyecek kadar hafızası yoktu. Elli beş senedir İstanbul'da, hâlâ Türkçe'ye dili adamakıllı dönmeyecek kadar çetrefil kalmıştı. Bununla beraber şedit[1] bir taassupla dindardı. İncir çekirdeği kadar dar beyninde karmakarışık duran Peygamber, meleklerden sonra şimdiye kadar âdetâ tapınırcasına hürmet ettiği, süt oğlunun dostu bir Vehbi Dede vardı. Rabia, belki onda daha fazla bir huşû[2] ve hayret uyandırdı. Bu yaşta hafız, başlı başına Mevlid okumaya davet ediliyor!

— Oğlumun kız kardeşinin kızı Behire Hanım, efem, diye pencerenin önündeki koltuktan yavaş yavaş kalkan, daha henüz genç sayılacak bir kadını, Rabia'ya takdim etti. Rabia'nın gözleri camların arkasından coşup akan, kış Boğaziçi'sinin beyaz köpüklü yeşil sularına bir an takıldı kaldı. Sonra hemen kendini topladı, resmî temennasını çaktı. Odadaki üçüncü şahıs da Mabeyinci'nin yeğeni ve Behire Hanım'ın küçük kardeşi Arif'ti. İkbal Hanım onu belki henüz çoluk çocuk sırasında bulduğu için Hafız Hanım'a takdime lüzûm görmedi.

— İnşaallah üşümediniz, efem.

Buruşuk yüzü daha buruşuyor, içi kapkaranlık küçük bir kovuk olan ağzının ince dudakları, büzüldükçe, gözler daha da çok ufalıyor, genç hafızı şömineye doğru götürüyordu. Arif bir sandalye koşturdu. Sarı mermer şöminenin içindeki alevlerin karşısına oturttular. O, sırtını ocağa verdi, salonun ortasındaki küçük havuzda, parmak gibi ince, billûr bir fıskıyenin etrafında tembel tembel yüzüşen kırmızı balıklara tebessüm etti. "Bu genç adam haremde ne geziyor? Başka işi gücü yok mu?" diye düşünüyordu. Hakikat yoktu. Piyano çalmaktan başka

1. Şiddetli.
2. Kendinden geçiş.

bir işi yoktu. Gerçi Nejad Efendi'den sonra İstanbul'da en iyi Türk piyanist, o idi. Fakat mensup olduğu içtimaî sınıf mûsikî ile hayatını kazanmayı ayıp saydığı için işsizliğe mahkûm olmuştu. Belki de biraz tembel olmasından olacak. Herhalde dayısının yanında yaşayıp gidiyordu. Bazân çalışmak için bir arzu hisseder ve derhal Robert Kolej'e talebe yazılırdı. Fakat birkaç aylık hummalı fikri faaliyetten sonra tekrar eski boş hayatına dönerdi.

Arif, süt nineden fazla bir tecessüsle Rabia'yı tetkik ediyordu. Peregrini de, Vehbi Dede de ondan çok bahsetmişlerdi. Fakat onun muhayyilesi hafız deyince suratsız çirkin bir kız tasavvur etmişti.[1] Rabia'nın etrafında dolaşıyor, onunla konuşmak için bir vesile[2] arıyordu. Fakat ablası kızı lâkırdıya tuttuğu için piyano iskemlesine oturup nöbetini beklemekten başka çare bulamadı.

Behire Hanım da büsbütün başka sebepten Rabia'yı çok canayakın bulmuştu.

Behire Hanım mürebbiyelerle[3] büyütülen kibar kızlara, aynı zamanda kendi harsları,[4] kendi klasikleri de öğretilen bir devrin mahsulüydü. O da tıpkı Arif gibi Satvet Bey'in evinde büyümüş, oradan gelin gitmişti. Kandilli'de otururdu. Kocası tahsilini sade Avrupa'da yapmış bir mühendisti. Biraz da Avrupa'dan gelen her fikri gökten inme naslar[5] diye telakkiye meyyaldi.[6] Hattâ Behire'nin yeni yetişen kızlarını da Türkçe okutmaya lüzûm görmemiş, Fransız mürebbiyeler elinde yetiştirmişti.

İyi kızlardı. Fakat onlar da babaları gibi yerli olan

---

1. Hayal etmişti.
2. Bahane.
3. Kendisine bir çocuğun eğitim ve bakımı verilmiş olan kadınlarla.
4. Kültürleri.
5. Açık ve kesin yargılar.
6. Kabul etmeye meyilliydi.

her şeye dudak büküyorlar, anneleri alaturka bir şarkı söylese kulaklarını tıkayıp gülerek kaçıyorlardı. Hayatlarının serbest ve mesut olmasına rağmen Behire'nin içinde bu bir dertti. Belki de biraz aksülamel olarak[1] onda yerli an'anelere, güzelliklere karşı mübalağalı bir temayül[2] uyanmıştı. Seneler geçtikçe dayısını daha sık ziyaret ediyor, daha uzun kalıyordu. Bilhassa mevlidleri, alaturka sazları hiç kaçırmazdı. Kökleri ana toprağının en derin mâzisinde olan Rabia dimağında gayri ihtiyari ona biraz sun'i, biraz mukallit[3] kızlarını hatırlattı. İçini çekti.

— Peregrini sizin çok iyi mûsikî bildiğinizi bize geçen akşam anlatıyordu.

— Ne kadar zamandır ben Peregrini'yi dinlemedim; alafranga çalmam ama çok severim. Bazân bir parmakla eskiden konakta Peregrini'nin havalarını çıkarmaya çalışırdım. Kalktı, piyanoya gitti. Arif'in omzundan eğilerek bir parmağıyla Chopin'in[4] noktürnünü[5] çıkarmaya çalıştı.

— A, ne tuhaf. Arif'in deminden çaldığı noktürn. Bizim evde kabare türkülerinden, valslerden başka bir şey çalındığı yok.

— Siz Peregrini'nin talebesi misiniz, Hanımefendi?

— Bizim gençliğimizde Peregrini'nin talebesi olmak moda idi. Hattâ bir zaman adamcağıza âşık olduğumu bile zannetmiştim (yan gözüyle İkbal Hanım'a bakıyor, Rabia'ya göz kırpıyordu). Fakat aksi herif, mûsikîye hiç istidadım olmadığını yüzüme karşı söyledi, beni başından def etti. Ailenin bütün mûsikî istidadı bu oğlanda toplanmış.

1. Tepki olarak.
2. Eğilim.
3. Taklitçi.
4. Polonya doğumlu, Fransız besteci ve piyanist.
5. Müzikte bir biçim. Chopin'le estetik doruğuna ulaşmıştır.

Arif başlamıştı. Rabia babası sürüldüğünden beri ilk defa piyano dinliyordu. Hilmi'nin odasında geçen akşamlar birer birer canlandı, Peregrini Chopin'i sevmez, çalmak istemezdi. Hilmi'yi kızdırmak için Chopin hakkında "Şekeri fazla kaçmış, fakat hiç tuzu yok," derdi. O, daha ziyade içinde ihtişam olan, ihtiras olan orkestrasyonu karışık eserlere düşkündü. Arif'in parmakları nereden bu eski hayalleri uyandırmıştı?

Dalgalar rıhtımı dövüyor, kırık kayaların arasına "fiiis, fiiis..." diye dalıp dağıldıkları hissediliyor. Rüzgâr uluyor. Noktürn fıskıyeden fışkıran suların tatlı hüznüyle dışarıdaki vahşi ahenge karışıyordu. İkbal Hanım ayaklarının ucuna basarak Rabia'nın yanına geldi.

Piyanonun bitmesini bekleyen genç halayık kapıdan, "Yemeğe buyurun," dedi.

Öğleden sonra İkbal Hanım onu doğru odasına çıkardı, akşama hazırlanması lâzımdı. Dili döndüğü kadar Rabia'ya Satvet Bey'in yalısında Mevlid okumanın ehemmiyetini[1] anlatmaya çalıştı.

— Sofada bir kız bekleyecek, efem. Âb-dest suyu isterseniz.

Nihayet Rabia yalnız kalmıştı.

Üst katta denize nâzır bir oda. Rabia soyunmaya üşendi. Bir sandalye çekti. Pencerenin önüne oturdu.

Kafes kalkık. Camın ötesi Boğaziçi. Odanın üstünde rüzgâr saçakları, su borularını birbirine katıyor. Siyah bulut yığınları bir karanlık akıntısı gibi havadan geçiyorlar; barut renginde sular azgın azgın akıyor; karşı yakanın zarif kıvrıntıları, nemli ve kurşunî bir duman içinde hayal meyal seçiliyor. Kızın gözleri ve kulakları bunları takip ediyor, fakat kafası başka yerde.

1. Önemini.

Satvet Bey'in yeğenleri Peregrini'nin ona göre tehlikeli cephesini bugün çok yakına getirmişlerdi. Son günlerde, belki piyanosunu dinlemediği, mûsikî mübahaselerini[1] işitmediği için, Peregrini'yi orta yaşlı, buruşuk yüzlü, eski bir dost gibi görmeye alışmaya başlamıştı. Halbuki Satvet Bey'in yeğenleri ona sanatkâr Peregrini'yi hatırlatıvermişlerdi. İçini her vakit garip bir şekilde rahatsız eden adam. Bir sene evvelisine kadar onun içini karıştıran, Peregrini'nin o kadar ihtirasla, kudretle yaşattığı sesler ahenkler, taşlarını kaldırıp mezarlarından çıkan tayflar gibi hafızasında dolaşıyorlar. O kadar ki rüzgârın ve suların uğultusunu bile işitemiyor.

— Müslüman olsa da beni alsa... dedi.

Bu adam eski evlere, bazân da kızların kalbine musallat olan bir tayfa benziyor. Ondan kurtulmak için belki ona varmaktan başka çare yok. Tevfik'i düşünürse belki ondan kurtulur. Filhakika babasının Şam'daki hayatını tahayyüle başlayınca içine biraz sükûnet geldi. Kalktı su istedi. Âb-dest aldı. İkindi namazını kıldı. Ondan sonra gene sandalyesinde, ellerini dizlerine vurarak doğum neşidesinin[2] ilk satırlarını zihninde hazırladı. *Majeur*[3] makamlardan geçen, melodilerinde insani bir şevk terennüm eden dinamik, kadir bir doğum neşidesi başlangıcı! Bunda Peregrini'nin ne kadar tesiri olduğunu düşünmedi bile.

1. Konuşmalarını.
2. Atasözü gibi kullanılan, çok bilinen beyitlerin.
3. Müzik terimi, majör. Bir makam, bir akort veya bir aralığın oluşma biçimi.

6

İkbal Hanım'ın hakkı vardı. Satvet Bey'in geçmişlerinin ruhuna Mevlid okumak adi bir vak'a[1] değildi. Üç salonun birbirine geçen kapıları açılmış, Sinekli Bakkal Mescidi'nden büyük bir toplantı yeri hâsıl olmuştu.[2] Birkaç yüz beyaz baş örtülü yer minderlerinde. Üç salonun tavanından üç ışık hevengi[3] sallanıyor.

Rabia'ya orta salonda, pencerenin önünde bir yer yapmışlar. Bir damasko[4] yer minderi, önünde rahle ve mumlar... İkbal Hanım onu "destur, destur" diye yol açarak götürürken, beyaz baş örtülüler sağa sola eğilerek yüzünü görmeye çalıştılar. Arkasında krem zeminli, mor lâleli yünlü bir entari, aynı kumaştan parlak dikişli bir hırka. Orada hiç kimse böyle giyinmiş değil. Hepsinin etekliği, bluzu, yahut entarisi az çok zamanın modasına uygun. Fakat kimse onun esvabıyla meşgul değil. Kumral, ince derisi yüzünün kemiklerine yapışmış gibi, gözlerini şakaklarına çekiyor gibi. Bal rengi gözlerinin yeşil mevce-

1. Sıradan bir olay.
2. Meydna gelmişti.
3. Birbirine bağlanmış ışık demeti.
4. (İt.) Şam şehrinin adından. Çoğunlukla döşemelik olarak kullanılan, keten ve ipek karışımı bir tür kumaş.

leri gerçi yanıyor, fakat kendisi olanca iradesiyle dimağını cemaatten ayırmak, okuyacağı şeye bağlamak istiyor.

Dudaklarından ilk dökülen perdelerle beyaz baş örtülü cemaat papatya tarlaları gibi dalgalandı. Hafif hafif iç çekmeleri, tek hıçkırıklar, konser halinde ağlayışlar. Rabia bunlardan haberdar değil gibi, ağrı çeken bir kadının heyecanlarını, doğuran bir ananın zaferini kendi halk ettiği makamda söylüyordu.

Beyaz başlı cemaatin bu akşamki heyecanı dinî olmaktan ziyade insanî idi. Hepsi ve her biri ağrı çeken kadın heyecanını, doğurmanın zaferini ya yeniden tattılar ve yahut istikballerinin en büyük realitesi olacağını hissettiler. Doğum kısmı bitti.

Mevlidci "vefat"a başlamadan sağındaki salonun nihayetinde[1] bir perde gördü. Oradan birdenbire Enderun[2] takımı ilahiler okumaya başladı. Rabia'nın yıpranmış asabını[3] bu mûsikî dinlendirdi. Biraz Vehbi Efendi usulünde. Heyecansız fakat insanı murakabeye[4] vardıran bir üslûp. Erkekler hep böyle okuyorlar. Sanatları gayri şahsi. Rabia böyle düşünüyordu.

Gülsuyu, ödağacı kokuları havayı ağırlaştırdıkça ağırlaştırıyor. Işık hevenkleriyle beyaz başlar arasında hafif bir duman var. Genç kızlar ellerinde güldanlar[5] herkesin eline gül suyu serpmek için eğiliyorlar. Ta karşıda, kalabalığın arkasında üç iskemle var. Üstündekiler belki yere oturamayacak kadar alafranga, belki de... Ortada duranı Rabia nerede görmüştü? Mermer gibi bir baş, beyaz alnından altın kâhküller... Kaşın biri kalkık...

---

1. Bitiminde.
2. Osmanlı'da devlet görevlilerini yetiştiren okul.
3. Sinirlerini.
4. Dalma, kendinden geçme.
5. Gül suyu serpmek için kullanılan kap.

Enderunlular susmuştu. Mevlidci hemen "vefat"a başladı. Cemaatin üstüne ölüm gölgesi salmış gibi. An'a-nevi[1] pes, yarım sesler, çeyrek seslerle ağır ağır, bir ilahi gibi okuyor. Bin üç yüz sene evvel ölen bir Peygamber için ağlıyorlar. Belki de kendileri için ağlıyorlar. Belki de kendileri için, ölümü tatmak, yok olmak hepsine, her birine mukadder[2] olduğu için ağlıyorlar. Bu defaki heyecanlarında, gözyaşlarında, şevk, zafer değil korku var. Boğazlarını tıkayan bir korku. İki kadın gerildi, bayıldı, odadan çıkardılar. Havada maşerî[3] bir isteri dolaşıyor.

Rabia artık tamamen tükenmişti. Sanatını, bütün ruhunu, son zerresine kadar cemaate dağıtmıştı. Ayağa kalktığı vakit dizleri titriyor; gözleri bomboştu. İki kadın koluna girdi, salondan çıkardı. O ne yanlarındakine ne de sofalarda onu görmek için toplananlara bakıyordu. Küçük bir odaya götürdüler. Ancak orada yanındakilerin yüzüne baktı. Biri Satvet Bey'in yeğeni Behire Hanım. Öteki, öteki...

— Kanarya Hanım, Kanarya Hanım... İnce kollarını kadının boynuna sımsıkı dolanmış, kuru dudakları kadının mermer yanaklarını öpüyor.

— Beni boğuyorsun, Rabia.

Arif'in ablası hafifçe öksürdü.

— Siz Nejad Efendi'nin hanımını tanıyor muydunuz, Hafız Hanım?

Biraz evvel salonda iskemle üstünde gördüğü kadın tevekkeli ona o kadar aşina gelmemişti. Demek Peregrini'nin sırrı bu idi.

Kanarya onu bir sandalyeye oturttu, serin bir el ateşli alnını sıktı.

1. Geleneksel.
2. Yazgıda var olan.
3. Ortaklaşa.

— Biz eski kapı yoldaşıyız. Bir zamanlar hep aynı sofrada yemek yerdik. Değil mi Rabia? Sen o zaman bu kadar meşhur değildin, henüz efendilerin sofrasına oturamıyordun. İkimiz de kâhya kadınla yerdik değil mi? Ne tuhaf, bu kadar sene sonra gene bir sofra başında birleşmek.

Ortada yuvarlak bir masa, üstünde gümüş çay semaveri, iftar akşamlarını hatırlatan küçük tabaklarda bir sürü leziz şeyler. Arif'in ablası Rabia'nın önüne havyar tabağını çekti.

— Acıkmış olacaksınız...

Kır saçlı, genç yüzlü bir kadın teklifsizce kapıyı itti, içeri girdi. Anadolu şivesiyle konuşuyordu. Fakat başında örtü olmayan tek kadın o olduğu için Rabia onun Hıristiyan olduğuna hükmetti.[1] Herhalde Nejad Efendi'nin hanımıyla da, Behire Hanım'la da pek dosttu.

— Beni getirdiğinize teşekkür ederim, Prenses. Rabia'ya döndü, elini yakaladı, sıktı:

— Bana Noel akşamı hissini verdiniz.

— Misis Hopkins, Efendi'nin Robert Kolej'den gelen İngilizce hocasının madamı, Rabia, benim çok dostumdur.

Rabia yerken düşünüyor. Kanarya'yı tekrar bulmak, Kanarya ile tekrar bir sofrada yemek yemek ne acayip şey. Fakat ne kadar başka bir Kanarya. İnsanlar karışık işlemelerde birbirine girip çıkan renk renk iplikler gibi. Ucunu, izini tamamen kaybettim zannettiğin biri birdenbire karşına çıkıyor, seninle birleşiyor, haydi yeniden şekil yaratıyorsunuz. Kim bilir, belki Tevfik de bir gün birdenbire böyle karşısına çıkıverecek. Tıpkı vaktiyle dükkânda olduğu gibi ona sarılacak, kucağına alacak, bir çocuk gibi aşağı yukarı gezdirecek...

1. Karar verdi.

— Çok değişmemişsin Rabia. Fakat nen var yavrum? Gözlerin doluyor...

— Bir şeyim yok. Sizi görünce çok şaşırdım da. Ama siz çok değişmişsiniz. Ne kadar güzel olmuşsunuz!

Güzelliği bir yük, bir zincirmiş gibi acı acı gülüyor.

— Çerkes kadınına mutlak güzel olmak gerek.

Misis Hopkins'den:

— Niçin?

Behire Hanım'dan:

— Çünkü padişah karısı olurlar.

Misis Hopkins:

— Sizi acaba niçin Abdülhamid almadı da yeğenine verdi, Prenses?

— Yaşlı başlı adamları elde etmek güçtür, hepsinin eski bağları, alakaları vardır.

Yer minderinde ud çalan sarışın, genç bir Çerkes kızı. Beyaz yanaklarına damla damla yaş akıyor, hemen işitilmeyecek kadar zavallı bir sesle "Gönül senden kimlere etsem şikâyet" şarkısını söylüyor. O kızın ıstırabının sebebini, Rabia bunca yıl sonra seziyor gibi. Arif'in ablası diyor ki:

— Hanımefendi, Efendimizin çok hatırını saydığı bir kadının halayığı idi. Belki onun için Hanımefendi'yi yeğenine vermiş olacak.

Misis Hopkins'in kaşları kalkmış, biraz müstehzî:

— Hükümdarlar böyle şeyler düşünürler mi? Siz ne dersiniz, Prenses?

Kanarya, Abdülhamid'i, Saray'ı unutmuş, tamamen kendi düşüncesine dalmış gibiydi. Kendini Hopkins'e cevap vermek için zorladı:

— Efendimizin düşüncesini bilemem ama, bizim hanım çok başka bir kadındır. Bir daha gelirse size tanıştıracağım, çok seversiniz. Saray'da küçük kızları hep evlât edinir, kendi terbiye eder, tahsil ettirir. Efendilerden birkaçının adamakıllı hanımları olması, onun sayesinde. Zavallı kadının bir tek sultanı vardı, küçük iken öldü.

— Abdülhamid'i ilk defa nasıl gördünüz, bunu anlatsanız ne iyi olur.

— Oh oh, masal söyleyeceğiz. Bakın nasıl oldu: Saray'a girdiğim ilk haftaydı. Bizim Kadınefendi evlâtlıklarını, bir sabah Hünkâr Dairesi'ne götürmemi söyledi. Her sabah onları götüren kız, galiba hastaydı. Her sabah bu çocuklar mutlak Hünkâr'a götürülürdü. Çocukları pek sever.

Misis Hopkins içinden:

— Kanlı bir hükümdarda ne garip merak, dedi. Kanarya devam ediyordu:

— Çocuk alayını önüme kattım, Hünkâr Dairesi'ne götürdüm. Hâlâ bugünkü gibi gözümün önünde... Dört köşe bir koridor, penceresiz. Bir kapısı dışarıya, bir kapısı Padişah'ın dairesine açılır. Gündüzleri bile avize yanar. Yoksa zifirî karanlıktır. Hünkâr Dairesi'ne giden kapının üstünde bir papağan kafesi asılıdır.

Kanarya durdu. Kuşu görüyor gibiydi. Ne mel'un[1] sesi vardı, hiç sevmezdi. Yeşil kanadının altına başını sokar, tüneğinde uyur gibi durur. Fakat herkesten evvel Abdülhamid'in ayak sesini duyar. Birdenbire uyanır, küçük, kırmızı gözlerini açar, Hünkâr kapının altından geçerken kanatlarını birbirine vurur, üç defa, "Çok yaşa!" diye haykırırdı.

Burasını anlatırken Kanarya papağanın sesini taklit ediyor; sarı saçlarında kocaman kurdelelerle küçük kızların telaşını taklit ediyordu.

— Padişah beni görünce kaşlarını çattı. Galiba şüphelendi. Etrafında değişik yüz görünce fenâ halde sinir-

1. Lanet.

lendi. Hemen bizim Kadın Efendi'nin adamı olduğumu anlattım. Hemen tavrı değişti:

— Çocuklara iyi bakınız, dedi. Papağanla biraz konuştu; çekildi, gitti.

Kanarya hafifçe içinden bir "oh", dedi. O menhus[1] sabahı tekrar yaşıyordu. Abdülhamid'i hiç sevmemişti. Badem gibi büyük siyah gözleri, boyalı sakalı, heybetli görünmek için boyanan yanakları, bilhassa kalın ve mütehakkim[2] sesinden ürkmüştü. Saray'da kızlar onun güzelliğinden dolayı Padişah'a odalık olması ihtimalinden bahsetmişlerdi. O sabah (tacdar[3] dahi olsa) o kadar korkunç gelen bu adam, kendisini beğenir diye içi titremişti. Güzel olduğuna ne kadar lanet etmişti. Onun için o gün de Abdülhamid'in nazarı dikkatini celb etmediğini anlayınca, böyle içinden bir "oh" çekmişti.

— Alın şu sıcak çayı için, Prenses. Biraz dinlenirsiniz. Mutlak Nejad Efendi'nin size nasıl âşık olduğunu anlatacaksınız.

— Saray deyince hep aşk düşünüyorsunuz, Misis Hopkins. Efendi bana ne âşık oldu ne de evlenmemizde güzelliğimin tesiri oldu. Saray güzel kızlarla doludur. Hepsi biraz isteriktir. Genç şehzadelere rahat huzur vermezler. Hele Nejad Efendi, zavallı hiçbir kadından hoşlanmadığı için onun yakasını bırakmazlardı. Geçeceği yerlerde dolaşırlar, kapı arkalarına saklanır, üstüne atılırlar. Hep konuştukları lâkırdı; Nejad Efendi'nin koynuna girmek için çare düşünmek. Bizim Efendi için Saray birbirine girer, zavallı çocuğa hiç rahat huzur vermezlerdi. Bir onu rahat bırakan ben oldum. Biraz da muhafızı[4] gi-

1. Uğursuz.
2. Hükmeden.
3. Taç sahibi, padişah.
4. Koruyucusu.

biydim. Dişi mahlûkatın şerrinden muhafaza eden bir ordu gibiydim. Hah, hah, hah... Kızlar benim kıskançlığımdan Efendi'ye sokulamadıklarını zannediyorlar, halbuki...

Sustu. Çatalı, bu müz'iç[1] kızların birinin kafasına batar gibi bir zeytin tanesine battı.

— Bir tek merakım var. Onu da teskin ederseniz[2] artık bir daha sizi rahatsız etmem, Prenses.

— Eliniz değmişken sorun. Her zaman beni bu kadar lütufkâr[3] bulamazsınız, Misis Hopkins.

— Bütün efendilerin hepsi kapalı, arkalarında hafiye var da, neden sizler serbest dolaşıyor, istediğinizle görüşüyorsunuz?

Kanarya ikinci zeytin tanesini yuttu. Rabia'ya bir gözünü kırptı:

— Söyleyeyim mi, ne dersin, Rabia?

— Kuzum, kuzum...

— Bizim Efendi, babasının oğlu olduğu için.

— Bilmece mi söylüyorsunuz, Prenses?

— Size hakikati[4] anlatıyorum. Efendi'nin babası çocuk tabiatlı bir adamdı. Tuhaf tuhaf merakları vardı. Hiç saray entrikalarına karışmaz, hattâ aklı bile böyle şeylere ermezdi.

— Aman, bir merakını anlatınız.

— Mesela deniz ve vapur. Çamlıca'daki köşkün bahçesinde bir havuz vardı. Onun etrafına yalancıktan iskeleler yaptırmıştı. Beyleri gemici esvabı giyerler, kendisi biletçi olur, bu iskelelerden birine bilet keserdi. En büyük emeli bir vapurda kaptan olmak. Zavallı gözleri açık

1. Sıkıcı, bunaltıcı.
2. Dindirirseniz.
3. İyiliksever.
4. Gerçeği.

294

gitti. Güya bir defa Üsküdar'dan İstanbul'a giden bir vapurda kaptanlık etmiş. Ama ne kadar doğru bilemem.

Misis Hopkins içinden:

— Aptal dejenere, diyordu.

Kanarya da belki öyle düşünüyordu. Herhalde kendi kocasının aptal olmadığını ispat için hayli gayret etti.

— Nejad Efendi'nin bu kadar çocukça merakları yoktur. Fakat o da babası gibi saray entrikalarına hiç karışmaz. Hiç haris[1] değildir. Bir tek merakı mûsikîdir. (Sesi biraz acı) Saray'da rahat etmek için bundan da muvafık[2] merak olmaz. Bilhassa Alman mûsikîsini sever. Bir de babasını da, anasını da erken kaybettiği için bizim Kadın Efendi'nin evlâdı gibi büyüdü. Hünkâr'a bol bol piyano çalar. Konuşmaz. O kadar sıkılgandır ki yüzüne baksanız kızarır, kekeler. Görüyorsunuz ya, hiç tehlikeli bir adam değil. Hattâ komşumuz Kudret Bey gibi Saray'ca fenâ görülen bir şairden edebiyat dersi aldığını Hünkâr bilir de, sesini çıkarmaz...

Çay fincanını Misis Hopkins'e uzattı. Bir zaman hepsi çay içti. Kimse konuşmadı. Nihayet Kanarya gene Rabia'ya döndü:

— Biraz da sen söyle yavrum. İstanbul halkına Mevlid okumadığın zamanlar ne yapıyorsun?

— İstanbul Bakkaliyesi'nden soğan, sarmısak, peynir gibi kokulu şeyler satarım.

— Bizim eski hanım ne âlemde?

Rabia önüne baktı. Alçak ve biraz da kısık bir sesle:

— Konağa artık gitmiyorum. Selim Paşa babamı sürdükten sonra Hanımefendi'nin de yüzünü görmedim.

— Fenâ yapıyorsun. Paşa seni evlât gibi severdi. İnan

1. Açgözlü.
2. Uygun.

ki iyi adamdır. Vazife diye bir şey tutturmuştur. Ona fedâ etmeyeceği bir şey yoktur.

Selim Paşa'nın vazife dediği şeyle Kanarya da çarpışmış ve mağlup olmuş gibi birdenbire yorgun göründü. Ocağın üstündeki saate baktı, yerinden fırladı:

— Ne kadar geç olmuş! Yarın sabah geleceksin, değil mi? Yokuşu yürüme diye sana arabamı yollarım.

Rabia'nın iki yanaklarını rikkatle öptü ve kapıdan çıkarken seslendi:

— Efendi de seni o kadar merak ediyor ki...

7

Behire Hanım da, Arif de henüz kalkmamışlardı. Rabia erkenden sokak kıyafetiyle salona indi. İkbal Hanım kırmızı balıklara ekmek ufakları atıyor, gözleri dudakları büzülmüş, çetrefil çetrefil balıklarla konuşuyordu. Rabia'yı görünce elleri göğsünün üstünde kavuştu.

— Sabah şerifler hayır olsun, efem.

Pencerenin önüne iki kişilik kahvaltı hazırlamışlardı. İkbal Hanım'la karşı karşıya oturdular, sütlü kahvelerini içtiler. Kadın, durmaksızın Rabia'nın dün akşamki tesirinden bahsediyor. Fakat Rabia'ya dün akşam çok uzak görünüyordu. Yüzü güya dinliyormuş gibi mütebessim, fakat aklı Kanarya'da ve Kanarya'nın sarayında. İkbal Hanım Mabeyinci'nin Enderun takımı yanından Vehbi Dede ile beraber, Rabia'yı dinlediğini söyleyince dikkat kesildi. Mabeyinci'den ziyade Vehbi Dede'nin fikrini öğrenmek istiyordu. An'anevî mûsikîden dün akşam fazla ayrılmıştı. Cüretine kendi bile şaşıyordu. Vehbi Dede itiraz etmezse içi rahat edecek. Fakat İkbal Hanım bu hususta ona hiçbir fikir vermedi. Herkes memnun olmuş, mütehassis olmuş,[1] fakat Vehbi Dede bir şey

---

1. Duygulanmış.

söylememiş. Mamafih[1], Dede de öğlen yemeğine Nejad Efendi'ye davetli. Binaenaleyh[2] öğrenebilir.

Rıhtıma iki atlı bir araba geldi. Yalının önünde durdu. İki duru at yelelerini, kuyruklarını sallıyor, sabırsızlıkla kaldırımları deşiyorlar. Bu, Rabia'yı bekleyen Kanarya'nın gönderdiği araba.

İkbal Hanım aşağıya kadar indi. Eline bir zarf sıkıştırdı. Rabia onu arabada açtı. İçinde on lira vardı. Paranın kendisinden ziyade ifade ettiği şeye çok sevindi. Gerçi bu, Tevfik'e gönderilecek birçok şeyi alabilir, fakat aynı zamanda Rakım ona en yüksek Mevlid okuyana beş lira verildiğini söylememiş miydi? Birdenbire içinde ilk hafızlığı günlerindeki şöhretinin verdiği çocuk gururu uyandı. Hayat ne garipti! Sinekli Bakkal semtinin sokaklarına benzemiyor değildi. Rabia bu mukayeseye[3] tebessüm etti. Bir köşeden saparsın dar, karanlık bir sokak, öteki köşeden çıkarsın ferah, geniş bir cadde. Galib Dede'nin[4] dediği gibi: "Kimi terk-i nâm u şâna, kimi itibara" düşüyor.

Nejad Efendi'nin korusu Satvet Bey'e bitişikti, fakat köşk tepede olduğu için iki tarafı ağaçlık, uzun ve dolambaçlı yokuşlardan tırmanmak lâzımdı. Hayvanların yanları ter içinde, fakat bir solukta Rabia'yı tepeye çıkardılar. İki haremağası[5] karşıladı. Kapıda iki saraylıya teslim ettiler. Bu iki süslü kadının arasında lahurî siyah yeldirmesi, beyaz baş örtüsüyle ne kadar buraya yabancı görünüyordu. Aynalara gözü iliştikçe, utanmasa kendi aksine dilini çıkaracaktı.

Onu soymak için bir odaya aldılar. Saray'da baş örtü-

1. Bununla beraber.
2. Bundan dolayı.
3. Kıyaslamaya.
4. Şair Şeyh Galib Dede (1757-1799).
5. Osmanlı saraylarında ve büyük konaklarda harem ile selamlık arasında hizmet gören hadım, zenci köle, hadım ağası.

süyle oturmak âdeti olmadığını anlattılar. O "Efendi..." diye başlayınca kadınlar güldü. Dünya kuruldu kurulalı kimse hünkârlardan, şehzadelerden kaçmazmış. Rabia yeldirmesini, baş örtüsünü verdi. Bir kız ona gümüş bir ayna tuttu. Ayrık saçlarının bir teli dağılmamış, sımsıkı başını saran kumral örgüleri de aynı intizamı muhafaza ediyor. Fakat aynada, bu yünlü entarili, parlak dikişli hırkalı uzun mahlûku, siyah yeldirmeli mahlûktan daha tuhaf buldu. Kanarya'nın yanına girince kendini de, kıyafetini de unuttu.

Kanarya, kendi muhteşem dekoru arasında evvelâ biraz Rabia'yı ürküttü, fakat çok sürmedi. Esasen hemen onun meşk vereceği[1] kızları getirtmiş, ona takdim etmişti. Sesi güzel olan bir Habeş kızına sadece hanendelik[2] öğretilecek. Adının Gülbeyaz olduğunu Kanarya söyleyince azıcık güldü. Öteki iki sarışın, ufak tefek Çerkes kızlarının adları Nevgice ve Mahpeyker'di. Onlara kemençe ve ud öğretecekti. İşte onun Kanarya'nın köşkünde yetiştireceği üçlük alaturka takım bunlardı. Her pazartesi köşke gelecek, çarşamba sabahına kadar kalacak, gündüzleri meşk verecek, geceleri Kanarya ve Efendi'yle oturacak.

— Haydi gidin, başlayın. Ders bitince Hocahanım'ı buraya getirirsiniz. Pek uzatma, Rabia, öğle yemeğine misafirimiz var.

Köşkün arkasında, bahçe üstünde bir odada Rabia iki saat uğraştı. Kanarya'nın yanına çıktığı zaman yemek vakti olmuştu. Yan yana yemek salonuna gittiler. Kanarya:

— Henüz Efendi'yle misafirleri gelmemişler, dedi. Rabia'yı yemek salonundan bir balkona açılan camlı kapıya götürdü. Yan yana karşı tepelerin boz rengi başlarını, iki sahil arasından kıvrılıp giden Boğaz'ı seyrettiler.

1. Ders vereceği.
2. Şarkıcılık, okuyuculuk.

Arkalarında ayak sesi duyunca ikisi birden döndü. Nejad Efendi bir tarafında Vehbi Dede, bir tarafında Peregrini onlara doğru geliyordu.

— Rabbim, sen günahımı affet. Başımda örtü yok. Vehbi Dede'den kaçtığım yok, çünkü o derviş. Şehzadelerden kaçılmazmış, fakat bu herif, üste de bir gâvur, diyordu.

Birdenbire bir günah evhamına[1] kapılmıştı. Hattâ Kanarya'nın bile başı açık olması, bu sıkıntılı hissi izale edemiyordu.[2] Eğer çocukluğunda İmam gibi çetin bir mürebbinin elinde kendini zaptetmeye alışmış olmasaydı, odadan fırlayıp çıkacaktı. Efendi'ye yerden temenna etti,[3] Vehbi Dede'nin elini öpmeye çalıştı. O bermutad elini vermedi, o zarif Mevlevî selâmını verdi. Peregrini' nin uzattığı eli sıktı. Fakat parmakları, uçları buz gibi, gözleri piyanistten kaçıyordu.

Peregrini'nin, hattâ on beş senelik İstanbul hayatına rağmen, Rabia'nın içindeki günah korkusunu anlaması ihtimali yoktu. Saçını göstermenin ne kadar günah addedildiğini bilmez değildi. Fakat Rabia'yı o kadar senedir tanıyordu ki. Gerçi muayyen bir yaştan sonra kız, hep başını örtmüştü. Fakat çok zaman örgülerinin ucunu baş örtüsünün altından görmüştü. Kızın yalnız saçlarının başına toplanışını çok zarif buldu.

— Altın yılanlar gibi. Vay Medusa[4] vay, diyordu. Rabia'ya bunu söylemek isterken kızın başını kendinden çevirdiğine, Efendi'ye baktığına dikkat etti. Gerçi Efendi bakılacak bir adam ama, Peregrini'ye göre, onun güzelliğin-

---

1. Kuruntusuna.
2. Gidermiyordu.
3. Eğilerek selam verdi.
4. Yunan mitolojisinde kafasında saç yerine yılanlar olan, kanatlı bir genç kadın. Gorgo'ların en ünlüsü.

de bir erkeğe yaraşmayan garabet[1] var. Ancak bir dejenere bu kadar kusursuz tarzda güzel olabilir. "Kadın olsam bu genci yanıma yaklaştırmam," diye içinden söyleniyordu. Peregrini biraz haklıydı. Nejad Efendi, yıpranmış hükümdar sülalelerinin arada yetiştirdikleri fazla güzel ve acayip simalardan biriydi. Çekik kaşlarının inceliği bir genç kız kaşı gibi; koyu mavi gözlerini çerçevelendiren siyah kirpiklerinin uzunluğu ve kıvırcıklığı gene onları bir kız çocuğu gözlerine benzetiyor; ağzının küçüklüğü, dudaklarının kıvrıntıları, ufak sarı bıyıkları fazla özenilmiş. Burnu ailesininkine hiç benzemiyor. Ufacık. Yüzünün heyeti umumiyesi[2] onu duvar dekorlarına benzetiyor. O da biraz mütehalik[3] bir tavırla hep yanında oturan Rabia ile meşgul.

Saray'ın dört duvarları arasında muhayyileleri de, sinirleri de hasta kadınların gönlünü yanmış harman yerine çeviren bu güzellik Rabia'ya hiç tesir yapmadı. O, esasen Saray halkının kadını da, erkeği de alelâde insanlara benzemediğine kaildi. Bununla beraber Efendi'nin sıkılganlığında, kekelememek için sarf ettiği gayrette sevimli bir köşe bulmuştu. Belki biraz da Efendi'nin pek bariz surette[4] kendisiyle alâkadar olması onu mütehassis etmişti.[5] Fakat ikisinin de birbirine karşı duydukları alaka sofrada mütemadiyen birbirleriyle meşgul olmalarında ne güzellik ne cinsiyet bir rol oynuyordu. Hiç kimse bu sıkılgan gencin sarayın haricindeki[6] insanları ne kadar derin bir tecessüsle bilmek istediğini tahayyül edemezdi. Rabia'nın, bilhassa Saray'a bir vazife ve yahut içtimaî sebeplerle ara-

1. Tuhaflık.
2. Genel görünüşü.
3. Aceleci.
4. Belirgin şekilde.
5. Duygulandırmıştı.
6. Dışındaki.

da gelebilen sınıflardan birine mensup olmaması daha ziyade Efendi'yi cezbetmişti.[1] Utanmasa dikişli, yün hırkasını eliyle okşayacak; o kadar kızın kıyafetini bile Saray'ın süslü kadınlarından başka buluyor. Kendi kendine:

— Bir mahalle imamı torunu, bir orta oyuncusu kızı, kendisi de şu içini görmek hiç nasip olmayan küçük evlerden birinde oturuyor, diyor, sonra Rabia'ya dönüyor:

— Hanım, sizin sokağın adı Sinekli Bakkal olduğunu söyledi. Ne sevimli isim, diye saraylılara mahsus o biraz sun'î, kesik gülüşü ile gülüyordu.

Peregrini karşılarındaydı. Sofraya oturduklarından beri kızın nazarı dikkatini celb etmeye[2] muvaffak olamamıştı. O kadar kızmıştı ki, Kanarya ile konuşan Vehbi Efendi'nin onu lâkırdıya karıştırmak için sarf ettiği zahmete lakayt kalmıştı.

Nejad Efendi'nin bu garip gülüşü içini zaferle doldurdu. Bu aptal gülüşe nasıl olmuş da şimdiye kadar kendisi dikkat etmemişti. Fakat Rabia'nın buna dikkat ettiğine dair bir emare[3] yoktu.

— Yazın bizim sokaktaki sinekleri görseniz adını da, kendini de bu kadar sevimli bulamazdınız. Hiç bizim sokaktan geçtiniz mi, Efendim?

— Hayır. Fakat hep bu arka sokaklarda evlerin içini de, içindekileri de çok merak ederim.

— Pek merak edilecek yerler değil. Bilhassa sokak hem pistir, hem gürültülüdür. Çeşme başında her gün kavga vardır, çocuklar sabahtan akşama kadar çamurlara yuvarlanır.

— Harikulade, harikulade...

Rabia ona görülmemiş bir memleketten yeni dönen bir seyyah gibi geliyordu. O ne söylese sinirli sinirli ve

1. Etkilemişti.
2. Çekmeye
3. Belirti.

tabiî olmayan gülüşü ile gülüyordu. Rabia hafifçe içerledi. Sinekli Bakkal'da böyle gülecek ne vardı. Köşkünün içine kurulmuş, bir lokma kuru ekmek için sabahtan akşama kadar didişen zavallıların halini meraklı bir roman gibi dinliyor. Vay beyim vay! Kaşlarının arasındaki çizgi hafif hafif belirdi. Mahsus[1] mübalâğa etmeye karar verdi:

— Bizim sokaktakilerin bazılarının ne kadar fukara olduklarını bilseniz pek harikulade bulmazsınız, Efendim. Mesela eskici Fehmi Efendi. On iki saat çalışır. Gözlerine zavallı iki gözlük üst üste takar. Bazı geceleri bile dükkândadır. Dört kızı var, karısı var. Hepsi bir buçuk odada yatar, kalkarlar. Bununla beraber her gün kursaklarına sıcak yemek girmez. Ekmeklerine katık bile bulamadıkları günler vardır.

— Vah zavallılar, vah zavallılar!

Efendi'nin gözleri dolmuştu. Fakat kendisi, gözlerine yaş getiren bu teessürden[2] memnun. Kuru ekmekten başka yiyecek bulamayanlar, bir buçuk odaya dolup yatan bütün bir aile, bunlarda bir orjinalite buluyordu. Saray'da elemler,[3] kederler hep bir örnek. Kıskançlık, entrika, hırs, artık kusacak kadar iğrendiği cinsiyet ihtilaçları![4]

Rabia mevzuu değiştirdi. Sabit Beyağabey'den bahse başladı.

— Harikulade, harikulade...

Biraz sonra o da Rabia'ya doğru eğildi, anlatıyordu:

— Amcazadem Raif Efendi tulumbacılara bayılır. Kendisine mahsus bir tulumba yaptırdı. Arada sırada beyleri de, kendi de tulumbacı kıyafetlerine girerler. Kendisi tulumbacıbaşı olur, başa geçer. İçeriden hanım-

1. İsteyerek, bilerek.
2. Duygulanımdan.
3. Dertler.
4. Çırpınmaları.

303

lar yangın işaretini verir. Beyleri tulumbayı omuzlar, Saray'ın bahçesinde koşarlar...

Efendi gene gülüyordu. Fakat Rabia gülmedi. Hattâ kaşlarının arasındaki çizgi derinleşti. Bu ne hazin, ne zavallı hayat. Nejad Efendi'nin babasının deniz, kaptanlık oyunu, Raif Efendi'nin tulumbacılık oyunu. Hayat, Saray duvarları arasında hep böyle solgun mu? Bunlar hep yalancıktan yaşamak oyununu mu oynuyorlar?

— Sabit Beyağabey nasıl konuşur?

— Huzurunuzda tekrar edemem, Efendim.

Efendi ısrar etmedi. Rabia, Sabit Beyağabeyi'nin küfürlerinin en nadidesini hatırlıyor. Dudaklarının gülmemek için sıkıyordu. Efendi yan yana sandalyesini Rabia'ya biraz daha yaklaştırdı. Âdetâ birbirine gizli bir şeyler söyleyen iki çocuk gibiydiler.

— Çamlıca'da bizim köşke yakın bir bakkal dükkânı vardı. Ben çok küçüktüm. Araba ile geçerken çırak çocuk, mavi önlüğü ile fırlar, arabanın arkasından koşardı. Bilseniz ne kadar o çocukla oynamak isterdim. Geceleri rüyama girerdi.

Rabia içinden ilk defa Efendi'yi de dilekleri, mahrumiyetleri olan kendisi gibi bir insan olarak gördü. O, sesini daha alçaltmıştı. Belli ki söylediğini kimsenin işitmesini istemiyordu.

— Çocukken ben hiç oynamadım. Oynatmadılar. Etrafımda bir sürü büyük adamlar. Sabah, akşam kafamı lüzûmsuz şeylerle doldurdular durdular. Hepsi insandan ziyade bir manken. Bunların bana ne faydası var?

Rabia da onun kulağına söyler gibi:

— Ben de küçükken hiç oynamadım. Oynatmadılar. Babam sürgünden gelinceye kadar gülmeyi bile adamakıllı beceremezdim, diyordu.

— Kızlar tabakları alsınlar mı, Efendi Hazretleri?

Önlerindeki yemek çoktan bitmişti. Ellerinde gümüş sahanlarla arkada bekleyen kızlar, Efendi'yi rahatsız etmemek için tabakları almaya cesaret edememişlerdi. Kanarya'nın sesi, ona, misafirleri beklettiğini ima eder etmez fenâ halde mahcup oldu:

— Ta, ta, tabiî... diye kekeledi.

Peregrini içinden, "Bu dejenere Prens bizi daha ne kadar sofrada tutacak?" diye homurdanıyordu.

Kanarya, Vehbi Dede'ye diyordu ki:

— Dün akşam Rabia'nın güzel sesi iki hanımı bayılttı. Ne güzel okudu, değil mi? Siz Satvet Bey'le beraber dinlemişsiniz.

Rabia'nın kalbi şiddetle çarpmaya başladı. Eğildi, Vehbi Dede'ye bakıyordu. O, âdeta müstehzî, gülümsedi.

— Fenâ değildi. Fakat an'anevi okuyuştan çok ayrıldı.

— Ben dün akşamki okuyuşunda bizim "şer mert"in[1] tesirini kuvvetle hissettim.

Kanarya Peregrini'nin yüzüne baktı. O, ellerini çırpıyordu:

— Bravo Rabia Hanım. Ne kadar orada olup dinlemek isterdim.

— Olamazdınız, çünkü Müslüman değilsiniz.

Kanarya:

— Fakat Misis Hopkins de Müslüman değil. Pekâlâ geldi, dinledi, diyordu.

— Fakat o hanım dindar. (Peregrini'ye baktı ve ona hitap etti.) Siz dinsizsiniz, değil mi? Belki Mevlid'e gelseniz, eğlenirsiniz.

Rabia'nın bu kadar nezaketsiz muamelesini Vehbi Efendi hiç görmemişti. Bilhassa Peregrini'ye karşı her zaman o kadar mütevazı davranırdı ki. Âdeta sert bir sesle Rabia'ya:

---

1. (Fr.) *Cher Maître*. "Sevgili Efendi."

— Haksızsın, dedi. Peregrini kadar dine, an'aneye hürmet eden, sen kimse gördün mü? Galiba seni dinlemek için nasıl cami cami dolaştığını unuttun.

Rabia kızardı. Fakat pişman olmamıştı. Peregrini'yi acıtmak, rahatsız etmek için galebe edemeyecek[1] kadar içinde şiddetli bir isyan vardı.

Bu muameleden[2] en çok müteessir[3] olması lâzım gelen adam, âdetâ memnun görünüyordu. Bir saat devam eden lakaydiden[4] sonra, Nejad Efendi'ye gösterdiği alakadan sonra kendisiyle meşgul olması onu âdetâ sevindirmişti.

Sofradan kalkınca Efendi sordu:

— Hafız Hanım ne günleri gelecek, Hanım?

— Pazartesiden çarşambaya kadar burada olacak.

— Pazartesi akşamları, esasen Vehbi Dede ile Mösyö Peregrini de gelmiyorlar mı? Fakat siz geç kaldınız, bugün Efendimize piyano çalacaktınız.

Erkekler çekildi. Kanarya, yalnız kalınca, ellerini kızın omzuna koydu, gözlerinin içine yalvarır gibi baktı:

— Senden bir şey rica edeceğim, Rabia.

— Ne isterseniz yaparım.

— Mutlak konağa gideceksin. Benim hatırım için. Geçmiş şeyleri unut. Eğer Paşa beni sorarsa kendisini unutmadığımı ve Hilmi Bey'in meselesi için çok keder ettiğimi söyle. Bana söz veriyor musun?

— Bu hafta giderim.

Rabia'nın Selim Paşa'ya kini, ikinci derecede kalmıştı. O kadar kendisiyle meşguldü ki Selim Paşa'yı kolaylıkla affedebilirdi.

1. Karşı koyamayacak.
2. Davranıştan.
3. Üzgün.
4. İlgisizlikten.

8

Yaaaa, yaaaa! Cüce rolünde halkı gülmekten katıltan sırıtış, Rakım'ın bütün buruşuklarını kaplamış, ayrık gözleri evlerinden uğramış. Rabia, Nejad Efendi'nin sarayını tarif ediyor. İpek eteklerini fışıl fışıl sofalara salıverip salınan, hotozları birden şakaklarından aşağı düşecek gibi eğik dolaşan sarışın saraylılar; sesi billûra benzeyen, vücudu bakır bir heykel gibi dümdüz olan Habeş Gülbeyaz! Daha neler neler! Nejad Efendi, Rabia, Sinekli Bakkal'ı anlatırken nasıl kendinden geçmiş bir halde dinliyorsa, Rakım da sarayın tarifini öyle dinliyor. Efendi için halk, keşfedilmemiş bir dünyayı, hakikî hayat dünyası; Rakım için saray sadece bir masal, fakat harikulade bir masal.

Rabia'nın odasındaydılar. Patiska perdeler inmiş. Üçü de mangalın etrafında. Rabia geceliği ile örgüleri omzunda, yere bağdaş kurmuş, parmaklarını ateşte kızartır gibi bidüziye ısıtıyor. Başını sağa sola sallayarak ağzını şapırdatarak, bir çocuğa masal söyler gibi söylüyor. Fakat biraz da babasından gelen yarı komik, yarı feylesof[1] bir meddah tavrıyla söylüyor. Saray, bazân muhteşem, bazân gülünç, bazân da o kadar zavallı ve cansız ki...

1. Filozof.

— Buuu, buuuu, buuuuu!

Poyraz rüzgârının çıkışı. Birbiri ardınca daha çabuk daha uzun buvlayıp geçen iniltiler. Çakıl taşları mutfağın kapısına dolu tanesi gibi çarpıyor. Ve Penbe sigarasını içiyor. O, bu saray masalı ile alâkadar değil. Rakım'ın şevkini[1] safdil[2] buluyor. O, Rabia'nın yanaklarında gelincik çiçeği gibi açan gönül sıtmasını, gözlerinin güneş vurmuş gibi ışıldayan yeşil, sarı ışıklarını tetkik ediyor. Bunlar birer tehlike işareti. Mutlak sarayda bir şeyler olmuş. Kahbe, onlara belli etmemek için böyle kocakarı masalı anlatıyor.

Durmadan, üşenmeden, Rakım'ı gaşyeden sahneler yaratan bu penbe dudakların arkasında bambaşka bir Rabia var. O, yüzü bazân zaferle buruşan orta yaşlı, kısa boylu, sivri sakallı şeytanla cebelleşiyor.[3] Hazreti Ali nasıl vaktiyle ejderlerle cenk etti,[4] hepsini nihayet yere vurduysa Rabia da ömrünün bu tek şeytanıyla öyle güreşecek.

Din, an'ane elinde birer gürz ve kalkan. O şeytanı yere vuracak, yerin dibine geçirecek en kadir silahlar. Yoksa imanından olacak. Bir akşam evvel, gâvurluğunu ne güzel yüzüne vurmuştu. Rabia'nın şeytanı, bilsin ki aralarında geçitlerin en genişi, en geçilmezi var. Din ve an'ane geçidi.

Peregrini dar kafese konulmuş azgın bir kaplan gibi odasında dolaşıyor. Saray gözünün önünde, Nejad Efendi sinsi sinsi sandalyesini kıza yanaştırıyor, eğiliyor, âdetâ başları birbirine dokunacak. Kızın kulağına bir şeyler fısıldıyor. Bal gözlerin mevceleri küçük küçük alevler gibi. Peregrini'nin yüreğini yer yer tutuşturuyor...

1. Hevesini.
2. Saf.
3. Uğraşıyor.
4. Savaştı.

Beklemediği bir dakika içi, susuzluktan yarılan kuru topraklara düşen rahmet gibi şefkatle, rikkatle doldu. Kafasına, kalbine sükûn indi. Utanmıyor musun, Peregrini? Vaktiyle evlenmiş olsan Rabia kadar kızın olurdu. Zavallı yavrucak! Çocukluğu, gençliği yaşlı mûsikî muallimleri,[1] cüceler, ihtiyar paşalar arasında geçen bu kızın gençliğinin hakkını inkâr etmek bir zulüm değil mi?

— Ben size demedim mi, Paşa? Rabia bugün geldi. Yarın Penbe'nin mercan küpelerini, kırmızı canfesini aldırmak için Şükrüye Hanım'ı çarşıya yollayacağım.

Paşa cevap vermiyor. Düşünüyor. Rabia gündüz gelmiş, demek onun evde olmadığı saati iyi hesaplamış. Hâlâ kız, ona dargın. Bu kadar genç bir göğüste ne sönmez, ne derin bir kin. Kapı açılıyor, Bilâl odaya giriyor.

— Ne haber evlât?

— Hayırlar Efendim. Annem bir şey ister mi diye yoklamaya geldim.

Bilâl'in, Sabiha Hanım'ın Hilmi'den boş kalan gönlüne yavaş yavaş girmeye başladığı artık aşikârdı.[2] Oğlan elini öptükten sonra ihtiyar kadın onun yanaklarından öptü. Elini yakasının içine soktu, arkasını yokladı.

— Arkan nemli, Bilâl. Hemen değişmelisin, sana bu akşam yatmadan bir ıhlamur kaynattırayım.

Bu küçük hareket Paşa'da eski ve acı bir hatıra uyandırdı. Bu, kaç senedir onu tazip eden,[3] yakasını bırakmayan bir hatıra. Başını çevirdi. Sabiha Hanım'ın zihninin başka şeyle meşgul etmek istedi.

— Rabia'yı niçin yemeğe alıkoymadınız, Hanım?

— Teklif ettim. Pazartesileri Nejad Efendilere meş-

---

1. Öğretmenleri.
2. Açıktı.
3. Üzen.

ke[1] gidiyor. Bizim Kanarya'nın, şehzade karısı olmasına ne dersin, Paşa?

— Niçin olmasın? Çok güzel kızdı.

— Evet, evet. Ama çok soğuktu. Mermer gibi. Tatsız, tuzsuz bir taze. Ne ise gene hakikatli imiş, bize selâm yollamış. Rabia, Bilâl'in düğününe davet etmemizi teklif etti. Ne kızıyorsun, öyle Bilâl Oğlan?

Pazartesi akşamı Nejad Efendi gene Rabia'yı tek başına meşgul etmeye çalıştı. Yemekte ve yemekten sonra. Herkese çok tabiî gelen bu alaka ve dostluğun Peregrini'de fenâ bir buhran uyandırması, Vehbi Efendi'nin gözünden kaçmadı. Kendi kendine, "Peregrini uzunca bir seyahate çıksa iyi olacak. Artık nefsine hükmedemeyecek bir hale geldi. Istırap çektiği besbelli. Fakat bunu Rabia hissetmemeli. Kızın sakin hayatında yeni bir fırtınaya ne lüzûm var?" diyordu. Ve Peregrini'yi pek çocuk, pek ham buluyordu. Niçin o da Vehbi Dede gibi sevemiyor? Onun derecesinde bir adamın hâlâ hayatın iptidaî[2] bir safhasında[3] kalması ne garip şey. Sevmeyi, sevilen şeye tek başına tesahüp[4] gibi telakki etmek ne vahşi bir şeydi. Âşık bir esirci mi? Dünyadaki servet, güzellik, sevgiler ve sevgililer herkese yeter, herkesin hakkı...

Kanarya ile Vehbi Dede sandalyelerini aldılar, Rabia ile Efendi'ye iltihak ettiler.[5] Ocağın karşısında birleşmişlerdi. Aralarında Peregrini'ye de yer açtılar. O pencerede, arkasını onlara çevirmiş, dışarıya bakıyordu. Efendi bilhassa onu yanına çağırdı:

— Siz de gelmez misiniz, *Cher Maître*?

1. Derse.
2. İlkel.
3. Evresinde.
4. Sahip çıkmak.
5. Katıldılar.

— Beni affediniz, ben içeride piyano çalacağım.

Odadan çıktı. O yandaki odada dolaşırken Rabia'nın yanaklarındaki penbelik biraz daha koyulaştı. Fakat tavrı tabiî idi. Sesi ve gözleri eskisi gibi serin, eski tabiîliği ile konuşuyordu.

Peregrini onların yanında oturmak istememiş. Piyano çalmayı onların sohbetine tercih etmiş. Varsın etsin. Bundan Rabia'ya ne? Vehbi Efendi gibi büyük adamlar, şehzadeler, hanımlar onun gözünün içine bakıyor. Bu topraklarda yirmi yaşında kim bu kadar rağbete nail olmuş?[1] Sinekli Bakkal gibi zavallı bir arka sokakta doğup da bu kadar meşhur olan bir kızı hangi tarih yazmış!

Yandaki odada piyanistin parmakları, baskın yapmaya çıkan bir fedai çetesi şiddetiyle piyanoya hücum ediyordu. Ne gürültü, ne gümbürtü! Hayır. Hiç de öyle değil. Her ses bir mucize, her melodi bir vak'a. Çıkmaz sokaklarda ıslık çalan fırtınalar gibi, dar boğazları alt üst edip geçen kasırga çığlıkları gibi.

Rabia'nın biraz evvelki çalımı, gururu topraklara düştü. Sanatkârın yarattığı bu muğlak[2] ve muhteşem ahenk etrafındakilerin alakasını, dikkatini kendisinden almış, içeriki odaya götürmüştü. Kendi de dahil olduğu halde hepsi varlıklarını unutmuşlar, hepsi Peregrini'yi dinliyorlardı. Bu ses tayfunu arasında, Rabia'nın kulakları nazik ve hassas bir motif sezdi. Bu adam binbir cini, şeytanı zincirden boşaltıyor, çığrıştırıyordu. Fakat bütün bu çığrışma, gümbürtü arasında bir küçücük nağmeyi, kuytu ormanlarda öten eşsiz kalmış bir bülbül gibi öttürüyor.

Piyano durdu. Tekrar başladığı vakit dördü de birbirinin yüzüne baktı. Bir tek parmağıyla başladı. Birbirine

1. Ulaşmış.
2. Anlaşılmaz, karışık.

bağlı, ağır, uzun, yarım sesler, "mineur"ler.[1] Hepsinin her gün işittiği, bildiği bir makam. Rabia'nın Kuran okumaya başladığı zamanki "besmele"si. Her zaman o makamdan geçer, öyle okur. Kızın vücudu farkında bile olmadan, önce arkaya, iki tarafına hafif dalgalanıyor, dudakları kımıldıyor.

Piyanist salona dönünce dördü birden el çırptı. Nejad Efendi:

— Ha, ha, harikulade... diye heyecanından kekeliyordu.

Kanarya elini Rabia'nın omzuna koydu:

— Ne olur, Rabia. O Mevlid'in başını bize okusana.

Efendi de, Peregrini de işitmediler.

Başını salladı. Burnunun üstündeki cazip kırışıklıklarla gülümsüyordu:

— Hayır, hayır Efendim. Bu akşam öyle şeyler okuyamam. Fakat tef getirtirseniz size başka bir türkü söylerim.

Efendi, kendisi koştu, tefi getirdi. Rabia sandalyesinden indi, salonun ortasına, halının üstüne oturdu. Tef biraz başından yukarda. Gergin derinin üstünde dolaşan parmaklar ondan derin derin sesler koparıyor, ziller hafif hafif şakırdıyor. Biraz sonra tef de, ziller de, kızın sesi de:

"Yemenim turalıdır" şarkısını söylemeye başladı. Biraz Çingene üslubuyla, Penbe'nin söylediği gibi. Başı, vücudu, kolları hep havaya uymuş, bilmeyerek oynuyor. Gözlerinden şevk, şetaret[2] saçılıyor. Fakat pes perdelerde sesine içi tırmalayan bir kısıklık arız oluyor.[3] Nihayet o billûr, o ruhanî sese toprakların ihtirası girmişti.

— Allı yemenim, morlu yemenim, bir bahçeden bir bahçeye salla yemenim!

---

1. Müzik terimi, minör. Bir makam, bir akort, bir gam, bir aralık özelliği olan.
2. Neşe.
3. Ortaya çıkıyor.

Peregrini sandalyesinden fırladı. Rabia'nın önüne gitti. Cebinden çıkardığı beyaz mendili sallıyordu:

Kanarya kendi kendine, "Bunların arasında bir şey oluyor, Allah sonunu hayır etsin," diyor. Efendi'nin, duvar dekorlarındaki resim ağzına benzeyen kıvrık dudakları gülümsüyor, "Sinekli Bakkal kızları hep böyle şarkı söylerler," diyor. Peregrini'nin dimağı, "Nereye gidiyorsun? Onun çektiği sulh[1] bayrağı olmadığını görmüyor musun? Mor, kırmızı sulh bayrağı olur mu? Mahallenin delikanlıları gibi bahçeden bahçeye mendil sallamak ne oluyor?" diye onunla eğleniyor. Rabia'nın günahkâr kalbi, "Rabbim, beni affet," diye yerlerde sürünüyor. Vehbi Efendi'nin yüzü endişeli, "Nihayet Havva Cennet bahçesindeki yılanla yüz yüze geldi," diye mırıldanıyordu.

Fakat Rabia'nın kalbinin binbir kolu tek adamı sarmak için açılmıştı.

Bir hafta sonra, gene pazartesi akşamı, sarayda Peregrini yoktu. Rabia niçin gelmediğini sormadı. Kendince güya tenezzül etmek istemedi. Fakat daha ziyade cesareti yoktu. Efendi'den fenâ halde sıkılmaya başladı. O sinirli sinirli yalancıktan gülmek ne zaman bitecekti? Akşam uzadıkça uzuyor, dakikalar bir türlü geçmiyor. O, gene konuşuyor, gülüyor. Fakat rengi solgun, gözlerinin altı halka halka. İçlerinde can yok. Birkaç defa, ışık çok geliyormuş gibi gözlerini kırpıştırdı.

Kanarya endişe ile sordu:

— Başın mı ağrıyor, yavrum?

— Hayır... Bu hafta sesimi çok yordum. Boğazım biraz ağrıyor. Eli boğazına gitti.

Efendi ayağa kalktı.

1. Barış.

— Bu akşam da ben piyano çalayım. Siz konuşmayın, biraz dinlenin.

Kanarya, Efendi'yle içeri gitti. Vehbi Dede gözleri halıda:

— Peregrini'nin annesi ölmüş. Evvelsi gün telgraf aldı. İşlerini düzeltmeye gitti. Galiba çok azim[1] bir servete tevarüs ediyor.[2] Bilmem asıl aile ismini alır mı? Herhalde bir iki aya kadar dönemez zannederim, diye tabiî sesiyle Peregrini'nin niçin gelmediğini anlattı.

— Belki de hiç dönmez.

Sesi acıydı. Gözleri Vehbi Dede'nin yüzünü deler gibi bakıyor, fikrindekini okumak istiyordu. Fakat derviş cevap vermedi. Kalktı, pencereye gitti. Kanarya salona dönünce ona iltihak etti. Efendi çaldığı müddetçe onlar alçak sesle birbiriyle konuştular.

Rabia yerinden kımıldamadı. Başını koltuğa dayadı, gözlerini kapadı. Nejad Efendi'nin çalışında Peregrini'nin ihtirası, ateşi yoktu. Bununla beraber belki daha yüksek bir mûsikî ifade ediyordu. Asil, hakiki ve en olgun mûsikî, kalbe, asaba[3] değil, dimağa[4] hitap eden mûsikî. İnsanı, nefsinin bütün zulümlerinden, tahakkümlerinden[5] halas eden[6] tatlı ve daimî bir fikir aydınlığı. Rabia, bunları müphem[7] bir şekilde hissederken Kanarya, Vehbi Efendi'ye diyordu ki:

— Bizim Efendi kadar Alman mûsikîsini çalan ada-

---

1. Büyük.
2. Miras yoluyla birinden diğerine kalıyor.
3. Sinirler.
4. Akla, beyne.
5. Baskılarından.
6. Kurtaran.
7. Belirsiz.

ma tesadüf etmedim. Ben bir şey anlamıyorum. Bu Bach[1] mı, Beethoven[2] mi?

— Bilmem. Ben de sade dimağa hitap eden bu cins mûsikîden hiç anlamıyorum. Halbuki Avrupa mûsikîsini pek severim. Bilhassa, Peregrini çaldığı vakit. Bana, Efendi'nin çaldığı hava ne gibi gelir, size anlatayım. Dâhi bir sadâ[3] mimarının kurduğu bir sada abidesi. Yalnız riyazî[4] bir dâhi böyle bir eser yaratabilir.

— Acaba bu abidenin içi nasıldır dersiniz?

Vehbi Efendi biraz düşündü. Cevap verdiği zaman bir sadâ abidesini değil, Şark ve Garb'da alelade insanların meskenlerini mukayese ederek anlatıyor gibiydi.

— İçleri hep mantığa uydurularak yapılmış olacak. Her parçası bir maksat için yapılmış. Onlarda bizimkilerdeki köşeler, bucaklar olmasa gerek. Bir maksat düşünülmeden yapılan köşeler. Fakat ne kadar daha canayakın ve sıcaktırlar!

Kanarya yavaşça güldü.

— Sizi sıktım mı?

Nejad Efendi salona dönmüştü.

Rabia gözlerinde samimî bir minnetle teşekkür etti.

Hakikat yüzü dinlenmiş, tavrı eski sükûnunu almıştı. Vehbi Dede, Efendi'ye doğru ilerledi.

— Hanımefendi'ye Alman mûsikîsinin, sizin çaldığınız kısmından bir şey anlamadığımı söylüyordum.

— Fikrî mûsikîyi biz pek anlamıyoruz.

Bu mevzu, Efendi'nin salahiyetle[5] bahsedebileceği mevzu olduğu için kekelemeden söylüyordu. Devam etti:

1. Alman bestecisi Johann Sebastian Bach.
2. Alman bestecisi Ludwig van Beethoven.
3. Ses.
4. Matematik, geometri gibi bilimlerle ilgili olan.
5. Yetkiyle.

— Fakat bizi Garb mûsikîsinden ayıran bu fikrîliği değildir. Çünkü Garb mûsikîsinde de fikrî olanı çok azdır. Asıl farkımız derûnî tempomuz ve ahenk meselesidir.

— Garb mûsikîsinin melodisi yoktur.

Kanarya atılmıştı:

— Size öyle gelir. Fakat muhtelif[1] melodileri bir araya katıp yaptıkları bu muğlak[2] ahenk bence medeniyetlerinin en büyük, belki bir tek muvaffakiyeti. Bizdeki tek başına tekrar edilen, söylenen melodiler insana bir yalnızlık hissi verir. Alaturka şarkı söyleyen bir adam bana kendi içine hapsolmuş bir adam gibi gelir.

Odasına giderken Efendi'nin hatırına, Profesör Hopkins'in Makbet'den[3] okuduğu, hayatı tarif eden bir parçanın bir satırı geldi:

"Bir divanenin[4] kendi kendine tekrar ettiği bir masal!"

1. Çeşitli
2. Belirsiz.
3. *Macbeth*. Shakespeare'in bir oyunu.
4. Delinin, çılgının.

9

Feleğin çarkı dönüyor. İnsanlara kısmet dağıtıyor, talihlerini[1] tespit ediyor. Fakat Selim Paşa'nın bostan kuyusundaki su çeken tahta dişli, köhne, gıcırtılı dolap değil. İstenildiği gibi yavaşlattırılan bir tahta çarh değil. Demirden, çelikten bir çarh. Yüzbinlerce beygir kuvvetiyle, durup dinlenmek bilmeyen, aman aralık vermeyen, kafa, yürek demeyip dişleriyle kemirip, ezip geçen çarh!

Rabia kendini böyle bir kör kudretin elinde, böyle korkunç bir talih çarhının dişleri arasında hissediyor.

Kader, bir Müslüman kızının gönlünü bir kâfire vermiş. Kâfirin de anası ölmüş, ortadan kaybolmuş. Belki bir daha dönmeyecek. Kim demiş feleğin çarhı kördür, sağırdır, kemirdiği gönül, ezdiği kafa bir tesadüf eseridir. Hayır, hayır. Her şeyde bir hikmet vardır. Peregrini'nin anasının ölümü, Rabia'ya gökten gönderilen bir alâmet. Tövbe etmesi, istiğfar etmesi[2] gönlünün günahını çıkarıp atması için onu ikaz eden ilahî alâmet. Rabia'yı samedaniyet[3] imtihan ediyor. İmanının kudretini, salâbetini[4] deniyor.

1. Şanslarını.
2. Tövbe etmesi.
3. Tanrısallık.
4. Manevi kudretini.

Rabia, hayatta her olan şeyi, görünmeyen gizli bir kuvvete atfedecek hilkatlerden[1] biriydi. Ölçüleri hiçbir zaman zâhirî[2] olamazdı. Onun yaşadığı dünya bir ruh dünyası! Beşerin[3] gözle görülen, elle tutulan bütün eserleri, bütün işledikleri bir gölge, asıl arkada hayata hâkim olan membaın[4] gölgesi. Bu, dimağındaki ilk izler, ilk teşekküllerden[5] vücuda gelen kanaatiydi.[6]

Muhakemesini[7] en evvel terbiye eden imam ve onun katı, gaddar ilahiyyatı[8] bile maddeye istinat etmiyordu.[9] Onun Rabia'ya tanıttığı ilk Halik'i[10] Kahhar,[11] Müntakim[12] – fakat Halik. Bütün insanı sevinçleri, sevgileri kıskanır. Ve Peregrini hayatından kaybolunca şuurunun alt tabakasındaki bu korkunç itikat[13] yavaş yavaş yükseldi. Bu eski inanışının tesiri altında bir hayli inledikten sonra, onları tadil eden,[14] zehrini gideren, daha yeni bir tesirle teselli bulmaya çalıştı. Büyükbabasının kuru naslarını insanîleştiren Vehbi Efendi'nin telkin ettiği,[15] seven ve müşfik[16] bir kuvvete yüzünü çevirdi. Fakat

1. Yaratıklardan.
2. Apaçık.
3. İnsanın.
4. Kaynağın.
5. Belli bir varlık ve biçim kazanmalardan.
6. Düşüncesiydi.
7. Akıl yürütmesini, yargılamasını.
8. Felsefenin Allah'tan ve Allah'la ilgili mevzulardan bahseden kısmı.
9. Dayanmıyordu
10. Yaratan, yoktan var eden; Allah.
11. Kahreden, kahredici Allah'ın sıfatlarından.
12. İntikam alan, öç alan; Allah.
13. İnanış.
14. Değiştiren.
15. Aşıladığı.
16. Şefkatli, sevecen.

birdenbire hurdahaş[1] olan büyük dileğine hangi cepheden baksa aynı neticeye varıyordu. Peregrini'nin annesinin ölümü ona göklerden gelen bir alâmet. Onu seven bir Halik, günahtan halas etmek[2] için bu ölümü vaktinde yapmıştı. Şimdi tövbeden, ibadetten başka çare yok.

İki uzun ay kızın kafasında, bu içini parça parça eden mücadele hüküm sürdü. Bereket versin günleri doluydu. Şehrin her köşesinde talebesi vardı. Şehrin bir başından öteki başına koşuyor, akşamları bitap,[3] soluk alamayacak kadar yorgun ve sesi kısık eve dönüyordu.

Rakım'la Penbe, onun sessizliğini, somurtkanlığını yorgunluğuna atfediyor[4], kendi haline bırakıyorlardı.

İki kaşının arasında, eskiden sade düşünce dakikalarında peyda olan, şakûlî hat[5] oraya yerleşmişti. Gözleri çetin bir bilmece halletmeye uğraşanların uzak, fakat sabit bakışlarıyla doluydu. Penbe ile Rakım derslerinden bazılarını bırakması için ısrar ettiler. Omuzlarını silkti.

Kızın geceleri, tahammül edemeyecek kadar fenâ geçiyordu. Kitap okumaya başladı. Derslerinden dönerken Babıâli'ye,[6] yahut Bayezid sahaflarına uğruyor, koltuğunda bir alay kitap, eve geliyordu. Artık geceyarılarına kadar odasında gaz yanıyor, Penbe homurdanıyor, homurdanıyor. Fakat inatçı kıza lâf anlatamıyordu. Çok zaman Penbe dalıp uyandığı zaman hâlâ Rabia'nın kitap yapraklarını çevirdiğini duyuyor. Bazân da tanyeri ağarıncaya kadar okuyor.

1. Paramparça.

2. Kurtarmak.

3. Yorgun.

4. Veriyor.

5. Düşey çizgi.

6. Yüce kapı. Osmanlı İmparatorluğu döneminde İstanbul'da sadaret (başbakanlık), dahiliye ve hariciye nezaretleri (içişleri ve dışişleri bakanlıkları) ile Şûrayı Devlet (Danıştay) dairelerinin bulunduğu yapı. Metinde: İstanbul'da bu çevredeki basın ve yayın kuruluşları.

319

Uykuya dalınca da Rabia pek dinlenemiyordu. Gözünü kapadığı andan açtığı ana kadar rüya görmek esasen onun âdetiydi. Fakat şimdiki rüyalarının ekserisi[1] birer kâbustu. Onun benliğini vücuda getiren zıd kuvvetler mütemadiyen birbiriyle çarpışıyordu. Şuurunun[2] alt tabakasında en korkunç ve karanlık düşünceler, hatıralar yavaş yavaş yükseliyorlar ve hepsinin üstünde Emine'nin başı görünüyordu. Bu, Rabia'nın en çok ürktüğü hayaldi. Bir hortlak görmüş gibi kalbi gümbür gümbür atıyor. Ne kadar çirkin bir rüyaydı. Her zaman Rabia'nın gözleri anasının ağzına bakıyor, tüyleri ürperiyor. Yüzün bir tarafından öbür tarafına uzanan, kısık, mor dudaklar. Bir tek, yeni kapanmış bıçak yarası gibi. Bazân bu ağız açılıyor, Rabia daha çok korkuyor. Ağzın tavanı da, içinden çıkarılan ve Rabia ile eğlenen dil de bir timsah dili gibi paslı, beyaz. İmam da bu rüyalardan pek eksik olmazdı. Onu, hep kendi odasında, köşe minderinde görür. Başında beyaz gecelik takkesi, vaktiyle Rabia'yı o kadar korkutan cehenneme ve ukubete[3] dair ne kadar ayet varsa kalın, kudretli sesiyle, tecvitli,[4] gunneli[5] üslubuyla okurdu.

Sabahları, "Belki," diyor, "Emine'nin ruhu Fatiha istiyor. Elâlemin ölüsünün ruhuna Yasin okuyorum da anamı unutuyorum. Belki çektiğim hep anama isyanımdan."

Rüyasında onu tazip eden[6] ruhu teskin[7] için akşam-

1. Çoğunluğu.
2. Bilincinin.
3. Cezaya.
4. Kelimelerin söylenişinde, seslerin çıkaklarına, uzunluk ve kısalıklarına göre okunması.
5. Genizden gelen ses.
6. Azaba sokan.
7. Yatıştırmak.

ları Yasin okumayı âdet edindi. Dükkânın üstündeki odanın köşe penceresinin önüne oturur. Emine'yi tabut içinde geçerken gördüğü yerde okurdu. Mahalle, onun sesinin o kadar yanık çıktığını hatırlayamıyordu. Sokak satıcılarına kadar gelen geçen, pencerenin altında durur, onu dinlerdi.

Çok bunaldığı geceler nadiren Vehbi Efendi de rüyasına giriyordu. Kestane rengi gözlerindeki merhamet, azıcık sükûn verirdi. Harmanisine[1] sarılmış ayakta dururken, Rabia onun dizlerine atılır, çocukluğunda yaptığı gibi ellerini bulup öpmeye çalışır, yavaş yavaş, "Ne vakit gelecek, söyle de artık dönsün," diye yalvarırdı.

Fakat Vehbi Efendi onu ziyarete geldiği günler, hiçbir türlü ona, Peregrini'den haber sormaya cesaret edemiyordu. İkisi de birbirlerine unutturmak istedikleri bir ölünün lâkırdısını ağızlarına almamaya karar vermiş gibiydiler.

Bir ay, iki ay, üç ay geçti. Bahar, yaz, güz, kış birbirini kovaladı. Nihayet bir bahar daha başlamak üzereydi. Ve Rabia'nın içine sükûn gelmişti. Eğer kendini tahlil etse[2] bu sükûnun ümitsizlikten, Peregrini'yi unuttuğundan hâsıl olmadığını[3] anlayacaktı.

Şuuru bu şekilde olmasa bile, artık mâzi olan gecelerinde vasıl olduğu[4] bir kanaat ve bir karar vardı. Kanaat: Yaşamanın herhangi ilahiyata müstenit[5] mütalaalardan,[6] naslardan daha kıymetli ve tabiî olması. Karar: Gönlünün binbir kolundan biri mutlak bir gün Peregrini'yi

1. Bütün vücudu saran, kolsuz bir çeşit üst giysisi.
2. Çözümlese.
3. Doğmadığını.
4. Ulaştığı.
5. Dayanan.
6. Düşüncelerden.

yakalayacak. Onu Müslüman edecek, onunla evlenecek.

Mart ayının son günlerinde bir sabah Peregrini Sinekli Bakkal'a çıkageldi.

Rakım o kadar sevinmişti ki dükkânda çocuk gibi sıçrıyordu. Peregrini gideli ağızlarının tadı kaçmıştı. Çok şükür bir kederleri yoktu. Fakat Rabia âdetâ ihtiyarlamış, somurtkan, titiz olmuştu. Belki bu şen herif biraz eski neşelerini yerine getirirdi.

Peregrini'nin yanakları çökmüş, şakaklarındaki kırlar biraz daha çoğalmıştı. Fakat gözleri kor gibi sıcak ve belki o gözlerin mânâsından dolayı gençleşmiş görünüyordu. Rakım'a, eski verdiği ehemmiyeti vermedi. Belki onu İstanbul'dan ayıran aile kederinden dolayı taziyet etmediği[1] için.

— Allah sana çok ömürler versin, kusura bakma, başın sağ olsun, demeyi unuttum. Bir senedir meydanda yoksun. Ne âlemdesin?

Gözleri, zihninin meşgul olduğu bir şeyde. Yarım ağız:

— Eksik olma, Rakım, dedi. Sonra tehalükle[2], "Rabia Hanım'ı bir iş için görmek istiyorum," cümlesini ilave etti.

— Hay hay. Odasında. Mutfağın üstündeki oda. Teyze çamaşır yıkıyor. Haber vermek lâzım değil. Çık, kapıyı vur.

— Re sol, la sol, re sol, la sol...

Omuzlarında atkı Rabia, bir dizini dikmiş, talebesinden biri için nota kâğıdına bir vazife hazırlıyor. Arada atkısını çekiyor, kurşun kalemini tükürüklüyor.

— Re sol, la sol, re sol, la sol... La sol! Gireceksen gir,

1. Başsağlığı dilemediği.
2. Atılarak.

Amca. Kapı vurmak da nereden çıktı. Re sol, la sol, re sol, la...

Yerinden fırladı. Kapı vurmayı, onun zihnini karıştırmayı o kâfir cüceye gösterecekti. Peregrini'yi karşısında görünce, itiyadın[1] kuvveti, şaşkınlığına rağmen, ona atkısını örttürdü.

Peregrini yüzündeki ciddiyete rağmen gülmekten kendini alamadı:

— Ben sizin saçınızı hiç görmedim mi, Rabia Hanım?

— Gördünüz, gördünüz ama, Efendi'nin yanında baş örtmek âdet olmadığı için.

— Efendi'den bugün bahsetmeyelim. Ben sizi çok mühim bir mesele için görmeye geldim.

— Öyle mi, buyurun. Pencerenin önüne.

Patiska örtülü uzun minderin köşesini gösterdi. Kendisi öteki başında bir uca ilişti. Peregrini'nin yüzü çok ciddi, çok endişeli.

— Başınız sağ olsun... Vehbi Efendi'den duydum.

Mümkün olduğu kadar sesine, yüzüne, başın sağ olsuna gidenlerin takındığı sun'i matemi koymak istedi. Muvaffak olamadı. Damarlarındaki genç kanı, şeytan akıntısı gibi cevelân ediyordu.[2] Hayatın istikbalde alacağı şekli bu dakikanın tesbit edeceğini biliyordu.

— Çok yalnız kaldım, Rabia Hanım.

— Allah sabırlar versin.

Bunu, kâfi[3] derecede ciddi bir sesle söyledi. Dizlerinin üstüne koyduğu ellerine bakıyor, fakat kirpiklerinin altından bal rengi gözleri Peregrini'yi tetkik ediyor.

Piyanist bir senelik derunî mücadeleden sonra vasıl

1. Alışkanlığın.
2. Dolaşıyordu.
3. Yeteri.

olduğu[1] kararı kıza nasıl söyleyeceğini günlerce ezberle-
mişti. Bu dakika, aklına bir tek kelimesi gelmiyordu.

— Ben sizsiz yaşayamayacağımı anladım, sizinle ev-
lenmek istiyorum!

Hay şeytan hay! Bu ne biçim izdivaç[2] teklifi?

Rabia'nın ipek kirpikleri birdenbire kalktı. Gözle-
rindeki samimiyet ve cür'et[3] Peregrini'yi şaşırttı.

— Bana da sizsiz yaşamak çok güç geldi. Fakat nasıl
evlenebiliriz? (Biraz durdu, Peregrini'nin bir şey söyle-
mesini bekledi.) Dinlerimiz ayrı.

— Böyle şeylere ehemmiyet verilmeyen bir yere gi-
deriz. Siz Müslüman kalınız. Ben hiçbir dinin çerçevesi-
ne girmek istemiyorum.

Renksiz fakat kat'î bir sesle cevap verdi:

— O halde kâbil[4] değil.

Başını pencereye çevirmişti. Yüzünde bir damla kan
kalmamıştı. Fakat sesinde, her şeyi etraflı düşünmüş ve
kararını ona göre almışların vuzuhu[5] vardı. Bu, Rabia'ya
talihin son darbesi gibi geldi. Kafasının içinde vaziyetini
göz kamaştıran bir aydınlık içinde görüyordu.

Rabia'nın bir ruh iklimi[6] vardı ki oradan kendini ko-
parmak imkânı yoktu. Peregrini Müslüman olsa bile onu
başka yerlere, başka bir hayata götürmek isteyecekti.
Halbuki Sinekli Bakkal ona, aşkından da, hattâ dininden
de kuvvetli göründü. Kökleri orada, kendini oradan ko-
parırsa, köksüz bir ot gibi kuruyacak.

1. Ulaştığı.
2. Evlenme.
3. Cesaret.
4. Mümkün.
5. Aydınlığı, açıklığı.
6. Diyarı.

Halbuki Peregrini böyle bir cevap ihtimalini[1] de düşünmüş, kararını ona göre vermişti. Rabia'nın köklerinin bu kadar sağlam olması onu cazip[2] yapan şeylerden biri değil miydi? Onu yabancı bir toprağa dikip yeniden filiz saldırmak imkânı yoktu. Halbuki Peregrini'nin kendisi ezelî[3] serseri. Bütün maniaları[4] atlayıp kıza ulaşmak ona düşüyor. Rabia'yı alacaksa yalnız onun dinini kabul etmek kifayet etmeyecekti.[5] Onun yaşadığı sokakta, evde, aynı tarzda yaşamak lâzımdı. Bütün bunları gözüne aldıktan sonra, Sinekli Bakkal'a gelmişti. Rabia, eski sevgililerine benzemeyen bir sevgiliydi. Onlara karşı içinde en bariz şey hırs, cinsî iptila! Rabia'ya onu bağlayan bağ, vaktiyle onu anasına bağlayan bağ kadar sağlam. Bütün bir hayatın tatmin edemeyeceği, geçiremeyeceği bir rabıta. Kızın kafasındaki salâbet,[6] kalbindeki doğruluk onda huşûa[7] yakın bir hürmet uyandırıyor. Rabia'nın fakir muhitindeki insanî kıymetleri kendi zengin, medenî ve sanatkâr muhitindeki kıymetten yüz defa esaslı, devamlı ve elzem[8] addediyordu.

Başka başka dinlerin, harsların, medeniyetlerin mahsulü oldukları halde gene Rabia ile onun anası arasında müşterek noktalar, benzeyişler buluyordu.

Rabia oturduğu yerden hiç kımıldamamıştı. Dâimâ önüne bakıyordu. Çocukluğunda, bilhassa hayatına Tevfik girmeden evvel, dudaklarının kenarlarında dâimâ du-

---

1. Olasılığını.
2. Çekici.
3. Doğuştan.
4. Engelleri.
5. Yeterli olmayacaktı.
6. Sağlamlık.
7. Yüreğini kaplayan bir korkuya.
8. Çok gerekli.

ran çizgiler, kaşlarının arasındaki şakûlî hat[1] derinleşmiş, yüzü sapsarı. Fakat ıstırabını göstermemek için o kadar kuvvetli bir irade harekete geçmiş ki... Rabia'nın genç yüzü üstünde Peregrini şimdiye kadar görmediği bir ıstırap maskesi gördü. Kafasına inen darbeye o kadar vakarla, cesaretle mukabele ediyordu ki, Peregrini'nin gözlerinden birdenbire yaşlar boşaldı:

— Rabia, Rabia, dinin, dinim. İstediğin yerde, istediğin gibi yaşamaya razıyım. Beni kabul eder misin?

— Evet.

Kalktı. Kızın elini öptü, başına koydu. Vehbi Efendi'ye gidecek, Müslüman olmanın husûsî[2] ve resmî şeraitini[3] tespit edecek. Yavaş yavaş:

— Vehbi Efendi bana bir gün ecdadımın[4] belki Müslüman olduğunu ve benim de aslıma ric'at etmem[5] ihtimalini[6] belki şaka olarak söylemişti. Onu bilmem ama sana, evine, vatanına, anasının bucağına dönen bir serseri gibi dönüyorum. Ne zaman evlenebiliriz? Ne zaman beni evine... Evime alırsın? Ne kadar çabuk olursa, o kadar iyi. Kapıdan çıkarken döndü:

— Bir kere annem beni dünyaya getirdi, bir kere de sen, bambaşka bir dünyaya beni getiriyorsun Rabia. Yeni adım ne?

— Osman.

1. Yukarıdan aşağıya çizgi.
2. Özel.
3. Resmî şartlarını.
4. Atalarımın.
5. Dönmem.
6. Olasılığını.

10

Sinekli Bakkal'da cuma namazına gitmeyenler arasında yegâne hoş görünen Rakım'dı. Belki cüceliği, belki tuhaflığı onu mahallenin pek husûsî ve imtiyazlı[1] simalarından biri sırasına koymuştu. Fakat bînamazlığın[2] vergisini vermeye mecburdu. Yani cuma sabahları alışveriş etmemek için dükkânın kepenklerini yarıya kadar inik bulundurur; ancak namazdan sonra kepenkleri açar, alışverişe başlardı.

Cuma sabahları Rakım ekseri[3] keyifli olurdu. İskemlesini kapısının içine atar, sokağı seyrederdi. Hemen herkes sokakta! Mahallenin cuma yüzü bambaşka... Büyüklerin, bilhassa erkeklerin evde pencerede hazır olması biraz çocuk gürültüsünü azaltıyor. Belki de anaları kulaklarını, ellerini, burunlarını sıkı sıkı temizlediği için, belki de yumurcaklar kendilerini azıcık olsun yadırgıyorlar da, siniyorlardı. Hangi burnu, kulağı temiz sokak çocuğu kendisini yadırgamaz. Ah, bu Sinekli Bakkal, Rakım'ın biricik dünyası! İstanbul Bakkaliyesi, dünyasının merkezi!

1. Ayrıcalıklı.
2. Namaz kılmamanın.
3. Genellikle.

— Rakım Amca, annem sabun istiyor.

— Namazdan sonra gel.

— Öyle ama, annem bugün bekâr çamaşırı yıkıyor. Başka günler hep zenginlerin mundarlığını temizliyor. Kadın ne yapsın? Bizim gibi kopukların cuması, pazarı olur mu?

Gözünün kuyruğuyla küçük müşteriyi süzdü. Muharrem'di, Çamaşırcı Boşnak Ayşe'nin oğlu. Sokağın en zıpır, en Allah'ın belâsı çocuğu. Mahalle ona, babasını hiç görmediği için "Sinekli Bakkal'ın piçi" lakabını vermiştir. Savurduğu küfürler Sabit Beyağabey Takımı'nın ağzının suyunu akıttıracak kadar orijinaldir. Rakım ona yüz vermez. Küfürleri, yaramazlığı için değil. Bu kısmından hattâ hoşlanır bile. Yumurcak, o, sokaktan geçerken taklidini yapar.

— Elin, yüzün temizlenmiş. Gelirken çeşmeye uğradın galiba. Yoksa şu kayıp babadan miras mı yedin?

— Ölüsü kandilli pezevenk... Elime diri geçse, on beş seneyi göze aldım... Hak tu... Gebermişse, kefeninin yakasına...

— Ağzını topla oğlan. Neredesin?

— Kusura bakma, Rakım Amca. Annemi bırakıp kaçan o herife bir kızıyorum, bir kızıyorum... Hele bir zanaat[1] sahibi olayım, dükkân sahibi olayım...

— Nasıl olurmuşsun, bir anlat!

— Eskici Fehmi Amca'ya çırak yazıldım. Yarın sabah başlayacağım. Şimdilik gündelik yok ama, zarar yok. Amca moruklaşır, gözleri görmüyor. Hele ben bir zanaatı öğreneyim...

İçinden, "Kızını alır, dükkâna sahip olur kurulurum," diye hulyâ kuruyordu. İlave etti:

1. Ustalık gerektiren meslek.

— Beni buraya çırak alsan, gündelik verirsin, değil mi be Amca?

— Bana çırak, mırak lâzım değil. Hele senin gibi küfürbazı. Muharrem'e kini erimişti.

— Bana bak, öğle vakitleri Fehmi Efendi izin verirse gel, şuraya, buraya mal götürürsün, eline beş on para veririm.

— Bir daha küfür edersem, ağzıma köpekler...

— Oldu, oldu.

Rakım kalktı. Horoz şekerleri duran rafa gitti, iskemlenin üstüne çıktı. Cuma günleri, arada gönlünden kopup bedava horoz şekeri verdiği çocuklar vardı. Fakat şimdiye kadar Muharrem, o imtiyazlı gruba dahil olamamıştı. Rakım iskemlenin üstünden seslendi:

— Kırmızı mı olsun, yeşil mi olsun?

— Yaşa be Amca! Yeşil olsun.

— Rabia evde mi?

Vehbi Dede, Rakım raftan horoz şekeri indirirken, köşeyi dönmüş, dükkânın önünde duruyordu.

— Siz buyurun. Rabia karşıya, Ebe Zehra Hanım'ı yoklamaya gitti. Şimdi çağırırım.

Vehbi Efendi eğildi, dükkâna girdi. Rabia'nın odasına çıktı. Muharrem horozun kuyruğunu yalaya yalaya sokağın karşısına sıçradı. Bir eliyle Zehra Nine'nin evinin tokmağına yapışmış, başı cumbada[1] avazı çıktığı kadar:

— Heeey, Rabia Abla be, diye bağırıyordu.

Cüceyi, dükkânın önünde birdenbire bir düşünce aldı. Sabahki keyfi biraz kaçmıştı. Bu vakitsiz ziyaret onu azıcık meraka düşürdü. Acaba Tevfik'den uygunsuz bir haber mi var? Zavallı Rabia dün akşam âdetâ neşeliydi. Aylardan beri ilk defa mutfakta gecikmiş, Rakım'a

---

1. Eski evlerde pencere hizasında sokağa doğru çıkıntısı olan kafesli bölüm.

renkli kâğıt oymuştu. Çünkü her ay İstanbul Bakkaliyesi'nin tavanını süsleyen oymalı kâğıtlar askılar değişir... Yalnız kendileri değil, şekilleri de.

Rabia karşıki kapıda göründü. Oğlan ona uzun uzun anlatıyor. Piç, Maliye'ye kâtip[1] olmuş gibi sevinmiş.

— Hayır ola Amca, Vehbi Efendi gelmiş...

Eğildi, cücenin yüzünü aradı:

— Nasıl? Canı sıkılmış gibi mi?

— Ne bileyim; adam, kapalı kutu.

Kızın eteğini okşadı:

— Merak edecek bir şey yok, aklına esmiş, gelmiş olacak. Belki de yeni bir ders...

Kız çoktan çekilmiş gitmişti. Rakım tekrar iskemlesine oturduğu zaman artık sokakla alakası azalmıştı. Tevfik'i düşünüyordu. Acaba çıksa, kapıdan dinlese mi? Hay aksi şeytan, Sabit Ağabey geliyor...

— Safa geldiniz, Efendim.

— Safa bulduk, Rabia.

Vehbi Efendi pencerenin önünde oturuyor, bahçeye bakıyordu. Rabia odaya girince başını kapıya çevirdi. Yüzü fark edilecek kadar sararmıştı. Fakat gözler hep o sakin, dost gözler.

— Nisan geliyor, hâlâ havalar kış gibi. Bir türlü ateşsiz yapamıyorum. Bugün de mangal yaktırdım. İsabet etmişim.

Sokak kıyafetiyle dolaşıyor, ne yapacağını bilemiyor. Nihayet mangalın yanına çöktü. Siyah yeldirmesinin içinde omuzları öne doğru eğilmiş gibi çenesinin altından düğümlediği beyazlı siyahlı yazma örtü içinde suratı, sabah ayazında penbeleşmiş. Ne kadar yüzü küçülmüş, gözleri ne kadar büyük görünüyor! Fakat o, bir

1. Sekreter, yazıcı.

330

türlü gözlerini ateşten kaldırıp Vehbi Efendi'ye bakamıyor. Heyecanı, maşa ile oynayan zayıf parmaklarından belli.

Niçin Vehbi Dede bir şey söylemiyor? Dakikalar yıllar gibi. İçinden, "Ne derse desin, gene Osman'a varırım," diyor. Fakat Vehbi Efendi'nin tam rızası[1] olmadan evlenirse, saadetin bir tarafı sakat olacak, içinde bir zehir kalacak. Ondan bir şey istemeksizin, hayatını ihata eden[2] bu şefkat, bu himayeye ne kadar muhtaç olduğunu, olanca şiddetiyle hissediyor. Vehbi Efendi hayatından çekilir, giderse, ömrü, liman görmemeye, ne zaman bora[3] çıkacağı kestirilemeyen açık denizlerde dolaşmaya mahkûm bir gemiye dönecek.

— Dün akşam Peregrini bana geldi. Müslüman oluyor... Seni almak istiyor... Sana daha evvel uğramış muvafakatini[4] almış.

Cümlelerini ortalarından kesip beklemesi, belki Rabia kendisi daha evvel bu havadisi versin diye. Acaba ona danışmadan muvafakat etmesine gücendi mi? Vehbi Dede'ye baktı. Gözlerinin içinde dilsiz bir dua, ondan af dilenen bir bakış. Vehbi Efendi rikkatle gülümsedi.

— Geçici bir hevese kapılmadığına emin misin, Rabia?

Rabia başını salladı. İçinden hem kendi kendisiyle eğleniyor, hem de kalbi gümbür gümbür atıyor. Dudaklarında yarı hüzün, yarı istihza.

— Bir karış kız olduğum zamanlarda bile hep o kâfire varmayı düşünürdüm, Efendim. Eğer beni almasa, ömrümün sonuna kadar kocaya varmayacağım.

1. İzni.
2. Çeviren, kuşatan.
3. Genellikle arkasından yağmur getiren sert ve geçici yel.
4. Onayını.

Keşke almasaydı. Keşke Rabia hiç dünya evine gir-meseydi. Keşke ruhu kara toprakların levsine[1] zincirle-yen zevkleri hiç tatmasaydı! Fakat sanatkârların sanat-kârı Halik'in[2] işlerindeki hikmetine hangi fânî[3] akıl er-dirmiş? İnsan denilen muamma resmini çizerken, kâinat ressamının neden bu kadar zıt boyalar kullandığını, hangi zekâ idrak etmiş? Küçük bir arka sokakta doğan bir Müslüman kız... Hem de hafız, eski bir rahip, bir asilzade... Bunlar niçin birbirine bağlanıyor? Nasıl bir netice, ne biçim yeni bir insan örneği vücuda getirile-cek? Fakat böyle derin felsefî şeyler düşünmeye vakit yok. Vehbi Efendi Tevfik'e, Rabia'ya babalık edeceğine söz vermiş.

Yavaş yavaş Rabia'ya anlatmaya çalıştı. Birbirlerinin küfvü[4] değildiler. İçtimaî fark, hars farkı, din farkı vardı. Peregrini'nin yeni hayatında geçmiş tesirler tekrar uya-nabilir. Belki piyanistin mâzisi bir gün aralarında bir uçurum halini alabilir.

— Siz o kadar başka dünyaların mahsulüsünüz ki, yavrum. Bugün ona bu kadar şirin gelen Sinekli Bakkal bir gün onun başına dar gelir. Belki zannettiğinden daha çabuk bu hayattan bıkar. Anladığıma göre sen, burada yaşamayı şart koşmuşsun. Hiç olmazsa ona eski hayatını pek arattırmayacak bir semte, bir eve çıksanız. Nasıl bir aileden geldiğini ne kadar... Ne kadar servet sahibi oldu-ğunu biliyorsun, değil mi? İncil'de bir lâf vardır: "Deve iğnenin gözünden geçebilir, zenginler..."

Rabia, yüzünde nihayetsiz[5] bir sabırla dinliyordu.

---

1. Pisliğine.
2. Yaratanın.
3. Ölümlü.
4. Dengi.
5. Sonsuz.

Gene o çarpık tebessüm dudaklarının bir köşesini aşağıya doğru çekiyordu.

— Parasından, pulundan bana ne? Ben onun ne asaletinde ne servetindeyim. Beni isteyen, benimle, benim gibi yaşar...

Şahadet parmağı alnının üstünde dolaştı:

— Burada ne yazıldıysa onu göreceğim. Ne söylesen boş!

— İnşaallah hayırlar yazılmıştır, yavrum. İnşallah mesut olursun.

Bunu takip eden sükût Rabia'ya uzun gelmedi. Vehbi Efendi'nin gücenmemesi ona uzun bir nefes aldırmış, onu tekrar tatlı hulyâlarıyla baş başa bırakmıştı.

— Burada baban yokken, babalık bana düşüyor, Rabia. Nikâh gününe kadar birbirinizi görmemek lâzım. Ne yapalım, âdet. Müslüman olmak için lâzım gelen muamele[1] çok sürmez. Anladığıma göre, artık Peregrini yok, Osman var.

Osman'ın Peregrini ile bağını bıçakla keser gibi kesmiş, atmışlardı.

— Hazırlık ne kadar sürer, Rabia?

— Bizim hazırlığımız ne olacak? Bir iki haftaya kadar olur biter.

Parmaklarıyla hesap etti. Hıdırellezde evlenmek istiyordu.

— Bu akşam ben babana yazacağım. Sen de uzun bir mektup hazırla. Bizim dervişlerden biri yakında Şam'a gidiyor; elden yollarız.

Vehbi Efendi odadan çıkar çıkmaz, yeldirmesini, baş örtüsünü çıkardı, yüke attı. Kapıya koştu:

— Amca, Amca...

1. İşlem.

— Ne istiyorsun, Rabia?

— A, aklımı aldın. Ne vakit merdivenleri çıktın? Gel, sana bir şey söyleyeceğim.

Rakım'ı yakaladı, odaya çekti.

— Ne söyleyeceksin?

— Kocaya varıyorum.

— Tuh yüzsüz, arlanmaz! Kime varıyorsun?

— Osman'a.

— Nejad Efendi'nin beylerinden olacak, oraya meşke başlayalı beri için içine sığmıyor. Gidi hasba seni...

— Bu, bey falan değil.

Odada aşağı, yukarı dolaşıyor. Çalımının yarısı alay, yarısı samimi:

— Beni almak için Müslüman oluyor.

— Ha, şu bizim küçük gâvur. Herif için din değiştirmekten kolay ne var? Zaten kilise kaçkını!

— Seni hasetçi cüce, seni. Sana bir daha Amca dersem, iki olsun.

— De, Rabia. Her vakit Amca, de. Sevindim. Şaka ediyorum. Söz aramızda, sen çok kartlaştın. Yirmi biri geçiyorsun, değil mi? Bal gibi evde kalmış kız.

Biraz düşündü, mütereddit, fakat ciddi bir sesle dedi ki:

— Darılma ama, azıcık da Vehbi Efendi'ye varırsın diye korkuyordum. Mübarek adam, bana öteki gibi değil. Bir türlü yüz göz olamıyorum.

— Seni yüzsüz Amca seni. Ben Vehbi Dede'nin pabucu olamam. Hem her sevdiğim adama varmaya kalksam, sana da nikâh olurdum.

Rakım'ı omuzlarından yakaladı. Eğildi. Buruşuk yanaklarından şapır şapır öptü.

Cüce yalancıktan kendini kızın elinden kurtarmaya çalıştı. Bir taraftan Rabia'nın öptüğü yerleri cebinden çıkardığı mendile siliyor, bir taraftan söyleniyor:

— O zavallı başına gelecekleri bilmiyor. Bilse, tası tarağı toplar, çoktan terk-i dar u diyar eyler.[1]

— Sen, sen âdet olsa, sahiden hepimize varırsın... Hepimizin burnuna kanca takarsın. Kız değil, tılsımlı kuyu. İçine maazallah[2] ayağı kayıp düşeni dünyanın çengeli çekip çıkaramaz.

Homurdanırken gözleri Rabia'ya o kadar rikkatle[3] bakıyordu ki. Fakat ona rağmen yakasına tükürüyor: "Allah yazdıysa bozsun. Allah düşmanımı senin şerrinden hıfzetsin![4]" diyor.

— Maşaallah, roman gibi konuşuyorsun, Amca. Rabia'nın birdenbire berrak, mesut gözlerinden yaşlar akmaya başladı. Boğazında hafif bir hıçkırık. Gözünü, burnunu bir taraftan koluna siliyor, bir taraftan:

— Ah Tevfik olsaydı, ah babacığım olsaydı... diye inliyordu.

Rakım, elindeki kırmızı satrançlı koca mendili Rabia'ya attı:

— Murdarlığın lüzûmu yok. Al, burnunu şuna sil. Sen Tevfik için aldırma. O, Şam'da düğün günü, bizden âlâ zerde pişirir, keyfeder.

1. Evini yurdunu terk eder.
2. Tanrı korusun.
3. Sevecenlikle.
4. Saklasın.

11

Sabiha Hanım yattığı yerden Selim Paşa'ya Peregrini'nin Müslüman olduğunu, Rabia'yı alacağını anlattı. Gerçi Rabia henüz kendisi gelip söylememişti ama, Penbe'yi göndermişti.

Akşamdı. Lâmbalar yanmıştı ve Paşa o gün çok yorgun dönmüş, odasına çıkmadan doğru karısının odasına gelmişti.

— Kız, din değiştirmeye değer. Allah mesut etsin, dedi, sonra tecessüsle sordu: Rabia, sana eskiden böyle bir temayülü[1] olduğunu hissettirdi mi?

— Şimdi aklıma geliyor. Şu kadarcık yumurcaktı. Sekiz sene falan oluyor. Bana bir gün bir Müslüman kızı bir Hıristiyan'a varırsa ne olur, diye sormuştu. O zamandan herifte gözü varmış. Ama kızı beğendim. Aklına koyduğu şeyi mutlak yapıyor. Müslüman olmadan varamayacağını anlayınca, kırk yıllık kart gâvuru imana getirdi.

— Çok tuhaf. Bilâl gibi yakışıklı bir oğlanı istemedi de, bu tahtakurusu gibi yaşlı başlı herifi istedi. Kadınların haline akıl ermiyor vesselâm.

1. İlgisi, eğilimi.

Lâkırdılarının mevzuu hemen o dakika Bilâl ile beraber odaya giriverdi. Rabia, Bilâl'e sofada rast gelmiş, durmuş, biraz konuşmuştu. Çocukluklarında geçen o eski hadiseden sonra ilk defa yüz yüze gelmişlerdi. Bilâl biraz kızarmış, fakat Rabia tabiî[1] görünmüştü, hattâ eski günlerden daha çok lütufkâr.[2] O gün şeytana rast gelse, iltifat edecek kadar içi etrafına karşı müsamaha[3] ile dolmuştu. Çünkü Vehbi Efendi'nin ziyaretinden sonraki pazar gününe tesadüf ediyordu. Yani hayatının yeni ve mesut şekli tespit edildikten iki gün sonra.

Selim Paşa da, zaptiyedeki elim[4] vak'adan sonra Rabia'yı ilk defa görüyordu. Kızın yüzünde herhalde o acı hatıraya ait bir şey yoktu. Rabia'nın kini tamamen erimişti. Çünkü henüz bir gün evvel ayrılmışlar gibi geldi, Paşa'nın elini öptü.

— Tebrik ederim, Rabia. Sinekli Bakkal'a yeni bir komşu getiriyormuşsun... Allah mübarek etsin.

Gözlerini eski günlerdeki gibi kıstı. Kaşları gene eğlenirken dik tüyleri, kirpi gibi kabaran kaşlar; burnunun ucu ona tevcihatların[5] sebebini anlatırken uzadığı, kıvrıldığı gibi, sevimli ve tatlı günlerinden biri.

Rabia içinden, "Bizi köpek gibi dairesinden atan o yüreksiz, zalim Zaptiye Nazırı'nın bu olduğuna kim inanabilir? Demek dairesine girerken yüreğini kapının üstüne asıyor, çıkarken alıp, göğsüne takıyor," diyordu.

Sabiha Hanım Bilâl'e, Peregrini'nin Müslüman oluşunu, Rabia ile evleneceğini anlatıyordu. Rabia kulak kabarttı.

---

1. Her zamanki gibi.
2. İyi muamele eden.
3. Hoşgörü.
4. Acıklı.
5. Verilen rütbelerin.

— Belki Rabia'nın düğünü sizinkinden evvel olacak, Bilâl.

Bilâl'in kaşları çatıldı, burnunun kanatları titredi. Bir şey söylememek için dişlerini sıktığı çenesinin iki tarafının oynayışından belli oluyordu. Buna rağmen ağzından istihfafkâr[1] bir, "Ha, şu adam mı?" suali kaçtı.

— Şu adamdan, maksadın ne, küçükbey? Beğenmedin mi?

Karşı karşıya birbirinin gözlerinin içine mütekâbil hiddetle[2] bakıyorlardı. Selim Paşa onları dövüşmeye hazırlanan iki genç horoza benzetti ve daha dövüş başlamadan zaferin kimin tarafında kalacağını kestirmişti.

Bilâl'in içini yakan şey, Rabia'nın evlenmesi kadar lakaydisi.[3] Kızın kafasından mâziye[4] ait her iz kazınmış gibi. Gerçi Bilâl de uzun zamanlar Rabia'yı unuttuğuna inanmıştı. Fakat onu görür görmez kalbi gene atıyor, rengi kızarıyordu. Halbuki Rabia onun ne kadar değişmiş olduğuna bile dikkat etmemişti. Bilâl ne kadar boylanmış, nasıl zarif giyiniyordu. Nasıl eski ham vilayet delikanlısından bambaşka, bunları görmemiş gibiydi.

Bilâl'in beyaz kirpikli mavi gözleri, Rabia'nın yeşil benekli bal gözleri iki elektrik cereyanı gibi birbirine çarptı. Bilâl'in gözleri kavga meydanından ric'at etti.[5] Silahları müsavi[6] değildi. Rabia'nın ona zaafı[7] yok. Bilâl, onun hayatında bir defa gelip geçmiş, bir tek noktada temas edip ayrılan düz bir hat gibi. Rabia, Bilâl'in haya-

1. Küçümseyen.
2. Karşılıklı öfkeyle.
3. İlgisizliği.
4. Geçmişe.
5. Geri çekildi.
6. Eşit.
7. Düşkünlüğü.

tında düz bir hattı[1] mütemadiyen aşağıdan, yukarıdan saran bir helezon gibi...

On dakika evvel onu sofada mütevazı kıyafetiyle görünce, bu kıza vaktiyle âşık olduğunu ve hâlâ arada içi yandığını düşünerek kendi kendisine gülmüştü. Kalbi daha kuvvetle, eski günlerdeki gibi ceketinin üstünden hareketi görünecek kadar kuvvetle atıyordu.

— Affedersiniz, Rabia Hanım. Bir maksatla[2] söylemedim. Ben de tebrik ederim. İnşaallah çok mesut olursunuz. (Sabiha Hanım'a döndü). Müsaadenizle ben gideyim, anne. Siz konuşmak istersiniz.

— Odadan çıkmanıza hacet yok,[3] Bilâl Bey. Gizli bir şey konuşacak değiliz. Hanımefendi'ye babamdan bugün gelen bir mektubu getirdim. Onu okuyup hemen gideceğim.

Bilâl, minderin yanına bir sandalye çekti. İskemle getirdi, konsolun[4] üstündeki gümüş şamdanlardan birini yaktı, Rabia'nın önündeki iskemlenin üstüne koydu. İstiyordu ki Rabia onun, Paşa'nın evindeki hâkim mevkiini[5] anlasın, kıskansın. İstiyordu ki vaktiyle kahve ocağında uşakların iş buyurduğu Bilâl, şimdi mühim bir adamdır. Bilhassa Rabia'nın, onun ne kadar terbiyeli, kendine hâkim, kadınlara karşı nazik olduğuna dikkat etmesini istiyordu.

Rabia, koynundan kâğıtları çıkarırken Bilâl onun sandalyesinin arkasında, ince ensesine yapışan nemli tülbende bakıyor, birer ipek yılan gibi kızın başına dolanan

---

1. Çizgiyi.
2. Amaçla.
3. Gerek yok.
4. Duvar kenarına yerleştirilen, üstüne ayna ve başka süs eşyası konulan, çekmeceli, yüksek mobilya.
5. Yerini.

kumral örgülere eliyle dokunmak istiyor. Fakat bir taraf-
tan da Bayram Ağa'nın yeğeni eski Bilâl, o örgüleri didik
didik etmek, ince, sıcak boynu canı çıkıncaya kadar sık-
mak istiyor.

Evlenir evlenmez ona, taşrada bir memuriyet vere-
ceklerine, Sinekli Bakkal'ın tehlike mıntıkasından[1] uzak-
laşacağına memnun... Yoksa...

Rabia, Sabiha Hanım'a okuyacağı parçaları dikkatle
intihap etmek[2] için evvelâ kendisi mektubu baştan başa
gözden geçirdi. Kâğıtların birkaçını iskemlenin üstüne
bıraktı. Ötekileri okumaya başladı.

Tevfik, Hilmi Bey'in Şam'daki hayatını hayli tefer-
ruatlı[3] anlatıyordu. Çok değişmişti. Görseler tanıyama-
yacaklardı. Şam'ın ücra bir yerinde, büyük bahçeli bir
evde oturuyordu. Çok idareli, çok mütevazı bir hayat
geçiriyorlardı. Hattâ evinin sebzesini kendisi bahçesinde
yetiştiriyor. Dürnev Hanım, o alafranga, şımarık genç ka-
dın yemek pişiriyor, çamaşır yıkıyor.

Şam'daki sürgünlerin arasında Hilmi, bir baba, bir
büyük kardeş vaziyetindeydi. Derdi olan ona koşuyor ve
Hilmi Bey onlara muavenet[4] edebilmek için kendi nafa-
kasından bile kesiyordu. Artık eski şık, Hilmi Bey'den
eser kalmamıştı. Sakal salıvermiş, mintan[5] giyiyor.

Bu mintan lâkırdısı nedense herkese en çok tesir ya-
pan kelime oldu. Bilâl içinden, "Aptal," dedi "at, araba,
mevki, servet elinin altında iken gidip Şam'da soğan, sar-
mısak yetiştirmek!" Sabiha Hanım'ın boğazı tıkandı. Se-
lim Paşa'nın gözleri biraz bulandı. Eli, karısının omzuna

1. Bölgesinden.
2. Seçmek.
3. Ayrıntılı.
4. Yardım.
5. Yakasız, uzun kollu erkek gömleği.

gitti, teskine[1] çalıştı.

Rabia kâğıtları topladı. Fakat koynuna koymadan Sabiha Hanım yalvarmaya başladı:

— Azıcık daha oku Rabiacığım. Tevfik, kendisi ne âlemde?

İhtiyar kadının gözleri kâğıtlara, Hilmi'nin bir parçası imiş gibi hasretle bakıyor. Rabia tekrar okumaya başladı.

Tevfik tıpkı İstanbul'daki gibi Karagöz oynatıyordu.

Şam pazarlarında onu, herkes tanıyordu. Arapçası pek âlimane[2] değildi ama, çatra patra[3] meramını[4] anlatıyordu. En büyük ihtirası hayvan taklidi yapmakta, hayvanları insan gibi konuşturmakta. Esasen İstanbul'da en parlak numarası sokak köpeklerine aitti. Şam'da "develerin hacca gidişi" diye bir numarası vardı ki onu dinlemek için kibar Şamlılar bile Tevfik'in kahvesine geliyorlardı.

— Hilmi Bey'in evi, kendi evim gibi. Hele akşamları Dürnev Hanım'ın bulaşıklarına yardım ederken kendimi Sinekli Bakkal'da sanıyorum. Elim değdikçe Hilmi Bey'e de bahçede yardım ediyorum. Bahçede Berede Çayı'na bakan bir çardağımız var. Güneş batarken altına kuruluyor, yeşillikler arasından çağlayan sulara bakıyoruz. Arada bir çakıştırıyoruz da... O zaman sizleri, Sinekli Bakkal'ı özlüyorum. Gözümde tütüyorsunuz. Hilmi Bey'i meraklandırmaktan korkmasam, "Gurbet elde gene akşam oluyor!" diye bangır bangır bağıracağım. Çarşıda, İstanbul yârânı[5] hiç yakamı bırakmaz. Bazıları çok sefil. Bir lokma ekmeğe el avuç açıyorlar. Hep cami

1. Yatıştırmaya.
2. Bilgilice.
3. Az çok, yalan yanlış.
4. Derdini.
5. Dostları.

avlularında, kahve peykelerinde pinekler, bitlenir, durur-
lar. Birçoğu sürüleli kaç yıl olduğunu bilmiyor, kimisi
niçin sürüldüğünü bile bilmiyor. Arada bir, hepsini top-
layıp işkembeci dükkânına götürüyorum.

Rabia mektubu birdenbire kesti, kâğıtları topladı,
koynuna koydu. Sabiha Hanım için için ağlıyordu. Ra-
bia'nın gözleri kupkuru, yüzü gergin, fakat tavrı, sesi
serin ve sakin. Selim Paşa'da da, Bilâl'de de kızın vaka-
rı, iradesi derin bir hürmet uyandırdı. Rabia mütebes-
sim, ayağa kalktı. Belli etmeden Paşa'nın yüzünü tetkik
ediyordu. İhtiyarın elmacık kemikleri kızarmış; fakat o
kadar.

Rabia okurken o, zihninde yirmi sene süren resmî
hayatında imparatorluğun dört köşesine saman gibi sa-
vurduğu sürgünlerin sayısını hesap ediyordu. Belki bin-
lerce, hem de Şam'dan daha ne kadar uzak, nasıl otsuz,
ocaksız, kızgın çöllere sürmüştü. Şimdiye kadar birini
ayrı bir ferd, âdetâ bir insan diye düşünmemişti. O, dev-
let değirmeninin çarhını çevirmekle mükellefti. Ne yap-
tıysa vazife diye yapmıştı. Vicdanı gene muazzep[1] değil-
di. Fakat şimdi kalbi sızlıyordu. Hilmi, Tevfik, içinden,
"Bu ağustos, Efendimiz'in otuz birinci senesi, cülûsta[2]
avf-ı umumiye[3] benzer bir şey olursa inşaallah Şam sür-
günlerini listeye koyayım," dedi. Ve merdiven başına ka-
dar Rabia ile beraber geldi.

— Cülûsta mutlak babanı getirtirim, Rabia. Düğü-
nünden evvel olmasını isterdim ama... Düğün ne vakte?

— Nisanın sonuna doğru. Eksik olmayın, Paşa Efendi.

Omuzları siyah yeldirmesinin içinde biraz eğilmiş,
başı önünde merdivenleri ağır ağır indi. Paşa, karısının

1. Sıkıntılı, acılı.
2. Tahta oturma töreni.
3. Genel affa.

odasına dönmeden merdivenlerden tutuna tutuna yukarıya, odasına çıktı.

Rabia'nın evlenmesini Sinekli Bakkal'ın çeşmebaşı, mahalle kahvesi, husûsî evleri her an münakaşa ederken, Sabit Beyağabey'in genç külhanilerinin içlerinde haset[1] uyandı. Vay canına! Kendileri türbe penceresi önünden geçer gibi önlerine bakarak yanından geçtikleri bu genç, bu afacan hafız, nasıl olmuştu da yüzü buruşuk, moruk bir herifle evlenmeye razı olmuştu.

Sabit Beyağabey maiyetindeki,[2] Osman'a muvafık olmayan temayülleri hisseder etmez kararını aldı. Onları başına topladı. Şaka etmediğini, itiraz kabul etmeyeceğini gösteren tavrıyla kolunun altından iki metre öteye tükürdü. Uzun bıyıklarını kadife koluna yavaş yavaş silerken kısık gözleri genç haşarıları süzdü.

— Rabia Abla'nın kocasına hepimiz Osman Amca diyeceğiz, anlaşıldı mı?

Anlaşıldı. Bu bir emirdi. Ve herhangi kanundan daha sarih ve emin bir şekilde Osman'ı, Sinekli Bakkal mahalle tosunlarının şerrinden[3] muhafazaya kadir bir emirdi. Rabia Abla'nın kocası kim olursa olsun Sinekli Bakkal'da her türlü el ve dil taarruzundan masundu.[4]

Bu nokta halledilince genç külhaniler Rabia Abla'ya verecekleri düğün hediyesini münakaşa ettiler.[5] Mahalle tulumbasının bir modelini yaptırıp götürmeye karar verdiler. Kolu sahiden yaldızlı, sandığı kırmızı boyalı olacak ve üstüne altın yaldızla takımlarının armasını yazdıracaklar: "Toz koparan, yürek yakan!"

1. Kıskançlık.
2. Yanındaki.
3. Kötülüğünden.
4. Korunmuştu.
5. Tartıştılar.

Düğün hazırlığını Kanarya eline aldı. Fakat eski hanımı Sabiha Hanım'ın ne kadar mütehakkim[1] ve alıngan olduğunu bildiğinden teferruatına[2] kadar ondan akıl soruyor, arabası haftada birkaç defa Selim Paşa'nın konağının önünde duruyordu. Hanımefendi'nin eski halayığının efendi karısı olarak konakta tekrar görünüşü tabiî konak halkında büyük bir heyecan tevlit etti.[3] Fakat o, eski kapı yoldaşlarına çok kibirsiz ve tatlı davrandı. O geldiği zaman yalnız iki kişi, Kanarya'nın etrafını alan kalabalığa iltihak edemezlerdi. Biri selâmlığa muvakkaten[4] sürülen Bilâl, öteki –şayet evde ise– odasına kapanan Selim Paşa. Kanarya, Nejad Efendi'nin mutaassıp[5] olmadığını, kendisinin Efendi'nin dostlarına baş açık çıktığını, binaenaleyh Selim Paşa'nın odasına kapanmasına mahal olmadığını[6] Sabiha Hanım'a sarahatle söyledi. Fakat gene Selim Paşa odasına kapanmakta, Sabiha Hanım vasıtasıyla eski halayığına hürmet ve tazimlerini[7] göndermekte devam etti.

Rabia'nın evi, dükkândan tavan arasına kadar badana oluyor, tavanları, kapıları boyanıyordu. Osman'ın alışık olduğu hayat tarzını düşünerek, Kanarya yukarıdaki iki odayı Avrupai bir üslupla döşemeyi teklif etti. Sabiha Hanım itiraz etti. Rabia, tabiî olarak Sabiha Hanım'ın fikrini terviç etti.[8] Kavgaya ramak kalan uzun münakaşalardan sonra uzlaştılar, iki tarafı da memnun edecek bir hal sureti buldular. Mutfağın üstündeki oda gene Rabia'

1. Hükmeden.
2. Ayrıntısına.
3. Doğurdu.
4. Geçici olarak.
5. Tutucu.
6. Gerek olmadığını.
7. Saygılarını.
8. Destekledi.

nın yatak ve oturma odası, Osman'ın piyanosu oraya gi-
recek. Adam, vakitli vakitsiz piyano çalıyor. Sokak üs-
tünde olsa mahalleli rahatsız olacak. Oraya Osman için
bir de rahat koltuk konacak, fakat uzun minder gene ye-
rinde kalacak Bereket versin oda geniş. İki kişilik bir de
karyola konulacak, Osman yerde yatamaz. Rabia evvelâ
köpürdü:

— Yooo, işte buna gelemem. Minareye çıkmış gibi
olurum. Başım döner, uyuyamam.

İki kadın bir oldular, onun ağzının payını verdiler.
Adamcağız kırk senelik âdetlerinden oluyor, onun için
dinini bile terk ediyor, bu ne hodbinlik![1]

Rabia, "haydi olsun", dedi. Fakat dünya bir araya
gelse namaz kıldığı odaya resim koyduramaz. Kanarya
bunu kabul etti. Osman'ın bir iki sevgili tablosunu sokak
üstündeki odaya koymaya razı oldu. Ve sokak üstündeki
odaya biraz daha fazla Avrupai bir şekil verilmesine Ra-
bia muvafakat etti.[2] Fakat gözlerini açıyor, "Aman beni
mahalleye kepaze edecek kadar ileri gitmeyin," diye yal-
varıyordu.

Tavan arasında bir yer bölünecek, Rakım'a oda yapı-
lacak. Onun bahçe üstündeki küçük odasını Penbe işgal
edecek.

Yemek odası... Yemek odası gene eski mutfak. Nere-
lerine yetmiyor? Geniş, ferah. Yerlere kırmızı tuğla döşe-
mişler, ocak öyle süslü olmuş ki... Yalnız ortaya bir masa
konulacak, muşamba örtülecek. Çatal, bıçak, tabak âdeti
tesis edilecek.[3] İsterse Penbe ile Rakım elleriyle yesinler,
Rabia misafirliklerde çatal, bıçak kullanmıyor mu, evde

1. Bencillik.
2. Kabul etti.
3. Oluşturulacak.

345

de kullanıversin. Sininin, sahanların ilgasına[1] üç kadın ittifakla[2] karar verdi.

Son müşkülat[3] ve ihtilaf,[4] Rabia'nın gelinlik entarisinde çıktı. Kanarya muasır[5] bir kıyafete taraftardı. Beyaz entari, duvak ve limon, portakal çiçekleri. Aman Allah esirgeye. Sabiha Hanım, mor kadife üstüne gümüş telle susam çiçekleri işlenmiş bir entari istiyor. Taç, duvak, tel hepsi olmalı. Gelinlik entarisi esasen onun hediyesi, kim ne karışır? Gâvurun gözü gelin görsün. Sabiha Hanım'ın fikri kabul edildi. Hem bu bahse Rabia'yı pek karıştırmak istemediler. Ne olsa gelin olacak kızda biraz hayâ,[6] biraz edeb lâzımdı. O bu mesele üzerine ağzını açınca "Sen hele bir sus!" diyorlardı. Fakat Rabia düğün yaptırmamakta ısrar etti. Babası sürgünde iken hiç kâbil mi?[7] Yalnız bir nikâh. Sinekli Bakkal halkının beklediği pilavı, zerdeyi, düğün yemeğini konakta yiyeceklerdi.

Bütün bu hazırlıklar esnasında Rabia, bir şey olmuyormuş gibi derslerine devam etti. Babasına sürgünde gene o bakacak, evin masrafını tamamen görmese bile, Penbe'ye, Rakım'a o bakacak. Osman'a zengin diye varmıyor. Onurunu, vakarını, benliğini ancak çalışmak sayesinde muhafaza edebilir, fakat bütün bu pratik fikirler gündüz düşünülüyor, geceleri nihayetsiz hulyâlar var.

Hazırlıklar uzadıkça, Osman da, kendi odasında geceleri aşağı yukarı dolaşıyor, düşünüyor, söyleniyor. Rabia'yı çok özlemişti. Fakat Vehbi Efendi'ye nikâh olun-

1. Kaldırılmasına.
2. Oybirliğiyle.
3. Güçlükler.
4. Anlaşmazlık.
5. Çağdaş.
6. Utanma.
7. Mümkün mü?

caya değin Sinekli Bakkal'a gitmeyeceğini söylemişti. Ekseri yüksek sesle kendi kendine konuşuşlarında diyordu ki:

— Ben gene bir dinin çerçevesine giriyorum ha... Hem de gene bir kadın eliyle. Fakat bana sükûn[1] veren, içimde sulh tesis eden bir din. İlk defa dimağım, ruhum, kalbim birbirleriyle uzlaşmışlar gibi birbirlerini de, beni de kemirmiyorlar. Acaba bu geçici bir mütareke[2] mi? Ne de olsa Sinekli Bakkal'ın taşına, toprağına tapınıyorum. Gerçi orada yeni bir cemaatin an'anesine uymak lâzım. Fakat öyle basit ve insani an'aneler ki. Hem orada herkesin evi, bahçesi birer husûsî ve kapalı kale gibi. En fakir adam, kurûn-ı vustâî[3] bir derebeyi gibi evinde hür...

— Her gün mor salkım çardağının altında hava alan kadınlarla konuşacağım. Her gece Rabia'nın beyaz yatağında yatacağım. Sabahları yan yana uyanacağız. Günlerimizi el ele geçireceğiz. İyi günler... İyi geceler. Belki de çocuklarımız olacak. Biri büyükbabası gibi komik olsun. Adını Tevfik koruz. Öteki benim gibi... Yok yok, anası gibi sanatkâr olsun. Belki de bir mahalle bakkalı olur. Olsun.

— Rakım'ı dükkânda alıkoyarız. Ah, sevgili Rakım. Hayatımıza bir sirk çeşnisi[4] veriyor. Penbe yemeğimizi pişirir. Karabiber gibi keskin, kara karı! Bir panayır yeri kadar canlı...

1. Huzur.
2. Ateşkes.
3. Ortaçağlı.
4. Tadı.

347

12

Bilâl Hıdırellez günü evlendi. Rabia o sabah uzaklardan gelen darbuka, zilli maşa sesleriyle uyandı. Sokaklarda gene ordu geçer gibi uğultu, oyuncakçıların çevirdikleri kaynanazırıltıları, öttürdükleri düdükler. Köşedeki kahvede zurnanın hımhım nağmeleri, dünbeleğin tamtamları. Nisanın ılık havasında, hayat genç bir âşık nabzı gibi gümbür gümbür atıyor. Tevfik şimdi nerede? Hani beraber yemek pişirdikleri o günler... Bahçeden mutfağa beyaz, penbe çiçek yaprakları yağdığı gün!

Penbe, artık köhne göbeğini yalnız çardağın altında çalkalıyor, ikide birde Rabia'ya bahçeden takılıyor:

— Eski yavuklun evleniyor Rabia. Kız, kalk giyin, tak takıştır, diyor.

Rabia mayısın ilk günü evlendi. Sinekli Bakkal kadınlarının küçük kâğıtlara mâniler yazıp çömleğe koyup, ağaç diplerinde çalıp söyledikleri gün.

Nikâh öğleden evvel, dükkânın üstündeki odada kıyıldı. Vehbi Efendi Rabia'nın, Eskici Fehmi Efendi Osman'ın vekili idiler. Şahitler arasında Sabit Beyağabey de vardı. Rakım misafirlere şerbet ikram etti.

O akşam konak, kıyamet gibi kalabalıktı. Haremde kadınlara, Sabiha Hanım akşam yemeği verdi.

Selâmlıkta da sofralar kurulmuştu. Sinekli Bakkal'ın

bütün erkekleri davetliydi. Paşa, bir tarafına Osman'ı, bir tarafına eskici Fehmi Efendi'yi aldı. Ağabey'le Rakım Paşa'nın karşısında oturdular. Vehbi Efendi ayrı bir sofraya riyaset etti.[1] O, kızın babası rolünü yapıyordu.

Selim Paşa keyifliydi, mültefitti,[2] gayet iyi konuşuyordu. Osman'a "Damat Bey" diye hitap ediyor, evlilik hayatına dair ölçülü, edepli şakalar, nükteler savuruyor, zarif hikâyeler söylüyor. Bekârlar havlularını ağızlarına kapayarak kıs kıs gülüyorlar. Evliler Osman'ın başına geleceklere acıyorlarmış gibi başlarını sallıyorlar. Yemek sonuna doğru Paşa mahalleliye hitaben, yeni komşularına dair ciddi dostane temennilerde[3] bulundu. Davetlilerden derin bir uğultu gibi sesler çıktı.

Yatsı namazında Vehbi Dede, imamet etti.[4] Her rekatta en kısa sûreler intihap etti.[5] Fakat ekserisi Sûre-i Nisa ve Sûre-i Nur'dan bilerek ve zemine[6] uyan sûreler. Üslûbu bu gece her vakitten ziyade mistik ve lirikti. Yeni Müslüman olmuş bir mûsikî-şinâsın düğün gününe bundan daha münasip[7] bir hatime[8] olabilir miydi?

Paşa'nın kâhyası fenerini yaktı, mahalleli yeni güveyi evine götürdü. Herkesin elinde bir fener vardı. Sabit Beyağabey Takımı fenerlerini savurdular, öksürdüler. Fakat alelade bir güveyi götürürken yaptıkları açık şakaları birbirlerinin kulaklarına fısıldamakla iktifa ettiler.[9] Os-

1. Başkanlık etti.
2. İltifat ediyordu; güler yüzlüydü.
3. Dileklerde.
4. İmamlık yaptı.
5. Seçti.
6. Yerine.
7. Uygun.
8. Son.
9. Yetindiler.

man kapıdan girip kapı kapanıncaya kadar cemaat Rabia'nın evinin kapısında bekledi.

— Mübarek olsun, mübarek olsun...

Ayak sesleri, bir iki öksürük, sonra, sokak uykusuna daldı.

Penbe, elinde lâmba, dükkânda bekliyordu. Arkasında kırmızı canfes entarisi,[1] kulaklarında uzun mercan küpeler ve ilk defa başında örtü yok. Artık Osman, evin efendisi...

Rabia'nın odasına kadar Penbe lâmba gösterdi. Kapıyı açınca:

— Allah dirlik düzenlik versin, diyerek güveyin arkasını sığadı.

Gelin piyanoya dayanmış bekliyordu. Üstü gümüş susam çiçekleri işlenmiş mor kadife entarisinin içinde bir baş daha uzanmıştı. Telli duvağının arkasında yüzü pek seçilmiyor, uzun boynu mor kadifenin içinden, antika bir vazodan çıkan zanbak sapı gibi...

Osman durduğu yerde kaldı. Kızı kurûn-ı vustâî bir üstâdın tahayyül ettiği bir Meryem Ana resmine benzetti. Gözleri yaşardı. Penbe eliyle bir daha omzuna dokundu, yerde yayılı duran seccadeyi gösterdi. Elbet, elbet! Bu kadar büyük bir sevinç eşiğinde duran bir erkeğin Halik'ine[2] şükretmesi lâzım değil miydi?

Çingene kapıyı kapadı, gitti. Osman karısına doğru yürüdü.

---

1. Üzerinde desen bulunmayan, ince dokunmuş, parlak, tok, ipekli kumaştan yapılmış elbise.

2. Yaradanına.

13

Sağanak. Rabia koştu, köşe penceresini kapadı, perdeleri indirdi. Piyanonun üstündeki gül rengi abajurun altında, Osman rahat koltuğuna kurulmuş, dizinde Rabia'nın tekir kedisi mırlıyor.

O akşam yemekten sonra mutfakta biraz fazla eğlenmişlerdi. Rakım demişti ki:

— Osman, sen haftada bir olsun mahalle kahvesine çık. Konağa her gün uğruyorsun. Bizim sokak seni kibar, zengin defterine yazarsa Sabit Beyağabey Takımı'nın alayından baş alamazsın.

Penbe darılmıştı.

— Güvey gireli iki hafta bile olmadı. Acelen ne?

— Yarın akşam giderim, Rakım Amca. Sen ne dersin Rabia?

Rakım homurdandı:

— Bu gibi şeylere kadın karışmaz.

Fakat Rabia, kahveye çıkmayı, Osman'ın bir akşam sonraya bırakmasına memnun olmuştu.

Şimdi odalarındaydılar Osman, oturduğu yerden, Rabia'nın soyunmak için yüke[1] girişini tembel tembel

1. Yüklüğe.

seyrediyor, kendi kendine gülüyordu. Kızın ne çocukça âdetleri vardı. İşte şimdi beyaz geceliği ile yükten çıkıyor, aynanın önünde örgülerinin firketelerini alıyor, arkasına salıveriyor. Nihayet uzun mindere arkasını dayayıp, ayaklarını uzatıp halıya oturuyor. Her akşamki gibi dizinde dikişi var, elleri dikişin üstünde hareketsiz.

Her akşam aynı yere, aynı dikişle oturur. Fakat dikmez. Başlamak için bir şey bekler. Beklediği şey Osman'ın pedalı kısıp hafif hafif bir fanteziden ötekine geçen piyano çalışıdır.

Fakat bu akşam Osman konuşmayı tercih edecekti.

Konuşmak onun kurtulamayacağı bir illet, âdetâ bir tiryakilik; ve Sinekli Bakkal'da aradığı biricik şey bu. Gerçi sokakta bir sürü kadın erkekle konuşuyor, evde Penbe ile Rakım'ın ağızları durmuyor, konakta Sabiha Hanım'la can dostu. Bütün bunlarda dostluk, sadelik var, hayata tuhaf bir tarafından bakış var. Kendilerine göre bir halk felsefesi var. Hepsi pek hoş, pek cazip. Fakat bunların biri Osman'la fikrî bir münakaşa yapamaz. Bu ihtiyacını ancak Vehbi Efendi dolduruyor. O da bir zaman için Konya'ya, evlendiklerinin haftası gitmiş, henüz dönmemiş...

Rabia konuşmayı pek sevmiyordu. Gerçi söylediği zaman canlı söylüyor, zekâsı bir elektrik feneri gibi, insana en ummadığı, en zengin hayat tasvirleri gösteriyor. Fakat belki kız metafizik, karışık münakaşalardan sıkılıyor. Osman öyle bir mevzua girdiği zaman anlamak için büyük bir kuvvet sarf ettiği alnında hâsıl olan[1] buruşuklardan belli.

Osman terliklerini sinirli sinirli sallıyor, bilhassa bu akşam Rabia'yı böyle çetin bir mevzua sürüklemenin imkânı olmadığını hissediyordu. Demek piyano çalmak-

1. Ortaya çıkan.

tan başka çare yok. Rabia, yem vakti gelmiş genç tay gibi yerde küçük kulaklarını kabartmış bekliyor. Osman kalktı, piyano iskemlesine oturdu.

Akşamları çaldıklarını hep kendi icat ederdi. Ve bu havalar Rabia'ya göre, kocasının Sinekli Bakkal'da aldığı yolun birer nişan taşı, mesafe ölçüsüydü. Minör perdelerin, Şark melodilerinin artması onun yeni hayatını ne dereceye kadar benimsediğini gösteren alâmetler. O semtte gece gündüz işitilen aşina sesler azalınca Rabia endişeye düşüyordu. Bir akşam evvel Osman çalarken sokak satıcılarını işitiyorum, zannetmişti. Fakat bu akşam o fantezilere bir tek aşina melodi girmiyor. Çapraşık, karışık bir armoni! Osman'ın başında yabancı bir rüzgâr esiyor. Belki Sinekli Bakkal'ı yadırgıyor, belki içine gariplik çöktü. Dikişi tekrar dizine bıraktı. Boğazına bir şey tıkanır gibi oldu. Mutlak, mutlak Osman, Rabia'nın ruh iklimine alışmalı, Sinekli Bakkal'a bağlanmalı. Ama nasıl?

Osman, Rabia'ya endişe veren yabancı makamlarda parmakları dolaşırken, dimağı evlilik hayatının iki haftalık bilançosunu yapıyor, büyük hadise. Fakat beklediği gibi değil. Hattâ Rakım, bir sirki hatırlatan cüceliğiyle, Penbe, panayır yerleri kokusu veren esmer yüzüyle bile hayatlarına fevkaladelik vermiyor. Vak'asız, günü gününe benzeyen bir hayat. Buna rağmen o, Rabia'ya eski düşkünlüğü ile hâlâ âşık. Yalnız, kız eski sevdiği kadınların birine benzemiyor. Hiç şüphe yok ki Rabia ona çok merbut.[1] Hiçbir kadın Osman'a, Rabia'nın dikkatiyle, itinasıyla bakmamıştı. Âdetâ süt ninesini hatırlatacak bir itina. Eğer kız onu seviyorsa bu sevgide en hâkim cephe şefkat cephesi. Halbuki o Şark kadınlarını daha ne kadar

1. Bağlı.

başka tahayyül etmişti. Rabia belki daha ziyade Şimalli[1] bir kadına benziyor. Serin mizaçlı. Ona rağmen sanatkâr ruhlu da. O ketum[2] ve o hür ruh, Osman hakikat iyi bir şey çalarsa birdenbire Osman'ın ellerinde balmumu halini alıyor. İnsan karısında heyecan uyandırmak için mütemadiyen yeni havalar yaratıp piyano çalamaz ya! Piyano bitip de Osman azıcık taşkın bir sevgi gösterse derhal dudaklarında o çarpık tebessüm hâsıl oluyor. Acaba kızda bu mizaç serinliğini yapan yaş farkları mı? Osman piyano iskemlesini çevirdi, Rabia'nın yüzünü aradı.

Hâlâ eski yerinde, ne vaziyeti değişmiş ne de dikişine el sürmüş. Mütekallis[3] bir yüz, kaşlarının, dudaklarının etrafında âdetâ haşin çizgiler var.

Osman yerinden kalktı. Karısının yanına, arkasını mindere verdi, bacaklarını uzattı, oturdu. Kız usul usul, yan yan ona yaklaştı, uzanan kolu belini daha rahat sarsın diye öne eğildi. Bu sırf itaatli,[4] müsaadekâr[5] bir kadının hareketi mi, yoksa Osman'ın yakınlığından haz duyan, seven bir kadının hareketi mi?

— Burada bu akşam yeni ve yabancı bir şey var, Rabia.

Osman'ın parmakları kızın alnındaki buruşuklukların üstünde dolaştı.

— Doğru, Osman. Senin çalışın bana öyle bir his verdi. Vehbi Dede'yi hatırladım. Bana bir gün "Osman'ın geçmiş hayatı belki aranıza bir uçurum açar," demişti.

Rabia'nın alt dudağı ağlamak isteyen bir çocuk gibi titredi, âdetâ büküldü.

1. Kuzeyli.
2. Sır saklayan.
3. Gerilmiş.
4. Söz dinler.
5. İzin verici.

— Bu uçurumu dolduralım, Rabia. Bana çocukluğunu anlat sevgili. Anneni, büyükbabanı. Bilhassa büyükbabanı. Onu en çok merak ediyorum. Görmek için bu cuma mescide namaza gideceğim.

— Onu bilsen merak etmezdin. Öyle korkunç bir adamdır ki...

Hakikat uçurumunun Rabia tarafı doluyor. O geçmiş yılları anlatıyor. İmam'ın bir gün bebeğini nasıl çamaşır kazanına attığı noktaya geldi. Bu âdetâ acıklı bir vak'aydı. Fakat Rabia ona birdenbire komik bir hal verdi. İmam'ın ayet, sûre okuyarak bu bebek yakışına nasıl dinî bir ayin şekli verdiğinin taklidini yaptı. Osman kahkaha ile gülüyordu.

— Haydi yatalım, Rabia. Yarın seni Bonmarşe'ye götüreceğim. Beğendiğin bebeği alacağım.

Yatakta yerleştikleri vakit Rabia'nın kulağına hafifçe fısıldadı:

— Belki bir gün kendinin canlı bir bebeği olacak. İhtiyar kocanla beraber oynayabileceğin bir bebek.

Rabia'nın sesi âdetâ bozuk:

— O bebeği kimse, kimse ateşe atamaz. Vallahi, billahi!

— Maşaallah, esvap yeni galiba!

— Evet, görmüyor musun, ipekli. İlk ipekli... Seninle sokağa beraber çıkarsak diye yapındım. Yünlü yeldirmemle çıksam, benden utanırsın, değil mi?

Hayır, utanmazdı. Ne giyerse giysin, her arkasına geçirdiği esvaba şahsiyetinden bir şey veriyordu.

Bugün ipekli, siyah bir çarşaf giymişti. Beli uçkurlu, pelerini dize değen eski biçim çarşaf. Fakat ne de olsa yeldirmesini bir gün için bile fedâ etmek onca mühim. Peçesini gene arkasına atmıştı. Bir kuvvet ona yüzünü örttüremezdi. Osman onun ince, penbe yüzünü bu siyah katların arasında bir rahibeye benzetti. Yeldirmesinin içinde işine giden bir amele tabiiliği ile yürüyen ince bacakları bu kalın çarşafın katları arasında bir rahibe gibi mütereddit ve beceriksiz. Osman dikkat etti. Yüzünün ifadesi o kadar ciddi idi ki hiçbir erkek ona söz atmadı. Cesur gözlerinin, korkmadan insanın yüzüne bakan gözlerinin üstünde peçe olsa belki ona da söz atarlardı. Rabia'nın her tavrı, cinsî tezahüratı[1] olduğu yere, dört duvar arasının mahremiyetine hasrediyor.[2] Hariçte onu gören cinsiyetini hiç düşünmezdi.

Osman bidüziye mektepten kaçmış bir çocuk gibi el ele tutuşup yürümek istiyor, fakat cesaret edemiyor. Kız, sokak adabının muhafazasına taassupla taraftar. Fakat o, Osman'dan daha mesut.

Galata Köprüsü'nü yürüyerek geçtiler. Tepelerinde İstanbul'un öz göğü bir Bizans mozaiki, bir tavus gibi mavi, bir tek bulut yok. Gökyüzünde kaynayan sarı ışık kazanı yere altın şua[3] akıtıyor. Her şeyin üstünde bu altın aydınlık. Sol taraflarında Haliç. Üstünde yelkenler, direkler sarı ışıkta titreşiyorlar. Sağ taraflarında Boğaziçi vapurları, kayıklar, salapuryalar,[4] yeşil suların üstünde oynaşıyor. Köprü'nün üstünden askerî bir bando geçiyor. Bütün halk ayağını uydurmuş arkasından yürüyor.

Nihayet Beyoğlu'na tünelle geçtiler. Osman ona birer birer dükkân camekânlarını göstermeye başladı. Rabia'ya elmas almak, ipek kumaşlar almak için çıldırıyordu. Fakat cesareti yoktu. Yüzgörümlüğü diye getirdiği zümrüt küpeleri –kulaklarının delik olmadığını baha-

---

1. Gösteriyi.
2. Ayırıyor, veriyor.
3. Işın.
4. Ticaret eşyası taşımakta kullanılan, on on beş tonluk, üçgen biçiminde yelkenli ticaret gemisi.

ne ederek– konsolun gözüne kilitlemişti. Penbe kulaklarını delmeyi teklif edince, "Allah küpe takmamızı istese kulaklarımızı delik yaratırdı," demişti. Şimdi büyük terzilere götürüp moda bir esvap ısmarlamayı teklif etse gene penbe dudaklarında o çarpık tebessüm hâsıl olacak – büyüklerin mantıksızlıklarına, deliliklerine sırf terbiyesinden, usluluğundan ses çıkarmayan bir kız çocuğunun tebessümü!

Doğruyol her cuma günü olduğu gibi şık hanımlar ve beylerle doluydu. Her geçen onlara vilayetli bir çift gibi bakıyordu. Karşılarında, uzun ökçelerinin üstünde yalpa vurur gibi yürüyen, iki genç kadın onlara yaklaştı. Çarşaflarının etekleri dar, pelerinleri kısa, inik peçeleri inceydi. İkisi de geçerken Osman'a selâm verdiler.

— Bunlar kim Osman?

— Asım Bey'in kızı Handan, Hüsnü Paşa'nın karısı. Öteki yeğeni.

— Ne kadar da Frenk karılarına benzemeye yeltenmişler. Rakım maymun taklidi yapsa daha çok benzetir.

— Kıskanıyor musun, sevgili Rabia?

— Kim? Ben mi? Ha ha...

Hakikat[1] kıskanmadığı aşikârdı. Kendini onlarla mukayese etmeyi düşünmeyecek kadar daha iyi buluyordu. Onlara hakiki pırlanta diye geçirilmek istenen yalancı elmaslara bir kuyumcunun baktığı gibi bakmıştı.

Bonmarşe'de oyuncak kısmından bir türlü Osman onu ayıramadı. Boynuna dokununca sallanan, çıngıraklı, kül rengi bir eşek vardı ki bayılmıştı. Satıcı karnına dokununca anırmaya benzer bir ses çıkardı. Rabia derhal onu aldı. "Aynanın önüne korum," diyordu. Kahve renkli, mahzun gözlü bir maymunu Rakım'a satın aldı. Henüz

1. Gerçekten.

İstanbul'a yeni gelen kadife tüylü ayılardan birini de Penbe Teyze için aldı.

O akşam Rakım'la Penbe'yi odalarına davet ettiler. Osman'ın kahveye çıkacağını ikisi de unutmuştu.

Rakım, Penbe'nin ayısı elinde, kendi yüzü o kadar tam bir ayı kafası ifadesi almış ki, elinde oyuncak âdetâ yavrusu gibi. Rabia kuşağını çözüp cücenin boynuna taktı. Piyanonun üstünden tefini kaptı. Rakım, ayı oyununu, Rabia ayıcı Çingene'yi o kadar asıllarına mutabık[1] bir şekilde oynadılar ki, Osman gözlerinden yaş gelinceye kadar güldü.

Osman artık mahalle kahvesine her akşam gidiyordu. Rabia memnundu. Hem bu kocasının Sinekli Bakkal'a alıştığını gösteriyor, hem de Rabia'nın biraz başı dinleniyordu. Çünkü Osman'ın istediği o fikrî, o ağır konuşuş onu çok yoruyordu. Bu biçim konuşuş, vaktini kaybetmekten başka neye yarıyordu. Bu Osman'ın hiç ölçüsü yoktu. Hayatta mütemadiyen[2] yenilik peşinde koşuyordu. Fakat eline geçen her yeni şeyi çarçabuk yıprandırıyordu. Vehbi Efendi'nin Osman için söyledikleri ne kadar doğruydu. Osman hep gözüne, gönlüne hoş gelen şeylerin peşinde. Halbuki Rabia, sırf alışkın olduğu şeylere, kendisiyle beraber yürüyen, olgunlaşan aşina muhitlere, insanlara bağlıydı. Belki Osman itiyat[3] haline gelen her şeyi bir zincir telakki edecek mizaçtaydı. Bir gün, bir gün belki de Sinekli Bakkal'ın her şeyinden hevesi geçecek, Rabia'yı bırakıp kaçacak. Ah, bu aksi düşünce olmasa Rabia odasında dikişiyle ne kadar mesut olacak. Neden Osman geleli kitap okumak âdetini terk etmişti?

1. Uygun.
2. Sürekli olarak.
3. Alışkanlık.

Karşıki odadan *Cevdet Paşa Tarihi*'ni aldı. Osman'ın koltuğunda uykusu gelinceye kadar okudu.

— Rabia, uyanık mısın?

Yarı uykuda, yarı uyanık sıcak yatağından fırladı.

Osman lâmbayı yakmıştı. Aydınlık ve Osman'ın o canlı, çevik dolaşışı, uyumadan evvel düşündüğü şeylerin tortusunu bile dağıttı. İşte Osman gene eskisi gibi. Kim demiş bir gün gözünden kaybolup gidecek? Hayatının daimî arkadaşı...

Zihnine gelen sükûn onu ayakta tekrar uykuya daldırmıştı. Elleri Somnambol[1] gibi Osman'ı soymaya, geceliğini giydirmeye çalışıyor.

— Beni soymak için neden yataktan kalkıyorsun, a çocuk? Ben soyunamaz mıyım?

Rabia cevap vermiyordu. Osman'ın sesi duvar arkasından gelir gibi uzak. Kirpikleri yanaklarının üstünde, gözleri hemen hemen kapalı. Buna rağmen becerikli elleri yeleği, gömleği devşiriyor, minderin üstüne koyuyordu. Osman'ın potinlerini çekmek, terliklerini giydirmek için ısrar etti. İtiraz beyhudeydi. Yalnız homurdandı. Fakat sıcak, uzun parmakların dizlerinde, ayaklarında dolaşışından haz duyuyordu. Ah, bu kocasına dâimâ kendi elleriyle bakmakta ısrar eden kadınlar! Bu da bir nevi tahakküm,[2] tesahup[3] değil miydi?

Bir sandalyeye oturdu, ayaklarını Rabia'ya terk etti.

Potinleri çekerken arada Osman'ın dizine başını dayıyor, bir an için kendinden geçiyor. Kumral başı nasıl kokuyordu. Yarı Edirne sabunu, yarı yonca, yarı genç, sıhhatli cildinin kokusu! Açık tarlalardaki taze otları, kuytu ormanların aralarında biten vahşi menekşeleri, ta-

1. Uyurgezer.
2. Zorbalık, baskı.
3. Sahip çıkma.

biatın her temiz ve iptidaî[1] kokusunu hatırlatıyor. Şimdi başı tamamen kocasının dizinin üstüne düşmüş, küçük memelerinin katılığını gecelik entarisinin arkasından bile hissettiriyor.

— Uyuyorsun...

— Hıı... diye uykulu bir ses çıkardı.

Osman lâmbayı söndürdü. Rabia, ona terliklerini giydirir giydirmez yatağa tırmanmış, yorganın altına uzanmıştı. Çoktan uyumuştu. Osman'ın kolları sıcak, fakat uyuyan bir vücudu sardı. Bu vücut bir kedi yavrusu mukavemetsizliği,[2] yumuşaklığı ile kendini bırakmış, fakat içindeki Rabia çoktan uykusunun içine dalmış, bu vücuttan çekilmişti.

Kızın omuzlarını örttü, kendisi yatağın öbür ucuna çekildi. Uyuyamıyordu. Hep kulakları Rabia'nın hafif hafif nefes alışında.

Muhtelif yaştaki, muhtelif mizaçtaki ruhların izdivacı,[3] imtizacı[4] mümkün olabilir, fakat yaşları birbirinden çok farklı iki vücudun izdivacı kâbil olamaz. Osman böyle düşünüyor. Rabia henüz yirmi bir yaşında, kendisi kırkın ne kadar üstünde. Halbuki kızın kalbi Osman'dan daha olgun, dimağı daha selâmetle düşünüyor. Ve kalbi de, dimağı da Osman'ın. Daha ne isteyebilir?

O cuma eskici Fehmi Efendi, Osman'ı namaza götürmeye geldi. Rakım bermutat gitmedi.

Osman'ın namaza gidişinin ne kadarı İmam'ı görmek tecessüsünden ileri geldiğini bilmeyen Fehmi Efendi memnundu. Sinekli Bakkal'ın umumî ve içtimaî hayatına, her vesile ile karışan bu yeni komşuya çok mü-

---

1. İlkel.
2. Güçsüzlüğü.
3. Evliliği.
4. Uyuşması.

teveccihti.[1] Ve heyet-i ihtiyariyenin[2] hatırlı âzâsından[3] olan Fehmi Efendi'nin bu teveccühü Osman için faydalıydı. İlk kahveye çıktığı akşamdan beri bu sakin adam Osman'a husûsî bir muhabbet ve dostluk göstermişti. Acaba Rabia'nın kocası diye mi, yoksa sırf şahsından hoşlandığı için mi? Burasını çok araştırmak lâzım değildi.

Yan yana yürürken eskici olan, Sabit Beyağabey Takımı'ndan sakınmasını, onlarla yüz göz olmamasını tavsiye ediyordu. Hiç şüphe yok ki, hepsi mert, hepsi tosun delikanlılar; fakat biraz haşarı, biraz edep ve terbiye dairesini taşıyorlardı. Osman bunları dinlerken, Fehmi Efendi'nin idare ettiği muhafazakâr kısımla, Sabit Beyağabey'in temsil ettiği haşarı gençlik arasında kendini dikkatle idare etmek, hiçbirine fazla mütemayil[4] olmamak lüzûmunu hissediyordu. Fakat kalbi, gençlerin tarafındaydı. Öyle dinamik insanlar ki... Her birinin içinde yirmi beygir kuvvetinde işleyen bir makine enejisi var.

Sokağın üstündeki ışık yolu bugün ateş gibi, sokağın yanları, saçak altları daha loş, daha serin görünüyor. Sokakta hiç çocuk kalmamış, çeşmede geç kalmış bir tek kadın var.

Nihayet köşeyi döndüler, mescidin avlusuna geldiler. Şadırvanın etrafında birkaç kişi, âb-dest alıyordu. Ötekilerin bazısı mendilleriyle kollarını, ayaklarını kuruluyor, sonra kollarını indiriyor, pabuçları ellerinde camiye giriyorlardı. Avludaki tek, ihtiyar çınarın gölgesi ta camiye kadar salınıyor.

Osman avlunun ötesindeki mezar kümesine doğru yürüdü. Koca sarıklı, fesli yazıları silik taşların bir kısmı

1. Yakınlaşmıştı.
2. İhtiyarlar heyetinin.
3. Üyelerinden.
4. Eğilimli.

yerde yatıyor, bir kısmının başları kırık, hepsinin üstünü yosun bürümüş. Osman kendi kendisine diyordu ki:

— Bu topraklardaki ölüler hakiki ölü. Cesetleri yıkanıp toprağa gömüldükten ve başlarına bir taş, bir servi dikildikten sonra kimse onları hatırlamıyor. Gerçi ruhlarına o kadar Mevlid okunuyor, o kadar Yasin okunuyor. Fakat o okuyuşların mezarda çürüyen cesetlerle hiç alakası yok. Ölen vücutlar, halk için artık taştan, topraktan ibaret cansız madde. Belki ölülere karşı alınacak en doğru vaziyeti bu halk almış.

Fakat hâlâ hayata karışan, dirileri meşgul eden mezarlar yok değildi. Bunlar evliya mezarlarıydı. Onların, dirilerin hayatında rolleri henüz bitmemişti. Burada da bir tek toplu, bakımlı mezar vardı. Etrafı yeşil boyalı, tahta parmaklığa kırmızı güller sarılmış. Ve sarmaşıklar, serviler, taş yosunları arasında bu kızıl güller birer alev gibiydiler.

Avlunun duvarında açılan paslı demir parmaklıklı pencereye birçok bezler bağlıydı. Arkasında birkaç kadın yüzü görünüyordu. Belki evliyanın mezarının bu akşamki mumlarını onlar getirmişlerdi. Şimdi orada durmuşlar, bu ışık hediyelerine mukabil[1] evliyadan istedikleri şeyleri çabuk vermesi için ellerini açmışlar, dua ediyorlar.

Fehmi Efendi kolundan çekti:

— Haydi camiye...

Perdenin önünde ikisi de ayakkabılarını çıkardılar, ellerine aldılar.

Kubbenin altında, dışarıdan girenler, bütün vücutlarına yayılan bir serinlik hissettiler. Sıra sıra dizüstü adamlar, sıra sıra çıplak tabanlar. Osman, Fehmi Efendi'yle ön safa geçti.

1. Karşılık olarak.

Tam mihrabın arkasındaydılar. İmam'ın sırtını loşlukta ancak seçebiliyordu. Müphem,[1] hareketsiz siyah bir küme, üstünde kocaman bir tülbent yığını. Bu yığının arkasında İmam'a ait olarak yalnız iki kalkık kulak görünüyordu. Dikkatle sarıktan ayrılmış iki kulak. Bir taraftan öbür tarafı görünecek kadar cansız, renksiz, kansız kulaklar, ihtiyarın başının arkasına yapıştırılmış iki göz hissi veriyordu. Onların cemaati dinleyişinde, arkasındaki her şeyden o kadar derin bir hassasiyetle haberdar oluşu vardı ki... Osman bir zaman sade bu kulaklarla meşgul oldu. Sonra o kendisi de arkasında işitilmez, tutulmaz bir hareket hissetti. Bu belki ses çıkarmadan kımıldayan dudaklardan geliyordu. Osman'a âdetâ işkence eden bu sessiz hayat, arkasında, tılsımlı bir ormanda hissedilip de görülmeyen gizli hayatı hatırlattı.

Nihayet dizlerinin üstünde idiler ve İmam ağır ağır minberin merdivenlerini çıkıyordu. Yükseldikçe cüppesine ışık vuruyor, zamanla yeşil olmuş solgun yerlerini, yamalarını gösteriyordu. Fakat yüzünü cemaate çevirince insan onun zavallı fakir kıyafetini hemen unutuyordu. O kadar etrafına kudret hissi veren adamdı. İskelet gibi zayıf başına çökük göz evleri birer volkan ağzı gibi, içlerinde bir türlü soğumayan lavlara benziyorlardı. Yuvarlak beyaz sakalı dikkatle kesilmiş, bıyıkları kısa kırpılmış ve ağzının belki sesinden fazla gayiz[2] ve şiddet püsküren bir mânâsı vardı.

Osman'a geldi ki, bu ağız açılır açılmaz içinden kaplan gibi dişlerini cemaate gıcırdatacak, hırlayacak. Fakat İmam dişsizdi. Ve bu siyah, çökük, dişsiz çukurdan tane tane Arapça kelimeler en klasik üslûpla dökülüyordu.

1. Belirsiz.
2. Öfkeli.

İşte Rabia'nın büyükbabasını görmeye gelmişti ve görmüştü. Başka daha ne istiyordu? Gidip Rabia'nın doğduğu evi görmek. Ve... Ve bu zavallı kimsesiz fakir ihtiyara yardım etmek. Minberin merdivenlerini inerken bilhassa ona daha çok acıdı. Cemaatle aralarında hiç muhabbet olmadığı besbelliydi. Tırabzanlara dayanışında öyle bitkin, öyle soluğu kesilmiş bir hali vardı ki. Fakat bu kimsesizliğine dair hiçbir alâmet yoktu. Gayzından, kininden kendi etrafına bir duvar çevirmiş, ortasından dünyaya meydan okuyordu. Osman kendi kendine dedi ki:

— Aşk ve kin, bunlar karanlık, aydınlık gibi birbirini itmam eden[1] hakikatler... Bir taraftan öbür tarafa sallanan bir rakkasın[2] ucu. Rakkasın üstünden geçtiği başka şeyler hep ikinci derecede. Yalnız aşk ve kin ebedî[3]...

Biraz sonra hutbe bitti ve namaz başladı. Osman namaz kılarken kulakları İmam'ı dinliyordu. Bu cılız, yıpranmış, küçük vücudun neresinden bu kalın, kudretli ses çıkıyordu? Seda, mermer sütunlara muayyen bir ahenkle vuran bir çekiç gibi. Ne söylediğini Osman anlamıyor, fakat her kelimenin ardında İmam'ın ruhundan kopan bir gayz darbesi var. Hattâ rahmet,[4] şefaat[5] va'deden surelere bile küçük vücuduna sığmayan kinini, insanları hiç affetmeyen nefretini mezcediyordu.[6]

Osman'ı öğle yemeğine bekliyorlardı. Mutfak kapısı açılmış, bahçe mis gibi kokuyordu.

Rabia acele yemek yedi. Vaniköyü'ne gidecekti. Yeni

1. Tamamlayan.
2. Sarkacın.
3. Kalıcı.
4. Merhamet.
5. Bağışlanma.
6. Karıştırıyordu.

bir dersin günlerini kararlaştırması lâzımdı. Osman beraber geçirdikleri cuma gününde kendisini yalnız bırakmasına biraz içlendi. Fakat bir şey söylemedi. Hattâ ona camideki intibalarını[1] bile sormamıştı. Âdetâ lâkırdı açmasını istemiyor gibiydi. Rakım dükkâna, Penbe konağa gitti. Onu kendi haline, kendi düşünceleriyle baş başa bıraktılar.

1. İzlenimlerini.

14

Ev biraz içerlek, önünde bir avlu var. Onun için Sinekli Bakkal'da olan arka cephesi öteki evlerin hizasına fırlamıştı. Evin ilk iki katı avlunun yüksek duvarıyla örtülüyor, içinde adam olduğuna dair bir emare ancak üçüncü katın pencerelerinde görülebilirdi.

Osman, biraz geriye çekildi, evin üst katını gözden geçirdi. Kafeslerden[1] birinin altından bir patiska perde ucu dışarıya fırlamış, rüzgârla sallanıyordu. Orada bir pencere açıktı. İmam'ın odası olabilirdi. Kapının tokmağını yakaladı, vurmaya başladı. Cevap alamadı.

— Yandaki ipi çek, Amca Bey.

Döndü. Elleri deri önlüğünün altında Muharrem onu seyrediyordu. Hemen kapıya yaklaştı, ipi çekti. Avluda bir çıngırak çalmaya başladı ve açık pencerenin kafesinin arkasından biri seslendi. İmam'ın sesiydi:

— Kim o?

Muharrem cevap verdi.

— Sizi ilmühaber için biri görmek istiyor, İmam Efendi.

Başını çevirdi, Osman'a göz kırptı.

---

1. Çapraz çubuklarla ve aralıklı olarak yapılmış, pencerelere takılan siper.

— Mutlak işin ucunda mangiz[1] olmalı Amca Bey, yoksa içeriye giremezsin.

İkisi de içeriyi dinlediler. Avluda birisinin yürüdüğünü duyunca Muharrem İmam'ın pes[2] ve makamlı "Kim o?" sesini taklit ederek uzaklaştı.

İhtiyar kapıyı aralamış, homurdanıyordu:

— Ne istiyorsun?

— Burada söyleyemem, İmam Efendi.

— Öyleyse içeriye gir.

Toplu bir avludan geçtiler. Sıra sıra teller gerilmişti. Üzerleri paslı. Mutlak vaktiyle orada çamaşır yıkamaya meraklı bir kadın yaşamıştı. Avlunun ötesinde berisinde toprak çanakları içlerinde sular vardı. Birkaç serçe ve bir güvercin İmam'ın ayaklarının altında sıçrıyorlardı. Dini, kini olan bu adamın kuşlara dostluğu Osman'a biraz garip geldi.

— Pabuçlarını çıkar.

Osman evin kapısında pabuçlarını çıkardı. İmam'ın arkasından mermer bir taşlık geçti. Merdivenleri sükût içinde çıktılar. İmam tırabzanlara tutunuyor, sık sık soluyordu. Başında beyaz takkesi, arkasında gecelik Şam hırkasıyla daha kuru, daha çökük bir hali vardı. Osman'ı üçüncü katta küçük bir odaya aldı.

Bir köşe minderi, eski ceviz bir dolap, bir rahle odanın bütün eşyasını teşkil ediyordu.[3] Köşe minderine, karşı karşıya oturdular, birbirlerinin yüzüne baktılar.

İmam hâl hatır sormadı. En aksi sesiyle:

— İşin ne? Ne istiyorsun, söyle bakalım.

— Ben Rabia'nın kocasıyım. Damadınız Osman.

Bunu söylerken Osman, kendini ne aptal, ne acaip buluyordu.

1. Para.
2. Hafif, yavaş sesli.
3. Oluşturuyordu.

— Benim Rabia isminde hatunla hiçbir alakam yok.

— Ben size biraz yardım etmek isterdim.

— Yardım mı dedin?

İmam'ın tümsek gırtlağı zayıf boynunda aşağı yukarı işlemeye başladı.

— Hakkımı iade demek istiyorsun. Nihayet nedamet etti,[1] hakkımı vermek istiyor, öyle mi?

— Rabia benim buraya geldiğimi bilmiyor bile. Ben kendi hesabıma size hakkınızı iade edeceğim, Efendibaba.

Mademki ihtiyar bu yardımı bir hak diye tefsir etmek[2] istiyordu, Osman'ın artık onu "yardım" kelimesiyle iz'aç etmesinde[3] mânâ yoktu. Fakat tecessüs Osman'ın en zayıf noktasıydı.

— Rabia'nın kazancı neden sizin hakkınız oluyor? Affedersiniz ama, sırf merakımdan soruyorum.

— Neden mi? Para sarf ettim[4], emek sarf ettim, vakit sarf ettim. Onu ben hafız yaptım. Sayemde para kazandı. Babası bir metelik yollamadığı senelerde evimde yatırdım, besledim, giydirdim, kuşattım. İhtiyarlığımda beni aç ve bîilaç[5] bıraktı. Kuran okuyarak kazandığı paranın her kuruşu benim, anladın mı? Yoksa ruz-ı cezada[6] on parmağım yakasında olacak.

— Ben size ayda beş yüz kuruş tahsis edeceğim.[7] Ne

---

1. Pişman oldu.
2. Yorumlamak
3. Tedirgin etmesinde.
4. Para harcadım.
5. İlaçsız.
6. Ceza günü.
7. Ayıracağım.

de olsa karımın büyükbabasısınız. Sefalet[1] çektiğinizi istemem.

— Hakkımı veriyorsun, anladın mı? Yoksa sadaka kabul etmem, merhamete ihtiyacım yok. Yoksa ağzımı aramaya mı geldin? Öyle ise haydi çek arabanı...

Kapıyı açmış, Osman'ı açıktan açığa kovuyordu. Fakat o, oturduğu yerden kımıldamadı. Cebinden cüzdanını çıkardı, içinden beş sarı altın çıkardı, İmam'a uzattı.

İhtiyarın iskelet parmakları şayan-ı hayret[2] bir süratle liraların üstüne kapandı. Fersiz[3] gözlerinde koyu ışıltılar hâsıl olmuştu. Kaç yıldır sarı para yüzü görmemişti. İlmühaber için gelenlerden beş kuruş koparmak için çekişe çekişe pazarlık ediyordu. Koynundan yıpranmış örme bir kese çıkardı. Parmakları titreye titreye altınları içine koydu. Kesenin ağzını büzdü, etrafını dikkatle sardı, tekrar koynuna koydu. Ancak ondan sonra Osman'a garip bir tecessüsle sordu:

— Bu kadar parayı Ümmet-i Muhammed'in evlâdına şeytan icadı çalgılar meşk etmekten[4] mi kazanıyorsun?

— Evet.

— Yaaa... Başka bir işin yok mu?

— Yok. Vaktiyle ben de bir nevi imamdım.

— Papaz demek istiyorsun. Küffarı hâkisarın[5] cehennem rehberi!

— İstersen öyle olsun, Efendibaba. (Artık senli benli olmaya başlayacak kadar ihtiyarı orijinal buluyordu.) Fakat torununu almak için Hak dinini kabul ettim. (Biraz gülümsedi. Aklına gelen şeyi tuhaf bulmuştu.) Belki

1. Yoksulluk.
2. Hayrete değer.
3. Cansız.
4. Öğretmekten.
5. Hali perişan kâfirlerin.

cennette komşu olacağız, Efendibaba.

İmam'ın dudakları nihayetsiz bir istihfafla[1] büküldü.

— Hulyâ kuruyorsun... Rabia da, sen de, hattâ Sinekli Bakkal'ın halkı da hepiniz cehennemlik... Hiçbiriniz Hak dininin ne idüğünü anlamış değilsiniz. "İnanmayanlar sürü sürü cehenneme sevk edilecekler"[2] ayetini güldür güldür okudu.

Osman, Arapça olduğu için bir şey anlamadı. Fakat ihtiyarla cennet ve cehenneme dair münakaşanın çok meraklı olacağına emindi. Sırf onu daha fazla söyletmek için:

— Sinekli Bakkal halkı bana Allah'tan korkar adamlar gibi geliyor, Efendibaba, dedi.

— Korkuları bile onları ateşten kurtaramaz... İhtiyarın dişsiz ağzı biraz daha içeriye çökmüş, halkın ateşte yanması hayaline keyifli keyifli gülüyordu.

— Niçin Efendibaba?

— Niçin mi? Çünkü müminin kalbi ahüzarla,[3] nedametle dolu olmak gerek. Bu mahallede saz sesinden, türküden, kahkahadan geçilmiyor. Senin karın olacak o iblise yok mu? Boyu bir karış iken bile gözü çalgıda, oyundaydı... Hıfzına çalışırken bile gözlerinin içi gülerdi. Bir tanesi ateşten kurtulamayacak... Bir tanesi bile...

İmam kollarını açtı. Osman'ın gözünün önünde ordu ordu cehenneme sürülen bir insaniyet uyandı. Cenneti, İmam'dan başka sekenesi[4] olmayan hâlî[5] bir yer gibi görüyordu.

1. Küçümsemeyle.
2. Gönderilecekler.
3. Ah ve inlemeyle.
4. Oturanı.
5. Boş.

İhtiyar birdenbire mahalleyi ve Rabia'yı unutmuş gibi sordu:

— Ay başına bizim beş altını kim getirecek?

— Gene ben getiririm, Efendibaba.

Sokakta Osman'ın dimağının gözü bu korkunç ihtiyarla Rabia'nın geçirdiği seneleri görüyor gibiydi. Acaba Rabia'nın güneşli, sakin mizacında İmam'ın muzlim,[1] kindar varlığından bir şey saklı mıydı? Olamazdı. Kız Tevfik'in kızıydı. Gülüşünün tatlılığını birdenbire hatırladığı o sevimli ve cazip komiğin kızı. Bununla içi biraz teselli buldu.

Haziran ayında şehrin üstünden büyük bir sıcak dalgası geçiyordu. Sokaklar hamam gibi. Rutubetli bir sıcak insanın kemiklerine nüfuz ediyor,[2] parmaklarının ucuna kadar terletiyor. İnsan, hayvan her canlı mahlûk nefes alabilmek için sığınacak gölge, serinlik arıyor. Köpekler saçakların altına serilmişler. Sergüzeşt arayan köpek yavruları gölgeden ayrılınca dilleri dışarda, karınları körük gibi inip çıkıyor.

Çocuklar artık oynamak için hep mescidin avlusundaki küçük mezarlığın servilerinin yeşil gölgesine iltica ediyorlardı.[3] Sinekli Bakkal Sokağı'nın, saçaklar arasındaki ışık yolunda binbir sinek vızıldıyor. Ve sokak kokuyor... Öyle bir kokuyor ki...

Osman, Boğaziçi'nde yazlık bir ev tutmak, sıcaklar geçinceye kadar gitmek için, Rabia'yı kandırmaya çalıştı. Rabia cevap bile vermedi. Kafasını salladı. Olamaz! Sinekli Bakkal'da yazlığa giden bir tek ev var mıydı? Bunlar bid'at[4] mı çıkaracaklar, âlemi kendilerine mi güldüre-

---

1. Karanlık.
2. İşliyor.
3. Sığınıyorlardı.
4. Yeni bir âdet.

cekler? Akşamlar serin olmuyor muydu? Oluyordu. Bahçe hakikaten latifti.[1] Cuma günleri de konağın bostanına gidiyorlardı. Dolap dönüyor, billûr gibi sular akıyor, Rabia ayaklarını, sebze sulamak için açılan su dolu harklara[2] sokuyor.

Bütün bunlara rağmen Osman'ın içi içine sığmıyordu. Uzak yerdeki derslerine gitmek için çok zahmet çekiyor. Ve Köprü'den tuttuğu arabadan iki sokak geride inip Sinekli Bakkal'a yaya geliyordu. Oraya araba ile gelmeye cesareti yoktu. Sinekli Bakkal efkârı umumiyesi[3] buna müsait değildi. Kendilerinden servet seviyesi nisbetsiz[4] surette fazla görünen, kim olursa olsun, mahallenin sihirli hususiyetine giremez. İçlerinden birçoğu ömürlerinde arabaya binmemiş adamlardı. Halbuki Osman'a iki sokağı bile yaya geçmek bu havada bir azaptı. Sokaklar ne kadar, ne kadar kokuyor...

Rabia hep yürürdü. Ekseri eve, teri yeldirmesinin sırtına geçmiş, kirpikleri tozdan bembeyaz gelirdi. Fakat guslhâneye[5] girer, bir soğuk su dökünür, temiz ve dinlenmiş bir yüzle bir şey olmamış gibi meydana çıkardı. Osman ilk defa olarak, Sinekli Bakkal'da fukara adam rolü yapmanın sıkıntılı tarafları olduğunu hissetti. Fakat Rabia'ya bir şey söylemedi. Yalnız sık hırçınlaşıyor, kıza âdetâ çıkışıyordu. Neden onun karısı hâlâ ders vermek iptilasından[6] vazgeçemiyor? Mevlid okumak, mukabele okumak, bunlar onun sanat tarafı, fakat ders vermek inadı bir çocukluk. Osman'ın hepsine, hattâ Tevfik'e de bakacak serveti var.

1. Güzeldi.
2. Arklara.
3. Halkı.
4. Oransız.
5. Eski evlerde, içinde yıkanılabilir biçimde yapılmış altı çinko kaplı küçük hücre.
6. Takıntısından.

Bir akşam bu noktaları mantıkî bir şekilde, sakin bir sesle Rabia ile münakaşa etmek istedi. Kızın dudakları sımsıkı, kilitli gibi, gözleri yabancı ve uzak, hiç cevap vermedi. Uyuşamadıkları noktalarda onun bu anûd[1] sükûtu Osman'ın pek sinirine dokunuyordu. Söylemek istemediği şeyler ağzından kaçtı, sesi ilk defa mutfaktan duyuldu. Fakat yalnız onun sesi!

1. İnatçı.

15

Haziranın on beşinci günü, Vehbi Efendi Sinekli Bakkal'a geldi. Konya'dan henüz dönmüştü. Ve düğün gününden beri Rabia'yı görmemişti. Kızın sevinci aşikârdı. Fakat Osman'ın sevincinde daha taşkın, daha ateşli bir şey vardı. Vehbi Efendi'nin boynuna sarıldı, iki yanağından öptü. Hasret kaldığı fikrî konuşmalara kavuşacak. O akşam hepsi birden yemeğe kalmasını, akşamı beraber geçirmesini rica ettiler.

Penbe bahçeyi süpürdü, her zamandan daha itinalı suladı. Cevizin altındaki hasırın üstüne bir halı yaydı, üstüne yer minderleri dizdi. Onun şen mizacı, Rabia'dan ziyade Osman'ın rahat düşkünlüğünü sezmişti. Hayatta tadılabilecek her zevki tatmayı insanın birinci vazifesi olduğuna kaniydi. Rakım portakal renkli kâğıt fenerleri dolaptan çıkardı, Penbe merdiven getirdi, beraber çardağı âdetâ donattılar. Çünkü o akşam ay aydınlığı yoktu. Yalnız koyu mor gökte, iğne ucu gibi ufak, altın ışık noktaları serpintileri!

Rabia patlıcan kızarttı, bol sarmısaklı bir cacık hazırladı. Osman'la Vehbi Efendi ezana kadar yukarıda oturdular, bol bol konuştular. Arada Rakım onlara kahve pişirdi.

Yemekten sonra hepsi gene eski cevizin altında toplandılar. Vehbi Efendi nargile istedi, sırtını ağacın köküne dayadı, gözleri yarı kapalı nargilesini içti. Fakat kafasının gözleri dört açılmış Rabia'nın evlilik hayatının açık ve kapalı cephelerini tetkik ediyordu. Herhalde aralarındaki dirlik düzenliğe diyecek yok. Kızın her vaz'ından[1] halinden memnun olduğu hissediliyor. Orta yaşlı, evli bir kadının kanaati, derûnî uyuşukluğu bile başlamak üzere. Kızın içinde hayat herhalde biraz yavaşlamış. Ruhundaki eski daraban[2] hissedilmiyor. Fakat ev kadınlığına da kusur bulmak imkanı yok. Kocasının maddî ihtiyaçlarını en küçük teferruatına kadar tatmin ediyor. Böyle bir patlıcan kızartması, böyle bir cacık değme kadının kârı değil.

Osman'ın yeni hayatında ne şekil aldığını anlamak o kadar kolay değildi. Yukarıdaki odada eski günlerden fazla bir ateşle konuşmuştu. Fakat mutfağa iner inmez, aile arasına karışır karışmaz yeni bir sükûtîlik[3] gösteriyordu. Ve şimdi halının üstüne uzanmış, başı kollarının üstünde biraz kalkmış, yüzü gökte. Batıda ağırlaşan sıcaklık havadan üstlerine iniyor. Ne bir rüzgâr ne bir nefes!

Osman evvelâ lâkırdıyı açtı.

— Rabia'nın şu meşhur büyükbabasını nihayet gördüm.

Rabia biraz gururla anlattı.

— Osman şimdi arada cuma namazlarına gidiyor, Efendim.

Osman duymamış gibi devam ediyor.

— Bihakkın[4] imam. Sesi orkestra davulu gibi. Kuran okurken sesinde atan o korkunç kin bile şayan-ı hayret...[5]

1. Tavrından.
2. Çarpıntı.
3. Suskunluk.
4. Hakkıyla.
5. Şaşılası.

Osman kin kelimesini âdetâ kindar bir zaferle telaf-fuz etti. Rabia biraz ters:

— Sen zaten etrafına zulmeden, eziyet eden adam-lardan hoşlanırsın.

— Öyle mi? Tecessüsü uyanıyor. Herhalde "Büyük-baba"nın kininde bir azamet[1] bir heybet var. Bütün in-sanları hiç affetmeyen, hepsini günahkâr ve cehennem-lik addederek seven bu kin kadar kudretli bir insan hissi görmedim.

— Osman Bey kitap gibi konuşuyor. Âlâ, âlâ. Fakat, sen onun torunu ve şakirdi olaydın küçük yaşında tımar-haneyi boylardın, Osman Bey!

Rabia'nın serin sesine ihtiras ateşi giriyordu. Rakım endişelendi. Penbe, "Üsküdar'a giderken aldı da bir yağ-mur"u olanca neşesiyle söylemeye başladı.

O susunca Rakım:

— Allahaşkına bir tatlı tarafından açalım, diyordu. Fakat Osman, Rabia'yı rahat bırakmak istemiyordu.

Âdetâ kızın ruhunun iç perdesi sallanıyor gibi, ucu-nu kaldırıp içini görmek istiyor. Osman Garb'ın çocuğu. Ulemasının[2] canlı mahlûkatın[3] içini yarıp hayat sırlarını öğrenmeye çalıştıkları toprakların mahsulü. Osman, bir insan ruhunun sırlarını öğrenebilmek için diri bir göğsü yarıp açmaya razı olacak kadar fikrî tecessüsün esiri.

— Mesela büyükbaban hastalansa, ölecek olsa, elini öpüp duasını almak istemez misin, iki gözüm?

Rabia'nın ruhuna neşteri biraz daha sokuyor.

— Onun duası sanki dua mı? Varsın ölsün, semtine bile uğramam. Şom ağzını toprak kapasın, İnşaallah.

— Sus, Rabia...

1. Büyüklük.
2. Bilginlerinin.
3. Yaratıkların.

Vehbi Efendi, Rabia'nın bu katı cephesinden müte-
essir oldu.[1] Fakat kızı susturamadı.

— Fakat çoluğu çocuğu bütün gün korkuturdu,
Efendim. Bilseniz neler çektim. İnsana ne rahat ne huzur
verirdi. Bütün gün ölüm, cehennem, zebani konuşurdu.
İçime koyduğu korkudan bir türlü kurtulamıyorum, bel-
ki ölünceye kadar kurtulamayacağım...

Sıcak, ağır havada kızın âdeta titrediği hissediliyor.

Turuncu ışıkta yüzü cehennem azabını tatmışların
acılığı ile takallüs etmiş.[2]

Vehbi Dede ağzından marpucu[3] çıkardı, doğruldu.

Karı kocanın dil dalaşını sükûtla[4] dinlemişti. Fakat
Rabia onun kendi şahsına temas ediyordu. Büyükbabası-
nın divanece[5] hezeyanlarının[6] daladığı ruhunun hasta
tarafı feryat ediyordu. Ve Vehbi Efendi kendisini Rabia'
nın ruhunun bekçisi telakki ederdi.[7]

— Beni dinle, Rabia. Hiçbir zaman korkunun kal-
binde, kafanda başkaldırmasına meydan verme. İnan ki
kâinatta Halik'in halk etmediği[8] bir tek şey korkudur.
İnan ki korkuyu ilk hayvanlar, ilk insanlar acizlerinden,
çaresizliklerinden kendi kendilerine, kendi içlerinde ya-
ratmışlardır. Korku, efsane cinsinden bir ejderhadan baş-
ka bir şey değildir.

Osman yattığı yerden seslendi:

— Bu ejderha neye benzer acaba?

---

1. Üzüldü.
2. Kısılmış.
3. Nargileye takılan hortum biçiminde uzun ve bükülgen boru.
4. Sessizce.
5. Delice.
6. Saçmalıklarının.
7. Kabul ederdi.
8. Yaratmadığı.

Vehbi Dede, mütecessis,[1] arsız bir çocuğa masal söylüyormuş gibi mütebessim ve müstehzî başladı, fakat sesi gittikçe şiddetlendi, bahçenin iğne atılsa duyulacak sükûnu içinde daraban etmeye[2] başladı:

— Binlerce, binlerce kolu olan bir ahtapota benzer. Gözsüz, kulaksız, şekilsiz, yaş ve korkunç bir ahtapot. Kolları her insanın yüreğinde sarılı. Bir tanesini keserseniz on tanesi hâsıl olur. Rabia'nın büyükbabası gibi ruhanîler insanoğlunu korkutmak için bu ahtapotu yalancı ilahlar, zebaniler, cinler ve periler kıyafetine sokar. Dünyanın başına belâ olan her zalim hükümdar bu bin kollu ahtapotu kullanır. İnsan şeklinde vampir ruhlu münferit[3] katiller, vampire benzeyen kanlı fikirler, hep bu ahtapotun kollarıyla habasetlerini[4] icra ederler. Bu ejderhayı öldürmeden, insan ırkı için ne sulh vardır ne hürriyet.

Osman ıslık çaldı.

— Bir Rus mûsikî-şinâsı için ne zengin mevzu!

Vehbi Efendi sustu. Bahçenin sessizliğinde gizli bir hayat, bir fikir hayatı atıyor gibiydi. O gözlerini göğe kaldırdı. İçinden dua ediyordu.

— Senin samedanî[5] ülkende korku yok, ey rahîmlerin rahîmi![6] Bize, zavallı çocuklarına kendi icat ettiğimiz bu çirkin, korkunun bin başını ezmek için kuvvet ihsan et![7]

Penbe diyordu ki:

— Korku olmasa insanlar hiç rahat durur mu, Efendim? Ben mesela, cehennemden korkmasam, Sabiha

---

1. Meraklı.
2. Çarpmaya.
3. Ayrı, tek tek.
4. Kötülüklerini.
5. Allah ve Allah'ın ezeli kuvvetleriyle ilgili olan.
6. Koruyucuların koruyucusu. Tanrı.
7. Bağışla.

Hanım'ın zümrüt yüzüğünü çoktan çalardım. Rabia'nın zümrüt küpelerini de.

Rakım, Penbe'nin eteğini çekti. Bu mübahase[1] onu fenâ halde sıkmıştı.

— Sen garip bir Çingene'sin, Teyze. Başından büyük lâfa ne karışıyorsun?

Fakat Vehbi Dede, müsamahakâr[2] ve gene biraz müstehzî, Penbe'ye de fikrini anlatmaya çalıştı:

— Sen, Tanrımızı, maksadını icra için,[3] zindanlara, ateşlere, cellatlara muhtaç mı sanıyorsun, Penbe Hanım? O dünyaya iyiliği, saadeti kendi bildiği gibi, kendi yollarından yollayacak.

— Kalk, şu limonataları getir, Teyze.

Rakım kocaman mendille alnını sildi.

— Galiba sıcak bize bu ejderhaları, cehennemleri düşündürüyor. Bu yaşa geleli böyle sıcak görmedim.

Vehbi Dede:

— Hazır Rakım hatırıma getirmişken söyleyeyim. Konya'ya gitmeden evvel Satvet Bey'in süt ninesi İkbal Hanım bana yazı, korularındaki beyaz evde geçirmenizi teklif etmişti. Sıcak lâkırdısından şimdi hatırladım. Hakikat Sinekli Bakkal bu yaz biraz sıcak.

— Bana da söyledi. Fakat ben kabul etmedim.

— Yaaa... Bana hiç söylemedin!

Osman'ın sesi çok acıydı, tahammülün sonuna gelmiş bir adam gibi söylüyordu.

— Rabia'yı bu yaz bir yere gitmek için kandırmaya ben de çalıştım. Fakat ne olsa İmam'ın torunu, onun kadar inatçı...

Vehbi Efendi, Rabia'ya:

1. Konuşma.
2. Hoşgörülü.
3. Yapmak için.

— Ben olsam giderdim, Rabia... diyordu. Penbe Hanım'ı götürürsün, Rakım dükkâna, eve bakar...

Penbe yalvardı:

— Kuzum, kuzum Rabia. Köpeğin olayım... Rabia:

— Pekâlâ, pekâlâ, dedi. Kadere teslim olur gibi umumî[1] ısrara teslim oldu. İçinden:

— Âdetâ Sinekli Bakkal'a tahammül edemeyecek hâle geldi. İnat edersem belki bu sefer sahiden beni bırakıp kaçar. Zenginlik, kibarlık da bir illet galiba, diyordu.

1. Genel.

16

Rabia'nın ailesi bir hafta, Bebek yamaçlarındaki be-
yaz evi konuştular. Bir kere karar verdikten sonra Rabia'
nın da zihni hep o yeşil korunun içindeki beyaz eve sap-
lı kaldı. Kız, hayatının ilk tatilini tadacaktı. Boğaziçi'nde
iken ders vermeyecek.

Haziranın yirmi beşinci günü. Mabeyinci'nin siyah atlı
kupa arabası[1] İstanbul Bakkaliyesi'nin önünde durdu. Eli
bakraçlı, ayağı takunyalı, ağzı sakızlı kadınları yalınayak,
başı kabak, sümüklü oğlan çocukları hep arabanın etrafın-
da. Sabit Beyağabey kalabalığı dağıtıyor, Penbe kırıta kırıta
bohçaları, çıkınları arabaya yerleştiriyor. Nihayet Rabia.

— Allah selâmet versin, yavrum...

— Rabia Abla, çok kalma ha...

— Ayol ne oluyorsunuz? Hacca gitmiyor ya!

Bu, Rabia'nın Sinekli Bakkal'dan ilk ayrılışı! Siyah
atlar uçar gibi sokaktan geçti. Cüce arkalarından bir
maşrapa soğuk su döktü.

Penbe ile Rabia arabada, mektepleri tatil olmuş ço-
cuklar gibiydiler. Köprü, Galata... Nihayet gözlerini açıp
kapamadan Bebek.

---

1. Kapalı ve yalnız arkada oturulacak yeri olan, dört tekerlekli araba.

Mabeyinci'nin yalı kapısını siyah setreli iki uşak açıyordu. Siyah atlar yokuşu uçar gibi tırmandılar. Evin önündeki boşlukta siyah, yaşlı bir halayık[1] ayakta onları bekliyordu. O, Penbe ile arabadan çıkınları, bohçaları çıkarırken Rabia durdu, etrafı seyretti.

Batıydı. Koy, mor, lâl[2] bir havuz gibi. Üstündeki renkleri bir sihirbaz üfledi, soluverdi, suların üstüne lacivert gölgeler indi, gökte yıldız serpintileri belirdi.

Rabia, bu güzelliği yadırgadı. İçini çekti. Döndü, eve girdi. Taşlıkta renkli bir fener yanmış. İki odanın biri Penbe'nin, taş oda mutfak.

İkinci kata beş altı basamak merdivenle çıkılıyor. Sofaya bir masa koymuşlar, yemek odası yapmışlar. Karşılıklı iki büyük oda var. Hepsi camlı köşk gibi. Hep birbirine bitişik pencereler. Burası, Mabeyinci'nin okuyan, yazan ve mûsikî-şinâs[3] bir iki isim sahibi ecdad tarafından yapılmış. Kitap var... Ooo, hem de Rabia'nın en çok sevdiği kitaplar... Hep tarih... Evliya Çelebi, Naima... Sazlar var... Ud, tef, piyano!

Açık pencerenin önünde durdu. Boğaziçi gecesi siyah bir ipek perde gibi karşı kıyılara iniyor. Karanlığın serinliği Rabia'nın yanan yanaklarında. Ufuklar, şekilleri ancak sezilen sırtları ağaçlar ve sularla çevrilmiş. Hepsi, en açık duman renginden, abanoz[4] gibi siyahlığa kadar varan gölgelerin içinde yüzüyor gibi.

Osman bu güzelliğe bayılacak. Fakat Rabia'nın içine gariplik çöktü. Burnunun direği sızlayarak Sinekli Bakkal'ı özledi. Bütün hudutları elle tutulan, gözle görülen, küçük sokak. Bu dumanları bu elden, gözden kaçan ufuk

1. Cariye.
2. Kırmızı.
3. Müzisyen, müzikten anlayan.
4. Siyah renkli.

ve karışık şekiller... Etraf bomboş. İnsandan hâlî.[1] Halbuki Sinekli Bakkal'da mahalleli şimdi akşam namazından döner, birbirine seslenir... Yoğurtçular geçer...

Rabia, ömründe bir köşe daha dönmüş gibi. Köşeleri o hiç sevmez. Dönerken insan asıl kendisini arkada bırakır, köşenin bu tarafında başka bir insan oluverir. Fakat arkada bıraktığı "kendisi" de peşini bırakmaz. Her köşe döndükçe bir yeni benlik... En yenisi en önde, en eskisi en arkada... Art arda yürüyen bir sıra insan... İşte bunların hepsi birden bir tek Rabia.

Karanlıkta bir düdük öttü. Siyah, uzun bir şekil, baştan başa ışıklar içinde bir vapur koyun kara boşluğunda ipek suları yırtarak geçiyor. Osman bunda olacak. Rabia merdivenleri atlayarak indi. Evin önündeki boşlukta durdu, bekledi. Nihayet çakılların üstünde ayak sesleri.

— Osman, sen misin?

— Beni mi bekliyorsun, Rabia?

Bir gölge yaklaştı. Rabia'nın ince kolları gölgeyi sımsıkı sardı. Osman düşündü. Rabia bu akşam bambaşka bir kadın. Aşina muhitinden ayrılır ayrılmaz, mütemadiyen etrafına saçtığı, dağıttığı benliği hep bir araya toplanmış. Belki ilk defa burada Osman, Rabia'ya tamamen sahip olacak. Kalbi gümbür gümbür atmaya başladı.

Sofada üç kişi, hep kendi düşünceleriyle baş başa, sessiz sedasız yemek yediler. Yemek bitince üçü de dışarıdaki sükûtu dinliyor gibi yerlerinden kalkmadılar. Ve birdenbire, bariton bir ses dışarıda, Müse'nin[2] "Ayrılmak biraz ölmektir" şarkısını söylemeye başladı.

Rabia bir şey hatırlamaya çalışarak yüzünü buruşturdu.

1. İnsansız.
2. Fransız şairi Alfred de Musset.

— Bunu bir defa Hilmi Bey, Sabiha Hanım'a söyle-
diydi, dedi. Dürnev'i Beyrut'a götüreceği zamandı.

Mânâsını anlamamıştı, fakat Hilmi'nin pelteklığı
bilhassa o akşam Rabia'ya dokunmuştu.

Osman dudağını büktü.

— Aman şu ayrılık türküsü...

— Sevmiyor musun?

— Mânâsız. Ayrılmak, ölmek, supsulu bir ihtiyar kız
hassasiyeti!

— Fakat adam sevdiğinden ayrılınca böyle olur, Os-
man.

Şimdi o, Şevket-i Derya'da, Tevfik'den ayrıldığı
günü hatırlıyordu. İçine böyle hazin, yumuşak bir karan-
lık çökmüştü. Belki ayrılmanın türlü acıları da vardır.
Belki insan yüreğini kökünden söküp atan ayrılıklar da
vardır. Kalktı.

— Haydi bahçeye gidelim.

Onlar kapının önündeki düzlüğe varıncaya kadar
şarkı söyleyen ses kesildi. Evin arkasına gittiler. Çamların
arasında durdular. Etrafı dinlediler.

Karanlıkta uzun uzun bir ses inledi. Sırtın üstündeki
taş binadan geliyordu. Bütün pencerelerinde aydınlık
var.

— Bu ne, Osman?

— Org. Robert Kolej'de çalıyorlar.

Rabia, ilk defa org sesi işitiyordu. Ve bu ses içini kav-
radı. Şimdiye kadar dinlediği, hattâ en çok sevdiği Garb
mûsikîsinde bile ekseri o *staccato*,[1] o birbirinden ayrılan
sesleri azıcık yadırgardı. Halbuki bunda, bir perdenin
ötekine geçişi hissedilmiyor. Birbirine örülmüş gibi bağ-

---

1. İtalyanca müzik terimi. Notaların birbirinden iyice ayrılarak çalınması.

lanan mütemadi[1] sesler... Kendi Kuran okuyuşunu hatırlatıyor.

— Eğer oğlumuz olursa ben bu mektebe veririm.

— Allah esirgesin!

— Niçin Osman?

— Oğlunu Sinekli Bakkal olmayan her şeyden esirge, uzak tut, Rabia. Esasen damarlarında karışık kan olanların içlerindeki daimî didişme, çarpışma kendilerine yetişir!

— Fakat sen bizim tarihimizi okumadın mı, Osman? Hepimizin damarlarında o kadar başka başka kanlar var ki... Halbuki hiçbirimizin içinde öyle bir didişme yok.

— Yalnız kan değil, iki gözümün nuru... Bir de hars, medeniyet başkalığı vardır. Belki o, kandan çok insanları birbirinden ayırır. İnsanların kafasında, kalbinde bir cehennem kargaşalığı yapar...

Sustu. Rabia onun içindeki kıyameti teskin etmek istiyormuş gibi omzuna dokundu, okşadı.

— Ben oğlumun kafasında, kalbinde ahenk, sükûn isterim. Başka başka taraflara çeken tesirlerden onu muhafaza etmek isterim.

— Fakat insanın içi öyle karmakarışık olması iyi olacak, Osman. İnsanın hiç içi sıkılmayacak.

Gevrek gevrek gülüyordu. Münakaşa ettikleri muhayyel çocuk ona bir hakikatmiş gibi geliyordu. Yalnız Osman'ın içinde başka illerin, başka seslerin aksi olması ihtimali azıcık onu endişeye düşürdü.

O sabah karşı yamaçlara vuran balıkçı şarkılarıyla uyandılar. Balıktan dönenler Boğaz'ı geçiyorlar.

O gün Boğaziçi onlara bir bayram günü gibi geldi.

Zurna, dümbelek, mavnaların üstünde tepine tepi-

1. Aralıksız.

ne oynayarak Göksu'ya giden halkın şamatası... Hayat topraklardan fışkırıyor, yerde ve havada başlarını döndüren bir şiddetle atıyor.

Rabia, dinamo[1] üstünde oturuyormuş gibi titredi. Dünyanın yüreği gümbür gümbür atıyordu.

O akşam evin önüne çıktılar. Rabia, Osman'a bir koltuk indirdi, kendilerine bir halı serdi. Penbe dizlerini dikmiş oturuyor, Rabia, gözleri yıldızlarda sırtüstü uzanmış yatıyordu. Osman, oturduğu yerden, koya batan yıldızları görüyor, suyun üstünde bir altın yağmuru gibi yağıyorlar.

O akşam orada idiler. Bazân Rabia Osman'ın koltuğuna arkasını dayar, ud çalardı. Hep uzun, yanık taksimlerle başlar. Fakat hep söylediği şarkılar şen, hattâ tuhaftı. En çok tekrar ettiği, macuncuların, cuma günleri Sinekli Bakkal'dan geçerken söyledikleri "Çil horoz" türküsüydü.

"Horozumun kuyruğu güdük" diye başlar başlamaz, Penbe de azıcık kısık sesiyle bir ağızdan aldırırdı.

Osman'ın coşkun mizacını tadil eden[2] Rabia'daki bu tuhaf muvazene her vakit onu memnun etmezdi. En ateşli dakikalarında kızın içinde onunla alay eden bir ifrit[3] varmış hissini duyardı. Kendi kendini teselli etmek için, "Böyle ediyor ama, bilirim beni çok seviyor. Öteki, beni seven kadınlar daha ateşli, daha ihtiraslıydılar. Fakat onlarınki mevsimle gelip geçen şeylerdi. Rabia'nın bana bağlı, muhabbeti her gün için... Vefası yıllar için," derdi.

Arif'in ablası şimdi yalıya sık sık geliyor, onları rahat bırakmıyordu. Ay aydınlığı olduğu akşamlar, Rabia'ya şarkı söyletiyorlardı. O sene, Rabia'nın sesi Boğaziçi'nde

1. Mekanik enerjiyi elektrik enerjisine dönüştüren alet.
2. Değiştiren.
3. Kötü ve korkunç olan.

en çok sevilen sesti. Bebek Koyu her taraftan gelen sandallarla doluyor. Bir defa Rabia gazel söyledi... Vehbi Dede'nin en klasik, en mistik gazeli. Bu ağır ve derin bir fikre istinat eden[1] Fuzulî'nin[2] gazelini, o akşam evde olan Mabeyinci'nin ricasıyla söylemişti.

Nice yıllardır ser-i kûy-ı melâmet bekleriz
Leşker-i sultan-ı irfânîz, velâyet bekleriz...

diye başladı.

Cîfe-i dünya değil kerkes gibi matlûbumuz
Bir bölük Ankâlarız, kât-ı kanâat bekleriz

yerine gelince halk coştu.

Kârvân-ı râh-ı tecrîdiz, hatar havfın çekip
Gâh Mecnun, gâh ben, devr ile nevbet bekleriz.
Sanmanız kim giceler bîhûdedir feryadımız,
Mülk-i aşk içre hisâr-ı istikâmet bekleriz...

mısralarına gelince, ah, of, yaşa sesleri Boğaz'ı öttürdü. Bu keyfetmeye çıkmış, karnı tok, sırtı pek, zevk arayan gürûhun her biri, birdenbire Rabia'nın sesiyle ideal ardından koşanların, kafalarını taştan taşa çarpanların sırrî[3] ihtiraslarını[4] duyuvermişti.

Haftada bir akşam Kanarya'da yemek yiyorlardı. Orada Rabia şarkı söylemeyi istemezdi. Boğaziçi'nde onun sesinden ziyade kendisiyle alâkadar olan bir Nejad

1. Dayanan.
2. Divan şairi. Fuzulî.
3. Sırlı, gizemli.
4. Tutkularını.

Efendi vardı. Onu balkona götürür, yukarı aşağı dolaşır-lar, konuşurlardı.

Onları oturduğu yerden seyreden Osman, artık kıs-kançlık duymuyordu. Rabia onundu. Ötekiler bir şaheser seyretmeye gelmiş yabancılardı. O günlerde onun içini zaferle, şevkle dolduran başka bir şey de vardı. Rabia'nın kalbinde onun bir tek rakibi Vehbi Dede'nin tesiriydi.

Rabia'dan bir akşam Dede, "Yine zevrak-ı derûnum" şarkısını istedi. Kız elini kalbine götürdü. Sesi özür dili-yor, fakat gözleri gülüyordu.

— Bir daha bunun "kırılıp kenara" düşeceğine aklım ermiyor. Size "Boyun bosun yoktur a herif, şamamasın şamama" türküsünü söyleyeyim mi, dedi.

Osman kendi kendine, "Boğaziçi ve ben, nihayet Rabia'ya etten kandan halk edilmiş olduğunu öğrettik," diyerek seviniyordu.

Fakat o günlerde Rabia'nın ihmal ettiği yalnız Vehbi Dede değildi. Eski bağlarının hepsi gevşemiş gibiydi. Be-bek Tepesine her cuma nefes nefese tırmanan zavallı cü-ce de biraz unutulmuştu.

Temmuz ayı ve ağustosun ilk haftası böyle geçti.

Rabia, ağustosun ikinci haftasında Sinekli Bakkal'a dönmek istedi. Ağustos onun hayatında belki başka bir dönüm noktasıydı. Selim Paşa, Tevfik'in cülûsta[1] affedil-mesi ihtimalinden bahsetmemiş miydi?

— İyi haber çabuk duyulur, Rabia. Ömrümüzde ilk defa yaşıyoruz, yavrum. Kuzum, kuzum ayın sonuna ka-dar gitmeyelim.

— Peki, Osman...

Peki ama, artık Rabia'nın ne kafası ne kalbi tama-

1. Padişahın hükümdarlık tahtına çıkma yıldönümünde.

men Osman'ın. Tevfik orada yerini istiyor. Biraz da işsizlikten bıkmış gibi. Artık yalıya inmiyor. Hep beyaz evde elinde sarı yapraklı eski tarihler, divanlar.[1] Okumadığı zaman sabırsızlığı, sıkıntısı besbelli...

Rabia'nın böyle içi içine sığmadığı bir sabah Osman, onu aldı, zorla deniz kenarına götürdü. Rumelihisarı mezarlıklarının önünde bir kayanın üstüne oturdular. Sular ayaklarına geliyor, dalgalar tembel, ağır bir ahenkle çakıllara vurup çekiliyor. Deniz henüz tamamen uyanmamış.

— Bu dalgaları martta görmeli, Rabia. Kudurmuş gibi kafalarını kayalarda parçalarlar. Öyle yaman bir saldırışları, ahenkleri vardır.

— Bir gün sakin, telaşsız bir şeyden hoşlandığını işitmedim, Osman.

— Sükûn? Sükûnun denizde ne işi var? Düşün, kim bilir üstünde kaç milyon adam ölmüştür! Kim bilir şimdi üstünde kaç milyon avare, cesetsiz ruh dolaşıyor...

Osman'ın elleriyle havayı göstererek, sırf şairane bir lâf diye söylediği bu sözler, Rabia'nın muhayyilesini harekete getirdi.

— Buraya geleli perşembe, pazartesi ölülere Yasin okumayı bile unutuyorum.

— Ölülerle senin ne alışverişin var, Rabia. Sen diriler için okuyorsun... Sen...

— Her sabah namazından sonra inşaallah denizde ölenler için ayrı bir Yasin okuyacağım.

— Rabia, Rabia, bu eski, bu ölü şeylere gene dalma...

Fakat Rabia onu artık işitmiyordu. Hafızasında salan eski sevgililer, eski şeyler dirilmiş, ona sitem ediyorlardı.

---

1. Divan edebiyatı şairlerinin şiirlerini topladıkları eser.

Etrafını sevmek, etrafını düşünmek, bu Dede'nin bile-
rek, Tevfik'in bilmeyerek ona öğrettiği biricik hakikat...
Biricik, insana sükûn veren, haz veren şey. Halbuki o,
tam bir aydır hep kendisiyle, kendi saadetleriyle meşgul-
dü. Bu sabah o saadet, Rabia'ya biraz bayat, biraz tatsız
geldi.

Ölülerle yaşamanın o kadar iyi bir şey olmadığını
anlatmak onları teselli etmek istiyormuş gibi hafif hafif
sallanarak, gamlı ve derin bir sesle, "Yeryüzünde hayat
bir oyun..." diye başlayan ayeti okumaya başladı.

Evlerine bu ağır hava içinde döndüler. Evin önünde
Osman karısının kolunu çekti:

— Gel şu çamların altına gidelim.

— Sen git yaprakların üstüne uzan, dinlen. Ben ge-
lirim.

Osman'ın altındaki çam iğnesi tabakası ısınmış tuğ-
la gibi sıcaktı. Üstündeki yeşil gölgede bile serinlik yok-
tu. Öğle yaklaştıkça, sıcaklık, ateşli bir nefes gibi havayı,
yeri ısıtıyor. Osman arkaüstü uzandı, gözlerini yumdu.
Dalarken uzak bir araba sesi işitti. "Mektebe olacak," di-
yerek uyuyakaldı.

Epeyce uyumuş olacak. Birisi yüzüne bakıyormuş
hissiyle silkindi, uyandı. Rabia başucunda duruyordu.
Arkasında siyah ipek çarşafı, elinde çantası, resmî ziya-
retlerinin kıyafeti. Bu siyah bohçaya benzeyen siyah kat-
ların arasında yüzü, şakaklarına doğru çekilmiş gibi, du-
dakları kısılmış.

— Nereye gidiyorsun, Rabia?

— Sabiha Hanım, kâhya kadınla araba yollamış.
Dün gece kalbi tutmuş. Beni istiyormuş.

— Bahane!

Osman'ın yanına çömeldi. Anlattı. Sabiha Hanım'ın
hastalığına, aldıkları fenâ bir haber sebep olmuş. Hilmi,
yazı Lübnan'da geçirmek için Vali'den izin almış. Tev-

fik'le beraber ailesini götürmüş. Fakat oradan Avrupa'ya kaçmış. Bir Fransız vapurunda ona yer temin eden, kadın kılığında vapura kaçıran Tevfik imiş. Zavallı, Sabiha Hanım az daha kederinden ölüyormuş. Çünkü Hilmi'nin cülûsta affedileceğinden eminmiş... miş... miş...

— Baban da kaçabilmiş mi?

— Hayır.

Rabia'nın eski çarpık tebessümü. Kaçmak şurada dursun, Tevfik'i Hilmi'yi kaçırdı diye Taif'e kalebent[1] yollayacaklarmış. Çarpık tebessüm daha derin. Zehir gibi acı. Osman doğruldu. Kolları siyah bohça çarşafı sarmak istedi.

— Ne vakte kadar senin baban Hilmi'nin yüzünden ceza görecek?

Kız, omzundaki kolları bilmeyerek itti. Kalktı. Acı çizgiler dudaklarının etrafından silindi.

— Tevfik, Hilmi Bey'i çok sever. Sevmek demek, sevdiği için ceza görmeyi göze almak demektir, Osman! Kim bilir şimdi onu kaçırdığına nasıl sevinir. Oh, iyi etti de yaptı...

Tevfik'in fedakârlığını güzel bulmuş, sevmiş, sevinmiş... Fakat gergin yanaklarına uzun kirpiklerinden damla damla yaş akıyor.

— Ben de gelirim. Seni yalnız yollayamam, Rabiam.

— Hayır, hayır. Ben bu akşam Sinekli Bakkal'da kalır, yarın erken gelirim.

Gitti. Osman'ın içi hiddetle karışık bir teessürle[2] doluyordu. Bebek'teki sayılı saadet günlerini bu vak'a artık kapatmıştı.

---

1. Kale dışına çıkmamaya hüküm giyen suçlu.
2. Acıyla.

17

— Ah yavrumu bir daha dünya gözüyle göremeye-
ceğim... Hilmiciğim, Hilmiciğim...

Sabiha Hanım, Rabia'nın boynuna sımsıkı sarılmış,
hüngür hüngür ağlıyor. Rabia bir çocuk yatıştırır gibi ar-
kasını okşuyor.

— Neden göremeyeceksiniz, göz yummadan yıllar
gelip geçiyor. Bir kere düşünün. Zavallı Hilmi Bey'e bu-
raları zindan gibi gelirdi. Şimdi sabah akşam, kapı sürgü-
lemeden, etrafı kollamadan, Genç Türklük konuşuluyor.

Rabia gülüyordu. İhtiyar da yaşlarının arasında gül-
dü, sonra uzandı. Rabia, buruşuk yanaklarını sildi, üstü-
ne battaniyesini çekti. Kadın gene doğruldu. Rabia'nın
gözlerine kabahatli bir çocuk hicabıyla[1] bakıyordu.

— Hilmi'ye lanet okuyorsun, değil mi Rabiacığım?

— Vallahi, billahi, kör olayım okumuyorum. Hem
siz şimdi Tevfik'i düşünmeyin. O, Taif Kalesi'ni orta oyu-
nu meydanına çevirir.

— Sahi... Sahi...

— Şimdi artık uyuyun. Doktorların sözünü dinle-
meli. İlacınızı vereyim mi?

1. Utancıyla.

— Ben uyurken başımda oturur bekler misin?

— Beklerim.

Sabiha Hanım çarçabuk daldı. Rabia başında, sandalyenin üstünde bekledi. Zavallı kadın bütün gece saçını başını yolmuş, isteri[1] içinde çırpınmıştı. Hilmi'nin kaçmasıyla yediği acı darbe yanında bir de Rabia'nın başına gelen felâkete sebep olmak azabı vardı. Zavallı çocuğun babasının başına hep Hilmi yüzünden felâket geliyordu. Ya Rabia, bir daha evlerine gelmezse... Ya beddua ederse... Hem o kadar Rabia'nın dostluğuna alışkındı ki, kaybederse onun yerini artık bir şey dolduramayacaktı. Şimdi Rabia'nın bu dost ve müşfik[2] tavrı kadının hasta, yıpranmış kalbine doktorların ilacından fazla sükûn verdi.

Şükriye Hanım ayaklarının ucuna basarak odaya girdi. Rabia'yı, Paşa görmek istiyordu. Hanımefendi'yi o bekleyecekti.

Rabia, Paşa'yı odasında buldu. Elleri dizlerinde, gözleri yerde düşünüyordu. Paşa'nın boş vaktinde arka kaşağı oymaması, "Ten ten terani..." diye eski besteler mırıldanmaması o kadar gayri tabiî, o kadar acı bir manzara ki... Rabia onu bu kadar düşkün ve meyus[3] görmemişti. Selim Paşa'yı böyle düşük ve bî-çâre görmek yüz senelik azametli bir çınarın yakılmasına şahit olmak kadar elim[4] bir şeydi.

— Hanım nasıl, Rabia?

— Uyuyor.

— Oh, oh, şükür.

1. Duyu bozuklukları, türlü ruh karışıklıkları, çırpınma, kasılmaları ve bazen inmelerle kendini gösteren bir sinir bozukluğu.

2. Şefkatli.

3. Üzgün.

4. Acı.

Kapanık yüzü biraz açıldı. Rabia'ya yabancı gelen bir tevazuyla sordu:

— Oğlum Tevfik'i gene mahvetti. Bizi affedecek misin, yavrum?

— Yapmayın... Babam Hilmi Bey'i ne kadar sever. Beni sevdiğinden çok sever... Eminim o kendisi hiç meyus değildir. Ne yapalım? Alnımızın yazısı.

Paşa, kızın titreyen elinin, genç alnında görünmeyen bir yazı üstünde dolaşmasına gülümseyerek baktı.

— Otur, kızım.

Karşı karşıya oturmuş birbirlerinin yüzüne bakıyorlardı. Paşa'nın elâ gözlerinin mânâsı garip bir şekilde değişmişti. İçlerine çökmüş olmalarına rağmen gene sönük değildiler. Bebeklerinde bambaşka bir ışık vardı. Bu gözlerin tahakkümü etrafını ezen gurur silinmiş, içlerinde yeni bir anlayış, bir teslimiyet hâsıl olmuştu.[1]

— Hilmi için pek müteessir değilim, Rabia. Fakat Tevfik'i Taif'ten kurtarmak için her şeyi fedâ ederdim. Maalesef Hilmi'nin babası olmak elimi ayağımı bağlıyor. Padişah'ın bundan sonra artık ne yüzüne bakabilir ne de bir şey isteyebilirim.

— Hilmi Bey'e de kabahat bulmayın, Efendim.

— Bulmuyorum, zihnim biraz dolaşık. Vaktiyle dünyada bir şeye inanırdım: kuvvet ve kuvveti temsil eden devlet nizamı. Halbuki şimdi bana geliyor ki, insanların talihine, binbir tane başka kuvvetler de hâkim. Hükümdarların, hükümetlerin elinde bir karıncadan âciz görünen en zavallı bir insanda bile her zaman ezilmeyen, öldürülemeyen gizli kuvvetler var.

Sustu. Sonra daha alçak bir sesle devam etti:

1. Belirmişti.

— Kendi muhakememin[1] salabetine[2] artık pek emin değilim. Bunca yıldır inandığım şeyler, hizmet ettiğim şeyler doğru mu, değil mi? Fakat bilmek lâzım, Rabia. Şimdi her zamandan fazla bilmek lâzım. Çünkü sultanların padişahına[3] hesap vermek günü yaklaştı.

Bunları söylerken Paşa'daki değişiklik daha kuvvetle hissediliyordu. Bin seneyi birden atlamış gibi görünüyordu. Fakat bu seneler onu bunatmamış, kafasını çürütmemiş, dumanlatmamış... Bilakis daha olgun, daha etraflı ve muvazeneli bir anlayış vermiş gibiydi. Öyle bir olgunluk ki, yetmiş yaşındakilere geldiği gibi yirmi beş yaşındakilere de gelebilir. Yaşamanın, düşünmenin ve nâmuskâr fikirlerin olgunluğu, Rabia tahlil edemiyor, fakat zâhirî[4] zavallılığına rağmen ihtiyarda eskisinden daha derin bir kudret seziyordu.

Bu, Rabia'nın anlayamadığı bir kuvvetti. Paşa'nın eski, işlenmemiş demir külçesine benzeyen kudreti değil... Örs ve ateş altında dövülen, şekil alan demirin kudreti. Herhalde bu tecrübe ve bu tahavvül[5] onun boş göğsüne bir insan yüreği koymuştu.

Rabia içini çekti.

— Alnımızın yazısı.

Zayıf parmakları tekrar genç alnının görünmez yazıları üstünde dolaştı. Paşa o gün, bu kelimenin tekerrüründen[6] garip bir teselli duyuyordu. İlk defa olarak, Şark'ın bî-çâre ferdinin[7] hayat savaşında ezilmemesinde

1. Yargımın.
2. Sağlamlığına.
3. Tanrı'ya.
4. Görünüşteki.
5. Değişim.
6. Tekrarlanmasından.
7. Güçsüz kişisinin.

kadere inanışın bir amil[1] olacağını düşünüyordu. Başlarında boza pişiren en kavî,[2] en zalim hükümdarları hep kül gibi savrulmuş, geçmiş çınar gibi insanları deviren fırtına, zamanında baş eğmeyi bilen, nazenin[3] sazlara benzeyen insanları köklerinden koparamamıştı. Ma'nevî kuvvetlere derunî teslimiyetin hilkatte en nafiz[4] bir kudret olmadığını kim iddia edebilir.

— Ben istifa ettim, Rabia. Padişah istifamı kabul eder etmez Şam'a gideceğim. Dürnev'i alıp getireceğim. Biraz da yalnız kalmaya, düşünmeye ihtiyacım var. Tevfik'in mektubunda bahsettiği sürgünleri görmek, konuşmak istiyorum. Ama henüz hanıma bir şey söylemedim.

Elinde yemek tepsisi bir kız odaya girdi. Rabia kalktı, bir masa çekti. Karşı karşıya yemek yediler. İçlerindeki hüzne rağmen ikisi de iştahla yemek yediler. Yemekten sonra beraber aşağı indiler. Merdivenin alt basamağında Paşa durdu.

— Padişah altmışını geçti. Tevfik ancak kırkını geçiyor. İstikbalde[5] onun daha çok hissesi var. Herhangi dakika ahval[6] değişebilir, sen babana kavuşabilirsin, Rabia, dedi.

Sabiha Hanım uyanmıştı. Sedirin üstünde oturmuş çorba içiyordu. Yüzü dinlenmiş, zihni Hilmi ile muhabere tesisi[7] için yol aramakla meşguldü. Acaba Osman'ın oralarda bir tanıdığı bir Frenk ahbabı bu işi temin edebilir mi? Bunları Rabia ile münakaşa ederken gözünün kuyruğuyla hep Paşa'ya bakıyordu.

1. Etken, sebep.
2. Güçlü.
3. Nazlı.
4. İçe işleyen, etkin.
5. Gelecekte.
6. Durumlar.
7. Haberleşme kurmak.

İhtiyar, sakalını karıştırdı. Eski müstehzî sesiyle:

— Ben artık Zaptiye Nazırı değilim, siz istediğiniz fitneyi tertip ediniz, dedi.

Sabiha Hanım kaşlarını çattı.

— Ne demek istiyorsun, Paşa?

— İstifa ettim.

— Hata ettin. Ne olursa olsun, insan başındaki devleti[1] ayağıyla tepmemeli, Paşa!

— Öyle ama ben artık Genç Türklere falaka atamaz, süremez hale geldim. Bunları yapamayan adam bu devletin emniyetini elinde tutamaz.

Sabiha Hanım eğildi. Kocasının elini yakaladı ve dudaklarına götürdü. Rabia kalktı.

— Dönüyor musun, Rabia?

— Hayır, bu akşam Sinekli Bakkal'dayım. Yarın Rakım Amca'yı yollayacağım. Bizimkileri toplayıp getirecek.

Rabia ile Rakım mutfakta baş başa kahvelerini içtiler. Rakım:

— Keşke bugün gidip Osman'ı getireydim, diyordu. Rabia başını salladı. O akşam yalnız kalmak, sükûn içinde düşünmek istiyordu. Osman'ın telâşı, ateşi onun zihnini karıştırıyordu. Osman, Rabia'nın yalnız, yalnız kendisiyle meşgul olmasını istiyordu. Rabia'nın yanakları kızardı. Bu fikre isyan ediyordu. Gerçi o Boğaziçi günleri hayatında unutamayacağı bir sergüzeştti. Fakat insanlar sünnet çocukları gibi bütün gün "âlâ âlâ hey..." içinde yaşayamazlardı. Hele Rabia... Kaç kişi onun dostluğuna, vefasına muhtaçtı. O tevekkeli Sinekli Bakkal'da doğmamıştı! Sabiha Hanım, ömrünün sonuna gelen Selim Paşa, mahzun gözlü cüce Rakım... Hele onu ihmal ettiğini dü-

1. Talihi.

şündükçe içi sızlıyordu. Fakat bunların hepsinden daha ziyade Tevfik vardı. Kadın gibi tatlı kestane renkli gözleri, uzun bıyıkları, her vakit gülen dudaklarıyla şimdi neredeydi? Tevfik ona mutfakta dolaşıyormuş gibi geldi. Selim Paşa'nın, yüreğine biraz ümit veren sözlerini gayri ihtiyari tekrar etti.

— Tevfik kırkını henüz geçti. Padişah altmışına geliyor. Herhangi gün devir değişebilir. Hasretliler kavuşabilir.

— Bunları kimsenin yanında sakın söyleme, Rabia. İnsanın babasına emniyeti yok. Duvarlar hep kulak. O kadar yıl sabrettin. Biraz daha sabret.

— Dut yaprağı sabırla atlas olur... Ah bir Tevfik'e kavuşacağımız gün gelse, Amcacığım.

— Belki o gün çok yakındır, Rabia. Balık baştan kokar. Tepemizdekilerin kokusu burnumuzun direğini kırıyor. Mutlak temizlik günü gelecek...

O akşam, saatlerce mutfakta oturdular. İkide birde ya Rakım ya Rabia bir darbımesel[1] söylüyor, karşısındakine yürek vermeye çalışıyordu.

Osman, Rabia'yı beklerken karşısında Rakım'ı görünce Sabit Beyağabeyvârî[2] sövdü:

— O kocakarıya Rabia, saadetimizi fedâ ediyor.

— Tevfik Taif'te kalebentken, Boğaziçi safası pek Rabia'nın içine sinmez.

— Hakkın var, Rakım. Ben hep böyle kendimi düşünüyorum. Hayvan gibi... Sinekli Bakkal'ın köpekleri bile benden daha insaniyetli.

Hiddeti geçti. İçi nedametle[3] doldu. Şimdi hep karısını teselli etmek, onu avutmak, çareleri düşünüyor.

1. Atasözü.
2. Gibi.
3. Pişmanlıkla.

Penbe, çıkınları, bohçalan hazırlayınca yola düzül-
düler. Köprü'den arabaya bindiler. Arabayı kapının önü-
ne kadar götürmek için bahane olan bu bohçaları Os-
man elinden gelse öpecek. Kırık kaldırımlarda sendele-
meden, toz yutmadan eve gitmek ne saadet. Hattâ loş
sokağın üstündeki dar ışık yolunda vızıldaşan sinek bu-
lutunda bile bir şiir var.

— Amca Bey... Hey Amca Bey!

Sabit Beyağabey köşede arabayı görür görmez elini
sallayarak Osman'a bağırmaya başlamıştı. Osman araba-
dan atladı. Rakım'a:

— Rabia'ya söyle, ben biraz sonra gelirim, dedi.

Sabit Beyağabey'le köşede, çardağın altında bir kah-
ve ısmarladılar. Ağabey içini açtı.

Mahalle heyet-i ihtiyariyesinin[1] intihap[2] zamanı gel-
mişti. Ağabey takımı eskici Fehmi Efendi'yi atlatmak,
yerine Osman'ı getirmek istiyorlardı. Bu küçük vak'a
mahallenin hayatında çok mühimdi. Tepelerindeki Padi-
şah zulüm ve istibdadına[3] rağmen –mahallede pek de
mühim bir işi olmayan birkaç kişilik heyet intihap et-
mek hakkı– onlara kendi kendilerini idare edenlerin va-
karını[4] veriyordu.

Osman, Ağabey kadar heyecanlandı. Ve sözüne, na-
sihatine bu kadar bel bağlayan bu haşarı genç kitleyi,
Fehmi Efendi'yi tekrar intihap etmeye ikna etti. Bu kü-
çük, fukara sokakta bir sima[5] olmak ona ilk evlendiği
günler kadar cazip ve insanı göründü. Ağabey yumruğu-
nu çarpık kahve masasına indirdi. Fehmi Efendi tekrar

1. İhtiyar heyetinin..
2. Seçilme.
3. Despotluğuna.
4. Onurunu.
5. Kimse.

intihap edilecekti. Osman'la beraber dükkânın önüne kadar omuz omuza yürüdüler.

Rakım dükkâna yerleşmiş, alışveriş başlamıştı. Rabia merdiven başında, elinde Osman'ın terlikleri bekliyordu.

— Kuzum ayaklarını çıkar, merdivenleri bu sabah erkenden ovdum.

Merdiven ayağında ayak çıkarmak... Bu, Osman'ın hiç alışmadığı bir âdet. Tahta silindiği günler müstesna[1] Osman odasının kapısına kadar potinleriyle çıkardı.

— Tahtalar tamamen kuruyuncaya kadar ben bir dolaşayım. Eskici Fehmi Efendi'yi görmek istiyorum. Ağabey'i gördüm.

— Konağa gitsen daha iyi olur... Rabia sözünü kesti: Zavallı Sabiha Hanım bitik... Mutlaka seni görmek istiyor.

— Bu akşam yemekten sonra beraber gideriz. Beni göreceğin geldi mi?

Rabia'nın omzunu okşadı, çenesini de okşamak istedi. Fakat o hayli huşûnetle[2] Osman'ın elini itti. Yanakları gelincik gibi.

— Ben sana halk içinde okşamak olmaz demedim mi?

İşte gene eski dar kafalı, Sinekli Bakkallı hafız kız! Boğaziçi'nde biraz adama alışır gibi olmuştu!

Dükkândan çıkınca, Osman, Fehmi Efendi'nin dükkânına değil, İmam'ın evine gitti. Aylık günü üç gün geçmişti.

Baş örtülü, yaşlı bir kadın kapıyı açtı ve Osman'ı derhal tanıdı.

— Üç gündür İmam Efendi yatıyor. Çok hasta. İyi ki geldiniz. Ben sizi Boğaziçi'nde sanıyordum. Ben sevabı-

1. Dışında.
2. Sertçe.

na çorba pişirip getirdim. Ama bugün pek yalnız bırakılır gibi değil.

— Sen git Hanım, ben sen gelinceye kadar Efendi Baba'yı bırakmam.

Kadın'ın eline iki mecidiye[1] sıkıştırdı. Yukarı çıktı. İmam'ın yatağı odanın ta ortasına serilmiş. Arkasına evdeki yastıkların hepsi üst üste yığılmış. İhtiyar âdetâ oturur gibi yatıyor. Fakat gene nefesi kısık.

Dizlerinde yazma bir yorgan, arkasında, belinden bir kuşakla kavuşturulmuş bir basma hırka. Takkenin altında beyaz bir çatkı. Şakaklarında ve alnında birer tümsek.

Gözleri sıtmalı, yanakları daha çökük. Kadavraya benzeyen simanın üstündeki burnu, Osman, tiyatrolarda kullanılan takma bir burna benzetti. Fakat delikleri kabarıyor, nefes almakta çok güçlük çektiği hissediliyor. Ve boğazında garip bir hırıltı var. Herhalde ihtiyar çok hastaydı. Fakat buna rağmen içine çöken gözlerinin içinde haşin ve eğilmeyen iradesi parlıyor. Başucundaki rahlenin üstünde biri açık duran üç cilt el yazması kitap İmam'ın hâlâ okuyabilecek kadar dimağına hâkim olduğunu gösteriyor.

Osman rahlenin altında, pul şişede[2] tembel tembel dolaşan üç sülüğe baktı, gayri ihtiyari güldü. Odanın havasında lavanta çiçeği ile karışık soğan kokusu vardı.

İmam Osman'ı tanımış mıydı? Herhalde çok aksi sesiyle hırıldaya hırıldaya sordu:

— Ne istiyorsun?

— Hastasın, Efendi Baba!

— Nihayet geldin mi? Üç gün geciktin.

İhtiyarın içi rahat etsin diye Osman beş altını yorganın üstünde tespih çeker gibi kımıldayan parmakların ara-

1. Eskiden kullanılan ve o zamanki 20 kuruş değerinde olan gümüş sikke.
2. Yeşil camdan yapılan çok ince çeperli şişe.

sına koydu. Parmaklar altınları hastanın gözlerine yaklaş-
tırdı. Sonra göğsünden kesesini titreye titreye çıkardı. Ve
kese göğsüne girip hırka kavuşuncaya kadar konuşmadı.

— Böyle yalnız hasta nasıl olur? Aşağıdaki kadını
tutayım senin yanında kalsın olmaz mı?

— Estağfurullah! Kim para verecek? Çorbamı bile o
pişiriyor. Yoksa para getirdiğini söyledin mi?

— Söylemedim.

— Kesemde altın olduğunu kimse sezmesin ha...
Gırtlağımı koyun gibi keserler... Mel'unlar, haydutlar,
kahpeler...

Göğsü kalaycı körüğü gibi inip çıkıyor.

— Ama ben bir doktor getireceğim, Efendi Baba.
Merak etme, viziteyi ben veririm.

— Ne dedin, ne dedin? Hepsi kâfir, hepsi ilaçların
içine şarap kor... Estağfurullah...

Sesi kesildi. Göğsü ve burun delikleri şiddetle işledi.
Parmakları şakaklarını sıktı.

— Kafamı çekiçler dövüyor. Soğan bağladım kâr et-
medi. Gece arkama sülük çekeceğim.

— Peki, peki, sen biraz rahat et. Ben beklerim.

Hasta gözlerini kapadı, başı yastığa düştü. Dudakla-
rı ıslık çalar gibi fısıldadı:

— Şeytan'a biraz ekmek ufağı ver.

Sayıklıyor muydu? Hayır. Yatağın yanında hakikat
bir tabakta ekmek ufağı var. Osman pencereden bir
"ciyk, ciyk" duydu. Başını çevirdi. Kafesin altından par-
mak kadar küçük bir serçe çıktı, pencerenin bu tarafına
geçti. Kuyruğunu sallıyor, başı bir tarafta Osman'a bakı-
yordu. Osman yavaş yavaş ilerledi, ekmek ufağını pence-
renin içine serpti. İhtiyata[1] hiç lüzûm yoktu. Serçe, hep

1. Ölçülü yaklaşmaya.

başı bir tarafta küçük kuyruğunu titreterek pencereden mindere sıçrıyor, odada kim olursa olsun, kaçmayacak kadar alışık olduğunu hissettiriyordu.

Sayıklar gibi hasta mırıldandı:

— Emine'ye kavuşmak günü geliyor.

— Rabia'yı görmek istemez misin, Efendi Baba?

— Ne dedin? Ne dedin?

Gözlerini açtı. Fakat Osman'ı değil eski günleri görüyordu. Biraz sonra daldı ve horlamaya başladı.

Osman'a dakikalar yıl gibi geliyordu. Öğle vakti gelmiş geçiyor, Rabia merak edecek. O bunları düşünürken, İmam eski mahalle mektebi hocalığının hatıratını sayıklıyor: "Falaka cennetten çıkma... Eti benim kemiği senin..."

Nihayet sayıklama durdu. Göğsünden şimdi yağsız ve bozuk makineden çıkan sesler çıkıyor. Ağzı kara bir çukur gibi açık...

Avluda kadının takunya seslerini duyunca aşağı indi. Kadına, İmam fenâlaşırsa haber vermesini tembih etti. Sokağa çıkınca saatine baktı. Saray'daki dersine geç kalmamak için eve yemeğe bile gitmeden koşmaya başladı.

O gece Rabia halsiz görünüyordu. Konağa giderlerken İmam'ın hastalığını söylemeye dili varmadı.

Konaktan döndükleri zaman mutlak söylemek istiyordu. Fakat nasıl başlayacağını bilemiyordu. Sabiha Hanım'ın lâkırdısını açmak istedi... Belki oradan...

Rabia kollarını sıvayarak,

— Aman Osman, yarın konuşuruz, uykudan gözüm açılmıyor. Namaz kılarken seccadede dalacağım, diyordu.

Osman yatağa girdi. Rabia'nın namazının bitmesini bekledi.

— Rabia, büyükbaban çok hasta...

Kız seccadeyi uykuda gibi topluyordu. Esneyerek:

— Allah şifalar versin, dedi.

— Gidip görsen fenâ olmaz.

— Aman şimdi seccadeden baş kaldırdım. Beni günaha sokma... Beni kovdurmak mı istiyorsun?

Annesini son gördüğü günün hayali kafasında yatağa girdi. Osman da ertesi sabaha kadar beklemeye karar verdi.

— Ne var Amca?

Ortalık henüz ağarırken Rakım kapıyı vurdu, Rabia'yı uyandırdı, Rabia yalınayak, kapının önüne koştu.

— Allah sana uzun ömürler versin, Rabia.

— Çabuk söyle, kim öldü, kim öldü?

Mutlaka, mutlaka Tevfik'i öldürdüler! Kız elleri göğsünde, gözleri yerlerinden fırlamış...

— Büyükbaban ölmüş. Yanında bakan kadın geldi haber verdi. Osman'ı uyandır.

Rabia, İmam'a ne derin, ne samimi bir minnet hissetti. Âdetâ ona, Tevfik ölecekmiş de onun yerine İmam ölüvermiş – Rabbim gani gani[1] rahmet etsin.

1. Bol bol.

18

"Padişah Sinekli Bakkal imamı kadar mükemmel tezkiye[1] yapıyor, birader."

Mabeyinci, Selim Paşa'ya istifasının kabul edildiğini ve Hünkâr'ın,[2] eski Zaptiye Nazırı'nın hizmetlerini takdir eden birkaç iltifatı ile, selâmı şâhânesini tebliğ eder etmez Paşa, her vakitki temennasını[3] yapıp otururken böyle demişti. Evet, Hünkâr'ın iltifatı, bir tabut başında mahalleliyle ölüleri hayırla yâd etmelerini[4] ihtar için[5] tezkiye yapan mahalle imamı lâflarını hatırlatmıştı.

Paşa otururken, âdetâ Padişah'tan böyle hafif bir tarzda bahsedenin kendisi olduğuna inanmayacağı geliyordu. Güya içine saklanan bir yabancı bu sözleri söylemiş ve gülmüştü. Ve omuzlarından bir yük kalkmış gibi kendini hafif hissediyordu. İçinden, "Devlet ağırlığı, devlet yükü," diyordu. Bu ağırlığa rağmen eskiden nasıl omuzları gururla havada, göğsü ileride yürürdü. Bu tavır sadece içine, dışına şekil veren bir kalıptı. "Devlet kalıbı"

1. Aklama.
2. Padişah'ın.
3. Eli başa götürülerek verilen selamını.
4. Anmalarını.
5. Hatırlatmak için.

ve insanları o kalıp ne hatır ve hayale sığmayan şekillere sokardı. Şimdi o kalıbın pençesinden de kurtulmuştu. Vücudunun en küçük zerresine kadar istediği şekli alabilecek, Hilmi'yi sürdüğü günden beri kafasını karıştıran şüpheler, tereddütler, uzun muhakemeler[1] artık onu kudrete tapmak beliyesinden[2] kurtarmıştı. O zavallı Zaptiye Nazırı Selim Paşa... Dar kafalı, aptal, yarı makine, bir esir... Bu Selim Paşa'nın içinde uçsuz bucaksız bir hürriyet var. Zaptiye Nazırı Selim Paşa'nın tapındığı kudret –devlet ve padişah– kâinata hâkim kudretin ancak bir cüz'ü![3] Bu Selim Paşa'nın tapındığı kudret kâinatın kendisi, bütün kudretin mecmuu...[4]

Selim Paşa gülerek konuşurken Mabeyinci onu dikkatle gözden geçiriyordu.

— Galiba bu günlerde Vehbi Dede ile çok ülfet ediyorsunuz,[5] Paşa.

Evet, Türk ülkesinde, bilhassa padişahlar hüküm sürdüğü günlerde ruhların zincirini ancak Mevlana Celaleddin Rumî gibi kudretler kırabilir. Selim Paşa sigarasının külünü silkerek cevap verdi:

— Şam'a giderken evimi, ailemi emanet edecek bir dosta ihtiyacım var. Dede'den daha emniyetli bir dost bulmak kâbil mi?[6] (Güldü.) Bu günlerde biz geçmiş günlerin debdebe[7] ve daratını[8] tasfiye etmekle[9] meşgulüz.

1. Yargılamalar.
2. Belasından.
3. Parçası.
4. Bütünü.
5. Görüşüyorsunuz.
6. Mümkün mü?
7. İhtişam.
8. Gösterişini.
9. Temizlemekle.

Selâmlığı[1] kapıyorum. Eşyasını satıyorum. Münasip bir
kiracı bulunca kiraya vereceğim. Kâhya Şevket'ten ve bir
tek bahçıvandan başka uşakları da savıyorum. Bostanı da
kiraya verdim. Kiracıdan para almayacağım ama, evin
sebzesini ve yemişini bedava verecek. Arabayı... İkisini de
ve atları da sattık... içini çekti. Atlarını evlât gibi severdi.

— Konaktaki cariyelerinizi ne yapacaksınız?

— Hepsini azat ettim. Hepsinin esasen birikmiş bir-
kaç parası var. Ekserisi tahsil gördü ve mûsikî-şinâstır.
Şimdiden bütün İstanbul onlara mürebbiye[2] diye, mûsikî
hocası diye talip. Hanım, iki yaşlı azatlısını[3] yanında alı-
koyacak.

— Artık bol bol misafir kabul eder, tatlı tatlı sohbet
edersiniz, Paşa.

Selim Paşa'nın dudakları büzüldü, gözleri gülüyordu.

— Bizim vaktimiz ve arzumuz uzun sohbete müsa-
it ama, eski yârândan kimsenin kapımızı açtığı yok. Ko-
nağın bahçesine arada giren bir tek konak arabası, Nejad
Efendi'nin hanımının. Fakat ben artık Sinekli Bakkal so-
kağındaki komşularla ülfet etmeye çalışacağım.

Sinekli Bakkal! Rabia'nın mahallesi... Mabeyinci bir
ay evvel billûr gibi bir sesin Bebek Koyu'nda dolaştığını
hatırladı. Kendi kendisine mırıldandı:

— Cîfe-i dünya değil kerkes gibi matlubumuz.

Paşa başını salladı.

— Bir bölük Ankalarız, Kâf-ı kanaat bekleriz.

— Rabia ile kocası da her gün bizde. Ben yokken
onlar da Vehbi Dede ile beraber bizim hanımı yalnız bı-
rakmayacaklar.

1. Saray, köşk veya konaklarda erkeklerin bulunduğu ve erkek konukların
alındığı bölüm.
2. Kendisine bir çocuğun eğitim ve bakımı verilmiş olan kadın.
3. Azat edilmiş cariyesini.

— Fakat gelin hanımı getirmek için siz niye gidiyorsunuz? Şevket Ağa'yı yollasanız olmaz mı?

— Olur ama, ben yer değiştirmek istiyorum.

Elini başına götürdü. Tepesine vurdu:

— Çok düşünmek, burada temizlik yapmak zamanı geldi, Bey birader. Kafamda toplanan süprüntünün yanında Kasımpaşa çöplüğü tertemiz kalır.

O akşam Selim Paşa konaktan yalnız çıktı. Sinekli Bakkal kahvesine doğru yollandı. Şevket Ağa, telâş içinde, hemen Paşa'nın şemsiyesini yakalamış, eski günlerdeki gibi arkadan gidiyordu.

Paşa döndü, Şevket'e eski günler gibi gürledi:

— Ben çocuk muyum ki arkamdan geliyorsun, be herif! Sonra birdenbire yarı tatlı, yarı müstehzî bir sesle ilave etti:

— Ben artık Nazır değilim, Şevket. İnsanım.

Kahve halkı, birdenbire Selim Paşa'yı aralarında görünce çekindiler, sıkıldılar. Fakat o, aldırmadı. Elbet alışacaklardı. Kahvesini içtikten sonra doğru İstanbul Bakkaliyesi'ne daldı. Dükkândan ve mutfaktan, oranın kırk senelik aşinasıymış gibi geçti. Rakım'ın gözleri hayretle, korku ile birer fincan gibi açılmıştı. Fakat mutfak kapısının dışında yaseminleri beraber sulayan Rabia ve Osman onun gelişini o akşam tabiî buldular.

— Rakım, Paşa'ya iskemle çıkar.

— Bu akşam bize yemeğe gelmez misiniz, çocuklar?

Osman elindeki kovayı bırakmadan gülerek cevap verdi:

— Siz kalsanız da bizimle bahçede yemek yeseniz... (Göğe baktı.) Azıcık hava bulutlu... Mutfakta yeriz. Nasıl olur, Paşa Efendi?

Paşa, cevizin altındaki hasıra giderek:

— Ben de bu daveti bekliyordum, Osman Efendi, dedi.

On dokuz ağustosa kadar günler hep böyle geldi, geçti. Selim Paşa ağustosun yirmi ikisinde hareket edecekti. Eski efendisine son bir nezaketi, onu cülûs gününü İstanbul'da geçirmeye mecbur etmişti. Evini gene donatacak, eski günlerin saz takımı, büfesi olmayacak, sünnet düğünü yapılmayacak, hokkabaz gelmeyecek. Fakat buna mukabil bütün bunlara sarf edilen para hesap edilmiş, Sinekli Bakkal heyet-i ihtiyariyesine mahalle fukarasına kışın kömür, odun alınmak için verilmişti.

Cülûs günü yemekten sonra konağa en evvel Rabia gitti.

Dört genç halayık, daha doğrusu sabık halayık, havuzun etrafına çömelmiş fener siliyor, mum dikiyorlardı. Şevket Ağa mum paketlerini birer birer açıp dağıtıyordu. Fıskıyenin sesinden, fenerlerin tıkırtısından başka ses yoktu. Kimse konuşmuyordu. Donanma[1] günlerinin gürültüsü henüz sokakta başlamamıştı.

Rabia, ayakta, yerde çalışanları bir zaman seyretti... Şevket Ağa'nın elleri çalışırken, kulakları etrafı dinliyor gibi. Belki eski şenliklerde, çakıl döşeli yoldan birbiri ardınca giren konak arabası tekerleklerinin hışırtısını işitiyor... Kızların gözleri, sağa sola, bilhassa iki taraftaki kameriyelere dalıyor, sonra hayalet görünmüş gibi önlerine eğiliyor. Belki oradaki mûsikî takımını, büfeyi, kalabalığı hatırlıyorlar.

Sükûn derinleşti. Tayfların,[2] hayallerin hâkim olduğu bir sükût. Rabia'nın birdenbire kalbi sıkılıyormuş gibi oldu. Kuvvetli bir lodos rüzgârı çıkıyordu. Akasyaların tepeleri ağır ağır dalgalanıyor. Gökte kızıl bulutları birdenbire azan lodos rüzgârı süpürüp götürüyor. Havada

1. Şenlik.
2. Hayallerin, gölgelerin.

hastalıklı bir kızıllık var. Hava sıtma nefesi gibi sıcak, sa-
çakların içinde derin ve mütemadi[1] bir inilti var.

Sabiha Hanım yukarıdan, Hilmi'nin eski odasının
penceresinden başını çıkardı:

— Paşa burada, Rabia. Osman gelince ona piyano
çaldıracağız. Ne yapalım, bu sene sazımız, mızıkamız
yok....

İhtiyar kadının sesi şendi. Gene bir çocuk canlılığı
ile bu elim değişmede, bu inhitatta[2] bile oynayacak, gü-
lecek bir şey buluyor.

— Osman gelinceye kadar ben dönerim, Hanıme-
fendi. Şöyle bir bahçeyi dolaşayım.

Rabia sükûn peşinde, daha doğrusu serinlik peşinde,
ta bostana kadar gitti. Bostanda kimse yoktu. Fakat sü-
kûn bulmak kâbil değildi. Çünkü karışık olan sıkıntılı
olan şey Rabia'nın kendi yüreği idi. Hattâ aradığı serinli-
ği bile bulamadı. Hummalı kızıltı, yeşil gölgeleri daha
loş yapmış, yaprakların arasından yer yer bulutların uçu-
şu görünüyor... Bostan daha kasvetli... Âdetâ adamın
göğsünün üstüne basan bir ağırlık var. Gerçi yüksek du-
varlar orasını rüzgârdan koruyor. Fakat o lodos iniltisi
orada daha korkunç. Bostan sıtmaya tutulmuş, sayıklıyor
gibi... İçinden kaynayan bir sıcaklık var, ağaçları, toprak-
ları bile terletiyor gibi...

Rabia, baş örtüsünün ucuyla alnının ve parmakları-
nın terini sildi. Gözleri bostan dolabını[3] aradı. Tahta çark
ölü gibi hareketsiz, etrafında asılı kovacıklar kupkuru.
Dolabı çeviren küçük eşek de cansız. Dolap dönerken
bu kovadan billûr sular yeşillik arasında nasıl insana se-
rinlik verir.

1. Sürekli.
2. Yıkılışta.
3. Dönerek çalışan ve özellikle su çeken düzen.

— Deeeh...

Rabia, eşeğe bağırıyordu. Fakat o aldırmadı. Sinekleri kovmak için kuyruğunu, kulaklarını kımıldatmasa, Rabia'nın Bonmarşe'den aldığı oyuncak eşekten farkı yok.

Rabia, harklardaki[1] yosunlu, kirli birikinti sulara bakarken birdenbire bir bulantı duydu. Yer, Kadıköy vapurunun altındaki lodoslu deniz gibi kalkıp iniyor.

Fakat o akşam hasta olmak olamaz. Sanki neden içine bu gariplik çökmüştü? Ne vardı? Selim Paşa ile karısı çocuk gibi şen ve kaygusuzdular. Galiba fenerleri silen kızların hüznü ona da sirayet etmişti.[2] Onların silinmiş, gamlı gözlerinde, hiçbir debdebenin,[3] hiçbir saadetin daimî olmadığını sezen, hayatın şekilden şekle giren revişinden[4] ürkmüşlerin bakışı vardı.

Hayat bu idi. Rabia'nın da saadeti bu şekil değiştirmek kanununa bağlıydı. Farkında bile olmadan Tevfik elinden gitmiş, belki yarın Osman da gidecek. Kim bilir istikbal ona neler hazırlıyor? Kaza... Kader... İnsanların saadetini gizli elleriyle kırmaktan zevk alan menhus[5] kudret! Bir ağaca dayandı. Belki farkında olmaksızın artık sevgilerini elinden almaması için kaza denilen, kader denilen şeye yalvarıyordu.

Bostanın kuytuluğundan ayrılınca içi açıldı. Bu kadar meyus[6] olacak ne vardı. Belki Tevfik beklediğinden daha çok evvel çıkagelecekti... Osman o kadar Sinekli Bakkal'ın işleriyle meşgul, o kadar o sokağın daimî bir

1. Arklardaki.
2. Geçmişti.
3. İhtişamın.
4. Üslubundan.
5. Uğursuz.
6. Karamsar.

siması ki... Dünya zannedildiğinden ziyade saadetle, teselli ile dolu. Bak Osman nasıl İmam'ın cenazesini kaldırttı, o çetin ve aksi ihtiyara Rabia'nın haberi olmadan o kadar baktı. Dünya iyi insanlarla dolu...

Âdetâ konağa bir an evvel varabilmek için akasyalı yolda koştu. Bir nefeste Hilmi'nin odasına çıktı.

Osman piyano çalıyordu. Paşa ile karısı yan yana iki koltuğa oturmuş dinliyorlardı. Alafranga mûsikîye vaktiyle söğen adam bu muydu?

Rabia, kapının eşiğini atlarken, Osman Abdülhamid'in marşını çalmaya başladı. Koltuktaki ihtiyarlar zemberekleerine basılmış gibi ayağa kalktılar. Sabiha Hanım değneğine dayanmış, gözleri yerde; Paşa'nın başı havada, gözleri uzaklara dalmış. Omuzlarının yükselişinde, göğsünün öne doğru atılışında, kafasının dikliğinde eski Zaptiye Nazırı'nı canlandıran bir hal var. Bilmem Paşa' nın o dakika gözlerinin önünden bir selâmlık resmi geçiyor. Padişah camiye gidiyor... Renk, hareket ve ses şaşaası![1] Ve bunları hazırlayan, tertip eden hep kudret ve azamet sahibi bir Zaptiye Nazırı! İhtiyarın hafifçe sakalı titredi, başı biraz daha dikleşti ve marşın son mısraına kalın sesiyle söylemeye başladı.

Sabiha Hanım'ın küçük omuzları sarsılmaya, buruşuk yanaklarına yaşlar dökülmeye başladı.

Selim Paşa silkindi. Haberi olmadan içine giren devlet ve kudret tayfını çıkardı attı. Son günlerin hafif ruhlu, lâubali ihtiyarı oluyordu.

— Ne ağlıyorsun ya? Seni deli kız seni! Bu Mevlid değil, şenlik!

Rabia fısıldadı:

— Belki bu Padişah'ın son şenlik günü!

1. Görkemi.

— Şimdi ondan bahsetmeyelim, Rabia. Osman Efendi, çal. Bu piyano yarın Bedestan'a gidiyor. Selâm-lıktaki de gidiyor. Bize Dürnev'in odasındaki kuyruksuz piyano yeter.

Bu piyano nasıl Bedestan'a gider? Nasıl yabancı el-lere geçer? Osman, Rabia'nın yıldan yıla çam fidanı gibi uzayışını bununla ölçmemiş miydi? Osman'ın gözleri karardı.

— Bunu yabancılara satma, Paşa!

— Ya kime satayım?

— Benim böyle elden düşme bir piyanoyu almaya hazır kaç tane talebem var.

— Sen onu Şevket'le konuş, hallet. Yarın Bedestan'a götürmesin.

Rabia ile Osman selâmlıktaki piyanoyu da tetkik için çıktılar, gittiler. Sabiha Hanım, arkalarından seslendi:

— Geç kalmayın çocuklar, erken yemek yiyeceğiz.

Yarı yarıya boş bir selâmlık. Soyunmuş bir pehlivan gibi güzelliği daha aşikâr...

Perdesiz camlara göğün son kızıllığı ve akasyaların yeşilliği vurmuş. Renkli cami pencereleri gibi ışığı, renk süzgecinden geçiriyor. Birdenbire yere inen akşama şaş-mış gibi bir sükût. Akasya dallarında bir tek bülbül uzun uzun dem çekiyor...[1] Rabia'ya bu birisi içini çekiyor gibi geldi.

Hiç şüphe yok ki, o gün selâmlık tekin değildi. Ra-bia, babasına gittiği gün bu odada Selim Paşa'ya meydan okumuştu. Tevfik yumuşak kestane gözleriyle belki şim-di burada... Belki Taif zindanlarında Rabiasını düşünüp bir kadın gibi ağlıyor. O gün Rabia ile el ele bu merdi-venlerden inmişlerdi. Nasıl olmuştu da Tevfik, Rabia'nın

1. Uzun uzun ve güzel ezgiler çıkararak ötüyor.

kafasında, kalbinde sönük bir hayal derecesine inmişti. Kız, gözlerinde toplanan yaşları tutmak için yutkundu, göz kapaklarını sıktı. Fakat katı, mütehakkim[1] bir el parmaklarından yakaladı.

— Nen var, Rabia? Elin titriyor. Yüzün sapsarı.

— Piyanoya bakacaksan, çabuk bak. Buradan gidelim. Boş ev fenâma gidiyor.

Fakat Osman hiç de acele etmek istemiyordu. Oda kapısını açtı. Rabia karşıdaki aynada kendini gördü. Osman'ın yüzündeki, hareketindeki hayat, şiddet aynada bile barizdi.

Bir parmağıyla çalarken Rabia'ya diyordu ki:

— Sana çok memnun olacağın bir şey söyleyeceğim... Benim bir planım var.

— Peki, çabuk söyle...

Rabia'nın sesi sabırsızdı, dürüşttü.[2] Osman'ın ardı arası gelmeyen planlarını burada konuşmanın ne münasebeti vardı.

— Hilmi Bey'in piyanosunu ben satın alacağım.

— İyi ama nereye koyacaksın? Dükkâna mı?

— Yerden çok ne var, sevgili Rabia? Ben bu selâmlığı kiralamaya karar verdim. Bir döşeyeceğim ki... Bayılacaksın. İtiraz etme, kuzum, kuzum... Paşa'nın azatlılarından birini tutarız. Biraz rahat yaşayalım Rabiacığım... Azıcık nefes alalım. Kendimiz için yaşayalım. Bebek'teki gibi.

Elleri Rabia'nın omuzlarında gözleri gözlerinde.

Kız, Osman'ın ellerini omuzlarından koparır gibi çekti, itti. Arkasını çevirdi. Pencereye yürüdü. Dürüşt bir sesle:

1. Hükmeden.
2. Kabaydı.

— Olamaz, ama hiç olamaz, diyordu.

Osman, haksız yere anasından dayak yemiş bir çocuk gibi kırılmıştı. Halbuki selâmlığa gelirken, bu parlak planını Rabia ile konuşmayı düşünürken ne kadar içi sevinçle dolu idi. Rabia'nın gözleri parlayacak, onunla bu planı müzakere edecek[1] sanmıştı.

Halbuki kız âdetâ hakaret etmişti. Osman'ın teklifinde bu kadar kızacak ne vardı? Bu Rabia ne zaman Osman'ı anlayacak? Ne kadar bir sürü eski şeylere bağlı bir mahlûk! Kendi kendini ebediyen[2] tekrar eden, fakat mütemadiyen uzaklaşan bir Şark melodisi! Bir tek ses, bir tek arzu... Halbuki Osman Garb'ın en muğlak bir senfonisi... Binbir arzu, binbir emel!

Rabia burnunu cama yapıştırdı. Osman'ın teklifini düşündü. Onu tanıdı tanıyalı bu kadar yabancı hissetmemişti. Selim Paşa'nın hakkı vardı. Avrupalı demek maddi şeylere bağlı olmak demek... O zamanda Paşa'nın selâmlığını kiralamanın nasıl saygısızlık olacağını düşünemiyor muydu? Güya bir de memleketinde asil bir ailenin evlâdı imiş.

Bir defa Paşa onlardan belki kira almayacak, bedava vermeye kalkacak. Sonra onlar Paşa'nın eski debdebesine göz dikmiş, yeniden görme insanlar vaziyetine düşecekler. Rabia âdetâ Sinekli Bakkal kadınlarının dedikodularını işitiyor gibi: "Rabia'ya ne oldu? Paralı kocaya varır varmaz konak, halayık sevdasına düştü. Bari bir de haremağası tutsak. Halayık onun neresine? Eli ayağı tutmuyor mu?"

Hem demek, Osman dükkânın üstündeki evi beğenmiyor. Bunu düşününce teessürden ziyade hiddet

1. Konuşacak.
2. Sonsuza kadar.

415

hissetti. Ve bostandaki baş dönmesini, bulantıyı tekrar duydu. Tavan, yer, kızıl yeşil ışıklı camlar, dışarıdaki akasyalar hep birbirine karışmış dönüyor.

— Söylediğime bu kadar kızacak ne var, Rabia Hanım?

Osman'ın sesinde zorla zapt edilen hiddet ve isyanın yanında bir de istihfat[1] vardı. Bu kız onun için şimdi, mundar bir arka sokakta doğmuş, büyümüş bir imam torunu, bir bakkal kızı. Ne demiş de bu kadar fedakârlık ederek hayatını, şımarık bir mahalle kızına bağlamıştı? Ömürlerinin sonuna kadar birbirlerinin tepesine çıkacak kadar dar bir evde oturmaya mahkûmdular.

Rabia, gözlerinde âdeta vahşi bir ışıltı ile döndü. Dudakları Emine'nin dudakları gibi bir tek sıkı çizgi.

— Sen, iki gözüm, konaklarda yaşamaya alışık bir kız almalıydın! Ben olduğum yerden şuradan şuraya gitmem. Anlaşıldı mı?

— Anlaşıldı, küçük hanım. Sen konak denilen şeyin benim gözümde yeri var sanıyorsan yanılıyorsun. Bu selâmlık bizim uşak dairesi...

Sustu. Nasıl oluyor da o da bir mahalle delikanlısı gibi âdetâ övünüyordu?

Rabia bir kat daha azdı. Sesi bir perde daha yükseldi:

— Daha âlâ ya! Olduğun yerden neye çıktın? Seni asilzade bey... Mirasyedi bey... Bana şimdi de frengistandaki konaklarınla mı övüneceksin? Her şeyi alınlarının teriyle kazanan adamlar arasında senin işin ne? Sen, sen bizden olmak için kırk fırın ekmek yemen lâzım... Seni zıpçıktı, mirasyedi...

Rabia'nın son sözleri bir yılan zehri gibi Osman'ın suratına fırlıyor. Rabia'ya göre hars, medeniyet, memle-

1. Küçümseme.

ket ve ırk farkı, bir dinden olanlar için bir hiç. Fakat sınıf farkı... Buna o, kuduruyordu.

"Rabbim beni fukara sınıfından ayırma," diye söylenirken, Osman ilk defa Rabia'ya karşı şiddetli bir husumet[1] hissetti. Rabia ve Sinekli Bakkal, bunlardan birdenbire nefret edivermişti. Rabia onun yüzüne, "Asilzade, mirasyedi!" diye haykırırken öyle mutaazzım[2] ve mağrur[3] görünüyordu ki... Güya Sinekli Bakkal'da bakkal olmak, asalet[4] sınıflarına mensup olanları istihfafa, hakarete layık görmeye kâfiydi!

Rabia ile geçen saadet günleri Osman'ın zihninden birdenbire silindi. Şimdi o Sinekli Bakkal denilen yerin darlığını, mundarlığını, sıkıntısını, gülünç gururunu ve kendisinin oraya ezelî esaretini düşünüyordu. Buz gibi soğuk bir sesle:

— Gidelim, dedi.

Yan yana, fakat birbirlerine dokunmadan, birbirlerinin yüzüne bakmadan harem taşlığına kadar geldiler. Fener silen kızlardan biri koşarak içeri girdi. Yanlarından geçerken:

— Sofra güllerin yanında, sizi yemeğe bekliyorlar, Vehbi Dede de orada, dedi.

Fenerler yanmıştı. Paşa'nın sevgili gül fidanlığı ortasına sofra kurulmuştu. Yeşil yapraklar, kırmızı güller ışık içinde.

Rabia, Paşa'nın yanında oturan Vehbi Dede'nin elini öptü, Osman Dede'nin boynuna sarıldı. Kavgalarının şimdi bir tek zâhirî[5] alâmeti ikisinin de birbirinden gözlerini kaçırmaya çalışmalarından ibaretti.

---

1. Düşmanlık.
2. Burnu havada.
3. Gururlu.
4. Soyluluk.
5. Görünür.

Rabia, Dede'nin yanında, eski tabiî tavrını alıvermişti. Vehbi Efendi de, etrafında, heyecanı men eden[1] muhitine muvazene, sükûn veren bir tesir vardı. Rabia, bunu bu akşam her vakitten fazla hissetti.

Selim Paşa karısına diyordu ki:

— Kızlar, yemekten sonra Şevket Ağa ile Bayezid'e kadar inmek istiyorlar. Müsaade eder misin?

— Hay hay.

Rabia:

— Ben de, kuzum ben de... diyordu.

Vehbi Efendi koynundan bir zarf çıkardı.

— Sen kal Rabia, babandan mektup var. Yemekten sonra okuyacağım.

Osman müstehzî:

— Aman Rabia'yı gezintisinden mahrum etme, şimdi oku, dedi.

— Tevfik Taif'de değil mi?

Paşa sormuştu. Vehbi Dede cevap verdi:

— Belki. Fakat bu, Şam'dan hareket etmeden evvel son yazdığı mektup. Elden bir derviş getirdi.

— Aman kuzum oku, Dede Efendi.

Rabia'dan başka herkes kulak kesilmişti. O hattâ Tevfik'e ait bir mektuba bütün dikkatini hasredebilmek[2] için zorluk çekiyordu. O kadar içi hâlâ selâmlık kavgasının akisleriyle[3] karmakarışıktı. Osman'ın, yan gözle gördüğü müstehzî soğuk tebessümü, sesindeki istihfaf! Herif insan değil şeytan!

Fakat ilk satırlardan sonra Dede'nin sesi gene kızın üzerindeki sükûn veren tesirini yaptı. O da, yavaş yavaş yalnız babasının mektubunu dinlemeye başladı.

1. Yasaklayan.
2. Toplayabilmek.
3. Yankılarıyla.

418

Mektup elden geldiği için bermutat Tevfik açık yazı-yordu. Hilmi'nin Beyrut'tan kaçışını tarif ederken "Nihayet zavallı Hilmi Bey muradına erdi," diyordu. Fakat ilk günle-ri Dürnev'i teskin ve teselli çok müşkül olmuştu. Paşa'nın adam yollayıp Dürnev'i Şam'dan aldırması lâzımdı. Onu hangi gün Taif'e yollayacaklarını kestiremiyordu. Şimdilik Vali, onun tarassut[1] altında Hilmi'nin evinde kalmasına müsaade etmişti. "Rabia benim için merak etmesin," di-yordu. Taif, Şam, Halep, hepsi birdi. İstanbul'dan başka, dünyanın her yeri bir. İster saray olsun, ister zindan!

Osman'ın gözleri Rabia'ya gitti. Kızın gözleri taba-ğında. Müteessir miydi? Belli etmiyordu. Bu akşam kav-ga etmek nasıl münasebetsiz bir şey olmuştu. Zavallı Ra-bia... Zavallı çocuk! Kendisinin çocuğu olacak yaşta.

Yemekten sonra Penbe ile Rakım da geldi. Gezmeye gidecek küçük kafilenin arasında ayakta duruyorlardı. Dört kız başlarında baş örtüleri, arkalarında yeldirmeleri.[2] Hüsniye Hanım hep şakalaşıyor. Paşa meydanda yok.

Fişekler birdenbire atılmaya başladı. Havai fişekleri, maytaplar, maytaplar. Renk renk ışıklar yerden fışkırıyor. Kırmızı, turuncu, eflatun aydınlıklarda sokağa gidecek-ler gülüyor, el çırpıyor, bağrışıyor. Rabia aralarında ve hepsinden yarım baş uzun. Rakım elini sımsıkı tutmuş cüce, yeldirmesinin eteğine yapışmış gibi. Penbe cüppe-si, sarı abani[3] sarığıyla Rakım küçük kalabalığa bir orta oyunu takımı hali veriyor. Çingene ellerini şakırdatarak göbek atıyor. Rabia uzun ve güzel ince yüzü göz kamaş-tıran ışıklarda renkten renge giriyor. Cüce şimdi bir may-mun... Bütün bu sahne bir sirk rüyasına benziyor.

---

1. Göz hapsi.
2. Kadınların çarşaf yerine kullandıkları, başörtüsü ile birlikte giyilen hafif üst-lük.
3. İpekten, sarımtırak dallı nakışlarla işlenmiş bir tür beyaz kumaş.

Osman'ın kalbi kopacakmış gibi atmaya başladı. Rabia ile evlenmeden Sinekli Bakkal'daki hayatını işte böyle tasavvur etmişti. O hayalin hakikat olduğu bu dakikada, Rabia ile aralarında ne derin uçurum hâsıl oluvermişti. Kim bilir, kim bilir hepsi bir rüyaydı... Osman uyanacak, Rabia'yı belki bir daha yanında bulamayacak.

Gezmeye giden kafile artık kaybolmuştu. Fişekler daha seyrek atılıyor... Yalnız uzaktan derin bir arı kovanı sesi veren kalabalık hissediliyor.

— Ben gideyim biraz piyano çalayım. Sizin orkestra bu akşam işlemiyor.

Kalktı, gülerek konağa gitti.

Osman, kahveden geç döndüğü geceler, Penbe'yi dükkânda, idare lâmbasının başında kendini beklediğini görünce, darılır, söylenirdi. Bu akşam dükkânda kimse yoktu. Fakat idare lâmbası yanıyordu. Demek Penbe ile Rakım konağa gelirken lâmbayı bırakmışlar. Demek henüz dönmemişler.

Odasında lâmba yanıyor, terlikler çevrilmiş, geceliği karyolanın üstünde. Bunları da Penbe akşamdan hazırlamış olacak.

Soyunurken, Rabia'nın omuzlarında, vücudunda dolaşan, ince, çevik ellerini özledi. Gözleri uykudan kapalı, başı sersem iken bile bu parmaklar vazifelerini maharetle, süratle yaparlardı. Hattâ Rabia'nın genç başı, sapı üstünde solan bir çiçek gibi Osman'ın omzuna düşerken bile, bu parmaklar bir taraftan boyunbağını çözer.

Fakat neden bu kadar geç kalmışlardı? Sokaklar tenhalaşmıştı. Sel basmış gibi geçen ayak sesleri tek tük. Yatsın mı, beklesin mi?

Uzaktan gelen sarhoş nârası merakını arttırdı. Sokak üstündeki odaya gidip pencereden sokağı gözlemeye karar verdi.

Oda kapısını açarken, Penbe'nin oda kapısı da gıcır-dayarak açıldı. Çingene'nin kısık sesi:

— Rabia hasta. Bulantısı vardı, başı dönüyordu. Karşıki odaya yatak yaptım. Şimdi uyudu. Ben de yorgun düştüm, seni bekleyemedim. Bir şey ister misin?

— Hayır, istemem.

Odasını kapadı. Bu hastalık hep bahane. Hem sahi de olsa başka odaya gidip yatmak ne oluyor? Hemen lâmbayı söndürdü, yatağa girdi. Fakat uyuyamadı. Kulağı kapıda, Rabia yavaş yavaş kapıyı açacak gelecek diye bekliyordu.

Rakım'la Penbe, karı koca arasındaki gerginliği derhal sezdiler, fakat belli etmediler. Rabia ertesi akşam odasına döndü. Fakat hep yere yatak yapıp yatıyor. Osman da anud[1] ve somurtkan, hiçbir şey söylemiyordu. Herkesin yanında birbirleriyle konuşuyorlar, fakat yalnız kalınca susuyorlar. Onun için, mümkün olduğu kadar yemekten sonra mutfakta uzun oturuyorlar.

Rakım kendi kendisine, "Kahbe, Osman'ın damarına basmış olacak," diyordu. Hakikatte Tevfik'in kızıyla geçinmek güç işti. Osman karısına ilk aylarda fazla yüz vermenin cezasını çekiyor, bu muhakkak. Fakat bu arkası gelmeyen somurtkanlık, soğukluk da iyi bir şey değil.

Osman'la Rabia, Paşa'yı vapura kadar teşyi ettiler.[2] Osman, o akşam kediye titizlendi. Rabia'ya dargınlığının derecesi kediye muamelesinden[3] anlaşılırdı. Müz'iç[4] hayvan mütemadiyen Osman'ın dizlerine sıçramaya çalışıyordu. Kediyi ayağıyla itti. Rabia'nın yanakları kızardı, fakat bir şey söylemedi.

1. İnatçı.
2. Yolcu ettiler.
3. Davranışından.
4. Usanç verici.

Penbe, gözleri tavanda:

— Eşeğini dövemeyen semerini döver, dedi. Rakım da gözlerini tavana dikti:

— Karına söz geçirmek istersen güvey[1] girdiğin akşam kedinin art ayaklarını ayır.

— Saçma söylüyorsun, Amca.

Osman kediyi boynundan yakaladı, kaldırdı.

— Şimdi ayırayım mı, Rakım Amca?

Penbe bir kahkaha salıverdi:

— Bir sene geç kaldın, yavrum.

Rabia dudaklarını ısırdı. Fakat karı koca birbirinin gözüne bakmış ve gülmüşlerdi.

Osman hemen yerinden fırladı.

— Ben piyano çalmaya gidiyorum!

Çingene de fırladı:

— Ne kadar zamandır piyano çaldığın yok. Ben de dinlemeye geliyorum.

Rakım, Penbe'nin eteğini yakaladı:

— Aman gitme... Rakım'ın şekerparesi... Cücenin karabiberi... diyordu.

Fakat Rabia kediyi kucaklamış, Osman'la yarış eder gibi merdivenleri çıkıyordu.

— Rabiacığım, birbirini sevenler için arada sırada kavga etmek fenâ değil, havadaki elektriği dağıtır. Fakat surat etmek işte o beni çileden çıkarıyor. Hele hastayım diye ayrı odada yatmak...

— Fakat yalandan yapmadım. Vallahi, sahiden başım dönüyordu, midem bulanıyordu. Yalnız oda lâzımdı... Ama mutlak lâzımdı. Sabah sabah sana şimdi, nasıl anlatayım.

— Doktor çağıralım.

1. Damat.

— Allah Allah... Ben ömrümde daha kendimi dok-
tora göstermedim. O gün fenâ bir lodos vardı, âdetâ sam[1]
eser gibi...

Osman karısının kulağına fısıldadı:

— Acaba...

Rabia'nın yanakları alev alev:

— Hayır, hayır, dedi. Fakat o, vaziyetten daha evvel
şüphe etmeye başlamıştı.

— Bugün iyi bir gün... Mübarek bir gün iki gözüm.
Seni Beyoğlu'na götüreyim mi? Bu sabah işim yok.

— Olmaz. Gidelim, Büyükbabamın evini görelim.
Sekiz senedir görmedim. Kiracılar gelecek hafta taşına-
caklar.

— Âlâ!

Rabia yataktan atladı. Osman'ın üstünden yorganı
çekti:

— Haydi kalk bakayım... Miskin... Tevfik'den de
miskin, tembel!

Bir saat sonra Sinekli Bakkal'ın köşesini dönüyorlardı.

Gün güneşliydi. Göğün mavisi keskin, kırmızı kire-
mitli damlar, köşedeki beyaz kubbe gayet seçkin. Rabia,
Osman'la barışmanın verdiği sevince rağmen dimağı
doğduğu, büyüdüğü ev için tecessüsle dolu.

Sokak kapısını, yılların paslandırdığı eski, kocaman
mantarla açtılar. Boş avluda çamaşır için gerilen teller
oldukları yerde. Osman, orada, burada kuşlar için su ko-
nulan toprak çanaklara bakarken İmam'la geçen son gü-
nünü hatırladı. Avluda serçeler ve birkaç güvercin sıçra-
yıp duruyor.

Rabia onu en evvel mutfağa götürdü. Raflarda vaktiyle,
Moskof toprağıyla ovula ovula ayna gibi yanan kap kacak

1. Güneyden esen rüzgâr, samyeli.

dizili değildi. Fakat bulaşık çukurunun yanında, Emine'nin et kıydığı tahta yerli yerinde duruyordu. Üstündeki yarıklar, çizikler Rabia'nın tek tek bildiği yerler. Osman'a Emine'nin et kıymasını tarif etti. Her işinde öyle bir şiddet, acele ve ateş vardı ki... Vücudu gerilir, balta vururken gözleri fıldır fıldır sağa sola döner, içinden, yer altından çıkar gibi, Rabia'yı fenâ halde ürküten bir horultu çıkardı.

Osman güldü.

— Kaynanamın temposu hep *furioso*[1] olacak. Fakat dikkat et, kavga ederken senin de tempon *furioso*.

Rabia artık dinlemiyordu. Onu elinden yakalamış, örümcekli, karanlık ocağın kemerinin altındaki kuyuya götürüyordu.

— Bu kuyu tılsımlıdır.

Kuyunun mermer ağızlığı yanında duran ipi ve kovayı yakaladı, kovayı kuyuya saldı. Kulağı kuyunun ağında, kova dibe değince çıkardığı gümbürtünün akislerini dinliyordu.

— Geceyarısından sonra kırk kova su çekersen, kırkıncıda bir peri çıkar, define getirir.

— Ben bu sesleri hep operama koyacağım.

— Hangi opera Osman?

— Sana söylemedim mi? Müzikal bir dram yazıyorum. Adını *Tılsımlı Kuyu* koyacağım.

— Beni oyuna korsan, bir daha yüzüne bakmam, Osman.

— Oyuna değil, seni Avrupa sahnelerine koymak isterdim, şekerim.

— Haydi, yıkıl şuradan... Avrupa'nın sahnesi de, kendisi de yere geçsin!

Şimdi birinci kata çıkıyorlardı. Merdivenler gıcırdı-

---

1. İtalyanca müzik terimi. Şiddetli.

yor. Perdesiz pencerelerden güneş evin her tarafını ısıtı-
yor, yakıyordu.

Ev bomboştu. Ona rağmen Osman, Rabia'nın gö-
züyle, sesiyle, tavrıyla onu vaktiyle olduğu gibi, içindeki-
lerin yaşadıkları günlük hayatlarıyla görüyordu. Sanki
Rabia'nın çocukluk günlerine misafir gitmişlerdi. Rabia'
nın annesiyle yattığı odada ayağı kırık bir beşik buldular.
Çok eski olduğu için mezatta satılamamıştı. Rabia dur-
du, baktı. Bir türlü Emine'yi beşik sallarken, ninni söy-
lerken tahayyül edemiyordu.[1] Parmakları gayri ihtiyari
beşiğin tahtasını yakaladı, yavaş yavaş salladı.

— Huu, huuu, huuuu...

Yarım seslerle, çeyrek seslerle bu emsalsiz ve tatlı
ninniyi Rabia söylerken, Osman hemen fesini çıkardı. O
kadar, bunun güzelliği sanatkârı büyüledi. Ve Rabia'nın
rahminde henüz şekil almayan yeni hayat ağır ağır oyna-
dı. Çok hafif, âdetâ hissedilmeyecek kadar hafif... Sak-
lanmak isteyen, korkan zavallı bir hayat damlası! Rabia'
nın yüreği attı. Gebe olduğunu bildi.

— Anneni artık hayırla şefkatle yâd et,[2] Rabia, dedi.

— Bundan sonra öyle olacak.

— En son nerede gördün?

— Tabutunda... Üstünde bir şal, bir de işlemeli krep[3]
vardı. Koca sarıklı ihtiyarlar omuzlarında götürüyorlardı.

Dizleri titriyordu. Tıpkı omuzlarında Emine'nin ta-
butunu götüren ihtiyarların dizleri gibi. Fakat bu bir tak-
lit değildi. Hakikatti. O kadar ki, Osman onu merdiven-
lerden üçüncü kata âdetâ kollarında çıkardı.

İmam'ın odasında da bir hatıra, Rabia'nın hıfza ça-
lıştığı küçük rahleyi buldular. Aşağıdaki heyecanı, ani

1. Gözünün önüne getiremiyordu.
2. An.
3. Çok bükümlü iplikle dokunmuş bir çeşit ince kumaş.

zaafı biraz geçmişti. Zihni İmam'la meşgul olmaya baş-
lamıştı. Kaşlarını birbirine karıştırmış. Lâtif[1] kontralto[2]
sesi ihtiyarın kalın basso[3] sesini taklide çalışıyor, her he-
cede vuran ihtiraz[4] ve taassup ateşiyle İmam'ın en çok
sevdiği cehenneme ait ayetleri okuyordu.

Hayır, bu da taklit değildi. Hayatına ilk şekillerini
veren eski kalıplardan birine, bilmeyerek kendini tekrar
sokmuştu. O sesi, o muhteşem cehennem tarifini gece
gündüz dinlemişti. O zaman mânâlarını bilmediği bu
Arapça ayetlerin her kelimesini şimdi biliyordu.

"Göklerin erimiş bakır olduğu gün ve dağlar atılmış
pamuk gibi olacak... O şüphesiz alevli bir ateştir... Ve
mezarlarından fırlayıp çıktıkları gün... Gözleri yerde..."

— Gök gürler gibi okuduğun bu şeylerin mânâsı ne,
iki gözümün nuru?

— Sus... Kıyamet günü!

Şimdi, odada yukarı aşağı dolaşıyor. İmam'ın üslu-
buyla, İmam'ın sesiyle ahreti[5] tarif ediyor. Artık Osman
bu Arapça ayetlerin mânâsını sormuyor. Kızın sesinde
saat rakkası[6] gibi vuran ahenge hayran. Heyecan, sadâ[7]
ezelî bir nabız gibi vuruyor. Hayat mutlak böyle bir vu-
ruş, ölçüyle, ahenkle atıştan ibaret olacak. Sayılmaz şe-
killeriyle vuran ebedî nabız!

Rabia sustu. Osman'ı şaşırtan bir zaferle:

— İmam da, Emine de artık toprak oldular, hiç ya-

---

1. Yumuşak.
2. İtalyanca müzik terimi. En kalın kadın sesi.
3. İtalyanca müzik terimi. Bas, en kalın erkek sesi.
4. Çekinme.
5. Dinî inanışa göre, insanın öldükten sonra dirilip sonsuza kadar kalacağı ve
Tanrı'ya hesap vereceği yer, öbür dünya.
6. Sarkacı.
7. Ses.

şamamış gibi oldular, dedi.

Osman bunu biraz Rabia'nın kalpsizliğine verdi. Fakat Rabia için öyle değildi. Ona, İmam'ın ve Emine'nin rüyalarını işgal eden korkunç hayallerinden, tesirlerinden, birdenbire halas olmuş,[1] şifa bulmuş[2] hissi gelmişti. Kendini bu kadar hayatın kaynağı ortasında bulmamıştı. Kan damarlarında yarış eder gibi, çılgın bir akıntı gibi akıp gidiyor. Herkes dünyanın yüzüne bir an vurup geçen gölge, bir hayal, bir akis! Fakat o, Rabia yaşıyordu. Kendisini sonu gelmeyen, ebediyete[3] uzanan bir hayat parçası gibi hissediyor. Zaman şekilden şekile giriyor, yıllar sel gibi akıp geçiyor. Fakat her yeni şekilde Rabia var... Rahminde bir daha, yeni hayat kımıldadı. İşte bu kendisinden sonraki Rabia'nın şekli! Bundan da bir Rabia çıkacak... Birbirine zincirlenmiş gibi, ucu gelmeyen istikbale uzanan Rabialar! İşte rahminde vuran hayat ona bu ebediyeti veriyor. Ve bu ebediyette Osman'la ortak. İşte ömrünün biricik, daimî rüyası... Ötekiler gelip geçen yalancı hayaller!

Osman camı sürdü. Kafesin altında küçük serçe sıkıştı, pencerenin bu tarafına geçti. İmam'ın "Boz Şeytan" diye belki yeryüzünde bir tek sevmiş olduğu canlı şey.

— Rabia, kiracılara tembih edelim. Büyükbabanın bu küçük dostlarını ihmal etmesinler.

— Biz bakarız, Osman.

— Nasıl olur, yavrum.

— Ben bu eve taşınmaya karar verdim.

— Niçin yavrum? Sen öteki eve bağlısın. Ben de bağlıyım. Emin ol, artık büyük yer istemiyorum.

— Doğru, fakat ben çocuğumu, kendi doğduğum evde dünyaya getireceğim.

1. Kurtulmuş.
2. İyi olmuş.
3. Sonsuzluğa.

19

İmam'ın evi damından temeline kadar tamir edildi. Kiremitler değişti, duvarlar, kafes tamiri yapıldı, badanalandı, kapılar, tavanlar boyandı. Polis karakolu kadar mahallelinin çekindiği, ürktüğü bu bina birdenbire çok sevimli oluvermişti. Avlu kapısı sabahtan akşama kadar açık; dülgerler,[1] rençberler[2] alay alay girip çıkıyor. Çekiç, testere sesi Sinekli Bakkal'ın her tarafından işitiliyor. Bu kadar esaslı tamir Sinekli Bakkal için yepyeni bir tecrübe. Gerçi her erkek damını yılda bir kere aktarır, her kadın biraz kireç alır, hiç olmazsa mutfağını badanalar, fakat evlerin dışı yirmi senedir hiç değişmemişti. Saçaklar çarpık çurpuk, damlar mutlak kar yağınca akar.

İstanbul Bakkaliyesi sahipleri yapıya mutlak günde bir defa uğruyorlardı. Yapı ve tamir, insanların istikbale imanını gösterir, onun için şevk veren bir şeydir. Ve bu şevk, mahalle çocuklarına bile sirayet etmişti.[3] Artık sokakta hep ev yapmak oynuyorlar. Kadınlar koltuklarının altında sepet yahut eski bir çuval, tahta parçası toplamak için yapının etrafında dolaşıyorlar, bazısı da eski bir gaz

1. Yapılan kaba ağaç işlerini yapan kimseler, marangozlar.
2. Bahçe yapı ve toprak işlerinde ağır işleri gören gündelikçiler.
3. Geçmişti.

tenekesine biraz kireç koyuyor, kümesini yahut mutfağını badanalamak için götürüyor. Yapı ilerledikçe yeni sahiplerinin, genç ve neşeli ruhları cephesinde hissediliyor. İmam'ın ahiretle, cehennemle, gamla, kasvetle[1] dolu ruhu kayboluyor.

Mahalle, Rabia'nın ecdattan kalma evine geçmesini tabiî buldu. Kız gözlerini dünyaya orada açmamış mıydı? Bu tamir ve yapı için de Osman'a minnet hissediyorlar. Ne kadar acı ve sıkıntılı hatıralarla dolu olursa olsun, gene o ev, Sinekli Bakkal'ın biricik üç katlı evi. Bir nevi mimarî abidesi.

Ve bu günlerde mahallelinin Rabia'ya muhabbeti arttıkça artıyor. Rabia gebe ve gebe kadınların âdetâ kudsî bir vaziyet aldıkları bir küçük arka sokakta yaşıyor. Rabia dünyaya zürriyet[2] getirecek. Ve bir kadın bu yaratıcı devresinde en yüksek hakların sahibidir. Halbuki Rabia'nın vaziyeti biraz daha husûsî. O bir imamın torunu. Gerçi imamı hayatta iken hiç sevmemişler, korkmuşlar. Fakat ne de olsa dinle, merasimle münasebeti olan bir adam, ölüm, doğum hadiselerinde mevkii olan bir adam. Bütün bunların arasında Osman'a en garip gelen şey, Rabia'nın gebeliğinden herkesin o kadar tabiî ve açık bir surette bahsedişi. Hattâ bir gün Sabit Beyağabey kahvenin ortalık yerinde:

— Rabia Abla'yı mahalleye imam yapsak nasıl olur, dediği zaman mahalleli derhal:

— Kadınların imam olması âdet olmamış, fakat inşallah oğlan doğurursa, onu imam yaparız, cevabını vermişlerdi.

Ve Rabia'nın çocuğunun, belki müstakbel imamın

---

1. Sıkıntıyla.
2. Nesil, soy, kuşak.

babası diye Osman'a şefkat ve husûsiyyetleri daha fazla oluvermişti. Bunda biraz Osman'ın külhani takımına söz geçirmesinin, mahalle kavgalarını, geçimsizliklerini bir sulh hâkimi dirayetiyle[1] halletmesinin de tesiri olmuştu.

Fakat Osman'ın ev hayatı çok dağdağalı, rahatsız bir şekle girmişti. Evin saati saatine uymuyordu. Rabia bambaşka bir kadın oluvermişti. Penbe'nin ona muamelesi âdetâ Meryem Ana'ya yapılan muamele...

Osman, Rakım'la yalnız kalınca başından fesini çıkardı, attı.

— Of, dedi. Şimdi Yusuf Neccar'ın Meryem'in kocası olmaktan neler çektiğini anlar gibi oluyorum.

Rakım pufladı.

— Şükret ki ben varım, Osman. Ben şımarık karının yularını arada çekmesem sen bu diyarda gebe kadın kocası olmanın ne ahret azabı olduğunu görürdün.

Hakikat, Rakım'ın Rabia'nın üzerindeki tesiri bu günlerde pek aşikârdı. Kızın eski muvazenesi bozulmuştu. Fazla neşe ile fazla hırçınlık arasında bocalıyordu. Bazân tavan arasında kapanır, saatlerce yanına ne Osman'ı ne de Penbe'yi sokar. Kızın bu hareketi biraz da makuldü.[2] Gebelik alâimi[3] her zaman hoş değildi. Cins bir kedi gibi hastalığını etrafından saklamak ihtiyacını hissediyordu. Fakat ona rağmen Rakım istediği an yanına girebiliyor, hattâ istediği gibi çıkışıyordu.

Bir akşam sofrada Rabia'ya bakarak yakasını silkti. Sonra Osman'a dönerek dedi ki:

— Sen "aşermek" diye bir lâkırdı vardır, mânâsını bilir misin, Osman?

— Hayır.

1. Becerikliğiyle.
2. Akla uygundu.
3. Belirtileri.

— Bunun kadınlara göre mânâsı ellerine fırsat girdi diye kocalarını Haymana beygiri gibi kullanmak, canlarından bıktırmak. Yalnız kocalarına olsa... Dünyanın başına belâdırlar.

Rabia güldü.

— Osman'a senin başına geleni anlatsana, Amca.

— Dinle, oğlum. Orta oyununun en meşhur cücesi olduğum günlerdeydi. Kadıköyü'nde otururdum. Bir gün bir sokaktan geçiyordum. Kafesin arkasından bir ses duydum: "Kardeşim, bir taklak atar mısın?" Kendi kendime, "Benim şu meşhur yandan taklaklarıma âşık bir kahpe olacak," dedim. Geçmek istedim. Kafesin arkasındaki ses horozlandı: "Kadın taklağına aşeriyor. Elâlemin kadınına çocuk mu düşürteceksin, ayol!" Geçenler hep başıma toplanmıştı. Anladım ki olmayacak. Hemen sokağın bir başından bir başına taklak atmaya başladım. Karı kafesin arkasından gülmekten katılıyor ve bidüziye[1] bağırıyordu: "Bir daha, bir daha..."

1. Sürekli, durmaksızın.

20

Aklı, fikri tamamen, yeni evin hazırlığında olan Osman, yavaş yavaş Rabia'nın sıhhatindeki değişikliğin farkına varmaya başladı. Kızın yalnız vücudu değil, dimağı da hastaydı.

Rabia gece uykularını tamamen kaybetmişti. Karanlık basar basmaz garip bir rahatsızlık duyuyor; içi içine sığmıyor. Esasen gebelik herhangi kadının şuurunun[1] alt tabakalarına tehlikeli bir tesir yapar. Bu Rabia'da daha pek çok şiddetli olmuştu. Zihni temerküz kabiliyetini[2] kaybetmiş, donuk, uyuşuk bir vaziyet almıştı. Şuurunun alt tabakasındaki şekiller ve hisler bir divanenin zihnindeki birbirine raptı zaptı olmayan hezeyanlar[3] gibi faaliyete gelmişti. Uyumaya korkuyordu. İradesinin dimağına hâkim olmadığı zamanlar kızın kafasının içi elektrik salınmış bir deniz dibi gibi. Kâbuslara rahmet okutacak korkunç şekiller harekette.

Gündüzleri daha iyiydi. Hâlâ derslerini vermekte ısrar ediyor, hâlâ fazla hasta olmadığı günler şehrin bir

1. Bilincinin.
2. Toplama kabiliyetini.
3. Saçmalamalar.

ucundan öbür ucuna gidiyor. Akşamları bîtap[1] dönüyor, ağzını açıp bir tek lâf söyleyecek takati[2] kalmıyor. Artık insandan ziyade bir gölgeye benzemişti. Vücudu bir yığın ince kemik. Göz kapakları şiş, gözleri ışıkta kamaşıyor, yeni doğmuş çocuk gibi mütemadiyen gözlerini kırpıştırıyor.

Osman doktor getirmek için ısrar ettikçe o, kocasının zihnini başka bir noktaya çevirmenin yolunu buluyor. Hep yeni evden bahsediyor.

Evden işçiler çekildi. Avludaki taşları söküyorlardı.

Osman orasını bahçe yaptıracaktı. Ve evin boyaları kuruyunca Osman orasını tanzim edecek.[3]

— Aman, mahalleliyi bize güldürecek kadar alafranga olmasın, Osman.

— Neden bu kadar mutaassıpsın[4] Rabia, alafranga deyince kendinden geçiyorsun.

Taassup? Hiç de mutaassıp değildi. Yalnız güzellik ölçüleri başkaydı. Onca, güzellik, genişlik, ışık, açıklık, sadelik demekti. Osman'ın güzellik ölçüleri daha karışık, daha zıt unsurların imtizacından[5] hâsıl olan şey. Bu ikisinin arasında ebedi Şark ve Garb davası. Şimdiye kadar bundan, yalnız mûsikîden bahsederken haberdardılar. Şark, tek melodiler medeniyeti... Garb, orkestra ve senfoni medeniyeti...

Rabia'nın bütün bunlar esasen berraklığını kaybeden zihnini pek fenâ yoruyordu. Artık Osman'ın her dediğini kabul ediyor. Gözlerini açmadan "Olur, olur," diyor.

— İki gözüm, Penbe Teyze artık hem yemek, hem

1. Halsiz.
2. Dermanı.
3. Düzenleyecek.
4. Tutucusun.
5. Bileşiminden.

yedi odalı evi temizleyemez. Benim eski aşçı Eleni'yi tutmak istiyorum. Hem ev hazırlanırken temizler, yardım eder.

— Olur, olur.

Bir sabah Rabia yataktan kalkamadı. Osman evden fırladı. Kanarya'ya gitti. Kendisi doktor getiremiyor, karısından korkuyordu.

Kanarya dinledi, güldü ve hemen o gün iki mütehassıs[1] doktorla Sinekli Bakkal'a geleceğini söyledi. Yalnız Osman biraz ortalıktan çekilsin. Kanarya muayenede hazır bulunacağı için Rabia'nın itiraza mecali[2] kalmayacaktı.

O gün göz kapakları her zamandan şiş, kulakları uğulduyor. Fakat Rabia gene Kanarya'nın getirdiği iki doktorun husûsiyyetlerini seziyor.

Bunlar Doktor Kasım'la, Doktor Salim. Türk doktorluğuna Alman fennini,[3] biraz da katılığını getiren iki meşhur sima. Biri dahiliyeci, öteki ebe.[4]

Dahiliyeci Kasım'ın bıyıkları tıraşlıydı. Ve bu Rabia'nın gördüğü ilk bıyıksız adam olduğu için pek yadırgadı. Baston yutmuş gibi dimdik duran bir adamdı. Yüzünde –gençliğine rağmen– örümcek ağı gibi birbirine girmiş çizgiler vardı. Lâkırdıları tek tek, mitralyöz ateşi gibi. Bir Alman taburuna kumanda eden Prusya zabiti[5] gibi konuşuyor. Beyaz, dikkatle manikürlenmiş elleri, titreyerek, kumanda gibi ağzından fırlayan lâkırdıları işaretleriyle itmam ediyor.[6]

1. Uzman.
2. Direnme gücü.
3. Bilimini.
4. Burada "Jinekolog" anlamında.
5. Subayı.
6. Tamamlıyor.

— Rahat duralım, kımıldanmayalım, nefes alalım, almayalım, diye emirler veriyor. En büyük zulümleri bile mübalağalı[1] bir nezaket arkasında yapan bu muhite bu, ne kadar yepyeni bir şeydi. Tıpkı Almanya'da olduğu gibi kızı, çıplak muayene edeceğini söyleyince zavallı Rabia'nın nefesi tıkandı. Yüzü mosmor kesildi.

İkinci muayene eden adam Rabia'yı o kadar korkutmadı. Yumuşak, dost gözleri, uzunca genç bir sakalı vardı. Rabia'nın gözleri bu sakala cankurtaran gibi yapıştı kaldı. Muayene bittikten sonra ikisi de odadan çıktılar. Kanarya onu tekrar giydirdi, yastıklarını düzeltti, yatırdı. Ve hemen doktorların ne teşhis koyduklarını anlamak için karşıki odaya çekildi.

— Kocan doktorların yanında.

Kanarya'nın odaya girdiğini duymuş, fakat gözlerini açmamıştı. Yüzünde dargın bir hasta çocuk hali vardı.

— O ak ağa[2] kılıklı doktoru mutlak Osman çağırmıştır. Bu ne kepazelik...

— Şişştt... Utanmıyor musun? Zavallı adama neden bu kadar eziyet ediyorsun? Üzüntüden saçları bu günlerde daha çok ağardı.

— Peki ama gebelik hiçbir kadının başına gelmemiş mi? Bu kadar telâşa, dandiniye ne hacet!

Kanarya öksürdü.

— İdrarında albümin olduğunu zannediyorlar. Tahlil ettirecekler. Çok sıkı perhize lüzûm var.

— Hepsi bu kadar mı?

Şiş kapakların altından iki bal rengi ışık çizgisi Kanarya'nın yüzünü tetkik ediyor. Kadının sıkıldığı besbelli. Gözlerini pencereye çeviriyor.

---

1. Abartılı.
2. Saraylarda hizmet gören haremağalarının beyaz ırktan olanı.

— Aşağısını pek dinleyemedim. Kocan gelir, sana anlatır.

Şimdi bir ayak evvel savuşmak istiyormuş gibi Rabia'nın iki yanaklarını hararetle öpüyor. Kolları kızı, muhayyel[1] bir tehlikeden korumak istiyormuş gibi boynunda her zamandan fazla kalıyor. Ve gidiyor. Yalnız kapıyı kaparken başını çevirip sesleniyor:

— Aklını başına al, doktorların dediğini yap.

Rabia gene gözlerini sımsıkı kapamış dinliyor. Karşıki odada ne konuşuyorlar? Nihayet kapı açıldı. Sofada Osman doktorlarla konuşuyor. Fakat hep Fransızca.

Osman içeri girince gene şiş çerçeveleri içinden iki ince bal rengi ışık hattı onu süzüyor. Osman, Kanarya kadar da kendine hâkim değil. Sabırsız, hiddetli... Kaşları çatılıyor, sert küçük elleri zihninden, birine bir şey anlatmak istermiş gibi, tehdit eder gibi mütemadiyen işaretler yapıyor.

— Doktorlar ne dedi, Osman?

Kanarya'nın dediklerini tekrar etti, güldü. Fakat gözlerinde facia var.

— Mutlak başka bir şey de söylediler...

Bunu söyler söylemez, ışık çizgileri kapandı. Alacağı cevaptan korkuyordu. Osman yatağın kenarına ilişmiş, tabiî Kanarya'nın kolu gibi onun kolu da kızın omzunda himaye eder gibi duruyor.

— Evet, bir şey daha söylediler. Beni iyi dinle, Rabia. Çocuğu almak için bir "operation cesarienne"e[2] ihtiyaç olduğunu söylediler.

Bu ne müthiş kelime!..

— O da ne demek oluyor?

1. Olası.
2. Sezaryen ameliyatına.

— Gözlerini niye öyle sıkıyorsun, Rabia? Çölde fırtınadan kaçmak için başını kuma sokan deve kuşuna benziyorsun. Bu, o demek ki... Yani bizim çocuk dünyaya yanlış kapıdan girmek istiyor. Karnını yarıp çocuğu almak lâzım. Halbuki şimdi...

— Düşürürsem karnımı yarmak lâzım değil... Bu karın yarma ameliyatı tehlikeli bir şey mi?

Hâlâ gözler sımsıkı kapalı, ses sakin, fakat yalnız şişik ve kısık yüzünde değil, bütün zavallı zayıf vücudunda korkunç bir intizar[1] var. Bir ok gibi gerilmiş.

Osman yalvarıyor. Köpek gibi yalvarıyor. Ameliyattan kurtulan kadınlar var... Fakat tehlike de var. Ne kadar küçük olursa olsun Rabia'yı o tehlikeye maruz bırakmaz.[2] Osman'ın kalbi parça parça oluyor.

Bu kızı şimdi, farz ettiğinden milyon kere daha fazla sevdiğine kani. Ölürse Osman'ın ömrünün ışığı sönecek. Bir kadın gibi ağlıyor. Bir sevgiyi darağacından kurtarmak için binbir delil ile müdafaa eden bir avukat talâkatiyle,[3] ihtirasıyla söylüyor.

Fakat Rabia onu dinlemiyor. Varlığından bile haberdar değil. İçinde korku var, ölüm korkusu... Yaşamak o kadar tatlı ki... Hattâ gözyaşları, ıstıraplarla dolu olduğu zaman bile güzel. Ve Rabia öyle genç, öyle canlı ki. Damarlarındaki kan ezelî bir akıntı gibi vücudunda dolaşıyor, hayat vücudunun her zerresinde gümbür gümbür atıyor.

Yaşamak için rahmindeki yeni hayatı öldürmek lâzım... Fakat onu bu defa öldürürse bir daha ana olmak ona nasip olmayacak. Ve kendi eliyle, kendini ebediyete götürecek olan biricik köprüyü yıkmış olacak.

1. Bekleyiş.
2. Karşı karşıya bırakmaz.
3. Güzel konuşmasıyla.

437

Rahminde, durgun sularda ağır ağır kımıldayan bir ahtapot hareketi var. Yeni hayat ölümden sığınacak bir siper arıyor gibi... O henüz şekilsiz ve isimsiz olan hayat...

Rabia'nın kapalı gözlerinin önünde bir eczane camı belirdi. İçinde bir dizi pul şişe... Ve şişelerin içindeki kirli, sarı, bulanık ispirtolarda, kolu, bacağı, ağzı, burnu belirsiz, gözleri açılmamış, insan olmaya yeltenen et parçaları... Şişelerin üstünde kenarı kırmızı çizgili yaftalarda[1] "Üç aylık cenin" yazılı.

Gene Rabia'nın kapalı gözlerinin arkasında şişeler binlerce arttı... İçlerindeki ispirtolar birer havuz gibi. İçlerinde şekilsiz, sakil,[2] gözleri kapalı ceninler yüzüyor... İğrençliklerine, çirkinliklerine rağmen Rabia'nın bütün varlığını merhamet ve rikkat dalgalarında boğdular. Çatırdayan dişlerinin arasında:

— Saçı bitmeden, gözü açılmadan, gün görmeden yavrumu öldürmeyeceğim... Düşürmeyeceğim... (Sesini vahşi bir irade kavradı.) Ve ve... Bin defa karnımı yarsalar ölmeyeceğim... Ölmeyeceğim...

İsrar, yalvarmak, tehdit... Bunların hepsi nafile olacak. Rabia'nın zavallı gırtlağını parçalaya parçalaya çıkan lâkırdılarda öyle bir azim var. En iyisi onu teskin etmek, teselli etmek olacak...

— Allah esirgesin, niçin öleceksin... İnşaallah sağ selâmet kurtulursun!

Rabia nihayet gözlerini açtı. İçlerindeki ışıltı Osman'ı birdenbire titretti. İninin önünde, yavrusunu avcılara karşı müdafaa eden dişi kaplan gözlerine benziyordu. Ve şiş kapakları arasında dişi kaplan gözü ışıltısı o gün gözlerinden hiç gitmedi.

1. Etiketlerde.
2. Çirkin.

O akşam Rabia'ya yoğurdunu eliyle yedirip kâseyi yere koyunca Osman:

— Bu gece sokağa çıkacağım, Rabia. Geç kalırsam merak etme, dedi.

— Peki, peki...

Sesi kısıktı, dürüşttü. Osman, başka akşamlar kahveye çıkarken arkasından, "Kuzum geç kalma," diye seslenen sesin tatlılığını, yumuşaklığını aradı.

Osman çıktıktan sonra Rabia, Penbe'yi hemen konağa yolladı. "Hanımefendi'ye doktorların dediğini iyi anlat, Teyze..." diyordu.

Esasen, o günün fevkalade vak'asını birine anlatabilmek için Penbe'nin içi titriyordu.

Öyle ya... Karın yarıp çocuk çıkartmak... Bu akla dokunacak, inanılmayacak bir şey. Rabia'dan konağa gitmek lâfını duyar duymaz, yayından fırlayan ok gibi çıktı gitti.

Rabia evde Rakım'la baş başa kalmayı dört gözle bekliyordu. Ömrünün her felâket geçidinde cüce onun en çok güvendiği bir müttefiki olmuştu. O, cüce göğüsteki yüreğe bir pehlivan yüreğinden ziyade güvenilir.

— Lâmbayı söndür. Ayakucuma bir mum yak. Işık gözüme batıyor, Amca.

Rakım bu emrin içini dökmek için bir mukaddime olduğunu anladı. Rabia'nın dediğini yaptıktan sonra bir sandalye çekti, kızın yanına oturdu. Oda loştu. Hastanın yüzünü görmek için eğilmek lâzımdı. Rakım eğildi...

Yüz soluk, avurtlar çökük. Fakat gene o azim ve irade var. Rakım biraz teselli buldu. Ölecek insanın yüzünde böyle canlı bir ifade olmaz. Osman mübalağa ediyor.

Kızın anlattıklarını sonuna kadar dinledi. Kız susunca:

— Öyle ya, bu biçim doğuran kadın çok. Sen kendini üzme, dedi. Fakat gene içi endişeliydi.

— Sen bu ameliyattan sonra yaşayan kadın biliyor musun, Amca?

— Evet... Orta oyununda tatlı su frengi[1] rolüne çıkan bir oğlan vardı. Adı Recep'ti. O da dünyaya yanlış kapıdan girmişti. Fakat anası sağdı. Hem de kadana[2] gibi bir kadındı.

Rabia'nın gözlerindeki yeşil mevceler[3] birer ışık ucu... Rakım âdetâ ürktü. Fakat kızı başıboş bırakmak da doğru değil...

— Peki ama Rabia, neden çocuk düşürmekten bu kadar çekiniyorsun? Çocuk düşürmek her kadının başına gelir. Sen bir kere Zehra Nine'ye sor.

— O nikâhsız peydahlanmış çocukları düşürtür.

— Hiç de öyle değil...

— Nikâhlı nikâhsız... Hattâ piç de olsa çocuğumu düşürmeyeceğim... Anladın mı?

Rakım'ın yüzüne boğazını yırta yırta haykırıyordu.

— Elbet, elbet şekerim...

Rakım sinmişti. Kız âdetâ aklını kaçırmış... Tımarhane delisi! Fakat bu delilik bütün dişi mahlûkatın[4] müşterek olduğu bir delilik. Rakım bu kaçıklığı, hayatın en iptidaî,[5] fakat en esas kanunu diye kabul etmeye mecburdu. Vahşi kavimlerden en medenî cemaatlere[6] kadar hâkim olan analık sevk-i tabiîsi![7]

— Sen Osman'a azıcık akıl öğret, Amca. Çocuğumu karnımda parçalatmak için başımda dırdır etmesin.

1. Yakındoğu ülkelerinden olduğu halde Avrupalı gibi görünen Hıristiyan.
2. İriyarı.
3. Dalgalar.
4. Yaratıkların.
5. İlkel.
6. Toplumlara.
7. Analık içgüdüsü.

— Merak etme. Dilimin döndüğü kadar anlatırım.

Hasta içini çekti. Sabahtan beri ilk defa olarak bütün varlığının gerginliği biraz gevşemişti.

— Mumu söndüreyim, çekileyim mi, Rabia? Biraz dalsan, dinlenirsin.

— Hayır... ışıksız fenâ oluyorum. Karanlıkta kâbus çöküyor. Tanyeri ağarıncaya kadar uyuyamıyorum. Otur, Amca. Konuş. Uyursam da gitme. Osman gelinceye kadar beni yalnız bırakma.

Cüce sandalyeden yere indi. Cebinden tabakasını çıkaran elleri titriyordu. Biraz sonra hasta yataktan seslendi:

— Annen kimdi, Amca?

— Yüzünü hiç görmedim, şekerim. Benim gibi cin çalığı doğurmak rezaleti ağırına gitmiş, yüreğine inmiş olacak. Ben doğarken ölmüş.

— Konuş Amca; anlat... Çocukluğunu anlat.

Ve oturduğu yerden Rakım anlattı. Sesi yavaş yavaş alçalıyor. Rabia dimağının içinde kurulan bir perdede Rakım'ın çocukluk hayatının sahnelerini birer birer seyrediyor. Komik, fakat gözlerine yaş getirtecek kadar da acıklı!

Birinci sahne: Bir cüce çocuk, bir alay sağlam, toraman, fakat yaramaz ve hissiz oğlan çocuklarla, amcazadeleriyle oynuyor. Cüce çocuğun gözleri bir maymun yavrusu gözü gibi mahzun.[1]

Fakat o kursağına giden yemeği, sırtını örten esvabı hak edebilmek için etrafını güldürmeye, eğlendirmeye mecbur. Geceleri bir odada yattığı amcazadeleri ona uyku uyutmuyorlar. Yorganını çekip kaldırıyorlar. Tekmeliyorlar, dövüyorlar, bağırdıkça gülüyorlar. Fakat cüce

1. Hüzünlü.

çocuk onları en çok gıdıklanırken attığı ince çığlık ile güldürüyor. Kapana tutulan bir fare gibi çığrıyor.

İkinci sahne: Yaramaz, gürbüz çocuklar cüce çocuğun tepesinde, biri karnına oturmuş, biri ağzını tıkıyor, ötekiler koltuğunun ve tabanının altını gıdıklıyordu. Ciyak ciyak sesler. Çocukların babası geliyor. Cüce çocuğu mutfağa atıyor.

Üçüncü sahne: Cüce çocuk yedi yaşında. Fakat iki yaşında gibi el kadar. Bayram. Kırmızı hırkası var. Seviniyor, hırkayı yalnız kaldıkça öpüyor. Şimdi en küçük amcazadesinin, bir yaşında bir kız çocuğunun dadısı. Hemen kendi kadar büyük olan bu kızı inleye sıkılaya taşıyor. Kızın dişleri yarıyor. Bayramlık kırmızı hırkanın üstü salya, dişlerini, cüce çocuğun burnunda, çenesinde kaşımaya çalışıyor... Hırtlak, cırtlak, pis çocuk.

Dördüncü sahne: Cüce on beş yaşında. Amcasının evinden kaçıyor... Bir sürü karışık manzara... Nihayet orta oyunu cücesi... Tevfik'in arkadaşı, dostu. Artık onu müdafaa edecek pazular var, onu sevecek bir insan yüreği var...

Rabia tatlı tatlı gülüyor. On yedi yaşındaki Tevfik... selâmete, saadete çıkan zavallı bir cüce...

Rabia'nın dimağında perde. Uyuyor.

Rakım ömründe bu kadar güzel, bu kadar realite ile bir şey anlatmamıştı. Sigarasını söndürdü. Yatağı dinledi. Rabia rahat rahat nefes alıyor. Belli ki korkulu rüya görmeden uyuyor.

— O kadar üzülecek bir şey yok.

Vehbi Dede gözlerini *Mesnevî*'den kaldırmadan anlattı ve gözlerini Dede'nin İsa'ya benzeyen, ince çeneli, geniş alınlı yüzünden hiç ayırmadı. Fakat o ne kadar mübalağa ile, ateşle Rabia'dan bahsediyorsa, Dede o kadar sakin, hattâ lakayt görünüyordu.

Nefesi kesildiği için sustu. Biraz da inkisara[1] uğradı. Sinekli Bakkal'dan ta Cihangir'e gelişinin sebebi Vehbi Efendi'ye yalnız derdini anlatmak için değildi. Bir de maksadı vardı. Dervişin Rabia'nın üzerindeki tesirinden istifade etmek istemişti. Vehbi Dede isterse Rabia'ya söz anlatır. Bu çılgın inadından geçirir. Halbuki Vehbi Dede onu yüzünde bir tek adale kımıldamadan dinledi. Şimdi de Rabia'ya hak veriyor. Mademki kızda o azim ve o irade var, mademki kız, çocuğunu muhafaza için ölüm tehlikesini göze alıyor... O halde bunda bir hikmet var. Vehbi Dede, bilhassa bu akşam Osman'ın sinirine dokunan felsefesini yapıyor. Sanatkârın sanatkârı olan Hâlik-i âzam[2] yeni bir ruh örneği yaratacak... Rabia bir vasıta...

Osman, Vehbi Efendi'nin sözünü kesti:

— Fakat ben, Rabia'yı ne için olursa olsun bu tehlikeye maruz edemem.

— İrade-i ezelî...[3]

— Rabia'yı öldürecek irade-i ezelî de olsa isyan ederim... Ben bu akşam senden yardım umarak geldim, dostum. Rabia, senin her sözünü hikmet[4] telakki eder.[5] Gel, konuş, nasihat et. Beyinsiz kızın kafasına biraz mantık koy. Kadının kafası bir kabile kadını kadar iptidaî...

Osman alnının terini sildi. Vehbi Dede başını salladı:

— Bu meselede Rabia'ya karışmak doğru değil. Ben karışamam. Ne bileyim, ısrarı belki bir ilhamdır.

— Her meselede Rabia'nın hayatının rehberi sendin, dostum. Hattâ evlenirken bile... Şimdi nasıl oluyor

1. Gücenmeye.
2. Büyük yaratıcı.
3. Tanrı'nın hükmü.
4. Bilgelik.
5. Sayar.

da kızın canına kıymasına böyle lakayt kalıyorsun...

Osman'ın sesi acıydı. İçinden duyduğu isyanı belli etmemeye çok çalışıyordu. O kadar sıkı ve eski dostluklarına rağmen Vehbi Dede'nin, Rabia'nın dimağı ve ruhu üzerindeki tesirini çok kıskanırdı. Esasen kendi muvaffak olamayıp da kızı ikna için Dede'ye müracaat, fenâ halde izzet-i nefsini[1] kırmıştı. Bununla beraber karısının selâmeti için bu fedakârlığa katlanmıştı. Şimdi Rabia'nın hayatını kendi karışık felsefesinden daha az mühim gören bu adama fenâ halde hiddetlenmişti.

— Sen dostum, bir insan değil, ayaklı bir felsefesin. Sence şefkat, muhabbet, bunlar hep metafizik mütalaalara[2] bağlı şeyler... Bu ne gaddar, ne vahşi felsefe... Ben de seni Rabia'yı sever zannetmiştim!

Vehbi Dede'nin yüzündeki tatlı, sakin İsa maskesi kalktı. Gözleri acıyla, hayretle açıldı.

— Ben Rabia'yı pek, pek çok severim, dedi ve sustu. Biraz evvel uyuyan sular gibi dümdüz olan alnında düşünce çizgileri vardı. Osman artık onu kendi haline terk etti. Evet, bin sene Şark'ta otursa, mistiklerin ruha verdikleri ehemmiyeti idrak edemeyecek. Bu ne patolojik,[3] nasıl fazla şişirilmiş bir fikir. Acaba Şark bir gün ruhunun kuvvetini Garb'ın parmağını ağzında bırakacak bir tamamiyle inkâr edecek mi?

Vehbi Efendi *Mesnevî*'yi kapadı.

— Yarın değil öbür gün gelir, Rabia ile konuşurum. Belki çocuk düşürmeyi günah telakki ediyor da onun için çekiniyor. Bu çocukluğunun dar terbiyesinden geliyor. Dikkat ettim, her şeyi günah addetmeye meyyal[4] bir

1. Gururunu.
2. Düşüncelere.
3. Hastalıklı.
4. Eğilimli.

mizacı var. Ben ona, hekim söylediği vakit her şeyin yapılması mubah[1] olduğunu anlatırım. Lâyükellifullahü nefsen illâ vüs'ahâ...[2]

Osman bu kadara razı olmaya mecburdu. Fakat biliyordu ki Rabia'nın ısrarı, inadı dinî bir sebepten gelmiyordu.

Rabia, Vehbi Efendi'nin o gün geleceğini biliyordu. Hattâ, niçin geleceğini bile sezmişti.

O sabah yataktan kalktı. Giyindi. Dizlerine bir battaniye aldı, Osman koltuğuna oturdu. Ve Dede onu, Osman'ın dediği gibi şaşkın, zihni dolaşık değil, bilakis her zamandan ziyade aklına ve iradesine hâkim buldu. Saçlarının sımsıkı taranışında bile ince yüzünün keskinliğini, şiddetini arttıran bir hal vardı. Gözlerinin parıltısında muayyen bir maksada yürüyenlerin kat'iyeti vardı. Âdetâ Rabia, kat'i bir harp arifesinde, her kuvveti ölçen, zafere hasretmeye hazırlanan bir kumandana benziyordu.

Rabia'nın Vehbi Dede'ye çevrilen gözlerinde, ilk defa olarak teslimiyetten, itaatten eser yoktu. Âdetâ meydan okuyor gibi bakıyordu.

Dede bundan müteessir oldu.

İki gün evvel kendisi Rabia'nın ruhen müstakil[3] olduğunu, kendisinin esas meselelerde tesir yapamayacağını söylemişti. Fakat kızda bugün istiklalden fazla bir şey vardı. Vehbi Dede ile aralarındaki ma'nevî bağı koparmış gibiydi. Kız kendi mukadderatını[4] kendi ellerine almıştı. Vay itiraz edenlerin haline!

Daha söze başlamadan sözlerinin kızı kararından

1. Dinen sakıncasız.
2. (Ar.) Kuran'da; Allah insanoğluna gücünü aşan bir şeyi vermez.
3. Bağımsız.
4. Yazgısını.

döndüremeyeceğine kanaat getirmişti. Fakat Osman'a verdiği sözü tutmak için elinden geldiği kadar çalışacaktı.

— Lâyükellifullahü nefsen illâ vüs'ahâ... diye başladı. Yalnız mistik dinlerin değil, hattâ şeriatın bile çocuk düşürmeye müsait olabileceğini anlattı. O söylerken, Osman'ı ve Rakım'ı ürküten ana kurt gözlerinin yeşil alevleri Dede'nin yüzünü yakıyordu. Sesi mütecavizdi.

— Siz... Siz de mi bana bu teklifi ediyorsunuz? Saçı bitmedik masumu parçalamanın günah olmadığını iddia ediyorsunuz?

Vehbi Dede hissetti ki, Rabia ile istikbalde dostluklarını muhafaza etmek, sırf bu meselede kıza hak vermeye mütevakkıftır.[1] Esasen hak vermiyor muydu? Osman çılgın gibi üstüne hücum etmese, gelir, bu şeyleri kıza söyler miydi? Belki de Rabia ona sırf ma'nevî olan bağını çoktan koparmış, atmıştı. Belki de şu kadar boyu ile ondan ders almaya başladığı günden beri devam eden bu harikulade rabıta sırf bir hayaldi. Âdetâ yeisle:

— Vicdanını dinle, Rabia. O ne söylerse doğrudur. Anası olacağın çocuk hikmetli bir çocuk. Allah, inşaallah mübarek etsin...

Vehbi Dede ile Rabia arasında bir an evvel inmiş gibi soğukluğu hissedilen demir perde kalkıvermişti. Rabia'nın ruhu, Dede'nin önünde açık, engin bir yayla! Derviş istediği gibi o yerlerde dolaşsın. Rabia'nın ona bakan gözleri Dede'yi kızın kalbine götüren iki ışık yolu...

Vehbi Dede kalktı. Yüzü sapsarıydı:

— Kendine iyi bak, Rabia. Yalnız bedenine değil, dimağına da sıhhat lâzım, evlât.

— Merak etmeyin.

1. Bağlıdır.

Yolda giderken Vehbi Efendi kendi kendine mırıldandı:

— Unutma Vehbi! Aşk hiçbir zaman maddeye bağlanamaz. Ona verdiğimiz isim ve yüz Hallâk-ı âlemin[1] nikabı...[2] Rabia, Rabbim'in nur yüzünün küçük bir aksi!

---

1. Evreni yaratanın, Tanrı'nın.
2. Örtüsü.

21

Rabia çabuk iyileşti. Âdetâ doktorları şaşırttı. Perhizine itina ediyordu. Doktorların dediğini büyük bir dikkatle harfi harfine yaptı. Fakat doktorların ikisi de bu sür'atle iyileşmenin arkasında yalnız maddi bir tedavi olmadığını da hissettiler. Sinekli Bakkal'daki hastaları, şimdiye kadar ellerinden geçen bir hastaya benzemiyordu.

Doktor Salim'in en kuvvetli alakası, belki Rabia'nın ilk karın yarma ameliyatı yapacağı lohusası olmasındaydı.

İstanbul'un zamanında en moda dahiliyecisi olan Doktor Kasım'a gelince; o da Rabia'nın bütün kadın hastalarından başka olmasıydı.

Doktor Kasım, hastaların dimağlarına tesir yaparak tedavi etmek fikrini İstanbul'da yayan ilk doktordu. Daha henüz Avrupa'da, bilhassa İngiltere'de bir salgın halini alan psiko-analiz doktorları türememişti. Fakat Doktor Kasım'ın tatbik etmek istediği tarz İstanbul'un, bilhassa Nişantaşı'nın işsiz zenginlerini, bilhassa kadınlarını baştan başa tutmuştu. Refah içinde olan memur sınıfı sosyetesi, içtimaî bir değişiklik iptidasında[1] idi. Kadın erkek karışık bir hayat nispeten yeni olduğu için hayli teh-

1. Başlangıcında.

likeli devrindeydi. Ailelerde yepyeni meseleler, buhran-
lar meydana çıkıyor, eskiden bahsedilmeyen, gizli olan
şeyler meydana dökülüyordu. Ne kadar genç kadın, ko-
casının kendisini anlamadığını, mektep arkadaşının, ya-
hut komşusunun kocasının "ruhunun eşi" olduğunu bir-
denbire keşfedivermişti. Bunun gibi, buna benzer, ekse-
risi cins[1] meselelerine temas eden dertlerini kadınlar, bu
vakur ve hastalarıyla kur yapmayan genç doktora dök-
mekten büyük bir ferahlık duyuyorlardı.

Fakat Rabia'da, Kasım'ın öteki kadın hastalarının
müptela olduğu, hepsi birbirine benzeyen derûnî dertler
yoktu. Rabia'nın daha doğrusu mesele telakki ettiği cinsi
buhranı yoktu. Belki sanatı, belki muhiti onu küçük ya-
şından beri karışık cemaate alıştırmıştı. Onun sınıfındaki
kadınlar esasen bu gibi şeylerden bir doktora bahsetmeyi
hatırlarına getirmezlerdi.

Onlar, esasen ameliyat icap ettiren hastalıklardan
başka, hem vücutlarının, hem de dimağlarının sıhhati
için okuyucuya, üfürükçüye, hocaya müracaat ederlerdi.
İçlerini dökmek meselesine gelince; çeşme başında, so-
kakta, tramvayda, tanıdık tanımadık, her kadınla mah-
rem hayat meselesini münakaşa ederlerdi.

Zihniyeti biraz bunlardan ileri olan Rabia vücudu-
nun sıhhatini tamamen bir doktora tevdi etmeyi kabul
etmişti. Fakat dimağının sıhhatini korumak için o, başlı
başına bir usul buldu. Sade ve iptidaî, fakat makul bir
usul. Ve biraz da iradenin kuvvetine bağlı bir usul.

Keder veren, korku veren her mevzudan kaçınıyor,
ferahlı lâkırdı ediyor, şen insanlarla düşüp kalkıyor. Bil-
hassa İmam'ın ve Emine'nin lâkırdısı yasak olmuştu.

Bu usul, şuurunun alt tabakalarındaki korkunç un-

1. Cinsiyet.

surların uyanmasına, Rabia'yı korkulu rüya, kederli hulyâ şeklinde muazzep etmesine[1] mâni oluyordu. Rabia' nın gözleri, bu devirde, hep güzel şeyler arıyordu. Esasen o muhitin eskiden beri gebe kadınlara tavsiye ettiği en mühim şey de buydu. Bilhassa güzel bir çocuk gördü mü, nerede olursa olsun durur bakar, uzun uzun çocuğun gözünü, kaşını ezberlerdi. Osman'ın Fransızca gazetelerinden, kutulardan kesip biriktirdiği bir güzel çocuk koleksiyonu vardı ki, mutlak yatmadan evvel her gece bunu gözden geçirirdi. Osman onu ileride yapacağı bir çocuk resmi için hazırlanan, etrafını tetkik eden bir ressama benzetiyordu.

Doktor Kasım her hafta geliyor, oturuyor, konuşuyor, fakat Rabia onunla sıhhate taalluk eden[2] meselelerden başka bir şey konuşmuyordu. Artık kız kendi zihnine de, etrafına da karnı yarılıp çocuğu alınmanın tabiî olduğu hissini vermeye muvaffak olmuştu. En garibi, onun maruz olacağı tehlikeyi düşünenler artık kendi muhiti değil, Sinekli Bakkal mahallelileriydi.

Yeni evlerinin son hazırlığında, Osman'a söz verdiği için, bulunmamıştı. Fakat eve girdiği gün gözü, gönlü açıldı. Şimdi renkli, ferah bir bahçe olan avlu evin eski kûhi[3] cephesini tamamen değiştirmişti. Duvarların dibinde mor susamlar, safran renkli kına çiçekleri, kırmızı sardunyalar... Mutfağın duvarının dibinde, istikbalde güzel kokular, zarif çiçekler va'd eden yasemin ve hanımeli fidanları... Rabia'nın penceresinin altında baştan başa bir çardak. Artık eski yatak odasını aramak imkânı yok. Penceresinin karşısında bir ceviz ağacı olsa, hiç ev değiştirmemiş olacak. Fakat küçük bahçenin ortasındaki havuz

1. Azaba sokmasına.
2. Değinen.
3. Dağa benzeyen.

bu eksikliği unutturuyor. Etrafı mermer, karşı karşıya, kuyrukları altlarında oturan iki aslan, ağızlarından sular fışkırıyor... Bunu Rabia'nın çocuğu ne kadar sevecek.

O kadar keyifli ki kapının önünde onu karşılayan Osman'ın aşçısı ihtiyar Eleni'yi bile sevdi. Üst dudaklarındaki bıyık, çenesindeki et benlerinin üstünde kıvrılan uzun kır tüyler biraz insanı tiksindiriyor. Fakat Penbe Teyze ona bir ağda yapıverince yüzü gözü açılır, tertemiz olur.

Kendi odasına girince bütün bütün zihni rahat etti.

Eski hayatlarının dekorunda bir tek değişik şey vardı, o da mangal yerine evi, hattâ taşlığa kadar ısıtan beyaz çini sobalar.

— Gel yukarıda benim çalışma odamı gör, Rabia.

— Hangi odayı aldın, Osman?

İmam'ın odasının karşısındaki odayı almıştı. Bu, Emine'nin sandık odasıydı. Orası Rabia'nın zihninde tavanlara kadar eski püskü eşya yığılı, karanlık, havasız bir odaydı. Ve Osman oraya kendi hayatının dekorunu getirmiş! Garblı bir sanatkârın çalıştığı, yaşadığı oda...

— Osman, ne çok kitapların var.

Fakat kitaplardan ziyade duvardaki resimlere baktı. Konağın kuyruklu piyanosunu görünce, şenlik günü Osman'la kavgasını hatırladı. Azıcık sıkıldı. Ve bu sıkılmak arasında Osman'a karşı haksızlık etmiş olduğunu, onu pek tabiî bir haktan mahrum ettiğini de sezdi. Bir buçuk senelik hayatlarında, Osman çalışacağı, düşüneceği, başını dinleyeceği bir köşeden mahrumdu. Dükkânın üstündeki evde, Rabia, Penbe, hattâ Rakım evlerinde gibi... Osman zavallı bir sığıntı gibi.

— *Tılsımlı Kuyu*'yu burada yazacağım, Rabia. Ne kadar zamandır başımın içinde...

— Burada artık başını dinlersin, istediğin kadar çalışırsın, başını rahat bırakırız.

451

— Konağın selâmlığını istemediğine ne iyi ettin. Şairane bir yerdi, fakat muvakkat[1]. Burası evimiz, yuvamız...

Rabia, bir kadın kalbinin tadabileceği en yüksek zaferi tadıyor. En serseri bir erkeği nihayet bir bucağa bağlamış.

Ciddi bir sesle:

— Ömrümüzün bir köşesini dönüyoruz gibi, değil mi Osman, dedi.

— Hayır, köşeyi dönmüş, selâmet yoluna girmiş gibiyiz. Artık dönülecek köşe falan yok.

— İnşaallah de... Kadere meydan okumaya gelmez...

Ayakta, gözleri piyanonun arkasındaki pencerede. Sinekli Bakkal'a açılan, çeşmenin üstündeki mor salkım çardağına bakan pencere. Elini uzatsa beyaz minareyi tutacak. Sokağa akşam karanlığı iniyor, nalın takırtıları, yoğurtçular ve ezan!

— Yemek vakti geliyor. Burada da eski intizamı muhafaza edeceğiz, Rabia.

O akşam sofrada herkesin tavrında bir resmî küşada[2] gelen adam ağırlığı vardı. Rakım en yeni cüppesini giymiş, Penbe mercan küpelerini takmış.

Yemekten sonra Rabia, Rakım'ı elinden yakaladı, sürükledi. Evi baştan başa gezdirdi. Daha doğrusu kendi çocukluk günlerini, hatıralarını seyrettirdi. Mutfakta Eleni, bulaşık yıkarken Rabia'nın kahkahalarını, cücenin çıkardığı acayib sesleri duydu.

— Hristos ke Panaiya...[3]

Cüceyi görünce, sesini işitince hep böyle haç çıkarıyor, Hristos'a, Panayia'ya sığınıyordu.

1. Geçici.
2. Açılış töreni.
3. (Yun.) İsa ve Meryem.

Zaman yeni evde su gibi, aktı, geçti. Rakım dükkânı kapayınca geliyor, bahçeyi suluyor. Rabia, akşamüstü Sabiha Hanım'ı yoklamadan gelince yukarıdan, Osman'ın odasından piyano sesleri işitiyor. Fakat çıkmıyor. Kendi odasında dikiş dikiyor. Uzun bir sessizlikten sonra birdenbire Rabia gülüyor. Elindeki küçük tülbent gömleği pencereye tutup muayene ederken kendi kendine:

— Benim doğuracağım oğlanın adı Recep, Osman'ın doğuracağı çocuğun adı *Tılsımlı Kuyu*, diyor.

Öğleden sonra misafirden bir zaman baş alamadı.

Artık derslerine gitmiyordu. "Güle güle oturun" ziyaretine gelenleri kabul ediyor. Konuşuyor, konuşuyor.

En son ziyareti İkbal Hanım yaptı. Fakat ihtiyar süt ninenin yalıdan çıkması öyle bir mesele idi ki... Rabia'dan başka kimse onu bu kadar uzak yere getiremezdi. Elinde bir de mavi kurdele ile sarılmış, zarif, beyaz bir paket vardı. Paketi Penbe'ye emniyet etmedi, çocuk çıkarır gibi kendi merdivenlerden çıkardı.

Rabia'nın odasına aldılar. İki kadın selâmlaştıktan, hal hatır sorduktan sonra paketi çözdü.

— Ev mübarekesi efem...

Çocuk çamaşırı. Sandık dibinden çıkmış kuş gibi hafif ipek bezler, her dikişi bir sanat eseri. İhtiyar kadın iki gözlük takarak aylarca uğraşmış. Dişsiz ağzı çukura batarak, siyah gözlerinin içi gülerek:

— İnşaallah oğlan olur efem... Benimkisi oğlandı... Üç aylık... Elli sene oluyor efem. Çatık kaşlı.

Buruşuk el, buruşuk alnında. Orada elli sene evvelki üç aylık oğlanın kaşlarını çetrefil dilinin kesik ifadeleriyle iyi canlandırıyor. Şakaktan şakağa giden siyah bir kıl yolu.

— Oğlunuz şimdi nerede?

İhtiyar süt nine güldü. Çerkes kadınlarının biraz sinirli, biraz gevrek gülüşü. Bu Rabia'ya pek dokundu. Kadın çocuğunu köyünde bırakalı elli sene olduğunu ve şimdi belki köyün yeri bile kalmadığını söyleyince daha çok müteessir oldu.

İkbal Hanım kabilesi Kafkaslardan, Ruslardan kaçıp gelen muhacirlerdi.[1] Sapanca etrafına yerleşmişlerdi. Kendisi kabilenin beyinin kullarından birinin kızıydı. Ve beyler yalnız kendi kullarını değil, kullarının evlâdını da satabilirlerdi.

İkbal Hanım'ın kocası Moskof muharebesinde şehit düştüğü vakit çocuğu üç aylıktı. İşte o zaman Mabeyinci'nin babasının kâhyası köye süt nine aramak için gelmişti. Çünkü Mabeyinci'nin anası çocuk doğurduktan sonra pek az yaşamıştı. Kadın âdetâ gururla anlatıyor. Kendisi nasıl köyün en gürbüz, en sağlam genç kadını imiş. Nasıl satmışlar... Nasıl yalıya gelmiş, süt nine olmuş... Şimdi siyah çatık kaşlı üç aylık oğlandan değil, hep Mabeyinci'den oğlum diye bahsediyor.

— Asıl oğlunuzun adı neydi?

— Toktamış, efem...

Toktamış, kara çatık kaşlı Toktamış, anasının zihninde izleri silinen elli sene evvelki çocuk.

— Esaret çok çirkin şey... Bir anayı evlâdından koparır gibi ayırmak... Bu ne zulüm!

Rabia'nın sesi heyecanından titredi, fakat ihtiyar süt ninenin sesi sakin. Yalnız belirsiz bir itiraz var. Rabia'nın eski bir âdete isyanına itiraz. Âdetler birer nas... Onlar kaza ve kaderin eli gibi.

— Çerkesler kızlarını satarlar, efem...

Fakat Rabia'ya şimdiye kadar gündelik bir vak'a gibi gelen esaret o dakika çok feci görünüyor. Belki fenâ muamele edilen esir görmediği için, hattâ birçok esir kadın-

1. Göçmenlerdi.

ların hür kadınlardan fazla yüksek mevki tuttukları için, esareti fenâ bir şey telakki etmemişti. Hilmi'nin odasında esaret aleyhine felsefe yapılırken kulak bile vermezdi.

Şimdi çatık kaşlı Toktamış onu hakikatin çirkin yüzüyle karşı karşıya getirmişti.

Belki Rabia'nın teessürü, yüzündeki mânâ İkbal Hanım'a da acı bir vak'a hatırlattı. Bilhassa Rabia, "Sizi çocuğunuzdan ayıracakları vakit ağlamadınız mı?" dedikten sonra...

Evet, ağlamıştı. Saçını başını yolmuştu. Hattâ teessürü kızın sütünü bozar, getireceği fiyatı düşürür diye Bey telaşa düşmüş, İkbal Hanım'ın evinin kapısına kadar gelmiş, onu teskine çalışmış.

Buraya gelince ihtiyar kadın zihninde, beli gümüş hançerli, kartal yüzlü beyin ayağına gelmesinden dolayı ne kadar gurur hissettiğini de hatırladı. Ve hikâyesinin bundan sonraki kısmında bir daha çatık kaşlı Toktamış'tan bahsetmedi.

Rabia, ihtiyar süt nine hikâyesini bitirsin diye bekledi. Kadın gitmek için ayağa kalkınca alıkoymaya teşebbüs etmedi. O da kalktı, sokak kapısına kadar İkbal Hanım'ı teşyi etti.[1] Kapının dışında arabanın atları yerleri deşiyor, yelelerini sallıyorlardı. Süslü bir seyis araba kapısını açtı, İkbal Hanım girer girmez, atlar uçar gibi gittiler.

Rabia merdivenleri, yeni yürüyen bir çocuk gibi tek tek çıktı. Bidüziye[2] tırabzanlara abandı. Dizleri titriyor, içi bomboş, kafasına tokmakla vuruluyor gibi ağrıyordu. Hiç şüphe yok ki İkbal Hanım'ın hikâyesi onu alt üst etmişti. Nereden de bu bunak kocakarının hikâyesini dinlemişti?

1. Geçirdi.
2. Sürekli.

Kaza ve kader... Rabia'nın içine gömmek istediği, unutmak istediği heyula![1] Anaları üç aylık çatık kaşlı oğullarından ayıran kör, sağır, dilsiz zulüm heyulası! Kim bilir karnındaki çocuğa nasıl bir istikbal hazırlıyor!

Böyle şeyler düşünmemeli... Fakat elinde değil ki. Bu kara düşünce sırf kocakarının hikâyesinden gelmiş olmayacak. O hafta ilaçlarını muntazam almamıştı. Fazla olarak iki defa külbastı yemişti. Penbe, hayal-i fener oluyorsun[2] diye başını yiyerek ona et yedirmişti. Halbuki Doktor Kasım etin onun için zehir olduğunu anlatmıştı.

Merdivene oturdu. Ellerini muayene etti. Biraz şiş gibi. Gene albümin başlamış olacak. Zihninde hesap ediyor. Birinci Kanunun[3] daha biri. Yirmi gün kadar vakti var. Bir yukarı kendini atabilse... Penbe şimdi çörotu, üzerlik tütsüsü vermek için odasına gelir. Deli Çingene. Aklı fikri hep cin ve periyle meşgul. İnsanla konuşur gibi onlarla konuşuyor. "Senin perin gâvur, Rabia!" diyor. Ve bu gâvur periye fikrini açık söylemekten de çekinmiyor. Karanlık gecelerde Rabia'nın penceresini açar, altında muhayyel bir mahlûka "Seni gavur, imansız seni!" diye çıkışırdı.

Rabia gülüyordu. Fakat içi rahat değildi. Ne olur ne olmaz. Başına belâ istemeyen insan görünür görünmez her nevi kudrete meydan okumaktan çekinmeli.

Rabia merdiven ayağından kalkacağı zaman yer altından gelir gibi, inilti gibi sesler duydu. Bu, Osman'ın tılsımlı kuyusu. Ne garip melodi. Durup durup başlıyor. Başını tırabzana dayadı, dinledi. Biraz evvel içini karıştıran korku, göğsünün üstünü bastıran ağırlığı unutmuştu. Aralarında elle tutulmayan, gözle görülmeyen şeylere

1. Korkunç hayal.
2. Zayıflıyorsun.
3. Aralık ayının.

456

gülen, inanmayan bir Osman vardı. Onun yukarıda olu-
şu Rabia'ya yürek verdi.

"Şimdi kovanın dibe vuruşunun gürültüsünü yap-
mak istiyor," diyor, hep Osman'ın operasının sahnelerini
düşünüyordu. Ne de olsa kendisinin bu operanın yapılı-
şında emeği vardı. Osman geceleri eski havalar söyleti-
yor, bilhassa rüzgârın, eşyanın çıkardığı sesleri taklit etti-
riyordu.

— Şimdi ne yapmak istiyor? Ha, bu kırk birinci
kova. Peri çıktı. Elinde define. Su çeken sarışın kız don-
muş, kalmış...

Hayır, hayır. Osman bunu hiç de beceremiyor. Defi-
ne getiren, kuyu kovalarından çıkan periler böyle mun-
tazam, üsluplu, alafranga şarkı söylemezler.

Bu peri acaba ne şekil şeydi? Rabia'nın dimağının
gözünde, ince belinde gümüş hançer, çatık siyah kaşlı bir
Çerkes delikanlısı canlandı. Su çeken donmuş gibi duran
sarışın kız İkbal Hanım'ın gençliği. İçini çekti. Kafasında-
ki facia düğümü çözüldü. Muhayyilesi[1] elli sene birbirine
hasret ana oğlu kavuşturmuş, Rabia'ya rahat ettirmiş.

Bundan sonra hep zihni define getiren periye mü-
nasip hava bulmak için uğraştı. Bu hava değil, birkaç ses
olacak. Sanatın yontmadığı, inceltmediği tabiî sesler.
Sert olmalı, haşin olmalı. Ve bu iki sada muğlak, korkunç
bir fırtına orkestrası arasında mütemadiyen kendi kendi-
ni tekrar etmeli. Bu korkunç orkestra mutfağın dışından
işitilen fırtına olacak. Ve perinin sesi... Buldu... Buldu.

Hafızasının bir köşesinde sıkışıp kalan iki, hayır iki
buçuk sadâ. Bunu kaldırım yapan bir Arnavut amele çe-
kiç vurarak taş kırdığı zaman söylemişti.

Nefes nefese Osman'ın odasını buldu, kapıyı itti. Pi-

1. Hayal gücü.

yanist arkasında siyah kadife eski iş ceketi, yakası açık beyaz gömleği, dağınık kır saçlarıyla aşağı yukarı geziniyor. Piyanodan yazı masasına, yazı masasından piyanoya.

— Osman, perinin define türküsünü buldum.

Elleri dağınık saçlarını yolacakmış gibi başına kalktı:

— Şı... şşştt! Kapıyı kapa git... Zihnimi karıştırıyorsun.

Sesi sabırsızdı, dürüşttü.

Rabia gitmedi. Kapıya dayandı. Billûr sesi o iki buçuk sadâyı söyledi. Biri çok pes, öteki çok yüksek, sonra bir iç çekişi gibi yarım bir ses.

— İşte bu Osman. O fırtına orkestrasının arasında bu iki buçuk sesi çekiç vurur gibi bidüziye vurmalı.

Osman durduğu yerde dinledi. Kendisi bu sesleri tekrar etti. Piyanoya gitti, çaldı... Harikulade.

Piyanodan fırladı, yazı masasının üstünde darmadağınık duran nota kâğıtlarına yazdı, yazdı.

Rabia, kıymetli bir emaneti sahibine teslim etmiş bir huzur ile piyanonun arkasındaki koltuğa oturmuş, Osman'ı şaşırtmamak için nefes bile almaya korkuyor.

Nihayet Osman da geldi, karşısına oturdu. Rabia'ya gözlerinde yepyeni bir ifade ile baktı. Şimdiye kadar kızın vücudunu değil, etinin kemiğinin arkasındaki varlığını bu kadar derin ve vazıh[1] hissetmemişti. Kız yalnız sevgilisi, karısı değil. Hayatı onun anladığı gibi anlayan ezelî eşi.

Rabia konuşmuyordu. Oda loştu. Osman eğildi, gözlerini aradı. Yüzü karaltılar içinde, çekik, mustarip bir karaltı. Dudakları kısık, bal rengi gözleri kapana tutulmuş yaralı dişi kaplan gibi.

— Nen var? Hasta mısın?

1. Açık.

— Yoook...

Alnının soğuk terlerini koluyla sildi. Hiç şüphe yoktu. Kız ıstırap çekiyordu.

— Fakat henüz vaktin gelmedi. Bu, ağrı olamaz.

— Sakin olalım efendim, sakin olalım.

Doktor Kasım'ın taklidini yapıyor. İçini koparan, gelip geçen ağrının ne kadar korkunç olduğunu Osman anlayamıyor. Kızın işi alaya vuran mukallitliği[1] arkasında zihninde korku var, on beş gün sonra karşı karşıya geleceği ölüm gölgesi var.

1. Taklitçiliği.

22

Birinci Kanun'un yirminci günü. Osman Sinekli Bakkal'ın köşesini dönerken Sabit Beyağabey'le burun buruna geldi.

— Seni göreceğimiz geldi be, Amca Bey! Bu eve taşınalı semtimize uğramaz oldun.

Osman tebessüm etti. *Tılsımlı Kuyu*'ya o kadar dalmıştı ki Sinekli Bakkal mahalle kahvesinin mevcudiyetini bile unutmuştu. Yalnız onu olsa, Rabia'nın son günlerdeki zaafı bile onda eski şiddetli merakını uyandırmamıştı.

— Bu günlerde Rabia Abla'yı yalnız bırakamıyorum, Ağabey. Kusuruma bakma.

— Hakkın var, Amca Bey. Ağabey koltuğunun altından tükürdü.

— Eğer gece vakti hekim lâzım olursa sen benim pencerenin altına gel, bir nâra bas. İki elim kızıl kanda olsa yetişirim.

— Eksik olma, Ağabey. Zihnimi yalnız bir şey karıştırıyor. Geceyarısından sonra hekim getirmek için araba lâzım olursa, nerede buluruz?

— Sen onu merak etme. Bizim evin arkasında ahır var. Sahibinin başına camı çerçeveyi indirir, istediğin dakika uyandırırım. Beş dakikada araba hazır olur. Hayvan yetmezse arabaya bizim tulumba takımını da koşarız. Yoksa sen emret, Amca Bey.

Osman Ağabey'in çarpık omzunu okşadı:

— Hayvan yeter, takımı uykudan uyandırmak lâzım değil... Güldü ve giderken seslendi:

— Bu akşam kahveye gelirim, hepinizi göreceğim geldi.

— Ben yemekten sonra uğrar alırım, Amca Bey.

Eve dönerken Osman'ın soğuktan dişleri birbirine çarptı. Sokakta kimse yoktu. Soğuk, fakat durgun bir hava. Gökyüzü damlara dokunacak kadar aşağılara inmiş. Düz, duman renginde madenî bir gök. Nerede başlıyor, nerede bitiyor? İnsanın içine ürperme veriyor.

Yemekte Rabia'nın gözleri hiç açılmıyor, bidüziye esniyor. Son günlerde göz kapakları gene pek şiş, mütemadiyen uykusu var gibi. Osman'ın odasına çıkıp Arnavut kaldırımcının acayip türküsünü söylediği günden beri fenâlaşıyor, her gün daha halsiz, her gün yüzü gözü daha şişik. Albüminin idrarında, doktorları endişeye düşürecek kadar bir çoğalışı görülüyor.

Doktor Kasım iki günde bir orada. Ve Doktor Kasım, Osman'a hoş olmayan ihtimallerden bahsediyor. Fakat bunları düşünmek doğru değil... Bütün gayretine rağmen Rabia'ya ağrı çekerken ıspazmoz[1] gelmesi ihtimalini düşünüyor. Çirkin ihtimal...

— Rabia, sen bu akşam erken yat, yavrum. Gözlerin kapanıyor.

— Ne zaman açılıyor ki? Her gece tavuk gibi tünüyorum.

Bir hasta çocuk gibi mırıldanıyor. Dudaklarını büke büke şikâyet ediyor.

1. Spazm, inme.

— Erken yatmaktan korkuyorum. Bir haftadır gözümü kapar kapamaz fenâ rüya görüyorum.

Penbe merakla soruyor:

— Nasıl rüya, Rabia?

Çingene için her rüya, bilhassa vakti yakın gebe kadın rüyası mutlak bir mânâ ifade eder. Mutlak çıkar.

— Rüyamda beyaz sarıklı, koskocaman birini görüyorum.

— Tövbe estağfurullah!

Rakım ve Penbe yakalarına tükürdüler, kapıda duran aşçı kadın haç çıkardı.

— Tıpkı büyükbabama benziyor. Başındaki sarıktan kaşlarına kadar hep o. Göz kamaştıran kızıl bir aydınlık ortasında duruyor. Büyükbabam'ın anlattığı ahret azapları hep orada. Görmüyorum ama, hissediyorum, hep aynı şeyi söylüyor...

Rabia'nın boğazına kuru bir hıçkırık takıldı, elleri karnının üstünde, "Bu kadının çocuğunu ateşe atın!" diye haykırıyor.

Rakım, Rabia'yı teskine çalışıyor:

— Merak etme, yavrum. Yatarken İmam'ı düşünmüş olacaksın. Bu günlerde çocuk gibi oldun. İmam'ın çocukken bebeğini ateşe atması hikâyesini bana geçen gün söylüyordun. Rüyana girmiş.

— Doğru Amca...

Osman gözlerini kıstı.

— Mutlak sen benim odamda Dante'nin Cehennemi'nin[1] resimlerine baktın.

— Vallahi bakmadım. Bilmiyor musun, ben hiç fenâ resme bakmıyorum.

— Beni dinle. Yatarken Vehbi Dede'yi düşün. O

---

1. Dante'nin *İlahi Komedya*'sının bazı basımları resimlidir. Cehennem bölümündeki resimleri kastediyor.

sana herkesten çok sükûn verir. Onun dininde azap, cehennem yok.

— Doğru, doğru... Neden bunu şimdiye kadar aklıma getirmedin?

Osman'ın bu sözü azıcık ona sükûn verdi. Vehbi Efendi gene Konya seyahatine çıkmamış olsa, hemen onu yarın çağırtacak. Onu sık görse bu eski meş'um[1] teessürlerin pençesine düşmeyecek. Bu günlerde değil beş vakti, hattâ nafile namaz kılıyor, başı seccadeden kalkmıyor. Ölmemek için, selâmet ile kurtulmak için her dakika dua ediyor.

Hepsi onun taşlıkta ayak seslerini dinlediler. Hepsi susmuş ve endişeliydi. Fakat Penbe hepsinden daha endişeli. Gözleri dışarı fırlamış. Tavrında esrarlı bir hal var. Sesini alçaltmış, söylüyor:

— Kız âdeta uğramış[2]... İyi saatte olsunlar, tu, tu, tu...

— Sus, şom ağızlı, kara cadı!

Rakım hiddetlenmiş, Penbe'yi boğacak gibi bakıyor.

— Niye susacakmışım? Senin cüce aklın böyle şeylere erer mi sanki? Her gebe kadına cin, peri musallattır. Rabia'nın perisi hele, bir gâvur. Bahçe köşelerine şerbet döktüm, okuyuculara o kadar horoz götürdüm, her akşam tütsü yakıyorum. Domuza kâr etmiyor... Kâfirin ağzının tadını verdim ya!

Osman güldü:

— Nasıl verdin, Penbe Teyze?

— Nasıl mı? Hani şu baston sapı kafalı doktorun verdiği ilaç yok mu? Onu tepesinden aşağı döktüm.

— Tepesini nerede gördün, Teyze?

— Görmek lâzım mı? Görmüş gibi biliyorum. Ge-

1. Uğursuz.
2. Peri çarpmış.

463

celeri kızın penceresinin altında... Ya Allah dedim, beş altı kaşık acı ilaç attım...

Sustu. Başını salladı:

— Keşke elim kırılaydı... Ah kahpe, orospu Penbe...

Kara ellerini kafasına vuruyor, gözleri nedamet yaşlarıyla dolu: "Kâfirin damarı tutar da kızı çarparsa bir daha, bir daha iflâh olmaz. Hiç iflâh olan lohusa yoktur..."

Rakım onu dinlerken yavaş yavaş gözleri fincan gibi büyümüş, şimdi sandalyesinde ayakta, yumruklarını sıkmış, kendinden geçmiş, bağırıyor:

— Seni kâfir, hain, imansız Çingene seni!.. Kız bir kurtulsun seni bir gün yaşatmayacağım! Kara gırtlağını sıkıp gebereceğim!

Osman, Rakım'ı tuttu, oturttu:

— Kendine gel, Rakım Amca... Penbe Teyze'nin döktüğü ilaç bromürdür. Sinir ilacı... En azgın perilerin sinirlerini bile uyuşturur.

Odanın beyaz perdeleri üstünden birkaç ziya[1] dalgası geçti. Bahçeden biri feneri sallaya sallaya yürüyordu. Anlaşılan Penbe-Rakım kavgasının gürültüsünden hiçbiri kapıyı duymamışlardı.

Osman kalktı:

— Teyze, paltomu ver. Ağabey gelmiş olacak. Ben kahveye çıkıyorum.

Sokakta soğuktan parmaklarının ucu sızlıyordu.

Ağabey'le omuz omuza yürüdüler. Fenerin ışığında, tepelerindeki kurşun renkli göğün daha aşağı, daha tepelerine doğru inmiş olduğunu hissediyorlardı. Âdetâ barut renginde kalın, ağır bir örtü gibiydi. Ağabey:

— Kar fırtınası geliyor, dedi.

1. Işık.

Kahvenin kapısı açılır açılmaz her köşeden "Akşam şerifler hayır olsun!" sesleri çıktı. O gece kahve doluydu. Fakat yüzler pek seçilmiyor. Sigara dumanı, sisi kahvenin her köşesini bürümüş. Camlar hamam penceresi gibi terliyor. Tezgâhın yanından fincan tabak tıkırtısı, semaverden akan sıcak su fışıltısı, her köşeden gelen nargile gürültüsüne karışıyor. Çırak ellerini kırmızı beyaz yollu peştemalın altından çıkardı, gelenlerin yüzüne bakmaya bile lüzûm hissetmeden ocağa seslendi:

— Bir şekerli, bir sade.

Kahvenin çerçeveleri, kapı aralığı sıkı sıkı kapalı. İçeri bir tek nefes hava girmiyor. Keskin bir kahve kokusu, tömbeki ve tütünle, ağır bir nefes kokusuyla karışmış, adamın burun deliklerinden ciğerlerine giriyor.

Osman o akşam az konuştu. Rabia'nın vaziyeti, anlattığı rüya, sokaktaki sıkıntı onunla kahveye kadar gelmişti.

Birdenbire rüzgâr çıktı, kapı, cam, çerçeve yerlerinden oynadı. Herkes birdenbire:

— Kar fırtınası, dediler.

Osman duramadı, kalktı. Rabia fırtınadan biraz sinirlenirdi. Onun yüzündeki endişe ve yeis[1] azıcık da kahve halkına sirayet etmişti. Âdetâ o murdar kokulu, ağır havalı yere Rabia'nın hayali de Osman'la beraber gelmişti. Herkesin zihni Rabia ile meşguldü. Günü artık gelmiş, bugün yarın zavallı kadının karnını yaracaklar...

Osman kahveden çıkarken mahşerî sükûtta, mahşer! Bir muhabbet ve şefkat hissetti. Herkes yanındakinin kulağına yavaşça, "Allah kolaylık versin..." diye fısıldamıştı.

Sokakta feslerini muhafaza için çıkarıp ikisi de kol-

1. Kaygı.

tuğuna aldı. Fener birdenbire sönmüştü. Sabit Beyağabey onu kolundan yakalamış, götürüyordu. Tepelerinde saçakları yerinden koparacak gibi rüzgâr sallıyor, Osman her an tepesine bir baca uçup düşmesine muntazır.[1]

Mutfakta lâmba yanıyor. Rakım mangalın başına oturmuş, sigara içiyordu.

— Ne haber, Rakım Amca?

— Güzellik... Yukarıda çıt yok. İstersen otur, sen de bir sigara tellendir.

— Yok, çıkayım. Belki Rabia uyanır. Ne rüzgâr, ne rüzgâr!

— Bir şey lâzım olursa ben mutfaktayım. Fırtına uykumu kaçırdı.

Daha doğrusu Rakım o hafta çok az uyumuştu. Üst katta, İmam'ın vaktiyle yattığı odada yatıyordu. Son hafta zihni, İmam'ın, Rabia'nın çocukluğunda oynadığı umacı rolü ile meşguldü.

Bilhassa Rabia'nın rüyası, Çingene'nin hezeyanları[2] bu akşam onu daha hassas yapmıştı. Yukarı çıksa İmam, beyaz sarığıyla karşısına çıkarak gibi geliyordu.

Bu akşam beklemeye karar verdi. Gözünü yumarsa Rabia'yı alıp götüreceklermiş gibi korkuyordu. Şimdi Osman'ın yukarıda olması onu hayli teskin etti. Sigara elinde daldı.

Rüya görmeye başladı. Hep Rabia. Uzun örgülerini sallaya sallaya, elinde zerzevat sepeti dükkâna geldiği gün. Tevfik'in çılgınlığı... Rabia'dan fazla rüyasını Tevfik işgal ediyor. Kadın gibi yumuşak kestane rengi gözleri yaşlı, "Korkma Tevfik, ben varken Rabia'nın kılına zarar gelmez," diye onu temine çalışıyor.

1. Bekliyor.
2. Saçmalıkları.

Fırtına dışarıda azıyor. Kiremitler birbirine giriyor.

Bu takırdı, uyuyan cücenin dimağında eski Ramazan davullarını canlandırıyor. Mahalle çocukları bir ağızdan bağrışıyorlar:

— İşte geldi, işte gidiyor; işte geldi, işte gidiyor, dum, dum da, dum dum. Dum dum da, dum dum!

Kim geldi? Kim gidiyor? Rabia mı?

Şimdi rüzgâr mutfağın teneke yağmur borularını yerinden söküyor. Hayır, Rabia tef çalıyor. Dönüyor, dönüyor, kırmızı topuklu beyaz çoraplı ayağı cüceye tekme atıyor. Ve cüce bir maymun. Ceviz kırıyor, taklak atıyor, çığrıyor. Daha çabuk, daha vahşi...

Yukarıda Osman bir sandalyeye ilişti, Rabia'nın yüzüne daldı. Gece kandilinin sönük ışığında kızın yüzü pek seçilmiyor ama, heyet-i umumiyesi[1] garip. Mütemadiyen atılıyor, sıçrıyor, inliyor.

Rüzgâr, rüzgâr! Evin temelleri sökülüyor gibi sarsılıyor. Kör bir gazap, deli ve korkunç bir kudret boşanmış, yeryüzünde ne varsa tırnaklarıyla söküp atacak gibi kudurmuş.

Osman sobaya odun attı. Gözleri alevde durdu, düşündü. Rabia ölecek mi? Ölürse onun Sinekli Bakkal hayatı sonuna erecek. Belki bu gece bu hayatın son safhası. Bir buçuk senelik müşterek hayat. Vak'a ile dolu... Osman'ın hafızasında uyanan sahnelerin hepsi saadetle dolu. Sanki hiç fenâ bir gün geçirmemişler. Rabia ile, belki bu akşam kapanacak olan ömürleri o kadar güzel ki!

Rabia durmadan inliyor. Boğazını yırtarak çıkan bir inilti. Lâmbayı yaktı. Kızı uyandırmaya karar verdi.

Yatağa yaklaşır yaklaşmaz birdenbire geri çekildi.

Rabia'nın güzel yüzüne geçen korku ve ıstırap mas-

---

1. Genel durumu.

kesini bir daha unutmayacaktı. Ölüm darbesinden kendini korumak için sinen, kaçamayıp da donmuş gibi kalan zavallı bir hayvan gibi tortop olmuştu. Yüzü takallûs etmiş,[1] şişmiş, rengi mosmor. Gözleri açık. Biri küçülmüş, öteki kenarına kaçmış. Biri ölü gibi, öteki renkli bir cam parçası gibi ışıldıyor.

— Rabia, Rabia, Rabia!

Osman onu sarstı, sarstı. Fakat duymadı. Uyanmadı.

Ağrı ile beraber doktorun tahmin ettiği ıspazmoz da gelmişti. Aşağıya koştu. Rakım'ı iki omzundan yakaladı, silkti, silkti. Ye Rakım, Tevfik'in kızıyla oynadığı mesut maymun rüyasından uyandı.

Evde şimdi baştan başa lâmbalar yanıyor, sağa sola seğirten ayak sesleri var. Rabia'nın bileklerini kolonya ile ovan Osman'ın kulakları dışarısını dinliyor. Araba sesi bekliyor. Fakat zaman artık durmuş, fırtına azıyor... Zaman durmuş... Rabia'nın güzel yüzünü örten bu kâbus maskesiyle ebediyen karşı karşıya kalmak...

Rabia, vücudunun her tarafını saran lâtif bir sıcaklıkla kendine gelmeye başladı. Bir banyoda idi. Yaşlı bir kadın başını tutuyordu. Bu, Doktor Salim'in getirdiği bir hastabakıcı idi. Bir horoz öttü. Beyaz bir ışık perdeleri aydınlatmaya başladı. Odada hâlâ lâmba yanıyordu. Odaya insanlar girip çıkıyor. Birisi fısıldıyor: "Oda hazır." Karşıki odayı ameliyat için hazırlıyorlar. Şimdi, şimdi...

Banyodan çıkarıldığını duydu. Bir tek acı, yıldırım gibi içine indi. Dimağı aydınlığa doğru gitmek isterken karnını ve belini koparan bu acı onu gene kirpi gibi büzdü. Koluna bir iğne battı, burunda tatlımsı bir koku. Sonra boşluk, boşluk...

1. Gerilmiş.

Kırmızı kiremitler bembeyazdı. Kar lapa lapa iniyor, camlara yumuşak birer kanat gibi yapışıp kalıyor.

Osman'ın sobası gürül gürül yanıyor. Doktorlar kahvaltı ediyor. Osman koltuktan onları seyrediyor.

— Oğlunuz mûsikî-şinâs olacak, *Cher Maître*, annesi kloroform altında bidüziye şarkı söyledi. Müzikalı ameliyat... Ha ha ha!

Bunu Doktor Salim söylüyordu. Fakat Osman o müzikalı ameliyatın her anını biliyordu. Kapının dışında durmuş, dinlemişti. Rabia ne garip sesler çıkarmıştı. Bunların bazıları mûsikî olabilirdi. *Mevlid*'in "Doğum" parçası, mukabelelerinden yerler ve hepsinin arasında o iki buçuk ham, haşin ses... Define getiren perinin türküsü.

— Yaşayacağına emin misiniz?

Doktor Kasım'ın kuru sesi cevap verdi:

— Doktorlar tekrarı sevmez.

Doktor Salim güldü:

— Siz ona bakmayın. Onun çoluğu çocuğu yok... Evet, yaşayacak.

— Rabia yataktan kalktığı gün ikinizi de davet ediyorum. Karı koca size konser vereceğiz. Rabia'ya *Tılsımlı Kuyu*'dan define havasını söyleteceğim.

— O da hangisi? Arada sırada çıkardığı kuyu çıkrığına benzer sesler mi?

— Evet. Dün akşam onu fırtına orkestrasıyla söyledi.

23

Temmuz ayında 1908 İhtilali[1] oldu. Kör bir gazap borası gibi esti. Asırların kurduğu müesseselerin[2] köklerini söktü. Ağaç devirir gibi zalim[3] devirdi. İçtimaî ve siyasî nizam ve intizamı alt üst etti. Öyle bir kargaşalık oldu ki kim kimdir, ne nedir ayırt edilmez oldu. Ve eski rejim sürgünleri vapur vapur gelmeye başladılar.

Bu vapurların birinde Tevfik de vardı. Sırtını güneşe vermiş, ayaklarını uzatmış güvertede keyfediyordu. Bir saat sonra limana gireceklerdi.

O vapuru dolduran sürgünler arasında yalnız ve yalnız ailesiyle zihni meşgul olan Tevfik'ti. Ötekiler birdenbire başlarında esen şöhret rüzgârıyla sarhoştular. İstanbul'dan Padişah, hain diye tekme tokat fırlatılmış, atılmışlardı. Şimdi hepsi birer kahramandı. Hattâ siyasî sebeplerden değil, adî cürümlerden, sırf dolandırıcılık, şantaj yapıp da İstanbul'dan atılanlar bile bugünün şeref ve şan güneşinde ısınıyorlardı.

İçlerinde bir açıkgöz Çanakkale Boğazı'nı geçerken parlak bir fikir buldu. Para edecek bir fikir. Öteki sür-

1. II. Meşrutiyet: 23 Temmuz 1908.
2. Kurumların.
3. Zulmeden.

günlerle konuştu. "Siyaset mağdurları" cemiyetini kurdu. Böyle bir cemiyet için platform, siyasî esaslar falan lâzım değildi. İntihabatta[1] halk onları, ne düşündüklerini, neye inandıklarını sormadan intihap edecekti.[2] Yegâne yapacakları şey sokakta bir gaz sandığının, yahut bir sandalyenin üstüne çıkıp sürgünde çektiklerini azıcık mübalağa ile süsleyerek anlatmak... Ondan sonra mebusluk... Ondan sonra bol maaş ve imtiyazlar!

Tevfik'in sırtı güneşte onları dinledi. O vapurda "siyaset mağdurları" cemiyetine yazılması teklif edilmeyen bir Tevfik vardı. Herif soytarı! Artık ondan da mebus olmaz ya...

Nihayet limana girdiler.

İstanbul şehri kollarını açtı, şevk içinde kahramanlarını sardı. Ve Tevfik İstanbul'u görür görmez bir çocuk gibi ağlamaya başladı.

Rıhtıma nasıl çıktı? Bunu kendi de fark etmedi. Bir insan denizinde yüzüyor gibiydi.

Kalabalığın arasında gözüne Sabit Beyağabey'in yüzü ilişti. Arkasına Sinekli Bakkal'ın bütün aşina simaları toplanmıştı. Bütün Sinekli Bakkal sokağının hürriyet kahramanını karşılamaya gelmişti. Tevfik sağa sola omuz vurarak onlara yanaştı.

Ağabeyonu görür görmez emir verdi. Sinekli Bakkal boğazını yırtarak bağırmaya, alkışlamaya başladı. "Yaşa şa şa..." Nâra, nâra üstüne!

Tevfik bu tezahürattan o kadar ürkmüştü ki saklanacak yer arıyordu. Şimdi Sinekli Bakkal delikanlıları şişman bir adamı tuttular, omuzlarına kaldırdılar. Bir ayağı bir omuzda, öteki ayağı başka bir omuzda, elinde

1. Seçimde.
2. Seçecekti.

471

bayrak, bir adam... İhtilal günlerinin düzine düzine orta-
ya çıkardığı sokak hatiplerinden biri. Sabit Beyağabey
onu Bayezid'de dinlemiş, yeni rejimi en çok hararetle,
taşkın ve coşkun şakşakladığı için çok beğenmişti. Bugün
de tutmuş Tevfik'in şerefine nutuk etsin diye getirmişti.
Mahalleli hatibe[1] on sarı altın v'ad etmişti. Hatip:

— Ben hürriyet âşığı Sinekli Bakkal'ın yetiştirdiği
bir halk kahramanını alkışlamaya geldim, diye başladı.
Sesi gürdü, kuvvetliydi.

Sinekli Bakkal grubunun dışındaki kalabalık bile ya-
naştı, durdu, dinledi.

— Geçen istibdat ve zulüm devrinin mazlûmu[2] olan
bu kahraman, bizleri kurtaran şanlı, hürriyet kahraman-
larından biri (eliyle Tevfik'i gösteriyordu), sen ey hürri-
yet ve adalet âşığı! Senin huzurunda yemin ediyorum ki
hürriyetimizin senedi olan Meşrutiyet'e kim el uzatırsa,
ben onun bu ellerle gırtlağını sıkar, anasını ağlatır, iki gö-
zünü birden patlatırım!

Hatip ellerini, hürriyetin gönüllü muhafızı pençele-
rini halka uzattı. Kısa parmaklı, geniş killi ve korkunç iki
el... Tevfik, Gözpatlatan Muzaffer'in ellerini tanıdı.

Sendeledi. Hapishanede gözlerinin önünde binbir
yıldız uçuran bu eller hâlâ kulak tozunda şaklıyor, tepe-
sini yumrukluyormuş gibi geldi.

Sinekli Bakkal kafilesinden iki kişi arkadan geldiler,
koluna girdiler. Biri Vehbi Efendi, öteki Osman'dı.

— Bu herif burada ne arıyor?

— Meşrutiyet hatibi... Yeni idareyi alkışlıyor.

— Ne, ne?

Osman kolundan çekti:

1. Konuşmacıya.
2. Kendisine zulmedilen.

— Kalabalıktan çıkalım.

— Rabia nerede?

— Torununu süslüyor... Ana oğul Sinekli Bakkal kahramanını bekliyor.

— Torun... Torun...

Tevfik'in gözlerinden iki yaş yanaklarına damladı.

Vehbi Dede dedi ki:

— Hayal takımına bir çocuk ilave edersin, Tevfik!

27 İkinci Teşrin 1935[1]

1. 27 Kasım 1935.

Sinekli Bakkal'a Son Satırlar

İlk okuyuşumda, *Sinekli Bakkal*'ı bir masal roman gibi okumuş olmalıyım. Öylesi coşkun tatlar anımsıyorum.

Halide Edib Adıvar'a romancı olarak büyük ün katmış olan bu eser, dahası, Halide Edib'in *Kalb Ağrısı, Sonsuz Panayır, Döner Ayna* gibi –sırasıyla– başarılı, toplumbilimsel, "kentleşememe" izlekli kimi değerli romanlarını gölgelemiştir.

Hemen bütün romanseverlerimiz *Sinekli Bakkal*'ı okumuşlardır da; sözgelimi bir *Kalb Ağrısı*'nın inceliklerini belki tadamamışlardır...

Sinekli Bakkal'a gelince; doğrusu, ününe yaraşır bir romandır.

Doğu-Batı sorunu, Halide Edib'in yazarlık yaşamını baştan sona "işgal" etmiştir. Bir yazarlık yaşamı boyunca bu sorunla uğraşan, didişen, boğuşan yazar, belki bir tek *Sinekli Bakkal*'da sentezi okuruna iletir.

Defalarca basılmış, kuşaklardan kuşaklara ulaşabilmiş *Sinekli Bakkal*, II. Abdülhamid dönemini bir geçmiş zaman dekoru önünde yansıtarak, eskiden yeniye devralınması gereken kültür, sanat ve töre değerleri üzerinde durur. Bir anlamda, yazar ve eseri, tarihî süreklilik arayışı içerisindedirler.

Yazar ve eseri, bir yandan da; çoktan yer edinmiş görünen Batılılaşmanın ortalık yerinde, Doğu'nun payını araştırırlar ve ulusal kimlikli bir bileşime ulaşmayı denerler. Mimari, müzik, Mevlevîlik değerleri üzerine ilginç görüşler ileri sürmüş *Sinekli Bakkal*'ın, kendi kapsamında "öncü" bir roman olduğu söylenebilir.

Burada Doğu ve Batı kültürleri birbirini bütünler. İkisinden birinin yadsınışı ya da eksikliği, *Sinekli Bakkal*'ı sarıp sarmalayan masal mutluluğunu adeta hemen sona erdirecektir.

İstanbul sokağı tasviri ortasındaki Rabia, muhafazakâr töreyle barışıktır; bununla birlikte Peregrini'yi sevmekten kendini alamayacaktır. Gerçi, Peregrini, Osman olup çıkmıştır ama kendi yetiştiği ortamın müziğinden vazgeçmemiştir. Bu müzik, Rabia'yı da büyülememiş midir?

Doğu ve Batı çatışması, *Sinekli Bakkal*'da, sanat ve kültür aracılığıyla yatışır, dinginliğe kavuşur. Yaşamın ütopyasında da öyle değil mi, öyle olmayacak mı?

Selim İleri

KİTABI YAYINA HAZIRLAYANLARIN YARARLANDIĞI KAYNAKLAR

[Adıvar], Halide Edib; *The Clown and His Daughter*, Londra, 1935.

[Adıvar], Halide Edip; *Sinekli Bakkal*, İstanbul, Ahmet Halit Kitap Evi, 1936.

Adıvar, Halide Edib; *Sinekli Bakkal*, İstanbul, Atlas Kitabevi, 1976.

Ana Britannica; Genel Kültür Ansiklopedisi, İstanbul, 1988.

Devellioğlu, Ferit; *Osmanlıca-Türkçe Ansiklopedik Lûgat*, İstanbul,1970.

Enginün, İnci; *Halide Edib Adıvar'ın Eserlerinde Doğu ve Batı Meselesi*, İstanbul, 1978.

Meydan Larousse; İstanbul, Meydan Gazetecilik, 1969-1973.

Pakalın, Mehmet Zeki; *Osmanlı Tarih Deyimleri ve Terimleri Sözlüğü*, İstanbul, 1983.

Türk Dil Kurumu; *Türkçe Sözlük*, Ankara, 1988.